民国

武侠小说
典藏文库

平江不肖生卷

民国
武侠小说
典藏文库

平江不肖生卷

江湖奇侠传

第三部

平江不肖生
著

中国文史出版社

目 录

3

第一回

赵老板物色好身手
余八叔讨取旧家财

《奇侠传》做到上一回，本打算就此完结，非得有相当机会，决不再继续下去的。书中应交代不曾交代，应照应不曾照应的所在，原来还很多，何以不待一一交代清楚，照应妥帖，就此马马虎虎地完结呢？这其中的原因，非在下亲口招供，无论看官们如何会猜情度理，必也猜度不出，究竟是什么原因。

说起来好笑，在下近年来，拿着所做的小说，按字计数，卖了钱充生活费用。因此所做的东西，不但不能和施耐庵、曹雪芹那些小说家一样，破费若干年的光阴，删改若干次的草稿，方成一部完善的小说。以带着营业性质的关系，只图急于出货，连看第二遍的工夫也没有。一面写，一面断句，写完了一回或数页稿纸，即匆匆忙忙地拿去换钱。更不幸在于今的小说界，薄有虚声，承各主顾特约撰述之长篇小说，同时竟有五六种之多。这一种做一回两回交去应用，又搁下来做那一种，也不过一两可，甚至三数千字就得送去。既经送去，非待印行之后，不能见面。家中又无底稿，每一部长篇小说中的人名、地名，多至数百，少也数十，全凭记忆，数千万字之后，每苦容易含糊。所以一心打算马虎结束一两部，使脑筋得轻松一点儿担负。不料上一回刊出后，看官们责难的信纷至沓来，仿佛是勒逼在下，非好好地再做下去不可。以在下这种营业性质的小说，居然能得看官们的青眼，在下虽被逼勒得有些着急，然同时也觉得很荣幸。因此重整精神，拿以下的《奇侠传》与诸位看官们相见。

于今且说柳迟自火烧红莲寺之后，虽以救卜巡抚有功，不难谋得一官半职。只因他生性恬淡，从小就悟到人生数十年，无论什么功名富贵，都是霎霎眼就过去了。唯有得道的人，可以与天无极。加之得了吕宣良这种师傅，更不把功名富贵放在心目中，只一意在家侍奉父母，并努力吕宣良所传授他的道法。柳家所住的地方，在第一集书中已经表明过的，在长沙东乡隐居山底下。

这隐居山本是长沙、湘阴交界之处的一座大山，斯时正是太平之世，人民都得安居乐业，每到新年，士、农、工、商各种职业的人，都及时行乐。不过行乐的方法极简单，除了各种赌博之外，就是元宵节的龙灯。龙灯用黄色的布制成，布上画成鳞甲。龙头龙尾用篾扎绢糊，形式与画的龙头龙尾无异，连头尾共分九节，每节内都可点灯。由乡人中选择九个会舞龙灯并身强力壮的人，分擎九节，再用一个身手矫捷的人，手舞一个斗大的红球，在龙头前面盘旋跳舞，谓之"龙戏珠"。会舞的能舞出种种的花样来，配以锣鼓灯彩，到乡镇各人家玩耍，所到之家，必燃放鞭炮迎接。殷实些儿的人家，便安排酒菜款待，也有送钱以代酒菜的，长、湘两县的风俗都是如此。每年在这种娱乐中，所耗费的鞭炮酒菜的钱，为数也不在少。

这种龙灯，并非私家制造的，乃由地方农人按地段所组成的乡社中，提公款制成。每纵横数里之地，必有一乡社，每乡社中必有一条龙灯。因为龙灯太多，竞争的事就跟着起来了。甲社的龙灯，舞到了乙社，与乙社的龙灯相遇，彼此便两不相让，择地竞舞起来。甲舞一个花样，乙也得照样舞一个，以越快越好。不能照样舞的，或舞而不能灵捷好看的，就算是输了。舞这条龙的人，安分忠厚的居多，输了就走，没有旁的举动；若是轻躁凶悍的人居多，输了便不免恼羞成怒，动手相打起来。每年因舞龙而械斗而受伤的，两县之中，总有数人。舞龙的还容易练习成为好手，唯有舞球的，非平日练有一身武艺，会纵跳功夫的，不能讨好。柳迟所住的地方，与湘阴交界，因县界的关系，舞龙争胜的举动，比甲社与乙社相争得更激烈。长沙这边因会武艺的多些，每次竞舞起来，湘阴方面舞红球的人，多是被比输了的。湘阴人怀恨于心，也非一日了，大家存心要物色一个有惊人本领的好汉，来舞红球，务必胜过长沙人，方肯罢休。

这年十月间，湘阴县城里忽来了一个卖武的山东人，自称为"双流星赵五"。这赵五所使的一对流星，与寻常人所使的完全不同。寻常流星最大的，也不过茶杯粗细，圆的居多，八角的极少；赵五使的竟比菜碗还大，并且是八角的，同时双手能使两个，铁链有一丈多长，比大指头还粗。

赵五初到湘阴县城里来，一手托着这么一个流星，走向各店家讨钱。口称路过此地，短少了盘缠，望大家帮助几文，好回山东去，说毕就舞动两个流星。看的人只听得呼呼风响，无不害怕碰在流星上，送了性命，情愿送钱给赵五，求赵五到别家去。若遇了鄙吝之家，不肯送钱的，赵五便舞动双流星，向街达石上打去，只打得火星四进，石块粉碎。再不送钱给他，就举流星向柜房里乱打，故意做出种种惊人的举动。有一个店家正在吃午饭的时候，赵五到了店门外讨钱，这店里的人，也不知道赵五的厉害，以为是平常走江湖卖艺的人，懒得理会。各人都端着饭碗吃饭，连正眼也不瞧赵五一下。

赵五说了求帮助路费回山东的话，又舞了几下流星，见吃饭的各自低头吃饭，毫不理会，赵五不由得气急起来，双手举起两个大流星，句上座两人手中的饭碗打去。真打得巧妙极了，刚刚将两只饭碗打翻，覆在桌上，并不曾打破半点，连碗中的饭都不曾散落地下。只吓得同桌的人都立起来，望着赵五发怔。赵五早已收回了流星，又待向座上的人打去。店里的人方注意这一对斗大的流星，惊得连忙摇手喊道："打不得，打不得！你不过是要讨钱，我们拿钱给你便了。"赵五听了这话，虽不再用流星对人打去，但仍不住地舞出许多花样。只见那个流星忽上忽下，忽前忽后，忽远忽近，舞得十分好看。街上过路的人，无不停步观看。

凑巧这店里的老板，就是靠近长沙乡下的一个绅士，平常因舞龙赛不过长沙人，心中早已恼恨，多时蓄意要觅一个有惊人武艺的好汉，来舞龙前的红球。无奈到处留心物色，总是遇不着当意的人。这回看见赵五舞双流星，不觉触动了新年舞龙的事。暗想有这种舞流星的本领，若到乡下去舞龙珠，料长沙人绝没有赶得上的。好在于今已是十月底了，不过一个月后就是新年，我何不与这人商量，留他在此过年？明年正月初间我带他下乡去，教他当舞龙珠的人，岂不可以报复历年的仇恨？想罢，即放下饭不吃了，迎上前对赵五拱手，请问姓名。

赵五见这老板温和有礼，忙收了流星，也拱手将姓氏说了。偏巧这老板也姓赵，听了喜笑道："你我竟是本家！兄弟在这里开店多年，江湖上卖艺糊口的人，从此地来来往往的，兄弟眼中所见的，也不少了，从来不曾见过有像老兄这般本领的，实在难得，实在令人钦佩！兄弟想委屈老兄到里面坐谈一会儿，不知老兄可肯赏光？"

赵五想不到有人这般优待他，岂有拒绝之理？当即被赵老板邀进了里面客室，分宾主坐定。赵老板开口问道："老兄因何贵干到敝处来的？"赵五道："兄弟出门访友，到处为家已有数年了，并没有什么谋干的事。"赵老板又问道："老兄打算回山东原籍过年吗？"赵五带笑说道："说一句老实不欺瞒本家的话，我们在外求人帮助盘缠回家，是照例的说法，并非真个要归家短少了路费。兄弟特地来贵处访友，尚不曾访着一个好汉，暂时并不打算就回山东。"赵老板问道："不打算回山东，却打算到哪里去呢？"赵五道："这倒没有一定。因为昨日方到湘阴县来，若是在此地相安，等到过了年再往别处去也说不定。"

赵老板喜得脱口而出地说道："能在此地过了年再去，是再好没有的了。"随即将乡间新年舞龙灯，与长沙人争胜的话，及想请赵五舞龙珠的意思说了一遍。赵五听了，踌躇不肯答应。赵老板猜他不肯答应的原因，必是觉得于他自己没有利益，遂接着说道："我们乡下舞龙灯，所到的人家照例得送酒菜油烛钱，这笔款子总计起来，也有二三百串。平日得了这笔款子，除却一切开销外，余钱就存做公款。老兄若肯答应帮忙，余钱便送给老兄做酬劳之费，不知老兄的意下何如？"

赵五这才开了笑颜连说："银钱是小事，倒不在乎，只是从现在到明年正月，还有一个多月。这一个多月的居处饮食，须烦本家照料。"赵老板忙说："这自然是我的事。"赵老板既和赵五说妥了，便特地邀集乡间经理每年舞龙灯的人，聚会讨论请赵五的事。一般人都因平日受了长沙人的气，没有一个不赞成赵老板的办法，并情愿在地方公款内提出些钱来，供养赵五。赵五的酒量最大，湘阴人想他替一般人出气，不惜卑词厚币，以求得赵五的欢心。赵五每饮辄醉，醉后就舞流星。赵五的年纪不过三十岁，酒之外并喜嫖窑子，湘阴人也只得拿出钱来，给赵五充夜度资。

喜得为时不久，转眼就到了新年。赵老板带着赵五下乡，拿出平日舞的红球给赵五看。赵五看了，摇头道："这东西舞起来有什么好看？不如索性用我的两个流星，用红绸包裹起来，舞时倒还好看。"一般人听了，更加欢喜，召集舞龙的人，练习了几日。有了这么一对特别的龙珠舞起来，果然分外精彩。从十二日起，赵五便手舞双流星，率着这条经过特别训练的龙灯出发，向长沙地界舞去。

长沙地方舞龙的人，看了这种特别的龙珠，知道是有意请来图报复的。就是平日以善舞龙珠自豪的人，也自料不是赵五的对手。既是明知赛不过，遂大家议定，这年不舞龙灯，免得受湘阴人的羞辱。以为没人与他们比赛，一方面鼓不起兴来，自非罢休不可。不料湘阴人见占了上风，哪里肯就此罢手呢？

旧例各人家对待龙灯，本境的无不迎接，舞龙灯的也无须通知，挨家舞去就是了；外境的谓之"客灯"，便有接有不接，听各人家自便。客灯得事先派人通知，这家答应接灯，舞龙灯的方可进去。办酒菜接待客灯的极少，因为客灯多是不认识的人，平日没有感情，用不着费酒菜接待。

这年长沙境内既因有赵五停止舞龙灯，地方各人家自然都商妥了不接待客灯。哪知湘阴人不问各人家答应与否，竟照本境龙灯的样，也挨家舞去。赵五舞着一对流星，到人家东打西敲，只吓得各家的妇人小孩躲避不迭。有时不留神挡了赵五的去路，赵五是老实不客气地就举流星打去。但是他的流星很有分寸，刚刚将挡路的人打倒，并不受伤，然被打的无不吓得魂飞天外。长沙人如何能受得了这种羞辱呢？于是集合了许多绅士，商议对付的方法。柳迟的父亲柳大成，也是地方绅士之一。有一个绅士对柳大成说道："湘阴人这回全仗赵五一个人，在我们长沙耀武扬威。看赵五这厮的本领，委实不错，非有绝大本领的人，对付这厮不了。听说你家迟少爷，多与奇人往来，想必他的本领已不小了。这是地方公事，有关我们长沙人的颜面，想请他出来，替我们大家争回这一口恶气！"

柳大成还不曾回答，许多绅士已齐声说道："不差，不差！我们这地方，周围数十里内，谁不知道柳迟得了异人的传授，有非常的本领。这事非找他出头，我们是无法出气的。去，去！我们一同到柳家去，当面请他出来，料他也却不过我们的情面。"柳大成见众人都这么说，自己也不知道柳迟究竟有没有这种本领，不好怎样说法，只得答应带众绅士来家。

柳迟正在书房中做日常的功课，忽从窗眼里看见来了这么多绅士，以为是寻常会议地方事务，不与自己相干的，便懒得出来周旋。只见自己父亲竟引着一大群绅士，直走到自己书房门口来了，只得起身迎接。一个年老的绅士在前，向柳迟拱手说道："我们长沙人，于今被湘阴人欺负到这一步了，你迟少爷学了一身本领，也忍心不出来替我们大家出出气吗？"柳迟突然听了这番话，哪里摸得着头脑呢？望了那老绅士怔了一怔说道：

"湘阴人如何欺负我们长沙人？我因不大出门，不得知道。"

柳大成让众绅士坐了，即将湘阴人越境舞龙灯的情形，说了一遍道："诸位绅士说你多与奇人往来，必有本领可以对付这赵五，好替长沙人争回这口恶气。你究竟有没有这种能耐，你自己知道，若自信有力量能对付赵五，就不妨遵诸位绅士的命，出来想想对付的方法；如果自问没有这般能耐，这也不是一件当耍的事，须得谨慎。"

柳迟笑对众绅士说道："柳迟还是一个小孩子，哪里有这种大本领？实在辜负了诸位老先生一番奖借的盛意。不过湘阴人这种举动，也未免太使人难堪了。长沙人每到新年，照例是要舞龙灯的。今年因见湘阴请了个赵五，情愿停止龙灯不舞，就算是让输退让了。得了这样的上风，尚不知足，还只管在长沙境内横冲直撞，情形也实在可恶。不过依柳迟的愚见，让人不为怕人，我们已因让他不舞龙灯，好在明日就是元宵了，不如索性再让他一日。照例龙灯舞到元宵日为止，忍过明日便没事了。赵五既是山东人，不能每年来湘阴帮助他们舞龙灯，到明年看他们湘阴人又仗谁的势？我们长沙人是与湘阴人争胜，不是与山东人争胜。他们借山东的人才来比赛，究竟不但不能算湘阴人胜了，反为丢尽了湘阴人的脸，不理会他最好。"众绅士听了柳迟这话，也觉有理，便各自散归家去了。

元宵日赵五带着龙灯，到长沙境内舞得更起劲。无如长沙人都存心不与他们计较，元宵已过，以为此后可以不再受湘阴人的羞辱了。想不到十六日早起，舞龙灯的锣鼓又响进长沙界来了。地方绅士见湘阴人这么得寸进尺的赶人欺负，不由得都怒不可遏，大家商议，仍主张找柳迟出头设法，于是又同到柳迟家来。仍由前日那老绅士开口对柳迟说道："我们前日因迟少爷让人不是怕人，教我们索性再忍耐一日，我们也知道迟少爷少年老成，不愿多事，就依遵了，忍辱让他们湘阴人在长沙闹元宵，毫不与他们计较。哪知道他们湘阴人竟得寸进尺！今日是正月十六，元宵已经过去了，他们闹元宵的龙灯，今日已大锣大鼓的舞进境内来了。似这般受人欺辱，我等断乎不能再忍了，只得再来求迟少爷出头。如果迟少爷定不肯出头，我们也只好鸣锣聚众，务必把湘阴人打出境去，就打死几个人也说不得了。"

柳迟听了也吃惊似的问道："过了元宵还来舞龙灯吗？是不是仍由赵五舞着双流星在前头开路呢？"老绅士点头道："若没有赵五那厮，湘阴人就有天大的胆量，也不敢是这般来耀武扬威，我们也不至来求迟少爷出头了。"

柳迟沉吟了一会儿说道："我料湘阴人虽因往年舞龙灯赛不过我们，心中有些怀恨，今年我长沙人既为不能与他们比赛，停止舞龙灯，他们的上风也占尽了，何苦今日还来舞呢，这不是画蛇添足的举动吗？湘阴绅士中也不少明理的人，何以干出这种无味的事来呢？这其中恐怕尚有旁的缘故，倒不可不派人去湘阴打听打听。"

那老绅士道："无论他们有什么缘故，其存心来侮辱我们长沙人，是毋庸疑议的了。于今青迟少爷爽利些说一句，到底肯不肯为地方出头对付赵五？"柳迟道："我没有不肯出头之理，不过我出头也未必能对付赵王。现放着一个武艺极高强的好汉在这里，诸位老先生何以不去请他出来呢？"

那老绅士听了柳迟这句话后，愕然地问道："这地方只有你迟少爷常有奇人来往，我们料想必有大本领。除了你之外，还有谁的武艺极高呢？"柳迟笑道："余家大垦的余八叔，不是有极高强的武艺吗？"那老绅士说道："余八叔才从外省回家的时候，我们确曾听说他练了一身好武艺，只是近年来他专心在家种田，不但没人见他显过武艺，并没人听他谈过武艺。就是从前武艺高强，隔了这么多年不练，只怕也生疏了。"

柳迟摇头道："旁人没见他显过，我曾见他显过；旁人没听他谈过，我曾听他谈过。不但没有生疏，并且无日不有进境。去求他出头，必能替地方人争一口气。"众绅士道："既是如此，就请迟少爷同去请他。"柳迟连连摇手道："使不得，使不得！有我去了，他必不肯出头。不仅我不可去，且不可对他说是我推举他的。余八叔的性情脾气，我深知道，最是面软，却不过人的情面。他待人更是谦虚有礼。旁人去请他，除却是不知道他的，他或者不认会武艺的话；像诸位老先生，都是本地方绅耆，为的又是地方公事，我料他断无推诿之理。柳迟决非偷懒不陪诸位老先生同去，实在是恐怕他向柳迟身上推卸。柳迟也非偷懒不出头对付赵五，只因敝老师曾吩咐在家安分事父母，不许干预外事。加以听说赵五的武艺也非同小可，估量也是名人的徒弟。柳迟能不能对付他，既没有把握，又违了敝老师的训示，所以不敢冒昧，敬求诸位老先生原谅。"众绅士至此都没有话可说，只好仍邀柳大戎到余家大屋去请余八叔。

这余八叔究竟是怎样一个人，柳迟何以敢推举他出头对付赵五？这其

7

间的历史，不能不趁这当儿交代一番。以下关于余八叔的逸事，还甚多甚多，更得在这当儿将他的来历，略为绍介，此后的正文方有根据。于今且说余家大屋，也是隐居山下的大族人家，聚族而居于隐居山下，已有一百多年了。当初也不过几口人，住在靠山一所小房屋里，全赖种田生活。后来人口日渐加多，房屋也日渐加大，经过一百多年，地方人就叫这屋为"余家大屋"。传到余八叔的父亲这代，有兄弟四人，余八叔的父亲最小，且最老实。大、二、三房都已抱孙了，余八叔才出世，因兄弟排行第八，大、二、三房的孙子都称他"八叔"。

余八叔生成体弱，五岁方勉强能行走，刚能行走，便把父亲死了。母亲虽尚年轻，但立志守节。无奈大、二、三房的人又多又厉害，不许余八叔的母亲守节，为贪图数十两身价银子，勒逼他母亲出嫁。他母亲因余八叔年纪太小，身体又太弱，明知自己嫁了别人，余八叔没人照顾，不忍抛弃不顾。要求带到嫁的人家去，等到余八叔长大成人，再送回余家来，大、二、三房也不许可。

可怜这个年才五岁，身体极瘦弱的余八叔，已成为一个无依无靠的孤儿了。余家所种的田，是自家的产业，四房并不曾分析。第四房就只余八叔一人，所应承受的产业，山场田亩，也可供一家数口生活之资。大、二、三房因觊觎这一分产业，所以将寡弟媳逼嫁。余八叔那时仅五六岁的小孩，什么事也不知道，听凭大、二、三房的人欺负凌虐。感觉痛苦的时候，除却哭泣之外，别无方法对付。而大、二、三房的人，既是存心欺负他，又如何能容他哭泣呢？挨打的时分，不哭倒也罢了，一开口哭痛，打得更厉害，他真是天生的命苦。

余家共有二三十个年相上下的小孩，独有余八叔不但身躯屏弱，头顶上并害满了癞痢，加以眼泪鼻涕终日不干，望去简直是一个极不堪的乞儿。是这般受了三年磨折，地方上人知道余家情形的，无不代为不平。不过乡下人大半胆小怕事，余家又人多势大，旁人尽管心里不平，却不能有什么举动，至多谈到余家的事，大家叹息叹息罢了。

这年忽然来了一个游方的和尚，夜间睡在隐居山上的狮子岩里，白天下山化缘，一不要钱，二不要米，每家只化一杯饭。隐居山上虽有丛林庙宇，这和尚并不进去挂单。有好事的人问他："何以不到丛林庙宇去？"和尚摇头道："他们也可怜，他们的衣食，也都是由十方募化得来的，贫僧怎好再去叨扰?"又问他:"何以不要钱,不要米?"和尚说:"得了钱,没处使用,也没处安放;得了米,没有闲工夫,不能煮成熟饭。"问他有什么事这么忙,他说:"生死大事,安得不忙?"

他上山下山,必走余家大屋门前经过,余家的小孩多,见这和尚在六月炎天,还穿着一件破烂腌臜的棉僧袍,科头赤足的,在如火一般的红日之下行走,头上不见一点汗珠,都觉得这和尚古怪。一见和尚走过,就大家跑出来,跟在和尚后面,指指点点地说笑。和尚也好像是极欢喜小孩子,每见这一大群小孩追出来,必回头逗着在前头的几个小孩玩耍。

有一次余八叔也跟着跑出来,抢在众小孩的前头,这和尚回头看见余八叔,便很注意似的打量了几眼。刚待开口问话,后面即有两个小孩跑上前来,年纪都比余八叔大两三岁,一个举手向瘌痢头上就打,一个揪住胳膊,往后就拖。余八叔只向两孩望了一望,即低头不作声。这和尚看了,仿佛有点儿不平的神气,随指着余八叔,问两小孩道:"他不是你们一家的人吗?你们无缘无故打他、揪他做什么?"两孩之中的一个大些儿的说道:"他不是个好东西,随便什么人都可以打他,就打死他也不敢哭。"说时凑近身去,又举脚向余八叔踢了两下。跟在后边的许多小孩,也都握着小拳头,仿佛都要上前打两下,以表示不算一回事的神气。余八叔只吓得浑身发抖,显出欲逃不敢、不逃不能的样子。

这和尚忙上前拉了余八叔的手,用身躯遮挡着众小孩,很温和地说道:"你不要害怕,有我在这里,他们断不能打你。你说你姓什么、家住在哪里,他们是你的什么人?"余八叔道:"我也姓余,也是这屋里的。方才打我的是我的侄孙,揪我的是我的侄儿。"这和尚十分诧异的样子说道:"是你的侄孙、侄儿吗?还有这许多呢,都是你什么人?"余八叔一一指点着道:"这也是我侄孙,这也是我侄儿。"和尚回头问那些小孩道:"你们叫他什么?"几个口快的答道:"叫他八叔。"和尚问道:"你们的班辈比他小,怎么倒可以随意打他呢?"

有一个小孩答道:"他又没有娘,又没有爷,打他怕什么?我爷爷还把他捆起打呢!你不信,看他背上,不是还有一条一条的红印吗?就是用篾片打成这样子的。"

和尚看余八叔的背上,果然不见有半寸没有受伤的好皮肉。一面抚摸着伤处,一面问道:"你夜间睡觉是一个人睡的吗?"余八叔点头道是。和尚道:"睡在哪一间房里呢?"余八叔道:"睡在厨房里。"和尚笑问道:"厨房里有床铺吗?"余八叔摇头说:"没有床铺,热天睡在地上,冷天睡在草里。"和尚道:"厨房在什么地方,你家里共有几间厨房?"余八叔道:"只有一间厨房。你看那边屋上有烟囱的,底下就是厨房。"和尚回头对这些小孩说道:"他的班辈比你们大,你们不应打他。下次我若再遇见你们打他时,我就帮着他打你们了。"众小孩也没有话回答,和尚自掉头不顾地去了。

次日早起,余家大屋忽不见了余八叔,家里人分明看见余八叔昨夜睡在厨房里,半夜还听了他咳嗽的声音,前后门都锁好了不曾开,以为绝没有出外的道理。疑心是不堪凌虐,自行投井死了。长沙乡下的人家,厨房里多有吊井,余家的人用竹竿接长向井内探捞,哪里有呢?好在余家素来不把余八叔当人,巴不得他不在家中刺眼,因此并不派人寻找。

光阴容易,转眼不觉过了二十年,其间毫无音信。不但地方上人心目中,没有余八叔这个人,就是余家大屋的人,也早就认定余八叔死了。整整二十年过去,这年也是在夏天里,隐居山下忽然来了一个身材瘦弱,年约三十岁的人。身上行装打扮,背驮一个很大的包袱,到山下一家伙铺里住着。次日即到本地一个大绅士黄孝廉家,拜访黄孝廉。这黄孝廉年已七十多岁,是这方面乡下的一个极正大的绅士。

这日黄孝廉在家,见门房拿了一张名片进来,说有个异乡口音的人前来拜访。黄孝廉看名片是"余同德"三个字。心想不认识这人,既然登门拜访,不能不见,只得说请。门房引了那人进来,那人见面,即恭恭敬敬地行了一礼说道:"你老人家必不认识晚生了。晚生就是余家大屋的余八叔,出门整整的二十年,今日才得转回故乡。听说你老人家还照常康健,所以特来请安。"

黄孝廉想了一想,又连连打量了几眼,不住地点头道:"哦,是了!我记得那年地方上人多说,余家大屋不知如何把余八叔弄死了,连尸身都没有看见。当时我就说决没有这种事,必是你受不了他们的打骂,趁黑夜偷偷地逃跑到哪里去了。一个小孩跑不上多远,或者又会跑回来。不料过了几年,还不见你跑回来,也没人曾见过你的踪影,便是我也有些疑心你,真个是被大、二、三房的人,下毒手害死了,只是没有见证,不能帮你打这个抱不平。于今你又安然回来,喜得当日不曾冤诬大、二、三房的人。此刻你的三个伯父，都在几年前死了，你的七个哥哥，也死得只剩三个了。侄儿、侄孙倒还好，都已娶妻生儿子了。你如今回来打算怎么办呢？"

余八叔道："晚辈其所以不回家，而先到你老人家这里来，就为有一句话得向你老人家禀明。晚生出门的时候，年龄虽仅八九岁，然八九岁以前的种种情形，晚生铭心刻骨的，不能忘记。晚辈四房所应承受的山场田亩，久已被大、二、三房侵占了，不曾管过一天业。若照利息算起来，他们大、二、三房现在所有的产业，都应归还给我，尚恐不够。不过利息的话，晚生也不提了，只是应归我四房承管的山场田亩，从此得如数归还给我，不能再由他们侵占。本来至亲骨肉，为一点儿产业，伤和气相争闹，是不应该的事。但是你老人家年高德劭，他们大、二、三房，在二十年前对待我四房的情形，你老人家是曾亲眼看见，亲耳听见的，确不是晚辈不顾体面，重资财、轻骨肉。晚生禀明了你老人家之后，即刻回余家大垄去，与他们论理。他们肯归还我的产业便罢，若仍仗着人多势大，和二十年前一样欺负我，我到了不得已的时候，须求你老人家出来说一句公道话，望你老人家不可准辞。"

黄孝廉点头道："这种公道话，你就不来求我，我也不至袒护他们那些无义之人。只是我得问你，二十年前你才八九岁，夜间前后门都锁了，你如何能不露形迹地跑出去？一个小孩子素未出过门，身边又无银钱，当时你曾跑到什么地方去？这二十年来，在什么地方停留，干了些什么事？"

余八叔向四周望了一望说道："若是旁人问这些话，晚生决不肯实说。因为说出来不但惊世骇俗，甚至闹出多少口舌、多少麻烦来。你老人家是个有道德、有学问的高年人，不至将晚生说的话，随意对不相干的人说，所以不妨实说。晚生在八九岁的时候，身躯孱弱得连跑也跑不动，休说没有地方可逃，就是有地方也逃不去。亏得我师傅大发慈悲之心，半夜到我睡的厨房里来，将我驮在肩上，从房上跑出来。一夜走了八百多里，次日才落地歇息。从此晓行夜宿，走了差不多半个月，到了一座大山之中。那山的上下四围，尽是菊竹，大的有水桶粗细，长有十丈，远望青翠欲滴，甚是好看。在山腰竹林之中，有三间房屋，以竹管编墙，竹枝、竹叶盖屋，就是里面的床榻、桌椅，也都是用竹制成的。这屋便是我师傅修真之所。"

黄孝廉至此问道："你师傅究竟是谁呢，怎么会无端到余家大屋厨房里来救你呢？"余八叔道："你老人家还记得那年来了一个游方和尚，夜间住在隐居山上的狮子岩里，白天到山下各人家来化缘，不要钱，不要米，只要饭的事么？"黄孝廉偏着头想了一想说道："不错，不错！我记得那和尚在三伏炎天里，身上还穿着棉袍。那和尚就是你的师傅吗？他叫什么名字，如何认你做徒弟的？"

余八叔道："那就是我的师傅，他老人家法讳无住。因那年于无意中遇见晚生被侄儿、侄孙欺负，当时问了问情形，又向左右邻居探听，知道晚生伶仃孤苦，处境极为可怜，所以夜间前来相救。他老人家完全出于慈悲之一念，并不是因晚生的资质好，可以做他老人家的徒弟。那山在云南省境，山名就叫作'大竹子山'。晚生到大竹子山以后，便要拜他老人家为师，求剃度出家。他老人家连连摆手说：'你宿业太重，此时不是出家之时。老僧不过因你可怜，带你到这山里来住几年。等到你年大了些儿，可以自立了，仍得回家乡去，度农家作苦的日月。'晚生在大竹子山住了五年，师傅终年在外云游，有时偶尔回山，住不了几日又去了。五年后才带晚生同行，敢说是足迹遍全国。直到近来，师傅方叫晚生回家，讨回原有的产业，安分耕种度日。"

黄孝廉道："像你这师傅，真是圣贤举动、菩萨心肠，使我钦佩之至。你尽管回余家大屋去，向你三个哥子讨回山场田亩。如果你哥子恃强不理，我定出头帮你向他们说话。"余八叔这才作辞出来。

走到余家大屋，见了三个哥子，尚能认识，忙行礼称哥哥。他三个哥哥都想不到世间还有余八叔存在。年轻人的身体相貌都有变化，余八叔能认识三个哥哥，三个哥哥却不能认识余八叔了。余八叔只得自行表明道："我是四房的行八，别来二十年不见哥哥，三位哥哥都老了！大伯、二伯、三伯弃世，我因远在云南，不能奔丧回来，实在该死……"他刚说到这里，他三个哥哥已放下脸说道："我们四房的人，早已死绝了，哪里又钻出你这样一个兄弟来？还不给我滚出去！"

不知余八叔怎生对付，且俟下回再写。

第二回

株树铺余八说奇闻
冷泉岛镜清创异教

话说余八叔见三位哥子忽然翻脸不认他做兄弟，仍从容不迫地笑道："三位哥哥不可这么说，这不是可以假冒的事，我在距今二十年的六月二十四日离家。其所以不告而去，就因为那时的大伯、二伯、三伯，既逼嫁了我母亲，更不容我在家，用种种方法凌虐我，使我在家不能安生。我那时年纪仅八九岁，除了忍受之外，别无他法。我是四房一个承续香火的人，那时在余家大屋，连一间睡觉的房屋也没有。一年四季睡在厨房里，冬无被褥，夏无簟帐。那种情形，料想三位哥哥不见得就忘了。幸得我师傅慈悲，将我救出苦海，并豢养我到于今。以我现在的处境而论，本来不必回家与三位哥哥闹兄弟争产的笑话，无如先父弃养之后，除却我，四房没有第二个承续香火之人。古人说的'不孝有三，无后为大'，所以师傅命我回来，成立四房的这户人家，好朝夕侍奉香火。应该归我四房承受的山场田地，只得请三位哥哥照数还给我，我力耕自食。等到可以告退的时候，我还得去事奉我师傅。"

余八叔说这话的时候，他三个哥哥交头接耳地议论，至此乃由一个年纪最大的余三，先冷笑了一笑才回答道："你说的都是废话！当我四叔弃世的时候，果曾留下一个小兄弟，但因身体太弱，不到九岁就死了。如今四房虽已绝嗣，只是早已由大房承继，谁认识你是我余家什么人？就凭你这么胡说一阵，便认你为四房的子孙，将山场田地给你，世间有这般便宜的事吗？劝你打断这昏妄想，滚出去吧，我们不认识你是谁。"说时向桌上拍了一巴掌。这两个也伸拳揎袖，准备动手厮打的样子。

余八叔任凭他们使出凶狠的神气，还是很从容地说道："请三位哥哥不要这么做作。凭我一阵胡说，就给还我山场田地，果然没有这般便宜的事。但是我自知确是四房的人，并非假冒来讹诈产业。既经回家来了，又岂是你们空口说不认识便可了事的？大、二、三房的人，原为要侵占我四房的产业，才逼嫁我母亲，凌虐得我不能在家安生。如今事隔二十年了，你们自然不肯认我是四房的人，不过为人总得存一点儿天良，你们大、二、三房不能绝后，难道我四房就应该绝后吗？我四房所应承受的产业，由大、二、三房均分，每房所得无几。为这一点儿田产，不顾兄弟手足之情，眼看着我四房绝后，你们也忍心吗？我老实说给你们听，我不是无力谋衣食的人，因穷极无聊，妄想夺人产业，实在是因为四房不可不成立一户人家。并因你们大、二、三房的人，对待我四房的心思手段过于毒辣，休说我余老八曾亲身经历，不能忘情报复；就是看见你们是那般对待别人，我也得出头打一打抱不平。于今我看在祖宗相传一脉的分上，忍耐着火性和你们说话，你们是识趣的，赶紧将我四房应得的田产交还给我，若再使出那痞徒赖账的神气来，就休怪我余老八翻面无情。你们说不认识我，我还不高兴认识你们呢！老三拍巴掌，对付哪个？我也拍一个榜样给你们看看。"旋说旋举巴掌，也向桌上一拍，只拍得这方桌四分五裂，倒在地下，着巴掌之处，如中利斧，散碎木屑纷飞。随即指着破碎的桌子说道："看你们伸拳掔袖的神气，好像要把我打出去，要打就来吧，我小时怕打，此刻已不怕打了。"他三个哥哥见这么结实的方桌，一拍就破碎分裂，不知不觉地已惊得呆了。

余三最狡猾，当即说道："这是吓人的重拳法，我们不用怕他。他如果真是四叔的儿子，谅他也不敢回手打老兄。我们就动手打他出去，看他怎样？"说着举拳当先向余八叔打来，这两个也同时上前动手。余八叔自将两手反操着，不但不还手，并不躲闪。三人的拳头打在余八叔身上，就和打在棉花包上的一样。每人打过几拳之后，都自觉拳头手膀酸胀，忽然抬不起胳膊了，只得望着余八叔发怔。余八叔仍带笑问道："你们不打了么？我因为此刻还认你们是我的哥哥，所以让你们打不回手。你们且说，我四房应承受的山场田地，交还给我不交还给我？"

余三等三兄弟的拳头手膀，初时只觉酸胀，一会儿工夫就肿痛起来了。三条胳膊，立时肿得比大腿还粗大，痛彻心肝，口里来不及地叫痛，如何有话回答呢？余八叔望着三人的胳膊笑道："你们丝毫不念手足之情，应该受些痛楚。你们的胳膊肿了，知道呼痛，你们的兄弟没有饭吃，没有衣穿，就毫不关心吗？你们不交还我的田产，尚有更厉害的痛楚在后呢。"

余三到这时候，知道余八叔既有这种本领，再不交还田产是不行的，只得说道："你且把我的胳膊医好，田产可以交还给你。"余八叔摇头道："你不是一个有信义的人，就这么空口说白话不行，须将族长并地方大绅士请来，当着族长和大绅士点明某处的山场、某处的田地归我管业，订立分家字据，到那时我自然能医好你们的胳膊。若不然，我的田产可以不要，你们的胳膊决不能好。"

余三等三人因手痛难忍，不得不依遵余八叔的话，打发人去请族长和地方大绅士，办妥了一切的手续。余八叔才当着众人，将余三等三人的胳膊抚摸了一阵，比仙丹妙药还快，一面抚摸，一面就消肿了。

余八叔自从得了他应得的田产，就在家中种田度日，一切地方事都不预闻。地方上人多有知道他武艺好的，要从他学练，他也不推说不会武艺的话，只是对人说道："武艺不是好学的东西，学不精时用不着，学得精时招祸央。只看好武艺的多被人打死，就可知道不会武艺的安然多了。练武艺的没练出大声名来还好，若得了大声名，无时无地，不是提心吊胆地防备受人的暗算。好好的一个人，为什么无端要寻这种罪受呢？并且我整天地在田里做工，到夜间得好好地安歇，哪里还有闲精神教你们练武艺呢？"这些人见余八不肯教，只得罢了。

余八到家不久，即到柳迟家来拜访，彼此谈论起来，才知道无住和尚与吕宣良也是至好的朋友。不过吕宣良传给柳迟的是"道"，无住和尚传给余八的是"艺"，两人的根基不同，因之所学的各异，然两人的交情极好。

这日余八正因新年无事，独自坐在家里打草鞋，忽见许多地方绅士走来，余八心想贺年的时期已过，他们这样成群结伴地同来，必有紧要的事，但不知来我家找谁？一面思度，一面放下手中草鞋，迎接出来。认得走在前头的是本地的周团总，周团总一见面便作揖笑道："余八叔好安闲自在，此刻我们长沙人被湘阴人欺压得连气也不敢出了，你余八叔简直没听得说吗？"

余八一听周团总这番话，就猜到是为湘阴人越境舞龙灯的事。余八叔是个生性直爽、不会做作的人，当即回了一揖答道："湘阴人欺负我们长沙人的话，不就是为那舞龙灯的事吗？"周团总道："怎么不是呢？你余八

15

叔既是知道，为什么也不出头替我们长沙人争回这一口气呢？"余八叔邀众绅士到里面客房坐定说道："这种事在诸位老先生以为可气，以为是欺压我们长沙人。但是在我看来，只觉得湘阴人的体面丢尽了，并且是自寻烦恼，最好还是给他们一个不理。"

周团总道："他们在我们长沙境内耀武扬威，如入无人之地，他们的面子十足，我们没一个人敢出头，怎么倒说湘阴人的体面丢尽了呢？"余八叔笑道："湘阴人历年比赛不过长沙人，如今请一个山东人来献丑，还自以为得意，不是笑煞人的事吗？我们长沙人若与他们比赛过，比不上他们，还可以说我们长沙无人；如今我们并不曾与他们比赛，他们借山东人的武艺来耀武扬威，湘阴人还有什么面子？我有亲戚住在湘阴，昨日到我家来说，赵五于今不肯走了，说赵老板当日聘请他的时候，并不曾说明舞龙灯舞何时为止。因当日应许给他酬劳的钱，他才肯下乡舞龙珠。此刻他舞得正高兴，不肯就此罢休。如果便要从此不舞了，除却有本领赛过他的人，将他打败，就得给他一千两银子的酬劳。若不然，便得长久舞下去，等到油烛酒菜钱，积满了一千两银子，方肯罢手。湘阴人因畏惧赵五凶恶，简直没有方法对付，所以元宵节已经过了，今日还是锣鼓喧闹的舞龙灯。我们索性不理他，看湘阴人拿着这个赵五如何发落？现在的湘阴人，巴不得我们长沙有人出头，能将赵五打走。我们何苦替湘阴人做这难题目呢？"

众绅士听了，都拍手笑道："痛快！痛快！既是如此情形，果然以索性不理会为好。我们倒要睁着眼睛，看湘阴人怎生下台？"众绅士谈笑了一会儿，各自作辞归家去了，余八叔依旧打草鞋。

不到一刻工夫，忽有一个年约五十来岁、农人模样的人，在大门外与余家的长工说话。余八叔听来人说要会余八叔，便出来问会余八叔有什么事。来人现出很匆忙的神气说道："我有要紧事来会余八叔，他此刻在家么？"余八叔问道："你是从哪里来的，你认识余八叔么？"来人打量了余八叔两眼答道："我是从湘阴来的，只闻余八叔的名，并没有见过面。"余家长工即指着余八叔笑道："你要会余八叔，这就是余八叔。"

来人见余八的身体这么瘦小文弱，听了长工的话，似乎很吃惊地说道："你就是余八叔吗？"旋说旋一揖到地，接着说道："久仰大名，平日不来亲近，今日有事奉求才来，甚是惭愧。兄弟姓刘，名金万。刘三元便是我先父。"

余八知道刘三元是湘阴最有名的拳师，刘金万的武艺也不弱。并且两父子的人品都极正直，最喜扶危救困，替人打不平，长沙、湘阴两县的人多很钦仰。余八在小孩时代，就曾屡次听得人说，出门二十年回来，方知道刘三元已死。刘金万在家安分种田，不肯拿武艺教人。长沙、湘阴两县的拳师，多有仗着本身武艺，得人几串钱，就帮人打架的，刘金万却不肯帮人打这种无名架。照例拳师所住的地方，周围十数里之内，不许外来的拳师设厂教拳，要在这地方教拳，就得先把本地的拳师打败；若不然，无论有如何的交情，也是不行的。刘金万便不然，不但不阻拦外来的拳师设厂，并自家让出房屋来，听凭姓张的或姓李的拳师教徒弟。

寻常拳师谈论起武艺来，除了自家所习的武艺而外，无论对何种武艺，多是不称许的，不加以诋毁，就是极客气的了。唯有刘金万绝无此等习气，并最喜替后进的人揄扬称道。因此刘金万在长沙、湘阴两县之中，没有曾生嫌隙曾闹意见的人。他既是平生不诋毁旁人，旁人也就没有诋毁他的。余八早知道刘金万为人如此，这时见面也不由得生出钦敬之心，当即让到家中，分宾主坐定。

刘金万先开口说道："我原籍虽是湘阴县人，然湘阴人的颜面，已被我那地方几个糊涂蛋丢尽了。我今日到这里来，实不好意思答应是湘阴人了。我自从先父弃世之后，近十年来在家中种田度日，就是本地方的一切事情，也都不闻不问。今年新年里头，忽听得有人说，平日经管地方公事的一班人，特地从湘乡县聘来一个姓赵的山东人，善使一对斗大的八角流星。在舞龙灯的时候，将一对流星用红绸子包了，当龙珠舞起来，必然非常好看。舞到长沙去，料想长沙人断没有能比得上的。说的人虽一团的高兴，但我听了也没拿着当一回事。过不了几日，果见舞龙灯的前面，有一个彪形大汉，双手使一对红绸包裹的东西，忽上忽下、忽左忽右地使得呼呼风响。我看着不觉吃了一惊，暗想这般好大的气力，不论旁的武艺，就看使这么大的一对流星，本领也就可观了。既练成了这般一身本领，何以肯到乡下来干这种无聊的玩意儿呢？我原打算上前和这般细谈一番的，只是细看他生着一脸横肉，两眼红筋密布，形象凶恶得使人可怕，逆料他绝不是一个安分的人，还是不与他交谈的好。因这么一转念，便没上前去理会他。

17

"想不到昨日忽有几个经管地方公事的人，到寒舍来对我说，原来这赵五是一个极凶狠、不讲道理的痞徒。因欺我们湘阴没人能制服他，此刻非给他一千两银子的酬劳，他不肯回山东去，要请我出头将赵五打走。我说既请了人家来，他不是本地方人，自然得酬谢他的银子，怎好把人家打走呢？并且我已多年不练武艺了，便是有十个我这样的人，也不是赵五的对手。赵五是你们请得来的，还是由你们送他些盘缠，用好言敷衍他去。寻常的地方事，我尚且不过问，这种事我怎么肯出头呢？那几个人见我一口回绝，只得去了。不料昨夜又是那几个人跑到寒舍来，各人都显着十分懊丧的神气对我说：'赵五简直恃强不讲理，酒菜略不当意，就把桌子一掀，将桌上的杯盘碗碟打个粉碎。说他本来有要紧的勾当，在去年腊月应到河南去的，因这里定要聘请他下乡舞龙珠，他只得将紧要的事搁着，为的是想得这里的酬劳。如今他替湘阴人争回多年失去的面子，使长沙人不敢舞龙灯，这功劳还不大吗？一千两银子还不应谢吗？不拿出一千两银子来，这龙灯便不能停舞，哪怕就延下去，舞到端阳节也说不定。我们都是各有职业的人，新年里头才可以玩耍。新年既过，谁能只管陪着他玩呢？我们说尽了好话求他，他咬定要一千两银子，一厘也不能短少。他说若没有银子，就得有人能打得过他，他方肯走。

　　"我昨夜听了这种情形，心里也不免有些气愤，不由得责备了那些管公事的人一番。暗想一千两银子的事小，赵五这厮是山东人，如今到南方来如此横行无忌，若听凭他敲诈去一千两银子，将来传到北方去，真不好听。但是我自料绝非赵五的对手，与其出头反被他打败，倒不如不多事的好，然则就听凭他横行下去不成？左思右想，忽想到你余八叔身上来了。这回的事，本是我湘阴人无礼才闹出来的，不过此时却不能再分长沙、湘阴的界限了。事后我可以教他们管地方公事的人，到长沙这边来赔礼。而对付赵五这厮，不得不求你余八叔出头，这是替南方人争面子的事，无论如何，求你不要推托。"说毕，起身又是一揖到地。

　　余八连忙还揖答道："你果然是一个不管闲事的人，我也是除了做我自己田里的功夫而外，什么事不闻不问的。你来要我出头管这种事，我又如何敢答应呢！我不是多久不练武艺了吗？赵五我也曾见过的，我觉得他的能耐，比我高强多了。我就遵命出头，多半被他打败，那时不是我自讨没趣吗？"

刘金万笑道："这是哪里的话！我虽是今日初次前来拜访，然你余八叔的威名，我早已如雪贯耳。我知道你余八叔是无住禅师的高足，无住禅师的能耐，虽不是我这种浅学之辈得窥其高深。但先父在日，曾见过无住禅师，并曾跪在禅师跟前求道，禅师说与先父无缘，只在狮子岩里传授了几句吐纳的口诀。当时并承禅师开示道：'你虽得了这口诀，然此生恐怕得不着受用，不过也是来世的根基。'先父回家便对我说：'无住禅师是当今的活罗汉，可惜我缘分太浅，不能朝夕侍奉他老人家！若能相从三五年，便是不传道，论武艺也可以无敌于天下。'先父的话如此，你余八叔相从禅师二十年，武艺能瞒得过我吗？"

余八笑道："原来尊大人也曾得我师傅传授口诀，怪道你知道来找我。既是如此，我只得勉强去试一试，如果敌不过赵五这厮，再想别法对付也使得。他们今日不是还在长沙境内玩龙灯吗？"刘万金点头道："这是我昨夜对他们管公事人说的，教他们只管答应赵五，看他要舞到什么时候，便舞到什么时候。一千两银子，一时是取办不出的，所以今日依旧舞龙灯。"余八叔道："那么我就和你一道儿迎上去吧！"

刘金万欣然起身，问余八叔随身带了什么兵器？余八叔笑道："我师傅不曾传授我一样兵器，就有兵器也不会用，如今且去看看情形再说。如果因没有兵器弄不过他，只好另行设法。"二人走出了余家大屋。刘金万道："你在这里略待一会儿，等我去那山坡，爬上那株大树，听听锣鼓响到了什么地方，迎上去才不至相左。"余八叔点头应允。

刘金万急急跑上山坡，在树巅上细听了一回，辨明了锣鼓的方向，跑回来笑道："来得很凑巧，锣鼓虽在山那边响，然似乎越响越近，大概舞到株树铺镇上，我们到株树铺去等他来便了。"于是二人向株树铺进发。

株树铺是长沙乡里一个乡镇，镇上居家的，做各种买卖的，共有二三百户人家，是由长沙通湘阴的要道上一个大镇。元宵既经过去，本不是舞龙灯的时候，但是舞的既破例来舞，乡下人无不喜看热闹，也就成群结队地跟着看舞。越是看的人多，赵五的流星越舞得起劲。拣大户人家进去，舞罢即硬索酒食或油烛钱。乡下人畏事的多，这里人多势大，加以赵五凶恶非常，动辄舞起双流星，将人家的桌椅器皿捣破，人敢上前，他就打人，因此无人敢拂逆他的意思。这日是这般强讨硬索，也得了二三十串油烛钱。赵五不由得十分得意，打算到株树铺午餐，不愁镇上的人家不盛筵款待。

赵五舞着流星在前开道，路上行人，吓得纷纷向两旁躲闪，唯恐被流星碰着。已将近到株树铺了，忽见一个身材瘦小的人，走在赵五前面，相离不过五六尺远近，一步一步很从容地向前走，背对着赵五，好像不觉得背后有龙灯来了的神气。

赵五的前面，哪容人这么大摇大摆，即厉声喝道："滚开些！"这喝声虽然很大，但那人似乎没听得，睬也不睬，脚步益发慢了。赵五疑心是个聋子，更放开了喉咙喝道："还不滚开吗？"那人仍旧没听见的样子。赵五再也忍耐不住了，一抖右手的流星，向那人背上打去。赵五也存了一点儿怕打死人的心思，因见那人相离不过五六尺，便只放出五六尺远的铁链，安排这一流星，恰好将那人打得扑地一跤，并不重伤。谁知这流星发去，铁链短发了半寸，还没沾着那人的背，那人好像毫不察觉。赵五只得又抖左手的流星发去，这回长放了一尺多，以为断没有再不着的道理了。想不到流星刚要打到那人背上的时候，那人忽弯腰咳了一声嗽，流星又相差半寸，不曾打到那人背上。

赵五见两流星都没打着，不觉咬牙恨道："有这么巧的事吗？你若是来试我手段的，请你看我这一下。"说罢举两流星同时打去。只见那人被打得身体往下蹲，赵五心里一喜，正待收回流星，不觉大惊失色，脱口叫了一声："哎呀！"原来两条流星铁链，已被那人用指头夹断了。再看那人一手按住一个流星，蹲在地下哈哈大笑。赵五看铁链断处，和用钢剪夹断的一般齐截，自知不是那人的对手，收了铁链走到那人前面，拱手说道："确是好汉，请教姓名？"那人也起身拱手道："余同德行八，地方人都称我余八叔。唐突了老哥，望老哥原谅。"赵五羞惭满面地答道："岂敢，岂敢！求人原谅的话，不是好汉口里说出来的。我们十年后再见，少陪了。"说毕捧了两个流星，头也不回地去了。

那些舞龙灯的湘阴人，因不知道余八叔是刘金万请求出来的，以为是长沙人请来的好手，安排与湘阴人作对的。凡是舞龙的人，也都懂得些儿武艺，照例动手相打起来，各抽龙节的木把手当兵器。当时虽见赵五走了，然都恐怕长沙人乘赵五走了之后，来打他们舞龙灯的人，不约而同地将木把手抽在手中，连同敲锣鼓的一字排开站了，准备厮打的模样。

刘金万这时已从镇上跑出来，看了这情形，连忙挥手说道："你们真是些不识好歹的人。我们湘阴人在这几天之内，被赵五这东西欺压得简直连气也不能吐了。全县的人忍气吞声，一筹莫展。我好容易才把这位余八叔求出来，轻轻巧巧地将这东西赶跑了，你们不感谢余八叔倒也罢了，还准备厮打吗？你们也太不自量了。"刘金万这么一说，那些人方偃旗息鼓地拖着龙灯跑了。从此湘阴的龙灯，遇了长沙的龙灯就回避，再也不比赛了，这是后话。

且说当时舞龙灯的跑后，株树铺镇上的人，见余八叔有这么高强的本领，替长沙人争回很大的面子，心里都很快活。大家围住余八叔和刘金万，到镇上喝酒庆贺。余、刘两人不便固辞，只得同到镇上周保正家。周保正立时将办了预备接龙灯的筵席，开出来给款待余、刘二人，并邀了管地方公事的一班绅商作陪。余八叔在席，对刘金万说道："赵五这厮的本领，实在不弱，但不知道他为什么到我们乡下来，这么横行招人怨恨？他说十年后和我再见的话，我倒得留他的神才好。"

刘金万道："几年后再见的话，不过是被人打败了的，照例说着遮遮羞罢了。他是山东人，不见得为报这一点儿羞辱之怨，就回家专练十年武艺，又巴巴地回到湖南来报仇。就是真有这么一回事，你余八叔难道还惧怯他吗？"余八叔摇头道："在旁人或者不过说着遮遮羞，赵五说的倒是一句真话。因为平常被人打败了的教师，多是说三年后再见，从来少有说到十年后的。赵五因自知要报这仇，非下十年苦功夫没有把握，所以说出十年后再见的话来。他若说三年后再见，我就能断定他是说着遮羞的了；便是他三年后果然再来，我也不把他看在眼里。于今我所着虑的，就虑他是李成化的徒弟。若真是李成化的徒弟，我更不能不当心。"

刘金万问道："李成化是谁，我怎么不听得江湖上人说过这名字？"余八叔道："李成化不是在江湖上混的人，江湖上人怎得知道？非是我余八叔说句夸口的话，凡是在江湖上出了名的人，本领就大也有限；真有大本领的人物，决不会在江湖上有声名。李成化是山东玄帝观的一个老道，他的本领，不但我等不是对手，并不能窥测高深到了什么地方。"刘金万问道："李成化既没有世俗的声名，你如何知道他有那么大的本领呢？你曾会过他么？"

余八叔点头道："我自然是会过他，才得知道。说到会李成化的事，倒是非常有趣，今天的酒，喝得很痛快，不妨拿来做谈助。于今说起来，已在十年前了，那年我师傅因山东遭旱荒，特地办了些粮食，带我到山东去放赈。我师傅表面上是一个游方和尚，到处化缘充饥，实在无一年不放几回赈。不过他老人家放赈是暗的，从来没人知道罢了。"

刘金万问道："暗中放赈，是乘人家不知道的时候，悄悄地将钱米送到人家里吗？"余八叔摇头道："不是这般的，暗中送钱米给人家的事，我师傅虽有做过，但是因为这种举动，究竟太惊世骇俗了，每每弄得一地方的人，都相惊是狐仙帮助人。也有说是出了义盗，劫富济贫的，反害得那地方的官府，派捕探查访，四处骚扰，我师傅才知道那办法不妥，改了由本地的大丛林或大寺观出面，托名某施主放赈结缘。我师傅自己不出名，所以外边无人知道。那年到山东潍县，托崇福寺的道因方丈放赈。我和师傅都住在崇福寺里，寺里有八九十个和尚，一切放赈的事务，都由那些和尚经手。我师傅本来静坐的时候居多，我那时也无事可做。虽是师傅规定了我每日得练若干时的武艺，只因在崇福寺的和尚太多，而来寺里领赈的灾民，又从早至晚，络绎不绝，白天简直没有地方给我练武艺。只好趁夜间明月之下，独自到寺外树林中练习。练了一会儿，正择一块白石坐下来休息，微风吹来，忽觉有一种如响箭破空的声音，送入耳里。细听那声音，仿佛就在林外不远，虽一时辨不出那声音从什么东西发出来的，然细心体会，觉得是有人在高处舞弄很长大的兵器一般。心想这就奇了，难道在这深夜之中，除了我之外，还有趁明月练武艺的人吗？这种奇怪的声音，既送入了我耳里，不由我不查出一个究竟来。遂起身步出林外，跟着声音找去，才知道这声音并不在近处。借着月色朝发声的方向看去，只见东南方一座小山之上，有一所庙宇形象的房屋，周围都是青葱树木，那奇怪的声音，还一阵一阵地从那房屋里面发出来。

"我一时兴起，也不问那房屋是何人居住的，提起精神来，一口气跑上了那小山。走近房屋的大门一看，原来果是一所庙宇。大门上悬挂着白石黑字的大匾额，乃是'玄帝观'三个大字。大门紧闭，从门缝里向内张望，不见有灯火，再听那声音也没有了，却听得观里有十分细碎的脚步声。那种脚步之声，无论什么人听了也得诧异。因为平常人的脚步声，绝没有轻细到那般模样的。从门缝里张望不出什么形迹，只得耸身上了牌楼，喜得我不敢鲁莽，轻轻地伏在檐边向观里一看，只吓得我险些儿叫出哎呀来了。这夜的月色，本来分外光明，照得神殿前面一方纵横四五丈的

22

石坪。石坪之中，有一个道人，正在练拳。你说那道人的身体有多少高大？"

刘金万听到这里，忽见余八叔问他，即随口答道："有七八尺高吗？"余八叔摇头笑道："还不到一尺高，但是虽小得和初出世的小孩一样，颔下却有一部胡须，神气也像是很苍老的。小小的一件玄色道袍，两袖和下摆都用绳扎缚起来。明月之下，可以看得非常仔细。我当时料想这必是一个妖怪，哪里敢高声出气呢？两眼不转睛地看他所练的是什么拳。看不到几下，便看出这妖怪的拳法，神妙惊人。约莫练过十多手，更显得奇怪了。那妖怪的身已不似初见时那般小了，约有一尺五六寸高，道袍也跟着长大了些。又看了十多手，那身体又长大几寸了。越练越长大，一会儿就与寻常人的身体无异了。他还不停歇，身体也不住地放大，转眼之间，已高到一丈以外，真是头如笆斗，腰大十围。我的胆量，自信也非甚小，然看了这种怪物，不由我不害怕。只是又舍不得不看，就此走开，心里唯恐被这怪物察觉。暗想他万一知道有我在这里偷窥，存心与我为难起来，我自问决敌不过他。不料事有凑巧，伏在我身下的瓦，忽然被压破了一片，'咯喳'响了一声。有这一声响，不好了，怪物登时停了拳，举头向房上望来。幸亏他望的不是我伏的这方，我趁这机会，抽身便跑，连头也不敢回地逃下了小山。听背后没有追赶的声音，方敢回头望山上，没有动静，回到崇福寺睡了。

"次日将夜间所见的情形告知师傅，我师傅似乎吃惊的样子说道：'好险，好险！那老道是李成化呢！修真之士都称他为魔王。你敢去偷窥他吗？他是杀人不眨眼的。'我听了也吃惊问道：'李成化既是修道的人，怎么不戒杀呢？弟子其所以害怕逃跑，乃因为不知道他是人，以为他是个妖怪，所以身体能大小随心变化。若知道他是个人，并且是修道的，我也不至害怕逃跑了。'我师傅说道：'你若不害怕逃跑，他倒不至因偷窥了他，便动怒将你杀死，就为你逃跑得可疑。他如果动念杀你，是易如反掌的事，你便能飞也逃不脱。他昨夜不杀你，你要知道他不是因追赶你不上。他必然已知道你是我带来的徒弟，所以听凭你安然下山。李成化练会了乌鸦阵，他若是想拿你，也用不着追赶，只须默念咒语，就可以使你立时眼前漆黑，昏然不辨东西南北。因为他修道而不戒杀，其行为举动，也多与寻常修道的相反，所以一般修真之士呼他为魔王。'我又问道：'师傅认识

他么?'我师傅道:'我不但认识他,并认识他的师傅。他师傅更是一个大魔王,可怕之至。'

"我听了这话,好生欢喜,连忙问道:'他还有师傅在吗,他师傅是谁,在什么地方?'我师傅道:'他师傅道号镜清,在今之世,当推他为外道的魁首。他住在与人世隔绝的冷泉岛,自称长春教主。冷泉岛在东海之中,虽非人迹所不能到的荒岛,然从来到那岛上去的,除却修真之士,去那岛上采药,便是寻觅珠宝的大商人,冒险去一二次。因为那海水之中,时常有如山一般大小的冰块,奔流而至,与海水一样颜色,远望不能见,直到切近才看见时,船已来不及躲闪。一撞在冰块上,不问如何坚实的船,也必登时粉碎。船上的人落到水里,在别处可以泅水逃命的,在这海里,无不即时冻死。因此去冷泉岛寻宝的商人,十有九不得回来,若能安然从冷泉岛回来的,必成巨富。

"'那冷泉岛纵横不过百里地,岛中树木参天,鸟兽繁殖,丈多高的珊瑚树,随处多有。修真之士到那岛上采药的,多是旋去旋回,少有在岛中停留的。因为岛中的鸟兽,比我们陆地的鸟兽高大若干倍,凶悍异常。有一种鹫鸟,大的身重千多斤,就是最小的也有七八百斤,时常与岛中的野兽相斗。一二百斤的虎豹,每每被鹫鸟用两爪一把抓住颈项皮,双翅一扑,便将虎豹提上了天空。猛然朝岩石上掼下来,把虎豹掼得骨断筋折,它才从容飞下,啄食其肉。兽中也有极凶恶的,书上有如虎添翼的话,读书的无不以为是一句比喻的话,谁知那岛上就有生翅的虎,并且是四个翅膀,飞行十分迅速。不过那种四翅虎,在初生数年的时候,飞行和鸟类一般。数年以后,便渐渐飞不动了。何以数年后就飞不动呢?因为身体太肥大的缘故。在那种孤岛之中,一切鸟兽谋食都不甚容易,唯有四翅虎,飞走都迅如疾风。不论什么鸟兽,不落它的眼便罢,一落到它眼里,就成为它口中的食了。它的食量又大,食饱了就择地而睡。它所睡之处,常在上边有树枝,四周有柴草的地方,飞鸟要侵害它,必惊响树枝;走兽要侵害它,必踏响柴草。它既被响声惊觉,鸟兽都非它的敌手,不仅吃不着它,每每倒被它吃了。但是终日饱食安睡,无所事事,于是心广体胖,身体一日一日地加重。那四个翅膀的力量,因睡得太多,反一日一日地减少,就是四条腿也渐渐地软弱无力了。到了这种时候,就轮到这些鸟兽来吃它了。它的身体壮大,不是几只鸟兽所能吃得完的。一只四翅虎,常被众鸟兽啄咬十天半月才死。去冷泉岛搜宝的商人，必带火药鸟枪，然仅能将四翅虎惊走，不容易打死。

"'长春教主因贪爱冷泉岛的风景好，带了二十个徒弟来到岛中，建造一所长春宫。用法术将所有鸟兽，尽驱到岛北，划立界线，鸟兽不能到岛南来。鸟兽之肉，便是他们的食物。他于今男女门徒各有五十人，都是童男童女。当他收女门徒的时候，遍请三山五岳修道之人，到冷泉岛观礼，我也是被请的一个。当日约了与吕宣良同上冷泉岛去，在未动身之前，复遇了几个女道友，也是受了长春教主邀请，安排前去观礼的，于是相约一同御风渡海。我们各自心里猜度，不知道镜清道人收女徒弟，有些什么礼节？虽则凭空猜度不出来，然都逆料镜清道人以教主自居，由他创立长春教，平日的一举一动，皆存心留作教下门徒的模范。这番收受女徒弟，多至五十人，不但在他长春教下为创举，就是儒、释、道三教之中，也少有这种前例。并且镜清道人平时举动无不奇离，这番不待说比平时更奇离的了。

"'果不出我等所料，我们到了冷泉岛，只见他教下的五十个男徒弟，身穿一般的绿色道袍，头戴绿色的道冠，各人双手捧一白玉如意，相离约五六丈远近，即对立二人，从海边直到长春宫，和候补官员站班伺候上司一样。我们看了知道是迎候宾客的，也觉得这种举动，不是寻常修真之士所应有的了。走进长春宫大门，只见门以内直达内殿有七重厅堂，尽是十五岁以上、二十岁以下的姑娘们，也是身穿绿色道袍，头戴绿色道冠，与男徒弟一般装束，也是分左右排班对立。不过每人相离只有四五尺远近，各自合掌当胸，没有捧玉如意罢了。

"'我与吕道兄到的时候，释、道两教的人已到了不少，镜清道人一一殷勤陪款。所请的宾客都到齐了，排班迎候的男女徒弟，才分两边鱼贯而入内殿。这时镜清道人换了一身极庄严华美的道袍，也是手秉如意，率领众女弟子到殿后一所大广场之中。来观礼的道侣，约有五六十人，由长春教下的男徒弟引到广场，各就已经陈设的座位坐下。男女、僧道，都有分别。我看广场之中，一字平行的竖着五十个木桩，每桩约有二尺来高，相离也约二尺来远。木桩上边是削尖了的，每一个木桩两旁，安放泥砖两块。在座的宾客，看了这种布置，没一人能猜出这些尖木桩有何用处。五十个女弟子，依着木桩的位置，也是一字排开的立着，好像——静候号令

25

的样子。

"'镜清道人巍然端坐在一座高台上，显着一种十分庄严的神气，高声对台下的女弟子说道：你们小心听着，凡入我教下的人，不问男女，须具有三种资格，缺一便不能列我门墙。哪三种资格呢？第一是不怕死。你们要知道世间使人钦仰的大事业、大人物，都是因不怕死三字做成功的，甚而至于连自己的性命都不顾了，一心一力地以赴各人所期，我可断定没有不能成功的事业。你们将来成仙了道，就全在不怕死三字上努力。你们自问果能不怕死么？这一句话问出，下边娇滴滴的声音齐答道：能！镜清道人点头道：我倒要试试你们。'"

不知镜清道人如何试法，且俟下回再写。

第三回

试三事群宾齐咋舌
食仙桃竖子亦通灵

　　话说刘金万听余八叔说到这里，觉得津津有味，忍不住忙问道："镜清道人究竟怎样试这班女弟子呢？"余八叔笑道："你别着急，让我慢慢说下去。老实对你说，我当时听我师傅说这段事情时，我也觉得十分有趣，很欲一知其下文呢。那时我师傅又续说道：'镜清道人说了我倒要试试你们一句话后，便又举起眼来，好像对着广场中那些木桩望了一望的样子，然后接着说道：不怕死三个字，只轻飘飘的一句话，原是人人会说的；可是到了紧要的关头，能不能实践这句话，却要瞧这人的定力如何了。定力如果不坚，那是一到此时，就会退缩下来，弄得求死不成，反要遭人耻笑，这人的一生，也就完了。我如今欲于仓促间，试你们究竟怕死不怕死，确不是件容易的事情。所好的，我已把试验的器具预备好了，你们瞧，在你们每人面前，不是都植着这么一根木桩么？现在，我以一、二、三为口号。喊一字时，你们都得走上前去，用两足分踏在木桩旁那两块砖石上；喊二字，齐把身子俯了下去；等到我三字一出口，大家须把颈项凑向木桩的上边，越凑得下、凑得紧，越显得出不怕死的精神。可是木桩的上边，是削得很尖的，当你们死命地把颈项凑上去，说不定要刺破你们的咽喉，伤害你们的性命。不过倘能如此而死，你们不怕死的精神是显了，你们的灵魂也一定很是安逸呢。我现在再问一声：你们也愿试一下么？这话说后，下边又是一阵呖呖莺声，齐道一声愿。我见了这种情形，倒起了一种感想，以为不怕死果然是绝好的一种精神，能建大事业，成大人物在此，能成仙了道。不过这种精神，要在偶然无意中显露出，方是可贵。像这样地当着大众，试验起来，未免出自勉强，有点不近人情了。再瞧瞧众道友时，似乎也与我有同一的感想。只是大众的眼光，仍一眼不霎地望着广场中，急欲瞧他一个究竟。

"'这时镜清道人已喊了声一，下边一班女弟子，果然齐趋木桩之前，在两块砖上分站着了。镜清道人便又喊了一声二，众女弟子齐把身躯俯了下去。于是镜清道人又很严肃的，振着喉咙喊道：三！这真是最吃紧的时候了，我和一班道友，更是眼眈眈地望着她们，暗忖流血惨事，就要现在目前了。这般尖的木桩，刺入了咽喉中，人是血肉之躯，怎能受得住？正不知内中有几个人，要立刻化为异物呢！这班女弟子，却真是勇敢得很，一听这声号令，竟什么都不顾了，一点不踌躇地把颈项向木桩紧凑上去，直至木桩直贯咽喉而过，把个尖儿露在外面，却寂静异常，连一点呻吟之声都没有。这一来，真使我们惊骇极了。有几位道友，心肠仁慈一点的，竟禁不住低喊起来。以为咽喉已成对穿，这班女弟子的性命，一定是不能保的了。谁知正在此时，却又见镜清道人很庄严的一笑，朗声说道：你们这班人很是不错，不怕死的精神，总算已是显出来了。现在且把身子仰起来吧。说也奇怪，众女弟子一听此语，真的将身仰起，好似十分轻便。那些木桩，也一点不留难的，从颈项中脱卸出来了。再瞧瞧她们的咽喉，不但没有一点血迹，连创口也不露见一个。

"'这时她们虽没有瞧见自己的形状，也没有用手去抚摩一下。然而她们依然是好好的，也没有感受到一点痛苦，这是她们自己当然知道的，所以不由自主地露出一种惊骇之色，似乎有点不自信的样子。只是我到了此时，却恍然大悟了。这定是当那紧要的时候，镜清道人曾暗暗施了一种什么法术，所以能化险为夷，化危为安，否则这班女弟子也是寻常血肉之躯，并没有什么道力，怎能经得起这木桩的贯刺咽喉呢？

"'却又听得镜清道人朗声说道：你们不要惊骇，这是没有别的缘故，完全是神灵在暗中呵护呢！从此你们可以知道，能够不怕死，倒可于死中求生。一怕死，那死神反就跟着你，准死不得活了。现在第一种资格，你们总算已经有了，便要讲到第二种资格，那就是不怕痛，你们自问也能办得到么？下边又是石破天惊的，齐喊一声能。镜清道人又续着说道：讲到不怕痛，比起不怕死的精神来，果然不及多了。不过死的时间，是绝短的。痛的时间，是较长的。一般视死如归的，只要一死便了，更受不到别

28

的什么痛苦。至于创痛加到身上，那非待创平痛止，不能脱去痛苦，似乎比死的况味还要难受了。所以讲到实在，不怕死还是容易，不怕痛反比较地有点为难咧。在我们一般学道的，任何痛苦必须都能受得，方有成功之望。故这不怕痛三字，更是一个很重要的问题。现在你们既然都答称能够办到的，我倒又要试试你们咧。说到这里，又回向一班男徒弟立的地方说道：你们快把刚才预备好的那架火炉抬了来。即有四个男徒弟，一齐嗷地应了声，趋向内屋。不到一刻工夫，便把一架大火炉抬了出来，放在广场之中。只见有几十柄像烙铁一般的东西，深深地埋在火中烧着，只留一个柄在外面。

"'镜清道人便又向那班女弟子说道："现在我便要试验你们一下了，仍听我的口令行事。我第一声令下，你们须得卷起衣袖，将臂高高露出，齐趋火炉之前；第二声令下，各持烙铁一柄在手，回归原位；等到我第三声令出，就得将这烙铁，各向自己臂上烙去。一不许有畏缩之状，二不许有惧怯之色，三不许有呻吟之声，须待我命你们将烙铁取去，方算了事。这才显得出你们那种不怕痛的精神了。

"'我当时听了这话，觉得这又是一种残忍的行为，在义理上讲来，总嫌有点诡而不正咧。再瞧瞧那班女弟子时，脸上却露着坦然自若的样子，好像什么痛苦都不怕，一点不以为意似的。等到镜清道人二声令下，她们各人早持着一个烙铁在手，由炉边又重新回到原位了。那烙铁烧得红如炙炭一般，一烙上去，怕不皮焦骨炙，连旁边瞧的人，也见了有些寒心。然而那镜清道人忍心得很，竟一点不犹豫地又喊了一声三。这班女弟子，便不顾死活，忙把烙铁向臂上烙去。你想，臂肉是生得何等的嫩，这烙铁又是烧得何等的热。两下一触，早把玉雪似的臂儿，炙成焦炭一般。这时凭她们怎样的勇敢，也有些受不住，脸色都痛得由红转白，然也只是咬紧牙关，勉强忍耐住，绝不闻有些微呻吟之声，更不见有一个人敢擅自将这烙铁移去的。这时不但我们暗赞这班女弟子的勇敢，连镜清道人瞧了这种情状，似乎也很为满意了，也便发了一声口令，终止了这幕惨剧。然烙铁触处，早已有了一个不可消灭的焦印，永远留在各人的玉臂上了。

"'镜清道人便又很高兴地说道：你们果是不错，这第二种资格，也可以算是有了，现在便要讲到那第三种资格。你们道那第三种资格是什么？

那便是不怕羞。这话一说，倒使一班女弟子一齐呆了起来，顿时露出一种惊疑之色，不比以前二次听他吩咐的时候，那样的神色自若了。镜清道人由这脸色上，似乎也已知道了她们的意思，便又说道：你们不用惊疑，讲到这个羞字，实不可一概而论，其间也有分别。譬如做了什么不道德的事情，或是虚生一世，一点正事也没有干，这原是可羞的。至于寻常儿女子所以为怕羞的事情，其实是一点不足羞的。你们如果也脱不了这种旧习惯，那是大足为学道时一个大障碍了，所以我要把你们试一下呢。你道怎样的试法？便是我一声令下，你们须当着大众，脱去衣服，把上身裸着咧！

"'众女弟子一听这话，脸上更觉有点不自在了。镜清道人早已窥见，不等她们有什么答语，便又正色说道："人的身体，受之父母，原是清清白白的，有什么不可当着大众袒裸的道理？如果存着怕羞的意思，那她们的存心，倒反不可问了。我们一班学道的，更不能有下这怕羞的心思。因为一学了道，什么困苦都得受的，万一到了没有衣服，裸着身子的时候，如果只一味地怕羞，不向前途努力，那还有成功的希望么？所以我把不怕羞列为第三种资格。你们如愿列我门墙的，总得有下不怕羞的功夫。如今也愿试一下么？"众女弟子被他这么一说，果然说得顽石点头，一个个把成见消除了。又是一阵呖呖莺声齐答道愿。可是这一来不打紧，我们这班在旁观礼的，倒觉得有些局促不安了。暗忖一班妙龄女子，当着这许多人，上身脱得赤裸裸的，这是成何体统？在镜清道人，纵然不算是什么羞耻的事情，在她们自己，也不算是什么羞耻的事情，然而教我们怎能瞧得入眼咧？

"'正在十分为难之际，镜清道人却早已发了一声令，那班女弟子便解去衣纽，宽去衣衫，预备将那清白之躯，呈露在人前了。我和一班道友，哪忍去瞧视她们？正想将头别了开去，不料在这间不容发之标，忽见镜清道人将手一挥，一声大喝，天地立时变色，原是白日杲杲，忽然变成长夜漫漫，伸手不辨五指了。便又听得镜清道人在黑暗中朗声说道："好极！好极！你们总算把不怕羞的精神，也显露出来了。不过在这许多贵宾之前，如果真是赤身露体的，未免太不恭敬了。所以我在紧要的当儿，特地略略施了一点法术，把日光遮蔽了去。现在你们赶快仍把衣服穿上吧。"

这话说后，只听见众女弟子嗷地应了声。不到多时，又听得镜清道人一声喝，天地立时开朗，依然白日杲杲。那班女弟子，仍是衣冠楚楚地立在广场中咧。于是镜清道人含笑说道：如今你们三种资格已全，可以列得我的门墙了。不过我教中尚有三戒，也最绝重要的。第一是戒犯上，第二是戒犯淫，第三是戒贪得。你们此后须谨谨遵守，不可背越。众女弟子又是唯唯应命，遂行了拜师六礼。至此，这收女弟子的煌煌大典礼，总算是告成了，三山五岳前来观礼的道友，也就纷纷辞归。从此我对于这镜清道人，觉得他是可怕之至，真可算得是当世一个大魔王咧。'"

余八叔说到这里，略停一停，方又道："这都是我师傅当时对我说的，我听了以后，也觉得他非常的可怕，更想到李成化既是他的徒弟，定也是一个了不得的人物。上一夜我去偷窥他练拳，幸亏他没有和我认真，否则真要不堪设想呢。"刘金万听了又问道："但是这镜清道人怎么到这冷泉岛去的，又怎样把这些鸟兽驱逐了去，你师傅也曾对你说过么？"余八叔说道："这倒是和我说过的。不过事情说来很长，一时间万万讲不完。你如果爱听时，可以到我舍间来，我总得一桩桩地讲给你听呢。"

刘金万一瞧酒席已是吃残，时候也已不早，这些话果然讲得太长一些，再也不便讲下去了，就也把头点点，即同余八叔，别了周保正及陪席的一班绅商，各自分头回家，不在话下。至于刘金万后来究竟曾否去到余八叔家中，询问镜清道人的种种逸事，我们且不去管他。不过镜清道人在这部书中，也可算得是个了不得的人物，总得把他的历史叙上一叙。

且说镜清道人本姓沈，小名牛儿，生长在山东潍县金雀村中，自幼不识不知，愚蠢异常。到了十四岁，还是一点人事都不知道。家人皆不喜他，因此也不教他读书，也不教他做什么事，只教他驱了一头牛，天天到野外去放牧。这明是厌弃他，不要他在家里的意思，他倒很是高兴。

有一天，还不到晌午时分，腹中忽觉饥饿起来。但是瞧瞧晒在地下的日影子，似乎还没有到吃饭的时候，明知回家去也是没得饭吃的，说得不好，或者还要受家中人一顿臭骂，便想先摘几枚野果来充充饥咧。抬头望处，忽见南面一棵桃树上，结了有几枚硕大的桃子，红艳艳的，煞是可爱。倒不觉暗吃一惊，心想这桃子怎么结得如此之快？这棵桃树，我昨天还尚向他望上一望的，连一个小小的毛桃子都没有。想不到一夜之间，就有这些又红又大的桃子生出来了。但他素来是懵懵腾腾的，凡事不求甚解，加之这时腹中饥得可怜，只望采些果实来充充饥，所以对于这桃实速成的问题，也不暇去研究。不管三七二十一，即爬上那棵桃树上去，把上面结的三枚桃子，一齐采摘下来，食在肚中了。只觉入口之际，汁多味美，甜香非凡，较之寻常吃的桃子，真有天渊之别咧！

可是这三枚桃子吃下肚去不打紧，却把他完全改了样子了。他素来是十分愚蠢的，如今却变成聪明了；素来是一字不识的，如今却能写能诵了！然而也有一桩不如意处，从前是每天除了吃饭睡觉之外，就是牵了一头牛到野外去放，浑浑噩噩，觉得很是舒服。现在却不然了，心中觉得非常闷损，像有件什么事情没有得到解决似的，但又不能说出究竟是件什么事。因之虽仍是照常去放牛，只是怏怏闷坐，也无心去照顾那牛。

谁知有一天，却轻轻易易地把他这个问题解决了。只听耳畔好像有个人唤着他的名儿，向他说道："牛儿，你不要气闷，你的心事，我都知道。你不是看破尘缘，想从个名师修仙学道么？那我就是你的师傅，不久你就可到我那里去，从我学习大道呢！"

这时的牛儿，已不比未吃桃实前的牛儿了，早已有了仙根。一听得这几句话，居然立时解悟。知道被他一语破的，他自己听忧愁闷损，以为未能解决的，确便是这修仙学道的问题。当下连忙跪了下来，恭恭敬敬地叩了三个头，方说道："弟子已蒙收录，实是出自鸿恩。不过弟子该死之至，尚没有知道师傅的法号，还请明示。"只听得空中哈哈一片笑声道："你要问我法号么？我便是东汉时的蓟子训，道号铜鼎真人。遁迹在这西面的白凤山上，也有几千年了。这里的这棵大桃树，是我手植的，虽比不上西池王母那边的蟠桃树，然而也是仙种，须一千年一结实。我也就定下一个规律，也是每阅一千年收一次徒弟；并以桃实为标准，谁吃了我这桃实，谁就是我的徒弟。昨天结成的那三枚桃实，偏偏没有被别人吃得，却被你吃了去，这是你的缘法已至，和我合有师徒之分咧。"牛儿恭听了这番训谕，忙又说道："师傅既是如此说，那么快求师傅度我去吧！我是急于学习大道，在这尘世中，一刻都不耐居住呢。"

铜鼎真人又在空中说道："你不要性急，我既收了你做徒弟，终要度你去的，不过现在尚非其时。你从今天起，且正着心、诚着意，每天不住地向这头牛拜着，但不可被人瞧见。拜得这牛通了灵性，自会驮起了你，送到我住的所在呢！"说完这话，又说了一声："我去也！"空中即寂然无声了。

牛儿谨识于心，从这天起，窥着无人的时候，便正心诚意，很虔诚地向这牛拜着，并把遇仙一节事隐秘着，不向别人说起。可是这样地拜了不少时候，这头牛依然是蠢然的一头牛，只会吃草拉屎，一点没有什么通灵的表示。倒害得他发急起来，向着这牛泣道："牛啊，牛啊，我这样天天地向你拜着，你怎样乃旧一点灵性都没有，不肯驮我到师傅那里去呢？难道师傅的说话是骗我的么，还是嫌我不虔诚呢？如果再是如此下去，死的日子也快要到了，还有求道的希望么？"说也奇怪，这头牛一听这话，竟抬起头来，向他望上一望，口作人言道："哦！你要我驮你到你师傅那里去么？那你何不早说。我又不是你肚里的蛔虫，怎么会知道呢？怪不得你天天向我求拜，原来为的此事。我倒正在有些疑惑不解咧。"

牛儿听这牛居然会说起话来，自然十分欢喜，便又说道："牛啊，牛啊！你居然通灵了。如今闲话少说，快驮我到师傅那里去吧。"这头牛将头点点，便把身子俯了下来，牛儿即跨上牛背喊道："走吧！"这牛就展开四蹄，腾云驾雾一般，向前面飞快地跑去了。

一会儿，奔上了一座山岗，穿林越坡，直向山巅驰去。也不知走了多少道路，经了多少时间，这牛因为走得太快了，忽地蹄儿向前一蹶，一个倒栽葱，将牛儿跌下地来，幸喜没有跌伤，身上并不觉痛。略一定神，举目瞧时，和他相依为命，驮他来到此处的那头牛，早已跑得不知去向了，他自己却卧在一座峭壁之前。这峭壁险峻异常，高插云表，而上面童童然的，一点树木都没有，望之更觉森然可畏。

他不免暗忖道："我师傅究竟住在哪里呢？这峭壁上望去一所房屋也没有，一定是不对的。大概还在这峭壁的后面吧？"他因立起身来，沿着峭壁走去。将近边缘的时候，忽听得一派繁碎的声音，从壁后发出来，不觉暗喜道："对了，对了！我师傅一定就住在这附近了，这大概是他老人家弹琴的声音吧？"等得他飞快地转到壁后，只举眼一望时，不免又大大失望。原来只是一道飞泉，在那里淙淙响着，哪有什么人弹琴呢？再向峭壁上下望去，也和前面一样，不见有一所房屋，于是他又废然踅了回来，对着这座峭壁呆望。心想这蠢牛真误事，竟把我驮到这荒山中来，如今来得去不得，怎么是好呢？不过瞧我师傅那样子，也和神仙差不多，难道会不知道我到这里来么？

一念未已，忽听银钟般的一派声音，在山谷中响动道："牛儿，你来了么？好！你不用疑虑，我在这里呢。"牛儿一听，知是师傅铜鼎真人对他说话，不觉十分喜欢，连忙跪下叩头道："不错，弟子来了。如今请师傅快现法身，领弟子到洞府中去吧。"只听铜鼎真人笑着说道："我也没有什么洞府，就住在这峭壁中，向来不喜人家入内的，也不喜和人见面。你既来到此处，就在外面住着。我且赐你一个道号，唤作镜清。牛儿这个小名，以后可捐去不必再用了，并赐你神经一卷，让你朝夕练习，以为入道之初步。"

镜清细辨他这声音，果是从峭壁中发出来的，但用眼光细细瞧去，却不见壁上有一线的裂隙，倒猜不出他师傅是怎样出入的？正在这个时候，忽听砉然一声，便见那峭壁间裂开了一条小缝，就有一卷书掷了出来，跟着又是一阵响，那峭壁仍密阖如故了。随闻铜鼎真人说道："你且照着这册书中所载的，先习练起来吧。俟你全能领悟时，我自会再以他种道术授你的。"

镜清叩头谢了恩，然后去拾起了此书，只见上面署着几个古篆道"神经第一卷"。翻开书来一看，前面载着些辟谷导气的方法，后面乃是讲的几种防身拳术，中间变化很繁。从此镜清便在这荒山中，安心住了下来，朝夕把这两件事来习练。久而久之，果然能辟谷却食，而于这些拳术的变化，也居然十解八九。

当他练习的时候，铜鼎真人虽未曾露过一次面，然而好像在旁监视着似的，一等到镜清已能将这第一卷书完全领悟，便又听得他二次发言，又把神经第二卷相授了。这第二卷书中所载的，却是些降龙伏虎、役鬼驱神的方法，也是学道的一种看家本领；跟着又是第三卷，乃是讲用了什么法术，可以呼风唤雨，用了什么法术，可以倒海移山；到第四卷，是讲到奇门遁甲，诸般变化了，倒也不是件容易的事情；跟着就讲到飞剑杀人之方，吐气殪敌之法，这算是第五卷了。一口剑，要练得倏长倏短，吐纳自如。一股气，要练得倏远倏近，神化无方，实在很是烦难，非下苦功不可；再练上去，是第六卷，便研究到如何驾云御风，如何烧鼎炼丹。学道者到了这步功夫，差不多已成了半个神仙。可是练习的方法，到此已略略有些改变了。从前是注重在这动的方面，现在却注重在这静的方面。因此在这第七卷中，便讲到养性修心、脱胎换骨上面去，是完全在静字上用功夫的。然而遇着镜清，却是喜动不喜静的。这第七卷的功夫，刚刚只学到一半，就生起厌心来，没有先前这么的勤敏了。暗想道："这荒山中，虽没有什么时历，不知我来到这里究已过了多少年？然而时候总已是很悠久的了。如再这样下去，学到何日为止呢？而且现在就我已学得的这几种本领讲，就是走到外面去，自问也很足对付一切了！"

谁知这铜鼎真人是通灵不过的，他刚想到这里，早被他老人家知道了。即听得在峭壁中发出声音来道："唉！我原望你循序而进，学成正果的，不料你忽然起了这种念头，这明明是缘法已尽。照我的规律讲起来，再也不能留你在这里了。不过替你想来，实在可惜得很，你如果再能安心学上去，上界真仙虽不敢望，一个地仙，总可以稳稳做得到的。不是比这么半途而废，只会些小巧法术的，强得多了么？"

镜清听了，倒又有些后悔起来了，忙跪下哀求道："这是弟子一时的妄念，不好算数的。现在已知懊悔，总安心学习上去，不闻大道不止就是了。请师傅可怜我，大发慈悲之心，仍留我在这里吧。"铜鼎真人笑道："这话说得太容易了。须知我们学道的，最重要的是缘法，最忌的是勉强。你刚才已生下厌倦之心，被我这番话一说，方又后悔起来，情愿仍在此安心学习，这已是出自勉强的了。就是我仍允许留你在此，也一定不能再学到什么的，所以还是请你赶快下山吧！不过话又说回来了，想不到我收了几次徒弟，最初都是十分高兴的，一学到了这步功夫，便都厌倦起来，总弄得一个半途而废。这真可叹之至，很足使我灰心呢。"

说到这里，忽然一阵风起，把放在镜清面前的那神经第七卷，向空中吹了起来。跟着这峭壁上起了小小的一个裂隙，把书收了进去。便又听铜鼎真人接着说道："现在你也不必留恋，赶快就下山去吧！不过我这里又有个规律，凡是跟我学道的弟子，如有半途而废，须要把他驱逐下山，不许片刻逗留。你得仔细提防着这种驱逐的方法，说不定很是暴烈的咧！"

镜清听他师傅说得如此决裂，知道是不能再留的了，忙又说道："弟子实是该死，不应忽起妄念。师傅要把弟子驱逐，也在情理之中，弟子一点不有怨恨的。不过自蒙收列门墙以来，只时时闻到训诲，从没有拜见过尊颜，私心常引为缺憾。现在师弟们快要分别了，如能许见一面，弟子虽死无憾。"铜鼎真人道："这话倒在情理之中，等到你下得山去，我自和你相见便了。"

一言未了，忽闻一声狂吼，即从峭壁后蹿出一头斑斓大虎，直向他跪的地方扑来。他一见，就知道这虎是师傅派来驱逐他的，在理不便和虎抵抗，忙立起身来，向着山下便走。谁知他连让了三次，这虎竟向他连扑了三次，仍一点不肯放松，不免暗想道："这如何是好，莫非师傅有意要试试我的本领么？"当下忙回转身来，口中念动伏虎咒语，又戟指指着那虎，喝道一声："咄！"说也奇怪，这猛烈无比的一头虎，被他这么一喝，立时蹲伏在地，变成一块顽石了。

他正自十分高兴，忽觉异腥扑鼻，又有一件东西，倏地飞到他的背后，把他身体缠着了。他忙回头一看，不免大吃一惊，原来一个毛毿毿的龙头正对着他，把口张得很大，似乎要把他吞了下去咧。他这时也不暇顾念什么了，忙又念动降龙咒语，跟着又是一声大喝，并把身子用力地一抖动。这一抖动不打紧，早把那龙摔得不知去向，却在前面横见一道大海，涛声澎湃，听去很足生怖。他暗想这道海是在这一瞬间发现的，而他当日来的时候，也未瞧见有此海，大概又是师傅弄的神通，来试我的本领吧？他想到这里，即向四下一望，便在地上拾起了一块小小的泥土，向着海中一撒，喝道一声："水退！"立时间，水果平了，泥果涨了，又成了一块平地，镜清便又安然走了过去。

可是还没有走到十多步，突地有件黑魖魖的东西飞了来，成了一座小山，又把他的去路堵住了。他见了倒不觉暗自好笑道："你能教这小山飞来，难道我不能教这小山飞去么？"随即施展法术起来。只见他用手轻轻一指，这座山又是齐根而起，呼呼的几声，飞去得无影无踪了。

可是，当他再向前进时，忽又见一群青面獠牙的恶鬼，怪声四起，把他围了拢来。暗想这倒有点不易对付，还是用飞剑扫除他们吧。即从口中把飞剑吐出，向四周扫射过去。不到一刻工夫，早把这群恶鬼杀得东倒西跌，只余下一个大鬼，好似这群鬼中的领袖似的，窥个空，向上一跃，即有两个翅膀，从他身旁伸了出来，逃向空中去了。

　　镜清这时已杀得有些性起，哪肯放他逃走？也就驾云而起，追在后面。一壁逃，一壁走，也不知经过了多少时候，看看快要追及了，忽又从旁边闪出四个人来，都生得身长巨丈，腰大十围，一般拿着长大的兵器，恶狠狠地碍着他，拦住他的去路。不是四尊凶神是什么呢？

　　镜清艺高人胆大，倒一点没有畏惧之心，忙凝一凝神，对着他们口一张动，即有一股紫气直射出去。这股紫气好不厉害，一射到这四尊凶神身上，早使他们灭却锐气，减却威风，一个个立脚不稳，在云端中跌下去了。惹得镜清哈哈大笑，也就降下云头，到得平地一瞧，却已到了山下。

　　正在这个时候，忽听有人在后面唤着他的名儿，忙回头一瞧时，只见山脚下，立着一个巨人，大与山等，高与山齐，恰恰把这山峰遮着了，正笑嘻嘻地望着他，好像要和他说话的样子，倒又把他吓了一大跳。

　　欲知后事如何，且俟下回再写。

第四回

工调笑名师戏高徒
显神通酒狂惊恶霸

　　话说镜清回头看时，只见山脚下立着一个巨人，大与山等，高与山齐，含笑向他望着，一时猜不出他是鬼是怪，倒不觉吃了一惊。正在这惊疑不定的当儿，却听那巨人含笑说道："镜清，镜清！你真愚呆得很，怎连师傅都不认识么？但是这也怪不得你，你虽从我学道这多年，却从来没有和我见过一面呢。"

　　镜清这才知道这巨人就是他师傅，铜鼎真人的化身，慌忙跪下行礼道："恕弟子愚昧，没有拜见师傅尊颜的时候，一心想和师傅见一见；如今见了面，却又不认识了。只可惜弟子缘浅之至，刚一瞻拜师颜，为了种种因缘，又不得不立刻和师傅分手了。还请师傅训诲数语，以便铭记在心，随时得所遵循。"铜鼎真人道："你要我对你训诲几句么？这是不必待你请求，我也颇有这番意思的。否则，从没有见过面的师弟，就是永远不见一面，倒也不着迹象，今天又何必定要见这一见，不是有点近于蛇足么？如今你且听着，你在我门中学道，虽是半途而废，没有得到正果，但只就你所学得的这些本领而论，已是大有可观。除了一般成仙得道者之外，在这尘世之中，也就找不到几个人可以和你抗手的了。可是如此一来，将来你的一切行动，就更要十分出之慎重，一点儿戏不得。倘能走到善的一条路上去，果然可以打倒世间一切的妖魔鬼怪，做一个卫道的功臣；万一弄得不好，竟走到恶的一条路上去，那世间一切的妖魔鬼怪，就要乘此机会，阳以归附为名，阴行蛊惑之实，把你当作他们的一个傀儡，你就不由自主地会成了旁门左道中的一个首领。换一句话说，也就是吾道中的一个罪人了。而且善与恶虽是立于对等的地位，然而为恶的机缘，每比为善的来得多。为恶的引诱力，每比为善的来得强，倘不是主意十分坚决的人，就会误入歧途中。所以我望你对于这件事，以后更宜刻刻在意，一点错误不得。倘使到了那时，万一你真的入了歧途中，做起一班妖魔鬼怪的领袖来了，这在我固然有方法可以处分你、惩治你，只要我把主意一决定，略施一点法力，你就会登时失了灵性。你所学得的种种本领，就立刻归于无用了。不过我在最近的五百年中，只收了你一个徒弟，你在我门下学道，也经过了不少的年数，并不是怎样容易的。因此，非至万分无奈的时候，决不肯下这最后的一步棋子。而我在这和你将要分手的时候，这样地向你千叮咛、万嘱咐，深恐你误入歧途，也就是这种意思啊！"

镜清忙道："这个请师傅放心，我总拿定主意，不负师门期望便了。倘若口是心非，以后仍旧误入歧途，任凭师傅如何惩治，决无怨尤。"铜鼎真人道："如此甚善。你就向这软红十丈中奋斗去吧。"说完衣袖一拂，倏忽间形象都杳，化作轻烟一缕，吹向山中去了。镜清又恭恭敬敬地向空中叩了三个头，方始立起身来，辨认来时旧路，向金雀村中行去。

谁知到得村中，却不胜沧海桑田之感了，父母、兄嫂都已去世，由侄辈撑持门户。因为暌隔了有五十年之久，而侄辈中，又有一大半还是在他上山后出世的，故见面后彼此都不相识。至于村中一班的人，更是后生小子居多，没有一个能认识他的。好在镜清学道多年，尘缘已淡，倒一点不以为意，也就不在村中逗留，径向县城行去。可是关于他的将来，究竟应该如何进行，却已成了一个亟待解决的问题。他不禁暗想道："我对于学道一事，虽已半途而废，成仙证道，此生是没有什么希望的了。但是究已被我学会了不少本领，难道我从此就隐遁下来，把这一身本领一齐都埋没了么？这未免辜负了我多年学道的苦心了。然欲这身本领不致埋没，除了开厂授徒，实在没有第二个好办法。"于是他就在潍县租赁了一所房子，挂了块教授武艺的牌子，开始授起徒来。

山东本是一个尚武的地方，素来武士出产得很多，一班少年都喜欢练几手拳脚的，听得他开厂授徒，自然有人前来请业，倒也收了不少门弟子。但是这个风声传出去不打紧，却恼怒了一个人。这人不是别人，便是那老道李成化，暗想在这潍县周围百里之内，谁不知道我李成化的威名？隐隐中这潍县差不多已成了我的管辖区域。凡是江湖上人，要在这潍县卖艺的，总得来拜见我，挂上一个号。好大胆的这个不知何方来的野道，竟一声招呼也不向我打，便在这里开厂授徒了，这不是太瞧不起我么？当下气愤愤地带了一把刀，就一个人前去踹厂。但是还没有和镜清见得面，早被镜清的一班门弟子瞧见了。他平日的威名，大家早都知道的，今天见他怒气勃勃，带刀而来，更把他的来意瞧科了几分，忙去报与镜清知道。

镜清笑道："他修他的道，我授我的徒，河水不犯井水，大家各不相关。他有什么理由，可以这么其势汹汹地来找我呢？你们去对他说，我不在家就完了。"弟子们果然依言出去向李成化挡驾。李成化没法可想，也只得咆哮一场而去。但是这只能把他缓着一时，哪里就能打消他踹厂的这个意思？所以接着他又去了两趟，镜清却总是回复他个不在家。到了第四次，李成化可再也不能忍耐了，就当场大吼一声道："咄！好没用的汉子，你难道能躲着一世不出来么？你既然没有什么本领，就不应该开厂授徒；既然是开得厂，授得徒，便自认是有本领的了，就应得出来和我见个高下。如今你两条路都不走，只是老躲着在里面，这有什么用？哼，哼！老实说，今天你如出来和我见个高下，或是打个招呼，万事俱休。否则，惹得我性起，定要把你这鸟厂打得一个落花流水，休要怪我太不客气。"说时，声色俱厉，显出就要动武的样子。慌得镜清的一班门弟子，一面设法稳住了他，一面忙去报知镜清。

镜清却很不当作一回事，哈哈大笑道："这厮倒也好性子，今天才真的发起脾气来了。那丑媳妇总得见公婆面的，也只好出去和他见一见，不能再推托什么了。也吧，你们且去对他说，我就要出来了，教他准备着吧。"

等得镜清走到外边厅上，却已运用玄功，摇身一变，变作了一个长不满三尺的侏儒。那时不但他的一班门弟子瞧了，觉得十分惊诧，就是那李成化，也暗地不住称奇："怎么这开厂授徒的拳教师，竟是这么的一个侏儒？这真是万万想不到的。但是这也可算得是一桩新闻，人家以前为什么不传给我听呢？"当下他却又向着镜清一阵大笑道："我道你这炎炎赫赫的大教师，总是怎样一个三头六臂的人物，绝不是寻常人所能比拟的。万不料竟是这么一个矮倭瓜，这真使我失望极了。"

镜清微笑道："我也只借着授徒，骗口饭吃吃罢了。这种炎炎赫赫的头衔，实在出于你的奖借，我是万万不敢受的。不过为了我生得短，竟使你失望起来，这未免太有点对不住你了。还是赶快让我把身子长出些来吧。"一壁说着，一壁跳了几跳，果然立刻长出了几寸来。

这一来，可真把一班在旁瞧看的人惊骇住了。尤其是身在局中的李成化，竟吓得他呆呆地向镜清瞧着，一句话也不能说。镜清却又笑着说道："你呆呆地望着我做什么？莫非还嫌我太短，仍使你觉得有点失望么？那我不妨再长出几寸来。"随说随跳，随又长出几寸。

这样地经过了好几次，居然比李成化的身度还要来得高了。镜清却又做出一种绝滑稽的样子，笑嘻嘻地说道："呀！不对，不对！我又做了桩冒失的事情了。这生得太短，固然足以使你失望；而太长了，恐怕也要引起你的不满意的，还得和你一样长短才对呢！"说着跳了过去，和李成化一并肩，随又向下略一蹲，果然短了几寸，同李成化一样的长短了。这时李成化却已由惊诧而变为恼怒，厉声说道："这算不得什么，不过是一种妖法罢了。别人或者被你吓得退，我李成化是决不会为了这区区的妖法就吓退的。如果真是汉子，还是大家比一下真实的本领，不要再弄这丢人的妖法吧。"刚刚把话说完，便抽出一柄钢刀，劈头劈脑地向镜清挥了来。

镜清一边闪躲着，一边仍笑嘻嘻地说道："你这人也太不客气了，怎么连姓名都没有通报，就无因无由地向人家挥起刀来呢？"李成化大吼一声道："你别再油嘴滑舌了！我是李成化，外间谁不知道？老实对你说，我今天是特地来找着你的。照形势瞧起来，你是无论如何不能躲避的了，真是汉子，快与我来走上几合。"

镜清笑道："原来你是要和我比武的么？好！好！好！那你何不早说？不过真要比武，也得彼此订定一个办法。如今还没有得到对方的同意，你冷不防的就是这么一刀，所谓英雄好汉的举动，恐怕不是如此的吧？"

李成化被他这么地一诘问，倒也自己觉得有点冒失了，忙道："你既然肯和我比武，事情就好办了，如今闲话少说，你要怎么比，我依你怎样比便是。不过你不能再在这办法上，做出种种留难的举动来。"镜清道："这是决不会的！只有一桩，我的年岁虽然还说不上一个老字，然比你总大了许多了。如要和你们这种少年人走上几合，腿力恐怕有些不对，恕我不能奉命。现在我却有个变通办法，不如尽你向我砍上三刀，你能把我砍伤，就算是你赢了；如果不能把我砍伤，就算是你输了。万一你竟能把我砍倒，不是更合了你的意思么？不知你对于这种办法，也赞成不赞成？"

李成化听了暗想道："这厮倒好大胆，竟肯让我砍上三刀，难道他又有什么妖法么？不过我不信他竟有这许多的妖法，倒要试上一试，自问我这柄刀，能削铁如泥，最是锋利无比的。只要他不施展出什么妖法来，怕不一刀就把他的身子劈成两半，还待我斫上三刀么？"当下大声说道："好，好，好！我就砍你三刀。不过这是你自己定的办法，想来就是我万一的一个手重，当场把你砍死，也只能说是你自己情愿送死，万万不能怨我的呢。"镜清又笑道："哪个会怨你！你有什么本领，尽管施展出来便了。"

于是李成化略略定一定神，觑着了镜清的胸膛，就是很有力的一刀。满以为这一刀下来，纵不能就把他当场搠死，重伤是一定免不了的了。谁知刀还没到，眼帘前忽地一阵黑，手中的刀就有点握不住，向右偏了许多。因此只在镜清的衣上，轻轻划了一下，并没有伤得毫发。这时李成化倒有点不自信起来了，莫非因为我一心要把他一下砍死，力量用得过猛。同时又因为心情太愤激一些，连脑中的血都冲动了，以致眼前黑了下来，所以刀都握不住了么？如果真是如此，那都是我自己不好，怨不得别人的。这第二刀，我须得变更一下方法才对。当下，他竭力把自己镇静着，不使有一点心慌意乱，然后觑准了镜清的胸膛，又是不偏不倚的一刀。

煞是奇怪！当他举刀的时候，刀是指得准准的，心是镇得定定的，万不料在刚近胸膛的时候，眼前又一阵的乌黑，刀锋便偏向旁边了，依然是一个毫发无伤。这一来，可把李成化气得非同小可，立时又大吼起来道："这可算不得数，大概又是你在那里施展妖法了，否则我的刀子刚近你的胸前，为什么好端端的，眼前就是一阵乌黑呢？"

镜清道："这明明是你自己不中用，不能把我刺中罢了。怎么好无凭无据地捏造出'妖法'二字，轻轻诿过于我呢？如今你三刀中已砍了二刀，剩下的这一刀，如果再砍不中我，可就要算是你输了。"说完哈哈大笑。李成化道："不，不！这可算不得数，须得再把方法改变一下。如果你肯解去衣服，把胸膛袒露着，坦然再听我砍上三刀，不施展一点什么妖法，那就对了。那时我如再砍不中你，不但当场认输，还得立刻拜你为师。"

镜清道："好，好！这有何难？我今天总一切听你吩咐就是了。"一壁说着，一壁即解去衣服，把胸膛袒露着，坦然地说道："请你将刀砍下来吧，这是你最后的一个机会，须得加意从事，再也不可轻易让它失去呢。"

李成化也不打话，对准了镜清袒着的胸膛，接连着一刀不放松的，就是很结实的三刀。但是说也奇怪，这三刀砍下去，不但没有把镜清穿胸洞腹，而且砍着的地方，连一些伤痕都没有。再瞧瞧那柄刀时，反折了几个口，已是不能再用的了。这一下子，可真把李成化惊骇得不可名状，暗想我这三刀砍下去，确是斫得结结实实的，并没有一刀落了空，怎么依旧没有伤得他的毫发呢？这可有点奇怪了，看来他的内功也练得很好，所以能挨得上这很结实的刀子，倒不见得全持妖法的呢。

正在他这么想的时候，又听得镜清一阵的哈哈大笑，向他说道："如今你又有何说？你的刀子，不是一刀刀都砍在我的身上么？然而我却一点儿伤都没有。这明明是你砍得不合法，太不济事罢了，难道还能说是我施展什么妖法么？"李成化到了这个时候，可再也没有什么话可说了，一张锅底也似的黑脸，涨得同猪肝一般的红。慌忙把刀丢在一旁，跪下说道："恕弟子有眼不识泰山，同师傅纠缠了这半天，如今也无别话可讲，就请师傅收了我这徒弟吧。我总赤胆忠心地跟着师傅一辈子，不敢违拗一点便了。"

镜清这时却把刚才那种嬉皮笑脸的神气完全收起，一壁忙把他扶住，一壁正色说道："你真要拜我为师么？那'妖法'两字，当然是不必说，已由你自动地否认了。不过我所会的本领也多得很，像你已是这般年纪，不见得还能一桩桩都学了去。你究竟想学我哪几桩本领呢？"

李成化道："别的本领，弟子还想慢一步再学，现在弟子所最最拜服而羡慕的，就是能将身子倏长倏短，及在霎时间能使敌人眼帘前起了一片乌黑，师傅能先将这两手教给我么？至于钢刀砍在身上，可以运股气抵住，不使受一点儿伤，这恐怕是一种绝高深的内功，不是一时所能学得会的吧？"

镜清笑道："原来你看中了我的这两手功夫了。不过这两手功夫，一名'孩儿功'，一名'乌鸦阵'，你不要小觑它，倒也不是短时间中所能学得会的。你既然愿从我学习，我总悉心教授你。大概能用上五六年的苦功，也就不难学会的了。"

李成化听得镜清已肯收他为徒，并肯把这两手功夫教给他，当下十分欢喜，忙又恭恭敬敬地磕了几个头，行了拜师大礼。从此便在镜清门下，潜心学习起来了。可是这一来不打紧，更把镜清的声名，传播得绝远，竟是遐迩皆知。不但是在这潍县周围的百里以内，就是在几百里几千里外，也有负笈远来，从他学艺的。镜清又来者不拒，一律收录，竟成了一位广大教主了。只是一桩，人数一多，不免良莠不齐，就有许多地痞无赖，混进了他的门中。这班人从前没有什么本领，已是无恶不作，如今投在他的门下，学会了几种武艺，更是如虎添翼，益发肆无忌惮的了。所以在地面上很出了几桩案子，总不出奸盗淫邪的范围。

就中有个郑福祥，绰号"小霸王"，更是人人所指目的，也可算是这一群恶徒中的一个领袖。以前所出的这几桩案子，差不多没有一桩是和他没份的。这一天，他同了几个和他同恶相济的坏朋友，到大街小巷去逛逛。在一顶轿子中，瞧见了一位姑娘，年纪约莫十八九岁，生得十分美貌。虽只是惊鸿一瞥，霎眼间，这乘轿子已如飞地抬了走了，然已把这个小霸王，瞧得目瞪口哆，神飞魄越，露出失张落智的样子。

一个同伴唤小扇子张三乇的，早把这副神情瞧在眼中，就把肩膊略略一耸，笑着说道："郑兄真好眼力。莫非在这一霎眼间，已把这小雌儿看上了么？"郑福祥听了这话，惊喜交集地说道："难道你也瞧见了她么？你说她的小模样儿，究竟长得好不好？"张三乇又谄笑道："我并不是今天第一次瞧见她，她的模样儿，已在我眼睛中好似打上一个图样了。她的眉峰生得怎样的秀，她的眼儿生得怎样的媚，我是统统知道，画都画得出来呢。"

郑福祥很高兴地说道："如此说来，她是什么人家的女儿？住在什么地方？你大概也都知道了。"张三乇道："这个不消说的。"说到这里，忽又向路旁望了一望，装出一种嬉皮涎脸的样子，说道："郑兄！这里已是三雅园了，我们且上去喝杯酒，歇歇力吧。在吃酒的中间，我可以一桩桩地告诉你。如此，你这顿酒，也不能算是白请我吃啊！"说了这话，又把肩儿连耸了几耸。

郑福祥笑着打了他一下道："你这人真嘴馋之至！借了这点色情，又要敲起我的竹杠来了。好，好，好！我就做上一个东道，也算不了什么一回事。"随即招呼了众人，一窝蜂地走上了三雅园酒楼，自有熟识的伙计们招呼不迭。

这时还没有到上市的时候，一个酒楼上，冷清清的并无半个酒客，他们便在雅座中坐下，要酒要菜，闹上一阵，方始静了下来。郑福祥忙又回到本题，向张三乇催着问道："这小雌儿究竟是什么人家的女儿，又住在什么地方呢？"张三丰满满地呷一口酒，方回答道："她便是张乡绅的女儿，住在东街上那所大屋中。郑兄，我可有一句话，这比不得什么闲花野草，看来倒是不易上手的呢。"

郑福祥陡地把桌子一拍道："咄！这是什么话？无论哪个姑娘，凡是被我姓郑的看中的，差不多已好像入了我的掌握中了，哪会有不易上手的？"那班狐群狗党，见他发了脾气，忙也附和着说道："不错啊，不错！这是绝没有不上手的。我们预先替郑兄贺一杯吧，大家来一杯啊。"谁知等到众喧略止，忽听外面散座中，也有一个人拍着桌子，大声说道："不错啊，不错！来一杯啊。"倒把众人吓了一跳。

郑福祥正靠门坐着，忙立了起来，一手掀起门帘，同时便有几个人，和他一齐探出头去，向着外面一望。只见散座中，不知在什么时候，已来了一个三十多岁的男子，独个儿据着一张桌子，朝南坐着。衣衫很不整齐，而且又敝旧、又污秽，一瞧就知是个酒鬼。当众人向他望的时候，又见他举起酒杯，将杯中酒一饮而尽，啧啧地称叹道："不错啊，不错！这真是上等绍兴女贞酒，再来一杯啊。"说着，又拿起酒壶，自己斟酒了。众人见此情景，才知上了这酒鬼的当，不觉一齐失笑，重行归座。

却又听那张三丰说道："刚才确是我失言了，郑兄的本领谁不知道？姑娘既被郑兄看中得，好像已是郑兄的人了，当然不会有弄不上手的。不过想用什么方法去弄她到手，也能对我们说一说么？"座中一个党徒，不等到郑福祥回答什么，就先献一下殷勤道："这种方法容易得很。最普通的，先遣一个人前去说亲，然后再打发一顶轿子去，把她接了来。如果接不成，老实不客气地便出之于抢。那郑兄要怎样的受用，便可怎样的受用了。从前我们处置那田家的小雌儿，不是就用这个法子么？"

郑福祥先向说话的这人瞪了一眼，然后哈哈大笑道："人家都说你是个没有心眼的粗汉，我倒还不大相信；如今你竟要自己承认这句话，献起这种其笨无比的计策来了。小扇子刚才曾说，这雌儿是张乡绅的女儿，你难道没有听得么？你想张乡绅是县中何等声势赫赫的人家，岂是那田家所可相提并论的？那遣人前去提亲，当然没有什么效果，弄得不好，或者还要被他们撵了出来。至于说亲不成，便即出之于抢，果然是我们常弄的一种玩意儿。但这张家，房屋既是深邃，门禁又是森严，试问我们从何处抢起呢？你的这条计策，不是完全不适用么？"这话一说，众人也大笑起来。

顿时羞得那人满脸通红，只得讪讪地说道："这条计策既不可行，那么，你可有别的妙策没有？"

郑福祥微笑道："计策是有一条，妙却说不到的。因为照我想来，这张家的房屋虽是十分深邃，门森又是十分森严，我们前去抢亲，当然是办不到，但也不过指日间而言罢了。倘然换了夜间，情形就不同了。而且仗着我这身飞檐走壁的轻身本领，难道不能跑到这雌儿的卧室中，一遂我的大欲么？"说着，从两个眼睛中，露出一种很可怕的凶光来。

张三丰听到这里，却不由自主地大声问道："哦，哦！原来你想实行采花么？"接着又拉长了调儿吟道："有花堪折直须折，莫待无花空折枝。哈哈哈，这个主意确是不错啊。"谁知在这当儿，只听散座中那个酒鬼，也在那里长吟道："有花堪折直须折，莫待无花空折枝。哈哈哈，这个主意确是不错啊。"便有一个党徒，立起身来，向着门帘外一望，笑得一路打听地回归原座，向众人报告道："这酒鬼大概是已吃得有点醺醺了，真是有趣得很，他竟在外面陈设的盆景上，摘下一朵花来，也文绉绉地吟着这两句诗句呢。"

可是郑福祥听了，却把两眼圆睁，露出十分动怒的样子，喝道："什么有趣！无非有意和俺老子捣乱罢了。俺定要出去揪住了他，呕出他那满肚子的黄汤，打得他连半个屁都不敢放。"说完，气冲冲地立起身来，就要冲出房去。

张三丰忙一把住住了他，含笑劝道："天下最不可理喻的，就是一班醉汉，你何必和这醉汉一般见识呢？老实说，像他这种无名小卒，就是把他杀了，也算不了什么一回事。但是人家传说出去，倒疑心你器量很小，连酒鬼都不能放过门，定要较量一下。不是于你这小霸王的声望，反有些儿损害么？"

郑福祥一听这话，略略觉得气平，重又坐了下来。但仍在桌子上，重重地拍了一巴掌，大声说道："外面的酒鬼听着，这一次俺老子总算饶了你，你如再敢纠缠不清，俺老子定不放你下此楼。"说也奇怪，这话一说，这醉汉好像是听得了十分惧怕似的，果然悄无声息了，倒惹得众人又好笑起来。张三丰便又回顾上文，笑着说道："你这条计策果然来得妙。像你这身本领，这手功夫，怕不马到成功。不过有一件事要问你，这雌儿住在哪间屋中，你究竟已经知道了没有？如果没有知道，那可有些麻烦。因为

46

这并不是什么冠冕堂皇的事，你总不能到一间间屋子中去搜索的啊。"这一问，可真把这小霸王问住了，爽然道："这倒没有知道，果然是进行上的一个大障碍。但是不要紧，只要略略费上一点功夫，不难访探明白的。"

张三丰倒又扑哧一笑道："不必访探了，只要问我张三丰，我没有不知道的。否则，我也不敢扰你这顿东道啊。"郑福祥大喜道："你能知道更好，省得我去探访了。快些替我说吧。"张三丰道："你且记着，他家共有五进屋子，这雌儿住在第三进屋子的楼上，就在东首靠边的那一间，外面还有走马回廊。你要走进她的绣房中去，倒也不是什么烦难的事情。"郑福祥当然把这话记在心上。不多一刻，也就散了席。当他们走出三雅园的时候，这酒鬼却已不在散座中，想来已是先走的了。郑福祥便别了众人，独自回家。

谁知还没有走得多少路，忽有个人从一条小弄中踅了出来，遮在他的面前，笑嘻嘻地向他说道："朋友，你的气色很是不佳，凡事须得自家留意啊。"当他说话的时候，一股很浓的酒气，直冲入了郑福祥的鼻观中。郑福祥不由得暗唤几声晦气，在这今天一天之中，怎么走来走去，都是碰着一班酒鬼啊？一壁忙地向着那人一瞧，却不道不是别人，仍是刚才在酒店中向他连连捣乱的那个酒鬼。这一来，可真把他的无名火提得八丈高了，也就不管三七二十一，举起手来，就向他很有力的一拳。

可是这酒鬼虽已醉得这般地步，身体却矫健得很，还没有等得拳头打到，早已一跳身，躲了开去，却又笑嘻嘻地向他说道："我说的确是好话，你千万不要辜负我的一番美意啊。俗语说得好，'海阔任鱼跃，天空听鸟飞'，你总要记取着这两句话，不要做那不必做不该做的事情。"

郑福祥见一下没有打着那酒鬼，已是气得了不得；再见了这副神情，更是恼怒到了万分，哪里再能听他说下去？早又举起拳头，向他打了过来。这酒鬼倒也防到有这一下的，所以把话说完，不等得拳头打到，即已拔足便跑了。郑福祥一时起了火，恨不得立刻把这酒鬼打死，怎肯放他逃走？自然也就追了下来。但是这酒鬼生就一双飞毛腿，走得飞也似的快，不到几段路，已是走得无影无踪的了。郑福祥弄得没法可想，只好把这酒鬼顿足痛骂几声，然后怅怅然地回得家去。而为了这酒鬼几次三番的纠缠，弄得他意兴索然，对于采花这件事，倒想暂时不进行的了。

无如睡到床上，刚一闭眼，又见那袅袅婷婷的张家小雌儿，仿佛已立在他的面前了。惹得他欲火大起，再也按捺不住，一翻身坐了起来，咬牙切齿地说道："这酒鬼算得什么！他难道能阻碍我的好事么？我今天非去采花不可。"即穿了一身夜行衣装，出了家门，直向东街行去。一路上倒不有什么意外，一会儿，已到了张乡绅的大屋之前。刚刚跃上墙头，忽于月明之下，见有一件东西，飞也似的向他打来，暗叫一声不好。

欲知这向他打来的是一件什么东西，且俟下回再写。

第五回

破好事掷镖示薄惩
了宿仇打赌决新机

话说郑福祥刚刚跳上张家的墙头，忽于月光之下，见有一件东西，飞也似的向他打来，不觉吃了一惊。但他接镖打镖，素来也是练得有点儿功夫的，所以一点不放在心上。不慌不忙间，就把来接在手中。也不必用眼去细瞧，只在他手中略略地一揣，早已知道只是毛茸茸的一只破草鞋，并不是什么暗器。倒不禁失笑起来，莫非有什么顽童偶然窥破了我的行藏，向我小小儿开上一个玩笑么？当时因为情热万分，急于要去采花，又仗着自己本领大，不惧怕什么人。所以只向墙外望上一望，见一个人影儿也没有，也就不当作一回事，仍旧跳进墙去。

其实他没有细想一想，草鞋是何等轻的一件东西，要向这么高的墙头上掷了来，倒也不是件容易的事情，岂是寻常的顽童所能做得到的？他到了墙内，脚踏实地之后，只见凡百事物，都入了沉寂的状态中。隶属于这一所大屋子内的一切生物，似乎已一齐停了动作，入了睡乡了，因此，他的胆子更加大了起来。记着小扇子所说的话，径到了第三进屋前，果然，楼前有走马回廊环绕着。他就很容易地走上了这回廊中，又很容易地走到了东面靠边的一室，开了门进去了。

一到了这室中，顿觉和外面好似另换了一个天地。那种种精美的陈设，一一地射入眼帘，使他这么粗暴的一个人，也不知不觉地发生了一种美感，可不必说起了。尤其使他神魂飞越的，觉得有一股似兰非兰、似麝非麝，很清幽的香气，从一张绣床上发出来，一阵阵地袭入他的鼻观，这可不言而喻。他所欲得而甘心的那个目的物，就在这张床上啊。他这时一切都不顾了，更不暇细细赏玩室中的陈设，三脚两步到了床前，很粗暴地就把帐子一掀。帐中卧着一个美人儿，锦衾斜覆着半身，却把两只又白又嫩的臂儿露在外边，连酥胸也隐约可见。一张贴在枕上的睡脸，正侧向着床外，香息沉沉，娇态可掬。不是日间所见的那个小雌儿，又是什么人呢？

他是解不得什么温存的，即俯下身去，把这姑娘的肩儿，重重地摇上几摇，喝道："醒来，醒来!"可怜张家的这位小姑娘，正在香梦沉酣之际，哪里料得到有这种事情发生？被郑福祥推了几推，即"嘤咛"一声，欠伸而醒。等到张开眼来一看，却见一个很粗莽的男子立在床前，向着自己狞笑，显而易见地是怀着一种不好的意思。这时真把她的魂灵儿都吓掉了。想要叫喊时，哪里由得她做主？郑福祥早已伸出蒲扇一般粗大的一只手，向她嘴上掀去，一壁又要跨入床来了。

正在这间不容发之际，忽听有人在楼前回廊中，打着一片哈哈说道："好个贼子，竟想采花来了! 但是有俺老子在此监视着你，由不得你享乐受用呢。如今我们酒鬼、色鬼，共来见一个高下吧。"这几句话，一入郑福祥的耳中，顿时把他色眯眯的好梦惊醒，知道定又是那酒鬼来打搅。今天这局好事，再也没有希望的了。由此瞧来，刚才那只破草鞋，一定也是这酒鬼飞来的呢。不过好梦虽已惊醒，此身却似入笼之鸟，已被困在这楼中，须急筹脱险之计才是。可是前面这回廊中，已有那酒鬼守着，想要打从原路逃出，是做不到的了，还是从后面走吧。

郑福祥一边把主意打定，一边即离了床前，走向门边。开了房门出去，却是一个小小的走道，走道的北端，又是两扇门，外面便是走马回廊。郑福祥绝不踌躇地即把门开了，走上后面回廊中，侧耳向下一聆，一点声息都没有，不觉暗暗欢喜。这酒鬼到底是个糊涂虫，老是守在前面的回廊中，却不知道我已在后面逃了去。弄得不好，惊醒了这屋中的人，倒把他捉住了当歹人办，这才是大大的一个笑话呢! 当下，他即想跳了下去。

谁知还没有跳得，忽又听那酒鬼在下面打着哈哈道："不要跳，我已瞧见你了。好小子，你欺我是个酒糊涂，不打我守着的地方走，却从我没有防备的地方逃。谁知我虽终日地和酒打交道，却也是个鬼灵精，特在这里恭候你了。"这种如讽似嘲的说话，郑福祥哪里听得入耳，恨得他咬牙切齿，暗地连骂上几十声可杀的酒鬼。一壁却又变换了先前的计划，一耸身，反跳上了屋面，预备趁那酒鬼一个没有留心的时候，就从那个地方跳了下去。

可是那酒鬼真是一个鬼灵精，本领着实非凡。郑福祥刚偷偷地跑到东，他就在东边喊了起来；刚偷偷地跑到西，他又在西边喊了起来，简直不给他一个跳下地来的机会。而且给他这一闹，张家这位小姑娘虽还惊下得瘫化在被窝中，不敢走起身来，张家的人却已知道出了岔子，一屋子的人都已惊得起床，乱糟糟地起了一片声音。眼见得就要来捉人了，更无跳下屋来的机会。

这一急，真把他急得非同小可，也就顾不得什么了，偷偷溜到一个比较的人家不甚注意的墙角上，悄无声息地跳了下去。但是当他刚刚跳到地上，早已被人捉住了一只脚。这个捉住他脚的人，不言而喻，就是那个酒鬼。果然就听得那酒鬼的声音，在那里哈哈大笑道："我早已吩咐你，教你不要跳下屋来。如今你不肯听我的话，果然被我捉住了，看你还有什么话说！"

这时郑福祥真是又羞又愧、又气又急，把这酒鬼恨得牙痒痒的。而正因这羞啊愧啊、气啊急啊交集在一起，一时间不知从什么地方，竟生出了一股蛮力来，只轻轻地将身一扭，已从酒鬼手中挣脱了那只脚，飞也似的拔起脚来就跑。那酒鬼倒又在后面笑道："你这小子，倒真也了不得。我刚刚觉得口渴，拿起酒葫芦来润一润喉咙，你就乘我这小小疏忽的时候，挣脱了身子便跑了。但是你不要得意，我比你跑得快，总要被我捉得的。"说着，真的追了下来。而在这追下来的时候，更发现了一件奇怪的事情，只听得呼呼的一片响，好似起了一阵大风，向郑福祥的脑后吹了来；跟着又有雨点一般的东西，直打他的头部和颈部。

这些雨点，和寻常的雨点大不相同，比冰雹还要坚实，厉害地说一句，简直和铁豆没有两样。并且是热淋淋的，不是冷冰冰的，一经它打到的地方，立时皮肤上一阵热辣辣的，觉得痛不可当。但是这时郑福祥逃命要紧，也不暇去研究这打来的究竟是些什么东西，只知道定又是那酒鬼弄的神通罢了。好容易已逃到了墙边，刚刚跃上墙头，那酒鬼却已相距不远，瑟地将手一扬，把一件东西打了来。这一次并不是破草鞋了，却是酒杯大小的一件东西，不偏不倚地正打在郑福祥的小腿上，深深嵌进肉内去。立时一阵剧痛，郑福祥便一个倒栽葱，跌到了墙外去。跟着那酒鬼也跳出墙来了。立在他的前面，笑嘻嘻地说道："今天有我陪着你鬼混上一阵，总算也不寂寞，你大概不至再想念那位小姑娘吧？此后你如再起了采花的雅兴时，不妨再通知我一声，我总可陪伴你走一遭。自问我虽是个酒鬼，倒也并不是什么俗物，很可做得你这风流小霸王的侍卫大臣啊！"

郑福祥恨得无法可想，只仰起头来，狠狠地向他瞪了几眼。那酒鬼却又走了过来，把他从地上扶起，一壁说道："你这小霸王也真呆，简直是个呆霸王。这小小的一只酒杯也挨不起，就赖在这地上不肯起来了。难道真要那张家的人把你捉送官中去，成就一个风流美名么？罢罢罢，我总算和你是好朋友，既然不辞辛苦地陪了你来，还得把你送了回去咧。"说完又是一阵大笑，即不由郑福祥做得一分主，挽着他的臂儿，飞也似的向前走去。

郑福祥腿上虽是十分作痛，口中连声叫苦，他兀是置之不理。一会儿，到了郑福祥所住的那条巷前，方把郑福祥放了下来，又说道："这里已离你的家门不远，你自己回去吧，恕我不再送了。我今晚能和你鬼混上这一夜，大概也是有点前缘的。你想来急要知道我这酒鬼究竟是什么人？那你不妨去问你的大师兄李成化，他一定可以对你详细说明的。并且我还要烦你寄语一声，我和你那大师兄，大家尚有一件事情没有了清。我如今特为了清此事而来，请他准备着吧。"随边向他点头作别，边从身上拿出一个酒葫芦来，把口对着葫芦，咽嘟咽嘟地呷着，管自扬长而去。

郑福祥很颓丧地从地上挣扎而起，趑入自己家中。先把打在小腿上的那件东西一瞧，的确是只酒杯，杯口又薄又锋利，所以打在腿上，就深深地嵌了进去。郑福祥忍着痛，把它取了下来，血淋淋的，弄得满腿皆是，也就取了些金枪药敷上，又拿布来裹好。再对镜瞧看头上颈上时，上面都起了一颗颗的热泡，好像被沸水烫伤似的，并有一件奇怪的事情。当他验看的时候，觉得有一股酒气，直冲他的鼻观。起初倒有点莫名其妙，后来细细一想，方才恍然大悟，大概这些热辣辣像雨点一般的东西，并不是什么铁豆，也不是什么沸水，却只是些热酒，由那酒鬼口中喷射出来呢。不过这么沸热的酒，居然能把来含在口中，又能把那酒点练得同铁豆一般的坚实，可以用来打人，这不是没有本领的人所能做得到的。那酒鬼的功夫迥异寻常，也就可想而知了。

郑福祥当下在颈部头部也敷上了些药，足足在家中躺了两天，方才略略复原，减了些儿痛苦。那班狐群狗党，却多已得了消息，纷纷前来慰问

52

他。但一谈论到那酒鬼，却没有一个人知道他的来历。当下小扇子就说道："他既说大师兄能知道他的底细，想来不是骗人的话，我们不如就去问大师兄去。而且他又说此来要和大师兄了清一件事，不知究竟是什么事？我们也应得知这一点呢。"

李成化这时已在玄帝观中当老道，大众同了郑福祥，遂一窝蜂地到了玄帝观中。和李成化见面之后，郑福祥便问道："有一个不知姓名的酒鬼，虽然打着北方的说话，但是并不十分纯粹。他自说是和大师兄认识的，不知大师兄究竟也知道他不知道他？"李成化道："哦？你问的是他么，我怎么不知道他？他在三天前还来了一封信，说在此三天之中，要来登门拜访，大概他不久就要来了。但是你怎么又会认识他的？"

郑福祥经这一问，脸上不觉立时红了起来，然又无法可以隐瞒，只得很忸怩地把那夜的事情，从实说上一说。李成化听了笑道："那你这天晚上真不值得。这种酒豆，这种酒杯镖，都是很够你受的。不过他这个人，也太会作耍了，怎么整整十年没有见面，这种会开玩笑的老脾气，还是一点没有改变呢！"说着，再把郑福祥腿上的伤痕，瞧上一瞧，又笑道："他总算还是十分优待你的，他奉敬你的那只酒杯，只是最小的一只。你要知道，他这种酒杯式的钢镖，一套共有十只，一只大似一只。如果请出最大的那一只来，要和饭碗差不多，那你更要受不住咧！而且他对你所喷的酒豆，也是很随意的，并不要加你以重创。否则，他只要略略加点工劲，喷得又大又密，那你怕不要立时痛得晕倒在地么？"

郑福祥道："大师兄这话说得很对，他那晚如果真要置我于死地，那是无论何时都可以的，我就有一百条的性命，今天恐也不能活着了。不过他究竟是什么人，又要和大师兄了清一件什么事，大师兄也能对我们说知么？"

李成化道："这些事说来话长，横竖今天闲着无事，我就讲给你们听吧！他是生长在江南的，究竟是哪一府，却不知道，自号'江南酒侠'，生平最喜欢的，除了武艺之外，就是这杯中物。差不多无一时、无一刻，不是沉浸在酒中，简直没有清醒之时。可是他有一种天生的异禀，是别人所万万及不来的，越是酒吃得多吃得醉，心中越是明白，越能把他所有的本领尽量施展出来。并且他又生来是游侠传中的人物，常在醉中做出许多仗义疏财、行侠使气的事情来。可是在这嗜酒和尚侠两桩事情的上头，便

53

把他祖传下来很富厚的一份家产，弄得净光大吉，一无所有了。他却毫不在意，便离了他的家乡，流转在江湖间。当我和他认识时，他正在我的家乡湖南常德流浪着。我曾问过他：'你究竟姓什么，唤什么？教你武艺的师傅，又是什么人？'他笑着回答道：'我是没有姓名的，起初我原也和你一般，既有姓又有名，一提起来，很足使人肃然起敬的。不过自从我把一份家产挥霍完结，变成赤贫以后，已没有人注意我的姓名。就是我自己，也觉得这种姓名，不过表示我是某家的后代罢了。现在我既乘兴所至，把祖产挥霍一个光，这明明已和我的祖宗没有什么关系了，那我又何必提名道姓，徒坍死去祖宗的台？所以，索性把这姓名取消了。你以后如为便于呼唤起见，只要称我是江南酒侠就是了。至于师傅，我是绝对没有的，因为我的确没有从过一个师傅。现在会的这点小小的武艺，都是我自己悟会出来、练习出来的。说得奇怪一点，也可以说是由酒中得来的。所以那造酒的杜康、偷酒的毕卓，以及古往今来其他许多喜欢吃酒的人，都可称得是我的师傅呢。'"

小扇子听他说到这里，忍不住笑着掺言道："这个人倒真有趣，侠不侠，我还没有深知他的为人，虽不敢下一定评，但是'酒狂'二字，总可当之而无愧的了。不过他说要和大师兄了清一件事，究竟是件什么事情呢？"

李成化道："你不要性急，我总慢慢儿告诉你就是了。我在十年之前，也和这位郑家师弟一样，最是好色不过的。县中有个土娼，名唤金凤，要算全县中最美丽的一个女子。我一见之后，就把她爱上了。我又生成一种大老官的脾气，凡是被我爱上的女子，决不许他人染指。但这金凤是个土娼，本操着迎新送旧的生涯，人人可以玩得的，哪里可禁止他人不去染指呢？然而大爷有的是钱，俗语说得好，'钱能通神'，有了钱，什么事办不到？因此，我每月出了很重的一笔代价，把她包了下来。她也亲口答允我，从此不再接他人，差不多成了我的一个临时外室了。但那江南酒侠听得了这件事，却大大地不以为然，就对我说道：'像你这么的嗜色如命，一味地在女色上用功夫，我从前已很不赞成。至于你现在做的这件事，更是无谓之至了。'我便问他：'你这话怎么讲？'他道：'你出了这笔重的代价，把她包了下来，在你心中，不是以为在这一个时期中，她总守着你一个人，不敢再有贰心了么？但是事实上哪里办得到？试想她素来吃的是一

54

碗什么饭，又是怎样性格的一种人？如果遇见了比你更有钱，或是比你的相貌生得好的，怕不又要瞒着了你，背地里爱上了那人么？我们生在这个世上，待人接物虽不可过于精明，教人称上一声刻薄鬼，自己良心上也有些过不去。但是出冤钱，张开眼睛做冤大头，倒也有些犯不着呢。'

"我那时完全被那金凤迷住了，自己已做不得一分主，哪里肯相信他的话？当下听了之后，就哧的一声笑道：'你的话说得不错，虑得也很有点儿对，但是这不过指一般普通妓女而言，金凤却不是这等人。你没有深知金凤的为人，请你不必替我多虑。'他当时自然很不高兴，悻悻地说道：'你不相信我的话，一定要做冤大头，那也只得由你。不过我敢断然地说，你将来自己一定要后悔的。'

"过了一阵，他又走来看我，劈空地就向我说上一句道：'咳！你如今真做上冤大头了，难道还没有知道么？'我还疑心他是戏言，仍旧不大相信，便正色说道：'你这话从何而来？如果一点凭据也没有，只是一句空言，那是任你怎般地说，我总是不能相信的呢。'他说：'我并不是空言，这里有个孔三喜，是江湖班中的一个花旦，生得一张俊俏的脸庞。你大概就是不认识他，总也有点知道的。如今你那爱人，就和这孔三喜搅上了，只要你不在那里，孔三喜就溜了进去，做上你很好的一个替工了，这还算不得一个凭据么？我劝你还是早点觉悟吧。'

"我听他这么说，心中虽然也有点儿疑惑，但是这孔三喜虽是江湖班中的一个花旦，为人很是规矩，平日在外并无不端的行为，而且又是和我相识的，想来绝没有这种胆量。遂又一笑问道：'莫非是你亲眼瞧见的么，还是听人这般说？'他嗫嚅道：'这只是听人说的。我一听得了这句话，就来找你了，不过照我想来，这是不必去细研究的。外面既有了这种话，你就慧剑一挥，把情丝斩断就完了。'我笑道：'并不是亲眼目睹，只凭着人家一句话，哪里可以相信得？我怎样轻轻地就把情丝斩断呢？老实对你说吧，孔三喜确曾到金凤那里去坐过，不过还是那天我领他去的。外间人不明白内容，就这么的谣言纷起了，请你不要轻信吧。我敢说，别人或者还敢剪我的靴子，至于这孔三喜，他并不曾吃过豹子心肝，绝没有这种胆量呢。'他叹道：'你这人真是执迷不悟，我倒自悔多言了。'跟着又愤愤地说道：'你且瞧着，我总要把他调查个水落石出。等到得了真凭实据，我自会代你处置，也不用你费心了。'我只笑了一笑，不和他多说下去。他也就走了。

　　"过了几天，我正在一家酒肆中饮酒，他忽又走了来。先取了一只大杯子，满满斟上一杯酒，拿来一饮而尽，然后笑嘻嘻地向我说道：'我自己先浮一大白，你也应得陪我浮一白，因为我已替你做下一件很痛快的事情了。'我茫然问道：'你替我做下了什么事？'他道：'我已调查明白，你那爱人金凤，确和那孔三喜搅在一起，像火一般的热。所以我今天就到金凤那里去，向她说上一番恫吓的说话，马上把她撵走了。'这种出人意外，突然发生的事情，在他口中说来虽是平淡异常，不当他是怎么一回事，然在我听了，却不觉吓了一大跳。暗想我今天早上从金凤那里出来，这小妮子不是还靠在楼窗口，含笑送着我，并柔声关照我，教我晚上早点回去么？我满以为吃罢了这顿酒，又可乘着酒兴前去，和她曲意温存上一回了。不料这厮真会多事，也不和我商量一下，竟生生地把她撵走了，这是何等的令人可恨啊！想到这里，觉得又气恼又愤怒，把他恨得咬牙切齿的，也就不暇细细思索，伸起手来，向他就是一下耳光。这一下耳光，可就出了岔子了，他马上跳了起来，指着我说道：'这算什么！我的替你把这狐狸精撵了去，原是一片好意，真心顾着朋友。并且你和我就不是朋友，只要我眼见着一个无耻的女子，对男子这般的负情，我眼中也是瞧不过，一定要把她来撵走的。如今我替你做了这件事，你不感谢我也就罢了，反伸出手来向我就是一下耳光，这不是太侮辱我了么？我为着保全体面起见，今天非和你决斗一下，分一个你胜我负不可。'

　　"我那时也正在气恼的当儿，哪里肯退让一点？便道：'你要决斗，我就和你决斗便了。在什么时候、什么地点，请你吩咐下来，我是决不逃避的。'谁知正在这纷扰的当儿，我的家中忽然差了个人来，说是我的母亲喘病复发，卒然间睡倒下来，病势很是沉重，教我赶快回去。这样一来，这决斗的事当然就搁了下来。不幸在这第二天的下午，我母亲就死了，他得了消息，倒仍旧前来吊奠，向我唁问一番之后，又说到决斗的问题上去道：'这件事情，昨天虽暂时地搁了下来，然而无论如何是不可不举行的。不过现在老伯母死了，你正在守制中，这个却有些儿不便。我想等你终丧之后，我们再来了清这件事，在这些时间中，我却还要到别处去走走。到了那时，我再登门领教吧。'我当时也赞成他的话，大家就分别了，只是我没有等到终丧，为了种种的关系，忽然动了出家的念头，因此就离了本乡；而决斗的这个约，也就至今没有履行。他大概是去找过我的，所说的要和我了清一件事，定也就是这件事情了。"

郑福祥笑道："看不出他十年前立下的一个约，至今还要巴巴地找着你，捉住你来履行，做事倒也认真之至，和寻常的那些酒糊涂有些不同咧。"

正在谈论的当儿，忽见一个小道童，慌慌张张地奔进来禀告道："现在外面来了一个人，浑身酒气熏人，好似吃醉了的，口口声声地说要会见师傅，不知师傅也见他不见他？"李成化听了，向众人一笑道："定是他来了，你们且在后面避一避，我就在这里会见他吧。"一边吩咐小道童把他请了进来。

不一会儿，那江南酒侠已走了进来，和李成化见面了便说道："啊呀！在这几年之中，我找得你好苦，如今总算被我找着了。我们定下决斗的那个约，你打算怎么呢？"李成化道："我没有一点成见，你如果真要履行，我当然奉陪，不敢逃遁。就是你要把来取消，我也决不反对。"

江南酒侠听到末后的这两句话，脸色陡地变了起来，厉声道："这是什么话！取消是万万不可以的。照我这十年来的经验说来，见解上虽已大大地有了变迁，和从前好似两个人，觉得我当日所干的那桩事，未免是少年好事。而娼妓本来最是无情的，要和她们如此认真，真是无谓之至了。但是你打我的那下耳光，却明明是打在我的脸庞上，也明明是当面给我一种羞辱。这不是因着过了十年八年，会随时代而有上什么变迁的。我如果不有一种表示，而把决斗的约也取消了，不是明白自己承认，甘心受你这种羞辱么？这请你易地而处地替我想一想，如何可以办得到呢？所以今天除了请你履行前约，和我决斗之外，没别的话可以说。"

李成化道："好，好！我和你决斗就是了，马上就在这里举行也使得。不过你拟用怎么的方法来决斗，请你不妨告诉我？"江南酒侠道："你肯答允践约，这是好极了。只是照着普通的方法，大家拳对拳脚对脚，这样地狠打起来，也未免太乏味了。让我未将办法说出以前，先对你说上一个故事，你道好不好？"

李成化听他说了这话，不禁笑起来道："你这个人真是奇怪，起先没有知道我在哪里，倒巴巴地要找着我和你决斗一下。现在已把我找着了，我也答允你履行旧约了，你倒又从容不迫，和我讲起故事来了。这究竟是什么意思呢?"

江南酒侠道:"你不要诧怪,我这故事也不是白讲给你听的,仍和决斗的事情有关系,请你听我说下去吧。在这山东省的德州府中,有个姓马的劣绅,曾做过户部尚书。因事卸官回家,在乡无恶不作,大家送他一个徽号,叫作'马天王'。有一天,他听得人家说起,同府的周茂哉秀才家中,有只祖传下来的玉杯。考起它的历史来,还是周秦以上之物,实是一件稀世之珍。他是素来有骨董癖的,家中贮藏得也很富,听了这话,不觉心中一动,暗想讲到玉这一类的东西,他家中所贮藏的,也不能算不富了,但都是属于秦汉以后的,秦汉以前的古玉,却只有一二件。如能把这玉杯弄了来,加入他的贮藏品中,不是可以大大的生色么? 因此他就差了个门客,到周秀才那边去,说明欲向他购取这只玉杯,就是代价高些,他也情愿出! 不料这个周秀才,偏偏又是个书呆子,死也不肯卖去这只玉杯。他老老实实地对这差去的门客说:'这是我祖传下来的东西,传到我的手中已有三代了。如果由我卖了去,我就成了个周氏门中的不肖子,将来有何面目见先人于地下? 所以就是穷死饿死,也不愿意把这玉杯卖去的。何况现在还有一口苦饭吃,没有到这个地步,请你们快断了这个念头,别和我再谈这件事情吧。'这些戆直的话,这位门客回去以后,一五一十地拿来对他主人说了。这位马天王,素来是说怎样就要怎样的,哪里听得入耳? 当然地动怒起来了。"

李成化听他说到这里,笑道:"像这般相类的故事,我从前已听见过一桩,好像还是前朝的老故事呢。那马天王动怒以后,不是就要想个法子,把这周秀才陷害么?"

江南酒侠道:"你不要打岔,也不要管他是老故事不是老故事,总之,主点不在这个上头。我只把这件事情向你约略说上一说,而我们决斗的方法,却就在这上面产生出来了。不错! 马天王动怒以后,果然就要想法子去陷害这周秀才。好在山东巡抚就是他的门生,德州知府又是他的故吏,要陷害一个小小的秀才,真不费吹灰之力。不久,便买通了一个江洋大盗,硬把周秀才咬上一口,说他是个大窝家。这本是只有输没有赢一面的官司,哪里容得周秀才有辩白的机会? 草草审了几堂之后,革了秀才不算,还得了查抄和充配云南的两个处分。没有把脑袋送却,还算不幸中之大幸咧! 而当查抄的时候,这只玉杯当然一抄就得,只小小地玩了一个手

58

法，就到了马天王家中去了。如今周秀才已远配云南，他的妻子也惊悸而亡，只有一个十五岁的孩子留下，抚养在外家。我却为了这个孩子，陡然地把我这颗心打动了。"

李成化道："这话怎讲？"江南酒侠道："我这次路过德州的时候，在一个地方偶然遇见了这个孩子。他口口声声地说要到云南去省父，又说云南是瘴疠之乡，他父亲是个文弱书生，哪里能在那边久居？还想叩阍上书，请把他父亲赦了回来呢。但他的说话虽是很壮，这些事究不是他小孩子所能做得的，我因此很想帮助他一下了。"

李成化道："你想怎样地帮助他？而且和我们决斗这件事情，又有什么关系呢？"江南酒侠道："你不用忙，让我对你说，我现在想把这只玉杯，从马天王那里盗了来，去献与朝中的某亲王。某亲王手握重权，又是最嗜爱古董的，有了这玉杯献上去，自然肯替我们帮忙，就不难平反这桩冤狱，把周秀才赦回来了。"

李成化道："哦！我如今明白你的意思了，你不是要我和你分头去盗这只玉杯么？这种决斗的方法，倒也很是新鲜的。"江南酒侠道："你倒也十分聪明，居然被你猜着了。不过你也不要把这事看得十分儿戏。这种决斗的方法，虽是十分有趣，却也是十分危险的。能把杯子盗得，果然说是胜了；倘然失败下来，那连带的就有生命之忧咧！你究竟也愿采取这种方法，和我比赛一下么？"

欲知李成化如何回答，且俟下回再写。

第六回

见本色雅士戏村姑
探奇珍群雄窥高阁

话说李成化听了江南酒侠约他去到德州，赌盗马天王家中玉杯的话，便慨然说道："我虽不能和你一般称上一个'侠'字，但是义侠之心，却是生来就有的。像你现在替我讲的这桩事，不给我知道便罢；知道了，便不是你来约我，我也要出来打一下抱不平的。何况决斗的这个约，我们早已定了下来，没有得到双方的同意以前，彼此不容翻悔的。如今你把决斗改为打赌，把一桩绝无趣的事情，变为绝有趣的事情，我又有什么不情愿呢？"

江南酒侠也喜笑地说道："你能赞成这个办法，那是好极了。现在且让我把去盗杯时的细节目对你说。这马天王家中的房屋很大，附带还有花园，又在花园中起了一座挹云阁，所有的古董，都贮藏在里面。因为在周茂哉手中夺来的那只玉杯，在他的许多贮藏品中，要算得最可宝贵的一件东西，更把它来贮藏在最上一层的第五层阁上，还藏在一只木匣中，上面装有机关。如果不知道他所装的机关的内容的，只要误去触上一触，机关下面所缀的许多小铃，就要铃铃铃地响了起来。下面看守的人，马上就会知道，当然就要走上阁来捉人了。"

李成化道："那么我们前去盗杯的时候，要怎么办，才可使得铃声不响呢？"江南酒侠道："这个我倒已打探明白，只要未开木盒之前，先把通至下面的消息机关剪断，下面就不会知道了。如今我们姑以一月为期，谁能盗得这玉杯，就算谁得了胜利。至于盗杯不成，反而丧失了性命，或是受了重伤，自在失利之列，只能自怪命运不佳，不能怨尤他人的了。"

李成化道："这个办法很好，一个月后，我们再在此会面吧。便是万一有个不幸，我竟因此事丧失了性命，我的师弟兄辈也很多，你到这里来，也不患没人招待呢。"当下说到这里，江南酒侠便起身告别。

李成化送了他回来，一班师弟兄又出来相见，都怪李成化太傻，怎么会答允下这个打赌的办法？李成化大笑道："我何尝傻？你们才傻呢。老实对你们说吧，这只玉杯闻名已久，也是我所最喜欢的，但是要去盗时，还恐我自己的力量不够。如今和他打赌去盗，我自己能够盗来，果然最好；万一我自己盗不来，却被他盗了去，他是个酒醉子，我难道不能使点小小手法，转从他的手中盗来么？如此无论是谁盗来，不是都可稳稳地归我所有么？如今你们也明白我的意思不明白我的意思？"一众师弟兄这才没有话说，也就各散。

如今且把李成化这一边暂行按下，再说江南酒侠自和李成化订定打赌办法后，第二天便向德州进发。到了晌午时分，他的酒瘾又发，恰恰到了一个市镇，便在镇上一家客店中打尖，叫店家烫了半斤高粱酒来。他坐的那张桌子，恰恰对着客店门外，一面赏着野景，一面把酒饮着，心中好不得趣。谁知正在这个当儿，忽然走来一个穷汉，身上虽穿着一件长袍，却是七穿八洞，显得十分褴褛。刚刚走近江南酒侠所坐的桌子前，即长揖说道："小生适有陈蔡之厄，请阁下顾念斯文一脉，略赠几锭银子，俾得回归故里，不至流落异乡，则此恩此德，没齿不忘矣。"江南酒侠听了暗想："此人好不识趣，向人求借盘缠，一开口就是几锭银子，天下哪里有这等便宜的事情？"但见他酸得可怜，倒也不忍向他直斥，只温颜说道："你所向我请求的事情，倒也是很正当的。只我自己也是一个穷鬼，哪里有多余的银子可以资助你呢？"

忽听那穷汉哈哈笑道："你倒也很直爽，竟自认是个穷鬼。但是照我所知道的，你昨天虽还是个穷鬼，今天却不见得怎样穷了。只叹我没有本领，不能学你这般的方法向人家去借钱，今天依旧是个穷鬼，所以不得不求你分润我一些了。"这几句话，句句话中有刺，暗暗刺中了酒侠的心病，不禁想道："这穷汉的这番话，说得好不奇怪！难道我昨天做的那番事，自以为人不知鬼不觉，却被他瞧了去么？"

不料在他思忖的当儿，那穷汉却已跳到他的面前，又伸手在他的钱囊上一拍，笑嘻嘻地说道："这里面不是有许多银子么？横竖是偷来之物，分几锭给我，又有何妨！"江南酒侠见这穷汉竟敢如此放肆，向他动手动脚，倒也有些动怒起来。即向之怒目而视，并厉声道："休得如此放肆！

61

就算我这银子是用一种方法向人家借来的，自也有我的本领，如今你又凭着什么本领，要向我分润呢？"穷汉神色自若，一点不屈地说道："你的本领是武功，我的本领是文才。我最大的一桩本领，便是能百问百答，你也要当面试上一试么？"江南酒侠道："哦？好大的口气，你竟能百问百答么？"说到这里，又想上一想，接着说道："也罢，且让我把你当面考上一考。孔门七十二贤，云台二十八将，这是大家都知道的，究竟是哪几个人，你也能一一说出姓名来么？"

穷汉笑道："你这问题虽似乎出得有点凶，但受考的幸亏是我，正欢迎这种难试题，可以借此把我的才学显出来，倒一点不会受窘呢。"当下即滔滔汩汩地把七十二贤、二十八将的姓氏，一个个背了出来。江南酒侠起初听了，倒也很像震惊似的，但一转念间，又哈哈大笑起来道："我上了你的当了，我这问题，原是从一本笔记上看下来的，难保你不也看过这本笔记。但只要记性好一点的，就可把这些姓名完全记着，自能背答如流了，这又有什么稀罕呢？"穷汉道："话不是如此说，就算我是从笔记上看下来的，但总看过这本笔记，这也就算得是我的一种本领。否则，不就生生地被你考住，要交白卷了么？而且题目明明是你出的，就算是出得太容易了，这个过处也在你，而不在我啊。"

江南酒侠道："不，不！这个无论如何不好算数的。再来一个吧。"说着便向店外一望，只见有一群蝙蝠，绕着柳荫而飞，几个十三四岁的村童，拿着竹竿戏打它，嘻嘻哈哈，闹成一片。不觉拍案说道："有了，有了！这个蝙蝠的典故，是很僻的，如今不管它是故实，还是诗句，你也能举说几则出来么？如果说得不错，准一则酬银一锭。倘然你能滔滔汩汩地说下去，就是把我囊中的银子完全赠给你，也是心甘情愿的。"

穷汉道："好！你能如此慷慨，我当然要把我的才学显出来了，你且听着。元微之诗道：'真珠帘断蝙蝠飞。'"江南酒侠屈指数道："一。"便又听那穷汉道："秦淮海诗道：'戏看蝙蝠扑红蕉。'这又是一只蝙蝠。"江南酒侠便又道："二。"那穷汉却笑了起来道："你要记数，记在心上便了。像这般一、二、三地数记起来，徒然扰乱了我的心思。莫非你舍不得银子，故意要把我的心思扰乱，让我好少说几条？还是不相信我，怕我错了你的账咧？"

这么一说，说得江南酒侠也笑了起来，那穷汉却又说下去道："黄九烟诗道：'怪道身如干蝙蝠。' 又朱竹垞风怀诗道：'风微翻蝙蝠。' 又洞仙歌词道：'错认是新凉，拂檐蝙蝠。'" 跟着，又把《尔雅》、《说文》、神异秘经，及乌台诗案中关于蝙蝠的典实说了几条，忽地又停住了不说下去。江南酒侠笑道："莫非已是江郎才尽么，怎么不说下去了？"那穷汉道："并非才尽，只是你不可惜你那银子，我倒替你有些可惜起来了。你试计算一下看，我所说的，不是已有上十条了么？这十锭银子，在我取之不伤于廉，在你挥了去，也没有什么大损失。如果再超越此数，那就有点说不过去了。"

江南酒侠听他这般说，倒又笑了起来道："你这人倒是很知足的，而且也很有趣，立谈之间，便把我的十锭银子取了去。还轻描淡写地说上一句'取之不伤于廉'呢。"说完，便从钱囊中取出十锭银子给了他。那穷汉把来揣在怀中后，即长揖为谢，又道上一声："后会有期。"于于然去了。江南酒侠被他这么一打岔，也无心再饮酒，打过了尖，便又上道赶路。

傍晚时分，到了一个大市集，却比晌午打尖的那个所在闹热得多了。江南酒侠便向镇上的一家大客店投了去。走进门时，只见掌柜的是一个妇人，年纪约有二十多岁，满脸涂脂抹粉，打扮得十分妖娆。一见他走进门来，即撑起一双媚眼，向他很动人地一笑，一壁又媚声媚气地说道："客官是单身，还是有同伴跟在后面？我们这里的正屋正还空着呢。房儿既是宽大，床儿又是清洁，包你住了进去，觉得十分舒服。"

江南酒侠笑答道："我只是单身一人，并没有什么同伴。正屋太大了用不着，还是住个厢房吧。"那店妇道："只是单身一个人，住厢房也好。伙计们，快把这位客官领到西厢房，须要好生伺候。"说着，又向江南酒侠瞟上一眼，接着又是迷迷地一笑。

江南酒侠倒被她弄得莫名其妙，暗想我这个酒鬼，相貌既不能称得漂亮，衣装也很是平常，素来是没有什么人注意的。如今这个婆娘为什么这般垂青于我，挤眉弄眼地向我卖弄风骚？莫非她已知道了我的底细，也像那穷汉一般，看中了我那腰包中的银子么？

他正在思忖的当儿，早有一个伙计走了过来，把他领到内进去。见是三间正屋，两个厢房，倒也很成体统。再到西厢房一看，地方虽是狭窄一点，却也收拾得十分干净。江南酒侠向那伙计点点头，表示赞成的意思，便住了下来。那伙计自去张罗茶水，不在话下。

不一会儿，又见那店妇换了一件半新不旧的衣服，一扭一扭地走了进来。到了西厢房的门首，便立停了足，向门内一探首，浪声浪气地问道："客官，你一个人在房内，不嫌寂寞么，也容我进来谈谈天么？"江南酒侠听了，答允她既不好，拒绝她又不好，正在没做理会处，谁知那店妇早又将身一扭，走进房来。偏偏地方又窄，除了一张桌子外，只放得一张床。她就一屁股在床上坐下，拥着笑眯眯的一张脸，向江南酒侠问道："客官，你也喜欢谈天么？我是最爱闲谈的，每每遇着生意清闲的时候，就进来和一般客官们东拉拉、西扯扯。有几位客官，为了我的谈锋好，竟会留了下来，一天天地延挨着，不肯就走呢。你道奇怪不奇怪？"说到这里，又是扭颈一笑。

江南酒侠本是很随便的一个人，见她倒浪得有趣，虽不要和她真的怎样，但是谈谈说说，也可聊破客中寂寞。便也笑着问道："老板娘，你那掌柜呢？怎么我进店来的时候，没有瞧见他？"那店妇道："再休要提起他！这死鬼也忒煞没有良心，竟老早地撇下了我，钻入黄土堆中去了。你想，我年纪轻轻的，今年才只有二十八岁，教我怎能耐受得这种况味呢？"

江南酒侠道："那么，你怎样办呢？"那店妇又扭颈一笑道："这有怎么办？也只得打熬着苦，硬着心肠做寡妇罢了。只是日子一久，面子上虽仍做着寡妇，暗中却有法子可想了。我的所以要开这所客店，也就是这个意思啊。"说到这里，又向江南酒侠瞟上一眼，咯咯地笑着说下去道："我一开了这所客店，便有你们这班客官，源源不绝地送上门来，可以解得我的许多寂寞了。"

江南酒侠见她越说越不成话，而且又渐渐地说到自己身上来，不禁有些毛骨悚然。倒懊悔不该和她搭讪，起先就该向她下逐客令的。便正色说道："老板娘，你不要误会了，我这个人，除了爱酒之外，别的东西一点也不爱的呢！"那店妇却仍嘻嘻地笑道："哦，客官！原来你是爱酒的，那更容易商量了。如今的一班少年，爱酒之外，又哪一个不再爱上酒的下面一个字呢！好，好！你爱喝什么酒，让我亲自替你烫去。"这么一来，真使江南酒侠紧蹙双眉，弄得无法可想。

不料，正在这个紧要的当儿，却如飞将军从天而下，忽然来了一个救星了。只听得一个大汉，粗着喉咙在院子中叫喊道："你们的正屋，不是

64

都空着在那边么，怎么不许你大爷住宿？难道狗眼看人低，估量你大爷出不起钱么？"接着又有店中伙计呼斥他的声音。那店妇一听见外面这许多声音，这才暂时止了邪心，不再和江南酒侠纠缠。一壁立起身来，向外就走，一壁咕噜着道："不知又是哪里来的痞棍，要向这里寻事。让老娘好好惩治他一下，方知老娘的手段。"

江南酒侠也立起身来，向着外面一张，不觉低低喊了一声："奇怪！"原来，这在院子中大声说着话的，不是别人，就是方才在打尖的所在，向他乞钱的那个穷汉。这时那店妇却早已到了院子中，只见她举起两个眼睛，在那穷汉身上略略一打量，好似已瞧见了他身上的根根穷骨，满脸都显着不高兴，就指着骂道："我们的正屋，确是空着在那里。但是你自己也不向镜子中照一照，像你这样的人，也配住我们的正屋么？"

那穷汉听了这种侮辱他的话，似乎也有些受不住，立刻把脸一板，就要发作起来。但抬头一瞧，见和他说话的，是一个十分妖娆的妇女，却又颜色转和，反嬉皮涎脸地说道："说话的原来是大嫂，那事情就容易讲了。我且问你，你这间正屋，不是只要纳足了钱就可以住，别的没有什么限制么？"那店妇道："口中清楚一点，谁要你唤什么大嫂不大嫂。不错，这间正屋，只要谁有钱，谁就可以住，别的没有什么限制。你如今要住这间正屋，只要把钱缴出来就是了。别说一间，就是三间正屋都给你一人住，也没有什么不可以。"

那穷汉冷笑道："你肯要钱，事情就好办了，你且瞧上一瞧，这是什么？"说着，便取出一锭银子，在那店妇眼前一晃，跟着又把那十锭银子都取出，随取随向院中抛了去。接着说道："你们瞧，大爷有的是银子，你们且把来收拾去。老实说，今天不但住定了你们的屋子，并连你们的人都睡定了。"说罢，哈哈大笑，大踏步径入正屋。

这里店妇伙计，都吓得目瞪口呆，把舌子伸出了半截，一壁把地上的银子掇起，一壁跟入屋去。只见那穷汉一到屋中，昂起头来，向屋中四下望上一望，便啧啧地称叹道："好清洁的三间屋子，除了大爷，没有人能住得。也便是大爷除非不住店，住起店来，总得有这几间屋子，才够支配呢。如今且把右首这一间做我卧室，中间这一间，作为宴饮之所，快去配一桌正席来。左首那一间，让它空着吧，倘有人来探访大爷的，就领他到那边坐地。"当他说的时候，他说一句，二人便应一句，恭顺得了不得。

那店妇更不住撑起媚眼来瞟着他。

这一来，更把那穷汉乐得不知所云，一味傻笑道："大嫂子，你这一双水汪汪的眼睛，长得真不错。你只这么地向大爷一瞟，已勾得你大爷魂灵儿都飞去了。"说着，又顺手在她的脸上一拂。那店妇一半儿巧笑，一半儿娇嗔道："别这么地动手动脚呀！教人家瞧见了，怪不好意思的。"一壁又呼叱那伙计道："你老站在这里则甚？还不赶快预备茶水去，我也要出去替这位大爷端整酒席咧。"这一句话，把呆站在一旁的伙计提醒，连忙走了出去。那店妇便也一扭一扭的，跟在后面走出。

这些情形，这些说话，江南酒侠虽没有完全瞧见或是听见，但是他那厢房，和正屋距离得很近，至少总有一部分是瞧见或听见的。暗想这穷汉倒也十分有趣，向人家讨了钱来，却是这样地挥霍去，我倒还要瞧瞧他下面的花样呢。

一会儿，天已断黑，由伙计送了一壶酒、几盘菜和一桶饭来，再替他点上一支蜡烛，就转身走了出去。江南酒侠是素来爱喝酒的，这一壶酒，怎够他吃呢？筛不上几杯，早就完了，便敲着筷子唤伙计，但那伙计老不见来。瞧瞧正屋中时，倒是灯火辉煌，热闹非凡。那店妇和伙计，都在那里殷勤张罗咧，不觉有些动怒起来，想我和他同是住店的客人，怎么待遇上显然有上这样一个分别呢？可是正要发作时，忽又转念想道："这个万万使不得，如果一闹起来，定要把那穷汉惊动。倘是别人也就罢了，偏偏这穷汉又在今天曾向自己索过钱。相见之下，彼此何以为情呢？万一这穷汉倒坦然不以为意，竟要拉着我去同席，那么去的好呢，还是不去的好呢？不更是一件万分为难的事情么？"想到这里，顿时又把这番意思打消。一赌气，不吃酒了，草草吃了两碗饭，就算完事。但这时正屋中仍喧哗得了不得，倒把他的好奇心勾起，便蹑足走到院中，想要瞧瞧他们的光景。等得走到中间那间正屋前，从窗隙中站定向屋内一窥时，只见那穷汉很有气派地朝南坐着，面前一张桌子上，罗列着许多食品。那伙计不知已于什么时候走了，只余下店妇一人，立在当地向那穷汉呆望着。

穷汉呷了一口酒，忽地低哦道："有酒无花，如此良夜何？"哦了这两句后，又向店妇一望，问道："大嫂，你们这里也有什么花姑娘么？可去唤一个来，陪你大爷饮酒。"那店妇笑道："这里只是一个小市镇，哪里有什么花姑娘？还是请你大爷免了吧。"穷汉把桌子一拍道："这个怎么可免？大爷素来饮酒，就最喜欢这个调调儿的。"说到这里，又向店妇浑身上下一望，忽地笑逐颜开地说道："你们这个镇上，既然没有花姑娘，也是没法的事。也罢，不如就请你大嫂权且代上一代，好好儿坐在这里，陪我饮上几杯，也是一样的。"

店妇听了，扭颈一笑道："这个如何使得？在我承你大爷错爱，偶尔干上这么一回事，原没有什么要紧；但一旦被人家传说出去，名声很不好听呢。"那穷汉又把桌子一拍道："什么名声不名声，好听不好听！你肯答允便罢，否则大爷就要着恼了，请你便把那十锭银子全数还了我。"

那店妇一听要教她把十锭银子全数归还，倒显着十分为难了。那穷汉却乘此时机，走下座位来，把那店妇的手一拉道："小心肝儿，别装腔作势了，随你大爷来吧。"即把她拉到了原来的座位前。那店妇并不十分推拒，在他将要坐下去的时候，乘势就向他怀中一跌，娇声娇气地笑着说道："我的爷，你怎么如此粗鲁呀，这么地不顾人家死活的。"

那穷汉就紧紧地将她向怀中一搂，一壁在她两颊上嗅个不住，一壁笑说道："小心肝儿，别向你大爷做娇嗔了，快快好生地服侍你大爷，口对口地将酒哺给你大爷饮上一回吧。这个调调儿，大爷生平最最爱玩的。"

那店妇倒真是一个行家，听了这话，虽也把身子微微一扭，口中还说着"别这样作弄人，这个勾当怪羞人答答的"，但同时依旧红着一张脸，将酒含上一口，哺在那穷汉口中了。这一来，真把那穷汉乐得什么似的，舐嘴咂舌地把那口酒吞了下去，又啧啧地称赞道："这口酒不但好香，还有些甜津津的味儿呢。"引得那店妇笑声咯咯，伸起手来打他的后颈。江南酒侠在窗外瞧到这里，也觉得实在有些瞧不上眼，不免暗地连连骂上几声该死，但一时倒又不忍就走，很愿再瞧瞧以下还有些什么新鲜的戏文。

便又听那穷汉说道："这样地饮酒，有趣固是有趣，但还嫌寂寞一些。小心肝儿，你也会唱小曲么？且唱几支出来，给你大爷听听。"店妇道："唱是会唱的，只是唱得不大好。如果唱起来不中听，还得请大爷包涵些。"随又微微一笑，即低声哼了起来。

那穷汉一面敲着筷子做节奏，在一旁和着，一面听那店妇唱不到几句，又教哺口酒给他吃，似乎是乐极了。不到一刻工夫，早已深入醉乡，便停杯不饮道："时候已是不早，我们还是睡觉吧。"那店妇笑道："请大爷放我起来，我也要到前面去睡了。"那穷汉哈哈大笑道："别再假惺惺了，到了这个时候谁还肯放你走？还是老老实实地服侍你大爷睡上一晚吧。"说罢，即把那店妇抱了起来，向着西屋中直走，引得那店妇一路的咯咯笑声不绝。

江南酒侠便也偷偷地跟到西屋的窗下，仍在窗隙中偷张着。只见那穷汉把那店妇抱到了西屋中，即在一张床上一放，替她解起衣服来。那店妇一壁挣扎着，一壁含羞说道："这算什么？就是要干这种事，也得把灯熄了去。当着灯火之下，不是怪羞人答答的么？"那穷汉笑道："暗中摸索，有何趣味？那是大爷所最最不喜欢的，你别和大爷执拗吧。"随说随把那店妇上下的衣服一齐剥下，竟不由她做得一分主。到了后来，那店妇被剥得精赤条条，一丝不挂，把她一身白而且肥的肉一齐露出来了，自己也觉得有些难为情，忙向床里一钻。那穷汉却也会作怪，忽地哈哈大笑，便也把自己外面的衣服脱去，向床上一躺，取条被紧紧裹住，立刻呼呼地睡了去。

那店妇见他躺下以后，并没有什么动静，倒也有些疑惑起来。忙仰起身来一望，见他竟是这个模样，并已鼾声大起，睡了去了，不觉骂上一声道："你这厮雷声大、雨点小，真是在那里活见鬼，老娘倒上了你的一个大当了。"说完这话，又略略想上一想，便伸足去钩动他所盖的那条被。一会儿，已把被窝钩开，全个身子睡了进去，即爬起身来，想在那穷汉的身上一覆。谁知那穷汉真也妙得很，不待她覆上身去，又是一个翻身，面着里床了。这一来，真把那店妇气极了，一张脸儿红红的，复从被中爬了出来，啐道："谁真稀罕和你干这桩事？你既高兴不起来，睡得如死猪一般，老娘也乐得安安逸逸地睡上一晚。难道明天还怕你找账不成？"便也取了别一条被，在那穷汉的足后睡下。

江南酒侠到了这个时候，知道已没有什么戏文可看，便也回到自己的屋中，却暗自想道："这穷汉倒真有点儿稀奇古怪。瞧他饮酒的时候，这般地向那店妇调笑，好像是一个十分好色的，但是到了真要实行的当儿，却又一无动静，呼呼地睡去了。这岂又是一般好色之徒所能做得到的？倒真有柳下惠那种坐怀不乱的功夫。就这一点瞧来，已知其决非寻常人。而况再参以刚才乞钱那桩事，一乞得钱来，即于顷刻间挥霍一个净尽，明明又是一种游戏举动，更足见其名士风流了。这种人，倒不可失之交臂，定要探出他究竟是何等人物，并与他交识一场方对。"想罢，也就睡了。

第二天起身，想要到账房中算了账就走。刚刚走到院子中，恰值那店妇蓬着头，从正屋中走出来，一见江南酒侠，脸上不禁微微一红，只得搭讪问道："客官，你起得好早呀。怎么不多睡一会儿？"江南酒侠笑道："我冷清清的一个人，多睡在床上也乏趣。像你大嫂陪着那位大爷，两口子多么亲热？正该多睡一会儿，怎么也很早地就起来了？"这一说，说得那店妇满脸通红，连耳根子都红了起来，啐道："别嚼舌了，你说的是那位客人么？那厮昨晚醉了，硬要揽着人，可是一到床上，就鼾声大起，睡得和死猪一般，直到五更方醒。一醒，却又忙忙地起身走了，真是好笑煞人。"

江南酒侠听到这里，倒也忍俊不禁，脱口说道："如此说来，倒便宜了你，乐得安安逸逸地睡上一晚。"店妇闻言，脸上又是一红，向他瞪了一眼。江南酒侠却又笑着问道："我还有句话要问你，那厮走的时候，没有向你找账么？"这一问不打紧，更把那店妇羞得抬不起头，咯咯地笑着走出去。江南酒侠便也走到外边，将账算清，即行就道。

一路晓行晚宿，不多时，早已到了德州，便在一家客店中住下。当伙计前来照料茶水的时候，江南酒侠想要探听得一些情形，便闲闲地和他答话道："你们这座府城真好大呀，济南府虽是一个省城，恐怕也只有这么一点模样。"伙计笑着回答道："这是你老太褒奖了，那怎能比得济南府？那边到底还多上一个抚台。不过如和本省其他的府城比起来，那我们这德州也可算得一个的了。"

江南酒侠道："城池既如此之大，那富家巨室一定是很多的，究竟是哪几家呀？"伙计道："有名的人家，固然很多，但是最最有名的，总要算那东城的马家。他家的大人，是曾经做过户部尚书的，只要提起了'马天王'三个字，在这山东地面上，恐怕不知道他的也很少。客官，你也听得人家说起过么？"

江南酒侠故作沉吟道："马天王么？这个我以前倒从没有听见过。他的声名既如此之大，想来平日待人，定是十分和善的。"那伙计冷笑一声道："他如果待人和善，也没有这么的声名了。"他说到这里，又走近一步，把声音放低一些说道："对你客官说了吧，这马天王实是我们德州城中的第一个恶霸，这几年来，也不知有多少人遭了他的残害。就是最近，有一位客官，也是寄寓在这里的，曾向我探听那马天王家中的事迹很详，并且对于那马天王十分愤恨，好像和他有下什么冤仇似的。后来有一晚，这个客官从店中走出，从此就没有回来。照我想来，定是报仇不成，反遭了那马天王的毒手了，但是又有哪个敢去问他要人呢？不但没有人敢去问他要人，并连这桩事都不敢说起呢。"江南酒侠正要问他详情，却见有一个人，向门内一探头，唤道："小二子，快来帮我干一桩事，别又在那里嚼舌头了。"那伙计嗷应一声，便也退了出去，江南酒侠只索罢休。

第二天，便先到东城，在马天王住屋的四周相度了一番情形。到了晚上，已是夜深人静了，便又换了一身夜行衣，偷偷出了客店，再来到马天王的屋前，就从墙上跳了进去。幸喜这时刚刚起过三更，他在屋中四处走走，并不遇见什么巡逻的人。一会儿，到了一座高阁之前，大概就是这把云阁了。正立着探望的时候，忽觉有人在他肩上拍了一下，低低地说道："你这人好大的胆，竟敢走向这龙潭虎穴中来！"倒把江南酒侠吓了一跳。

欲知这拍肩的是什么人，且俟下回再写。

第七回

三人同心窥重宝
一士不意破囚居

话说江南酒侠正在挹云阁外，徘徊观望之际，忽觉有人在他肩上拍了一下，并低声对他说道："你这人好大的胆，竟敢走向这龙潭虎穴户来。"江南酒侠不免吃了一惊，回首望时，却是神秘得很，连人影子都没有一个。不觉更加诧异道："好快的身手，怎么刚听见他在说话，一会儿便不见了。这到底是什么人，莫非李成化那厮也来了么？"但是转念一想，忽又觉得不对。李成化是湖南口音中夹些山东白，这个人却是一口河南中州白，显见得两下有些不同。而且李成化的武艺也很平常，不会有这段矫健的身手呢？想到这里，忽然意有所触，恍然大悟道：哦，是了！莫非就是在打尖的地方向我乞钱，在住宿的地方向店妇调笑，那个游戏三昧的穷汉！他不也是一口中州白么？不过，不管他是那个穷汉不是那个穷汉，总之他是没有什么恶意的。如果他有下恶意，当在我肩上拍上一下的时候，早可设法把我拿下，还能听我自由自在的游行么？至是，他又胆壮起来，便向阁中走过。

两扇阁门却洞洞地辟着，既不锁键，也无守卫之人，只是里边黑黝黝的，一点不能瞧见什么。江南酒侠这时也不去管他，即将火扇取出，把来一扬，张见里边很是空旷，没有一些陈设，也没有什么橱柜之属放在那边。不免也觉得有些宅异，莫非误听人言，这里只是一所空阁吧？后来忽然憬悟道："大概因这第一层是出入要道，所以不把重要东西放在里边，到了第二层阁上，一定有所发现了。"一壁想着，一壁寻得扶梯的所在，又向二层楼上走了上去。

在火扇所扬出的火光下，果然见有几口大橱，一并地排列着。这里边所藏的，不言而喻的，都是些奇珍异宝了。江南酒侠也不暇去细看它，又依着扶梯走上了三层阁。忽在一个转角的地方，瞧见了一团黑黝黝的东西。忙走近去，用着火扇一照，不禁扑哧一声笑了起来。原来并不是什么东西，乃是两个更夫，被捆缚在一起，口中也被破布絮着咧。江南酒侠这才知道在他之前，已有人走进这阁中来了，无怪两扇阁门洞洞地辟着，连一个守卫的影子都不见呢。不过这先到这阁中来的，到底是什么人，可又成了一个问题了。第一使他疑心到的，当然就是那个穷汉。因为这穷汉也到了这里，并在这里欲有所图谋，先前已经可以证实，没有什么疑问的了。只有一桩不解的事情，这穷汉走入这个阁中，和他相距也只一霎眼的工夫，并可称得是前后脚，怎么把门打开，把更夫捆起，他一点也不瞧见，一点也不听见声息呢？难道那人竟有上一种神妙莫测的本领，做到这种事情，可以不费什么手脚么？而且还有一个很大的疑点，当他站在阁门前瞧望着，那穷汉在他肩上拍上一下的时候，这两扇门似乎早已洞启着在那里了。如此看来，先到这阁中来的，似乎又不是那穷汉，而为别一人了。然而，一夕之中，竟有三个人怀着同样目的，要到这里来行窃珍宝，这不但是桩奇怪的事情，而且很足引起他的兴趣咧。他最后的一个着想，却决定了这个人大概就是李成化吧。如果真是李成化，那他自己真是惭愧得很，竟被李成化着了先鞭了，他不是已处于失败的地位么？

在他沉思之际，却已把第三层阁中的情形，瞧了一个明白，也和二层阁中一般，一排地放列了几口大橱。当然的，这内中贮藏的，都是些珍宝了。便又匆匆地到了第四层阁上。他在这个时候，耳边忽听得一种声响，似乎是从第五层阁上发出来的。暗想李成化大概已在上面动手了，既是这门熟门熟路，又没有一个守卫在上面，看来一定可以得手的吧。他一想到这里，似乎自己真已到了失败的地步了，心中觉得十分懊丧，也就不暇细看第四层阁中的情形，又匆匆到了第五层。这座阁，是仿照着宝塔的形式建造的，一层小似一层，到了第五层上，只剩方方的一小间了。

江南酒侠走到阁外时，只见那阁门虚掩着，显见里面有人在那里工作咧。忙立住了足，把门推开了几寸，偷偷向内一张，却很是使他出于意外的。下面的几层阁中，当他走上来的时候，都是黑黝黝的不见一点灯火，独在这层阁中，却有一盏很大的玻璃灯，和那佛像前所供的那些灯一般地高高悬挂在上面。就这灯光之下，瞧见一个躯干魁梧的汉子，立在一口小橱之前，俯着身子有所工作，似乎全神都倾注在上面。而就这背影瞧来，不是李成化，又是什么人呢？江南酒侠看到这里，不觉暗喊一声："啊呀，这一遭我竟失败在李成化那厮的手中了，这真是意想不到的事。眼见他马上就要把橱门打开，轻轻易易地就可把玉杯取了去，我难道可以拦住他，把这玉杯抢了过来么？不过，这也怪我自己不好，我太是轻信人言了。我如果知道这里防守得如此之松，玉杯可以唾手而得，我又何必和他赌上这个东道呢？"

谁知正在江南酒侠暗喊"啊呀"之际，那个汉子却似杀猪一般，大声喊起来了。这更是江南酒侠所不防的，也就抛去一切思潮，把门一推，走了进去。那时那个汉子，也已听得有人推门进来，忙止了呼喊之声，回过头来一瞧，却又使江南酒侠怔住了。原来这个汉子生得眉清目秀，只有二十多岁的光景，并不是那李成化。然而江南酒侠这时对于这汉子，究是怀着何种目的而来的一个问题，已是无暇推究了，因为同时又发现了一桩骇人的事情，已瞧见那汉子的一只右手，被橱旁伸拿出一只钢铁的手，把他紧紧地握着，无怪刚才要大声呼喊起来咧。这时江南酒侠唯一的心愿，也是他唯一的责任，就是赶快须得把这汉子救下。如果等到马家的人闻讯到来，那就大费手脚了。至于这个汉子是谁，现在可以不必问他。总之，他既在夤夜之间，到这挹云阁中来盗宝，一定是不赞成马天王的为人的，并和马天王是处于反对的地位呢。但是用什么方法去救他，倒又成了一个问题。还是用宝刀去把这钢铁的手斩断呢，还是再想别种妥善的方法呢？而且这橱上除了这钢手之外，还不知有不有别的机关，宝刀斫上去，更不知要发生不发生什么变化？这也都应得于事前考虑一下啊。

可是他还没有把方法想定，却早听得"呀"的一声，有个人推开窗子跳进来了。一到阁中，就笑嘻嘻地说道："你们这两个人，真是一对呆子。一个自己的手被机关擒拿着了，却不想解救的方法，只是一味地喊叫；一个看见人家被困，只是呆住在旁边瞧热闹，也不替人家想想方法。难道你们二人，专等马天王派遣武士到来，把你们擒拿了去么？你们须要知道这钢手的机关，装置得很是巧妙，只要有人误触机关，钢手便会伸拿出来，把那人的手捉着。下面同时也得了消息，马上就有人前来察看情形了。"

当那人说话的时候，江南酒侠早已把他瞧得清清楚楚，果然就是在打尖的地方向自己乞钱的那个穷汉。那是刚才在挹云阁前，向自己肩上拍上一下的，更可证实是他了。那穷汉说了这番话后，随又一点不迟延地走到了那少年之前，即从腰旁解下一柄宝刀，对着少年笑说道："我这柄刀，虽称不得是什么宝刀，但也能削铁如泥，犀利非常。让我就替你把这只钢手削了去吧。"说着，只把刀尖轻轻在钢手上一削，这钢手立刻中分为二，失了约束的能力。少年的那只手，便又重得自由了。

少年喜不自胜，方欲向他致谢，那穷汉忙止着他道："现在不是称谢的时候，不如乘他们大队人马没有到来之前，我们就悄悄地溜走了吧。"说完这话，就把少年的手一拉，齐从刚才进来的那扇窗中钻了出去。在刚要上屋之前，那穷汉却又把个头伸了进来，向着呆站在室中的江南酒侠说道："朋友，你不要痴心妄想了。看来这只玉杯，今天是万万不能到手的了，不如过几天再来吧。现在他们的大队人马快到，你还是跟我们一块儿走吧。"这话一说，方把江南酒侠提醒，倒也自己觉得有些好笑起来。暗想我真呆了，他们的大队人马快到，我还呆呆地立在这里则甚，难道真是束手待毙不成？并且我向来行事，虽不十分精明，也不十分颠顸，但照今天的这桩事瞧来，实是颠顸极了。如果老是这样的下去，怕不要失败在李成化的手中么？想到这里，忙把精神振作一下，也就走到窗口，跟着他们二人一齐上了屋面。

却见那穷汉用手指着下面，向他们低声说道："你们且瞧，他们不是已带了大队人马到来么？"江南酒侠忙向下面一瞧时，果见一队武士，约有四五十人，正在蜂拥而来，前锋早已到了挹云阁外。旁边还有几个达官装束的，好像是押着队伍同行，大概是他们的首领吧。

江南酒侠看了之后，忽又哈哈大笑道："我道他们的大队人马中，总有几个三头六臂、十分了不得的人物，不料只是这几个毛虫，那还惧怕他们什么？就是他们全体到来，只拿我一个人对付他们，恐怕也都绰绰有余咧！"那穷汉道："以貌取人，失之子羽。你倒不要小觑了他们，而且他们也不是存心要和我们为难，实是平日受了主人豢养之恩，现在既然出了岔子了，他们少不得要替主人出点力，来摆摆样子。我们得饶人处且饶人，何必与他们一般见识呢？朋友，我们还是不要给他们瞧见，静悄悄地走了吧。"

江南酒侠却不赞成这句话，怏怏地说道："你们要走，尽管各自请便，俺还得在这里和他们玩上一下呢。"说着即在屋面上，高声喊起来道："你们这班瞎眼的死囚，你们以为借着机关的力量，已可把我擒拿着，预备到阁上去拿人么？但是我为你们省力起见，已把这机关弄毁，并从阁中走了出来，特地在这屋面上恭候着你们咧。"下面一听这话，登时很喧哗地一阵喊。一个挺着大肚子的肥人，好像是这一群武士中的首领，也立刻向大众吩咐道："伙伴们！你们快分几个人上屋去，把这汉子擒住了，别放他逃走，停会禀知主人，重重有赏。"

但是他的话刚说完，早有一件重甸甸的东西，从屋上打了下来，不偏不倚地，恰恰打在这个大肚子上。只听得"啊呀"一声，已倒在地上成一团。众人见了这种情形，当然立刻大乱起来。却又听得江南酒侠在屋面上哈哈大笑道："你这厮真没用！俺只敬得你一杯酒，你已是受不住，倒在地上了。早知如此，俺倒不该对你行这种很重的敬礼呢。也罢，俺现在顾惜着你们，就改上一个花样，只普遍地请你们尝些酒豆的风味吧。"这话刚完，即有像冰雹似的一阵东西，落英缤纷地从上面飞了下来。一时打在脸上，脸上立刻起泡；打在衣上，衣上立刻对穿。说它是固体呢，却热辣辣的好似沸水；说它是液体呢，却又硬铮铮的有同铅弹。害得一般素来没有尝过这种酒豆的风味的，还疑心他是施的妖法，不免一齐惊喊起来。有几个尤其胆怯的，竟远远地躲避开去了。

江南酒侠瞧在眼中，更觉十分得意，越发把这酒豆不住地喷着。并且他还有一桩绝技，他把这酒豆喷出去，咫尺之间，十丈之内，是把来看得一个样子的，只在运气的时候，有上缓急高下的不同罢了。所以这时大众虽远远地逃避开去，他却连身子都不动一动，只把口中的那股气运得加紧一些，依然喷得一个淋漓尽致，没有人能逃出他的射线之外。

这一来，更把大众惊得不知所云了，几个乖巧一些并和阁门距离得相近的，也就不管三七二十一，赶忙躲入阁中。只苦了几个蠢汉，和离着那些距离阁门太远的，一时竟没有地方可躲，只赶把身子伏在地上，权将背部做盾了。

江南酒侠到了这个地步，也觉得自己玩得太够了，又是一阵哈哈大笑道："好一班不中用的毛贼，连几点大一点的酒点子都受不住，倒要出来替人家保镖护院了，你们自己虽不觉得羞愧，我倒替你们羞愧欲死呢。哈哈！俺老子今晚也和你们玩得太够了，如今且再留下一只酒杯，给你们做个纪念品吧，俺老子去也。"说罢，又有一只重甸甸的酒杯，从屋上打了下来。却是凑巧得很，恰恰又打在那肥人的大肚子上，和刚才的那只酒杯配成了一对。这时屋上便起了一阵很轻很急的脚步声，显见得江南酒侠已是走了，大众这才放下了一百个心，立刻从地上爬起。那些躲入阁中的，得了这个消息，也立刻走了出来。但是大众抬起眼来，向屋上一瞧时，哪里还有江南酒侠的一些影踪，早已走得不知去向的了。当时那个大肚子，也早从地上走起，眉峰一蹙，肚子一捧，装作十分能忍痛的样子。便又很威武地向大众发一声令，分头追赶贼人。

这时的大众，也都恢复了以前雄赳赳气昂昂的样子，一听首领令下，立刻又耀武扬威地向园中搜寻去了。其实江南酒侠的踪迹，这时还在马氏园中，并未走得不知去向呢。当他说了一声"我去也"之后，便真的想走了。忽又想起，那穷汉和那少年，现在不知还在屋上不在。刚才正一心地对付着下面这班人，玩弄着下面这班人，倒把他们忘记了。谁知他举起眼来，向屋上四下一瞧，哪里还有他们的踪影？不觉暗暗好笑："我道他们二人都是什么顶天立地的好汉，原来也都是银样镴枪头，眼瞧着我和敌人交战，竟不从旁帮一下忙，抛弃了我，管他们自己逃走了。这也算得是丈夫的举动么？也罢，我既不是和他们同来的，让他们这班怯条子逃走也好，不逃走也好，我总走我自己的就是了。"主意想定，便在屋面上施展轻身功夫，飞也似的向前走去。

转瞬间，已跃过了几个屋面，到了靠着北首墙根一所偏屋上了。暗想在这屋上望出去，已可望见墙外就是官道，显见只要跳出这道墙，就可到得外面了。我不如就打这里出去吧，免得他们又惊神惊鬼，闹个不了咧。一面想，一面即将身子一耸，轻轻跃至地上。

正拟向墙边走去，谁知在这微风中，忽然送过来了一阵声音，正是两个人在那里问答着。立刻又引起了他的注意，使他不由自主地立住了。只听得一个破竹喉咙的在那里问道："刚才很响亮的一种铃声，你也听得了么？大概又是捉到了什么刺客了。"一个声音苍老一些的，立刻回答道："怎么没听见？我倒还以为你正打着盹儿，没有听见呢。但是你可又弄错了，这并不是捉到了什么刺客，实是有人要到挹云阁中去盗宝，误触在机关上被抓住了。这种铃声，就是很显明、很简单的一种报告啊。"破竹喉咙的道："到底是你的资格老，比我多知道一些。如此说来，我们这里倒少了一注生意了，我还以为又有什么刺客送来咧。"声音苍老一些的笑道："这个倒又不然。这地方，不见得定是囚禁什么刺客的，或者上头见我们看守得甚是严密，十分信托我们，拿到的就不是刺客，为慎重起见，也得拿来交给我们咧。"砭竹喉咙的又道："但是目下在我们这里的那一个，不是听说是个刺客么？我只望这次送来的，也和他一般地懂得人情世故，那我们就又有油水可沾了。"

江南酒侠听到这里，心中不觉一动，暗想昨天小二说起的那个失踪的寓客，不要就困在这里么？倘然这个猜想不错，那真是巧极了，横竖今晚要盗这只玉杯，已是失却机会了，不如就乘便把这人救了出来。这虽算不得是什么义侠的举动，但失之东隅，收之桑榆，倒也可聊以解嘲呢。江南酒侠把这主意一想定，即悄悄地走了过去。这两个值夜的，正在谈得十分起劲，竟一点也不听见，加之更棚面前挂的那盏灯，光力很是薄弱，照不到多们远。所以等到江南酒侠走近更棚面前，他们方才瞧见。要想叫喊时，却见江南酒侠执着一柄明晃晃的宝刀，指着他们道："禁声！如果不知趣的，俺老子就一刀一个，把你们马上送回老家去。"

这两个值夜的，当然也是十分惜命的，听了江南酒侠这番说话，口中哪里还敢哼一哼。却又听江南酒侠对着他们吩咐道："快把你们身上的带子解下来，并把旁边这座屋子所有的钥匙交给我。"这二人要保全自家的性命，当然又乖乖地服从了。江南酒侠先将钥匙向袋中一塞，随拿带子将他们捆缚起来，随手又割下两块衣襟，絮着了二人的口，就把二人在更棚中一放，然后笑嘻嘻地说道："实在抱歉得很，暂时只得委屈你们在这里睡一下子。不过不久定有人来解放你们的，我可要失陪了。"即将更棚门带上，向着旁边这所屋子走去。

好得这所屋子的钥匙，已被他一齐取了来了，便一点不费手脚地打开了几重门，到了楼上的一间室中。这间室中的陈设，很是简单，只有一张桌子，一张床。而在这张床上，却睡着一个三十多岁的汉子，形容十分憔悴，手足都被关着，显见得行动不能自由。这就是这间室中的主人，也就是这间室中的囚人了。他最初听见有人开门进来，依旧躺着不动，露出一种漠不关心的样子。等到江南酒侠已经走入室中，方始抬起眼来一瞧，忽然见是一个素不相识的，并不是在他意料中的两个值夜人，这倒觉得有些惊异了。连忙靠床坐起，瞪起两个眼睛，向着江南酒侠问道："你是什么人，你是什么人？"

江南酒侠十分诚恳地回答道："你别惊恐，我不是你仇家差来的人，也不是要来害你的。说得好一点，我此来或者还和你十分有益呢。"那汉子立刻又惊喜起来道："如此说来，你一定是来救我的，或者是毛家表兄请你来的吧？但是我又遇着一个不可解的问题了。我被囚在这里，当时一个人也不知道，又有谁把休息透漏出去，难道你们是从客店里打听得来的么？"

江南酒侠微笑道："你别管我是谁派来的，至于你所怀疑的这个问题，我也一时回答不了。不过我有一句话，可以很明白地回答你，我确是来救你出险的。请你不要耽延时候，赶快同我就走吧。"那汉子听了这句话，不由自主地向那关着他的两手和两足的镣铐望上一望，苦着脸说道："我当然很想和你马上就走，但是有这些东西带在身上，一步也难走得，总得先把这东西解除了才好呢。"江南酒侠不觉扑哧一笑道："真是该死，我倒把这个忘怀了。但是你不要着急，这些东西算不得什么。只要我把宝刀一挥，怕不如摧枯拉朽一般么？"说着，即将宝刀取出，只随手地挥上几挥，即将那汉子身上的所有镣铐一齐斩得干干净净，无一留存。

那汉子见此身已恢复了自由，喜得要跪了下来道："幸蒙恩公搭救，又得恢复自由，但是恩公高姓大名，还请明示。以便铭之心版，永矢不忘。"江南酒侠听了这话，一壁不觉把眉儿深深打上一个结，一壁忙把那汉子拉着道："别酸溜溜地闹这个玩意儿了，现在阁下虽已恢复了身体的自由，但尚未出得囚居，并不是细细谈心之时。我们如今且赶快走出了此间，到我寄寓的客店中再谈吧。"那汉子这才不再说什么，同了江南酒侠，一齐出了那所屋子，又一齐从墙上跃出，向客店中行去。

到得那所客店的后面墙边，江南酒侠忽立定了足，对那汉子说道："免得引起人家注意，我们就打这里进去吧。"那汉子就晨光熹微中，向四下熟视了一番。忽然"咦"的一声，低喊起来道："这不是永安客店的后墙么？原来恩公也住在这家客店中，那是巧极了。"江南酒侠微笑无语，即同他跃入墙去，一径走入自家的卧房中，并对那汉子说道："你的那间房，大概已被人家住去了。不如暂在我这里等一下子，等得把应付那伙计的说话商酌定，然后再行出面，似乎来得妥当一些。"那汉子点头应是，即在房中坐下。江南酒侠也把夜行衣装换去。

不料半晌工夫还不到，忽然走来了一个人，在外面叩着房门。江南酒侠听了，忙向那汉子一努嘴，叫他在床后暂行躲避一下，一面即装着好梦初醒的样子，懒洋洋地问道："是谁，这么早就来叩门了？"却听见那小二子在房门外回答道："是我！我本不愿意来惊扰你客官的好梦，只因有个客人，在这大清老早，就来拜访你客官，并硬逼着我马上通报，所以只得来告禀一声了。客官，你主张见他呢，还是不见他？"

江南酒侠听说这么一个大清老早，就有人前来拜访他，不免觉得有些诧异，忙问道："他姓什么，你也向他问过么？"小二子道："这是问过的，他说姓毛。但是他同时又向我说，单向你客官说上他的一个姓，是不中用的。只要向客官说，在这两个钟头之前，你们还在一个地方会过面，那就可明白他是什么人了。"这话一说，不是明明说这不速之客，就是那个穷汉么？江南酒侠不禁脱口说道："咦，是他来了么？那就请他进来吧。"

那小二子去不多久，却引了两个人进来。江南酒侠忙向他们一瞧时，一个果然是那穷汉，一个却就是在挹云阁中触着机关的那个少年。江南酒侠当着小二子的面，免不得含笑和他们招呼一下，等到小二子走出房去，脚声已远，陡地脸色一变，向他们发话道："你们二人真够朋友，当他们大队人马来的时候，竟把我一个人抛弃在屋面，只管你们自己走了。现在事情已过，还要你们来献什么殷勤呢？"

那少年一听这话，脸色立刻变了许多，似乎想要反唇相讥，独那穷汉却一点不以为意，依旧笑嘻嘻地说道："我们这一次到这里来，并不是要向你献什么殷勤，至于'不够朋友'四个字，更是谈不到。因为我们彼此连姓名都不知道，哪里谈得到朋友的关系呢？"

江南酒侠最初被这话一蒙，倒不觉呆上一呆，半晌方说道："话不是这般说，我们彼此虽连姓名都不知道，但照刚才在屋面上的那一刹那讲起来，实已有上同舟共难之谊，比寻常的什么友谊都要高上一层。你们在良心上，在正谊上，似乎都要和我合作到底，万万不可把我单独地抛弃在屋面上啊。至于我为了你们的抛弃，究竟受了危险没有，那倒又是一个问题了。"好一番义正词严的说话，害得那个少年，起初也是变了脸色，此刻倒又觉得抱愧起来。独有那个穷汉，依旧不改常度，又一笑说道："你这话才说得一点不错啊，我刚才实是和你说得玩的。不过我们的把你抛弃在屋面上，一则也是知道你足以对付这些鼠辈而有余；二则我们又可乘此时机，放心大胆地去干别的事情了。"这末一句话，很足引起江南酒侠的注意，忙很殷切地问道："你们是这么一个主意么？那是好极了，但是你们究竟去干了没有，干的又是桩什么事情？"

那穷汉目光灼灼地回答道："当然是去干了，你要知道我们干的是桩什么事情，只要把我们的这件成绩品瞧上一瞧，就可明白了。"说到这里，即从怀中取出一只锦匣，笑嘻嘻地把来放在江南酒侠的面前。江南酒侠这时对于这匣中所藏的东西，也约略有些猜想到，所以不暇再问什么，连忙把那锦匣打了开来。等得匣中物和他的视线相接触时，他这颗心，不禁扑扑地跳了起来。原来他的猜想果然不错，藏在这锦匣中的，是一只高可八寸、径可四寸，古色斑斓、价值连城的玉杯。不就是被马天王从周茂哉手中巧取豪夺而去，他和李成化打赌着要去盗取的那只玉杯，又是什么呢？

他这时惊喜交集，心中真是乱极了，忙把心神定了一定，方又问道："你究竟用上怎样一种神妙不测的手段，在这短时间中，竟又反败为胜，会把这玉杯盗了来呢？"那穷汉道："我的手段，说出来也是寻常之至，一点算不上神妙不测。当在屋面上的时候，我见你硬要和他们作要，知道你一个人已足把这班饭桶对付着，他们暂时不会到阁中来的了。忽然一个奇想，我何不乘此时机，二次再上阁去，就把这玉杯盗到手，省得再来一次，这不是来得事半功倍么？因把我们这位朋友的手一拉，他也马上会意，便又一齐从先前的那扇窗中爬了进去，重到了那间小阁中。那时他们这班人都注意在你的身上，一个人都没有瞧见呢。我是从前听人说起过，深知道这大橱上的机关的内容的，并知它的厉害，全在五只钢手上，所以设法把剩下的四只钢手也一齐斩了去。于是就很容易地把这橱门打开，这玉杯便入了我的掌握中了。现在这玉杯做何去处，一听你们二人的尊便，我不过问。因为我到那马氏园中去，目的并不在此杯啊。"

江南酒侠一听此话，倒又露着错愕之色，要想问个明白时，又不知从何处问起方好。那穷汉便又笑着说道："一切事情，只有我胸中最是雪亮，让我来简单说上一说吧。不过在未说之前，总得把我们这几个人，先行介绍一下，否则，真是一桩大笑话呢。你是有名的江南酒侠，素来没有姓名的；他是陶顺凡，便是周茂哉那个孤子的朋友，实是一个血性的男子；至于在下，便是神偷毛锦桃，你们以前大概总听得人家说起贱名吧？"当下大家不免又客套了几句。

毛锦桃便又说下去道："笼统地说起来，我们三人的注目点，固都在这马氏园中。然而分开了说，你们都为这周氏父子起见，目标全在这只玉杯上。至于我，却和你们不同，我是完全为着救我表弟姚百刚而来……"

　　他的话尚未说完，突然有一个人从床后走了出来，含着惊喜的声音呼道："表兄，表兄！你的表弟姚百刚，已被这位恩公救回来了。"这实是毛锦桃所没有料到的，不觉老大的一愣，同时，又听得"飕""飕"的几声风响，好似窗户从外打开了。江南酒侠忙回头一看时，不觉狂喊起来道："玉杯！玉杯！"

　　欲知这只玉杯究竟是否失去，且待下回再写。

第八回

追玉杯受猴儿耍弄
返赵璧叹孺子神奇

话说"飕""飕"的几声风响，那扇窗忽从外面打了开来。江南酒侠忙回头一看时，不觉狂喊起来道："玉杯！玉杯！"这"玉杯"的两个字，好似具有绝大的力量，只从江南酒侠口中一吐出，立时使一室的人，不由自主地都向置放玉杯的这张桌上望着。刚才明明见江南酒侠拿来玩弄一回之后，依旧贮放在锦匣中，即顺手放在桌上的，谁知现在果已连这锦匣都杳无踪迹了。就中要算毛锦桃最是心细，虽在霎时间出了这么一个大岔子，仍旧声色不动，也不说什么言语。即一耸身跃上了窗口，又一攀身，到了屋面上。举起眼来，向四下一望，却不见有什么人，只在东向屋面上，离开他所站处约有十多码的地方，见有一团毛茸茸的东西，伏着在那里。再一细看时，却是两头猴子并伏在一处，内中一头猴子的口中，衔着一件灿烂烂的东西，不是中间贮有玉杯的那只锦匣，又是什么呢？

这时毛锦桃不觉暗想道："本来我正在这里诧异，这个贼的手脚，怎么如此敏捷，仅一霎眼的工夫，飕、飕地起了一阵风，就把这玉杯攫了去。谁知竟是这两个畜牲干的勾当，那就没有什么稀奇了。不过这两个畜牲也是奇怪得很，既然已把这玉杯盗去，就该立刻逃逸，为什么还蹲伏在这屋面上，难道是一种诱敌之计，要把我诱了去，再和我玩弄一下子么？如果真是如此，那也可笑极了。我毛锦桃在山东道上，也驰骋了好多年，对于任何武艺高强的人都是不怕，岂又怕了你这两小小的畜类？"他想到这里，不觉有些好笑起来，一壁即向这两头猴子蹲伏的地方走去。

那猴子见他走来，却一点也不畏惧，依旧蹲伏着在那里。等到他走近身旁，方始蹿了起来，却一头向东，一头向西，并不望着一个方向走。这一来可把毛锦桃窘住了，这两头猴子之中，不知是哪一头带着那藏有玉杯的锦匣的，他究竟应该追赶哪头猴子，方才不致有误呢？好在他的眼光尚还锐利，在一瞥之间，早已瞧出衔着灿烂烂的锦匣的那头猴子，是向着东面跑去的。他便立刻舍了西面那一头，向着东面那头追赶上去。

可是猴子跑得快，人跑得慢，一时哪里追赶得上？好容易，才见那猴子的气力有些不济，渐渐落后下来。他不禁大喜过望，哪里还敢怠慢，即加足了足力，又向前追赶上去，果然快被他追到了。但是猴子仍是顽强得很，见他快要追近，即把那只锦匣在屋面上一放，自己却回转身躯，猛力地向毛锦桃身上扑了来。幸而毛锦桃很是眼明手快，一见它向自己身上扑了来，忙把身躯向旁一闪，即躲了开去。猴子见自己扑了一个空，不免有些发怒，只一转身间，又很迅速地扑了过来。毛锦桃当然又一闪身躲过了，于是人与猴便在屋上战了起来。到底人是练过功夫的，猴子是没有练过功夫的，十多个回合以后，猴子便有些抵挡不住，只好一溜烟跑了。

毛锦桃见猴子虽是跑了，那锦匣却依旧留在屋面上，自己此来的目的，总算已经达到，也就不再去追赶那猴子，提了那只锦匣，欣欣然地走回永安客店。只见陶顺凡和着姚百刚，仍旧还在那间房中，却不见了江南酒侠。陶、姚二人见也提了锦匣回来，便很高兴地向他问道："你已把这锦匣找回来了么？"毛锦桃把头点点，也露着很高兴的样子，随把郅只锦匣向桌上一放。

陶顺凡忽透着精灵的样子，走了过来道："这锦匣放在这张桌上，恐怕有些不妥当，不要再被它们偷了去，不如把它藏了起来吧。"说着，便把那锦匣从桌上拿起。他只刚刚拿得在手中，忽又喊了起来道："不对，不对！分量怎么如此之轻？莫非在这锦匣之中，没有什么玉杯藏着么？"这一喊不打紧，却把毛锦桃提醒，立时骇了一大跳。慌忙三脚二步走了过来，也不打话，即从陶顺凡手中把锦匣夺过，立刻打了开来。只向匣内一张时，即狂喊一声，把锦匣掷在地上，良久良久方叹着说道："这两只泼猴真可恶，我这么很精细的一个人，今日也上了它们的大当了。"

二人忙向他问故，他方把在屋面上和猴子格斗的事说了一遍，又叹道："这两只泼猴真是狡狯之至，特地拿这锦匣混乱我的耳目，却让打西面逃跑的那只猴子，拿着那只玉杯，很从容地逃了去。这种声东击西的方法，真是巧妙到了极顶了。"

正在说着，却见江南酒侠从外面走了进来，毛锦桃便向他问道："你刚才往哪里去的？我上屋去追那贼人，已遭了失败回来，你也知道么？"
江南酒侠道："我统统都知道，不过你也是很精明的一个人，想不到竟会
上了那泼猴的当！但是你不要着急，你虽没有把这玉杯追回，只夺回了这
只锦匣，我却已探得了这玉杯的下落了。"毛锦桃一听这句话，欢喜得跳
了起来道："怎么说，你已探得了玉杯的下落么，到底是什么人盗去的？"

江南酒侠向椅子中一坐，方说道："这不是三言两语所能说得完的，
待我慢慢地对你说。我自从见你上了屋面，许久没有下来，生怕你打败在
贼人手中，颇有些放心不下，因也走上屋面一望。恰见你正向一头猴子朝
着东面赶了去，方知来这里盗取玉杯的，乃是猴子，并不是人。可是一瞥
眼之间，又见另一头猴子，向着另一方向跑。心中倒不觉又是瑟地一动，
暗想来此盗取玉杯的，既共有两头猴子，你怎么知道玉杯一定藏在东面那
头猴子的身上，而不在西面那头猴子的身上，却向着东面那头追了去？万
一有个失错，不是要遭失败么？横竖东面那头，已有你去追赶，我就去追
赶西面那头吧。就算是我白起劲，也不过白赶一趟，于大局总是有百利而
无一害啊。主意打定，便向着那头猴子追了上去。这猴子却也妙得很，自
以为已没有人去追它，态度十分从容，并不走得怎样快。而我在无意之中
又发现了一件事，更使我的主意比前益发坚决，不肯不去追它了。你道是
件什么事？原来在这猴子的项下，还挂上一个棕色的袋，恰恰和这猴子的
皮毛，是一样的颜色，没有一点分别。在它蹲伏的时候，人家一定瞧不
出，不过当它跑走起来，这个袋不住地在项下摇荡，不免教人瞧出破绽来
了。然而猴子项下，为什么要挂这个袋呢？这是只要略略加以猜想，便可
得到一个很明白的答复，除了要把什么东西藏在这个袋中，还有旁的什么
用意呢？更很明了地说一句，这只盗去的玉杯，大概就藏在这个袋中了。"

毛锦桃听到这里，不觉又跳跳跃跃的，显着恍然大悟的样子道："不
错，不错！这玉杯一定就藏在这个袋中。我的眼光自问是很不错的，但是
当我瞧见它的时候，它正蹲伏着在那里，所以不能瞧见它项下的这个口袋
呢。但是你既已追了上去，为什么不能把这玉杯夺回来，依然是一双空
手？难道也像我一样，又失败在那猴子的手中么？"

江南酒侠道："你不要慌，让我慢慢地说下去。我还没有追得一段路，
已被那泼猴觉察了，马上就把步子加快，不像先前这般从容不迫。我虽是
练习过轻身术的，纵跳功夫自问不后于人，竟也追它不上。不到多久时

候，已相隔有数丈远了。一会儿，又见它从一个屋角边跳了下去，等得我也赶到那边，跳下屋去四下寻觅时，哪里还有什么猴子的踪迹？眼见得它已逃跑得不知去向了。"

毛锦桃道："如此说来，你已完全失败了，怎么你又说已探得了玉杯的下落呢？"江南酒侠道："你别一再地打岔，听我说下去，你就可以明白了。当时我虽迷失了猴子的踪迹，心中很是失望，但我一个转念间，忽然想到，这猴子既左也不下跳，右也不下跳，却从这里跳了下来，显见得它的主人翁就住在这条街上的附近。那我只要细心地寻觅，决不会寻不到他的踪迹的。而且这中间还有一个限制，因为照我的理想猜测起来，这件事颇像是某人所干。而这某人并不是德州本地人，却是从别处来的，那他所住的地方，一定不出于客店这一个范围中了。我把这个方针一打定，就从这条线索上找寻去。不消片刻工夫，果然被我找见一家大客店，就在这条街上，而且照某人的那种身份，是很宜于居住这种客店的。因此我便走进店去，询问掌柜，一问之下，果然有像我口中对他所说的这么一个旅客。并有一事更可证明他是一点没有缠错的，便是据他说起，这旅客还带着两头猴子。这不是益说益对，若合符节了么？不过不幸之至，这旅客已在我走进客店的略前一步，算清房钱，动身走了。"

江南酒侠说到这里，略略停了一停。陶顺凡忽问道："那么，你所疑心的这个人，究竟是什么人呢？"江南酒侠微笑道："这是不消问的，除了那个不要脸的李成化，还有什么人会干这种事？至于那两头猴子，却并不属他所有，乃是从他师傅镜清道人那里借来的。镜清道人功夫十分了得，对于驯伏猴子，尤具有一种特别本领咧。不过我和他打赌盗杯，系以从把云阁中盗来为准，如今他这般地取巧，实在不能算数的。"

毛锦桃当他说的时候，很是用心顺听，这时好像想得了什么事，忽然摇手说道："不对，不对！你莫非又上了那掌柜的当？当你去查问的时候，这李成化或者还没有动身呢。"江南酒侠听了这话，不觉一怔，一壁问道："这话怎讲，你为什么要发此疑问？"毛锦桃道："这是很显明的一桩事，那李成化既然要走，一定要带着这两头猴子同走，决不愿把任何一头猴子抛弃在这里的。然以时间计算起来，当你到客店中的时候，带着玉杯的那头猴子，果然早已回店了。但我所追赶的那头猴子，和他住的地方，适是背道而驰，一定还来不及赶回，那他怎肯在这头猴子未回店之前，就动身先走呢？这你不是显然地上了那个掌柜一个大当么？"江南酒侠听他把话讲完，略略想了一想，不觉直跳起来道："不错！我真是上了那掌柜的一个大当了。幸亏时间尚隔得不久，李成化那厮或者还在那里不曾走。让我且再赶去瞧瞧，并和那掌柜算账去。"

那姚百刚这时正靠近窗口立着，偶向外面街上一望，不觉喊了起来道："这骑在马上的大汉，不是也带着两头猴子么，莫非就是李成化那厮？你们快来瞧上一瞧。"说完，避向旁边一站。江南酒侠却早已三脚两步，奔到窗口了，只向外面街上一望，即见他戟指骂道："好个奸贼，果然这时方得动身。但是无论你怎样的狡狯，不料鬼使神差的，恰恰又会被我瞧见，我现在再也不让你逃走了。"说着，即想向一边一跳。毛锦桃忙一把将他拉住道："你真是个傻子。他乘马，你步行，难道能把他赶上么？如果真要追赶他的，也得找匹好马追上去，那就不患赶不上他了。而且我们四人，最好一齐追了去，方才不觉势孤呢！"江南酒侠一听这话不错，也就把头点点，表示赞成，当下即去赁了四匹好马，立刻上道赶去。

但是赶了一程，依旧不见李成化的一个影子。江南酒侠不觉有些焦躁起来道："莫非我们又上了他的当，他并不打从这条道路行走么？"毛锦桃忙向他安慰道："你不要着急，我对于这山东省内的道路，最是熟悉不过的。他不回潍县则已，如果回潍县去，那是除了这条路外，就没别的路可走了。"

江南酒侠方略露喜色说道："如此，我们仍从这条路赶去。我决得定他是回潍县去的。"大家又马不停蹄，向前赶了一程，果见前面道上，隐隐露一黑点。陶顺凡首先瞧得，就用鞭向前面一指道："这前面不是有一黑点，飞速地向前移动么？这定是李成化那厮无疑。我们快快向前赶去，不要被他逃走了。"大众听了，忙也凝神向前一望。忽又听毛锦桃直喊起来道："不错！这定是李成化无疑，连他带的那两头猴子，都已被我瞧得清清楚楚咧。"于是大众的精神，更比前来得兴奋，拿这黑点做唯一的目标，向着它飞也似的赶去。

一会儿，果然已相距得不甚远了，江南酒侠便在马上，大声呼道："成化兄，为何走得这般的急？请你略停一停马蹄，在道旁等待我们一下。我们是知道你已盗得了玉杯，特地前来向你贺喜的啊。"李成化一听在后面说话的，是江南酒侠的声音，知道事情不妙，一定是前来向他索取这只玉杯的，哪里肯停马而待？反而连连加上几鞭，飞也似的向前走去。江南酒侠见了，倒又大笑起来道："老李，你倒也乖巧得很，怕和我们说话。但是在这形势之下，有如瓮中捉鳖，再也不让你逃到那里去的了。"一壁也就加上几鞭。

这时形势真是紧张极了，骑在前面马上的人，已可听到后面的蹄声，李成化不免有些着急起来，一个没有留心，马的前蹄忽向前一蹶，竟把他和两个猴子一齐掀翻在地上。在这当儿，江南酒侠一行人，早已赶到他的身旁了。江南酒侠只笑嘻嘻地向他说道："我们本是前来向你贺喜的，你怎么不肯领受我们的意思，仍是这样急急地赶道，反使你跌上了这么一大跤，我们心上很是不安呢。大概还不曾受伤吧？"李成化这时已站立起来，一壁拍着身上的灰，一壁白瞪着两个眼睛，望着江南酒侠道："别这般鬼话连篇了，你们难道真是来向我贺喜的么，贺礼又在哪里？"

江南酒侠听了这话，即笑嘻嘻地把那锦匣从怀中掏了出来道："你且已把这玉杯取了去，但锦匣仍未到手，未免是美中不足。如今我索性再把这锦匣送了给你，这不是绝好的一份贺礼么？"李成化的脸皮倒也来得一分老，竟笑嘻嘻地把这锦匣接了来，一壁说道："我正因这两头猴子使了个李代桃僵计，把这锦匣丢失在外面，心中觉得十分可惜。如今竟由你送了来，那真是锦上添花了，怎还不能算是一份厚礼呢？多谢，多谢。"说到这里，略停一停，又从怀中取出一件东西来。众人争向那件东西瞧望时，却就是那只玉杯。便又继续听他说道："单独独的只是这一只玉杯，未免觉得有些不雅观。如今把这锦匣配上去，那才成个款式了，这不得不感谢你的厚赐啊。"当他说时，早把这只玉杯，郑重其事地放进锦匣中去了。

他这番话，纯以游戏出之，说得又写意、又漂亮。可是江南酒侠听在耳中，却有些着恼起来了，暗想我把锦匣送给他，完全是在调侃他，哪里真有什么庆贺他的意思？这是三尺童子都能知道的。不料他真是个老奸巨猾，竟会将奸就计，当作一回事干起来了，这怎不令人恼恨啊。当下便把脸一板，厉声说道："你不要这般发昏！我实是向你索取这只玉杯来的，你难道一点风色也不瞧出么？"

李成化仍冷冷地说道："你要向我索取这只玉杯么？这是从哪里说起？我是曾和你订过打赌之约的，谁盗得了这玉杯，就是谁得了胜。如今这玉杯既入了我的手，当然是我得了胜，哪里还容你出来说话，哪里还容你向我索取这只玉杯呢？"

江南酒侠一听这话，更是十分动怒，又厉声说道："咄！这是什么话！当时我和你订的约，是以打从挹云阁中盗得这只玉杯为准的。不料你竟如此取巧，自己并不去挹云阁中走上一遭，却在我们得手以后，乘我们一个不备，半路上把这玉杯劫了去。这难道算得是正当的举动么？"

李成化不等他说完，即汹汹然地说道："你既不承认他是正当的举动，那你究竟想要怎样呢？"江南酒侠哧的一声冷笑道："有什么怎样不怎样？你既做出这种不正当的举动，我自有相当的方法对付你。现在我只要把你围住，将这玉杯劫了回来，不是一切都完了么，想来你总也是死而无怨的吧！"说着，就把腰间的宝刀拔出，亮了起来，同时，同来的三人，也把兵器亮出。

这一来，李成化见不是路，也就软化下来，忙和颜悦色地说道："且请住手！有话可以细讲，不必就此动武。"江南酒侠仍气咻咻地说道："我没有别的话，我只问你索还这只玉杯。你如果有什么话，尽管说出来便了。"李成化听了这句话，立时放下了几分心事，忙赔笑说道："我在半路上使弄了一点小计，把这玉杯盗了来，果然不能说是十分正当。但现在你们四个人围困住了我一个人，想要把这玉杯劫了去，恐怕也算不得是英雄好汉的举动吧？"

江南酒侠一听这话，倒又不觉怔住了，半晌方道："那么，你以为该怎样呢？总之你应当有个办法给我，我是决不肯空手而回的。"李成化道："办法我已想了一个，不知你也赞成不赞成？你且听着，现在你们也不必和我动武，且让我把这玉杯带回潍县去。等得我到了玄帝观中，然后限你们在三天中把这玉杯盗去。三天中如能得手，当然是你们得了胜利；否则，这玉杯就归我所有，你们再也不能有什么话说了。"

江南酒侠同了他的三个同伴，这时早把兵器收起，听了沉吟道："照此说来，你逸我劳，所处的地位显然有些不平等，可不能算是公平的办法。"李成化笑道："世间原没有真正公平的办法的。不过照我想来，这实是解决纠纷的唯一方法。因为你现在就是仗了人多势众，把这玉杯夺了回去，我虽暂时处于失败的地位，心中却有所不甘，一定要纠集许多人来，再和你见一个高下的。唯有依从了我这个条件，却可图个一劳永逸。只要你能在三天中得了手，这玉杯便归了你，我连一个屁也不敢多放呢。"

江南酒侠一想这话，倒也说得很是动听，而且是艺高人胆大，对于这个玩意儿，倒很愿尝试一下，自问生平闯关东、走关西，什么龙潭虎穴中都曾去过，这一遭不见得定是失败的。当下便连声答允道："好，好！我们就照此办，请你上马吧。"李成化便上了马，一壁把锦匣揣在腰间，又把两头猴子也弄上了马背，即向前驰去。江南酒侠一行四人，好似保镖一般，也跟在后边，风一般地簇拥而去了。到了潍县之后，李成化自回玄帝观，江南酒侠等便找客店住下，这也不在话下。

再说大家因为风尘劳顿，休息了一天后，便是打赌盗杯的第一天了。日间当然是不便动手的，到了二更时分，江南酒侠结束停当，方始独自一人，前往玄帝观中。到得那边屋上，探得身子向下一望时，只见下面那间偏院中，点得灯火辉煌，如同白昼。那老道李成化，却坐在一张桌前，正自引杯独酌，面前放着一只锦匣，不是贮放玉杯的那只锦匣，又是什么呢？江南酒侠瞧在眼里，倒暗暗好笑道："这牛鼻子道人倒也有趣得很，他以为这般地把这玉杯看守着，我一定没有下手的机会了。但这漫漫长夜，难道没有个打盹儿的时候？只要他两眼一闭，略一打盹儿，这玉杯不就成为我囊中之物么？我还是悄悄地在屋上守着吧。"

不料足足守了一个更次，那李成化精神竟是十分健旺，连眼睛都不霎一霎，似乎也知道江南酒侠早已到来匿在这里了。江南酒侠这时倒不免有些焦躁起来，暗想现在已是三更时分了，如果再不下手，不是马上就要东方发白么？这第一天不免就白白地牺牲了。他一想到这里，也就不管三七二十一，想从屋上跳了下来。谁知他还没有跳得，他的一团黑影，早被守在下面的那两头猴子瞧得，即乱蹿乱跳地要向他蹿过来。这一来，倒又吓得他不敢向下跳了。因为照这形势瞧去，只要他一跳到地上，那两头猴子一定就要奔过来，和他纠缠个不清的，不免就有声音发出来。那李成化便立刻有了戒备，哪里还盗得成什么杯子呢？可是这两头猴子狡狯得很，竟是很有耐心地守着在下面。他如果静伏在屋上不向下跳，它们也蹲在下边，动都不曾一动。只要他一有跳下屋来的形势，它们也立刻露着戒备的样子，不使有一点机会可得。

如是地又足足相持了一个更次，江南酒侠可再也忍耐不住了，便轻如猿猱，疾如鹰隼，向院中直蹿下来。可是那两头猴子，怎肯轻易舍去他？只等他的身躯刚着地，早已跳到他的身旁，把他围住。于是一人两猴，便很猛烈地斗了起来。

斗了一阵，忽听李成化在屋中呼道："酒侠兄，你只是一个人，它们却是两头猴子，以一敌二，未免斗得太辛苦了。你是素来喜欢喝酒的，不如到这屋中来，陪我喝上一杯酒吧。横竖今天刚是第一天，尚有两天工夫，足够你来下手咧。"江南酒侠一听这话，暗骂一声："牛鼻子道人好刁钻，竟说出这番写意话来，但我也是参透游戏三昧的一个人，你既请得我喝酒，我难道倒老不起这脸皮么？也罢，我正觉得有些神疲口渴，不免就来扰上你几杯。"一壁想着，一壁便回答道："既承盛情相招，当然是却之不恭的。而且不瞒你说，我口中也觉得奇渴，正想拿酒来润上一润呢。"说完这话，便停止了格斗，举步向前。

那两头猴子仿佛懂得人的说话似的，也就避向两旁，不来阻止，让他走进房去。江南酒侠便和李成化欢然地吃了一阵子酒，方始告别。临走的时候，却笑嘻嘻地向李成化说道："明天你还得加意防范，我颇想在明天一举成功，不耐烦再等到第三天呢。"李成化只以一笑为报。

到了第二天晚上，江南酒侠一等二更鼓过，便又前往盗杯。到得玄帝观偏院屋上时，不须他仔细向下探望，只一瞧在月光下荡漾的两个黑影子，便知这两头猴子又已守在下面了。但是他早已胸有成竹，准备下对付的方法，所以他故意把头向下面一探。那两头猴子一见他的影子，果然就在下边乱跳乱跃起来。他却不慌不忙，窥准了那两头猴子的喉际，嗖嗖地就是两支袖箭。可怜这两头猴子，来不及啼上一声，就饮箭倒在地下了。江南酒侠乘此机会，便悄悄地跳了下去。

正蹑手蹑脚走到偏院窗外时，忽觉飕飕的一阵风，直向脑后而来。江南酒侠知道事情不妙，忙很迅速地将颈项一偏，身躯向旁一闪。这一来，后面斫来的那柄刀，便扑了一个空，害得执刀的那个人，也向前直冲几步，几乎要跌上一跤。江南酒侠却更不怠慢，忙挺着手中那柄刀，要向后面那人斫上去。不料在这间不容发之际，耳边厢陡然间闻得一声大喝，又有一个人从斜刺里冲过来，一展手中的兵器，把他那口刀架住。同时，冲向前面的那个人，已把步子立定，又回过身来前来助战了，于是三个人便在院子中打了起来。

江南酒侠的武艺，虽是不同寻常，然自己只是一个人，敌方究是两个人，众寡终嫌不敌。而且这两个人的武艺，倒也不是十分平凡的，所以打来打去，只是打得一个平手，并不能分什么胜负。不料李成化却又在屋中高呼道："酒侠兄，我的两个师弟，武艺虽都及不上你，但也不是怎样平凡的。现在你以一个人战他们两个人，未免比昨天更是辛苦了。不如再到我这里喝上杯酒，休息一下吧，好在明天方到限期，尽可做最后的努力呢。"

江南酒侠一瞧形势，知道今天又是无能为力的了，不免暗暗想道："也罢，他既又来邀我，我今天就再去扰他一顿老酒吧。"当下便答允下来。一壁即停止厮打，同了李成化的两个师弟，走入屋中，又和李成化吃起酒来。

江南酒侠对于今天这顿酒，似乎比着昨天更是高兴了，只见他一杯杯地把酒倒下肚去，直吃得酩酊大醉，方始踉踉跄跄别去。李成化瞧着这种情形，不觉对了他的两个师弟笑着说道："什么叫作酒侠，简直是个酒鬼，只要有酒下肚，便连天大的事都可忘记了。"说了一会儿，便遣两个师弟去归寝，并道："今天他已醉都这般模样，谅来再也不能干得什么事，我们尽可高枕而卧。明天却是一个最吃紧的日子，大家须得上紧戒备啊！"等那二人去后，他自己也呵欠连连，露着想睡的样子，便在床上睡了下来。却为谨慎起见，异想天开地把那锦匣藏在裤中，免得人家乘他睡觉的时候，把这锦匣盗了去。

可是当他正是睡得十分酣甜之际，果然有一个人把他的房门轻轻撬开，悄悄地走了进来，前来盗取这只锦匣了。这个人并非别人，就是江南酒侠。他刚才的吃得酩酊大醉，原是故意假装出来，使李成化等不再来防备他的，不料李成化果轻轻易易地中计了。而且李成化把这锦匣藏在裤中，他似乎已在外边偷偷瞧得了，所以他一入室中，并不去寻觅这锦匣的所在，即取了一盆水，蹑手蹑脚地走到李成化的床前。把帐子揭开以后，即一小掬水、一小掬水，慢慢地把来浇在李成化的裤上。一会儿，裤子已湿了一大块。李成化在睡梦中，当然觉得有些不受用的，然而睡得十分酣甜，一时竟不易醒来。只略略转侧一下，不知不觉地，自己把这裤子解了下去。而在这解裤之顷，这只十分宝贵的锦匣，早已到了江南酒侠的手中了。便人不知鬼不觉地，仍旧走了出来。

　　到得客店中，他的三个同伴，正在静待好音。一见他已得手，自是十分欢喜，慌忙围了拢来。打开锦匣检看时，不料中间只藏着一块砖瓦，哪里有什么玉杯？方知又上了李成化的当了。正在又懊丧又错愕之际，忽有一个少年奔进房来，立在房中朗声说道："你们不要忧虑，这玉杯已被我取了来呢。"

　　欲知这少年究是何许人，且俟下回交代。

第九回

失杯得杯如许根由
惊美拒美无限情节

　　话说江南酒侠等四个人，正在懊丧之际，忽有一个少年奔进房来，朗声说道："你们不要忧虑，这只玉杯已被我取来呢。"这好似飞将军从天而下，实是出于他们所不防的，不觉都把视线一齐注射着他。却又听得陶顺凡突然地喊了起来道："小茂，你怎么也来了？并且这只玉杯，怎么已神不知、鬼不觉地入了你的手？这更是我做梦也不曾想到的啊。"回头又想替那少年向众人介绍，江南酒侠却早已笑着说道："我是不用你介绍的，我和你前儿已见过面了。只有一桩令人骇诧的事情，我们相隔仅有几个月，不料他又长大了许多。劈面看去，竟是一个英英露爽的少年，谁还当他是个十四岁的孩子呢？"

　　这时毛锦桃、姚百刚，也都已知道他便是周茂哉的儿子，大家便又互相招呼了一番。江南酒侠却又向他问道："这只玉杯，李成化存放得很是严密，我接连费了两夜工夫，还上了他一个大当，只盗得一只空匣回来。怎么你一点手脚也不费，就把这只玉杯取来呢？"周小茂苦笑着回答道："一点手脚也不费，这句话倒也是不能说的。不过事情总算得凑巧之至，而且一半还是侥幸，否则，成功得绝没有这般容易。这大概也是老天可怜我那父亲，不愿他老死于荒远之区吧？"陶顺凡道："废话不要多说了，你究竟怎样把这玉杯弄到手的呢？"

　　周小茂道："这完全不是人的意料所能及的，只能归之于天意罢了。那天，我因为和你已有好多时不见面了，生怕你为了我的事情，或者已发生了什么岔子，所以想去瞧瞧你。后来更把这番意思向我舅舅禀明，我舅舅居然也答允下来。我便乘了一匹马，独自一个人上道了。不料行至中途，偶向前面一望，见也有四骑马，向前急急地行着。内有一个人的后影，看去很像是你，我便想向你高唤一声。可是还没有开得口，又见在你们的面前，还有一骑马匆匆地行着，照情状瞧去，似乎他在前面逃走，你们在后面追赶一般。因此我又不敢冒昧开口，倒要瞧瞧你们到底玩的是一种什么把戏？而我自己，也不期然而然地，加起鞭来了。果然不到一会儿，见你们一行人中，有人向前面那人唤叫着。再一会儿，又见那人惊得跌下马来，你们一行人便蜂一般地簇拥上去。我乘此机会，便偷偷赶入在你们旁边的一带树林中，窃听你们的说话。"

毛锦桃听到这里，倒又喊起来道："咦？原来是这么一回事。怪不得当时我瞧见树林有些簌簌颤动，还疑心是我自己眼花缭乱，或是神经过敏，却不道真有人藏在树林中呢。"周小茂道："如此说来，那更是侥幸极了。倘然你在那时再稍加注意一些，走进树林中去搜上一搜，我自然被你一搜便得。以后的事情，也就一桩不会实现了。对你们说吧，我在林中窃听上一会儿以后，你们双方问答的说话，完全都听在我的耳中。而正在这个时候，我的心中也忽地一动。暗想李成化既是这么狡狯不过的一个人，那他如今答允你们前去盗杯，表面上虽好像举动很是慷慨，其实只是一种缓兵之计，哪里有什么诚意？不要说你们和他劳逸不同，攻守异势，三天内不见得能够得手；就是侥幸能够得手，万一他又暗地掉上一个花枪，不是又要失败在他手中么？因此我很想前去卧底，暗暗留心他的举动，替你们做上一个耳目。当我刚把这个主意打定，你们也已谈判妥帖，大家依旧向前赶路。我便又悄悄地跟在后面了。等得到了潍县，我便假装是寻亲不遇流落他乡的一个难民，在玄帝观前哀哀哭泣着，这不过希冀于万一，不料竟会轻轻易易地使他堕入我的计中咧。"

江南酒侠挽言道："这倒的确是件奇事，像李成化这么狡狯的一个人，当然是十分精细的。对于一个来历不明的人，怎么也不细细盘问一下，就会把他收留下来呢？"周小茂道："这在当时，我也很当作是件奇事，并暗暗向自己称庆，竟会遇到这种良机。事后方知不然，这并不算得是什么奇事，更算不得是什么良机。因为李成化生性是最爱收徒弟的，凡是流落在他乡的人，只要能够遇见着他，没有一个会不受他的垂青呢。"江南酒侠笑道："如此说来，他可算得是个广大教主了。"周小茂也笑道："这个名称，他倒是当之而无愧的。当他把我收为弟子以后，表面上还算信任，然而总因我是新列门墙，仍不免处处防范。我也窥见了他的隐衷，更是小心翼翼，只好暗地窥探了。不料机会之来，竟有出人意料之外的。就在第一天入观的晚上，已是半夜时分了，忽见他悄悄地走到大殿上去。我知道事情有异，也就偷偷跟踪在后面，到了大殿之上，在那佛前黯淡的灯光下，果然见他拿出一件东西，放在佛龛下面。并自言自语道：'这个地方，要算最是妥密没有了，任何人都猜想不到的。你们有本领的，尽管前来施展本领，然终不免徒劳往返罢了。'说完这话以后，脸上又微微露着笑容。照这形状和言语瞧去，他藏放在这佛龛之下的，不是那玉杯，又是什么呢？等他归寝以后，我又悄悄前去一探，果然一点不错。本想即挟之而遁，但一则尚没有知道你们的寓处；二则还要瞧瞧你们盗杯的情形，觉得遁走尚非其时，因此仍把玉杯留在原处，也管自就寝了。"

陶顺凡忽问道："那么这只玉杯，如今你究竟到手了没有呢？"周小茂笑道："你不要性急，我既来到这里，当然是已到手了。后来二次盗杯的情形，我都瞧在眼中，那时我恨不得告诉酒侠老叔一声，玉杯便在佛龛下边，只要到那边去一搜便是，又何必枉费这种气力呢？然而我竟得不到这种谈话的机会，也只索罢了。到了刚才，酒侠老叔已把这空匣盗去，我知道事机紧迫，李成化不久就要去瞧视那只玉杯的。不如乘他未起身之前，就取了这只玉杯逃走吧。好得我在酒侠老叔和李成化饮酒的当儿，已听得他谈起了你们的寓处，不怕找不到你们呢。"

陶顺凡忽又问道："但是还有一件奇怪的事情，这李成化也是十分精细的人，今晚为何睡得这般熟，酒侠把他藏在裤中的空匣盗来，你又偷偷从他观中盗了玉杯逃出，他竟一点也不知道呢？"周小茂还没回答，江南酒侠忽笑了起来道："这在我瞧来，倒一点也算不得什么奇怪，只不过是我放的蒙汗药所发生的一种功效罢了。老实说，我虽是一个著名的酒鬼，然而蒙众人谬赞，还在'酒'字下，安上一个'侠'字。在何时应饮酒，和何人宜对饮，心中总还有点分寸。如果不是要设法把这蒙汗药暗放在李成化的酒杯中，像他这种语言无味、面目可憎的人，我决不高兴和他连饮上二夜的酒呢！"这么一说，大家方恍然大悟，不觉都笑了起来。

却又见周小茂正容敛色，突地向大众下跪道："小子现有一件事奉求诸公，照诸公这般忠肝侠胆瞧来，想来一定能够答允的。小子特在此一拜。"这一来，倒惊得大众一齐避席。江南酒侠忙把他扶了起来道："周公子有话尽管请说，无论有怎样重大的嘱咐，我们是赴汤蹈火，也所不辞的，公子又何必行此大礼呢？"周小茂方又说道："如今在小子一方，就有两件事，应该同时并行的。一是赴云南省视老父，倘然能得请于大吏，小子情愿代父服军役；二是上京师去，把这玉杯献之某亲王，求他替老父昭雪冤狱。然而既到云南省得亲，上京献杯的一桩事，就有些分身不得，在势不能不烦之诸位了。这还不应得受我一拜么？"

江南酒侠道："好说，好说！上京献杯，当然是我们责任上应做的事，公子就不委托我们，我们也要向公子请求的。只是云南去此，迢迢万里，又是瘴疠之乡，公子虽长成得很快，终究只是一个十四岁的童子，只身如何去得？依我说，不如由我们四人中，分出二人来，陪伴公子前往，事情较为稳妥呢。"周小茂道："老叔的盛意，固是十分可感，不过云南虽远，在我看来也和咫尺差不多。何况我仅单身一人，又没有多少行李，中途就遇草寇，也决不会对我生心，又何必多此一举？倒是玉杯价值连城，觊觎者众，途中难免不发生什么意外，还是多去几人，小心保护为妙。"

众人又向他百端劝说，周小茂仅诿以来日再谈，大家也即就寝。谁知到了次日，大家皆已起身，独独不见了周小茂。瞧瞧他所睡的床上，也是空空如也，方知他已乘人不备，独自走了。大众不胜叹息，仍是江南酒侠出的主张，上京献杯的事，托之毛锦桃和姚百刚。他和陶顺凡二人，向往云南的一条路上，追踪上去，跟在周小茂的后边，暗尽保护之责。大众对于这个主张，当然一致赞成，随即出了客店，互相分手，不在话下。

却说周小茂偷偷出了客店以后，即问清了道路，徒步向前赶路。虽明知云南相去有万里之遥，决非短时间所能走到，中间尚不知须经过多少魔难。然而省亲情切，无论什么都不在心上，只知走一步，便和老父近一步，终有和老父见面的一日。所以中心熙熙，神志一点也不懈怠。

一天，他正默想着见了老父，天伦团聚后的一种快乐。忽有一骑马，从他身边驰过，不觉把他的思潮突地打断，并使他不由自主地抬起头来望一望。只见坐在马上的，是一个十七八岁的少女。身段轻倩非凡，面貌更是十分美丽，也正回过头来，向他盈盈凝望着。一和他打个照面，这少女好似触了电一般，这骑马也就放缓下来，竟和步行的速率差不多。于是一个乘马，一个步行，便结了个长途的伴侣，互相并行起来。

这少女却真也妙得很，在这行走的时候，又时时地举起一双妙目来，向周小茂脸上凝着。然而也只是痴痴地凝望罢了，终为一种少女的娇羞所袭，虽神意间似乎想要和周小茂谈话，却到底没有谈得一句话。可是在周小茂一方，经她这么的一来，不免已大有戒心了。暗想我从前曾屡屡听人说起，在这北几省的道上，常有一种以色饵人的女盗，勾致孤身行客，只要小小的一个不留神，就会堕入她的彀中。那么小则丧财，大则丧身，事情就不堪设想了。我虽然没有多少行李，身边也没有什么财物，然而她这么地注意着我，终究不是好事，还得加意防备才是。最好能避去了她，不和她同道行走，方是万全之策呢！可是这少女是乘马的，自己只凭着一双足步行，又有什么方法可以避去啊？不过这少女和他并行了一程，依旧没有什么表示，似乎对他并不怀什么恶意。他的所有理想，完全是出于过虑的，而他的已开未开的情窦，为这少女的溶溶妙目炫惑得一稍久，更不免有些发张起来，神情间显然地有些心旌摇摇了。

然而他究是何等纯孝，又是何等有大志的人？一个转念间，他的老父如何憔悴呻吟于云南戍所之中，又现了一幅幻象出来，立时使他神志一清，什么窈窕的少女，什么溶溶的妙目，一切都不在他的心中。更咬了咬牙根，自己呼着自己的名儿，私自惕厉道："小茂，小茂！你不要为美色所惑啊。你只要稍一不慎，就会堕入陷坑，立刻奇祸临身，便永无和你老父见面的日子了。"小茂想到这里，又飞速地向前走了几步，似乎要避云这少女的样子。

这少女也似乎知道他的用意，微微向他一笑，也即策马而前。大家这样地相缠了好多时，不觉已是落日衔山了。少女方向这轮落日望上一望，又回头向小茂一笑，然后策马驰去。小茂顿觉放心了许多，以为自己已脱离了危地了。

一会儿，到了一个小小村庄之中，已是暮色苍茫，颇想找个地方下宿。正在思忖之际，忽有一个老汉迎面走来，含笑向他说道："相公莫非要找宿处么？但这小村中是没有客店的，只老汉的蜗居中还算清洁，或者可供相公下榻。相公也愿跟随我来么？"小茂见他脸上满含慈祥之气，知道并非歹人，也就点头表示赞成，跟着他一同走去。

没有行得一箭路，已到了那老汉的屋中，入门便是小小一个花园，穿过花径，却是一间绝大的厅事，气象很是堂皇。厅后还有许多洞房由室，看去很是繁复曲折，完全是富家的气派。小茂昏昏然置身其中，倒不觉有些诧异起来。暗想我起初瞧这老汉，装束很是朴素，估量也不过是一个老农。如今进了屋中，瞧见了这种夥颐沉沉之状，方知他是一个富翁。这真叫作"以貌取人，失之子羽"呢。

此时那老汉却早把他肃入厅后一间书室中，殷勤请他坐下，然后笑嘻嘻地向他说道："老汉是拙于辞令的，不足伴相公清谈。相公且在此小坐片顷，让老汉去请几个妙人儿来也。"小茂听了此话，倒有些莫名其妙，也只好枯坐室中，赏玩那些精美的陈设以消闷。

不到一会儿，只听得室外起了一片很轻盈的笑语声，跟着又是一阵香风，送进了两个人来。小茂忙定睛一瞧时，却是环肥燕瘦，身段不同的两个女子。更使他十分吃惊的，这燕瘦的，便是今天和他厮混了半天，骑在马上的那个少女；那环肥的，年纪似乎比较的大一些，约有二十一二岁光景。相貌虽也一般地长得美丽，但是冶荡非凡，而那水汪汪的一双秋波，顾盼起来，饶有荡意，更是足以撩人了。小茂瞧在眼中，不觉暗暗叫苦道："糟了，糟了！我今日竟堕在魔窟中了。这明明是那马上的少女看中了我，特地设下了这个陷阱，叫那老汉骗我进来的。加之她不但是一个人，还有一个帮手。而这个帮手，比她更是来得冶荡，我哪里还能逃去她们的掌握之中呢？那我要到云南去省亲，不是已成为梦想么？但我那白发飘萧的老父，或者还正眼巴巴地望我前去呢。"

他正想到这里，那环肥的，早已莺声呖呖地说道："嘉宾远来，有失迎迓，实是抱歉之至。现在且请在此间小住数天，让我们一尽东道之谊呢。"说完，又举起媚眼，向小茂瞟上几瞟，并嫣然地一笑，一壁展询他的籍贯姓氏。小茂只得依实奉告，并说明省亲心切，当万不能在此耽延。这话一说，那燕瘦的依旧一言不发，只向他睨上一眼。那环肥的，却又笑着说道："这是公子的一片孝心，我们怎敢再把公子强留？不过今天已是入夜，并不是赶程的时候，何妨屈留一下，且尽一夕之欢呢？"说完，又回顾那燕瘦的道："翠妹，你且出去吩咐一下，教他们赶快把酒席送来，我们就在此饮宴。"

燕瘦的嗷应一声，就姗姗地出去了，环肥的便又和小茂闲谈起来，便说起她们姓王，怙恃早失，只有姊妹二人，形影相依，寄居在这红叶村中。她自己名碧娥，年方二十一岁。妹子名翠娟，年只一十有八。至于那个老汉，并非她们的亲属，不过一个纪纲之仆罢了。小茂只唯唯地在旁静听着，不敢和她多兜搭。

碧娥却又接着笑说道："但在这荒村之中，家内仅有几个女子，一个老仆，而没有什么壮男，难免不被歹人觊觎，终究不是一件事情。所以我很愿替我妹子，物色一个如意郎君。万一为求事情便利起见，姊妹二人共事一人，效学英皇故事，我们也是情愿的啊。"说到这里，又向小茂嫣然一笑。小茂倒觉得有些毛骨悚然了。

一会儿，已把酒席排好，翠娟也已回进室来。碧娥便肃小茂入席，她自己和翠娟分坐左右作陪。小茂虽口饫珍馐，饱餐秀色，在表面上瞧起来，似乎享足艳福，然他的这颗心，却似十五个吊桶，七上八下地升降个不定。暗想照事势瞧来，竟是愈逼愈紧了。她竟把效学英皇的这些话，也一点不怕羞地说出，可见已胸有成见。万一弄得不好，她竟对我强迫起来，这如何是好呢，不是要把我一身坑送在这里？而再要和我老父见面，不是也永永没有这个日子么？

他这么地一想，更加如坐针毡了，只是目观鼻，鼻观心，一眼也不旁瞬，显着十分恐惧的神气。碧娥瞧在眼中，倒又笑起来道："想不到你小小的年纪，竟是这般道学面孔。但是我们也是好好人家，并不是诱人入阱的妓女，你为什么这般地怕惧我们呢？我劝你还是放下些心，随随便便地饮唉吧。"说着，又将身子靠近一下，举起自己手中的一只杯子，做出硬欲劝饮的样子。

这一来，可更把同小茂急坏了，忙道："不要如此，我自己会饮呢。"碧娥便又咯咯地憨笑道："好！那么你自己举起酒杯来饮。否则我真要不客气，实行灌酒给你吃了。"小茂弄得没法可想，只好将酒杯举起，攒眉一饮而尽。

可是作怪得很！小茂在这杯酒未饮以前，神志十分清明，只有一个远戍云南的老父在他心头，眼前虽放着这么一双如花似玉的妙人儿，他不但不有什么留恋，还把她们当作蛇蝎一般；这一杯酒一入肚，却大大不然了。他那时刻不忘的老父，印象已渐趋渐淡，终至于模糊一片，暂时把来搁置一边。而对于这一双少女，却十分热恋起来了。暗想我的年纪虽只有十四岁，然而发育得早，已成了一个壮男。这种男女爱慕之情，当然是免不了的。现在既有两个美貌女郎对我十分钟情，甘心委身事我，我怎可辜负她们的美意呢？同时并觉得美貌的女郎，实是一般男子无上的安慰品。倘然有人甘把现成的艳福抛，不将她们来安慰自己一下，这真是一个大大的呆子了。这么一想，这双姊妹花，在他眼中瞧来，更觉比前来得美丽，竟如天仙化人一般，而在行动之间，也就不知不觉地有些放浪起来。

十分乖觉的碧娥，哪里有瞧不出的道理？当然更是眉开眼笑的，在旁殷勤劝饮。只有翠娟，依旧默坐一旁，并且双蛾紧蹙，好似有下什么心事一般。碧娥向她瞧了一眼，又笑嘻嘻地说道："翠妹，嘉宾在座，你为什么这般模样，莫非嫌闷饮乏欢么？那我们何不离座而起，对舞一回宝剑，这或者也是娱宾之一道。"翠娟听说，忙说使得，双蛾倒又渐渐展开了，随即相将离座而起。早有小婢将剑送来，二妹即掣剑在手，立了一个门户，相将对舞起来。她们对于剑术一道，似乎很有点儿功夫的，在初舞的时候，舞势尚是十分纡徐，还能分得出这是碧娥的剑，这是翠娟的剑；舞到后来，急如飘风骤雨，竟把两股剑气，团成了一道寒光，再也分辨不清了。

这一来，真把个周小茂眩得眼花缭乱，而心中也一半儿是忻喜，一半儿是惊惶。忻喜的，这一双姊妹花，不但是貌艳如花，神清如水，还具上这惊人的绝艺。如今竟肯双双垂青于己，这真可称得稀有的奇遇了；惊惶的，自己究竟有什么本领，对于这一双文武兼全的姊妹花，将来如何对付得下呢？好容易二妹齐说一声："献丑！"各把剑势收住，但仍神完气足，略不娇喘一喘，更把小茂佩服得五体投地。却又听碧娥笑着说道："你瞧怎样，没有什么批评么？"

小茂道："我对于武艺，完全是个门外汉，哪里懂得什么好歹？不过像你们二位刚才的舞剑，就是门外汉看了，也能知道剑艺确已登峰造极。除了连说几个'好'字之外，还有什么旁的话可说呢？"碧娥道："能博得你说上一个'好'字，那我们的剑术就是不好，也要说好了。但除了说好之外，你总还应贺上我们一杯啊。"说着又笑盈盈地走到他的身旁，捧起一杯酒来，送到嘴边。

这时的小茂，已和先前换了一个样子，只觉旨酒美色，都可以陶醉他的心灵，而使他得到无上的快乐。因此竟情情愿愿地，把嘴凑了上去，一饮而尽。可是这酒不比寻常，是特地制来蛊惑一般男子的，何况小茂平日，又是涓滴不饮的一个人，哪里禁得起这酒力的发作？不到一刻工夫，头脑间早已觉得天翻地覆，竟晕倒在席上了。

等到醒了过来，不知已隔了多少时候，却见此身已不在酒席上，而偃卧在锦茵绣褥之间。更有一股似兰非兰、似麝非麝的香气，直袭他的鼻观，使他不由自主地将睡眼揉上一揉。向身畔一望，则见赫然卧着一人。再就这烨烨的烛光下，细细一辨那人的面目，不是那娇媚绝伦、肥如阿环的碧娥，又是什么人呢？这时碧娥已把衫裙卸去，仅御着一件粉红色的衵服窄窄贴身，连丰满的酥胸，几乎隐约可见，越显得妖冶动人了，正在一旁静伺着他，一见他揉眼相看，即含笑问道："你醒了么？像这样的好睡，连推都推不醒你，我还疑心你是醉死了呢。"说到这里，又是嫣然一笑，而两颊上，也不由得红晕起来。

小茂瞧在眼中，更觉十分动心了。但是说也奇怪，心中虽是十分爱慕，口中竟如噤住了一般，一句话也不能说，只怔怔地痴望着碧娥。碧娥倒又笑起来道："你痴望着我则甚？难道我们见面了这半天，你还不能认识我么？"这一问，才把小茂急得迸出一句话来道："我不是不认识你，只诧异着我自己，为何醉得这般模样？竟一点也不知道，就会和你睡在一起？"碧娥道："这没有什么诧异，也尽可不必诧异的。我和你难道不能睡在一起么？"说到这里，两颊上又飒地一红，更把个头偎得近些了，小语道："只要你肯答应我的说话，和我结为夫妇，那就可一生一世睡在一起了。"

小茂被碧娥把这玉颊一偎，心儿早已扑扑地跳了起来，何堪这如兰的香气，如珠的蜜语，再吹入他的耳中。更把他的这颗心，乱得不知所云，哪里还有什么勇气，否认碧娥的这番话？碧娥是何等厉害的人物？一见小茂只如醉如痴地望着自己，没有一句什么话说，知道他已对着自己十分醉心。凡是自己所说的话，他没有不默认的了。便又装出一种腼腼腆腆的样子，继续说道："既是如此，今晚我们就在一起睡吧。到了明天，再把婚礼补行，也还不迟。"

不料小茂仍如木偶一般，一点没有什么意见表示，碧娥倒又转喜为忧道："怎么你竟这般地痴呆，连话都不能说了？但是照我想来，你已长成了如许，关于男女风情的事，当然已很明了，决不至痴呆到这般呢。"一壁说着，一壁便在他身上抚摩起来。小茂只觉得这只软绵绵的手，一抚摩到他的身上，好似有一股电气传度过去，即酥软得麻木得不可名状，完全失去了抵抗的能力，只好听她所为。

谁知正在这间不容发之际，忽听得"訇""訇"的几声响，接着又是几声猫叫。原来有一只猫跳上桌子，一不小心，竟把桌上供的一个胆瓶打碎了。这一碎不打紧，却顿时把小茂的酒力骇退，绮梦惊醒。好似有一个金甲神，在他耳畔大声疾呼道："小茂，小茂！醒来，醒来！这是什么时候，省视你的老父要紧，营救你的老父要紧，怎可沉迷在温柔乡中？你若再不醒来，我可要将铜锤击你了。"

这真如闪电一般的快，在他的眼中，立刻不知道什么叫作美色；在他的鼻中，立刻不知道什么叫作芳香；在他的耳中，立刻不知道什么叫作媚语，即把偎傍身旁，那个荡冶无比的碧娥推在一边，并厉声叱道："好一个不知羞耻的淫婢，竟想来蛊惑我了。这在你，本不知什么唤作贞操、什么唤作名节，当然是一无所恤；但我如果真是受了你的蛊惑，竟把远戍云南的老父，忘记在九霄云外，不是成了个名教中的罪人么？咄！你再躺在这里则甚？还不快快滚出床去。"

碧娥听了，神色一点不变，只咯咯地笑道："别这么和我闹得玩了，如果胆子小一点的，吓都要被你吓死呢。"小茂正色说道："谁和你闹得玩？也好，你既不肯起来，就让我起来吧。"说着就要爬出床来的样子。

碧娥这才知道他又变了意，并不是虚言了，也就氲地把朱颜一变，冷笑道："别这般地做作了，我也不是没有见过男子的，谁真稀罕你这银样镴枪头的男子？不过我有一言奉告，你既来到此间，如果不肯真心诚意地服从我，今生今世休想再出此门。"说完这话，就陡地从床上爬起，披上衣服，向门走去。到了门边，又回身说道："你且三思，别要后悔。"小茂只恶狠狠地望着她，没有一句回答她，方才绝了望，砰的一声，将门合上，管自走了。

小茂倒又陡起一念："莫非此身已入囚笼之中么？那是欲逃出此门，大概很是不易的了。"忙也从床上跳了起来，走至门边试上一试，果然这门关得紧紧的，似乎外面已下了锁了。不觉长叹一声，回到床上坐下，而这种思潮，也就触绪纷来，深悔当时不该背了众人，私自逃走。如果听了他们的说话，几个人结伴同行，也就不会遭到这种事情了。再不然，既在路上遇见了这个形状奇诡的少女，就应得处处防范。对于这个老汉的奸谋，当然可以洞烛到，也便不会出这个岔子。如今大错铸成，弄成这个局面，竟被人家囚在这斗室中了，这还有什么法子可想呢？眼见得他的宝贵的生命，竟要生生地葬送在此间了，而一念及他的老父还在云南戍所中受尽磨折，自己不知还能见上一面不能，更觉肝肠寸断，不禁泪如雨下。

　　他这样枯坐了好多时，忽听门上又起了一种微声，似乎有人要打开了锁进来。暗想这除了那个淫婢，还有什么人呢？大概她还不能忘情于我，又想了别的方法来蛊惑我吧？但是我的主意已决，无论她怎样地对付我，我总不为所惑，万万不肯顺从她的。横一横心，最多不过一死罢了。

　　在他想的时候，门外的那人早已把门打开。在灯光隐约中，瞧见了如云的鬓发，显见他的所料不谬，进门来的果然是碧娥了。他就立时将目闭上，显出一种不耐烦的样子。那人却早已把门合好，走到他的床边了。小茂不待她开口，即厉声叱道："速去，速去！无论你怎样的花言巧语，我总是不会相信的。"却听进来的那人，娇滴滴地低声说道："你不要错认了人，我不是碧娥啊。"小茂这才将眼张开，细细向她一瞧。果然不是碧娥，却是那罪魁祸首的翠娟。

　　不知翠娟来此存着好意，还是存着歹意，且听下回分解。

第十回

宝钗相赠红粉多情
木棍横飞金刚怒目

话说周小茂被困斗室，正在无可为计的时候，忽又见房门开启，自外面走进一个鬓发如云的女子来，不觉大吃一惊，以为定是碧娥想得了什么好方法，又前来向他纠缠了。便将双目一闭，不再去理睬她。不料，那女子走至床前，却向他娇滴滴地说道："你不要认错人，我不是碧娥呀。"这才又使他睁开眼来一看，却是那脉脉含情的翠娟。这倒又使他骇诧起来，这翠娟对于自己，虽然似乎很是有情，然而在途中在席上，始终未交一语。而且常有一种憎厌她姊姊举动轻浮的表示，流露于不知不觉之间，显见得她是一个端庄稳重的女子，而又是羞人答答的。那么在这三更半夜，为什么一点嫌疑也不避，又到我这里来呢？难道也是经不住情欲的冲动，和她姊姊一样，又要来和我纠缠不清啊！想到这里，不觉又有些毛发悚然起来，决定无论如何，自己总是立定心志，依旧给她一个不瞅不睬。

谁知翠娟早又开口说道："你不要这般地疑虑呀！你要知道，事机已经是十分急迫，便是你要疑虑，也容不得你疑虑来啊。"这话一说，顿时骇得小茂把成见抛去，忙向她改容问道："究竟是怎样的一回事，难道我除了被囚斗室之外，还要遭到什么意外的危险么？"翠娟咴的一声冷笑道："这还用问，这早已成为不可掩的事实了。我姊姊是著名的'金粉夜叉'，无论哪个男子，只要一坠入她的网罗中，没有一个能够幸脱的，你难道还不知道么？老实说，她如今既已看中了你，那就是你的厄运到了。无论你顺从她或是不顺从她，结果总不免于一死，只为一种时间问题罢了。这难道还讲不上'危险'二字么？"

这话一说，小茂更是十分吃惊，两颗圆滚滚的眼泪，急得如珍珠一串地直滚而下，忙恳求似的说道："那么怎样，你也有救我的方法么？"翠娟叹道:"我如果不想来救你,也不深夜冒着嫌疑,来到这里了。并且你的陷落在这里,一半也可说是我的罪过。因为我刚才从外面跨马回来,倘然不说出有你这么一个人,何至使我姊姊生心,遣派老苍头前来诱骗你呢?"说到这里,她的两个颊上不觉也和烘霞一般,瑟得红了起来。

小茂听说是来救他的,不免又生了几分希望,便露着殷切之色,望着翠娟说道:"你既是前来救我的,请你赶快想个方法,把我救了出去吧。我的一身原不足惜,就是死了也不要紧,只是我的父亲还在云南戍所之中,眼巴巴地盼我前去营救。我若一死,一切都成绝望了。在这一点关系上,或者可以引起你的注意么?"

翠娟道:"尊大人远戍云南,处境十分凄惨,你又是一个孝子,这些我早都知道了。老实说,我如果不瞧在这几层关系上,就算你的陷落在这里,我实是罪魁祸首,我也不高兴冒着这种大嫌疑和这种大危险呢。不过在救你出险以前,我须将一切方法向你说明,免得临事仓皇,反为不妙。好在我的姊姊睡兴素来是很浓的,今天更比往日不同,料她此时一定睡得很熟,不到天明以前,决计不会就醒来咧。"

小茂道:"那么是怎样的一种方法呢?"翠娟道:"你且听着,我们厩中有匹青骢马,实是一骑骏马。虽不能如俗语所说的日行千里、夜行八百,然而相差得也就有限了。现在我就去盗了来,让你骑了逃走。不过有几桩事情,你须得牢记在心。第一,我的姊姊是会飞刀的,百里之内,取人首级,有如探囊取物。所以你在路上的时候,千万不可有一刻的逗留,总以能速逾这百里的范围为第一目的;第二,我姊姊除了飞刀之外,又擅长百练飞索,相隔四五丈外,要把一个人擒过马来,是不算什么一回事的。所以你在向前疾驰的时候,如果听得有人在后唤你,千万不可停马,更不可回过头来。如果一停马,或是一回过头来,那就要老大地上她一个当了。这两桩事,你都能记得么?"

小茂道:"谢你关照,我总记在心上就是了。如今时候已是不早,我们赶快去把马盗来,让我立刻逃走吧。"说完,早把衣服穿着整齐,即同了翠娟,双双走出卧室。

一会儿,已到了马厩之前,只见那匹青骢马高骏非凡,果是神品。一见有人走到身前,即四足腾踔,显着不受羁绊的样子。翠娟见了,忙走了过去,在它身上抚了几抚。说也奇怪,这青骢马好像认识人似的,经她抚摩之后，便又十分安静，驯服下来。在这时候，小茂倒又想起一桩事来了，忙对翠娟说道："不对，不对！这番我蒙了你的救援，虽是幸得脱离虎口，然而是什么人放我出去，这骑马又是什么人盗给我骑的？你的姊姊只要一查究，就可立刻查究出来，决不会再疑心到第二人。这一来，不是要把你累及么？这在我良心上，怎么对得住你呢？"

翠娟听了苦着脸说道："这是无可避免的，然而还不要紧，我和她终究是嫡嫡亲亲的姊妹，她见我把你放走了，心中虽是恨我，实际上到底还不能把我怎样呢。不过你既问到我这句话，足见你对于我是十分关心的，倒又引起了我的一重心事。明知是不应该对你说的话，却也要向你说上一说了。我姊姊平素对我虽是十分和平，并没有什么虐待的地方。但是她的性情及行为，终和我格格不相入，却又时时有下一个暗示，要设法引诱我同她走到一条路上去，这实是一桩十分难堪的事情。像她今天对你的这番举动，就可算得一个很显明的例子了。所以在我心中，总希望能早离开这里一天好一天，早离开这里一刻好一刻。如果再停留下去，万一在把握不定的时候，偶然一个失足，也和我姊姊同化起来，岂不是大糟特糟么？可是我孤零零的一个弱女子，一旦离开了这里，又能走到哪里去呢？这可不能不望之于你了。等你把尊大人那方的事料理清楚以后，不知道也能可怜我，把我救出这个火坑么？"

翠娟说到这里，露出一种泫然欲涕的样子。小茂即慨然说道："这是不必小姐吩咐得的。小姐今日把我救出此间，实是恩同再造，刻骨难忘。我只要把私事料理一清，就要设法来救小姐的，小姐耐心等候着就是了。如负所言，有如此月。"说着，即伸出一个指头，向天空一轮残月指了去。

翠娟道："公子言重了，只要公子肯把这番话记在心上，我就感恩不浅了。时候已是不早，请公子起程吧。"小茂把头点点，也就牵了那青骢马，出了马厩，循着甬道，向后园门走去。翠娟一路在后相送，一会儿，已出了后园门。

刚刚走得几步，忽又听翠娟把他唤住。随又见翠娟盈盈走上前来，从怀中摸出一个小纸包递交与他，一壁笑着说道："我真的闹得昏了，几乎把要紧的事都忘记了。这里有赤金几锭，是我历年储积下来的，如今请你不要见笑，暂时把来收下，聊充一路上的费用吧。中间还有金钗一柄，是我日常插戴之物，现在拿了来赠给你，似乎嫌轻亵一点，冒昧一点。但我

106

们今天这番遇合，不同寻常，无论将来能再见面，或不能再见面，总得有上一种纪念品。而这柄金钗，实可代替得我的。将来你一见了此钗，就同见了我的人一般，所以也要请你收下咧。"当她说的时候，似乎很是光明正大，不涉及一些寻常儿女子的事情。而她的把金钗赠予小茂，更与寻常才子佳人的私赠表记，微微有些不同。然在她玉颊之上，也不自觉地隐隐有些红晕起来了。

可是她这一赠金钗不打紧，却把个小茂为难起来，觉得"却之不恭，受之有愧"八个字，正不啻为他今日而说。所以踌躇了好一会儿，也只有受了下来，又说了几句感谢的话。同时，小茂又私自想道："她是救我的人，我对于她的这番忌意，在理就应得有点表示。如今我尚没有什么表示，她倒又向我赠起旅费和纪念品来。我如果再不作投琼之报，在情理上未免太说不过去了么？"他一想到这里，就向自己身上去掏摸，无意之间，却在腰间摸得了一块佩玉，不觉暗暗欢喜道："好了，好了！我就把这块玉还赠她吧。尔以钗来，我以玉往，倒也是两铢悉称咧。"随即将这佩三解下，恭恭敬敬地递与翠娟道："你既赠得我纪念品，在理我是不能不报的。这块佩玉，虽算不得什么，然而我佩在身畔，也有上近十年了。如果不以我这番举动为轻亵，就请你收了吧。"翠娟至是，倒又觉得有些羞人答答了，然在势不能不收此玉，只得腼颜受下。小茂却就在这个时候，说上一声珍重，狂挥一鞭，向前疾驰而去。翠娟直目送他至不见了影子，方始合上园门，趑归寝室，不在话下。

且说小茂别了翠娟，向前驰去，转瞬间，早已出了红叶村，行入坦平的官道中。他一心只记着翠娟叮嘱的说话，马不停蹄地向前走着，不敢稍稍停留一下。有时偶然抬起头来，瞧见照在树枝上的月光，被风簌簌吹动，有如碎金一般，还以为是真有什么飞剑飞到了，把他骇得心胆俱裂，更比以前跑得加快一些。他这样地向前跑去，看看已是破晓时分了，暗忖自己对于道路虽不十分熟悉，这一阵子的狂跑，不知已跑了多少路，然而无论如何，总在百里以外了，所以，这颗心也就放下了许多。谁知还隔不上多少时候，忽听有人在后面唤道："呔！小子，快些住马！俺有话同你说呢。"小茂一听有人唤他，早吓得魂不附体了，也不暇辨明这唤他的是男子还是女子，更不敢向后面看上一眼，只是纵马疾驰。然而后面的这个人，似乎也是有马骑着的。尽你跑得怎样的快，他仍在后面追蹑着，并不住地嚷叫道："快些停马，快些停马！如果再不停马，我可要对不住了。"

小茂却总记着翠娟叮嘱的那两句话，哪里敢把马停止一停呢？这一来，可把后面的那个人着恼了。一时起了牛性，竟不暇顾及一切，陡地把手一起，就把手中的一根木棍子，使劲地向着小茂掷了来。这事真也凑巧，木棍落处，也不前，也不后，恰恰落在小茂的马前。小茂当时虽然吃了一惊，心中却反比以前定了许多。因为他起初见有一件东西飞了来，以为不是飞刀，定是飞索，自己十九没有性命了。谁知等得定睛一看，却是一条木棍，方知这在后追蹑着嚷叫着的，并不是碧娥，而为另一个人，完全是自己误会了。

他这样地一想，倒又起了一种好奇之心，想要瞧瞧这来者究是什么人？为什么向着自己这样地嚷叫，莫非也是出于一种误会么？因此就把马勒，停在道旁。再回过头去，向着来的这条道路上瞧望时，即见有个黑大汉，骑着一匹高头骏马，口中还不住地嚷叫着，正向着自己而来。

一会儿，两马已差不多并在一起了，那个黑大汉却只忒棱棱地鼓着一双眼珠，向着小茂浑身上下不住地打量着，并无一句话说。小茂却真被他瞧得有些不耐烦了，反忍不住向地他问道："你是什么人？我和你素不相识，你为何这样地向我喊叫？"这话一说，倒好像把那黑大汉提醒了什么似的，立刻两眼一瞪，厉声说道："好小子，你倒会花言巧语的，我的妹子被你拐到哪里去了？快快还我的妹子来。"

小茂一听这没头没脑的话，真是又好气又好笑，忙说道："朋友，你不要认错人，我和你素不相识，更不知你姓甚名谁，哪里会拐起你的妹子来？"黑大汉最初倒也被这句话折服了，一时不再说什么话，跟着两个眼珠向上一转，像又想得了什么新鲜意思，立刻又大喝一声道："呔，小子！不要一味地花言巧语了，我唤泥金刚薛小三，你难道还不知道么？我的妹子蕙芳，是昨日晚上逃走的，我得了这个消息，就骑了马，循着这条官道寻了来。一路上连一个鬼的影子都不见，只见着你这小子，这不是你拐去的，还有什么人？呔，小子！不要多说了，快快把我妹子还来，万事全休；否则，我可要对不住你了。"他说到这里，便举手作势，似乎要举起棍来，向他劈头打下的样子。方又觉到手中并不有拿什么，那条木棍，早在他恼怒的时候，掷了过来了。这一闹，可闹得他手足无措，窘不可言。那张黑炭也似的脸，也立刻涨红起来，变成紫绛色了。

小茂瞧在眼中，也忍不住笑将起来道："你要举棍打我么？可惜你的那条木棍，还睡在那边地上呢。"说着，用手向那木棍坠落的地方一指。泥金刚薛小三不管他是怎样的一个浑人，这种情形到底是受不住的，不免又忸怩上一阵，方才走下马来，把那棍子拾取在手，复又上了马，向小茂说道："如今不管我的妹子究竟是你骗去的，还不是你骗去的，路上既然只有你一个，并无别人，我总得向你要人。你就是还不出人来，至少也得陪我走上一遭，把我妹子寻得，方能许你脱身事外。"

小茂笑道："这是什么话！你的妹子如果真是我骗去的，当然责成我还出人来。如今既不是我骗去的，我当得置身事外。你怎么可强迫着我，陪伴了你前去找人呢？我这个人难道如此的空闲，竟无一点私事在身么？"泥金刚道："这些话我都不知道，我只有两句话可以对你说，你肯乖乖地随我同行，那是最好的事；否则我就把你送官，看你能得便宜不能得便宜？如今你只要想一想，你这么一个白面书生，究竟也能和我这黑六汉抵抗一下么，究竟也能逃出我的手掌么？"他说完这话，又干笑上几声，似乎很得意的样子。

小茂知道他是个浑人，不能和他理喻的。如今既然入了他的手掌，只好依了他的说话行事，慢慢地再想脱身的方法了。便蹙着双眉说道："既然如此，我就陪你同去找寻也得。不过你的妹子，究竟怎样被人骗去的？总得对我说上一说。"泥金刚忽现着惊诧的神气道："如此说来，我的妹子的确不是你骗去的，那我倒错怪你了。也好，我就对你说个明白吧。我的妹子唤作四妹，素来倒是很幽娴贞静的，简直可以说得不出闺门一步。不料昨天晚上，我正起来小溲，忽见她的房门洞启着，还以为遭了贼窃了。谁知走到她的房内一看，她已杳无踪迹。四处查看，也无一点影踪，反发现厩内失了一匹好马，方知她是有意逃走了。所以我也就骑了马，连夜追寻下来了。"

小茂听完以后，沉吟道："这倒的确是一件奇怪的事情，怎么半夜三更，好好地就会把一个人丢了呢？但是我要问你，在最近的时期内，也有什么男子到你们家中来么？并且你又怎么决得定，她是被人家骗去的呢？"这话一说，好像把泥金刚陡然提醒了似的，不禁现着恍然大悟的神气道："不错，是有这么一个男子到我们家中来过的。但是他们在这短时期内，竟会彼此目成，这是我万万想不到的。如今想来，的确有些可疑了。就是那男子的突然逃走，当初很目为是件神秘的事情，现在也就不成问题，定是我妹子把他放走的了。"小茂道："究竟是怎么一回事，我倒被你说得有些糊涂起来了。"

泥金刚听了，也笑道："这的确是我的不好，这么没头没脑地说着，怎么使你听得明白呢？对你说吧，我们薛家，和这东村陆家，差不多可算得是世仇，隔不上几年，总要械斗上一次的。上一次的械斗，他们输了，被我们捉了他们那边的一个人来。这人名唤陆有顺，是一个美貌的少年，就暂时寄在我家囚禁着。想不到我的妹子竟会看中了他，暗地和他有上私情了。"

小茂听了这番话，不觉暗暗好笑："天下事竟无独有偶，这真可算得我和翠娟那番事情的一个影子了。所不同的，翠娟至今还在她姊姊掌握之中，没有逃出樊笼呢。我真是个男子的，将来定须把她从黑暗的家庭中救出，方才于心无愧。"他一壁这么想着，一壁把头点上几点，不禁脱口说道："不错，这一定是那陆有顺把她带了走的。如今要找寻你的妹子，只须往东村走上一遭便了。可是这东村离开屋里，究竟有多少路呢?"泥金刚把手向前一指道："不远，不远！就在这东北角上，大约只有五六十里路，只要从县城中横穿而过，马上就可到得那边了。"小茂道："如此说来，就请你一人前去找寻吧，我可不能奉陪了。"

泥金刚见小茂不肯陪他同去，倒又显着一种着急的样子，忙道："这可不能，请你可怜我是一个浑人，见了人，除了动手之外，一句话都说不来的。非得你和我同去，和他们好好地办上一番交涉不可呢。"小茂听他说得着实可怜，倒又不免心软下去，而且照情势瞧去，如果坚执着不肯和他同去，也是有些做不到的，便道："好，好！我就陪你走上一遭。只是我自己的正事，却为了你耽搁下来了。"泥金刚这才面有喜色，便和小茂并鞍前进。

约莫走了十多里路，忽又见泥金刚显着一种愁眉苦脸的样子，口中乱嚷起来道："不对，不对！我的妹子真害透了我，我再也赶不动路了。"小茂倒不免吃了一惊，忙问他为什么这般模样，又为什么不能向前赶路了。泥金刚这才在肚子上一摸，说道："老实说，我实在对不住我的这个肚子了。像这般的腹中空空如也，怎能教我赶得动路呢?"小茂听了这话，倒不禁笑了起来，忙用手在额上一搭，尽着目力向前望去，便向泥金刚说道："你不要着急，前面就有一个市集，我们且上那里去打尖吧。"

泥金刚一听前面就有地方可以打尖，倒又欢喜起来，忙打起精神，纵马向前赶去。不一会儿，已进了那市集，便在一家饭铺前停了骑，相将入内打尖。这泥金刚真妙得很，刚一坐定，就嚷着唤伙计："快去拿一百个馍馍，一大腿肥猪肉来，填填我的肚子。你瞧，我的肚子不是已饿得瘪了起来么？"他把这话一说，不但一个饭铺子的人都笑得喷饭，连那伙计也掌不住笑了。他倒又正色说道："这有什么可笑！你们到这里来，哪一个不是来填肚子的，为何单单笑我这句话呢？"在他说的时候，伙计早已把热腾腾的一盘馍馍、香喷喷的一腿肥肉送了来。他见了，不禁立刻眉开眼笑起来，也不向小茂让一声，就抓了馍馍，折了腿肉，只是向口中乱塞着。不一刻，早只剩了一只空盘和一台肉骨了，方见他把肚子摸上一摸，喷喷地说道："好，好！如今总算对得住我这肚子了。找寻我的妹子要紧，我们赶快上路吧。"说完，即把小茂一拉，向着外面就走。

那伙计起初见了他这种样子，一时瞧不透他是什么路数，倒瞧得有些发呆。后来见他拉了小茂径向外走，方记得还没有会账咧，倒不免着急起来，忙一路追了出来。到了店门口，才把二人追着，即把泥金刚一把拉住道："大爷，你大概吃得忘了，连账都没有会给我们呢。"泥金刚一听这话，便两眼一睁，向他发话道："怎么说，吃了东西还要会账的么？"一壁说，一壁又把袖子一摔，就把那伙计的手摔了去，想就乘此脱身。

那伙计一瞧这种情形，估定他是要吃白食的了，哪里再肯退让？便又走上一步，拦住他道："吃了东西，当然要会账的，这又何须说得！请你干脆一些，快到柜上把账会下吧，不要这么地支吾了。"泥金刚仍干笑道："吃了东西要会账，这是一句什么话？我出世以来从没听见过，请你免说了吧。"

这时柜上也已知道了这件事，立刻走出了几个人，把他们二人围了起来。内中一个人十分眼快，早已瞧见了他们系在外面的两匹马，便笑着说道："不打紧，他们虽吃了我们的白食，却还有两匹马在这里。他们如果真的不肯会账，我们不妨就把这两匹马扣留下来，大概总还抵得过这一笔账吧。"这话一说不打紧，却把这个浑人也真的说得有些着急了，忙喊道："不要如此，我们大家商量商量吧。这两匹马，你们无论如何，是不可把来扣留的。我的妹子不见了，我和这位伙伴，还要骑着这马去找寻她呢！

如今我倒有一个绝好的方法，大可抵得这一顿的大嚼，不知你们也肯答允不肯答允？不过这是最后的一个方法了，你们如果再不答允，也就没有其他办法。因为我出来匆匆，实在没有带得一个钱呢。"柜上的人听他说有一个绝好的办法，也就不和他为难，只催着他快把这个办法说出来，不要多支吾了。

泥金刚便微微一笑，向着众人说道："你们瞧，我这身上的一身肉，不是生得很肥么？如今甘心情愿给你们打上一顿，不敢回上一下手。老实说，你们也只给我白嚼了一顿，如今你们把我打上一顿，不但可消消你们心头的气，两下总可扯一个直了，不是再公平没有么？你们大概总可依照我这个办法吧？"他说完了这番话，也不等人许可，就向拦街一睡，嚷道："快来打，快来打！让我们消了这笔账，也好去办正经的事情咧。"

众人见了他这种呆样子，不禁哄然大笑。那掌柜的却把脸一板，厉声骂道："泼贼，不要假装痴呆了！谁稀罕打你这臭皮肉一顿？快些起来，把账会清，否则我们没有别的话说，只有把你们这两匹马扣留住了。"这泥金刚虽是一个浑人，却也瞧得出人家的脸色，一见这掌柜的声口不对，知道事情棘手，决非一打所能了事。然而身边实在没有一个钱，这可怎么办呢？一时不免发了呆性，竟在地上号啕大哭起来。这一哭，倒把小茂警醒了，自己不觉暗暗好笑："我是和他一起来的，也可算得是个局中人，怎可袖手旁观，也同众人一般尽自瞧着他的这种呆样子呢？"想到这里，便向身边一摸，幸喜还有几锭碎银子，即取了出来，付给那掌柜的，才算解了这个围。随唤起了睡在地上的泥金刚，一同上了马，又向前赶路了。

在途中的时候，泥金刚却还向他埋怨道："你这个人真是呆子，有了银子，尽可自己放在身上，何必付给他们？老实说，像刚才的那件事，最多这身粗皮肉给他们打上一顿罢了，他们难道真能把我们这两匹马扣留着么？"小茂听了，又好气又好笑，也不和他再多说。

一会儿，又走了十多里，泥金刚忽又嚷起来道："不对，不对！我的妹子真害透了我，我再也不能向前赶路了。"说着，又把他的肚子捧着。小茂见了，忙向他问道："莫非你又觉得饿了么？但是这一会儿子，请你忍耐一些吧。我身上的碎银子早已用完，不能再替你会账了。"泥金刚听了，把头连摇几摇道："不是，不是！我并不是腹饥，实在是肚子痛得要死，很想去大便一下呢。"小茂笑道："这个问题很易解决，这些林子中，哪一处不好大解？你尽管前去方便好了。"泥金刚却仍呆呆地望着仳道："只有一桩事情，我倒是放心不下。当我到林子中去的时候，倘你竟乘机逃走了，不是又孤零零地剩下了我一个人么？"小茂道："你放心，我既答允了你同去，决计不会逃走的。"

那浑人这才没有话说，把马系在树上，管自入林而去。小茂正在林外等待的时候，忽又见一骑马匆匆从对面驰了来。比及近身，忽向小茂这骑青骢马望一望，突然停了蹄，两眼凝注着小茂问道："我要问你，这骑马你怎样到手的？莫非是你从红叶村中盗来的么？"

欲知这问话的是什么人，且听下回分解。

第十一回

浑人偏有浑主意
戆大忽生戆心肠

话说泥金刚走入林中大解去后，忽又有一骑马，从对面驰了来。比及近身，忽向小茂的这骑青骢马望上一望，突然停了蹄，两眼凝注着小茂问道："我要问你，这骑马你怎样到手的，莫非是从红叶村中盗来的么？"

小茂最初经他这么一问，倒大大吃了一惊，还以为是碧娥派来的人，否则，这马上的人定和碧娥相识的。继而转念一想，又立刻觉到："这个猜测是错了，因为碧娥是会武艺的，如果发现了他的逃走，而不肯轻于放走他的，一定要自己追了来，决不肯假手于他人。听说北道上的歹人多得很，恫吓骗诈，无所不至。这马上人大概也是这一流人物吧？倒不要上了他的当。"想到这里，胆又壮了起来，即向那人回答道："这是我自己的马，要你来问什么？什么红叶村、绿叶村，我一概都不理会。"

那马上人听了，哧的一声冷笑道："看你不出，小小的年纪，竟是这般的嘴硬，莫非是一个积贼吧？好，你今天遇着我，可就是你倒霉的日子到了。"小茂怒气冲冲地说道："你别赤口枉舌地诬蔑人。谁是积贼，谁又亲眼见我做过贼来？请你还是走你的路，少说几句吧。"那马上人这时再也耐不住了，将眼一睁，大喝一声道："咄！好一个没有眼色的囚徒。你当我是什么人？老实对你说一声，我是这里的做公的，我尽有权可以盘问得你们这班囚徒。"

小茂一听这话，倒也有些着慌起来，但仍倔强着说道："什么囚徒不囚徒，请你讲得清楚一些。而且任你是做公的，可是我并不犯你，你又把我怎样。"说着，将马一带，意欲向前驰去。

但这做公的是何等眼明手快的，不等小茂驰行得一步，即掏出一个绳圈一般的东西，向小茂身上一套。说也奇怪，这个绳圈是做得十分活络的，一套到人的身上，只消将那打结的地方一收，就把那人的身体紧紧地缚住，再也脱身不得了。听说这种绳圈名叫"活络索"，不但是做公人马上的利器，也是那班剪径者的无上法宝。

当时那做公人把小茂缚住以后，即一面像牵弄猴儿似的，牵了小茂向前直驰。一面笑嘻嘻地说道："好，不要多讲了，还是乖乖地跟了我，到县中走一遭吧。"小茂这时身不由主，又恐一度抗拒，反要跌下马来，也只得跟了他向前驰去，按下慢提。

再说那泥金刚大解以后，从林中走了出来，忽然不见了小茂的人和马，心中不禁大怒，顿足骂道："好一个不讲信用的小子，既已答允了俺，陪伴着俺同去，怎么乘俺解个溲儿的当儿，又一个人溜走了？俺如果再捉住了他，一定把他斩尸万段，誓不甘休。"骂了一会儿，也就上马。偶向前面一望，只见在这官道上，稳稳露见两个黑影。这不是两骑马在前驰行，又是什么呢？他不禁又骂上一声道："好一个无信的小子，原来被他的同伴拉了去了。但俺一定要追上去向他问个明白的，他就逃入龙王庙，俺一定要追进水晶宫。"

这浑小子一时上了气，竟什么也不管，连找寻妹子的正事，都抛在九霄云外了。狂挥一鞭，向前驰去。可是他虽连连挥鞭，不顾命地向前跑着，自以为是快极了，不道前面那两骑马，也同他一般的快，竟是望尘莫及。害得这浑小子，只是在马上连声极嚷，两手乱挥，没有什么法子可想。好容易，总算进了县城了，因为街道狭窄，行人拥挤，这两骑马也就缓了下来。但是他为行人所阻，也是欲速不得。因之他这两手更是挥得厉害，声音更是嚷得响亮，累得一街上的人都笑，还当他是个疯子。

一会儿见那两骑马已在前面停了下来，他不禁大喜欲狂道："原来你也有停止马蹄的日子，如今看你们再逃到哪里去？"他这时也不管撞伤人，或是闹出人命官司，只是催着那马，向人丛中驰了去。可是当他到得那边，那两骑马上的人早已下马，并向一座巍峨的广厦中走入，两骑马早有人牵去了。他见了倒又有些着急起来，忙一壁下马，一壁大喝一声道："咄！你们二人且住步，你们想逃到哪里去，俺老子已追了来了。"

那做公的牵着小茂，正向里边走去，忽听有人在门外大声喝着，不免一齐回过首来。那做公的还没有说话，泥金刚却一眼瞧见小茂拦腰系着的这个活络索了，虽还不知道究竟是怎么一回事，却已明白小茂的逃走，并不是出于自愿。便又"咦"的一声，喊起来道："怎么，原来你是被这人劫了来的，俺还疑心你是私自逃走呢！咄，你是哪里来的恶汉，竟胆敢把俺的朋友劫了来。如今俺老子已经赶到，誓不与你甘休，还不赶快把他放了。"说着，一个箭步，便向里边蹿了进去。

那做公的虽还测不定他是什么人物，然而哪里由得他如此放肆？便一声大喝道："咄，休得撒野！你也知道这是什么地方，岂容得你乱走一步来？"同时，里边又有几个穿青色长衣的人，也向他这么吆喝着。泥金刚却仍是摸不着头脑，只冷笑道："嘿嘿，你们还以为俺参不透这种行径么？难道这不是强盗窠，还是什么好地方？"

这话一说，不但是先前那个做公的，凡是立在门边的那几个青衣人，一齐怒形于色，嚷了起来道："反了，反了！这是哪里来的大胆狗男子，竟敢含血喷人，把知县衙门当作强盗窠来。"泥金刚这时倒也吃上一惊，暗想这从哪里说起，这里竟是知县衙门，怪不得有如此的大气派。但他究竟是个浑人，依旧一点也不畏惧，大声说道："就算是知县衙门，又待怎样，难道可以平空把一个人劫了来么？"

那做公的这时倒也瞧出他是个浑人了，声气比前和平了许多，好像故意和他作耍似的，笑嘻嘻说道："就算是我平空把他弄了来的，你又待怎么样？"泥金刚气愤愤地说道："这还待问，当然要凭着俺这两个拳头，把他抢了回来。"说着把个拳头在空中一挥，似欲实行拦劫的举动。那做公的却又把臂一格，将脸一沉说道："我劝你不要再发昏了。他是一个盗马贼，你难道不知道？你如今竟欲把他抢了回去，莫非也是他的同党么？"这时小茂也向他喊道："朋友，休要如此。这是我的事，与你不相干的，请你还是干自己的正事去吧。"泥金刚道："那么，他说你是盗马贼，这句话究竟对不对呢？"小茂道："这是完全不对的。不过请你尽管放心，我自有洗刷我自己的方法。你还是去找寻你的妹子要紧，免得为了我误了正事。"

泥金刚道："不，这不是如此说法的。俺最初既承你的情，肯陪伴着俺同去找寻俺的妹子，这在你是何等的有义气。如今你出了岔子了，俺倒抛了你不相顾，反自去干自己的事情，这不是一种无义的举动么？如果被天下人知道了，不是都要说俺泥金刚是个无义的男子么？"说着，又抢前一步，似欲向那做公的用武了。

116

这时这班做公的，再也容不得他如此撒野了，即一声喊，一齐围了拢来，都道："看他这种穷凶极恶的样子，谅来定是这盗马贼的同党，不如一并把他拿下了。"可笑这浑人到此地步，倒又突然地想出一个浑主意来了，暗自想道："俺如果被他们一并拿下，这于俺的朋友，是一点没有什么益处的；还不如暂时忍一口气，走了吧。然后再窥探得俺那朋友区拘的地方，乘夜去把他劫了出来。谅来在这小小的鸟县中，那牢门不见得是怎样坚固的，凭俺这点气力，还有上几手功夫，一定可以得手。这不是一个绝妙的方法么？"主意想定，便把两手一拱，向众做公的说道："对不住得很，这是俺一时太鲁莽了，还请诸位海涵，放俺走了吧。老实说，俺和他只是一个萍水相逢的朋友，犯不着管他这种闲事呢。"

众做公的见了他这种前倨后恭的样子，益信他是个浑人，不禁都笑了起来道："原来也是这样不中用的一个脓包。好，好！我们譬如把一个乌龟放了生，就让你走了吧。"泥金刚一听这话，也不再说一句话，便好似逃一般地拔足就跑，言得众做公的不禁又都大笑起来。

泥金刚一到外面，却又住了足，牵了自己的马，悄悄地走入附近的一家酒楼中，将马交与店家后，便登楼饮起酒来，他的座位，恰恰当着窗口，所以对于街上的一切，竟是一目了然。一会儿，只听得街上起了一片人声，忙偷偷向下一瞧时，只见小茂脚镣手铐的，又被那做公的从衙门中牵了出来了，同时街上人也纷纷地议论道："这是一个盗马贼，已被县宣判决，现在送去收监的。你瞧，后面牵着的那匹青色马，不就是他的贼赃么？咳，看不出这般小小的年纪，相貌也生得很不错，竟会做起贼来了。这真叫作知人知面不知心啊。"

泥金刚等待人声稍远，方始走下楼来，托言是出去小溲的。好在他有一匹马，交在柜上，决不怕他逃走，所以也没有人去拦阻他。他到得街上，略将步儿加速，也就恰恰混入这一丛人群中，倒没人疑心他是来作探子的。这监狱距离县衙门也不远，不到一刻，早就走到了。在将小茂带入监中，大众乱哄哄地伸头瞧看之时，他却把这监狱的形势，细细相度了一番。觉得果然不出他的预料，这监狱也简陋得很，墙壁并不十分高峻，只能拘押几个寻常的区犯。倘捉到了什么江洋大盗，也送到这里来，那恐怕就有越狱的事情发生列！这时狱卒早把小茂收入监中，大众见目的物已失去，没有什么可看了，也就四下分散。泥金刚为免人家生疑起见，它也跟

117

着他们同走，不敢在狱门前多停留一步。

回到了那家酒楼中，泥金刚却又得了一个主意，觉得这马带在身边，既是惹目，又是不便，不如把它货去了吧。当下请出了掌柜的，向他说了无数好话，总算做成了这注交易，并把酒账算清了。出了酒楼之后，也不敢在街上多徘徊，就找了一家客店住下，专待晚上动手。

好容易挨到黄昏时分了，大家吃了晚饭，各自就睡，店中已静悄悄的没有一点声息。但是泥金刚仍静静地等候着，不敢就出店去。直待二更已过，方始整整衣襟，从店后的短垣边跳了出去，朝着那监狱所在的方向进行。不一刻，经过一座神庙，泥金刚又突然地发生了一种迷信的观念了。暗想这监狱看去虽不十分坚固，要走进去并不是件难事。但是我终究只是一个人，狱内却有许多狱卒，如果我进的时候，一个不留神，事情竟尔闹穿，那倒有些众寡不敌咧。不如求求神灵默加佑护吧！当下即在路旁跪了下来，恭恭敬敬地磕了三个头，又默默地祷告了一番，方始起身复行。

这在他这么地叩头祷告，虽不能说是无聊的举动，但也不过向自己做上一种安慰，借以壮壮胆力罢了，并不真的希望就有神灵来暗助的。谁知当他到得狱门前一瞧时，使他惊得什么似的，方更信神灵是的确有的，神灵的灵通与威力，真是不可思议的。而他刚才所磕的三个头，和一番默默的祷告之词，尤其是不枉费的了。原来这狱门竟不待他撬启得，已洞直地开启着，好像是特地开了迎接他进去似的。这不是神灵佑护他，特地暗显神通，又是什么呢？可是转念一想，又疑心这是狱卒们的一种诡计，特地诱他进去的。不过他的要来劫狱，除了他自己之外，可说是没有一个人知道，那狱卒们不是未卜先知，又怎会知道呢？想到这里，复又为之释然，即大着胆走了进去。

等他到得里面，更是十分吃惊了，只见在这黯淡的淡光之下，照见七八个狱卒，都是手足被缚，横七竖八地睡在地上，不禁暗自想道："神灵真有本领啊，他竟不要我费上一点力，替我代行动手了。"他当下也不去理会这班狱卒，便急匆匆地向前走去。可是又发生了一桩困难问题，便是小茂究竟被囚在哪间囚室中？他是一点也不知道啊。然而这个困难问题，不必要费上他几度的忖虑，不久便又很容易地解决了。因为当他正在思虑的时候，偶向前面一望，忽又瞧见有一间囚室的门，似乎洞启着在那里。不觉灵机一动，暗道："神灵既已暗加佑护，替我开启得狱门，捆缚得狱卒，难道反在这个问题上，把我难上一难，要我自己去解决么？这是不消说得，决计不会有这么一回事的。那前面洞启着的这间囚室，一定便是小茂所居的这间囚室，可以说是毫无疑义的了。"他一想到这里，便三脚两步地赶到那间囚室之前。

果然没有瞧错，的确是洞启着在那里，再向室内走去，借着门外那盏灯所发出的光力，已足瞧见一切。里边直挺挺地站着一个囚犯，不是小茂又是什么人呢？他这时真喜极了。然而待他细向小茂周身上下一瞧之下，不觉又微微地有些失望起来。原来这神灵竟小小地和他开上一个玩笑，各事都不必由他费一分心、一分力，完全替他解决了，独有小茂身上的脚镣手铐，却依旧留着，没有把来除去啊。可是他这时也不暇顾及这一层，暗想这是一点不要紧的，倘然小茂戴了这个东西在身上，不便行走，由我驮着他出去便了。反正狱门是洞启着，不必越壁爬墙，一点可不费力啊。等得一到外面，或是用刀，或是用锉，定可把这镣铐斩了去，那就不成什么问题了。因此他只向小茂问道："谁替你打开这狱室门的，你也瞧见么，莫非是什么神灵么？"小茂听了，把头连点几点道："大概是神灵吧。刚才我正睡得很熟，忽被一种声音所惊醒，连忙睁开眼来，只见房门已经打开，一个红脸的不知是神是鬼的人，立在我的面前，并向着我微笑。我正想和他说话时，他忽侧耳似向外边听了一听，复向门边走去，霎眼间即已不见。不到多久，便又见你走进来了。照如今瞧来，有红脸人定是一位神灵，莫非是关圣显灵吧？"泥金刚道："这倒说来有点对的。如今且别去管他，让我就把你驮了出去吧，也不枉神灵的一番佑护呢。"说毕，不等小茂回话，即把小茂向身上一驮，走出狱室。

还没有走完这条甬道，这浑人忽又嚷起来道："朋友！不对，不对！你且走下身来，我一步也不能行走了。"小茂倒给他骇了一大跳，忙向他问："到底为了什么缘故，你一时间又不能行走了？"他听了这句问话，并不立刻回答，先把小茂放下地来，然后弯着腰，皱着眉说道："并不为别的事，实因我内急得很，要想小溲了。让我先干了这桩事再讲吧。"

这话一说，倒使小茂暂时忘记了现在所处的境地，不禁哑然失笑道："你的事真多得紧，一会儿大便，一会儿又要小溲了。难道不能稍忍须臾，到了外面再讲么？"泥金刚更把身子弯得下一些，眉儿皱得紧一些，说道："这是什么事，哪里可以忍耐得的？你在这里略等一会儿吧，我去去就来的。"就回身向甬道的尽头处走去。

才走得几步，忽又回过头来，向小茂说道："这一回你千万别再走开了。上一回你只走动了一下，就闹出这许多事情来了。"小茂倒又笑起来道："上一回并不是我自己要走的，乃是人家逼着我走的。如今我当然等候在这里，还会走到哪里去？你放心地去吧。"不料小茂虽是这般说，然而泥金刚的这几句话，却并不是出自过虑，几乎要成为语谶了。原来当泥金刚小溲既毕，回到甬道中的时候，果然失了小茂的踪迹了。

泥金刚当时见了这种情形，惊讶虽是惊讶，却还不当作怎么一回事，以为小茂或者恐被人家瞧见，又走回先前的囚室中去咧。于是他也赶到那间囚室中，可是不要说寻不见小茂的人了，连小茂的影子也不见一个。然他的浑主意，却偏偏比别人来得多，又疑心是小茂故意和他闹着玩咧。便又叫着小茂的名字，在这小小的一间室中，四下找寻起来。为求周到起见，几乎连榻缝中都要张看一下。

这样地找寻了半天，依旧不有一点影踪，他这才有些着急起来了，便把两足一跺，说道："朋友，这是什么时候，岂是和人家闹得玩的？你如果再躲着不出来，我不但要咒骂你，并连你的祖宗三代，都要咒骂到了。"在他的意中，以为小茂一定不让他咒骂自己和自己的祖宗的，如果真是故意躲着，和他闹着玩的，如今他这么地一说，一定要忙不迭地走了出来咧。谁知他的希望竟是成空，尽是由他这么虚声恫吓着，连小茂的影子，都不见有一个出来呢。于是他方知道事情有些重大，形势有些紧张起来了。

正在这个当儿，忽又灵机一动，想到了一桩事，不觉跺足说道："我真是一个呆子，现放着这班人在这里，我何不拷问拷问他们？在他们的口中，或者不难得到一点消息咧。"他的所谓这班人，所谓他们，当然是指着被神灵捆缚着的一群狱卒了。当下主意想定，立刻走了出去。

总算第一个被他瞧见的那个狱卒，不知交了什么坏运，他一眼瞧见之后，连忙走上前去，便不问情由地俯下身来，先把那狱卒结结实实地打了几下耳光，然后问道："你可瞧见那个犯人么？他究竟是同着何人走的，并是走往何处去的？快些替我说来。"那个狱卒听了，只眼睁睁地望着他，并不回答一句话。

这一来，更加使他动怒了，不免又是重重的几下耳光，一壁骂道：

"俺老子和你说话，你怎么一句话也不回答，莫非是瞧俺老子不起么？好，好！俺老子如今已起了火了，定要打得你开了口。"可是尽他这么地骂着打着，这狱卒仍旧是一个不言不语，只把嘴微微呶动着。这把嘴一呶动，倒又使他恍然大悟了，原来是口中絮着东西，怪不得这小子开不得口来呢。不免暗笑自己粗心，便又说道："你口中既絮着东西，俺也不来强逼你说话了。不过，这个犯人究竟已经出走，还是没有出走，你总该有点知道的。你不妨点点头，或是摇摇头，用来表示一下吧。"

那狱卒一听这话，便把头连连摇着。泥金刚一见他摇头，以为他是表示不知道，忽又动怒道，"怎么说，他出走不出走，你竟没有知道么？"那狱卒却又作怪，依旧把头摇着。这一来，泥金刚更大大地有些不高兴起来了，便厉声说道："你这么连连地把头摇着，莫非是说我那朋友没有出走，仍在这里么，那么他现在又在哪里呢？好，好！我如今就向你要人，如果交不出人来，誓不和你甘休。"说完这话，又举起粗大的拳头，在那狱卒的浑身上下，重重地打上许多下。

正在这纠缠不清的当儿，忽在相距不远的地方，传来了一种极清朗的声音道："薛小三听着，这件事完全与他们不涉，你不要再和他们厮缠吧。他们今晚失去了狱卒之尊，这么地被人捆缚着，已是怪可怜的呢。"这几句话，却又把他立时提醒了，暗想如今在说话的，定是那位神灵，只怪我一时粗心，倒把他老人家忘记了。大概是怪我没有身离险地，就撇下我那朋友，管自前去小溲，做事太无诚心了，所以把我那朋友摄了去，小小示警于我呢。也罢，我如今就跪下来求求他吧。说不定他立刻又会把我那朋友送了回来呢。

想到这里，他也顾不得什么了，立刻跪在地上，喃喃地祷告起来，无非是一派悔罪求恕的说话。可是说也奇怪，这神灵竟是灵验无比的，当他没有祷告得许多时，头还俯向地上没有抬起来，陡觉有一件重甸甸的东西，向他身上一压，好像有一个人驮在背上了。接着，便听得和先前一样的那种清朗的声音，又在后面发了出来道："薛小三听着，如今你的朋友已驮在你的背上了，赶快向狱门外走去。我神一面佑护你们，一面替你们在前引导便了。"说完这话，只见一个黑影一晃，那神灵就展动着伟大的身躯，向前疾驰而去。泥金刚一见，便身不由主地立了起来，飞也似的追蹑在后。

这样地出了狱门，经了大街，又相率缒城而下，顷刻间已到郊外。那神灵行走如飞，倒累得泥金刚出了一身臭汗。正在气喘如牛的当儿，忽闻那神灵止步说道："如今我们总算已经出了重围，就在这里休息一下吧。"泥金刚巴不得有这一句话，忙停了步，把小茂放了下来，却又向那神灵请问道："不知大神是何神号？乞即示下，让小子等以后可制位供奉。"

　　那神灵听了这话，忽哈哈大笑道："你以为我真是神灵么？那你未免差若毫厘，谬以千里了。"

　　欲知这被泥金刚目为神灵的，究竟是人是神，且听下回分解。

第十二回

示真传孺子可教
驰诡辩相人何为

话说泥金刚把周小茂放下以后，又向他拟为神灵的那人问道："不知大神是何神号？乞即示下，让小子等以后可制位供奉。"那人哈哈大笑道："你以为我真是神灵么？那你未免差若毫厘，谬以千里了。"泥金刚道："既不是神灵，那恩公又是什么人？也请明白诏示。"那人又哈哈大笑道："你不认识我么，我的道号，唤作笑道人。因为知道周小茂是孝子，特地前来保护他的。至于乔装作这般模样，不过使狱卒们疑神疑鬼，认不出我的真面目罢了。"停了一会儿，又顾着泥金刚，带笑地说道："你这小子虽嫌傻了一点，但是为着朋友，却能实心实意，煞是令人可爱的，有了这一点基础，将来无论学习什么，不怕不成大器。不过你现在还有自己妹子的事情没有了，须赶快云料理着。等到了清以后，可来到华山上面，那时我自会会着你，倒很想把你收作一个徒弟呢。"

好一个傻小子，居然福至心灵，一听这话，立时口称一声："师傅在上，弟子有礼。"爬下身去，恭恭敬敬地叩了三个头。可是立起身来，还顾着小茂，露出恋恋不舍的样子，似乎不肯就去干他自己的私事。笑道人却早已瞧出了他的心事，又笑上一声道："傻小子，别这般地恋恋不舍了，你们将来自有会合之期。现在你且去干你自己的私事，只要向着东南方行去，自会和你的妹子会见。至于他这里，不但有我在暗中随时保护，并有两位侠士随后即到，可以结伴同行。这一路去，大约可以安抵云南，不致再有什么危险发生吧。"这傻子这才没有话说，和笑道人、周小茂互订后约而别。

这边周小茂既有笑道人保护着，云南指日可到，他的事情也就暂时告一段落，不必再枝枝节节地写下去。可是在上文中，曾说到赵五被余八叔

123

挫败以后，即偃旗息鼓而去，只是在临去的时候，还对余八叔说上一句"十年后再见"的话。后来因为由赵五叙述到他的师傅李成化，复由李成化叙述到长春道人身上，一个大岔岔了开去，竟写了好几万字的闲文，对于此事却始终没有一个交代。在下也自知这支笔太散漫了，现在且收转笔锋，再从这里写下去吧。

且说赵五在余八叔手中，跌了这么一个大筋斗，既折了自己的威风，又断了生财之道，心中当然是十分不甘心的，所以在当场就说了一句"十年后再见"的话。在他的心中想来，他的本领并不算怎样的低弱，余八叔现在虽是比他高强，居然把他挫败了。但他如能再下十年的苦功，一定可反把余八叔打败，复了此仇呢。可是他方离开了这个场所，向前走了几步，却又有些踌躇起来，不禁暗自想道："就算是我肯下这十年的苦功，但是不得名师指点，这十年的功夫也是白费的，恐怕依旧是无济于事呢。那玄帝观的老道李成化，虽是我的师傅，并有不少的惊人的本领，但我们师生之间，感情并不见佳。那一次分手的时候，现象更是恶劣，差不多像被他撵了出来的。如今我铩羽归去，他能把我留在观中，已是万幸了；如果再要求他传授高深的本领，不见得能够做到吧。"但是忖了一会儿，"丢了这条现成的门路不走，却再要去访求名师，未免是个傻角了。而且无论双方的感情是怎样的恶劣，师生究竟是师生。一旦听得自己的徒弟忽地被人打败，这在任何人都要跳了起来的，下面就自然要联带地讨论到复仇的问题。在这上头，说不定反可改变了师傅平日的心理，得到他的怜悯呢。"他这么地一想，胆子也就大了起来，立刻离了湖南，向着山东潍县进发。

不一日，已到了玄帝观前。却也作怪，李成化好像是预知他要到来，并知他是十分狼狈而归的，早在观门之前，贴上一张示谕似的东西道："凡不肖门徒，在外行为不端，辱及师门者，可弗在此逗留，即进谒亦拒不相见。此谕。"赵五虽是一个粗人，也曾读过几年书，这张手谕上的几个字是识得的。看了之后，不觉为之气沮，暗道："坏了，坏了！这张手谕，不是明明为我而发的么？早知如此，我倒不该有此一行了。"既而又转念一想道："不对，不对！这恐怕只是我的一种过虑吧？我在湖南所干的那桩事，在长沙湘阴一带，虽是闹得人人皆知了，然这里离开湖南究竟很远，哪里会传播过来，师傅又哪里会知道呢？而且这张手谕，看是口气十分严厉，其实也是普通得很，为一般门徒说法，不见得是专为我一人而发吧？"他一想到这里，胆气又为之一壮，也就不管三七二十一，向观门内走了进去。

刚刚走得没有几步，即有一个道童模样的人，从里面走了出来，拦住了他，大声斥道："你是什么样人？胆敢不得观主的许可，擅自走进观来。咄！还不止步，还不替我赶快滚出去么？"赵五听了这话，忙向那道童一瞧时，却早已认识出他就是师弟了凡了，便道："嘿，了凡师弟，你怎么连我都认识不出，竟用这般的声口来对付了？"这话一说，了凡这才又向他的脸人仔细一瞧，却仍淡淡地说道："哦！原来是师兄回来了，怪不得师傅这几天曾吩咐我，说是如遇师兄来时，不必与他通报，并不准在观内逗留片刻。他大概是预料到你日内定要到来的呢。"

赵五料不到师傅竟会预先有这么一番的吩咐，不觉大吃一惊道："师傅真是这般地吩咐你么？"了凡愠声道："不是他这般吩咐，难道还是我捏造出来的么？而且为了此事，观门外还贴上一道手谕，你难道也没有瞧见么？"这一来，可把这事加倍地证实了。可是路远迢迢地来到此间，竟连师傅的一面都不能见，就立刻退出观去，这是无论如何不能甘心的。所以他只得像恳求似的，又向了凡说道："这恐怕是他老人家一时的误会，只要我能和他见上一面，很详细地说上一说，一定可以解释明白的。如今请你可怜我，替我进去通报一声吧。"

了凡连连摇头道："这可不能！师傅的脾气，你是知道的，他既这般地吩咐我，这还有什么话说？我就有天大的胆，也不敢替你通报。不立时撵你出观，容你在这里逗留片刻，已算是我们师弟兄的一番情分了。"正在这个当儿，又听得师傅李成化在里面怒声说道："了凡，你在外面和什么人说着话？如有那些不相干的人，硬要走进观来，你只要把他撵出观去就是了，又何必和他多说呢。"了凡听师傅已在发怒，忙向赵五连连摇手，一壁即走了进去。

赵五这时倒已横了一个心，暗道既来之，则安之，无论他们怎么地驱逐我，我是一定不走的了。倘能再和师傅见上一面，就是教我死也甘心。当下在门内地上坐了下来，表示一种不走的决心。但是依旧没有人来瞅睬他，就是那些李成化的门徒，在观门内出出进进，内中还有几个是和他相识的，也连正眼都不同他瞧一瞧，似乎没有他这个人坐在地上似的。这明明是受着师傅之教了，还亏了凡时常偷偷地拿出些食物来给他吃，方始能使他坚持下去。

　　这样地已过了三天，当他在十分失望的时候，也屡次想要拂袖而去，不必再等着在这里了。心想难道除了李成化之外，便没有别的名师可从么？不过转念一想，我那师傅本是十分古怪的一个人，今次这般地见待，或者是故意试试我的忍耐功夫的，否则他如果真的不要和我见面，那见我到来，把我撵了出去就完了，又怎会仍许我在这里逗留呢？所以我如果一个小不忍，竟然拂袖而去，不免反堕在他的计中了。而且外面有本领的人虽是很多，然有几个真能及得上我的师傅的。我如欲实践十年后复仇的这句话，非得苦苦地缠着他，要他再传授我一些本领不可呢。

　　这天的下午，他又听得李成化在里边说话，并且似乎就在那院子中，和他距离得很近的。他这时也顾不得什么了，立刻立起身来，向里边奔了进去，只见师傅果然立在院中，和着一个门徒谈着天。一见他奔进院来，马上把头摇了几摇，露着十分厌恶的样子，待要躲避时，赵五却早已赶上一步，抱着他的腿，跪了下来。只气得李成化连连跺足道："这算什么，这算什么！"然躲避着不要见他的一种意思，显然已在这时取消了。

　　赵五乘此机会，便向他哀声恳求道："请师傅可怜我，容我尽情一说，等到说完之后，师傅就是马上赐我一死，我也是心甘情愿的。"

　　李成化听了赵五的话，眉峰紧紧蹙在一起，又把足一跺道："你还有什么好事对我说？而且这种事又何必定要对我说呢！"赵五倒有些诧异起来道："难道我在湖南所干的种种不肖之事，师傅已经统统知道了么？"李成化冷笑了一声道："若要人不知，除非己莫为。像你这种的门徒，实在把我的台都坍尽了，还有什么面目来见我呢？"赵五道："弟子在湖南所干的事，实在太嫌荒唐一点，自知是罪该万死的，听凭师傅怎样地发落就是了。不过姓余的这厮，本来是与他没有什么相干的，凭空出来搅这场子，未免太目中无人了。而且他明明知道我是拜在师傅的门下，他这出来一搅场，不仅是要扫我的脸，恐怕还有意要和师傅为难呢。所以我在当场就说了一句'十年后再见'的话，这并不是要师傅代我出场，只求师傅把精深的功夫传授给我。我的天资虽是十分鲁钝，然能有上十年苦苦的练习，并有师傅从旁指导，怕不能有上一个谱子。到那时自然就复了仇，师傅的面子也就连带地争了过来了。"

　　李成化听完了这番话，又大斥一声道："咄！你不要花言巧语了，这完全是你自己招出来的是非，和我又有什么相干呢？至于面子不面子，那更不必说起了。我如今正在后悔，当初不该收你这个徒弟，以致惹出这场烦恼。你倒再要来哀求我，更传授你一些精深的功夫，这未免太不知风云气色了。"说着，气吼吼地把赵五捧着他那一条腿的两只手抖了去，露出欲退入后边的样子。

赵五倒也是很知趣的，知道师傅正在盛怒之下，不便再行苦求，便又转了口风道："师傅既是不屑教授，弟子也就不敢再求，不过弟子已是无家可归的了，可否容弟子在这观内住下？只要能得师傅的允准，就是教弟子斫柴、挑水、煮饭、烧锅，也是一点不怨的。"

李成化听了，兀自沉吟未语，半晌方笑嘻嘻地说道："哦，你竟愿干这些粗事么？那我这里恰恰正少这么一个人，就让你去干了吧。不过你担任了这个事情后，如果不能耐劳，又要偷起懒来，那我可不能答允你的。何去何从，你还是现在仔细地想一下吧。"赵五忙一迭连声地回答道："我情愿在此作劳，决不敢偷一些子的懒，此后不幸如有这种事实发生，听凭师傅怎样惩办就是了。"从此赵五便在玄帝观中，打起杂役来。

这种事情看去很是平常，很是容易，但是干起来麻烦得很，几乎一天到晚，都是干着这些事，得不到一点闲工夫。赵五倒又有些后悔起来了，不觉暗自想道："这是何苦值得？可笑我不去练习武艺，倒在这里打起杂来，这又能熬练出什么本领来呢？而且十年的光阴，说来虽是十分悠久，其实也是很迅速的，倘都是这般悠悠地过了去，那还能复得什么仇？不是太不合算了么？去，去，去！不要再在这里丢人了。"因此把那身污秽的衣服脱了去，换上一身来时的衣装，想要离开这里走了，恰恰被一个同伴瞧见，便笑着说道："赵师兄，你要走了么？这也好，本来我说的，像这种粗事，只配是我们这班没用的人干的。你赵师兄是很有本领的人，何苦硬要混在这里，还要受尽师傅的白眼呢！"

正说到这里，又有一个同伴踅了来，早听明了他们二人的这一番话，也便笑着搀言道："赵师兄，你真的耐不住劳苦要走么？那师傅的眼光真可以，他在你起始干这件事的时候，就对我们说起道，你们瞧着吧，他现在虽说得这般的稀松平常，但不到几个月工夫，定又要熬不起苦，嚷着不干了。像这般没有恒心、不能耐劳的人，还能练什么武艺？更能说什么报仇不报仇呢？他老人家说完之后，又是一阵大笑。如今你竟真的一走，不是被他料着了么？"

这一说，倒又使赵五怔住了，暗想："不错啊，我今天倘然真的一走，不是明明显出我一点劳苦都不能耐得么？而且照他们所传述的这番话瞧来，师傅的教我来干这些事，莫非有意试试我能够耐劳不能耐劳？那我一走，不是更前功尽弃么？"于是毅然把这身干净的衣服脱了去，又换上了那身污秽的衣服，死心塌地地去操作，从此再也不说一个去字了。

如是地又过了三个月，一天晚上，他因为日间操作甚劳，所以睡得十分的熟。谁知正在他酣睡的当儿，忽有两件东西，不知从什么地方飞了来，恰恰插在他所睡的地板上，铮铮然发出一种锐利的声音，立时使他惊醒过来。急忙揉揉睡眼一瞧时，不觉又大吃一惊，原来两柄亮晶晶的短剑，很平直地分插在他头颈所置的地方的两旁，其间相去不可以分寸，不禁暗自沉思道："这是一种什么玩意呢？如果这两柄短剑飞了来，是怀有恶意的，那决不会故意弄这狡狯的伎俩，使人与剑相距仅以分寸的，早在睡梦中送了性命了。"如此说来，这两柄剑定是人家很善意地赠给他的，不过不愿教他知道是谁何所赠罢了。

他正想到这里，突然地有一个新奇的思想，射入他的脑中道："嘿！这莫不是我师傅弄的狡狯么？他的飞剑素来是为大家所称道，可称一时独步的。如今他把这对短剑慨然赐给我，大概是示意于我，教我从他学习飞剑吧。"当下不敢怠慢，即战战兢兢地把这双短剑从地板上拔了起来，然后对着天空，恭恭敬敬地磕了三个头，算是向他师傅表示感谢的意思。随又将那短剑很珍秘地藏起来了。可是到了第二天，李成化对他并没有什么特别的表示，更不提起短剑的事。赵五自然也不敢凭空提起，只是心中因此却又有些忐忑不安，暗想这对短剑既不是师傅赐给我的，那究竟是从什么地方飞了来，又是什么人闹的玩意儿呢？而且把这短剑给我，究竟还是善意呢，还是恶意呢？我真有些莫名其妙了。他苦苦地思索了半天，依旧得不到一个较为满意的答案，也只索罢了。

谁知这天晚上，他又遇见了一件奇事，但是这个闷葫芦，却因此被他打破了。原来当他正在酣睡的当儿，忽又飕飕地起了一种像风声的声响，立时把他惊醒过来。他在这睡魔尚未完全驱走的中间，不觉模模糊糊的，暗自思忖道："莫非又有什么飞剑飞来么？如果真是如此，那倒着实有些奇怪了！"

等到睁开眼来，才知并不是这么一回事，只见外面庭中，罩满一庭明月，而在这明月之下，却有一个人在舞动一双短剑，两点寒光，不住地在那飕飕的风声中透出，直向大树的杈丫上射去。那些杈丫摇摇欲动，几乎像要被它斫了下来呢。再向那人仔细一瞧时，高高的躯干，长长的脸儿，不是他的师傅李成化，又是什么人？于是他在惊骇之余，同时又恍然大悟了："这可对了，这一定是师傅要把飞剑授我，却又碍着许多同门，不便这么彰明较著地教授，所以先把短剑赐给我，随又将剑舞给我看，好教我暗中跟他学习呢。"当下便连大气也不敢出，偷偷伸出了头，向他的师傅凝神望着。

谁知他师傅这时又变了方法了，只见把剑放在前面，跟着运上一股气，向那剑上吹去，便把那对短剑先后吸入口中，随又吐了出来。这样地一吐一吸，练得十分纯熟。赵五看了，知道这是练飞剑的入手方法，便牢牢把来记着，心中却是十分得意，知道剑术一旦学成，大仇就指日可复了。不一会儿，李成化已把一回剑练完，仍不和他搭谈，管自悄悄就寝。赵五也就走起身来，取出双剑，照着他所记得的解数，跟着在庭中练上一回。起初很是困难，练了好久功夫，方始略得门径。

从此，李成化每逢月明之夕，便在庭中练剑，暗中以精妙的剑术传授赵五。赵五总是跟着悉心练习，居然进步得很速，久而久之，竟练得能把这短剑缩成一二寸了。可是从此之后，就不大再有进步。他虽是日日勤加练习，这短剑依旧总是这般长，不能再缩短一分一毫。赵五心中不免有些烦闷，暗想如果再照这样下去，天天不能得到一点进步，这剑术又何日能成咧？既而又自己向自己宽解道："这飞剑在各种武艺中，本是最难学的一件东西，尽有费了一辈子的功夫，没有把它练得成的。如今我练剑还不到十年，已有上这一点成绩，也颇足自慰的了，还要起什么奢望呢！而且我这飞剑，虽还没有学成，但余八叔那厮恐怕已不是我的敌手。我要取他的首级，真易如探囊取物咧。"当下反觉十分得意。

转瞬之间，已是十年到来，赵五哪里肯忘记了复仇这件事，便皇皇然前去向他师傅辞行，说要践取前言，前往湖南找寻他那仇人了。李成化起初很诚意地劝阻他，后来见他意志很是坚决，只索罢了，却向他说道："这十年来，我真的十分地委屈了你。今日你既然要前往报仇，我得略尽地主之谊，大大地替你饯一下子行。"当下即召集了一班门徒，荟赵五开了一个饯行大会。这班同门，在这十年中，见赵五受尽了师傅的白眼，只是做些下役所应做的工作，早把他当作一个不足挂齿的人。如今忽见师傅改变了素来的态度，竟替他设了这么一个盛会，不免十分诧异，都要前来瞧瞧，究竟是怎么一回事。

只见李成化指着赵五，当着大众笑说道："他的功夫，在这十年中总算已大有进步了。但是你们可知道，他能有今日的进步，究竟得力在哪两个字？"他们只知道赵五在这十年中，尽干着牛马般的苦工，哪里知道他已得有绝大的进步，所以听了很是骇异。跟着再听师傅问到他的得力究在哪两个字，更是瞠目不知所对了。

李成化便又笑着说道："他的得力，就在'忍耐'两个字。你们须要知道，一个人要得到精深的功夫，决不是粗心暴气所能做得到的。而他此次再到这里来习艺，目的尤在复仇，更非有下坚忍功夫不可。然他素来是目空一切的，'坚忍'二字，与他好似风马牛之不相及。在他再来这观中的时候，虽因骤然受了一个大蹉跌，又志切复仇，意气已比从前敛抑了好多。但这不过一时的现象，决计不能持久的。倘然不到几时，再把从前那种心高气傲的脾气复了过来，那不但练不得精深的功夫，又哪里复得了仇呢？所以我在他来观的时候，便十分地折辱他，几乎不把他当人看待。后来又把种种劳役给他干，他居然能拿逆来顺受的态度忍受着，一点没有怨色，我才知他是可教的了，因暗中把飞剑终授了他，这才得到有今日的这点进步呢。"众门徒听了，方知师傅已把飞剑传授给他了，不免一半儿露着艳羡之色，一半儿又怀着妒忌之心。

老奸巨猾的李成化，早已瞧了出来，便又说道："你们不要妒忌他，我是一点没有私心的，只要谁能有上坚忍的功夫，我便把平生的绝艺传授了给谁，并不限于他一人呢。"说到这里，忽又长叹起来。众门徒忙向他问道："师傅说得好好的，为何又长叹起来？莫非以为我们这班人，一个都不能有上赵师兄这样的坚忍之心，一个也得不到师傅的真传么？"

李成化把头摇上一摇道："不是的！我的所以长叹，叹他虽有上坚忍之心，却因复仇之心，比习艺之心重了一点。究竟不能坚忍到底，竟抛弃了他学习得尚未大成的飞剑，前去干他的复仇事业了。这一抛荒下来，无论他的仇是报得成，或是报不成，在学艺上一定受上了一个绝大的停顿，不能再有进步了。这不是很可叹息的一桩事情么？"

这话一说，赵五忙向他谢道："这个要请师傅原谅我的。'十年后再见'的这句话，我既在受了挫败之后，当场向余八叔那厮说过，万万是不可自食其言的；倘使自食其言，不但坍尽了我自己的台，恐连师傅的面子上也不大好看呢。所以我此次无论有上怎样的牺牲，都是不暇顾及的了。不过我还要向师傅请问一声，像我现在所有的这点功夫，不知也足与那余八叔较量一下么？"

李成化沉吟道："这很难说，像你这十年来的苦苦练习，不但是我所授你的剑术，就是各种功夫，也由你天天自己练习着，都是十分进步了。那余八叔当然不是你的敌手。但在这十年之中，又安知余八叔也在练习着，不也在飞速地进步呢？"这话一说，赵五不禁露着爽然若失的神气。李成化忙又说道："这个你倒不必听了气沮的，你能自己报得此仇，果然最好；就是不能报仇，万一竟又失败了，还有我们这班人在这里，一定也要替你设法报仇呢。"赵五听了，忙立起身来，向李成化下拜道："有了师傅这一句话，好似凭了一重保障，弟子更可放心去报仇了。"当下无话。过了几日，赵五便拜别了师傅和同门，向湖南进发。

晓行夜宿，不止一日。有一天，正要到一个地方去打尖，忽见市上一块空地上，围成了一个人圈子，并有喧闹之声，从这人圈子中发了出来。赵五知道一定是出了什么事情了，忙三脚两步走向前去，挤入了人圈中。只见空地上设着一个小摊，上面挂着一块招牌，乃是"赛半仙神相"五个大字。五七个梢长大汉，一律都是短衣密钮，并把帽子歪在脑袋的一边，穷凶极恶的，围在那相摊的四周，大着喉咙，向那摊上的相士发话；有几个更是其势汹汹的，似乎就要动手了。

那相士却是一个老者，约有五十多岁的年纪，受了这班人的骚扰与威逼，虽是露着觳觫的样子，但是神态却还镇定。只听内中有一个大汉，又向那相士恶狠狠地说道："好一个不懂江湖规矩的老东西，你既要在这里设得相摊，也不打听打听，在这当地还有上我这么一个立地太岁。怎么一点孝敬也不有，一声招呼也不打，就敢擅自设下这个相摊呢？"相士道："这个我一概不知。我是一个苦老头子，只仗卖相糊口，哪里还有什么余钱可以孝敬人家呢？"这话一说，那个汉子早已牛吼的一声叫起来道："咄！好一个利口的老儿，竟敢自以为是，不向你大爷服罪么？好．兄弟们！快与我把这摊打了。"一声令下，他的一班小弟兄，立刻揎袖攘臂，就要打了起来。

这一来，赵五可有些看不入眼了，忙一分众人，走了过去道："诸位大汉，你们也忒小题大做了。他只是一个苦老头子，就是有得罪了你们的地方，大家也有话好说，何必这般地认真呢？"这干大汉，素来是在这市上横行惯的，哪里容得人家和他们细细评理？而且又见赵五只是一个孤身过客，状貌也并不怎么惊人出众，更不把他放在心上。所以听了他这番话后，那为首的只很轻薄地向他睨上一眼，跟着便冷笑上一声道："好一个有脸子的，也不自己向镜子中照上一照，便要出来替人家捧腰了。哼！像这样的张三也出来替人家捧腰，李四也出来替人家捧腰，我们在这地方，还能有饭可吃么？"

这几句话不打紧，却也把赵五激恼起来了，正要发作的当儿，不料偏有一个不识趣的大汉，已送了一拳过来。这拳刚刚送到他的面前，立刻被他抓在手中，好似抓着了一只鸡，便用劲地向地上一摔，直摔得那人狂喊起来。跟着又有两个人上去，也被赵五打倒在地上。那为首的至是方知不是路数，倒也识趣得很，便皇皇然领了那班弟兄退了出去。到了数步之外，方又回身向赵五说道："你不要这般猖狂。你如果真是好汉的，与我立在这里不要走，让我禀明兄长后，再来和你算账吧。"说完，领了一班人匆匆而去，闲人也就一哄而散。

那相士方才过来，向赵五称谢道："今天不是恩公仗义出来相助，小老儿这条性命，恐怕就要送在他们的手中了。"赵五道："好说，好说！这班人十分可恶，我在旁边见了，实在有些看不入眼，方出来打上这个抱不平的，又何必向我称谢呢！不过相士，你不是挂着'赛半仙神相'的招牌么？既然称得赛半仙，当能未卜先知，怎么自己目下就有这场灾殃，反而不能知道呢？"说着哈哈笑了起来。赛半仙也干笑道："这就叫作明于人而昧于己了。大概我们一班相士，都有上这么一个毛病吧？只有一桩，恩公须要恕我直言，因为照尊相看来，在这一月之中，恐怕就有一场大祸临身。我是受过大恩的，不得不向恩公说上一声呢。"

赵五听了这话，心下不免一动，忙问道："究竟是怎样的一场大祸呢？也有避免的方法么？"赛半仙道："这里不是说话之所，加之刚才出了这么一个岔子，小老儿在这里已做不得生意了。让我收拾好了这摊子，同到小寓中去一谈吧。"赵五点头无语。

当下即等着赛半仙把摊子收拾好，一同来到赛半仙所住的客寓中。坐定以后，又把房门关上了，赛半仙突然对着赵五正色说道："恩公不是要去报仇么？而且这仇结下，不是已有十年之久么？但是照恩公的印堂上，带着这样的暗滞之色。不但报不得此仇，恐连性命都有些不保呢。"

赵五暗想："我的要去报仇，并没有招牌挂出，他怎会知道？而且丕知道是十年的深仇，真不愧为神相了。那他所说的性命不保一句话，恐怕倒有几分可信咧。"心下不免有些吃惊，因又向他问出一番话来。

欲知他所问的是怎么一番话，且俟下回再写。

第十三回

挡剑锋草鞋着异迹
烧头发铁匣建奇勋

话说赵五听见赛半仙一句话就把他的心事道破，知道是要去报十年深仇的，心中不免着实有些吃惊。暗想这倒怪了！难道连这些事情，都在相上可以瞧得出来么？忙向赛半仙问道："怎么连一个人要去报仇不报仇，也都上了相么？而且报仇即说报仇便了，怎么连十年的深仇，又都瞧得出来呢？"

赛半仙笑道："这一半果然是在相上可以瞧得出，一半也是由我推测而得的。阁下目有怒睛，筋有紫纹，这在相上，明明已露出是急切地要和人家，去拼一个你死我活的。一个人要急切地去和人家拼个你死我活，这除了要报宿仇，还有什么事情呢？至于一口就说定你所要去报的，是十年的深仇，骤听之下，似乎有些奇怪，其实也是很容易解释的。大凡两下结了深仇之后，口头上所常说到的，不是三年后再见面，五年后再见面，定是十年后再见面。至于约到二十年三十年以后，那是绝无仅有的了。因为人寿几何，十年内的事尚不能知，如今竟欲预计到十年以外，不是成了傻瓜么？然观阁下急于要报仇的心，虽是完全显露在外面，一点不能遏抑，一方面却依旧很有忍耐心。这只要瞧你刚才对待那班地棍的神气，就可知道了。于此可知你所要报的仇，决不是三年的或是五年的，而定是十年的。现在十年之期已届，欲得仇人而甘心，所以在眉宇间，不知不觉地有一股杀气透露出来呢。"

赵五道："尊论妙极！这不但是论相，简直是有一双神秘的眼睛，直瞧到我心的深处，把我秘密的心事完全都瞧了一个透呢。但是你说我此去性命不保，又是何所据而云然？难道印堂暗滞，真与人的一生有关么？"
赛半仙道："怎么没有关系？像你这样的印堂暗滞，主眼前就要遭受绝大的灾殃。而你此行是去报仇的，是去和人家拼一个你死我活的，这哪里还有性命可保呢？"

赵五道："但还有一说，就算我此去性命要保不牢，然而倘能把仇人杀死，我也就十分甘心情愿了。请你再替我相一相，我此去究竟也能把仇人杀死么？"赛半仙连连把头摇着道："大难，大难！照尊相看来，万事都无希望，哪里还能把仇人杀死呢？这一定是仇人的本领强过于你，所以你的性命要丧在他手中了。"赵五道："如此说来，我此仇是不能去报了。可是我为了此事，已费下十年的苦功夫，怎能为了你这句话，就此甘心不去呢？"言下颇露着十分踌躇的样子。旋又毅然地说道："我志已决，无论如何，此仇我一定是要去报的，就是真的把性命丧却，也是命中注定如此，一点没有什么懊悔呢。"

赛半仙瞧见他这种慷慨激昂的神气，倒又把拇指一竖，肃然起敬地说道："你真不愧是个好男儿！而且你是有大恩于我的，我如今如果不替你想个解救的方法，坐观你趋近绝地，这在心上如何说得过去呢！也罢，我现在也顾不得我师傅的教训，只好多管一下闲事了。"说着，即从身上取出一只很小的铁匣子，拿来递给赵五，并很郑重地说道："恩公，你且把这铁匣子佩在身边，片刻不要相离，将来自有妙用，定可逢凶化吉。"

赵五见他说得这般郑重，倒也有些惊奇，但是细向这铁匣一瞧时，也只是顽铁制成很寻常的一只匣子，并瞧不出什么奇异的地方来。只匣盖紧紧合上，宛如天衣无缝，找不出一些隙处，与别的匣子微有不同罢了。便又笑着问道："这匣子究是做什么用的？怎么佩带了它，竟会逢凶化吉呢？"赛半仙道："天机不可泄露，恩公也不必多问，只要谨记着我的说话，把它佩在身上，片刻不要相离，到了危难之时，自能得他之助。好在这匣子是很小很小的，带在身上一点不累赘，这于恩公，大概总是有益无损的吧！"赵五听了这话，也就向他谢上一声，把这铁匣佩在身上，随即辞别了赛半仙，自向湖南进发。

晓行夜宿，不止一日，早已到了长沙城内。他的第一桩要事，当然就是如何前去报仇，便又自己和自己商量道："我当时约他十年后再见，在我果然时时刻刻不忘记这句话，在他想来也不会忘记的。如今十年已届，他如果还没有死，一定是在那里盼望着我去践约了。我倘然很正式地前去会见他，恐怕要有不利，说不定他已约好了许多好手，做他的帮手呢。那么，还不如在黑夜之中，冷不防地走了去，用飞剑取了他的性命吧。只要他一死，我的大仇也就算报成了。"继而又把头连摇几摇，暗道："不行，不行！这算不得是大丈夫的行为。我如果只要暗取他的性命，那在这十年之中，哪一天不能干成这桩事，又何必枉费这十年的苦功夫呢？现在我已决定了，他从前既是当着众人把我打败的，我如今也要当着众人把他打败，才算报了此仇。"主意既定，当下向人家打听清楚了余八叔所住的地方，即直奔那边而来。

到了余宅门前，并不就走进去，却先把余宅的左邻右舍和住在附近一带的人，一齐都邀了来。赵五便居中一立，朗声说道："我就是十年前替湘阴人掉舞龙珠的赵五，不幸被这里的余八叔赤手空拳剪断了我的龙珠，使我栽了一个大筋斗。我当时曾说过十年后再见的一句话，诸位中年纪长一些的，大概都还记得这件事吧！现在十年之期已届，我是特地遵守这句约言，前来找着他的。此刻请诸位来，并不为别的事，只烦诸位做一个证人，使诸位知道我赵五也是一个慷爽的男子，对于自己的约言很能遵守的。此番能把余八叔打败，果然是我的大幸；就是不幸而再打败在他手中，或者甚至于性命不保，我也是死而无怨的啊。"这番话一说，大家不禁纷纷议论起来，无非又回忆到谈论到十年前，长沙人同湘阴人比赛龙灯的那件事。当下对于赵五此来，也有称他是好汉的举动的，也有骂他是无赖的行为的，毁誉颇不一致。

良久良久，又有一位六七十岁的老者，好像在这一方算是齿德最尊的，忽地在众中走了出来，和赵五打了一个招呼，颤巍巍地说道："阁下此举，可算得是一种英雄好汉的举动，我们十分敬佩，决不敢说你是不正当的。不过兄弟还有一句话要对阁下说，阁下此次前来报仇，想来是要和余八叔个对个见个雌雄的。然而不幸之至，照现在的形势瞧起来，余八叔已不能和你个对个较手的了。这在阁下新从远方到来，大概还没有知道这番情形吧？"

赵五听了这话，倒好似游子远方，乍听到父母仙游噩耗这般的难过，眼睛中几乎要挂下眼泪来，便很惊讶地问道："怎么？余八叔难道已经死了么，难道他已不在人世了么？如果真是如此，我这个仇可报不成了。"

那老者道："他死虽没有死，但也与死了的无异。他在三年之前，突然得了瘫痪之症，终日坐床不起，这不是已不能个对个和你较手的了么？"

赵五沉吟道："果真有这等事么？"跟着又眼光一闪，很坚决地说道："不要说他还没有死，只是瘫痪在床上；就是真的死了，我也要亲奠棺前，和他的遗体较量一下的。而且他瘫痪在床上，也只是从你们的口中说来，我并没有亲眼瞧见。说不定是他怕我前来报仇，故意装出这种样子来的，我倒不愿上他的当咧！如今我总得亲自去瞧他一瞧。至于较手不较手，留待临时再定，也无不可。"

他正说到这里，便另外又有几个人出来，向他说道："余八叔的瘫痪在床，倒是千真万真，并不是假造出来的。现有我们几个人愿做保证，大概你总可相信得过。不过他既瘫痪在床了，你就是进去瞧他，也没有什么益处。你是好好的一个人，难道好意思和一个瘫在床上的人较手么？胜败且不必去说他，这种事情传说出去，于你的声名上很有些不好听呢。所以依我们之劝，你只当余八叔已死便是，也不必再报此仇了。至于你远道而来，或者缺少盘费，那我们瞧在你的侠义分上，倒也情愿量力馈送的呢。"

赵五听他们如此说，倒又把两目一睁，动起怒来道："这是什么话！我是报仇来的，并不是打秋风来的，要你们馈送什么盘费呢？如今实对你们说吧，不管余八叔是真的瘫痪在床，或是假的瘫痪在床，我总要亲自前去瞧上一眼。如果只凭着你们几句话，就轻轻易易打消了报仇的意思，那是无论如何办不到的。"

正在难于解决的当儿，余家的人也早被他惊动了。即有余八叔十三四岁的一个侄儿子，走来问道："你这位客人，就是那年为了掉龙灯的事，和我叔父有二十年后再会的约那一位么？如今来得大好，我的叔父这一阵子正天天地盼望你到来呢。只是他老人家患着疯瘫，不克起床，不能亲自出来迎接，特地叫我做上一个代表，请你到他的卧室中会上一会。你大概总可原谅他吧？"

众人听了这一番伶俐的口齿，暗中都是十分称赞，而对于余八叔并不知道自己是个瘫子，居然还念着这个旧约，又居然邀赵五到他的卧室中去相会，一点不肯示弱，更是十分称奇。正不知他葫芦里卖的是什么药，倒又不等赵五开口，不约而同地先向这孩子问道："这些话果真是你叔父叫你来说的么，你并没有弄错一点么？"那孩子笑道："这是很重大的一件事，我哪里会得弄错！"随又回首向赵五说道："客人，你就随我进去，好么？"

赵五连连点头道："好极，好极！原来他有这般的胆量，我还疑心他是装着疯瘫，故意不肯见我呢。"当下即跟着那个孩子，坦然走入余家。那班邻舍乡里，有几个是很好事的，为好奇心所鼓动，也就哄然跟随在后面。

余家的屋子，只是乡间的款式，并不十分深广。不一会儿，大家已都走入余八叔的那间卧室中，只见余八叔敧坐在床上，面色很是憔悴，一望而知他是有病在身的。不过手上还执着一只草鞋，正在那里织着，似乎借此消磨病中的光阴呢！

一见众人走入室来，立刻停了手中的工作，把身子略略一欠，算是向众人致意。随又向赵五望了一眼，含笑说道："你真是一个信人，说是十年后再会，果然到了十年，竟会不远千里，前来践约了。所可惜的，我在三年之前，患上了这个不生不死的瘫痪症，至今未能起床，已不是一个健全的人，万万不能和你个对个周旋了，这可如何是好呢？"

赵五听了这话，只冷笑上一声道："照你说来，为了你瘫痪在床上，我只好把前约取消了么？未免把事情瞧得太轻易了。那我在这十年之中，为了立志报仇而所吃到的种种苦处，又向何人取偿呢？咳，老实说吧，这种丧气的话，这种没种的话，只有你们湖南人说得出口，我们山东人是无论到了如何地步，也没有脸说这种话的。如今还是请你收了回去，免得不但坍你自己的台，还要坍全体湖南人的台呢。"

这话一说，余八叔两个黯淡无神的眼珠，也不知不觉地微微闪动了一下，却依旧忍着一口气说道："哦！你们山东人决计不会说这种没种的话么？要我把它收回么，那我倒要请教你们山东人一声，如果你们易处了我的地位，究竟又应该怎样呢？"赵五一点不迟疑地回答道："这还用问！如果是我，不但是我，凡是我们山东人，倘然有人寻上门来，要报深仇宿怨，只要有一丝气在，不论是断了膀臂，或是折了足胫，一定要挣扎着和那人决战一场的，哪里会像你这么的退缩不前呢！"

余八叔被他这么一激动，实在忍耐不住了，又把两眼一闪动，毅然地说道："不错，我还有一口气在，并不曾死了去，决计不能退缩不前的。如今你要如何地比武，我就如何地比武，一切听你吩咐就是了。"这时和余八叔同个地方居住，前来瞧看热闹的人，倒又有些不服气起来，忙向赵五说道："你这话看去好像说得很对，但是他瘫痪在床上不能行动，已有三年之久，这是谁都知道的。如今你逼他和你比武，他虽无可奈何已是允许了，但在实际上，请问如何能办得到？这还不如教他闭目仰卧在床上，索性静等你结果他的性命，倒来得直截了当一些，用得着说什么比武不比武的话呢？刚才你骂我们湖南人太没种，我们湖南人虽然不敢承认，现在我们湖南人倒也要还敬一声，说你们山东人太残忍一点了。"

赵五一听这话，气得两眼圆睁，怒声说道："这是我和姓余的两个人的事，我提出要比武，他也已慨然允许了。这于大体上已没有什么问题，用不着你们旁人出来干涉的。如今我所要烦劳你们诸位的，只不过要请你们在场做个证人，此番不论谁生谁死，十年后再见的这句话，我们总算已经履行了。"他正说到这里，忽又像想到了一件什么事，怒意立时全消，微微笑了一笑，便又姿续着说道："而且我虽说要和他比武，却并不要强迫他起立。他既瘫痪在床上不能行动，就让他瘫痪在床上也是不妨的。因为我所决定的一种比武方法，很是变通，又很简单，只要我把两柄飞剑向他飞去，他能将这两柄飞剑完全挡住，就算完了事了。至于轮到他来出手，任他出什么新鲜主意，我是一点不敢推却的。这不是于他的能行动不能行动上，毫无一点关系么？现在请你们想想，我们山东人的生性，到底还是残忍，还是不残忍呢？"他把这番话一说，众人倒只好面面相觑，再也不能出来干涉了。

余八叔却早已有些忍耐不住，便大声说道："你既远道而来，当然总要有个交代，不能一无所为而去的，又何必多说这些闲话呢？现在你所提出的这个办法，的确很是变通，又很能替我顾到，我哪有反对之理？现在就请你把飞剑请出来吧，不要说只是两柄飞剑了，就是十柄百柄飞剑，我姓余的也是甘愿受的。不过闲人在这室中，恐怕要受惊吓，未免有些不便，还是请他们赶快出去吧。"

这一个条件，赵五倒是听了十分满意的，因为照他的意思想来，在这些闲人中，难保不有几个有本领的人在内，他们当然是偏于余八叔一方的，倘遇危急的时候，说不定要出来帮助余八叔，那无论如何，于他自己总有几分不利了。现在把他们一齐撵了出去，他尽可安心行事，那余八叔的性命，差不多已有一大半落在他的手中呢！忙把头点上几点，表示赞成的意思道："这话不错。这间房子并不大，我们比武的时候，再放些闲人在内，的确很是不便的，还不如先请他们出去吧。"说完这话，即把两眼望着众人，似乎向他们下着逐客之令。

众人都怀着好奇的眼光而来，如今两人快要比武，好似锣鼓已响，好戏快要开场了，原舍不得离开这戏场而去的。不过这个条件，并不是赵五提出，却是余八叔提出的，他究竟是屋主人，他们违拗不得，只好怏怏然退出室中，但依旧舍不得不偷看一下，便相率转至廊下，就那疏疏的窗隙中偷窥着。

赵五却不知已在什么时候，在他身边的一只小匣中，把那一对飞剑一齐请出来了。众人只见他把口略略一动，似乎对余八叔说道："你准备着吧。"即有一件东西，倏地从他口内冲出，化成一道白光，箭也似的一般快，直向余八叔的帐内射去。众人并不认识这是什么东西，不过忖度起来，大概就是他所说的飞剑了，倒着实有些替余八叔担心，暗道像这样夭矫无伦的东西，简直和游龙没有两样，很带上一点妖气，哪里是什么飞剑！余八叔虽有绝大的本领，也只是一个凡人，又是瘫痪在床的，哪里抵御得来，怕不立刻就要丧在他的手中么。

可是众人虽这般地替余八叔担着心，余八叔自己却是十分镇定，昂着头望着那道白光，只是微微地笑。那种从容不迫的神气，如果被不知他正在和人家比武的人瞧见，还疑心他是在那里瞧看把戏呢。一刹那间，那道白光却早已益行益近，和他的身体相距只有数寸了。他方把手中没有织完的那只草鞋，略略向上一举。只轻轻地一拨间，那道白光好像受了重大的创痛，再也不能支持了。立刻拨转身子，依着空中原来的路线，飞快地逃了回去。接着就铿的一声，堕在地上。而且奇怪得很，恰恰不偏不倚，正落在赵五的足边咧。这时在窗外偷看的人，再也忍耐不住了，便一片声的叫起好来。

这一来，可真把赵五羞得万分，急得万分，恨不得立刻把余八叔和那些窗外偷看的人，一齐剁成了肉酱。于是又把牙齿紧紧地一咬，低低地说道："算你有能耐，这第一剑居然被你躲过了，但是这第二剑，我更当加上一些功劲，看你还能抵御得住抵御不住！"他一壁低低地说，一壁又把鼻子向内吸了几吸，两颊鼓了几鼓，好像正在练气似的。一会儿，把嘴尽量地一张，便又有一道白光，从他口内直冲而出。那夭矫的姿势，飞行的速率，比前更要增加了。再瞧那余八叔时，似乎也知道这一剑不比寻常，略略有上一种严重的态度，不比以前这般的从容不迫了。众人不免又替余八叔担着心事，暗道不妙，不妙，看来这剑来势非轻，说不定余八叔的性命，就要葬送在这一剑之中了；否则，他何以也陡然变了样子呢？

说时迟，那时快，那道白光却早已到了余八叔的跟前。余八叔忙又举起草鞋去拨时，这白光却果然和以前飞来的那一道，大不相同了，好似在空中生了根一般，一点也拨移不动。而且不但拨移不动，就是这种相持不下的形势，看去也只是暂时的，不久就要失了抵御的能力，被这白光攻打过来，只要这白光在他的颈上一绕，他立刻便身首异处了。这时不但是余八叔暗暗叫苦，连窗下偷看的人，也都惊叫起来。这一叫，倒又使余八叔忘了自己是瘫痪在床的，也不懂得什么叫作痛苦，马上再把全身的气运上一运。说也奇怪，经不得他这么一运气，那只草鞋上立刻就像加增了几千万斤的气力，同时便不由自主地，又把这草鞋轻轻向前移上几移。这一移动不打紧，这白光可又受了创痛，再也不能在原处停留了，便和先前一样又飞也似的逃了回去。可是作怪得紧，这一次打的倒车，形势似乎比前更是紧张，等得退到了赵五的跟前，并不堕落下来，余势还是很猛，似乎要直取他的脑部咧。赵五这一惊真非同小可，不禁喊上一声"哎呀"，一壁忙又把身子躲了开去。总算运气还好，居然被他躲过了这道白光，只听得铿的一声，这白光又化成一柄短剑，堕在地上了。

谁知正在这惊喘甫定的当儿，又有一件东西，来势很是凶猛的，向他劈面打了来，定睛一看，不是余八叔手中的那只草鞋，又是什么呢？他起初对于余八叔的那只草鞋，原只看作无足轻重的一件东西，现在却已两次被挫，领教过他的本领了。暗想我刚才仗着两柄夭矫无比的飞剑，还是弄他不过，被他打败下来；如今飞剑已打落在地了，只剩着赤手空拳，哪里抵敌得来呢？罢，罢，罢！光棍不吃眼前亏，不如赶快逃走了吧，至于报仇的事，不妨随后再谈呢。他一壁这么地想，一壁早已搭转身子，向外便跑。这一跑，倒又使旁观的人哗笑起来，并不约而同地说道："山东人好不丢脸，怎么就跑了呢，还敢说我们湖南人没种么？"

赵五这时逃命要紧，对于这种冷嘲热骂，也不暇去管得，只是这只草鞋好像有眼似的，依旧紧紧地跟随在后，不肯放松一点，眼见得就要赶上他了。而且还有一件奇怪的事，偶向肩后一看，余八叔不知在何时立了起来，已不瘫坐在床上了，也像要立刻赶了来。在这情急万分的当儿，陡的一个念头，倒又冲上了他的脑际，暗道这赛半仙真和神仙差不多，预知我此行定要失败的，现在不是已到了万分危急的时候么？不管他究竟灵验不灵验，不如取出他给我的那只铁匣来挡一挡，终比束手待毙好一点呢。他想到这里，早把那只小小的铁匣，从身边取出，也不暇回过身来了，就将那铁匣在肩后晃动了几下。

说也奇怪，他只晃了这几晃，立刻即听得轰的一声，好像什么东西炸裂似的。跟着便有一道青光，在火星飞溅中直穿而出，径向那草鞋打去。这时那草鞋便立刻现着屈服的样子了，忙向后面退缩，青光却紧紧追随不释。不一会儿，早已追到了余八叔所立的地方，草鞋像已无地可避，要找一个地洞钻下去的，即听得嗒的一声，掉在地上。那青光骤然失了目的物，便向余八叔头上直扑。一时间，头发着火，竟蓬蓬燃烧起来了。这一下可把旁观的人一齐骇个半死，又不由自主地惊叫起来，但在这惊叫声中，可又变了一个局面了。只见一柄大扇子，陡地又从外面飞了进来，不消在上面扇得三扇，早已烟消火灭，不但是余八叔的头发上停止了燃烧，连这青光都不知去向了。

众人正在惊诧之间，忽听得外面又起了一片笑声。忙争着走去瞧看时，却不知从哪里走来了一位老和尚，脸上满笼着慈祥之气，一见就知是极有道行的。正望着那呆若木鸡的赵五，笑眯眯地说道："赵居士，你立志定要报仇，十年有如一日，这是很可使人起敬的。不过遇见了一个瘫在床上的人，还不生上一点矜怜的心思，改变一下自己的宗旨，这未免太残忍一些了。至于那只铁匣，并不关你的事，我也不来怪你。只是我如果迟来一步，我的徒弟可就要送在你的手中了。"

赵五听了，依旧木木然立着，没有什么回答。老和尚便又笑着说道："但有一件事，倒也要感谢你的，我的徒弟被你这么一逼，在运气的时候，无意中把他从前所运岔的一口气复了过来；三年未愈的瘫痪病，竟从此霍然了，这不是很可喜的一件事情么？"赵五至是，才瞪着两眼，问上一句道："如此说来，你莫非是无住和尚么？"

欲知老和尚如何回答，且待下回再写。

第十四回

老和尚演说正文
哭道人振兴邪教

话说赵王听老和尚说了那一番话后，方瞪着两眼，问上一句道："你莫非就是无住和尚么？"老和尚笑着回答道："不错，我正是无住和尚。戎这么的突如其来，大概是居士所不及料的吧？"赵五听了，又是一怔。半晌方才回答道："的确是我所不及料的，这大概也是天意吧？我们再会了。"说完这话，好像突然发了疯似的，飞步向门外奔去。那班瞧热闹的人，知道这出戏文已完，没有什么可瞧看了。而且他们师徒相逢，定有一番体己话要说，闲人留在这里，究竟是不便的，也就一哄而散。

这时余八叔早已迎出房来，走到无住和尚面前，双膝扑地跪下，向师傅拜谢援救之恩。无住和尚忙一把将他拉起，边同着他走进房去，边向那地上打落的飞剑及铁匣望着，笑吟吟地说道："这厮此行不但报不得仇，还把两件法宝都打落在这里，真是赔了夫人又折兵了。"

余八叔请无住和尚坐下后，方又问道："弟子今日有难，大概已被师傅算得，所以特来相救么？"无住和尚道："这个何消说得！但也是你命不该绝，否则我也无能为力呢。不过如今我要问你一句话，你的瘫痪在末上，完全是为了你自不小心，偶然运岔了一口气，你以前自己也知道么？"余八叔现着疑惑的样子道："这个不是刚才听得师傅对赵五说起那句话，我竟一点也不知道。总以为我的得到这种瘫痪之症，定是受了地上湿气的侵袭，于练气上是绝对无关的。而且不瞒师傅说，就是现在听了师傅这句话，我依旧还有些儿疑惑呢。"

无住和尚道："你这句话的意思，我倒是懂得的。你不是说你自己对于练气上，是很有上几年功夫的，怎么会偶不小心，就把一口气运岔了呢？不错，这也是你应有的一种理想。而且你的练气功夫，我也知道你的确是不坏的，把浑身筋骨练得软绵绵的好似棉花团一般，无论怎样粗大的拳头，打在你的身上，丝毫也不觉得，不都是你练气的好成绩么？不过你须知道，练气这门功夫，是无穷止之境的。加之练习起来，更须逐渐而进，万万躐等不得的。譬如说，你所运的这口气，平常只有五百斤的分量，如今骤然间要增至一千斤，或八百斤，不是太嫌躐等么？不是要出毛病么？你的把这口气运岔，也就坏在这个上头。大概是因为知道有人前来报仇，急于要求得进步的缘故吧？"

余八叔这才恍然大悟道："师傅这话说得一点也不差，那是仅仅得上一个瘫痪之症，还是十分有幸的；万一再弄得不好一些，不是连性命都要送在这个上头么？不过还有一桩不解的事情，刚才怎么如此凑巧，我突然把气一运，又把岔着的那口气复了过来呢？"无住和尚道："这并不是凑巧，照理是应该如此的。因为你在这三年之间，仍不住地在那里练气练到现在，已是大有进步，要比从前增加分量了，禁不住你奋然把气一运，当然全身可以通行无阻。从前岔着的那口气，哪里还会复不过来呢？"

这话一说，余八叔欢喜得几乎要发狂道："这真是至理名言，弟子豁然如开茅塞了。但是还有一桩事，我要请教师傅。"无住和尚道："什么事？"余八叔便向他师傅手中拿着的那把扇子一指道："就是这把扇子，刚才那铁匣中的那派邪火，正自十分猖獗，把我的头发几乎要烧个干净；只消这扇子飞了来，向他扇了几扇，立刻烟消火灭，莫非这是一种仙人的法宝么，师傅是从哪里得来的呢？"

无住和尚听了这话，忍不住笑了起来道："哪里是什么仙人的法宝！这也与那赵五的飞剑，和你的那只草鞋，没有什么两样。不过所练的功夫，各有高下的不同罢了。对你说吧，一个人练的功夫，只要把功劲注放在上面，不必定是飞剑，才可把他练得能大能小，飞行自如，千里取人首级；就是别的东西，也同样可以练得指挥如意，得到它的一个用场的。否则，你这一只小小的草鞋，还是未完工的，究竟具何神力，能把这淬厉无比的飞剑挡住？也只是你多年来朝也织草鞋，晚也织草鞋，不知不觉地把全身的功劲，都注在这织草鞋的手上罢了。你只要如此地一想，就可知道我这扇子也平常得很，并不是什么仙人的法宝了。"

这一说，倒又说得余八叔爽然如有所失。一会儿，方问道："那么，那铁匣呢？难道也和这扇子，是具着一样的道理么？"无住和尚道："这倒又不是的，这确是带上一点妖气的，然而也只算得一个起端，以后像这么妖气森森的东西，比它更要厉害到十倍或百倍的，我们恐怕还有得瞧见呢。唉！我索性爽爽快快地对你讲上一讲吧。我本意原想在破刹中闲居着，不愿再出来了，不料妖氛满目，使我瞧了触目惊心，再也不忍袖手旁观下去。加之一班道友，大家会议了一下，又都推我出来，我没有法子可想，只得又到尘世中来走上一遭呢。"当下就原原本本地把一番事实说出来。在下却因为行文便利起见，把他改作叙事文了。

原来在这时候，四川省荣经县西面的邛来山上，忽然出现了一个妖道，自号"哭道人"。他以前的事迹，没有人能够知道得，不过他把"哭"字取作道号，却也不是毫无根由的。据说他所最擅长的本领，就是哭，遇着与人交手，到了十分紧要地当儿，他就出人不意的，把看家本领拿出来，放声哭上三声。这一哭不打紧，不但是对方的神经受了激刺，变得昏惘失措，完全失了抵抗之力；就是天地日月，也立刻变了色彩，只觉得黯黯无光呢。此外更有一桩奇事，别人家哭的时候，眼泪是缘了面颊直淌而下的，他却不然，他的两个眼眶，好似两道强有力的瀑布，只要哭声一起，眼泪就圆得如珠子一般，十分有劲地从眼眶中飞溅而出。一射到对方的脸上，只觉又热又痛，万分难受，同时脸上又起了无数热泡，不期然而然地，只好屈服在他的手中了。

他住在山上的万妙观中，收了不少的门徒。然而他如果只闲居在山上，规规矩矩地收上几个门徒，没有和外人争竞的意思，也就完了。谁知他偏偏不肯安分，常常要很夸口地对他的那班门徒说道："你们大概都已知道，如今外面大家所盛称的，只有两派。一派是崆峒派，一派是昆仑派。他们两派积不相能，各自水火，凡是一般知道的人，都把来当作谈助，不是说昆仑的人才比崆峒来得多，便是说崆峒的人物比昆仑来得俊。虽是各阿所好，然而也见得他们的声势大了。其实照我瞧来，这两派都是不足道的，把他们的西洋镜拆一个穿，无非一派的虚张声势。倘然我高兴和他们玩一玩，不问他是崆峒还是昆仑，定要被我一网打尽呢。"

那班门徒都是少年好事的，对于崆峒、昆仑两派的声势，素来是十分心折。如今听师傅把这两派说得如此不堪，可知师傅的本领确是不凡的了，不觉听得他们一齐眉飞色舞，忙又向他问道："那么师傅也要和他们玩上一玩么？老实说，这两派人平日也太跋扈一点，太嫌目中无人了。如果能把他们打败，替我们另立出一个'邛来派'的名目，那真是一件十分有趣的事情呢。"

哭道人道："我既然向你们如此说得，自然不是一句玩话，不久就要和他们玩上一玩的。不过我在出马之先，先要找上那个笑道人交一交手，瞧他的笑，究竟能敌得过我的哭不能？如果是不能的，我简直要逼他立刻把这'笑道人'的名号取消呢。"

这一席话，他虽是只当着一班门徒说的，然而不知怎样，不久即已传到了金罗汉吕宣良的耳中，笑道人却已云游到别处去了。吕宣良道力高深，虽是十分有上涵养功夫的，可是一听到这派野话，也不觉勃然大怒起来。而且听他说起，第一个要找到的，就是他的师侄笑道人，更觉与自己身上有关，万万不能把他放过，非马上惩治他一下不可。

正在这个时候，却又有一件事情发生了。一天早上，吕宣良刚自起身，忽见有一封信，端端正正地放在他的室中一张桌子上，也不知是何时送来的，更不知是何人送来的。怀着惊疑的心理，忙把那封信拆开一瞧时，却正是哭道人向他挑战的一封信。信中大致说：

我是邛来山上的哭道人，就是立意要和你们昆仑、峋峒两派的人作对的。你大概是闻名已久了吧？我现在报告你一声，我第一个要找到的，就是你的师侄笑道人。这也是我瞧得起他，所以不去找着别人，却把他首先找来作祭旗之用。不过如今他究竟在什么地方，我竟访探不得确耗。你想来总该有点知道的，就请你寄个信给他，教他赶快回来，准备着和我较量一下吧。

吕宣良读完这信，这一气真非同小可，一边又暗想道："这厮的本领倒也很是不错，像我居住的这种地方，虽说不到铜墙铁壁的这般坚固，但也不是寻常人所能到得的。他竟能神不知鬼不觉地走了进来，而且还胆敢把这封信放在我的桌上呢。"所以依着他的意思，很想亲自出马，把那妖道扑灭去，免得蔓延起来，将来反而不可收拾。

然而在他还未实行之前，早已被一众道友知道了，忙都前来劝他道："那妖道算得什么，何劳你老亲自出马？这明明是那妖道的一种诡计，故意把你激恼起来，使你亲去和他对阵，那他的身份也就抬高起来，无论是成是败，他都可立刻成名了。你如今果然一恼怒，不是反中了他的计么？"正在这时，无住老和尚恰恰前来探望他，听了众道友这番话，也很以为

146

然，并慷然地当着众人说道："我看这厮的本领，也不见得真有怎样的了不得，只是一味地狂吹罢了。所以不但是吕道兄不必亲自出马，便是众位道兄也都不必出马得。好在我正要到湖南长沙望我的徒弟余八叔去，听说吕道兄的高足柳迟也在那边，我只要约了余、柳二人出来，大概也足对付那厮了。众道兄正不妨作为后盾，静听我的消息呢。"

众人把他的这番话细细一想，觉得很有道理，便都把头点点，同声说道："有你老禅师肯出马，那妖道真不足平了。我们正愁没有这么一个道力高深的人，可以制服他呢。"于是无住和尚辞了吕宣良和众道友，径向湖南而来。

在路上的时候，又听见大家沸沸扬扬的传说，哭道人自从说了那句大话以后，也知得罪的人太多了。自己势力太孤，恐怕不是昆仑、崆峒两派人的敌手，所以很想把这两派以外的能人联络起来，集合成一个大团体，和这两派对抗一下。因此特地派了他的许多门徒，扮作医卜星相，及江湖卖艺之流，云游各处，以便暗中可以物色人才呢。这一来，无住和尚倒又对于走江湖的医卜星相人等，暗暗注意起来了。

恰恰在这时候，在路上遇见了那个赛半仙，凭着老和尚的法眼瞧去，知道他不是一个寻常卖相的人，定是哭道人派出来的门徒，便暗暗尾随着他。所以后来赵五仗义相助的一回事，无住和尚倒是亲眼目睹的。等到赛半仙收了摊子，领着赵五向旅馆中走去，无住和尚心中更是十分明白，知道那赛半仙已看中了赵五的人才，要想把赵五收罗去咧。也就暗暗跟着他们，同到了旅馆之中。幸喜没有被他们觉察。恰恰靠着赛半仙住宿的那间房的旁边一间，又正空着在那里，无住和尚便赁居下来。因此赛半仙和赵五问答的一席话，更都被他听了去，只不知赵五的仇人，究竟是谁罢了。

等到赵五走后，无住和尚忽然起了一个念头，想把赛半仙困住了，盘问他关于哭道人的一番实在情形。即闯然地走入了赛半仙住的房间中，屹然立在他的面前，好似一尊石像。赛半仙倒被他骇了一大跳，从椅中直跳起来，瞪着两个眼睛，向他问道："好个撒野的和尚，无缘无故地闯入人家的房间中来做什么？"无住和尚并不回答，只把两道强有力的目光，凝注在赛半仙的脸上，瞬都不向旁瞬。说也奇怪，这赛半仙看去好像是一个有道力的人，照理应该有上一点本领的。谁知不济得很，经不起无住和尚向他注视上三分钟，早已失了自主之力，完全好似被摄住了。

无住和尚便又望着他，向他问道："你可是哭道人的门徒么？你这次乔装卖相，不是出自你师傅之命，教你物色人才么？"赛半仙连连回答道："是，是！这次出来，的确是受了师傅之命，教我暗地物色人才的。"无住和尚又问道："物色人才只是一句话，究竟也拟有具体的办法么？"赛半仙道："怎么没有？不过派了人到各地去，暗地物色人才，只是第一步办法；他还有第二步办法呢。"无住和尚的两个眼睛，更凝注着他比前厉害一些，朗声问道："还有第二步办法么？那第二步办法是什么，快些说出来。"

　　赛半仙道："第二步办法，就是在邛来山下摆设下一个擂台，任人前去打擂，打赢的可得千金重赏。如此一来，天下的一般英雄好汉，凡是自命为有下一点本领的，定都要前去一显好身手。如果遇见真是人才出众，武艺超群的，他就不恤卑词厚币地去招罗，不怕不入他的彀中呢。"

　　无住和尚道："但是私设擂台，是有干法禁的，他难道不知道么？还是已得到在地官府的允许呢？而且要办这桩事，费用也是很巨，并不是轻而易举的。他难道担任得起这笔费用么？"赛半仙道："他要设得擂台，自然要得到官府的准许，万万儿戏不得。所以他在事前早把这件事，办得十分妥帖了。因为他是善治各种疑难杂症的，新近四川总督的一个爱女，害了一种奇疾，请了许多名医去，都医治不好，弄得总督没有法子可想，只好悬挂黄榜，征求名医。他便走去把榜揭了，只一帖药，就把总督的爱女医好。总督欢喜得了不得，把重金酬谢他，他却坚谢不受。总督便问他道：'你莫非有什么事要求我，所以辞金不受么？那你不妨替我说来，只要是我的权力所能及，没有不可答允你的。'这句话问得正中他的下怀，便把要在邛来山下摆设擂台，请求总督允准他的一番意思说出。这时总督酬恩要紧，其他一切都不暇顾及的了，所以把这件事瞧得轻描淡写之至。听了只哈哈一笑道：'你所要请求我的，只是这么一桩事情么，那有什么不可以之理？你尽管前去摆设擂台，我只要下一道饬属保护的文书就是了。不过你要摆设擂台，究竟是什么意思，难道于你本身有什么好处么？'于是他便向总督撒下一个大谎道：'只因贫道有下一个仇人，本领非常高强，远非贫道所能敌，不久就要来加害了。贫道急得没法可想，只好在这擂台上，物色高人，或者可助得贫道一臂之力呢！'总督道：'原来如此，那我确应当帮助你的。你快去筹备起来吧。'他有了总督的千金一诺，自然很高兴地进行起来了。"

赛半仙说到这里，即戛然而止，不说下去，只瞪起了一双眼睛望着他，似乎等待他的命令一般。无住和尚便又朗声向他说道："你刚才说的一番话，我都完全听得了。不过我曾问你，摆设擂台，所需的费用是很巨的，他难道担任得起么？你为什么不回答我，如今快些替我说来吧。"赛半仙忙又很听话似的说道："这个我们也曾问过他，他说他是会点石成金的方法的，无论要多少黄金，他都可在顷刻间弄了来。所以关于费用的一桩事情，一点不成问题呢。"

无住和尚听了这话，知道便是赛半仙，也都上了他师傅的当了。这件事决不会如此的简单，内中定还有一种秘幕，点石成金，只是一句托词罢了。但是赛半仙既不知道，盘问也是徒然，不妨留待将来再行查究。因又搁下这个问题，再向下问道："既然摆设得擂台，照例要请一个十分有本领的人做台主，难道就由他自己担任么，还是另请别人呢？"

这话一发，赛半仙的两个眼睛，虽仍瞪着不动，但脸上立刻现出一种十分有兴趣的样子，回答道："不，并不由他自己担任，照他的意思，很想请长春教主镜清道人出来做个台主。如果镜清道人不肯时，便请镜清道人的徒弟李成化出来。他们二人都是很有本领的，无论哪一个肯出来，总于他十分有益呢。"无住和尚道："如此说来，他与镜清道人及李成化都是很有交情的么？"赛半仙出其不意地回答道："不，一点交情也没有。"无住和尚道："那么，他怎能决得定他们二人肯出来帮助他呢？"

这一次奇怪得很，好似已失了镇摄的效用，赛半仙竟不就回答这句话，无住和尚忙定一定神，又把目光深深地注视着他，几乎要直透他的目睫而入，然后朗声问道："快说，快说！他为什么能决得定，他们二人肯出来帮助他呢？"这才见赛半仙回答道："这是有道理的。他以前虽和二人没有什么交情，但是他可以想出法子来，使得他们非和他讲交情不可。我这一次的出来，一半果然是在暗地物色人才，一半的使命，却就为着这桩事情啊。"

这一说，倒说得无住和尚恍然大悟似的说道："如此说来，刚才你引了到这里来的那个人，莫非就是镜清道人或是李成化的什么人么？"赛半仙道："不错！那人名唤赵五，是李成化的徒弟。在十年前和人家结下大仇，我们是知道的。预计他在这个时候，恰恰要去复仇去了，这里是他必由之路，所以教我预先候在这里，找个机会和他去结交。见面之后，先一口道破他是去复仇的，再说他此仇定报不成，然后再给他一只铁匣，作为护身之符。如此的市恩于他，将来不管他此仇是报得成或报不成，不怕他不再来找我。只要一来找我，就不怕不入我的彀中了。想不到用不着我去结交他，却因着在地恶棍的骚扰，他竟挺身出来，替我打抱不平。于是我的妙计的第一步，就此很轻易地告成咧，现在只须待第二步的发展就是了。"

无住和尚一听他说完了这番话，倒不觉又暗暗好笑起来。原来刚才走的那厮，就是李成化的徒弟赵五，也就是与自己的徒弟余八叔有上十载的深仇的，自己竟把他失之交臂，未免太懵懂了。现在赵五既下了决心要去报仇，又带了这只带有妖气的铁匣子去，那余八叔的生命，不是很有点危险么？好在自己本要到余八叔那边去，如果赶快从后赶去，或者还不嫌迟。凭着他的这点道力，或不难打败赵五那厮，就是这只铁匣，恐怕也邪不敌正，要打翻在他的手中吧。无住和尚边这么地想着，边又问道："你和赵五素不相识，怎么一见就会认识他，难道不怕错认么？"赛半仙道："那是不知我师傅从哪里弄来了一个赵五的小影，画得和他本人很是相像，所以一见便识，决不会有错认他的事情呢。"

无住和尚问到这里，似乎已可告一段落，不必再盘问下去了。便把凝注在赛半仙脸上的两道如电的眼光，收了回来，变成一副笑容可掬的样子，一壁又向着赛半仙连声喝道："醒来，醒来！"这一喝，真有不可思议的力量，于是赛半仙的两个眼珠，又能转动起来，不像先前这么呆呆地瞪着了。跟着又打了一个呵欠，好似刚从梦中醒了过来一般。然后又举起眼来，向四周望上几望。比及望见兀然立在他面前的无住和尚，恍又记起了刚才无住和尚，闯入房来的那番情形，便厉声向无住和尚说道："好个撒野的和尚！还不与我快走，兀自立在这里怎甚，难道你是一个聋子，没有听得我的话么？"

这时无住和尚好像要故意戏弄他似的，只笑嘻嘻地回答道："我并不是一个聋子，不但是你撵我快走的那句话，便是你刚才所说的一席话，我一句句都听在耳中，记在心上呢。"这一说，倒又说得赛半仙呆了起来，立刻现着十分疑诧的样子说道："和尚，你不要胡说了。我除叱你快走之外，何尝说过什么话来？"无住和尚忙把笑容一敛，正色说道："骙子，你刚才正在梦中，怎么会知道呢？唉，实对你说了吧，是我略略用了一点小术，把你镇摄住了，使你入了睡眠的状态中，然后用话问你。不怕你不依着我的问句，一句句地回答我，自然把关于你师傅种种的事情，都和盘托了出来了。如今什么你师傅要在邛来山下摆设擂台咧，什么要请镜清道人或是李成化去做台主咧，什么和他们二人并没有交情，设法要得到他们的好感咧，我都知道得很详细，一点没有遗漏。难道不是你告诉我的么？"赛半仙至是，倒也不能不有些相信起来，不知不觉地，又露出一种深思的样子，似乎要于无可追想之中，想出一些影踪来。

无住和尚却又接着说下去道："但是明人不做暗事，无论如何，我总要向你说个明白才走的。而且还要托你带个口信给你的师傅，劝他还是在邛来山中，安安分分地修道吧，不要这般的狂妄了。倘然真要和昆仑、峨峒两派为难，另立一个新派，那别人的意态如何，且不去说他；我无住和尚第一个就不能答允。等他摆设擂台之日，我就要去找着他，教他栽下台来呢！如今话已说完，我们再会吧。"说完，向着房门外就走。

这时赛半仙的意识，倒又完全清醒过来，恨不得揪住无住和尚，切切实实地打上一顿，方消了心头之恨。但是等他走起身来，赶出门去瞧时，无住和尚早已走得不知去向了。

这很长的一番话，在无住和尚口中讲出以后，余八叔便很殷切地问道："那么，如今的第一步，我们该怎样进行呢？"

欲知无住和尚如何回答，且俟下回再写。

第十五回

老道甘心做护法
半仙受命觅童男

话说无住和尚，听了余八叔问上将来怎样进行的一句话，便把自己定下的计划向他说上一说，又命余八叔去把柳迟邀了来。如今且按下慢表，再把那赵五提一提。单说那赵五好像发疯也似的，奔出了余八叔的屋中，脑中昏乱到了极顶，只知胡乱向前奔去。等到神志稍清，伫了足四下一望时，却已到了十数里外的荒野之中了。方把刚才的事，一节节地想了起来，倒又彷徨四顾，露出无所适从的样子。暗自说道："罢了，罢了！十载的深仇，既没有报得成，不但是这十年来的苦苦练习，完全是归于无用，而且还有什么面目，回到玄帝观中去见师傅一辈人呢？不如一死干净。"想到这里，便想图个自尽的方法。

可是还没有实行得，忽又转念一想道："不可，不可！我和那余八叔本有上十载深仇的，如今仗着那铁匣之力，眼见就可把他烧死，不料从中又钻出他的师傅无住和尚来。不但使得我功亏一篑，还把我的两件法宝都打落在他的手中，这不更是仇上加仇么？无论如何，我就是自己没有这力量报得此仇，也定要走遍天涯，访寻能人，代我去找着他们师徒两人，了却这一重公案，方雪了心头之恨。如何如此的懦弱，竟要一死了事呢！"

正在这个当儿，忽觉有人在他肩上拍了一下，并笑着说道："如今报仇要紧，立在这里呆想，又有什么用处呢？"这一来，倒把赵五骇了一跳。忙回身瞧看时，却见在背后说这话的，就是说他脸带晦气，报仇不成，并赠他铁匣的那个赛半仙。

赵五和赛半仙只有一面之交，原无什么深切的感情的，但在此时，他正酷念着要报此深仇，而且想觅到一个能人代他报仇，而赛半仙恰恰不先不后地到来。加之赛半仙的神术，又是他所心折的，那代他报仇一件事，

152

他虽不完全属望在赛半仙身上，却至少总有一半是属望着赛半仙的。所以他见了赛半仙，好似他乡遇故知一般，露着十分亲热的样子，很欣喜地说道："相士，我正弄得走投无路，不知如何是好。如今有你到来，我有了生路了。"

赛半仙微微一笑，还没有回答什么。赵五又接着说道："相士，你真不愧是个神相，我果然被你料着，没有报仇得成，反铩羽而归了。幸亏有你给我的那只铁匣保护着，总算保全了性命。所可恨的，后来又钻出来了一个无住和尚，竟把你的那只铁匣也打倒在地上了。"说着，又把去报仇时的一番情形，约略说上一说。说完以后，又加上一句道："相士，你看现在我该有怎样的一种办法，请你明白地教导我，我是方寸大乱，一点主意都没有了。"

赛半仙道："你所遭到的种种事情，就是你不向我说，我亦已有所知。所以在你未向我请教以前，我倒已替你想定了一个办法了。只不知你赞成不赞成？"赵五忙道："什么办法，快些讲给我听听，只要能报得仇，我没有不赞成的。"赛半仙道："不要忙，让我细细对你说。不过这里不是谈话的所在，我们且到那边树林中，坐下来谈一回吧。"

赵五把头点点，即跟着赛半仙同到了树林中，席地坐了下来。又两眼望着赛半仙问道："究竟是怎样的办法？如今你该可以说了。"赛半仙道："我先问你，这无住和尚究竟是个何等样的人物，你也知道么？"赵五摇头道："不知道。"赛半仙笑道："我对你说了吧，他不过是昆仑派中的一个附属品，他那徒弟余八叔更是附属品中的附属品，尤其不足道了。如今我们要想个法子把这昆仑派灭了去。不但是把昆仑派灭了去，并连这崆峒派，也要使他们同归于尽。如果真能办到此事，两派中人再也不能有一个幸得漏网的了。那无住和尚师徒俩，难道还能单独活命不成？那时你的仇，不是也就暗暗报了么？"

赵五道："你这番话果然说得很是爽快。但照我想来，凭着我们二人的力量，要把他们师徒俩对付着，已不是一件容易的事情。如今竟要把这两派一齐扫灭，这如何办得到？你难道没有细细想上一番么？"赛半仙又笑道："我不是欢喜说空话的人，既然向你说得这番话，当然曾经细细思量过一番，而且定要见之实行的。我且问你，李成化不就是你的师傅么？镜清道人不又是你的师祖么？他们二位都是有上了不得的本领的。而我的

153

师傅哭道人，本领虽及不上他们二位，然决不在昆仑、崆峒两派人之下，这是我所信得过的。倘然他们三人，肯勠力同心，合在一起干着，刚才这件快心的事情，不是就可干得成了么？"赵五听他说到这里，不觉也露着十分兴奋的样子，忙问道："此话怎讲？"赛半仙方把哭道人立意要和昆仑、崆峒两派作对，定期摆设擂台，招罗天下英雄，并要请镜清道人或是李成化前去充当台主的一番事情，一齐说了出来。

赵五沉吟着道："好是好，只是敝师祖近来不大爱问世事，敝老师也和从前变了样子，不甚爱管闲账，而且和昆仑、崆峒两派中人，还多有些往来。如今令师要请他们前去充当台主，恐怕不见得肯答允呢！"赛半仙道："这倒不然。昆仑、崆峒两派中人，令师祖和着令师虽和他们多有些往来，但只是表面上的一种虚伪交情，其实心中也不以这两派人的骄横为然，这是我所深知的。但因没有人发难，也就隐忍着罢了。现在既有敝老师肯做这个戆大，谅来他们没有不乐从的。而且充当台主，又是另外一件事，不见得就表示是和昆仑、崆峒两派人作对呢。"

赵五觉得此话很是说得不错，一壁暗想："也罢！我就打这条路进行吧。万一侥天之幸，师祖或是师傅对于哭道人这个要求，竟是答允下来，那昆仑、崆峒两派人的灭亡之期，谅来也就不远了。我的仇，不是就在暗中报了么？否则，单独地为了我的事情，要请师傅替我前去报仇，不但说出来不大顺口，而且在事实上也有些难于办到呢。"当下便欣然地说道："好，好！让我先去对我师傅说知。倘然你能和我同去，那是更好的了。"于是二人一同起程，向着山东潍县进发。

不一日，到了玄帝观中，赵五即领了赛半仙，前去参见李成化。略叙客套，赛半仙即把来意说明。李成化听了，倒是十分赞成，只见他很高兴地说道："这倒也是一件大快人心的事情。本来这两派的人，太骄横得不成样子。以为除了他们两派之外，天下没有什么能人咧。只恨我的本领太浅薄一些，在旁边摇旗呐喊是可以的，若要我充当台主，那就要给人家笑话了。不如让我上一趟冷泉岛，去把我师傅镜清道人请了出来。倘能得到他老人家的允许，这件事情办起来，那就可有十分的把握了。"赛半仙见他肯出于自动，要去把镜清道人请出来，暗中当然喜不自胜。当下又向他说了无数好话。李成化随即嘱咐赵五并一众徒弟，好生把赛半仙款待着，自己立刻上冷泉岛去了。

数日之后，已见他回到玄帝观中，见了赛半仙，劈头劈脑地就说上一句道："这倒是我所不及料的。"赛半仙倒被他骇下一大跳，以为事情已是失望了。赵王自然也是很关心这桩事的，听了也非常的不得劲，忙抢着问道："怎么，莫非祖师爷不肯允承充当台主么？"李成化道："不，哪里会有这种话！我所以十分称奇的，因为他老人家不但接受了我们的请求，而且据他自己说，还和他们是有夙怨的呢。"

二人一听这话，早把心上一块重石放下，便又同声问道："原来是有夙怨的，到底是怎么一回事呢？"李成化道："他老人家最初住居到冷泉岛，创设出长春教，举行收女门徒的典礼的时候，不是曾请三山五岳的道友，前去观礼的么？那金罗汉吕宣良倒也不远千里而来，也是列席观礼者之一。当场并没有什么话说，不料他观礼已毕，在离开冷泉岛，回向自己洞府的时候，却笑着对一个道友说道：'这次的典礼虽是十分隆重，然而照我瞧来，处处不脱一个邪字，离着正道甚远。所以这长春教主饶他有多大的本领，至多只能算是一个外道的魁首。所可怪的，这班女门徒既具有这一种坚毅不拔的志向，当然也是很有夙根的，为何不寻求正道，却去跟他学习邪道？将来正不知伊于何底呢！'说到这里，叹息上一阵，又顾着跟随他的那两头鹰，微笑地说道：'你们虽是扁毛的禽类，却比她们来得聪明多了，不愿接近邪教，只愿一辈子跟着我呢。'这番话不久就传到了他老人家的耳中，当然十分恼怒。不过懒得多事，也就隐忍下来。如今既出上这么一回事，正是他修报夙怨的好机会，怎么还会不高兴担任呢？可是他老人家素来是十分缄默的，以前从没有对我说过这件事，所以我听了之后，倒觉得十分诧异呢。"

赛半仙道："如此好极了。不过这擂台开台之期，大概总在来年三四月间。从冷泉岛到邛崃山，倒也有上一点路程，所以今年年底就得动身了。他老人家总已知道了吧？"李成化笑道："这倒不相干的，他老人家是会御风术的，你难道没有知道么？邛崃山虽是相距甚远，然在他老人家看来，好似就在邻近一般，不当得怎么一回事呢。不过他老人家又有说话吩咐下来了，他说这一次摆设擂台的地点，虽是僻在四川的邛崃山，然而一旦传说开去，一定三山五岳皆会知道得这件事。加之我是素来不轻易出冷泉岛的，忽又担任下了这台主，那更是值得令人注意的了。说不定昆仑、峨眉两派中的能人，都要前来出手一下。万一弄得不好，恐连昆仑派中的

155

吕宣良、崆峒派中的甘瘤子，他们依为台柱子的，都要亲自出马呢。"

赛半仙听到这里，忙谀言道："这话倒是不错的，那无住和尚并已亲口对我说过，到了擂台开打之日，他定要赶到邛来山下，和我们拼上一拼的。不过吕宣良同着甘瘤子这一班人，究竟会来不会来，现在却还不能预先知道呢。"李成化笑道："你不要性急，且听我再说下去。他老人家因此又说，凭他自己的这点本领，就算他们全来了，或者在擂台上，也不难把他们一齐打倒，不过还不是万全之策。他却又有一个更巧的算计儿呢。"说到这里，略停一停。赛半仙虽不好意思再向他打岔，心中却一刻也不能忍耐得，似乎向他催着道："快说，快说！究竟是怎样一个巧的算计儿呢？"随听李成化接着说道："他老人家的主张是这样的，最好想个方法，使这两派中的重要人物，在我们摆设擂台的时候，一个个都病了倒来。虽有要来打擂台的这条心，却在实际上万万办不到。这不是很有趣味的一桩事情呢？然而在平常人，这种方法是想得出做不到的，他老人家却竟有这么一点法力。他是会摆设落魂阵的，你大概已听人家说过了吧？现在只要他老人家出来摆上一个落魂阵，不怕他们不一个个病了倒来。而且不但是病了倒来，法力如果再厉害一些，简直要使他们一个个魂消魄散，一命归阴呢。"

赛半仙这时再也忍耐不住了，忙又搀问一句道："这个法子好是好，可是摆设这个落魂阵起来，究竟也容易不容易呢？"李成化道："容易之至，只是有一桩事，你们须得赶快去办。就是须把这两派中重要人物的年庚八字，打听得明明白白。他老人家根据着，好替他们制成一个个的草人，把八字放在草人的腹中，然后念着符咒，向这些草人礼拜起来。包管不到七天，他们一个个都要显着落魂失魄的样子呢。"

赛半仙道："这是容易得很的！只是要打听那几个人的年庚八字呢，须得明明白白地吩咐我一声，让我好去打听。"李成化便从怀中取出了一张名单来，说道："这是他老人家已在这张单上，开得清清楚楚，你只要照着这张名单上所列的，一个个去打听就是了。"

赛半仙便很郑重地取了过来，放在怀中，又问道："还有什么事情，要吩咐我去做么？"李成化被他这一问，好似又突然地记起了一件事，便说道："真的，几乎有一件要紧事忘记告诉你了。在这落魂阵中，照例是要供设一位凶神的。当摆设这落魂阵的时候，须先要把这位凶神很虔诚地祭祀一番。但是别的祭品还是寻常，有一种特殊的祭品，却是万万不可少的，少了就不灵验。倒很要费上一些手脚呢。"

赛半仙忙问道："究竟是一种什么东西？你老说得如此郑重。"李成化道："并不是别的东西，实是需要着一对童男女。"赛半仙听了，倒禁不住笑了出来道："我道是什么东西，原来只是一对童男女，这有什么难办，随意抓来两个就是了。"李成化也笑道："你不要瞧得这般容易，还得听我说下去。他老人家所需要的，并不是寻常的童男女，却指名着要一个辰年辰月辰日辰时生的童男，和一个酉年酉月酉日酉时生的童女。你瞧，这不是有些难办么？"

赛半仙沉吟道："有了这么一个指定，事情的确有些难办。不过我是业星相术的，只要再挂上一个算命的招子，到四处去走动起来，或者不难把这一对童男女觅到呢。"李成化道："如此好极了，你就赶快出发吧，我在这里静听好消息呢。"当下赛半仙即写了一封信，把已和镜清道人师徒俩接洽好，及镜清道人主张摆设落魂阵的一番情形，一齐写在上面。并请哭道人赶快把摆设擂台的事，一桩桩筹备起来，免得临时手忙脚乱。即托李成化用飞剑传递的方法，把这信送到四川邛崃山上哭道人那边去。一面又邀了赵五一路同行，做个帮手，即作别李成化走了。

他沿路行去，随处设摊，倒也有不少人来请他相面，请他算命。但是辰年辰月辰日辰时生的童男，和着酉年酉月酉日酉时生的童女，却一个也打听不到，不觉有些闷闷不乐。

这一天行到一个闹热的市镇，便在镇上设了摊。正在谈相批命，忙得一个不亦乐乎的时候，忽有一个英武的少年，同着一个清秀的童子，也走近了摊边，即站在摊前的人丛中间观着。只听得那少年向着那童子笑问道："老弟，你也要请教他算上一命么？像你的八字这么的特别，是不大有得听见的，说不定是一个贵人之造，将来有上远大的前程呢。"

童子道："表哥，我的八字有什么特别，我自己倒并不知道。"少年笑道："你的八字中，有上四个辰字，这字难得遇见的，还能说是不特别么？"童子摇头道："不，我不要请教他。这种算命先生，全是一派江湖气，任他说得天花乱坠，我总是一个不相信呢。"

每当赛半仙摆设摊子的时候，赵五也装着瞧热闹的人，总在旁边伺察着，暗暗做着赛半仙的耳目。这时这番话早已传入他的耳中去了，不禁暗自欢喜道:"好了!果然有个辰年辰月生的人来了。这是一个送上门来的主顾,我得好好地注意着他,万万不可让他在我们手中溜了去呢。欲知这童子是何人?"

再向赛半仙瞧时,虽正和一个老者算着命,看去却也已听得了这番说话,连连向他使着眼色。似乎教他对于这个童子,特别注意一些,不要放他溜了。一会儿,又听那童子说道:"这也只是一派老生常谈,没有什么可听。表哥,时候已是不早,我们不如回去吧,母亲恐怕已在盼望我呢。"那少年把头点点,便带了童子向前走去。赵五哪肯失去机会,也就悄悄尾随在后。好在他们二人沿路闲瞧着,并谈得十分高兴,所以虽有人在后尾随着,他们却丝毫也没有觉得。

渐行渐远,已离了闹市,走入田野之间,顷刻间,又到了一个三岔路口。童子忽然立停了足,对那少年说道:"表哥,我们就在这里分手了吧。你可打那边走,我也要沿着这条路回去了。"少年道:"你一个人回去,不要紧么,不要我再送你一程么?"童子笑道:"表哥,你又在说笑话了。像我这么一个人,还怕拐子把我拐了去么?如果真有拐子要想把我拐去,那他的胆子也可算大极了。"

赵五在后听得了这几句话,不觉小小吃上一惊,暗道这童子好大的口气,莫非真是有什么来历的不成?还是他已觉察了我在后尾随着,故意说这几句话,把我骇上一骇呢?想着,忙将身子向一个树林中一躲,免被他们瞧见。

这时那少年和童子,点了一点头,却早已分道各行了。赵五倒又胆壮起来,暗想这少年虽不知是何等样人,然而身体很是魁梧,气概很是英武,瞧去倒是不大好打发的。如今他已管自走了,只剩下这童子一个人,正是天造地设,一个绝好的机会。无论这童子有多大的本领,终究是个童子,自己难道对付不下,还怕他溜了走么?于是,他决定主意,要在这四顾无人的田野中,把这童子打翻了,然后再上了迷药,把这童子带了走呢。

不料,事情很是出人意外,这童子刚才和那少年且谈且行,行步非常迟滞。现在剩下了他一个人,竟健步如风,跑得飞一般的快。赵五别说要上前去打翻他了,便连跟了他走,都觉有些勉强。不免暗暗叫苦道:"罢了,罢了!我赵五白白地练了这多少年的功夫,谁知走起路来,竟连一个

158

小孩子都跟随不上呢？"并且这童子好像是知道他尾随在后面，故意要和他开玩笑似的，等到走得太快，两下相距得太远了，倒又向后一望，立停了足。赵五见了，暗暗欢喜，慌忙赶上前去，不料还没有走得近，童子又飞也似的拔足向前走了。

如是地跟随了好一程，早已走入一个小村之中，一个道姑装的妇女，穿了一件红色的道服，正伫立在一家门前闲望着。一见那童子走来，即迎了过来，并欢然地问道："好孩子，你回来了么，表哥呢？"童子道："他本要送我回来的，我阻止了他，他才回家去了。"说到这里，忽然俯下身去，在地上拾了一枚石子起来。便又突然地回了身，将这石子用力掷了出去，一壁笑着说道："那边树上有头鸟，叫得很是烦聒，母亲也听得么？我要把它打了下来呢。"

他口中虽说是打鸟，其实这石子一直向着赵五这边打来，吓得赵五只好撒腿便跑，不敢再向村中行去。回到镇上，找着了赛半仙，合在一处一商量，大家都不肯失去这个好机会，决定夜间就去把他劫了来。料想他们那边，只有一个妇人、一个童子，不见得有什么能为可以向他抵抗呢。

当晚二更敲过，镇上已是万籁无声。赵五便换上一身夜行人的衣服，悄悄离了下窬的地方。好在日间一去一来的时间，已把这途径记得很熟，所以一点不有迷路之患。不一刻，早又到了那小村之中，一瞥眼间，就找得了童子所住的那间屋子。再向四周仔细瞧瞧，确定没有错误发生，便又在地上拾起了一枚小石子，向墙中掷了进去。只听得这石子到得墙内，便扑的一声落在地上，半晌并没有别的声息。知道屋中人已是睡熟的了，便大着胆子，走到墙边，只把身子轻轻一纵，早已到了墙上。再向下轻轻一跃，已到了那屋子的院中了。

正立住了足，借着月光四下观望，觅取进内之路。忽在二十步之外，发现了一团黑影，似乎有人蹲在那里大解一般，倒把他骇了一跳。想要躲避时，那黑影的主人翁，似乎已瞧见了他，同时并立了起来了。就这身度大小瞧去，不是别人，正是他所欲得而甘心的那个童子。不禁又惊又喜，暗想这真是巧得很，不必我去寻找得他，他已自己送上来了。当此夜深人静，门户又关得紧紧的，还怕他逃到哪里去呢？

但是他还没有动得手，那童子却又走了过来，悄悄地向他说道，"朋友，刚才日间我觉察了你在后尾随着我，已知道你或者要光顾我家一次，所以就没有睡。后来听得了你投石问讯的信号，更觉得定是你来了，连忙赶了出来，果然就遇见你了。你到底为了什么事要找着我？不妨明明白白地说出来呢。"

这几句十分尖峭的说话，早把赵五着恼了。他也不暇思索什么，伸出一只手来，就想去抓着那童子。但是童子的身手矫健得很，哪里会被他抓住？没有等得他的手伸到，早把身子一扭，跳到墙上去了。却伸出一只小手，向他招着道："朋友，原来你是要来和我比武的。那么，现在我在这里，你何不也跳上墙来呢？"这时赵五被那童子激怒得不可言状，也就一言不发，气愤愤地跳上墙去。可是他的足刚刚踏到墙上，童子倏地将身子一扭，已跳到对面屋上，又把小手向他招着咧。这一来，真把个赵五气极了，自然也向屋上赶去。

然而那童子的身手轻灵得很，尽在屋上跳来跳去。累得赵五跟着他跳动，出了一身臭汗，依旧没有把他抓得，手脚却都有些发乏起来。一不小心，竟把屋上的一叠瓦踏碎，立时发出一种声响来。童子忙向他摇手道："朋友，脚步放轻一些，不要这般鲁莽。在这明月之下，我们两个人在屋上玩一下子，原是一点不要紧的。倘然再发出了什么声音，惊动了我的母亲出来瞧视，那可不是当耍呢。"

但是这话刚刚说完，便已听得一阵脚步声响，跟着便有一个道姑，穿着一身红色的道服，走到院中立定，这就是那童子的母亲了。童子便向赵五埋怨道："如何？果然把她老人家惊动了。"赵五还没有答话，又听得道姑在下面喊道："好孩子，在这深更半夜，你同着什么人在屋上谈话呀？"童子笑嘻嘻地回答道："来了一个很好玩的朋友，所以我睡觉都不想了。母亲也要瞧瞧他么？"

这时道姑似也已一眼瞧见了赵五，便向他招手道："好的，那么你就下来吧。"赵五心中虽是很不愿意下来，但是不知怎样，经道姑将手一招，竟不由自主地跳下屋来。那童子也就跟着跳下，又向他的母亲说道："这个人的确很好玩，母亲不妨问问他的来意呢。"

欲知道姑问明了赵五的来意没有，且俟下回再写。

第十六回

遭危难半仙呼师傅
显神通妖道救党徒

　　话说赵五经那道姑将手一招，便不由自主地从屋上跳了下来。那童子也就跟着跳下，向道姑说道："这个人的确很好玩，母亲不妨问问他的来意呢。"道姑道："这个当然要问的。不过承他惠然肯来，庭中立谈，终不是所以款待嘉宾之道，不如到里边去坐吧。"说着，便又向赵五一招手。赵五这时已同瓮中之鳖，万万逃走不来，也就乖乖地跟着道姑和那童子走了进去。

　　里边乃是一间客室，地方虽不甚宽广，布置得却是十分整洁。道姑请赵五在客座中坐下后，方含笑问道："请问壮士夤夜来到此间，究是什么用意？我们自问既无财产，足动暴客之觊觎；又无什么仇人，可以招致刺客前来行刺，所以我们觉得很是疑惑呢。"赵五经她这么一逼问，倒有些局促不安起来。暗想真话是万万说不得的，还不如承认是觊觎财产的暴客吧。便回答道："只因路过此间，偶然缺少银钱使用，所以想到尊府来告借一些盘川，不料事情没有得手，却被你们识破行藏了。自知罪该万死，不过请念我是初犯，就把我释放了吧。下次无论怎样贫困，再也不敢干这营生了。"

　　那道姑听了这番话，还没有回答什么，那童子却早已哈哈大笑道："你不要向我们撒这瞒天大谎了。你以为我们不知道你的行藏么？你日间巴巴地尾随着我来到这里，晚间又偷偷地跳到屋中来，难道还能说是偶然么？还能说是只为觊觎财产而来，并不为别的事么？你还是赶快把真情说出，哼，哼！否则我可要对不住你了。"说着，举起两个小拳头，向他扬了扬。赵五虽然有些惧怕，却还是不肯直说。

　　那童子又冷笑一声道："哼！你道我们是什么人，你竟敢在我们面前作刁么？实对你说，我的母亲，就是外面大家称为'红姑'的。你小爷就是陈继志。你从前大概也已早有所闻吧？"这童子管自说得高兴，那道姑却在一旁叱道："我们也不要和他攀亲配眷，你在这些无名小辈面前，又何必通名道姓似的，把我们的真姓名说出呢！"

可是赵五一听说这道姑就是红姑，这童子就是陈继志，更加觉得有些着急了，暗道："怪不得他们有这般的本领，我怎是他们的对手？我在他们手中栽筋斗，自也是意中之事呢。只怪我自己太粗心一些，事前没有细细打听，现在可弄成个来得去不得的局面了。"这时却又听陈继志说道："你既不肯把来意说出，我也不要你再说了。那个挂着赛半仙招牌的算命先生，不也是你的同党么？别人虽瞧不穿你们诡秘的行踪，我却只在摊前站立上一些些的时候，已把你们的关系瞧了出来了。如今只要把这赛半仙捉了来，再把他搜上一搜，不怕不尽得真相呢。"这话一说，更把赵五急得跳了起来道："这使不得！我和他虽然有些相识，却是一点关系也没有，千万不能连累他呢。"说着，就要向外奔去，似乎欲图逃走的样子。陈继志见了，只伸出他的一只小手，用食指向他虚点一点，赵五立刻又身不由主地坐了下来，好似被定住在那里了。

陈继志便又笑道："这里是什么地方，岂容你轻易走动的？还是静静儿坐在那里吧。至于赛半仙和你，究竟有关系无关系，你徒然白着急也无用。而且你越是着急，越是把这句话证实了。不如等我的表哥桂武到来，去把赛半仙捉了来，自然可以得到一个水落石出了。"

不一会儿，天已大亮，陈继志便去把他的表哥桂武叫了来，却就是日间同着他在一起的那个少年。只见他们低低地商议了一回，便一同走了出去，不到多时，果然把那赛半仙捉了来了。二人相见之下，虽不曾说上什么，却都露着一种嗒丧之色。便又见陈继志将小手一拍，向着赵五说道："如今你可再不能狡赖了。我们已在这赛半仙身上，搜出了一本小册子，上面载着许多人的年庚八字。我的姓名虽没有写在上面，却在另一行中，大书特书地写着辰年辰月辰日辰时生之童子一名等字，这不明明指的是我么？照此看来，你定是妖人无疑，只不知有无指使之人。如果确非出自你们本意，有人指使你们来的，还是从实招来为妙。免得责打起来，反使皮肉受苦呢。"

二人听了这话，又很迅速地互相看了一眼，似乎彼此在关照着说：

"我们只承认是妖人傻了，若问什么人指使我们到这里来，万万不可说出。至于摆设落魂阵摄取生魂等事，更是无论如何不可向人宣泄的啊。"因此二人都把头摇摇，表示并没有受着什么人的指使。

这一来，可把桂武着恼了，随手取了一根棍子来，向二人夹头夹脑地打去。赵五虽还是咬紧牙关，用足功劲忍受着，不肯吐露一个字，然久而久之，功劲也有些懈怠下来，渐渐露着受不起痛苦的样子，竟不住声地嚷起痛来。只有那赛半仙，却依旧夷然自若，行所无事。这棍子虽密如雨点一般地打到他的身上去，他并不东闪西躲，好像一下也没有挨受得，只是哼哼地冷笑。

桂武看在眼中，不免有些诧异道："照此看来，你这厮确是一个妖人，的确有些妖法，竟能挨受得这一顿棍子。但是你投在他人的手中也就罢了，偏偏又遇着我，乃是最最不怕妖法的。无论你是怎样的厉害，我总要想个法子，破了你的妖法呢。"边说着，边又唤着陈继志道："你快到后院中去，捉着一只鸡把来杀了，将那鸡血陈在碗中拿了来，让我浇在他的身上。再去取一根篾条来，插在他的谷道中。这都是破妖法的好过节，不怕他不要喊痛起来呢。"

赛半仙一听这话，果然暗暗有些吃惊，私忖道："我所最最惧怕的，确就是这两门。如果真的如此做来，我的法力不免立刻就要完全失去，这一下下的棍子，也就很着实地挨在身上。说不定我的这条性命，都要交托在这棍子之上咧。"同时忽又想起当他的师傅哭道人，遣他出来访寻能人的时候，快要拜别了师傅上路了，忽又露着踌躇之色。师傅便问他："为何如此？"他道："我是向来伏处在师傅的骈襟之下的，没有离开过师傅一天；如今忽然只身出门，远走天涯，说不定要遇到什么敌人。自问本领很是浅薄，万万对付不过人家，而急切间又得不到师傅的保护和救援。一旦想到这里，不觉有些胆怯起来呢。"

师傅笑道："你真是胆小极了。但是你尽管放心，你此次出门远去，虽是骤然和我分离了，其实仍是和我在着一起一样的。你如果遇了什么灾难，我自然会前来援救你，保护你呢。"他听了这话依旧露着疑惑的样子，似乎以为这只是师傅壮他胆的一种说话罢了，事实上决计不能真是这样的。可是师傅早已瞧出了他的心思，便又笑着说道："你不相信我的说话么？那不妨将来再说。你此后只要记着，如真的遇着十分危急的时候，可

163

大呼三声'师傅快来救我'，我就在千万里之外，自然也会立刻前来救你的，决不使敌人轻损你一毫一发呢。"

他疑心参半地拜受师言，可是出外以来，并未遇着什么危险，所以尚没有试验过一次呢。现在，可真是大难当头了，不管师傅这番说话可信不可信，呼唤起来灵验不灵验，不如且试验上一下吧。倘得呼唤之后，师傅果然立刻到来，不是就可转危为安，有了生机么？他一想到这里，胆又壮了起来。便不待他们前来处治他，即大声唤了起来道："弟子有难，师傅快来救我！"

他这一声刚出口，倒引得陈继志笑了起来道："你这个人真是脓包，怎么高声唤起师傅来了？你师傅又不在你的身旁，哪里会听得到你的呼救之声呢？老实说，我虽是一个小孩子，还不愿玩这一手。我劝你还是住了声，不要惹人笑话吧。"

这时赵五也觉得陈继志的这番话说得不错，暗怪赛半仙也太没用了，又不是小孩子，为什么吃了人家的亏，就要高声唤起师傅来，这不明明是示弱于人么？可是赛半仙一心要脱此大难，依旧信任着师傅这句说话，希望他立刻即显灵验。所以尽着陈继志在旁取笑着他，他一点不以为意，又连唤上二声"师傅快来救我"。

说也奇怪，当他未唤这三声以前，天空中净无纤云，现着一派晴朗的气象；比及这三声喊了出来，外边立刻起了一阵大风，天也跟着黑了下来。而就在这晦冥之中，隐约瞧见一只大手，从屋外伸了进来。只很迅速地一攞手间，早已把赛半仙摄到上面去了。却又听赛半仙带着惊惶的声音说道："师傅，师傅！我还有一个同伴在这里，也请你老人家一并把他救了出去吧。"这时赵五忙也高声说道："我在这里，我在这里！不过我已被他们用定身法定住了。"即听得一个苍老的声音，似乎带着笑在说道："定身法算得什么，我也把你救出去就是了。"随见那只大手，又是向下一攞，这个定住在座位上的赵五，便又被他摄到外面去了。接着，风也歇了，天也开朗了，又回复了以前的样子。

红姑、桂武等人，骤然遇见此等奇事，不免略略呆上一呆。等到心神稍定，随即出至庭中一瞧，只见屋脊之上，立着了三个人，除了被摄出去的两个人之外，还多上一个老道，这大概就是那赛半仙的师傅了。这老道一见他们走至庭中，便向他们说道："你们胆量好大，竟把我的徒弟欺侮

164

起来了。如今我已到来，怎能宽饶你们？定要和你们好好地算一下账呢。"说着，又把红姑凝视了一下，指着说道："你不就是红姑么？我早就打算找着你了。你现在倒又平白地把我的徒弟欺侮起来，我哪里还能放过伱！你还是知趣一些，赶快跳上屋来，和我见个高下吧。否则我也就要请出飞剑来，取你的首级了。"

这话一说，把这炉火纯青的红姑，也惹怒得直跳起来，立刻掣出佩剑，要和这老道较量一下。却被桂武出来，把她拦住道："量这妖道有多大的本领，何必要姑母出去和他较量？侄儿虽是不才，自问已足够和他周旋一下。请看我不上十个回合，就把这妖道的首级取了来咧。"

陈继志也在一旁嚷着说道："其实母亲和表哥都不必出得马，只让我一人前去便了。瞧这妖道须发虽已苍白，好像已是有上一点年纪了，然而不教他在我小孩子的手中，大大地栽上一个筋斗，我也不姓这个陈。"说完这话，也不待二人许可，略把身子一耸，早已上了屋脊。即扬起两个小拳头，向着老道说道："来，来，来！我们先走上一百个回合吧。"

老道却露着夷然不屑的样子道："你这个小孩子，莫非存心要来送死吧！谁耐烦和你走这趟子，还是赶快换上你们的大人来。"这时桂武也已跟着跳上屋来，即嚷着说道："你别要小觑他，他比你要强得多了。不过你既不愿在他的手中栽筋斗，就和我来走上一两个趟子也使得，横竖是一样的。"

正在这个当儿，不知怎样一来，倒又把冷在一旁的赛半仙提醒了，登时叫了起来道："师傅，你不必和这汉子多费手脚，只把这个小孩子夹在身边，赶快地一走就完了。我们所以来到这里，就是为着这个孩子，他是辰年辰月辰日辰时生的啊。"老道一听这话，连忙答应一声："知道了。"边躲过了桂武挥过来的拳脚，边就向陈继志冲了来。好一个陈继志，人小胆气粗，见那老道向他冲了来，不但不露惊惶之色，反而觉得十分高兴，也扬起两个小拳头，向他迎了过来。厮斗上好几个回合，竟然不分胜负。

老道见单凭着真实本领，竟不能战胜他，不觉有些着慌。又见红姑全身红服，结束停当，似乎也要跳上屋来助战的样子，更觉事情不妙。如果等到三人一齐出手，用着车轮战的法子和他厮缠起来，那就难于对付了。他一想到这里，立时起了恶念，即把鼻子向上一掀，两眼向下一挤。说也奇怪，在这一掀一挤之间，即有股黑雾一般的东西，从他的眼鼻间飘浮出来，充塞于天空之中，黑漫漫不见天日。同时更有冷如冰坚如雹两道的泪泉，从他的两个眼眶中激射而出，直向陈继志的面部及全身打去。

陈继志尽他本领怎样高强，究竟只是一个小孩子，哪里见过这种妖法？而且这些冰雹也似的东西，来势非常凶猛，挡都挡他不住。比及射在面部，面部立时发肿；射在身上，身上也立时生痛，觉得全个身儿都有些不自在，因此手脚不免略略迟缓下来。可是在这手脚略缓之间，就给了那老道一个可乘之机了。他立刻踏上一步，又伸出生铁也似的一只臂儿，只轻轻地向陈继志的腰间一夹，即把陈继志夹了起来，飞也似的向前走去了。

这时红姑也已跳上屋来，在那将要散尽的黑雾中望出去，早已失了那妖道和陈继志的所在，只有个桂武呆如木鸡地立在一旁，连先前的那两个歹人，也走得不知去向了。红姑不觉跺足道："这是怎么一回事？志儿竟被这妖道夹了去了。桂武，你也瞧见这妖道是向哪方走的呢？"

桂武经这一问，方才如梦始觉，即伸出手来，向着远远的云端中一指说道："这妖道端的好本领，竟会腾云驾雾的。姑母，你瞧，这云端中远远地现着一个黑点，不就是他把表弟夹在身边，飞速地向前逃走么？"红姑听了这话，向云端中一瞧时，桂武的说话果是不错。自己刚才因着继志骤然失去，心中十分着急，连耳目都失去固有之聪明，一时竟没有瞧得到，真是三十年老娘倒绷孩儿了。可是她也是会腾云术的，当下也不答话，即两手一挥，身躯向上一踊，也立刻驾起一片云来，向着那黑点直赶而去。

红姑的腾云本领，毕竟不输于那妖道。赶不上多少时候，这黑点越显越大，彼此竟相距得很近了。红姑即扬声向他警告道："妖道，你不要逃走，如今可被我追赶着了。快些把这孩子还我，万事全休。哼哼，否则我可要请出飞剑来，取你的首级了。"那老道依旧不肯停止前进，只冷笑了一声，也扬声回答道："你有飞剑，难道我没有飞剑，就会怕了你么？而且你的飞剑就算十分厉害，但是现有你的儿子，被我夹在身边，你如果伤了我，不免就要连带地伤了他。你怀了投鼠忌器的心思，恐怕也不敢轻于施展吧。"

红姑听他这番说话，虽然迹近要挟，但是事实上确有如此的情形，这飞剑是不生眼睛的。继志已被他夹在身畔了，既然能伤得他，不免也要伤

166

及继志。而且他如果遇着十分危急的当儿，说不定要陡起恶念，先把继志杀害了再说呢。

这样一想，不免抛去了武力解决的主张，便又声口很和平地向那老道问道："我自问与人无怨，与世无仇，而与你这位道友，素来似风马牛之不相及，更谈不到怨仇二字，你如今平白无故的，为什么要把我这孩子劫了去呢？请你快些说出理由来。"老道笑道："我和你果然似风马牛之不相及，也无仇怨可言。不过你不是红姑么？你不又是昆仑派中鼎鼎大名的人物么？有了这点关系，那我前来找着你，并把你的儿子携去，似乎就算不得怎样兀突了。"

红姑一听这话，更露着十分疑惑的样子道："你这句话是怎样讲？我倒有些不懂。"老道便又哈哈一笑，方很明白地讲了出来道："实对你说了吧，现在昆仑、崆峒两派的人，实在太嫌跋扈一点了。派外的人对他们侧目，当然不必说起，而我更是最最反对这两派的一个人，决计不问成败利钝，要和他们周旋一下的。如今恰恰遇着你正是昆仑派中的重要人物，我哪里还能把你轻轻放过呢？"

红姑道："瞧你这个妖道不出，倒有这般大的口气。不过，你反对昆仑、崆峒两派也可，反对昆仑派中的我也可，你如果要找着我斗一下法力，我是决不躲避的。至于这个孩子，与你年岁相差得太远，你就是真的胜了他，也算不得怎样荣耀的事。你又何必定要把他劫了去呢？"老道干笑道："关于这个孩子的事，却又属于另一问题了。如今免得你的疑惑，索性一齐对你说了吧。我在明年五月五日端午节，在四川邛来山下摆设擂台之外，还要设下一个落魂阵，你大概还没有知道吧？却预定下在摆设此阵之先，须觅得辰年辰月辰日辰时生之童男一名，和着酉年酉月酉日酉时生之童女一名，备作祭旗之用。如今你的儿子八字中有上四个辰字，恰恰合上这种资格，正是觅都觅不到的，我哪里还肯舍去他呢。而且我的摆设落魂阵，正是为惩治昆仑、崆峒两派人起见。现在祭起旗来，竟选着一个昆仑派中的童男，真是再凑巧也没有。如能再在崆峒派中，觅得一个酉年酉月酉日酉时生的童女，珠联璧合，那就更好了。"

红姑听说他要把继志当作童男拿去祭旗，不觉又大怒起来，也就顾不得许多，边向前飞速赶去，边把唇吻张动，似乎立刻就要动手，把飞剑飞了出去。那老道却一点不在意，反把继志故意擎得高高的，几乎要和他的这颗头相并。笑着说道:"你尽管把飞剑赐下来吧,这是我很好的一面藤牌呢!"瞧瞧那继志时,却听他高高地擎着,手足一动也不动,似乎已死了去了。

这一来,倒又触动了这慈母的悲怀,不但已失了向人动手的勇力,反又很惶恐地向那老道问道:"好一个妖道,你怎么竟把我这孩子扼死了,我与你势不两立啊!"老道忙向她安慰似的说道:"请你放心吧。这是很难觅得的一宗宝物,我在未祭旗以前,把他看护起来,一定要比你对于他还来得加倍注意,决计不肯无缘无故把他扼死的。这不过恐他脾气不好,要在我手中挣扎个不休,所以替他上了一些蒙药,使他得安然睡去,实在是一点不妨事的啊。"红姑经他这么一解释,心神方才略定。

还没有说得什么话,却又听那老道十分得意地说下去道:"我从前听说你红姑,是一个了不得的人物,又是一心修道的,总以为你对于一切尘缘,一定瞧得很是穿透的了。不料照现在这番爱恋儿子的情形瞧来,完全与世俗的女子没有什么两样,还说什么能勘破尘缘,还能称得什么修道之士呢?咳!你们昆仑派中所谓的能人,所谓有道之士,大概都是如此的吧?"

红姑起初听到这番嘲笑的说话,很露着爽然若失的样子,觉得老道这番说话,不可以人废言,倒也说得不错,自己对于尘缘,确乎太重了一些了。可是转念一想,顿又醒悟过来。关于伦常的事情是人道,一般人所欲修持的是天道,人道与天道,原可合而为一的。母子骨肉至亲,母慈子孝,才算是伦常之正轨,怎可因了修道,便可把母子一伦废了呢?如果说是修道之士,定须把伦常一概忘却,骨肉视同路人,其说乃似是而实非,适自暴露其为邪道外教罢了。当下也就不作一声,依旧向前追赶。

那老道却又说道:"也罢!我瞧了你这番爱恋儿子的情形,倒也把我这颗心软下来了。如今我并非一定要把你儿子拿去祭旗,只要你在明年五月五日之前,能替我找得一个与你儿子同一庚造的童男,代替你的儿子,那这孩子就有生还之望了,你看怎样?"

红姑这时愤怒已极,再也不耐和他多谈下去,即把口一张,即有一道白光飞越而出,直取老道首部。老道却也机灵得很,知道红姑已把飞剑研来了,也就不慌不忙地腾出一只手来,从腰间轻轻擎出一柄拂尘,向空中这么一挥。只这一挥之间,便也有一股黑光飞出,恰恰把这白光挡住了。

于是边尽这黑白二光在空中激战着，边仍一个逃，一个追，彼此借着云力，飞也似的追赶下来。

不一会儿，隐隐见前面露着一个大黑点，似乎有一座高山矗立在下边。即见老道重重一拂拂尘，将那白光略略挫退了几寸，然后突然地回过身来，再把拂尘一拂，又把这重行冲射过来的那一道白光挡住了。方向红姑朗声说道："我便是哭道人，就住在下面这邛来山中。如今要少陪了，你以后如果要来找着我时，尽可来到这山中，向我的洞府中找寻便了。"说完这话，又把拂尘重重一拂，即一个筋斗云，翻到下面去了。红姑救子心切，哪里肯把他舍去？也是一个筋斗云追了下来。

可是到得平地时，哭道人身手好快，早已走入一座石室之中，两扇石门砰地关上，竟如天衣无缝，连一些裂隙都瞧不出来了。红姑在石室外徘徊了好半晌，竟找不得一条入路，不觉万分懊丧道："我真是三十年老娘，倒绷孩儿了。我自问有下绝大的本领，无边的法力，任何人都不是我的对手。不料今日遇见了这个小小的妖道，竟会这般地手足无所措起来，这是从哪里说起啊。"想要去到别个道友处，搬来救兵，援救他的儿子时，又觉自己在道中是颇有声名的，今日竟会见挫于一个小小的妖道，弄得无法可想，反要求救于人，实是莫大之羞辱，哪里开得出这张口？

正在进退维谷之际，突然在他的身旁，轰地起了一声巨响，顿把思潮打断。原来有一大块顽石，恰恰落在距离她的立处不到一尺的地方，险些儿把她的头都打破呢。不禁骂道："好一个险狠的妖道，竟要暗箭伤人么？"但当她抬起头来瞧看时，并不见妖道的踪迹，只有两只巨鹰在空中磨旋着，跟着又叫了两声，似乎向她打着招呼一般。于是红姑立时认得这就是金罗汉所调养的两只神鹰，不免又带笑带骂地说道："好胆大的两个顽皮东西，竟把你们老姐姐也戏弄起来么？"正在这个当儿，又见白发飘萧的金罗汉吕宣良，也从空而降，含笑呼着他道："红姑，这两个顽皮的东西真可恶，你也受了惊么？"

欲知金罗汉到来何事，且俟下回再写。

第十七回

喷烈火恶道逞凶
突重围神鹰救主

话说红姑追到哭道人的洞府之前，徘徊观望之际，忽有一块顽石，打落在她的脚前，不免小小吃了一惊，忙抬头观看时，却认识出是金罗汉所调养的两只神鹰，向她恶作剧。同时，白发飘萧的金罗汉吕宣良，也从空而降，含笑呼着她道："红姑，这两个顽皮的东西真可恶，你也受了惊么？"红姑边回答没有受惊，边向金罗汉行了礼。

金罗汉便又把手向他一招道："你也不必呆立在这里了，快随我到那边树林中去，我有话要和你说呢。"红姑当然点头答允，随即跟了金罗汉，走到一所浓荫密布的树林前。在刚要走入林中去的时候，金罗汉忽又立住了足，从身边取出一块佩玉，挂在树林之上，方同红姑一齐走入林中。红姑瞧见这种举动，心中很觉疑诧，但又不便询问。金罗汉却早已瞧出了他的意思，即哈哈一笑说道："你以为我的举动可异么？但是属垣有耳，我们不得不加意防范一下呢。你不知道，这厮的本领的确很是不小，居然有上千里眼、顺风耳种种的神通，不要说在这里他的辖境之内了，就是远在数千里之外，只要他把心灵一动，精神一注，无论什么事情，也没有不被他瞧了去、听了去的。不过他的神通虽大，我的这块佩玉，却有抵制他的功用。只要把这块佩玉挂在外边，就能阻隔一切，他的什么千里眼，什么顺风耳，一点都施展不出了。现在我们尽管在这树林中安心谈话，就是声音放高一些，也不怕他听了去呢。"边说着，边即席地坐下。

红姑也坐了下来，因为救子之心甚切，没有等金罗汉开得口，即先向金罗汉请求道："继志那孩子一时受着挫败，不幸落在那妖道的手中，现在已被他摄进石洞中去了，幸喜你老人家恰恰到来，这是那孩子命不该绝，请你老人家赶快施展一点法力，就把他救了出来吧。否则我也顾不得什么，要单身独人前往，和这妖道拼上一拼了。"

金罗汉听了，只微微一笑道："红姑，你为何如此着急？难道忘了'小不忍则乱大谋'那句古训么？继志这孩子被妖道劫了去，我们当然不能置之度外，要去把他救了出来的。但是这座石洞，你倒不要小觑它，恐比金城汤池还要险固到十倍。就仗着我们这点能耐，急切间不见得能把它打得开。而且听说洞内各处还满布着机关消息，如果不把它的内容打听清楚，贸贸然就走了进去，那是机关和消息不会和人打招呼的，十有八九要碰落在上面。一掉落在这陷阱中，任你是铜筋铁骨，一等一的好汉，也要筋断骨折，称能不来，万无生还之望了。所以我劝你还是暂时忍耐一些，不久我们就有法子的。好在妖道把继志劫了去，是要把他作祭旗之用的，在来年五月五日之前，他不但不肯加害他，还要加意地照顾他。我们就是暂时不去救他，也没有多大的关碍呢。换一句话说，大概也是这孩子命中应有上这一场灾劫，不如让他去历劫一番吧。"

红姑觉得金罗汉这话说得很是有理，想起自己拼一拼的那种主张来，未免近于鲁莽割裂了，但仍很不耐烦似的问道："但是依你老人家看起来，我们应该等到什么时候，方可去救这孩子呢？"金罗汉道："不远了，不远了！唉，免得你心中焦急，我再把详细的情形向你说上一遍吧。那妖道自从得到李成化飞剑传来的书信之后，知道镜清道人不但允充台主，还肯替他摆设'落魂阵'，心中欢喜得了不得，因此一面筹备摆设擂台的事情，一面他自己也在物色祭旗用的童男女。不料离此山二百多里外的一个张家村中，恰恰有一个小姑娘，正是酉年酉月酉日酉时生的，不知怎样一来，竟被他打听到了。总算还好，他并不用强劫取，只用甘言去骗那小姑娘的父母，说是因瞧见这小姑娘生得十分可爱，意欲收为义女，常常放在自己身边。倘然他们肯答允这件事，他就是重重地出上一笔钱，也是情愿的。这小姑娘的父母，究竟是愚夫愚妇，没有多大见识，听得有钱到手，心花都怒放了，哪里还顾到小姑娘的将来问题？并这妖道欲把小姑娘收为义女，究竟含有恶意没有，即轻轻易易地答允下来。"

红姑听到这里，忍不住挽言道："如此说来，这妖道所要物色的童男女，已完全被他物色到了。但是你老人家讲述这件事，又有什么用意？难道这小姑娘的父母又后悔了，也想把这小姑娘救了出来么？"金罗汉道："非也。唉！红姑，你不要这般的性急，且静静地听我说下去。妖道把这

171

件事讲妥之后，便取着急进的步骤，立刻拿出钱来，就要带着这小姑娘同走。这时她的父母倒又有些割舍不下了，竟三人相持着大哭起来，不肯就让那妖道把她领去。后来大家说好说歹，总算说明暂准这小姑娘留在家中一月，让他们略叙骨肉之情，等到一月之后，再由这妖道前来把他领去。在这中间，我恰恰经过这张家村，知道了这件事情之后，忙去和那小姑娘的父母会面，把这妖道的历史和诡谋，一齐告诉了他们，劝他们不要上当。他们倒又大大地后悔起来，但是惧怕妖道的妖法，竟闹了个面面相觑，无法可想呢。我因又好好地安慰他们一番，并答允届时自会去援助他们，决不使那妖道得手而去的，他们方觉得略略安心了。现在一月之期快到了，谅这妖道万万不肯不去的，那我们到了那日，不妨暗暗埋伏在那里，只要那妖道到来，就不难把他一鼓成擒。这是一种以逸待劳的方法，不是比着现在拼性舍命，打入他的石洞中去，要强得多了么？"

红姑听完这番说话，脸上略露喜色，不禁连连点头道："这个方法很好，我们准照此办吧。"不料正在这个当儿，忽听得很惨厉的几声鹰叫。金罗汉立时露出一种凝神倾听的样子，瞿然地说道："啊呀！我要紧和你说话，竟忘记把这两个顽皮的东西，也招了进来，如今它们这般地惨叫，不是在外面闯出了什么乱子。定是被那妖道瞧见了，要对它们有什么不利的举动呢。"说着，用手向红姑一招，同时自己也立了起来，意思是要走到树林外面去瞧瞧，究竟是怎么一回事。

谁知还没有走得几步路，红姑忽又不由自主地喊出了一声"啊呀"来。原来这树林虽是森密，也有一丝丝的阳光从林隙透入，所以林中也可辨见一切，并不觉得怎样黑暗。这时只觉眼前突然地闪上一闪，立时所有的阳光一齐收去，四围只是黑漫漫的一片，伸手不辨五指了。金罗汉在红姑未喊出一声"啊呀"之前，已早发现了这种情形，但他艺高人胆大，却一点不以为意，只向红姑安慰着道："这也没有什么可以惊诧的，可笑这妖道浅陋之至，也太把我们看轻了。这种不值一笑的妖法，竟敢在我们的面前施展出来，难道说我们不能破他的法么？老实说，就算暂时不去破他的法，也不见得能难倒我们，我们决不至于为了这黑漫漫的一片，就困在这树林中走不出去咧。何况大地重明，是随时做得到的事，只须一举手之劳就得了。"

他正说到这里，忽又听得那妖道含着嘲笑的声音，在树林外面说道：

172

"金罗汉，你好大胆，竟敢走到我禁地中来。如今可被我围困住了，而且你不但是胆大，也太嫌招摇一点了。你和那个红姑，悄悄躲在树林中，也就完了；你却唯恐我不知道，还把带来的两个畜牲放在树林外面，表示出你在里边。这一来，无论我的性情是怎样和平，也不能宽恕你了。如今你能不能逃出这个树林中，完全要瞧你的能耐和命运如何，可不能怪我啊。"说到这里，略停一停，随又听他疾声喝上一个"火"字，即见眼前顿时一亮，全个树林子都烧了起来。顷刻之间，火光四射，热气熏蒸，几乎变成了一座火山。

饶那红姑是一个胆大包天、极有能耐的女子，这时也惊骇得面无人色了。唯有这仙风道骨的金罗汉吕宣良，依旧谈笑自若，不把他当作一回事。边从身畔取出一柄小小的拂尘，随手递给红姑，自己也仗剑在手，边说道："这派邪火，戾然非同小可，但也只能吓吓几个道力浅薄的人。像我们这一辈人，虽还没有修成金刚不坏之体，但也总算有上一些根基了，连三昧真火还烧不死我们，难道反怕了这一派邪火么。"说着，把手中的剑略略挥动一下，红姑也跟着把拂尘拂动起来。

果然很着神效，任那火势怎样的厉害，看去好像就要把人的肢体，灼成焦炭一般，但是只要那剑锋和拂尘触到的地方，那派邪火立刻就退避三舍，不要说没有一些些的火星落下来，一些些的热气熏过来，竟是烟消火灭了。这样地且挥且拂且行，居然让出一条大路，早已到了树林的入口。金罗汉不慌不忙地又把树林上挂的那块佩玉取了下来，方同着红姑打算走到外面去。不料刚向外面瞧得一眼，竟使这个老成练达，一点不怕什么的金罗汉，也不由自主地，立时惊得呆了起来了。

原来在这树林之外，不知什么时候，已沿着四周打起了一道围墙来，竟把他们二人围困在里边，不能自由出入了。金罗汉惊呆上一会儿之后，忽又笑道："好个妖道，竟把我们囚禁在里边了，但是这依旧算不得什么。凭他这墙垣来得怎样的坚厚，难道我的宝剑竟是锈废无用的，不能把他斩得七穿八洞么？"说着，就要运用他的宝剑起来。可是一个转念之间，却又抛弃了这个主张了。只见他举起两个眼睛，向着上面一望，立时笑容四溢说道："割鸡焉用牛刀。这上面不是很现成地留着一条道路，给我们走出去，我又何必小题大做呢。"随即和红姑驾起云来，向着上面直冲而上。

不料到得上面时，又教他们齐叫一声苦。原来上面虽没有屋顶遮蔽着，却也有一层极细的铁丝网高高张着，阻隔他们的出入。四面围着墙垣，上面张着铁网，这不是要把他们活活地囚禁起来么？而且又从铁丝网眼内，喷出一派邪火来，把这树林烧成了一座火山，势非把他们一齐烧死不可。这妖道的存心，真是狠毒之至了。金罗汉想到这里，也不禁勃然大怒起来，恨不得立刻冲到外面，把这妖道一口咬死，随即举剑在手，想把这铁丝网斫了去。

正在这个当儿，忽又听到几声很响亮的鹰叫，看去离开他的头上正不远，不觉又暗暗想道："这一定是它们两个瞧见火势这般厉害，我们竟不见一点动静，疑心凶多吉少，心中很是不安，所以飞到这里来下警告，教我们赶快出去呢！好一双忠义的小东西，人都及不上它们来呢。但是如果被那妖道瞧见了，恐怕要有什么残忍的行动，加到它们的身上去吧。"

正在想时，又接连听得很锐利的几下响声，好似把什么东西折断了似的，随见折断的一根根的细铁丝，纷纷从上面堕落，那上面张着的铁丝网，也顿时露见一个很大的缺口。这可不言而喻，一定是这一双神鹰救主情切，顾不得这猛烈的火势，飞近到这铁丝网边来，仗着它们这锋利如刀的利啄，把那网上的铁丝，啄得七折八断，纷纷堕落下来，形成一个小洞呢。

这时金罗汉与红姑，也不暇再顾及什么，即鱼贯似的，从这小洞内冲了出去。那双神鹰早已待在洞外，一见他们二人安然出来，又不约而同地各唉叫了一声，像似表示出它们是十分欢欣。随即簇拥着金罗汉之红姑，升在云端之上。金罗汉俯着双目，向下一瞧时，只见哭道人跣着一双足，立在一个高冈之上，手中还执着一柄拂尘，刚才作法烧林的时候，似乎就仰仗着这宗法宝的。现在经他将拂尘拂上几拂，这座火烧的树林，不但已是烟消火灭，还其本来面目；就是围在四周的那道墙垣，罩在上面的那些铁丝网，也已杳无所见了。

及见金罗汉向他望着，也把一双包藏怒火的眼光注射过来，并冷笑一声说道："你以为脱离我的掌握，完全是倚仗着这一双畜牲么？咳，你不要在那里做梦了。老实说，我是以慈悲为怀，并念你修炼到这个地步，也是不容易的事，所以只想小小地惩治你一下，并不真要你的性命，才听你随随便便地逃了出来的。否则，哼哼！你既陷入此中，就像一条鱼、一只虾，抛入了一只沸热的锅子中，怕不要烧得一个烂熟如泥，哪里还有活命

174

之理呢？以后我劝你还是在洞府中逍遥着，不必再干预我的事吧。倘然还不悔悟，更要和我来纠缠时，我可不能再轻饶你了。还有那个道姑红姑，也劝她死了心吧。我把她的儿子陈继志，当作祭神的牺牲，已是无可挽回的一回事，决不能让人再把他劫救出去呢。"

金罗汉和红姑听了这一番无礼的说话，还没有发作得，却恼了旁边已通灵性的两头神鹰，突然地向妖道那边飞了去。一头鹰猛在他头上啄了一下，一头鹰即乘其不备，把他手中那柄拂尘夺了去，又一齐飞了回来。只害得那妖道光着两个眼睛，望着他们，似乎十分愤恨呢。这一来，倒又使金罗汉和红姑一齐消了怒气，反而笑了起来，即带了这两头神鹰离开了邛来山。

又过了一天，他们又预备到邛来山去，窥探一番。正在前行的时候，忽又从云端里，闪出了一个道人来，未曾开言之前，即闻得一阵哈哈大笑，然后又听他接着说道："巧得很，巧得很！恰恰在这里遇见了。你们二位，究竟打算到哪里去呀？"二人一听这阵笑声，知道是笑道人来了，忙在云端停住了。大家施礼既毕，金罗汉方回答他刚才的那句说话道："我们前几天曾和一个妖道斗了法，现在再想找他去。你这样行色匆匆，又打算到哪里去呀？"

笑道人道："你老人家所说的那个妖道，莫不就是自称哭道人的那一个败类么？我正要找他去。他这个也不找，那个也不找，偏偏找到我头上来，宣言要和我决一下雌雄，我怎能示弱于人，把他轻轻放过呢？不过请你们二位瞧着吧，到了最后的结果，我笑道人依旧是终日嘻天哈地，不失我本来面目。他自称为哭道人的，恐怕要求终日哭泣，都不能够呢。"边说着，边又哈哈大笑起来。

红姑道："他如今不但要找着你，并连昆仑、崆峒两派中人，全当作他的仇敌，要把来一扫而空之，志向真是不小呢。继志那个孩子，已被他劫了去，你也知道么？"笑道人听了这话，更是愤恨到十分，忙道："原来有这等事，那我一刻也不能放松他了。我们何不直捣他的巢穴，赶快去把继志救了出来呢？"说着，露出一种刻不及待的样子。

金罗汉道："你也太毛躁了，这种事情哪里是性急得来的，我们如要操得胜算，须要通盘筹算一下，弄得妥妥帖帖，万万不可鲁莽从事呢。"当下把妖道那边一番情形，和自己预定的一种计划，约略对笑道人说了一说。笑道人方把头点点道："如此甚好，那我们如今也不必再去窥探什么了。现在打这里下去，有一所云栖禅寺，住持智明，是一位有道的高僧，和我很是说得来。我们何不就住到那边去住上几天，以便就近行事？"

金罗汉当即点头赞成。只有红姑是个女子，住在禅寺之中，似乎觉得有些不方便，不免略露踌躇之色。不过她终竟不是寻常的女流，平素又是不拘小节的，一转念间，早又释然于心，无可无不可地答允了。

等到把云降下，到了平地，早见那所宏丽崇伟的云栖禅寺，矗立在眼前了。刚要向寺中走了进去，忽见寺前一块很大的荒场上，围成了一个人圈子，喧笑之声杂作，像在那里瞧看什么热闹似的。金罗汉一时高兴，便也同了笑道人和红姑，挤进这人圈子中一看。只见站在那里瞧看热闹的，僧俗参半。那些僧人，大概就是在这云栖禅寺中的；那些在俗的，都是村中农夫，和着一班小孩子一般地科着头、跣着足。这时百多双眼睛，一瞬不瞬地，都注射在立在荒场之中，一个瘦长个子，三十多岁的男子身上。那男子却正对着观众，笑容可掬地说道："如今让我再来玩一套，报答报答诸位的盛情。不过好的玩意儿真也不多，现在姑且来一套'腾云驾雾'，你们诸位道好不好？"

这话一说，一班观众更是觉得高兴了，不住口地好好好地叫了起来，并有一个和尚小语道："'腾云驾雾'，这名目果然很好，但是你的云在哪里，你的雾又在哪里呢？"谁知这卖艺的男子的耳朵，倒也来得尖利，这几句话，虽说得不甚高，却早已被他听了去。即接着笑说道："好和尚，你不用替我担忧。我既然来献得这套玩意儿，当然已都完全预备好了。"边说着，边从地上拿起一方长约三尺、宽约二尺的芦席来笑道："这不是很好的一片青云么。他们仙家驾的祥云，我们肉眼凡夫，虽然没有瞧见过，就是有时居然瞧见了，又因高在云端，一时也瞧不清楚。但是照我想来，恐怕也是和这芦席差不多的东西吧。"

他一说到这里，即把这方芦席，向上一抛。说也奇怪，这芦席经他一抛之后，居然在空中浮着，再也不落下来了。于是那卖艺男子又将身向上一跃，立刻站在这方芦席之上，冉冉向上而升。一壁俯下眼来，望着下面那班观众道："云不是已驾了起来么？"先前那个快嘴和尚，却早又高声喊起来道："云果然驾起来了，但是雾又在哪里呢，为什么我们瞧不见呢？"

那卖艺男子一听这和尚又来挑眼，倒忍不住笑将起来道："好和尚，真有你的，不是你提醒我一句，我倒险些忘记了呢。好！这是容易办到的，你们瞧吧，雾来了，雾来了！"随即将口一张，喷了些唾沫出来。可是真也奇怪，初看虽只是些唾沫，一转眼间，早变成了朦朦然一片，包围在他的四周，与真雾一般无二了。观众瞧到这里，真是佩服到五体投地，早又轰雷一般地齐声叫起好来。那卖艺男子却又在上面打诨道："叫不得，叫不得。我这个仙人究竟是假的，没有腾云驾雾得惯，倘然不受什么惊扰，或者还可在上面多站立些时候，如今被你们在下面这么一闹，万一闹昏了我的脑子，一个失足跌下来，送掉了我的性命，这可不是当耍的啊。"

他说了这几句话，又从身边取出一张白纸，随手一撕，撕成了两半张，再用手搓团着，然后向着空中一抛。这两团白纸，顿时变作了鸟也似的两头东西，在他的前面飞翔着。这时那个快嘴和尚，又有些忍耐不住，便喊了起来道："汉子，这又是什么东西呀？"那卖艺男子道："这是两头鹰。其实这并不像两头鹰，但是我不说他们是别的东西，却说他们是两头鹰，暗中是切合着一桩故事的。这是一桩什么故事呢？原来有一次一位极有道力的人，被困在仇人的地方，幸亏有他所调养的两头神鹰，前来救他出险，于是他驾了云，逃出了仇人的掌握之中。我现在所演的这个样子，就是说他脱险以后，安然驾着祥云归去，神态很是萧闲啊。不过当时还有一位女道友，也驾着祥云跟随在后面，我却只有一个人，分不过身来，只好口头说明一下了。"

金罗汉起初见了这卖艺男子种种的表演，还以为是寻常江湖卖艺之流，或者是用的一种遮眼法，没有什么稀奇的。后来见他一路说下去，竟是暗暗说的自己，倒不觉有些吃惊起来，而且猜不透他是何等人物。所更所不解的，这人为什么要在自己面前做出这种样子来，难道是有意把自己奚落一下么？正在想时，他的那两个最得力的卫士，似已揣知了他的用意，也不待他的吩咐，立刻一边一个，很迅速地向那卖艺男子空中停留的地方飞了去。只各把利啄一张，早把那两头假鹰吞落在肚子中。

这时不但是观众一齐哗叫起来，连那卖艺的男子，也带着尖锐的声音，惊呼道："不得了，我只玩上两头假鹰，不料竟引出两头真鹰来了，我可再也不能在这空中停留了。"他刚说完这话，即连人带着那方芦席，一个吃屎筋斗，从半空中跌了下来。

观众见他这一跌非同小可，以为定要跌出人命来了，禁不住又一齐尖声骇叫。谁知那卖艺男子在这骇叫声中，早已笔挺地立在地上，非但一根毫毛、一根头发没有受到损伤，而且神色很是从容自若，好似没有经过这么一回事的，边向观众行着礼，边含着笑说道："诸位受惊了，我如今特在这里赔上一个罪。这只是我弄的小小的一个狡狯，因为我玩这个玩意儿，在势不能在空中站上一辈子，必得故意地这么一来，方可得到一个很美满的结果啊。"当下他又取了一个盘子，向观众要了一回钱。观众随即纷纷作鸟兽散，这个场子也就收了。

这时金罗汉方踅向他的面前，含笑向他说道："朋友，辛苦了，你是住在哪里的？不知也肯同我到这云栖禅寺中，去说上几句话么？"那卖艺男子道："那是好极了。不瞒你老人家说，我在这里，正是等候你老人家到来，也有一番话要向你老人家诉说的。只因一时高兴，便在这里先弄上几套戏法玩玩了。"

金罗汉听他竟是这般说，更是弄得莫名其妙，当下也来不及细问，便一行四人，向这云栖禅寺中走了进去。这时老和尚正在打坐，不及出来招待宾客，大家便先在方丈内坐了下来。金罗汉便又向那卖艺男子问道："你说要有话和我说，究竟是些什么话呢？"那男子不就回答这句话，反向金罗汉问上一句道："你们不是想直捣那妖道哭道人的巢穴么？"金罗汉道："这话怎讲？"那男子道："如果是的，那我就有一番话对你讲。因为能知道他那巢穴中种种机关和消息的内容的，除了我外，可说找不到第二个人呢。"

要知他究竟把这番话说了没有，且俟下回再写。

第十八回

堕绮障大道难成
进花言诡谋暗弄

话说金罗汉吕宣良一行四人，进得云栖禅寺，在方丈坐下以后，金罗汉便询问那男子："你究竟有什么话要对我说？"那男子不就回答这句话，反向金罗汉问道："你们不是想直捣那妖道哭道人的巢穴么？"金罗汉对于这句话，觉得很是诧异，因又问他语意所在。那男子方长叹一声，说道："唉！实对你们说了吧。这妖道的巢穴中，布设了许多机关和消息，外人轻易不能入内的，只有我深知他的内容呢。"这话一说，金罗汉、笑道人、红姑等三人，都更加为之动容了。

笑道人即急不暇待地问道："你是他的什么人？怎么只有你能深知他巢穴中的内容？难道他建筑这巢穴的时候，你是替他在旁监工的么？"那男子听了，只露着苦笑，回答道："不但是我替他监造的，所有图样，还是由我一手起的稿子呢。"接着他便把自己的历史，和怎么遇见那哭道人、怎么替那妖道起建这巢穴的一番详细情形，原原本本地都说了出来。

原来这男子姓齐，名六亭，乃是湖北嘉鱼县人氏。祖宗传下来的良田，倒也有二三百亩，不失为中产之家。不料连遭饥馑，粒米无收，家道因之败落下来，他自己也几乎要沦为乞丐了。他为外出觅食关系，不知不觉间，已来到四川省内。这一天他正在街上踯躅着，忽有一个白发飘萧的老道，打他面前经过，已经走过了有好几步了，忽又回身走到他的面前，向他凝视了一阵，方态度慈祥地向他说道："唉！为何一寒至此？但是我瞧你状貌清癯，骨骼非俗，很有一些凤根，决不会长此沦落的。倘能从我入山学道，说不定还有成仙化佛的一日呢，不知你自己也愿意不愿意？"

齐六亭这时正愁没有饭吃，如今老道忽然要招他去学道，不管这个道学得成学不成，自己究竟真有凤根不真有凤根，但是无论如何，一碗现成饭总有得吃的了，不比这么漂流着强得多了么？当下即一个头磕了下去，连称："师傅在上，弟子在这里行拜师的大礼了。他日倘有寸进，都是出自师傅之赐，弟子决不忘师傅的大恩大惠的。"

道人道："好说，好说！不过我有一句话，你须牢牢地记着。吃饭与学道，这两件事完全是绝不相干的。为了要去学道，就是把肚子饿了也不要紧，能够有上这种的毅力的，才有成功的希望；倘然为了要吃饭而学道，那就失了学道的本旨了。"齐六亭唯唯答应，即随了那个道人，到了一座深山之中。

在他最初的意想中，以为他的师傅一定住在一所崇闳无比的道观中，谁知到得山上一瞧，不要说崇闳的道观了，竟连三间茅屋都没有。他们师徒二人，只是住在一堆乱石中，齐六亭当然要露着不高兴的样子。老道却早已瞧了出来，便笑着向他说道："你莫非讨厌这堆乱石么？但是我和这堆乱石，却是始终不能相离的，须知我的道号，就是这乱石二字啊！如果你真不愿意时，那你现在就下山去，还不为迟，我也不来勉强你。"

齐六亭方知他的师傅唤作"乱石道人"。不过，要他在这堆乱石中居住，虽觉得不大起劲，但要别了师傅下山，依旧过着那漂流的生活，也有些不甚愿意，于是向师傅谢了罪，又在山上居留下去。可是住不上几天，又使他觉得十分奇怪起来。原来这在表面上瞧去，虽只是一堆乱石，不料在实际上，却比盖造成的房屋，还要来得邃密。不但风吹不进、雨打不到、日晒不着，而且里面温暖异常。这时虽已是九月深秋，却还和已凉天气未寒时差不多。此外更足使他称奇的是，一到晚上，猿啼虎啸、豹叫狼嗥之声，虽是触耳皆是，然从未见有一只野兽走到里面来过，好像无形中有上一种屏蔽，挡着了不使他们走进来的。至于里面的道路，更是千回万绕，门户重重，越走进去，越觉得深邃无比，别有洞天，再也找不到来时的原路。照外表走了去，就是走上七天七晚，恐怕也不能把这乱石堆游历个周遍呢。

这时齐六亭倒又觉得有些兴趣起来，常常拿着含有疑问的眼光，向老道凝望着。老道也逐渐地有些懂得它的意思了。一天，便笑容可掬地向他说道："你不是要我把这堆乱石替你解释一个明白么？哈哈，你倒不要小觑了这堆乱石，这是我上考天文、下察地理、旁参阴阳五行，以及《洛书》《河图》《文王八卦》等等，方始堆了下来的。奉节县西南面，虽也

180

有诸葛武侯遗留下来的八阵图，但如果和这个乱石堆比起来，恐怕还是小巫见大巫。因为他这个八阵图，只是我所包含的许多东西中的一小部分罢了。不过这中间的道理太奥妙了，变化也太繁多了，我要和你细讲，一时也讲不了这许多，不如由你一件件地去领会，等到日子一久，你自会触类旁通，不必再由我讲解得。那时你去成道之期，也就不远了。"

齐六亭听了师傅这番说话，自然很是欢喜，便细心地考察起来。果然这些一块块的乱石，都按着极玄奥的机理排列着，并不是胡乱堆成的。而且有几个平时禁止走去的地方，也由老道一处处带领去瞻仰过，却更是可怕得异常。什么左行几步，右行几步；何处向左转、何处向右旋，都有一定的规矩、一定的步骤，乱行一步都不可以的。如果乱行了一步，就有大乱子闹了出来咧。至于是什么大乱子，据老道说，不是有一只挠钩突然地伸了出来，把人钩住了；就是踏动了一块翻板，跌入陷阱中去，凭你是铜筋铁骨，也要跌得糜烂如泥呢。

齐六亭这样地住在这乱石堆中，足足地又过了一年。忽然有一天，见他师傅乱石道人从外面领了一个女孩子回来，年纪只有十六七岁，倒是桃腮香靥，生得十分动人。乱石道人即笑嘻嘻地指着那女孩子，向齐六亭说道："我又在路上收得一个女弟子了。你看，长得好不好？"一壁又向那女孩子说道："雪因，这是你的师兄，你就招呼他一声吧。"

那雪因见师命不可违，果然十分腼腆地唤了一声师兄。齐六亭也回唤一声师妹，却觉得有些心旌摇摇了。乱石道人忽又正色说道："我们修道的人，最不可把男女有别这个见解放在心中，一有了这种见解，就会不因不由得发生种种非份之想。一个不小心时，就要堕入绮障了，哪里还能修成大道呢？你们二人从今天起，便须天天聚在一起了，更须将此种观念打破。只须你把他当作兄，他把你当作妹，彼此像嫡亲兄妹这般地相亲相爱着，自然就不会有什么不正当的意念发生了。"二人听了，唯唯受教。

乱石道人又道："现在雪因年纪究竟太轻一些，学道尚非其时，免得寂寞起见，不妨由我教授你几套戏法玩玩。古人所说的，什么逡巡酒、顷刻花种种新鲜的玩意儿，我倒是全会的呢。"说到这里，又顾着齐六亭说道："横竖你也没有到潜修大道之期，不妨也跟在旁边学习学习。而且我的收授徒弟，本来是与众不同的。人家收得一个徒弟，总是希望他修成正果，克传自己的衣钵；我却不是这样地想，倘然遇着坚毅卓绝的人，能够把我的大道传了去，果然是很好的事。万一不幸，中道发生了蹉跎，我也不便怎样地勉强他。不过道既没学成，连随身技艺也没有一点，使他离此之后，无以在外面糊口，岂不也坍了我做师傅的台么？像我现在所教授的这种戏法，实是一种最好的随身技艺，倘然学会了，遇着你不再愿意修道，要到红尘中去混混，也不怕没有饭吃呢。"他说完这话，觉得与从前的主张又略略有些不同，倒又不自禁地笑了起来。

乱石道人变戏法的本领，果然高明之至，与寻常那班走江湖的眩人术士不同，其实也不能称为戏法了，简直可目为神仙的游戏神通。二人跟着他学习，自然觉得很有趣味。

不知不觉间，又过了四个年头。这一天，乱石道人又出外云游去了，只把他们二人留在这乱石堆中。二人在一起住得也久了，真同兄妹一般地相亲相爱，不起一点狎念。师傅虽然出外云游，依然感不到什么异样之处，到得晚上，也就各自就寝。

谁知睡到半夜，齐六亭忽被一种响声，从好梦中惊醒过来，侧耳一聆，却是雪因在那里嘶声呼唤。暗想这倒怪了，从前师傅在这里的时候，她一夜也没有这般呼唤过的；如今师傅刚刚出去了第一夜，她就这般嘶声呼唤起来，到底是什么缘故，莫非是在梦魇吧？想到这里，便想走去瞧瞧他。

可是刚走得二三步，忽又把个头摇得什么似的，连说："不对，不对！师傅虽曾吩咐我们，不可把男女有别这种念头横梗在心中，这不过教我们不要想到男女的关系上去，并不是男女真的没有分别。如今已是午夜了，我究是一个孤身男子，忽然走去瞧她一个孤身女子，终觉有些不便吧。"

正在这个当儿，雪因的呼唤之声，更加厉害起来了。倒又使他疑猜到道："莫非因为师傅不在这里，竟有破天荒的事情发现，什么野兽走了进来么？"他于是不能再顾一切，毅然地奔了去。一壁又默念道："我这个人也真呆极了，她并不是什么外人，平日和我真同嫡亲的兄妹一般，我现在走去瞧瞧她，又有什么要紧！而且我已学了五年的道，她也来了有四年之久了，大家道念日坚，尘心渐淡，哪里会把握不定，居然要避什么嫌疑呢。"

边想边已到了雪因睡卧的地方，却只有一轮明月，从外面射进来，映照得如同平常，一切都和平常一样，瞧不出有什么变动发生，倒又暗暗称奇起来。不久便断定雪因刚才的呼唤，完全是由于梦魇的了。正想退了出去，谁知在这间不容发之际，忽然由月光中，把雪因的娇躯，全个儿呈露在他的眼底。只见雪因仰天平直地睡着，因为石室里面很暖，她竟把上下衣服一齐脱去，赤裸裸一丝不挂。在白润如玉的酥胸之上，耸着白雪也似的两堆东西，映着他那张红润润的睡脸，真有说不出的娇艳。再由香脐瞧下去，瞧到了那两股并着的地方，尤足令人销魂。

女子身上竟这样的不可思议，女子竟这样的可爱，这是齐六亭从来所没有梦想到的。这时他的一颗心，不禁突突地跳了起来，并不由自主地，走近雪因睡的地方去。一壁却好似替自己在辩护，又好似替自己在解嘲，喃喃地说道："这妮子怎么睡得这般的不老成，不怕着了凉么？我应当替她把衣服盖上呢。"

一会儿，走到了雪因的跟前，刚刚俯下身去，忽又有一个念头，电一般地射入他的脑海之中，顿时使他怔住了。原来在这昏惘的时候，他竟会忽然想道："现在的这种举动，实在是不大应该的！而他是修道的人，尤不应该发生这种妄念。倘然被师傅知道了，不但要加以呵斥，恐怕还要立刻把他驱逐下山呢。"于是他竟十分惶恐起来，便想举起步子，离开这可怕的境域。然而已是嫌迟了，当他的步子还未举起，雪因竟突然地坐了起来，也不知已是醒了，还是仍在睡梦之中，口中连喊着："我的好哥哥，我的好哥哥！"紧紧地把齐六亭搂住了。

在这一搂之间，两人的肌肉便互相接触着，自有一种神妙而不可思议的感觉发出来，使他们立刻知道男女恋爱的可贵。而放着这种现成有趣的事情不去研究，反呆木木地要去寻求这种眼睛瞧不见，耳朵听不见所谓的大道，未免是天下第一等大呆子了！

齐六亭到了这时，意志就模模糊糊起来，不知自己做了些什么事，并不知对方又做了些什么事。正在这个当儿，忽闻含着严厉的意味的一声："咄！"他那威严无比的师傅乱石道人，已不知在什么时候，好似飞将军从天而降，突然地出现在他们的面前。

这一来，可把他们二人从绮梦中惊醒，一齐露着恐惶无措的样子。乱石道人却长叹一声，向着他们说道："绮障未除，怎能勤修大道？我早知道有今日的这种结果呢。"二人依旧颜相对，没有一句话可回答。乱石道人便又接续着说道："正因我疑惑着你们没有修道的毅力，没有修道的诚

183

意，所以要把你们试探一下。不料一试探之下，竟使你们把本相露出来了。实对你们说了吧，雪因刚才做的那个幻梦，幻梦中所见到的种种事情，以及后来的嘶声叫唤，虽只是我施展小小法力的一种结果，但也是由她的心境所造成。心境中如果洁洁净净的，一点不起杂念，断不会无因无由地有上这个幻梦。这在雪因自己，一定很是明白，觉得我这句话并没有说错呢。"雪因一听这话，双颊更是涨得绯红，露着局促不安的样子。

乱石道人好似没有瞧见一般，又向下说道："而在六亭一方，他的堕入绮障，虽是完全出于被动，实是被那种不可解脱的爱欲所牵缠，而造成这种无可奈何的境地的，是究竟也是自己道念不坚的缘故。倘然道念真是坚的，不论绮障怎样地陷入，情魔怎样的可怕，一定可以把来解除掉、驱逐去，怎么反会一步步地走入绮障中，和这情魔亲近起来呢？"这一说，又说得齐六亭也更加脸红起来了。

乱石道人又说道："如今既已出了这种事，也不必再去说他。总之是大家没有缘法罢了。不过你们绮戒既破，就勉强留在这里学道，也得不到什么好处的，还不如下山而去，各奔前程吧。好得我已把幻术教授了你们，在六亭还多上一种关于机关、消息一类的学问，拿了这点本领，走到人世中去，大概不致愁没有饭吃吧。"这几句话，分明是一道逐客令，立刻要把他们二人撵下山去了。

二人至是，倒也有些后悔起来，当时不该意志如此薄弱，糊涂到这般地步，竟使数年之功，毁于一旦，把光阴和精神都白白牺牲掉了。将来再要找这么一个学道的好机会时，恐怕是万万找不到了吧。不过大错业已铸成，也就没有挽回的希望，只好由他去了。当下即万分恋恋不舍地拜别了师傅下山。乱石道人把个头别了开去，不忍去看他们，似乎也有些凄然了。

二人下山以后，行了好一程路，方始把惜别之情略略忘去。齐六亭忽又突然想得了什么似的，含笑向雪因问道："真的，我还忘记了问你一件事，那时你在幻梦中，究竟瞧见了些什么，又为什么叫喊起来呢？"雪因听了这个问句，颊上顿时泛起了两道红霞，似乎忸怩不胜的样子，把头一低，不听见有什么回答。

齐六亭却依旧向他催问道："现在只有我们两个人在这里，并无外人在旁，这有什么不可以说呢？而且这个可怕的幻梦，简直可名之为妖梦，完全是把我们二人宝贵的前程送了去的。如果只有你一个人知道，不使我也知道一点儿情形，心中实在有些不甘呢！"他说这番话的时候，很露着一种愤懑不平的样子。雪因被他这么一逼，再也不能不把梦中的真情实抱说出来了，只得含羞说道："这真是十分奇怪的一件事情。我自问平日和你相处在一起，虽然十分亲密，只是一种兄妹的情分，并没有丝毫恋爱的念头杂着在里边。不料一到了那个可怕的妖梦中，便立刻两样起来了。那时我似乎一个人住在一间室中，并没有别人伴着我，又好似正期待着什么人似的。一会儿，忽望见你远远地走了来，我顿时喜得不知所云，仿佛我所期待着的就是你，而你和我的关系，似乎比现在还要亲密到数倍呢。"

齐六亭听她说到这里，不知还是真的懂不得这句话，还是故意在逗他，忽又睨着她问道："这句话怎么讲？我倒有些不懂起来了。"雪医脸上又是瞿地一红，娇嗔道："你也不要假惺惺作态了。老实对你说吧，我当时以为与你已有上夫妇的名分了，一见你老远地走了来，就笑吟吟地向你招着手，满含着一片爱意。你也露着十分高兴的样子，一步三跳似的，恨不得马上就走到我的跟前来。等得既走近在一起，你便把我拥抱起来，脸对脸地偎着，轻轻地接着吻。我也以为是很应该的一桩事，并没有向你抵抗得。不料偎傍得还不到一刻儿工夫，我的心地又突然明白过来，警醒似的暗自说道：'不对，不对！我和齐六亭只是师兄妹的一种关系，并没有夫妇的名分，怎么可以亲密到这个地步，放荡到这个地步呢？倘被师傅瞧见或是知道了，那还当了得么？'于是挣脱了你的手，离去你的拥抱，同时又不知不觉地大声喊叫起来。但是你不明白我的意思，依旧要来拥抱我，因此我更叫喊得厉害了。"

齐六亭听了，笑道："原来你在梦中叫喊，是因为我要来拥抱你，可是我哪里会知道！我当时还以为有什么野兽走了进来，或者要来侵害你，你才这么地叫喊着，所以不顾一切地赶了去。早知如此，我就不该再走去了，不是什么事都没有了么？不过，我倒又有一个疑问了。你既然已在梦中明白了过来，拒绝我的拥抱，为什么等得我本人真的走到你的跟前，你又似醒非醒地突然把我拥抱着，并十分亲热地叫起我的好哥哥来，这不是又自相矛盾了么？"

于是两道可爱的红霞，又在雪因的玉颊间晕起来了，十分娇羞地说道："这就是妖梦的害人，妖梦的可恶了。然时我只明白上一刻儿工夫，忽又听你笑着向我问道："雪因，你为什么这个样子？莫非我身上有刺，刺得你在我怀中坐不住，所以这么地大跳大嚷起来么？'我依旧正色说道："不是的。我和你只是一种师兄妹的关系，你难道忘记了么？如今做出这种样子来，还成什么事体？倘被师傅知道了，岂不是大家都觉得无颜么？'谁知你听了我这番话，竟是一阵大笑，笑后方又说道："雪因，你怎么这般糊涂，莫非在做梦么？我以前虽和你是师兄妹，后来由师傅做主，大家配成夫妇，你怎么把来忘却，说出这种话来了？老实说吧，闺房之乐，有甚于画眉者。这区区的一拥抱，一接吻，实在算不了什么一回事。就是师傅走来瞧见，也只能佯若不见，万不能向我们责备呢。'我于是顿时又糊涂起来，仿佛你所说的都是实话，的确有上这么一回事，我们已配成夫妇了。当下在自咎糊涂之外，还觉得很有些对不住你，便又张开两手来拥抱你，一壁还喊着我的好哥哥，用来向你谢罪。却不道是做了一场梦。唉！你说这个倘恍迷离、变幻莫测的妖梦，把我们害得苦也不苦呀？"

齐六亭笑道："原来是这么曲折的一个梦，如今我方始明白了。不过话须从两面说，在学道一方面讲起来，这个妖梦果然害得我们很苦，我们从此不但没有修成大道的希望，并在山上存身不住，被师傅撵了出来了；但从另一方面讲，梦中一切经过，未始不是一个预兆，我们从此不是真的可以结成夫妇了么？"齐六亭说到这里，只是笑眯眯地望着雪因，似乎等待他的答语似的。雪因娇羞无语，只扑哧地一笑，把个头别开去了。

从此二人果然结成夫妇，靠着学来的这一点幻术，在江湖上流浪着，暂时倒也可以糊口。不久，来到荣经县，谁知卖艺不到两天，齐六亭忽然病了下来，而且病势十分沉重，已入了昏愦的状态中。一连便是十余天，把所有带在身边的几个钱都用去了，依旧一点不见起色。雪因想要单身出去卖艺，赚几个钱回来，以供医药之费，又觉得把一个病人，冷清清地撇却在栈房中，着实有些放心不下。加之向来出去卖艺，总是二人做的双挡，弄得十分熟练，如今一个人单身出去，不免处处显着生疏了。恐怕要卖不出钱来，倒又踌躇起来。

正在一筹莫展的时候，忽有一个老道，飘然走入他们住宿的那间房中，和颜悦色地向雪因说道："小娘子不要忧虑，我是特地来救治你丈夫的。"说完这话，也不待雪因的回答，径自走到齐六亭睡卧的那张床前。先把齐六亭的脸色细细望了一望，然后偻下身去，伸着手在他的额上、身上，摸上几摸，微微地叹息道："可怜，可怜！病已入了膏肓了。无怪那一班只会医治伤风咳嗽的无用时医，要为之束手咧！不过他今日既遇了我，可就有了生机了，这也是一种缘法啊。"边说边把身子仰起，重又离开床边。

这时雪因早把这几句话听在耳中了，知道这个老道一定有点来历，决不是说的大话。如要丈夫早日痊愈，非恳求这老道医治不可了。当下即装出一种笑容，向那老道说道："我虽不知道爷的道号是什么两个字，然能觉得定是一位大有来历的人物。今在垂危之中，居然能够遇见，真是大有缘法，就请道爷大发慈悲，赶快一施起死回生之术。我们今世纵然不能有什么报答，来世一定结草衔环，以报大德呢。"

老道笑道："小娘子太言重了！小娘子不用忧虑，贫道既已来到这里，当然要把你丈夫的病至治好的，哪里还会袖手旁观呢？"边说边从袖中取出红丸六粒，授予雪因道："这是红丸六粒，可在今日辰戌二时，给你丈夫分二次灌下。到了夜中，自有大汗发出，大小便也可一齐通利，这病就可霍然了。我明日再来瞧视他吧。"说完，即飘然而去。雪因几乎疑心是做了一场梦，瞧瞧六粒红丸，却宛然还在手中，便依言替他丈夫灌下。到了晚上，果然出了一身大汗，大小便也一齐通利，病竟霍然了，夫妇二人当然喜不自胜。

到了明天，那老道果然如约而至。雪因便指着向齐六亭说道："这位道爷，就是救你性命的大恩人，你应得向他叩谢大德呢。"齐六亭听了，忙立起身来，正要跪下去向他磕头，那老道忙一把将他扶住道："不要如此多礼！我虽然救了你的性命，但不是无因无由的。我也正有一件事，要求助于你呢。"

不知那老道有什么事要求助于齐六亭，且待下回再写。

第十九回

消息偷传道友示警
春光暗泄大匠怆怀

话说齐六亭正要跪下去，向那老道叩谢救命之恩，老道忙一把将他扶住道："不要如此多礼，我虽然救了你的性命，但也不是无因无由的，正有一件事，要求助于你呢。"齐六亭忙问道："什么事，只要是我效劳得来的，虽粉身碎骨，也所勿辞，恩公尽管吩咐出来就是了。"老道方说出自己就是邛来山的哭道人，因为立意要另创一派，专和昆仑、崆峒二派为难，便结下了不少的冤家，现在恐怕两派中人前来袭取他的洞府，因打算在洞府中广设机关，密布陷阱，所以前来请教你了。

齐六亭一听这话，暗想这是自己的拿手戏，没有什么效劳不来的，当下即一口答允下。但又问道："我的这项本领，自问也浅薄得很，恩公怎会知道有我这么一个人呢？"哭道人微笑说道："我原是要请令师乱石道人担任的，奈他因欲勤修道业，不肯出山，转把你荐给了我，说你已能传授他的衣钵，由你担任和由他担任，没有什么两样，所以我特来恳求你呢。"

齐六亭听说师傅竟肯公然向人家宣布，说他可传衣钵，自是十分高兴。一方面又想起，师傅既然肯把这件事转介绍给他，想来这件事总可放胆地去做，没有多大的危险，因此更觉得无拒绝的必要了。当下即挈同他的妻子雪因，随着哭道人一同来到邛来山洞府中。

齐六亭为着感恩图报起见，对于何处应安设机关，何处应埋藏陷阱，规划得很是详细，布置得很是周密，差不多把他所有的经验和心得，一齐都拿了出来。哭道人见了，欢喜不必说起，自然一切照办。当时又拨了二十个弟子给他，一律听他指挥，担任各项工程上事。于是齐六亭抛去一切闲心思，把这件事进行起来。不到多久时候，经营得已是楚楚就绪，只有洞府西面的一部分工作尚未开始。然而齐六亭已是急得什么似的，只是催着担任工作的哭道人句那班弟子，赶快进行，并说道："你们师傅是很盼望这项工作，赶快告成的。倘在这工程尚未告成之前，有什么歹人溜了进来，弄出些儿事故，那是大家脸子上都没有什么光彩呢。"

大众听了，都没有什么话说，只有一个姓马的，却只是望着他，嘻嘻地笑。他见了，虽然有些着恼，但当下倒也不便怎样。到了散工的时候，便把那姓马的一拉拉到了无人之处，悄悄地向他问道："刚才我催你们上劲工作的时候，你为何只对着我嘻嘻地笑？老实说，我不是念你和我平日很是说得来，我当时就有一场发作，要使你脸子上过不去。因为你们师傅曾经嘱咐过，是一律要听我的指挥的，你就是受了我的委屈，一时也没有什么法子可想呢。"

那姓马的听了，并不回答什么，先在他们所立的地方，四周画上了四个十字，然后笑着说道："如今好似放下了一道重幕，完全和外面隔绝，任我们在这里说什么秘密的话，也不怕被人家听去的了。唉！你这个人真太忠厚了一些，只知忠于所事，要讨我师傅的欢心，却把其他的事都忽略过去，竟是视若无睹、听若无闻的了。"齐六亭倒诧异起来道："我究竟把什么事忽略了呢？"

姓马的长叹一声道："别人都知道了的事，你却一些儿也不知道，好似睡在鼓里一般，这不是忽略，又是什么呢？"这一说，更说得齐六亭瞠目相对道："那我真是忽略了。别人大家都知道的，又是些什么事？我竟一点也想不出，如今请你不要再打闷葫芦，赶快和我说个明白吧。"姓马的道："要把这事说个明白，倒也不难。不过，照我看来，就不向你说明也使得。只是有二句紧要的说话，你须记取在心，便是这工程没有告成的一天，你还可得相安无事一天；只要这工程一旦完全告成，你便要遭杀身之祸了。"

齐六亭听到这里，惊骇得顿时变了脸色，忙道："你竟越说越怕人了，究竟怎么一回事？请你赶快向我说来，我真有些耐不住了。"姓马的依旧不肯把这件事明白说出，只道："你担任了这件工程之后，不是和你尊夫人好久没有亲热过了么？如今不妨到你尊夫人那边去走上一遭，或者可以得到一些端倪，也未可知。这强似我把空话说给你听了。"

这一派隐隐约约的说话，立时使齐六亭在惊惶之外，又有一片疑云滑上心头来，暗道："不好，不好！照这说话听去，莫非雪因已做出什么歹事来了么，这倒是出我意料之外的。"当下，气红了一张脸，拔起脚来就跑。姓马的却又连忙把他唤住道："跑不得，跑不得！你这一跑，倘然弄出些什么事情来，不是善意变成了恶意，反而是我害了你么？"说着，从身上取出一道黄纸朱字的符来，即向齐六亭的衣襟上一贴，方又说道："这样可无碍了，如今你尽管走去，就是你要去窃听人家的说话，也不会被人家发觉呢。"

这时齐六亭倒又站立着不就走，脸上显然露出一种不相信的样子。姓马的见了，正色说道："这是什么事，我怎忍欺骗你，使你陷入绝地？你不要怀疑吧。这是我师傅的六道神符之一，最是灵验不过的。我不知费了多少工夫、多少手脚，方始盗取到手。他倒至今还像睡在鼓里一般，一点没有知道呢。"

齐六亭方始释了疑怀，即向姓马的谢过一声，自向他妻子住的那边趱去。一壁又在想道："这水性杨花的贱妇，不知又搭上了什么人？看来事情总有些儿不妙吧。然而我那恩公，难道不知道这种事情么？就是不便管得，怎么也不透个风声给我呢？"

一会儿，已到了雪因住的那间卧室的前面，却不就走进去，暗在门边一立，侧着耳朵听去。果然有一阵男女嬉笑之声传了来，这可把那姓马的说话证实了。齐六亭一想到雪因竟是这般的淫荡，这般的无耻，不觉一股愤气直向上冲，几乎要晕跌在地。但齐六亭究竟是很有本领的人，忙又暂抑愤怒之情，并把心神定上一定，再凝着一双眼珠，从门隙中，偷偷地向这种声音发出来的地方瞧了去。谁知不瞧犹可，一瞧之下，几乎疑心自己是在做梦，再也想不到会有这种事情的。原来雪因的不端，瞒着他自己在偷汉，齐六亭早已从姓马的吞吞吐吐的谈话中听了出来，如今把事情证实，不过使他增添几分愤恨之情罢了，并不觉得怎样惊奇。

最使他惊奇不置的，却不料和雪因勾搭着，做上这种不可告人的丑事的，并不是别人，竟是这个道貌俨然的哭道人。唉！一个十分具有道力的老道，也是他的一位恩公，现在竟会勾搭着他的妻子，做出这般的丑事来，怎不教他不惊出意外呢？但是这大概是那道神符的功用吧，这时房内

190

的一对野鸳鸯，却一点也不觉得有人在门外窥探着。好个淫荡的雪医，竟把全个娇躯，紧伏在老道的怀中。老道却盘膝坐在卧榻上，越是把毛茸茸挂着胡子的嘴，俯下去向雪因的玉颊上吻着，雪因越是咯咯地笑个不止。

好一会儿，雪因方住了笑声，又仰起脸来，向着老道问道："你屡次说要把他即刻结果了性命，却一次也没有实行得，究竟是什么意思？莫非已把他赦免了么？但是你要知道，有他在世上一天，我们即一天感到不安，纵能时时在一起欢乐着，也总觉得有一些儿顾忌，不能放心托胆地做去呢。"

老道笑道："好一个奸险的妇人，竟一点香火之情也没有，反逼着我要杀害自己的丈夫了。我一想到这层，倒也觉得有些寒心，万一你再恋上了别人，不是要怂恿着那个人，设法把我杀害么？"

雪因一听这话，顿时脸色一变，向老道撒娇道："好！你说我奸险，我确是奸险的。如今你既已发觉得，不如就和我离开了吧，免得你心中时时怀着鬼胎，怕我将有不利于你呢。不过，我有一句话要问你，这一回，究竟是你先来勾引我的，还是我先来勾引你的？要不是那天中了你的奸计，误饮了你那杯春酒，醉中失身于你，恐至今还和从前的态度一样，拒绝你不许你近身，何至会有这种丑事干出来呢？那究竟是谁比谁来得奸险，请你对我说来？"说到这里，把个头不住地在老道怀中撞着，一面嘤嘤啜泣起来。

这一来，可把老道着了慌了，边似哄骗小孩子的，忙把她着意温存了一会儿，边说道："不要这样，我是和你说得玩的，想不到你竟认起真来。好！你并不奸险，算我奸险就是了。至于那厮，你尽管放心，我总设法把他除了去就是了。老实说，有他放在这里，任他怎样地不来干涉我们，在我总觉得有十二分的不便呢。不过，现在全部工程尚未告成，我还有用得着他的地方，不如且让他再多活几时吧。"这话一说，雪因方始止了啜泣。

那老道忽像想得了什么似的，又笑嘻嘻地问道："真的，我倒又有一件解不透的事情了。他是一个精壮的少年，我只是一个干瘪的老头子，实在是不能相提并论的。你为什么又反恋着我，而不恋着他呢？"雪因听了这话，忽然扑哧地一笑，又向老道瞪上一眼，似乎憎厌他多此一问，却不回答什么。

但在这一笑、一瞪眼之中，老道倒又似领悟过来了，不禁哈哈大笑道："咳，我好糊涂。原来你是恋着我的那种战术，怪不得要把他抛弃了。不是我说句夸大的话，我的这种战术，完全得自黄帝的真传，世上有哪一个男子能及得我？不要说是你了，凡是天下的美妇人，只要和我有过首尾的，恐怕没有一个肯把我这个干瘪的老头子抛弃呢。"说到这里，便用手在雪因全身抚摩着，眼见得就有不堪入目的事情干出来。

这时齐六亭的两只眼睛中，几乎都有怒火迸出，可再也忍耐不住了，暗道："这一对狗男女，想不到行为竟是如此的无耻，心术竟是如此的险狠。我齐六亭如果不杀了他们，也枉为男子汉大丈夫了。而且我现在如果不杀却他们，他们不久便要把我杀害，这我纵要十分忍耐，在势也有所不能啊。"边想，边就要冲出门去，恨不得拔出一把刀来，把他们二人立时杀却。

正在这个当儿，忽觉得后面有个人把他的衣襟一扯，忙回身一瞧时，却就是那个姓马的。一面做着手势，叫他不用出声，一面死拉活扯地把他扯到了无人之处。齐六亭倒向他发话道："你是什么用意，硬要把我扯了出来？刚才你如果不来阻挡，让我进房去，和那对狗男女拼上一个你死我活，不是很痛快的一件事情么？"

姓马的正色说道："这个哪里使得？'小不忍则乱大谋'，这句话，你也听得过么？你要知道，我们如今能自由自在地行走，前去窥探他们的秘密，不被他们觉察，还是仗着这灵符的功用。不瞒你说，我的身上，也和你同样贴着一道符呢！但是灵符的功用，也止此而已，其他是帮不来你的忙的。那么，他是具有何等大本领的人？请问，你哪里是他的敌手，万一交起手来，你竟被他杀害，这非但得不到什么利益，反白白地送掉了一条性命，岂不是太不合算么？"

齐六亭听了这一番话，倒又沉默了一下子，觉得他说得很有道理，但仍说道："话是一点不错，不过试请你替我设身处地想一想，我哪里再忍得住这口恶气？除了挺身出来，生死不计地和他拼上一拼之外，还有什么法子可想呢？而且依你说来，难道就可以把这事一笑置之，不谈报仇二字么？"

姓马的道："话不是如此说。仇当然是要报的，只是须以成功为度。

192

俗语道：'君子报仇三年。'你又何必急在一时呢？"齐六亭道："那么你要我等待到何时呢？难道到了那时，就是我不出来报仇，人家也会代我报仇的？否则终须和他一拼的，等待了若干时候之后，我的本领不见得就会好起来啊。"

姓马的道："你这话方有些近情了，但是同时又要说你太糊涂了一点。他和昆仑、崆峒二派中人，已结下了仇恨，你难道不知道么？那么这二派中人要来寻着他，也是意中之事。到了那时，你把这洞府中所有秘密机关的内容，一齐告诉了他们，好教他们来攻破这洞府。那你的仇人，就不死在他们的手中，也就在这里存身不住，不是就报了此仇么？"

齐六亭恍然大悟，决意依此计而行。不过恐哭道人窥破他这种秘密，要先来下他的手，所以不待工程完毕，兀自逃了出来，却常来洞府外窥探着，以便遇到这二派中的能人，可以互相合作，一报此仇。因此继志被劫、红姑赶来等等事情，都在他的冷眼之中。又探知这云栖禅寺中的智明老和尚，很有道力，笑道人和他最是莫逆。笑道人如果来此地，一定要前去访他的，故而先到这里等着。

不料笑道人果和着金罗汉、红姑同来，于是被他借变戏法暗打关子，居然打动了金罗汉一行人的心，便相合在一处了。当下，齐六亭把这番话说完，金罗汉首先问道："如此说来，这妖道的巢穴，西部最空虚，我们如欲进攻，是不是该先从西部下手么？"齐六亭道："是的。"说后，正要把这巢穴中的形势，讲述出来。

忽又听红姑很急切地问道："那么我那孩子，究竟囚居在哪里，你也知道不知道？倘然从西部进攻，又要攻破哪几个机关，方可把他救了出来呢？"齐六亭道："这个我倒不曾探听得。不过，这妖道是居住在中央的一座高楼上，他自以为是有金汤之固，外人一时不易走到他那边去。或者你那位世兄，就囚居在那边，也说不定。如果要从西部走到那边去，须得经过一个地道和一座天桥，倒也不是件容易的事情呢。"

当下，又从身畔取出二张草图来，先把地道的一张，指给他们瞧看道："在这个地道中，共有一十八个拐弯、二十七个盘旋。一个拐弯，有一个拐弯的变化；一个盘旋，有一个盘旋的不同。到了何处，该应左行三步，右行三步；又到了何处，该应交错行六步，径直行六步，都在这张图中记得清清楚楚。记熟了，方能坦然前行，不致弄出岔子。否则，万一错了一步，带动消息，一旦向那其深无底的陷阱中跌下去，不免就有性命之忧呢。"说到这里，又指着天桥的一张，续说道："至于这座天桥，系建在一个深渊之上，更是险峻无比，而上桥去，应该怎样走；到了桥中，是怎样的一种变化；下桥去，又是怎样的走法，也有一定的步子，半点错乱不得。倘然错乱了一步，那你践踏的地方，立时翻板掀动，裂成一洞，就要把你这个身子，向这万丈深渊中抛了下去呢。"红姑听了，忙把那二张地图细心地阅看，像要把它记熟在心头似的。

正在这个当儿，那法力高深的智明老和尚，却在一阵和蔼的笑声中，走到了方丈中。边向大众行礼，边合十道歉道："诸位道友来到，贫僧既失远迓，又劳久待，实在疚心之至。怪不得我刚才在打坐，这颗心竟怔忡异常，好久方得安宁下来咧。"比及笑道人把来意向他说出，他即在袖中占上一课，又皱着眉儿说道："我已在袖中替道友占上一卦了，这妖道虽不久终归灭亡，但照卦象瞧来，如今正在十分势旺的时候。我们不但不能一时把他就扑灭，恐怕还有几个人，要受到一点小小的灾劫呢。"大众听了，都默然不语。

忽而一阵风起，又闻轰的一声响，好像有什么重物，被风吹倒在地上似的，大众不免小吃一惊。连忙出去瞧看时，却是寺前的一根大旗杆，被风折为两段，把那上半段，吹倒在地上来了。幸而其时并没有什么人，站在这旗杆下面，所以还不致闹成大乱子。

智明和尚边命几个打杂的，把这断旗杆收拾过，边又同大众同进了方丈中，向大众环瞩一周后，方问道："你们诸位，也知道这旗杆忽然折断，主何吉凶？"众人还没有回答得，红姑即率然回答道："这大概是属之偶然的，因为旗杆被风折断，也是常有的事，不见得主何吉凶吧。"

智明和尚微笑道："道友有所不知，这旗杆被风折断，连这次算来，已是第二次了。上一次旗杆被折，就发生了一件流血的事件，贫僧的性命，几乎为之不保。此次又见此兆，难免不发生同样之事，贫僧心中，倒很为之惴惴不安呢。"说到这里，随又在袖中占上一卦，方又展颜说道："还好，还好！大流血的事情，想来还不致有。不过，主有暴客到来，我们今日夜中，还得小心防备才是呢。"金罗汉道："这倒是说不定的。本来那妖道是修千里眼和顺风耳的，或者已知道我们来到这里。那他为要暗放冷箭，难免不偷偷地到这里来走上一遭呢。"当下，大家点头称是。

到了夜中，三更刚刚打过，忽闻空中鹰叫之声，甚是惨厉。金罗汉即顾着大众说道："你们大家注意，这是我那两个小东西，一种告警的声音，仿佛是在对我们说，有暴客到来了。我们还是赶快出去瞧瞧吧。"大众把头点点，没有什么话说。

当正悄悄地走到大殿上的时候，果然在佛前那盏长明灯的灯光下面，见有一条修长的黑影，从东墙外跳进，到了庭心中。第一个是红姑，对于这条黑影，很是注意。她虽没有瞧清楚这人的面目，但就这人的身材瞧去，决得定果然是那妖道亲自到来了。她一想到爱子被这妖道劫去，至今还在这妖道的巢穴之中，不觉气愤填胸，恨不得马上跳了出去，和这妖道拼个你死我活。倘能一刀把这妖道斩却，那才出了心头之气。可是她虽这么地想，当她还未跳至庭心中，早又见从西墙上跳下一个人来。这人的身材，比先前那个人矮小得多了，看去活像是个小孩子，面貌却看不清楚，只见一头乱发，散披在肩背上，和一窝茅草相似。一跳至庭心中，即抽出一柄三尺多长的刀来，明晃晃的，在那妖道面前一耀道："奸徒！你到这古寺中来干什么？俺老子跟定你了。"

那妖道听了，在一闪之间，也抽出一柄刀来，向他招架着，一壁向他仔细打量上一回，冷笑道："我道是谁，原来是一个死叫化子。我到这古寺中，自有我的事，轮不到你来干涉和顾问。知趣些的，还与我退在一旁吧。"那叫化子也冷笑道："你以为我是个叫化子，便不能干预你的事么？如今我偏要来干预一下子，看你把我怎样。而且你虽不认识我是谁，口口声声唤我叫化子，我却已认识出你是谁来了。呔，妖道！看刀吧。"说着，即飞过一刀来，那妖道便又忙招架着。

大众这时站在殿上，却看得呆了，倒都不愿自己就出手。只见他们二人的本领，倒也不相上下，你刺我架，你斫我格，来往了有五六十个回合，还是不分胜负。忽然间，那妖道似乎已战败下来，忙向圈子外一跳，转身要逃。那叫化子哪里肯舍，忙也赶了过来。谁知正在这个当儿，妖道忽又回过身来，将口一张，即有一股黑雾，喷薄而出，似乎要把叫化子的全身都罩住了。

红姑是知道这股黑雾的厉害的，很替叫化子暗暗捏上一把汗，也想立刻出马，替他解上这个围。可是，说时迟，那时快，早见亮晶晶的一串东西，游龙夭矫似的，飞到这黑雾中，只一横一直的，很迅速地扫上两扫，早把这迷蒙黑雾，扫除得干干净净。那叫化子的全身，又很清楚地透露出来，反是那个妖道，倒好似怔住在那边了。

　　红姑见了，正猜不出是什么人显的神通，忽听智明和尚哈哈一笑，说道："原来这妖道的本领，也只尔尔，那倒是出乎贫僧意料之外的。贫僧悔不该请这百八念珠出马，未免近于小题大做了。"说着，用手一招，即把这亮晶晶的一串东西，招了回来。红姑方知是智明和尚把这一串念珠，破了那妖道的妖法，暗暗很是佩服。随又见那叫化子，用刀一挥，似乎又要去寻着那妖道了。

　　这时那妖道却很是知趣，知道非但众寡不敌，而且还有能人在此，远非自己个人所能抵敌的。三十六着，还是走为上着吧，即虚砍一刀，撒腿就跑。一霎眼间，早已到了墙上。这一来，那叫化子反精神百倍起来了，哪里肯把他放过？忙也随后追赶，跳上墙去。金罗汉见了，忙顾着大众说道："如今我们也赶快追去，助他一臂之力吧。看来这妖道妖法多端，这叫化子一旦落单下来，恐不是他的敌手呢。"大众齐声称是。即开了寺门，一窝蜂地在后赶了去。可是到得寺外四下一望时，哪里还有他二人的踪迹？

　　正在称奇之际，忽闻墙边有呻吟之声，大众知道事情不妙，忙走至墙边一瞧，只见那叫化子，直挺挺地睡在地上，似乎受伤很重，却不知他伤在何处。问他那妖道逃到哪里去了，他只伸出一个指头来，向着天上点点。大众方知道这妖道已驾云逃走了，也就不去追赶。忙七手八脚地把那叫化子抬进寺中，放在一张床上。

　　智明和尚便走到床边，把他全身细细一检视，别处却一点不见伤痕，只在右腿之上，露见一个红印，坟起有栗子这么大，但又不见有什么暗器打在里边。不觉攒眉道："这究竟是一种什么暗器所伤的？怎会伤了这一点小小的地方，竟使一个精壮的汉子，呻楚到这般地步呢？"

　　那叫化子听了，即从炯炯的目光中，露出一种对他这番言语表示同情的状态来，却是不能言语。齐六亭这时也走了过来，只向腿上一望即喊了起来道："啊呀，了不得！这是中了那妖道的穿心箭了。这穿心箭虽和梅花针差不多，但是浸有毒药，而且中着人的皮肤，即向内部直穿，只要穿至心腔中，就要不可救药呢。"

智明和尚听了，倒又颜色一霁，似乎把心事放下一般，笑说道："哦！原来是中的穿心箭，那我倒也有一种万安水在此，无论心脏中受了什么毒，都可把来解救的。"说着，即从布囊中找出一瓶黑澄澄的药水来，取过一只杯子，倾倒了几滴在杯中，便向那叫化子的口中倒去。

果然很是灵验，不到片刻工夫，那叫化子边喊上一声："好舒服！"边吐出一大摊黑水在地上，立时似已痛苦全失，精神复元了。随又从床上一骨碌爬起，走下床来，向着智明和尚纳头便拜道："此番如果不是遇见大和尚，我常德庆性命休矣，大和尚真是我的重生父母啊。"大众听说这叫化子就是崆峒派中的常德庆，不免又齐为一怔。

欲知后事如何，且俟下回再写。

第二十回

救爱子墙头遇女侠
探贼巢桥上斩鳄鱼

　　话说在室中的许多人，一听说这叫化子就是崆峒派中的常德庆，当下齐为一怔，好久没有话说。还是智明和尚慌忙把他扶了起来，又含笑说道："你太多礼了，原来就是常檀越，闻名已久，今天正是幸会了。"随又把室中诸人，替他介绍了一番，并接着说道："我本是世外闲人，在当世所谓崆峒、昆仑两大派中，都挨不上一个名字的。不过，素来和两派中人都有些儿接近，眼见着两派互相水火的这种情形，心下很是不安，颇想出来调停一下，只苦得不到一个机会。如今天幸常檀越与吕师叔、笑道友，竟得相聚于一堂，这大概是天意如此，要教你们两派释嫌修好么？贫僧又何惮费上番口舌，而不出来圆成这个功德呢。不知诸君亦肯顺应这种天意否？"

　　大众听了，脸上都现出一种笑意，似乎并不反对这番话。金罗汉又很明白地表示他的意见道："我们虽以修炼功夫的方法有不同的地方，被人家强分出崆峒、昆仑这两个名目来，其实是同出一源的，自问宗旨都是十分纯正的。所惜后来因为两派中个人间的关系，起了许多纠纷，不免有上间隙。再无端加上争夺赵家坪的这件事情，一时风云变色，自然闹得更加水火起来了，然而这都是于两派本身的问题无关的，只要一加解释，就可立时冰释。何况现在又出了这个宣言专与两派为难，邪教的魁首哭道人，这正是造成我们两派携手的一个好机会。我们为何执迷不悟，定要仍相水火呢？至于智明禅师的一番好意，我们当然是十分感激的，常兄或者也表同情吧？"

　　常德庆听了金罗汉这番通情达理的说话，又想到在争夺赵家坪的事件中，自己也免不了有些关系，倒又觉得有些自疚起来，只好把个头连连点着。同时正要想回答上一番话时，忽听笑道人嚷了起来道："红姑呢，她到了哪里去了？"大众方觉察到红姑并不在这室中，似乎正当大众七手八脚地把这受伤人抬进寺中的时候，她就失踪不见了呢。接着齐六亭走到室中的一张桌子前，望上一望，也喊起来道："不对，她定已单身走到那妖道的巢穴中去了。因为两张地图，刚才我明明是放在这张桌上的，现已不翼而飞，定是被她携了去，作为指南呢。"

金罗汉道："既有地图携去，当然不致跌身陷阱中。至于红姑的本领，这是大众都知道的，妖道纵是妖法多端，恐怕也奈何她不得。看来不久就可安然回来吧。"当金罗汉说话的时候，智明和尚一声儿也不响，原来又在猜详他那袖内玄机了。这时忽向金罗汉说道："师叔的活，果然一点不错。不过我刚才又在袖内占上一课，照课象瞧去，红姑道友恐有失机之虞，不过幸遇救星，终得转危为安。我们还是赶快去救援她为是呢。"大众都点头赞成，不在话下。

如今我且掉转笔来，再把红姑写一写，红姑究竟到了哪里去了呢？大众的猜测，果然一点不错，红姑确是离开了云栖禅寺，要向那妖道的巢穴中，暗地去走上一遭了。当最初那个黑影，从东墙上一跃而下，红姑一眼瞧去，就认识出便是那个妖道。当下仇人照面，分外眼红，恨不得马上就跳出去，一刀取了他的首级。不料，跟着又从西墙上跳下一个人，和那妖道交起手来，红姑只好静作壁上观了。等到妖道受惊逸去，大众慌忙追出寺门之外，又见和妖道交手的那个人，已跌仆在墙边，妖道却已不知去向了。红姑这时再也忍耐不住了，便不暇去问那个人的伤势怎样，乘众人正是乱糟糟没有留意及她的时候，在僻处驾起云来，认清楚那妖道的巢穴的方向，飞也似的追去。私念能把这妖道追及，和他大战一场，侥幸能取了他的首级，那果然是最好的事；万一竟追妖道不及，那么妖道也决不会料到，立刻就有人去找着他，大概不见得有什么防备。如此，自己乘此前去探上一遭，倒也是一个绝好的机会，或者能把继志这孩子劫了出来，也未可知。好在齐六亭所绘的两张图，自己已取来带在身边，正可按图索骥，任他那边布设的机关来得怎样厉害，恐怕也奈何自己不得呢。

红姑边想，边向前进行，觉得自己这个计划，很是不错。不一会儿，早见那座巍峨的邛崃山，已高耸在眼前了，而那妖道，却依旧不见一点踪影。知道那妖道定是飞行得很迅速，早已逃入洞中去了，也就抛弃了第一个主张，还是把第二个主张见之实行吧。随在山中僻处降了下来，悄悄地向妖道的巢穴走了去。

不多时，已转到那巢穴的西面，外边却是一道高垣，不如洞前这般的密合无间，竟致无间可入。红姑至是，略不踌躇，即一跃而至墙头。正欲向下跃时，忽觉有人轻拊其肩。这一拊不打紧，任红姑怎样的艺高人胆大，这时也不觉吃上一惊。私念我以为这次悄悄来到这里，定无一人知觉，怎么有人拊起我的肩来，莫非那妖道已经来到我的跟前么？边想边就回过头去一瞧。

在这一瞧之后，红姑惊虽惊得好了一些，却反把她怔住了。原来立在她的身旁，含笑拊着她的肩的，并不是意想中的那个妖道，却是一个婆子，年纪约有四五十岁，面貌生得甚丑。只是红姑就他那种笑意中瞧去，知道她并不会有什么歹意，而且又见她身上穿着夜行装，知道她和自己也是同道中人，或者还和自己怀着同一的目的，决和那妖道是没有什么关系的。便向那婆子轻轻地问道："你是什么人？我和你素不相识，为什么拊起我的肩来？"那婆子也低声道："你这话说得很是，我与你素不相识，忽然拊起你的肩来，当然是不应该的。不过恻隐之心，是人人所具有的，如果见死不救，这于情理上，似乎也有些说不过去呢。"

红姑听了这突如其来的说话，倒又很像生气似的，带着愤恨的音吐问道："什么叫作见死不救？难道我已趋近死地，自己却不知觉，要劳你前来救我么？如果真是如此，那我也太嫌懵懂了。"婆子笑道："岂敢，岂敢！我且问你，刚才如果不是我拊着你的肩，出来阻止你一下，你不是就要向下面跳了去么？但是，你可知道，这下面是些什么？"

这一来，红姑倒又不怒而笑了，反向她问上一句道："是些什么，你且说来？"婆子正色地说道："这个还待说，下面当然不是平地，有陷阱设着、机关埋着，任你有天大本领的人，倘然一旦身陷其中，纵不粉身碎骨，恐怕也要活活成擒，逃走不来呢。"红姑不待她把话说完，又"哧"的一声笑了出道："你这个婆子，真在哪里活见鬼！我倒懊悔不该听你的这篇鬼话，反耽搁了我的许多时候，或者竟误了我的大事，这可有些犯不着。"说着，又要向下跳去。

但这婆子真奇怪，忙又一把将她扯住道："你要寻死，也不是这般的死法！"这时红姑可再也忍耐不住了，也不愿再和她多说，死力地要把她扯着的手挣了去。婆子虽仍是用尽力量地扯着她，不使红姑的身子动得分毫，却也渐渐有些着急起来。一时情急智生，便向红姑耳畔，低低地说道："你如果再执迷不悟，真欲往下跳时，我可就要不管三七二十一，替你大声嚷叫着，看你还能行得事来，行不得事来？"

这个方法真灵验，红姑一听这话，果然不想再跳下去了。只把足在墙上轻轻地一跺，恨恨地说道："我不知倒了几百世的霉，今天竟会遇着你这螯螯蝎蝎的婆子，真要把我缠死了。如今你且听着，这妖道的巢穴中，虽设着不少的陷阱，不少的机关，但在这西部的地方，却还有一些平地，尚在未经营之中。所以外人要探妖道的巢穴，从西部入手，最为相宜。这是代他建造这项秘密工程的那个人，所亲口告诉我的，谅来不致虚伪。你如今大概可以放心了，总不致再这般的大惊小怪，要来阻止我，不许跳下去吧？"说着，鼓起一双眼珠，向那婆子望着，静待他的答复。

这时婆子的态度，反更镇静起来了，只冷冷地说道："哦！原来是这么一回事。既是建造这项秘密工程的那个人，亲口向你说的，当然不致会虚伪。不过，那个人还有一个妻子，名字叫作雪因，却已和那妖道有上一手，你谅来也已知道。而这雪因从前和他丈夫，曾同事一师，建造这种秘密工程，也是她的看家本领，并不输于她丈夫。那她丈夫既一走，她复和那妖道正在热爱之中，又为保护他自己起见，难道还会不挺身出来，把这未完的工程，星夜赶造完全么？"

红姑一听这话，登时恍然大悟起来，果然这事很在情理之中，不但是在情理之中，而且可以说得一定已见之实行呢。不过，转又使她想到，刚才倘然没有这婆子前来阻止，她自己竟信这西部确是空虚的，贸然地向着下面一跳，这事还堪设想么？便又不由自主地把那婆子的一只手，紧紧地握着，向她吐着感谢的音说道："你真是我的救命恩人。倘然没有你在这恰当的时期中出来阻止我，我这时恐怕已成了这陷阱中的上客了。"说到这里，又露出一种懊丧之色道："但是这妖道的巢穴，难道真和龙潭虎穴相似不成，我们竟没有方法可以进去么？依得我一时性起，倒又要把性命置之度外，不管三七二十一地冒险进去探上一探了。"

婆子笑道："你不要性急，要到得里边去，倒也不难。你且随我来，自有路指导给你。"边说边就扯着她到了西边的尽头处，又向下指着说道："这是妖道的徒弟，一个姓马的私下告诉我的。只有这一处地方，尚没有安设机关，下去可以无碍，但也只在这一二天中。如果等到他们把工程办妥，恐连这一处也不能下去了。"

红姑把头点上一点，即和那婆子悄悄地跳下墙去。觉得她们脚所踏的，果然是些平地，并没有什么机关埋在下边，二人方才放下一半心事。红姑随又从身上，掏出那二张地图来，指向那婆子说道："我们如今如果要向中央这座高楼走去，须经过一个地道和一座天桥，方能到得那里。好在这两张图上，把一切过节，注得很是明白。我们只要能依照着，小心地走去，大概不致触在消息上吧。"

婆子笑道："你倒细心之至，竟把地图带在身上，但是就算没有这两张地图，却也不甚要紧，因为我已向那姓马的盘问得很是明白，何处应左行，何处应右行，何处应拐弯，何处应盘旋，我好似背书一般，心中记得烂熟。你只要跟在我的后边走，包你不出什么乱子呢。"

红姑忙问道："瞧你对于这里的情形，竟是如此的熟悉，大概有一个男孩子，被这妖道绑了来的一桩事，你也不至于不知道？你可晓得，现在这孩子被这妖道囚在哪里呢？"婆子道："你问的是令郎么？那我当然知道的，现在就因在中央那座高楼上。如今只要能到得那边，你们母子就可互相见面了。"

红姑听了，即仰起头来，向着那座高楼望望，仿佛已瞧见了她爱子的一张脸，正满掬着一派焦盼的神气，盼望他母亲前去救他出险呢。于是，她紧紧地一咬牙龈，一声也不响地，向着前面进行。

不一会儿，有一大堆黑影，横在她们的面前，似乎把星月之光都遮蔽住了。她们知道，已走近那地道了。婆子即向红姑关照道："这已到了危险的区域中了，你可亦步亦趋地跟随着我，千万小心在意，不可中了他的机关啊。"红姑边答应着，边即跟随了那婆子，走入地道中。

当在外边的时候，果然觉得十分黑暗，谁知到得里边，更其黑暗到了极顶了。幸亏红姑练成一双电光神目，在黑暗中，也能辨物。那婆子似乎也有上这一种的功夫，所以他们二人，倒一点不觉得有什么困难，只小心翼翼地，踏准了步数，向前进行。

约行了数十步，不料忽有两目耀耀作光的一条大蛇，从右边的石壁上，突然而出，似乎要向她们的身上飞扑来。红姑纵是怎样的艺高人胆大，也不觉小小吃了一惊。暗想这婆子真该死，莫非踏错了步子，触着了机关么？否则，好端端的怎会有大蛇飞了出来。我倒懊悔太大意了一些，只知一味地信任着她，却没有把那张图细细瞧上一下呢。

想时迟，那时快，早又见那婆子，不慌不忙地伸出一个指头来，向那大蛇的头上只轻轻地一点，那大蛇好似受了创痛似的，便又突然地逃了回去，没入石隙中不见了。那婆子随又回过头来，向着红姑含笑说道："受惊了么？这是他们故作惊人之笔，要使外边进来的人，就是踏准了步子，也不免要受上这种虚惊。或者胆小一些，竟会不敢向前行走的。像这种吓人的机关，前边尚设有不少，并不止这一处，我却已完全打听得清清楚楚了。你尽管跟着我，放胆前行，只要不把步子踏错就是了。"

红姑听了这番话，方又把一片心事放下，知道这婆子倒是十分可以信任的，只要唯她的马首是瞻就是了。好容易又打退了许多虫豸五毒，总算一点乱子也没有出，走完了这条地道。到得走出洞口，眼前不觉为之一亮，远远望去，只见长桥凌空而起，矗立着在那边，气象好不壮观。

那婆子便又指着，向红姑说道："这便是天桥了。讲到这种机关，比刚才所走的那条地道，还要来得可怕。只要一个不小心，把步子走错了一步，翻板立刻掀动，就要把你这个身子，向万丈深渊中抛去。那里边养着有大小不一的鳄鱼千万条，见有生人抛下来，真好似得了一种甘美的食品，哪有不争来吞食之理？那时候你纵有天大的本领，也抵敌不住这千万条的鳄鱼，除了葬身在它们的腹中之外，还有什么法子可想呢？"这一说，倒也说得红姑有些毛骨悚然了。

片刻间，早已到了这座桥前，再向前一望时，在桥的彼岸数箭之外，即矗立着那座高楼，只要把这座桥安然渡过，立刻就可到得那边了。而在那座高楼中，不是有她的爱子被囚着，或者正愁眉泪眼地，盼望母亲到来救他出险么？这一来，倒又把红姑的勇气鼓起，一点不有什么瞻顾，一点不有什么畏怯的，又跟随着那婆子，向这桥上走去。

不料竟是出人意外，这座天桥，并没有像意想的这样的难渡，一个难关也没有遇到，早已到了桥顶了。比起在地道中的时候，左生一个波折，右来一个阻力，枝枝节节，险阻备尝，真有地狱天堂之别了。这不但红姑把心事放下，连那婆子，都比以前懈怠了许多，反都立定下来，向那桥下望着，似乎要把这景色赏玩一下。只见下面横着一道长湖，波涛汹涌不定，望去全作蓝色。

在这山顶之上，会发现这么一条大湖，而且波涛又是这么的汹涌不定，并带上一派蓝色，几乎使人疑心已到了《七侠五义》书上所说的黑水寒潭的旁边，这倒又是出乎她们意料之外的。而在这波涛汹涌之中，又见无数条的鳄鱼，跟着翻腾起伏，更极惊心骇目之至。中间有几条大一些的，尤其通得灵性，似乎已知道有人在桥上望着它们，惹得它们野心大起，争昂着头，张着口，恨不得把那些生人攫取到手，一口吞了下去呢。

　　那婆子见了笑道："它们这种虎视眈眈的样子，看了倒也很是有趣。但是我们只要站稳在这里，翻板不要带动，身体断不致掉下湖中去，它们也就奈何我们不得。如要腾跳起来，把我们攫了去，瞧这桥身这般的高，离湖面又这般的远，恐怕它们不见得有这种能耐吧！"谁知一言未终，早有一头大鳄鱼，好似生有翅膀似的，猛不防地从湖中腾跳而起，停在空中，要向那婆子扑了来。婆子不免微喊一声："啊呀。"幸而态度尚还十分镇定，脚下依旧不曾移动分毫。边急从身边拔出一柄剑来，把那条鳄鱼抵挡着，边又向红姑关照道："脚下须要十分留意，一步错乱不得，并须好好地防备着它们，说不定还有第二个、第三个的恶畜，前来向你攻击呢。"

　　果不其然，她的一句话还未说了，又有一头巨大的鳄鱼，从湖中飞腾而起，张牙舞爪地来向红姑进攻。红姑只好也拔出一柄剑来，把它挡住了。讲到鳄鱼在水中，本已十分蠢笨，不过这张巨口，生得十分怕人。一旦到了空中，更要失去几分能耐。像红姑同那婆子，都是练过几十年武功的人，早已到了炉火纯青之候，哪里还会把这些冥顽不灵的东西放在心上。不过，挥剑抵敌的时候，还要顾着脚下，生怕一个失错，把翻板带动着，这可有些觉得吃力了。所以战了好一会儿，方把这两头恶畜杀却。

　　谁知等不到她们二人走得几步，又有三五头飞了起来，而且是愈来愈多，好像特地是来复仇的。这一来，她们二人可不能再停留下来，和这些鳄鱼死战了。只好上面把剑挥动着，保护着自己的全身，下面把脚步踏准，一步也不敢错乱，且战且行地向桥下走了去。好容易，总算已杀到了桥边，瞧瞧那些纷纷飞在空中的鳄鱼，不是死在她们的剑锋之下，便已逃回湖中而去，居然一个也不余留了。

　　那婆子方用手拭一拭头上的汗，又如释重负地长叹一声道："总算运气不坏，已把它们杀退了。但是我们是什么人，他们又是些什么东西？如今搏兔也用全力，方把它们杀退，细想起来，我们不但是十分可怜，而且还是十分可笑呢。"

红姑笑道："你这话说得很是！不过搏兔也用全力，这兔总被我们搏得了，还算不幸中之大幸。倘然用了全力，还是不能取胜，岂不更是可怜么？"正在说时，忽听得呼哨一声响，从桥边跳出一个人来，手挥宝刀，拦住她们的去路。红姑忙向他一瞧时，不是那妖道，又是什么人？不觉一声冷笑道："好个没用的妖道，原来埋伏着在这里。倘然刚才你也走上桥来，和我们角斗着，岂不更为有趣么？如今未免失去机会了。"边说边即走下桥去，挥剑向那妖道斫去，也来不及招呼那婆子了。

谁知那妖道不济得很，没有战到二三个回合，已被红姑一剑斫中，颓然仆倒在地上。红姑心中虽是欢喜，还怕他是诱敌之计，故意装作出来的，因又在他背上狠狠地刺上两剑。见他真是不能动弹了，这才俯下身去一瞧。只一瞧间，不觉低低喊上一声："啊呀，我上了他的当了。"这时婆子也已走下桥来，便向他问道："怎么说是上了他的当，莫非不是妖道本人么？"红姑笑道："岂但不是本人，只是一个草人儿，我竟这样认真地和他厮战着，岂不是上了一个大当么？不过这草人儿也做得真巧妙，骤看去，竟和生人一般无二，连我的眼睛都被他瞒过了。你倒不妨把他细细地瞧上一瞧。"婆子微笑着把头摇摇，便又偕同红姑向那座高楼奔去。

红姑心中，却比前跳动得更厉害，因为爱子囚居的所在，已是越走越近，正不知吉凶如何，更不知能不能救他出险啊！等得走到楼前一看，下面四边都是砌实的墙垣，竟找不到一道门，更不见有什么出入之路。红姑见了，不免又把双眉蹙在一起，露着忧愁之色。好婆子，真好似一骑识途的老马，只向四壁仔细端相了一下，早又伸出一只手来，在壁上一处地方按上一按，即见这一垛墙，直向后面退去，露出一个门来了。

那婆子忙又向红姑招招手，即一同悄悄地走了进去。婆子又回过身来，在壁上再按上一按，那垛墙又转回原处，合得不留一隙的了。她们一路如此地走去，竟然得心应手，毫无留阻，一直到了楼上。忽听得有一片嘈杂的声音，传入她们的耳鼓，细聆之下，明明是有人在口角，而且口角得很是剧烈，还有妇女的声音杂着在里边。

红姑耳观很是灵敏，早已辨出这嘈杂声音发生的所在，即向婆子，把一间屋子指指，似乎对她说："口角之声是从这里发出来的啊。"婆子会意，也把头点点，即悄悄地一齐走至那间屋前。凑在门边，侧着耳朵一听，只听得一个妇人的声音，吼也似的在说道："我如今再问你一声，你究竟把我这个孩子弄到哪里去了？你如敢损伤他的一毛一发时，哼，哼！请看老娘的手段。"

在这个声音之后，跟着就是一个男子的声音，听去好像就是那个妖道，只冷冷地回答道："你不要管我把这孩子弄到了哪里去，总而言之的一句话，你们母子二人，今生恐怕没有再见面的希望了。"那妇人又狂吼道："这是什么话！我决不能听你如此，而且你自己扪扪良心看，你所做的事情，究竟对得起我对不起我？我本是马姓的一个寡妇，好好地在抚孤守节，偏偏给你看中了，凭着你的那种妖法，把我劫夺了来，硬行奸污了。我那时一身已在你的掌握之中，除了忍辱屈从之外，实在没有别的方法，不料你等到我一旦色衰之后，又去爱上了别个年轻女子，把我抛弃了。然而，我对于这件事，却一点不放在心上，因为我本来不希望你来眷爱我，你能够不来和我厮缠，反是求之不得的。所希望的，只要你对于我这个视为命根的爱子，也就是马姓的孤儿，能够优待一些，也就好了。谁知你起初倒还把他待得好，并收他做弟子；这一阵子，不知听了哪个狐媚子的说话，竟一变往日的态度，把他视作眼中钉，现在更是失了踪迹，不知把他弄到了哪里去了。你这样的狼心狗肺，教我怎能不向你拼命呢？"

那妖道又冷笑道："这些丑话，再提他作甚？好个不要脸的淫妇，当时你真是贞节的，为什么不一死以明心迹？到了如今再说，事情已嫌迟了。现在我索性对你说个明白吧，那个孩子，我不但憎厌他，并已把他杀了，看你把我怎样。"

这话一说，那妇人更疯狂也似的跳起来道："好！你竟把我的孩子杀了。我也不和你算账，让我找那狐媚子去。"说着，即向门边奔来。

欲知后事如何，且听下回分解。

第二十一回

阻水力地室困双雌
惊斧声石岩来一马

话说红姑同了那婆子，历尽艰难，到得中央那座高楼上，正站在一间屋子的门前，侧耳倾听着，只闻得那哭道人和一个妇人在屋内吵着嘴。一会儿，忽闻到那妇人要冲出屋子来。这一来，倒把他们二人大大地该上了一跳。因为这妇人一冲出屋子来，逆料这恶道也要追出来的，这不是糟糕么？不过，二人的心思也各有各的不同。在红姑呢，只想悄悄地就把继志盗了回来，不必惊动得这个恶道；在那婆子呢，也只想把这里的机关探听得一个明白，并不想和这恶道动得手。如今这恶道倘然一追了出来，当然要把她们发现，不免把她们预定的计划全行打破，你就是不愿惊动他，不愿和他动得手，也是不可得的了。但是"人急智生"这句话，真是不错的，就在这一分吃紧的当儿，她们忽瞥见离开这房门口不远，有一个凹了进去的暗陬，很可躲藏得几个人，便各人受了本能的驱使，肘与肘互触了一下，即不待屋中人冲出来，相率向这暗陬中奔了去。

谁知这一下，可大大地上了当了。也不知是否那恶道所弄的一种狡狯，故意布成了这种疑兵，逼迫着她们，不得不向这暗陬中奔了去的。当下，只闻得豁啷啷的一阵响，她们所置足的那块地板，立刻活动起来。她们的身子，即如弓箭离弦一般的快，向着下面直坠，看去是要把她们坠向千丈深坑中去的了。幸而她们都是练过不少年的功夫的，早运起一股罡气，以保护着身体，免得着地时跌伤了筋骨。

好容易方似停止了下坠之势，又像在下面什么地方碰击了一下，起了一个很剧烈的反震，更把她们翻落在地了。照理讲，她们早已有上一个预防，运起罡气保护着身体，这一跌不见得就会把她们弄成怎么一个样子。但是，很使她们觉得难堪的，她们并不是跌在什么平地上，却好像是跌落

207

在一个水池之中，而且有一股秽恶之气和血腥之气，向着鼻孔内直钻。于是她们二人都大吃一惊地想到，我们莫不是跌落在水牢之中了？同时，却又闻得一种声浪，从很高很高的地方传了下来，这是红姑一属耳就能辨别出来的，作这声浪的主人翁，除了那个恶道，还有什么人？

细聆之下，他挟了十分高亢的音调，在上面很得意地说道："你们二个妇人好大胆，竟敢闯进我这龙潭虎穴中来了！如今怎样，不是只须我略施小计，就把你们弄成来得去不得了么？现在我也别无所敬，只好委屈你们在这里，喝上几口血水吧。"说完这话，又是一阵哈哈大笑。此后即不闻得什么声音，大概这恶道已是去了。

她们一闻到恶道说上喝血水这句话，更觉得有一股不可耐受的血腥气，向着四面包围了来。这在那婆子还没有什么，红姑是修道的人，当然不欢迎这一类的东西，教她那得不把眉峰紧蹙起来呢？然四围也是黑魆魆的，她们虽能在黑暗中辨物，却不能把四周围看得十分清晰。于是促动红姑，想起她身上所带的那件宝贝来了，只一伸手间，早已把那件宝贝取了出来，却是一颗夜明珠。

这是她有一次到海底去玩，无意中拾了来的。拿在手中时，真是奇光四彻，无远勿届，比灯台还要来得明，比火把还要照得远。同时，也把她们现在所处的环境，瞧看得一个清清楚楚了。原来这哪里是什么水池，也不是什么水牢，简直是一个很大很大的血污池。在池中浮动着的，全是一派污秽不堪，带着赭色的血水，而且有一种小生物，在这血水中蠕动着，却是一种血蛆，繁殖至于不可思议，数都数不清楚。

那婆子见红姑把夜明珠取出来，颇露着一种惊讶的神气。比见到这血水中的许多血蛆，又早已叫起来道："啊呀，这是些什么东西？适才我见了那些庞大的鳄鱼，倒一点也不惧怕，很有勇气地和他们厮战着；如今却一些儿勇气也鼓不起来，只觉得全身毛戴呢。"说时，身上早已爬满了这些蛆，有几条向上缘着，竟要爬到她的颈项上、脸部上去了，引得她只好用两手去乱掸。

红姑也笑道："不错！越是这些小小的丑物，越是不易对付得。倒是适才的那些鳄鱼，有方法可以制伏它们。你瞧，这些蠕蠕而动的血蛆，难道可以用剑来斫么？就是用剑斫，也斫不了许许多呀。如今第一步的办法，最好把这一池血水退他一个尽，只要池水一退尽，这血蛆就无存在的余地了。"

她边说边又从身上取出一个小葫芦来，而把手中的那颗夜明珠，递与那婆子执着说道："你且替我执着了这东西，让我作起法来。"这时红姑虽不知婆子是什么人，那婆子却早已知道她是红姑了。心想红姑在昆仑派中，果然算得是一个重要的人物，有上了不得的本领，但瞧这葫芦，只有这一些些的大，又有什么用处？难道说她能把这一池子的血水，都装入这小小的葫芦口去么？当下露着很为疑惑的样子，并喃喃地说道："这葫芦未免太小了一点吧？你瞧，只要把一掬的水放进去，就会满溢了出来的。"

红姑也懂得她的意思，但仍微笑不语。随即把这葫芦平放在血水中，听那流动着的血水，从这葫芦口中冲进去。说也奇怪，看这葫芦的容积虽是很小很小，只要一小掬的水放进去，都会满溢了出来的。可是如今任这血水怎样地续续流入这葫芦，都尽量地容积下来，不有一些些的溢出，看来尽你来多少，它能容得下多少的，真可称得上一声仙家的法宝了。

不一会儿，早把这一池子的血水，吸得个干干净净了，就是那些血蛆，也不有一条的存在，都顺着这血水流动的一股势，流入了葫芦中去。于是红姑很高兴地一笑，随手把这葫芦系在腰间，又把身上的衣服抖了几抖，似欲把衣服上所余留的那些血蛆，也一齐抖了去的，一边说道："现在第一步的办法，我们总算已是做了，所幸的，我们都不是什么邪教士，衣服上就沾上了这些污血秽水，讨厌虽是讨厌，却一点也不要紧。倘使这恶道易地而处，那就有些难堪了，恐非再经过若干时的修炼，不能恢复原状呢。"

那婆子最初也照了红姑的样子，抖去了衣服上所余留的那些血蛆，此后却直着两个眼睛，只是望着那个葫芦，好似出神一般。红姑一眼瞥见，早已理会得她的意思，便又笑着说道："这没有什么不能理解的。讲到道与法二桩事，道是实的，法是虚的；道是真的，法是假的。唯其是虚是假，所以一般修道士所作的法，也正和幻术家的变戏法差不多，表面上看去虽是如此，其实也只是一种遮眼法，不能正正经经地去追究他的实在情形呢。依此而讲，我的这个小小的葫芦中，能把这一池子的血水都装了进去，就没有什么可以疑惑的了。但是你要说我这葫芦中，实在并没有装得这些血水么？却又不尽然。那我只要再作一个法，把这葫芦尽情地一倾泼，立刻又可把这一池子的血水，重行倾泼出来呢。"

那婆子至是，才像似领悟了的，而对于红姑的信仰，不免也增高了几分，不似先前这般地怀疑了，便又说道："那么我们现在第二步的办法，应当怎样呢？"红姑道："第二步的办法，当然是要在这间地室中，找寻到一个出路了。"说了这话，便从那婆子手中取过了那颗夜明珠来，又走至靠边的地方，很仔细地照了一照。见这间地室，完全是岩石所凿成的，复用指向石上叩了去，并在四下又试验上了好多次，每次只闻得一种实笃笃的声音，从那些石上发出来，并不听到有一点的回声。不免很露失望之色，喃喃地说道："这是一间四面阻塞的地室，恐难找得到一条出路呢！别的且不用讲，只要待在这里再长久一些，闷也要把我们闷死了。"

　　那婆子这时自己已想不出什么主意，也施展不出什么能为，只把这个同舟共难的红姑，仰之若帝天，奉之如神明。以为有她这么一个能人在这里，还怕什么？要走出这间石室，那是一点也不成问题的。如今一听这话，倒又惊骇起来了，不免露着很殷切的神情问道："怎的，你也没有方法走出这间地室么？那么我们随身所带的宝剑，不是都没有失去么？这岩石虽是十分的坚实，却终敌不过这宝剑的犀利，我们就用宝剑斫石，辟成一条道路。你瞧，好不好？"

　　红姑仍把头摇了几摇道："这只是一个不得已而思其次的方法。这里距离着山的边端，不知要有多少路，倘然单仗着我们这二把宝剑，一路地开辟过去，恐不是一朝一夕的事。万一路还没有辟成，我们已闷毙在这乱石堆里，不是白费了许多的力气么？"

　　于是那婆子对于红姑的信仰，不免又有些动摇，很失望地瞧了红姑一眼，悻悻地说道："如此说来，难道我们只好坐以待毙么？"随又像想得了一件什么的事情，陡露欣喜之色，望着红姑又说道："用宝剑来辟路，果然太费时光，现在我们只要有穿山甲这么一类的东西，就可打穿了石岩逃出去。难道在你随身所带的许多法宝中，竟没有这一类的东西么？"这虽只是一个问句，然而很有上一种肯定的意味，以为像红姑这般一个有法力的人，一定携有这一种法宝的。但在红姑听到以后，不免笑了起来，半晌方说道："不论怎样会施用术术的人，不见得件件法宝都有。我更是非到万不得已不肯用法的一个人，平素对于法宝一点也不注意。适才的那二件东西，也不过是偶然带在身上，想不到都会有用得着的地方，此外可就没有什么别的法宝了。"这一说，说得那婆子又第二次失望起来，而且是失

210

望到了极点，对于红姑的那种信仰心，也根本动摇起来了，不禁喃喃地说道："如此讲，我们真只好坐以待毙了。"

正在这个当儿，忽闻得从什么地方，传来了一种绝轻微的声响，很带点鬼鬼祟祟的意味。她们二人纵是怎样的武艺高胆力大，然在此时此地，听得了这种声响，也不免有些毛骨竦然。她们第一个所能想得到的意念，这定是那个恶道，还以把她们囚禁在这地室中为不足，又派遣了什么人，或竟是那恶道自己，前来暗害她们。于是她们受了本能的驱使，各自暗地戒备起来，决意要和进来的那个人，大大地厮战上一场，不至势穷力竭不止，万不能像寻常的需夫一般，俯首受命，听他的屠杀的。

而在同时，红姑到又从万分绝望之中，生出了一线希望之心。原来她是这么地在想："照这一派鬼鬼祟祟的声响听去，那人已到了这岩石之后了，那么，他既能走到这岩石之后，可见定有一条道路可通，不是通至山上，就是通至山下的。那如今最紧要的一桩事情，只要把那个人打倒，就可从这条路上逃走出去了。不是比之我们自己，设法要把这地室凿通，反来得便利多了么？"耳一侧耳细听这声响的来源，似发自这地室的南端，而就那丁丁的声响听去，似又正把斧子这一类的东西，凿在岩石之上，只因恐给人家听见，所以一下下地凿得很轻微、很当心的。

当下红姑向那婆子使了一个眼色，即向这声响传来的所在走了去。但离开岩石边约有十多步路便立停了，又把这颗夜明珠，也藏进身畔一个黑黝黝的革囊中去。于是，全个地室复入于洞黑之中，更加重了一种阴森的意味。至此，这真是一个最吃紧的时候了。倘然能乘他一个措手不及，就把走进来的那个人杀了去，那她们立刻就有逃出去的希望，否则，势必有一场大大的厮杀，究竟谁胜谁败，可不能预先断定。

幸而红姑天生成地一双电光神目，那婆子虽然及不上她，然因曾下了苦功练习过目力的关系，也能在黑夜中辨物，只是不能十分清晰。因此她们二人，都睁着一双眼睛，凝神注意地向着那岩石边望了去。

不一会儿，只闻得砰砰的几声响，即有不少块的岩石落进地室中来，原来已给那个人在岩石上，凿成了一个圆圆的洞了，并有一股冷气冲了进来。这一来她们二人更加小心在意，竟连大气都不敢透一透，生怕那人知道了她们预伏在这岩石边似的。随即见黑黝黝的一件东西，像是一个人头，从洞的那边伸了进来，显然地，那个人把岩石凿通，就要爬了进

211

来呢。

　　这时红姑怎敢怠慢，马上走前几步，举起手中的那把剑，很迅速地就向像似人头的那个东西斫了去，只一剑，那件东西早扑地滚下地来。并闻着很惊怖的一声叫喊，此后即不闻得有别的声响。在红姑还想再静静地等待上一会儿，倘有第二个送死者伸进头来，不妨再如法炮制。不料，那婆子已一些不能忍耐了，即出声说道："我看，这滚在地下的，并不像什么人头。大概是那厮先用什么东西来试探上一下，知道我们已有上准备，便尔逃走了。我们不要久处在这黑暗之中了，还是拿出你的那件法宝来，照上一照吧！"

　　这几句话，倒又引起了红姑的疑心，果然，这不像是什么人头。人头滚下地来，定要发出较重的响声，决不会这般的悄无声息的。而且这婆子既已喊出声来，倘若有人站在洞的那一边的话，一定已经听见，她也用不着再静默，再取着秘密的态度了。因此，又把那颗夜明珠从革囊中取了出来，比拿在手中一照时，果然见卧在地上的，哪里是什么人头，只是十分敝旧的一顶毡帽。倒不禁自己暗暗有些好笑起来，这真是三十年老娘倒绷孩儿了，毡帽和人头都分辨不出，竟会把宝剑斫了下去，还能称得什么夜光神眼呢。谁知这时候，倒又有一个真的人头，从洞外伸了进来。

　　红姑正在没好气，便一点也不踌躇，又举起剑来，想要使劲地斫下去。但是还没有斫得，早从斜刺里伸出一只手来，把她的手腕托住，一壁很惊惶地呼道："斫不得，斫不得！这是那个姓马的。"

　　原来这时候，那婆子她倒已把钻进洞来那个人的面目，瞧清楚了。红姑便也收了剑，又向那姓马的，很仔细地瞧了几眼。那姓马的倒似乎不知道自己适才的处境，是怎样的危险，倘没有那婆子托住了红姑的手腕，现在早已是身首异处了，却夷然不以为意的，向地室中瞧了一下，悠然地说道："你们二位的法力真是不小，竟把这一池子的血水，都退得干干净净的了。如今可不必多耽搁，请随我走出山去吧。"

　　红姑在这时和那婆子，似乎都很信托他的，此中决不会寓有什么诡计，便也一点不露踌躇之色，等他把头连身子退回洞外以后，也都从这圆洞中走了出来，步入一条长长的隧道之中。当步行之际，那姓马的又向她们谈起一切的事情，方知道隧道和那石室，都是天生成的，并不是人工所开凿的。自从那恶道把那石室圈为血污池，作为一种机关后，方把那石室

212

及隧道的入口，都一齐堵塞起来。然他是不论什么都知道的，所以一听到她们二人，被囚禁在这石室来的消息，即偷偷地把堵塞着的隧道口挖开，忙不及地赶了来，想把她们救了出去呢。至于他因恐哭道人对他下毒手，早已偷偷地逃了出来，哭道人说已把他杀死，那只是恫吓他母亲的一种说法。而仗着对于这山上，及山洞中的地理十分熟悉，又有从哭道人那儿偷来的几道符，做他的一种帮助，倒常能掩到洞中去，探听到各种消息。只是要把哭道人杀死，却也没有这种本领罢了。

红姑便又问道："那么你的母亲现在仍住在这山洞中么？适才和那恶道的大吵大闹，不知究竟是怎么一回事？"当将在门边所听到的一番话，对他说了一说，并说到她们就因此，而跌入了这个血污池中去的。在珠光照耀中照见，那姓马的听了这一席话后，很露出一种不安和抱愧的神气，似乎把他的母亲失身于恶道，很引作为一种羞耻的。一壁答道："他们是常常吵闹的，今天的这件事，或者是适逢其会。然那恶道最是诡计多端的，或是他把我母亲的生魂拘了来，故意互相口角着，布成这种疑兵，以引你们二位入彀也有点说不定。我可不能知道了。"

大家谈了半天，不知不觉地把这条长长的隧道走完，早已到了入口处，他们便从那儿走了出来。却在靠近山腰的一个地方，晓日正从云端徐徐下窥，已是清晓的时候。那姓马的为免哭道人起疑起见，早把刚才取下来的大石条，重行盖覆上去，又在外面堆掩了许多的泥。不料红姑刚放眼向山峰间看去，却见一个人立在山峰上面，正向她们这儿瞧视着。啊呀！这不是别人，却就是那个恶道。

这时那恶道似也已瞧见了她们了，立时毒从心上起，恶向胆边生，即从鼻孔中喷出二道黑雾，直向着她们所站立的地方射了来，瀚瀚然的，几乎把峰峦间都笼罩着了。但红姑只在眉头一皱间，似早已想得了一个防御的方法，即把腰间那个小小的葫芦解下，高高地举了起来，一壁笑道："即'以其人之道，还治其人之身'，在这儿可用得着这二句话了。"

不知红姑与那恶道，究竟有怎样的一场斗法，且俟下回再写。

第二十二回

见绝技火窟救灾民
发仁心当街援老叟

　　话说红姑把那小葫芦高高举起，只随手一倾泼间，一派带着赭色的秽水，即从葫芦中飞泻而出，游龙夭矫似的，直对着这道恶雾射了去。说也奇怪，这恶雾在最初，来势很是凶猛，大有挡之者死、触之者亡的一种气派；然一遇到这秽水泼了去，立刻像似受到了什么打击一般，飞快地退缩了回去。同时瞧那恶道时，也像似大大的地上了一惊，万想不到对方会请出这般的一种法宝来的。他又生怕这派秽水，再飞溅到他的身上来，坏了他的道法，忙将这恶雾向鼻孔内一收，一壁即来不及地向着洞穴中逃了去。

　　照着他平日的心性，既瞧见到陷落在水牢中的这二名俘虏，已从他的手掌中溜了出来，势必要和她们大大地斗法一场，决不肯轻轻易易地就把她们放了走。如今却被这一派秽水怕得什么似的，暂时也只好取着放任主义，听她们逃去的了。

　　这一来，直把个红姑得意到了极点，不觉笑道："想不到这一葫芦的血水，还有这么的一个用处。这恶道也可说得是赔了夫人又折兵了。当他伏在水牢上面和我们说话的时候，差不多把我们当作刀头鱼、俎上肉，瞧他是何等的得意！如今竟有上这一个变局，大概他连做梦都没有想到吧？"

　　但红姑心中虽是十分得意，只一想到继志依旧没有救出，在实际上讲来，此行仍是劳而无功，不过使那恶道小小地受了一个蹉跌罢了，不免又有点爽然若失。照着她的心思，恨不得马上再冲入这洞穴中去，和那恶道好好地拼上一场，就把继志救了出来。这时站在她身旁的那个婆子，却似已理会得她的心事，忙向她劝道："这时候这恶道在洞中，一定已有上一个准备，我们要去把令郎救出洞来，那是万万办不到的。不如暂时先行回

214

去，窥得了机会再来罢。好在他在摆设'落魂阵'之前，定把令郎好好地看待着，决不敢损伤其毫发，这是你尽可放心的。"

红姑觉婆子这话倒也不错，把头略略一点，表示她是同意。即同了那婆子和那姓马的，离开了这邛崃山。刚刚到得山下，恰恰逢着金罗汉、笑道人等，带了大队人马，前来接应她了。这时候，常德庆当然也在这一干人中，只一眼瞧见了那婆子，即带着一种骇诧的神情，一拐一拐地走向前来，又很恭敬地向那婆子行了一个礼，叫了一声师母，然后说道："怎么师母也在这里？莫不是已向这恶道的巢穴中，去探视上一遭了？"当下又向众人介绍了一番。方知道这婆子不是别人，便是甘瘤子的大老婆蔡花香。

红姑虽和他不同派，然为了桂武和甘联珠的关系，说起来两下还有点戚谊，又加上适才同舟共济的一番情形，双方倒都有上一种情感，很是来得亲热。在这时，又见杨天池和着柳迟上来和她见礼，还跟着一个十分斯文的书生，同了两个花枝招展的女子。一问方知是杨继新及钱素玉、蒋琼姑二表姊妹，都是听得哭道人在此肆无忌惮，要和昆仑、崆峒二派人斗法，特地前来助阵的……

哈哈，且住！这杨继新不就是杨天池的替身么，怎么他们二人会弄到一齐来了？倘然我不乘此时细细地申说一下，一定要使诸君感到茫无头绪，问上一句，几时孟光接了梁鸿案？而且，杨天池和杨继新的骨肉团圆，实是书中一大关目，在第六集书中，只略略地提了一笔，并不就接写下去。倘到现在，再不有上一个详细的交代，未免是一个大漏洞了。闲言休絮，待我腾笔写来。

单说杨继新同了钱素玉、蒋琼姑到得长沙，上岸之后，因为天时已晚，便在一个客栈中住了下来。打算第二日清早，再出小吴门，找到隐居山，持了金罗汉所给的书信，前去拜访柳大成。不料睡到半夜，刚值好梦沉酣之际，忽被一阵又急又乱的锣声，把他们从睡梦中惊醒了过来。照着那时候的习惯，在这午夜的时分，敲着这样子的乱锣，向着人家告警，不外乎发生了下面所说的两桩事情：不是盗劫，便是失火。杨继新因为一路上来，都和大姨姊同坐着一只船，彼此十分的熟，并不怎样避嫌疑，所以这晚宿店，也同在一间房中。只是她们姊妹合睡一张床，他独个儿睡一张床罢了。这时他惊得从床上走起，见她们姊妹俩也都披衣下床了。大家侧耳一听时，街上人声如鼎沸一般，乱锣仍是不息，并间以敲脚锣盖的声音，显见得外面是乱到十分了。而一派火光，更从对面直逼过来，烘得这靠街的窗子上，都似鲜血染红了的一般。他们方明白，这一次的告警，并不是发生劫案，乃是什么附近的地方走了火了。忙走到窗前，凑着这派鲜红的火光，向着窗外一瞧看，不禁更把他们骇上了一大跳。

原来这起火的所在，就在他们这客栈的斜对面。幸而这街道尚宽阔，风又不向着这边吹，所以得保无事，只偶然地有些火星儿飞了来，否则免不了要池鱼之及呢。但他们究竟都是少年人，也只暂时骇上一骇，此后竟把这看火烧，当作一件很有趣的事情。觉得站在这客栈的楼窗前，远远地望了去，并不能看得怎样真切，还嫌有些儿不痛快。因此，他们把衣履整一整好，索性出了客栈，走到街上去瞧看了。只见一个街上，都塞满了的人，十有八九都没有把衣服穿得好。不是赤着一个身子，便是裸着一个胸脯。更可笑的，竟有些年轻的妇女，连衣裤都没有穿，就赤条条地逃了出来的。然而她们自己既没有觉察到，别人家似乎也不曾注意到这一层，显见得一闻告警的锣声，大家都慌里慌张地逃了出来，除了普遍地有上逃命要紧的这个心思以外，其他都非她们所计及的。而这一般人更好似疯了的一般，只是在街上乱着嚷着，却不见有一个人走上前去，真的干上一点救火的工作。他们心目中所唯一希望着的，是官厅方面闻得这个警告，赶快派了人来，救熄这一场火罢了。

当杨继新等三人刚行近火场时，忽见有一个肥胖的中年妇人，在人丛中大哭大跳，并拍着手说道："真该死，我当时急得昏了，竟忘记把他们二位老人家，也拉了出来。如今怎么好，不是要眼睁睁地瞧着他们，烧死在这火堆中么……我也决计不要这条性命了，定要冲进屋去，把他们救上一救。"说完这话，即力挣着她那肥胖的臂膀，想要冲进屋中去。

然而哪里由她做得主，她的二条肥胖的臂膀，早给一个四十多岁的汉子，用力地拉住了，凭她怎样地挣，终于是挣不脱。一壁那汉子并向她劝道："你不要发呆，你瞧我们这屋子，不是已着了火么。倘能冲得进去的话，我早已去了，还待你来冲？像你这般肥胖的身体，不要说是把他们二老救出屋来了，只要一股浓重的烟气，正对着你喷了来，就会把你喷倒在地。那时候不但救不出他们二老，还要赔上了你自己的一条性命，这是何苦值得呢。"

那肥妇一听这话，知道自己确是干不上这桩事，果然只要一股浓重些的烟气，正对着自己喷了来，就会把自己喷倒在地的，不免把先前的那股勇气减退了一半。但这颗心仍是不死，故此，她虽不把臂儿乱挣了，却依旧在那里大哭大跳道："但是不论如何，我总不能眼睁睁地瞧着他们二老，烧死在这屋中，我总得想法子救他们出来。……唉，当家的，你虽只是个女婿，他们二老却把你当儿子一般地看待，你现在也总得想一个法子，把他们从火中救了出来。至于我，终是一个女流，终是一个无用的女流，哪里及得上你们男子汉呢。"

这一来，这个重大的责任，已轻轻地移转到这个汉子的肩上来了。这汉子似乎也知道他妻子对他所说的话，一点儿也没有说错。他确是应该负上这个重大的责任，他确是应该把这二老从火中救了出来的。但他只抬起头来，向着这已着了火的自己的屋子望上一望，好似已有一股浓浓的白烟，对准了自己喷了来，几乎使自己窒了气；更好似有一道红红的火舌，老远地向自己伸了来，几乎燃烧及自己的衣襟。早把刚刚发生出来的几分勇气，全个儿打退回去，再也不能有什么勇敢的举动干出来。只好把头连摇了几摇，双眉紧蹙在一起，默无一语望着给他拉着双手，立在身旁的他的妻子，似乎求恕地在说道："请你原谅我吧，我也不能干此等事啊。"

但他的妻子，倒确是很能原谅他的。就算他当时能有上一股勇气冲进屋去，他妻子为了放心不下，恐他因此丧失了性命，或者反又要拉住了他，不放他进去呢？当下只听他妻子说道："当家的，我很明白得这种情形。我当时所以说这几句话，并不是要你自己去干这件事，只是希望你想出一个法子来，或是求求别人家呢。"

这最末了的一句话，却把这汉子提醒了，立刻放出一种十分洪亮的声音，向着大众恳求似的说道："诸位仁人君子听者，我们的二位老人家，都剩留在这着火的屋子中，不能逃走出来，眼看就要给这烈火烧为焦炭的了。倘有仁人君子，发着慈悲之心，能把他们救了出来的，我们夫妇二人，今生今世就是不能有所报答，来世定也当结草衔环，以报大德的。"

那肥妇对于他丈夫的这个办法，似乎很是赞成，并以为这个办法一提出，她的父母或者就有上几分出险的希望了，便也跟在他丈夫的后面，高声喊了出来，纯是一种恳求的说话。

这一来，这个重大的责任，不免由这汉子的肩上，又移转到大众的肩上来了，然而这实是一件很滑稽的事。试想在这严重的局势之下，亲如自己的女儿，近如自己的女婿，尚没有这股勇气冲进屋去把他们救出来；旁人究是漠不相关的，又有谁肯为了这不相干的事，去冒这个大险，而把自己宝贵的生命，付之孤注一掷的呢？而况他们又并不是什么富有的人，倘然他们能当众宣言，把这二人救了出来，有怎么的一种酬报，那么，重赏之下，必有勇夫，或者肯有人来干上一干了。如今又只是几句不着边际的话，什么结草咧，什么衔环咧，都是虚无缥缈到了极点，还有谁来做这个戆大？因此，他们夫妇二人，虽是一唱一随地在那里嚷叫着，希望有什么救星到来，却并不有人加以如何的注意。尤其是有许多人，都在担忧着他们自己切身的问题，来不及顾到旁人，更连他们在嚷叫着什么，也一句都没有听得的了。

独有杨继新，心肠最是仁慈不过，见了这种悲惨的情形，恨不得走出来帮助他们一下。无奈自己是个文弱的人，没有学习过一天的武，怎能干得上这种事情。只要能有上他妻子和大姨姊那般矫健的身手，那就好了。正在想时，忽出人意外的，只见前面一条黑影，像箭一般的快，已蹿入了一所已着了火的屋子中。这所屋子，就是那一对夫妇说是有二个老人家留剩在那儿的。

不一会儿，只闻得一声响，楼上的一扇窗门已推了开来，适才所见的那条黑影，即从楼窗中直蹿而下，背上还负着黑魆魆的一件东西。原来这二位老人家之一，已被他救出屋来了。那一对夫妇一见到，不禁欢呼了一声，立刻赶了过来。杨继新虽事不关己，然见了这般义侠的行动，心中兀自十分欢喜，也跟着欢呼起来。再瞧那黑影时，只将身子微微一耸，又从那楼窗中蹿了进去，大概又去救余留下的那位老人家了。但是这时的火势，已比先前厉害到了十分，连楼窗口都已蔓延及，只见通红的火舌，一条条地向外面伸了出来，烧得那椽子和屋瓦，都毕剥地作响，浓烟更是一阵阵地向外直吹。

眼见得一转眼间，这一所屋子就是付之一烬的了。于是吓得站在下面的一般观众，向着四下乱躲乱藏，生怕上面有烬余的椽子，或是屋面等等倒了下来，把他们压伤了的。尤其是杨继新，更比别人多担上了一种心事，生怕那个人举动略为迟钝了一些，不但救人不出，连他自己也会葬身在这火窟中。然而说时迟，那时快，早见那条黑影，又出现在窗前，只轻轻地一跃，已如蜻蜓点水一般，站立在那窗棂之上，手中抱着一件东西，大概就是那另一位老人家。因怕这烈火灼及了这老人家的身体，所以把自己的衣襟在外面裹着呢。更是一低身时，早已到了地上。

当他刚把这老人家在地上放下，众人忽瞥见他的衣襟上已是着了火，都惊得不约而同地喊起来道："火，火！……不好了！你的身上已是着了火，快把来扑灭了去。"杨继新更是慌乱得不知所云，不知如何才好。

然那人一点也不以为意，在微微一笑间，即把两个臂膀很随意的，向着左右拓上两拓，那些观看的人，不期然地都向两旁让了开去。他即乘这当儿，在地上很自然地打上了一个滚。等到他立起来时，身上的火早已给他完全扑灭的了，于是大众又是一阵地欢呼。而在这欢呼之际，又闻得轰轰的几声响，原来这层面和着那些烬余的梁柱椽瓦等等，都已倒了下来，这所屋子已是全个儿被毁的了。

这时候，蒋琼姑忽笑盈盈地走了过来，迎着那个人慰劳道："姊姊，端的好本领，只一转眼间，已把这二位老人家从火窟中救出来了。我起初也很想助姊姊一臂之力的，后来见姊姊正游刃有余，不必旁人帮助得，所以也就袖手旁观着。想姊姊总不致责我偷懒吧。"

杨继新这才知道并不是自己眼花，这轻便如燕、矫捷如猿，前往火窟中救人出来的，果然就是他的大姨姊。在最初，还以为大姨姊是和自己立着在一起的，决不会在这一霎眼间，就蹿向这所房子中去了呢。因此，他素来是很崇拜这位大姨姊的，如今，更是把这位大姨姊崇拜到了五体投地了。

同时，那两夫妻也扶掖着那二老来谢。原来是两老夫妇，一齐向着钱素玉说了不少感谢的话，还都向他磕下头去。慌得钱素玉扶了这个，又搀那个，弄得没有法子可想。好容易一阵子的乱总算乱定了，只见他们四个人，都望着这已焚去的屋子在那里出神，并不住地唏嘘着。杨继新不免又动了恻隐之心，忙向他们问道："这也是一种天灾，没有法子可想的，事后叹息着也无益。此后你们打算住到哪里去呢？"

他们听了这个问句，更露着泫然欲涕的样子。好一会儿，那老翁方向杨继新打量了一下答道："不瞒公子爷说，小老儿姓钟，是业成衣的，曾养下了六个儿子、四个女儿，不幸死的死了，送人的送人了，只剩下了这个女儿，配了这个女婿姓陆，也是做手艺的。总算他们有好心，把我们二老夫妻迎到家中养着。不料如今遭了这场火灾，把他们所有的一点东西，也都烧得干干净净，想到来日的生计，只有死路一条，教我们又能住到哪里去呢？"

杨继新听了这话，心中更是十分不忍，攒着眉又问道："那么，可有不有什么可靠的亲戚去投奔呢？"那老翁只是把头乱摇着道："没有，没有！就是有，这里的人家都是忌讳很深的。照习惯讲，遭了火灾的人家，不论男女，都不能到别个人家去；便去，别人家也不见得肯收留呢。"

于是，杨继新回过头去，和钱素玉、蒋琼姑嘁嘁喳喳地商量了一回，便对那老翁说道："既如此说，你们诸位如不嫌委屈的话，就请到我们所住宿的客寓中去，暂时停留一下。至于善后办法，不妨从长计议，我是极肯帮助人家的。"老翁等自不免也要私下互相商量一阵。

在最初，对于这个萍水相逢的人，竟有如此热心的一个提议，一半果然是非常的感谢，一半却有点不好意思去接受，觉得这在情理上总有点讲不过去的。然经不起杨继新很恳切地再三邀请，并还急出这么一句话来道："我在家是得不到父母欢心的一个人，大概是我不善侍奉的缘故。所以，我此后想在不论哪个老年人面前，多尽一点心，聊以间接地赎我不孝之罪。如今你们二位老人家不必多讲，就当作是我的亲生父母，好不好？"

这真使老翁等惶恐到了万分了，并深深地给这几句话所感动。加以就实际讲，目前除了接受这个善心的邀请外，实无别条路可走，也就既感且惭的答允下，随着杨继新等，同到他们的客寓中去。

在这时候，官厅方面方派了一个典史，耀武扬威地带了许多夫役，前来救火了。但是，可怜，可怜！不知已有几十所平民的房子，被火焚毁去了呢。到了第二天，杨继新送了五十两银子给那老翁，教他们觅一所屋子住下，容略缓再和他们筹划善后的办法。一壁即同了钱素玉、蒋琼姑，持了金罗汉的书信，前去隐居山，拜访柳大成。这一去，有分教，本身、替身双会面，两姓骨肉大团圆。

不知究竟是怎样的一番情节，且俟下回再写。

第二十三回

忧嗣续心病牵身病
乐天伦假儿共真儿

话说杨继新到了第二天，同了钱素玉、蒋琼姑，前去隐居山拜访柳大成。柳大成和柳迟即把他们迎接到屋中去，柳大成又把金罗汉带来的书信，看了一看，即笑容满脸地说道："这件事情我早已知道了，并且令尊和令堂，早几天已到舍间住下，专等你的到来。这一下子，你们真可骨肉团圆的了。"杨继新一听这突如其来的话，不禁愣住了在一傍，心想骨肉团圆，果然是极美好的一个名词，也是极幸福的一件事。不过自己是得不到父母欢心的一个人，而为什么得不到父母的欢心，自己却也莫名其妙。那就是团聚在一处，依旧是得不到父母的欢心的，又能尝得到什么天伦乐趣！私心所希冀的只是，或者为了这数年的离别，反能使父母想念着他，对于他生起疼爱的心肠来。倘能如此，那就好极了。但当自己离家的时候，父母还好好地住在广西，为什么会到这湖南来？又何由而知道他会来到这柳家，竟先在这里等候着他，这岂不是更奇怪的一桩事情么？

且住，这确是很奇怪的一件事。不特要把杨继新愣住在一傍了，就是读者们看了，恐怕也有些摸不着头脑。因为杨继新的父亲杨祖植，同了夫人离了广西思恩，来到湖南平江，住在他岳父叶素吾的家中。前书中虽也有得提起，但何由知道杨继新会来到这柳家，竟先到这里来等候着，却没有怎样的一个交代呢？如今，且让我腾出笔来，再把他倒叙上一下吧。

且说杨祖植夫妇到了平江，住到叶家去后，叶素吾是极爱这女儿的，由女儿复兼爱到这女婿，当然把他们二人待得非常的好。所以在杨祖植一方，并不以寄居岳家而有所伤感，觉得和住在自己家中，没有什么两样。每日逍遥自在，乐其所乐，一点也不感到怎样的不满足。只有这位叶家的小姐，虽是住的娘家，平素又深得父母的疼爱，照理应该比她丈夫更来得

221

安乐些。但是不知为了何故，心头常像记挂上一件什么事情的。换一句话说，已给她发现了一桩绝大的缺憾，原来她已感觉到膝下的空虚了。然而这番意思，她只能在杨祖植的面前偶然说上几句，在自己父母的面前，是不便说出来的。可是就对杨祖植说说，又有什么用处？除了当时得到杨祖植几声的慰劝以外，事实上却得不到一点儿的补救。因为照他们的年岁讲起来，虽只是刚过中年，然要再得子息，看上去已不是一件容易的事情。而杨继新究不是自己亲生的，他的归来不归来，和将来仍得团聚与否，都是不成问题。现在她唯一的痴心妄想，最好是把他们当时掉落在河中的那个儿子找了来。但一想到当掉下水去的时候，河水是何等的湍急，小孩子方在襁褓之中，又是不会泅水的，眼见得一落水就沉底，哪里会有生望？并且就算侥天之幸，尚有生望，或者竟给人家捞救了去，可是事情已经隔上了这许多年，在这茫茫人海之中，又能用什么方法，把这小孩子招寻了回来呢？因此，觉得她这痴心妄想，终于成为一种痴心妄想罢了。

　　她这般地闷在心中既久，不免就闷出了毛病来，并且病势很是不轻。这一来，可把叶素吾二老夫妇，急得一佛出世，二佛涅槃，忙忙地延医生来为她诊视。但这是一种心病，倘无心药来医，便把平江的名医延遍了，也是无济于事的。正在束手无策之际，忽走来了一个老道，也不求见叶素吾，只向叶家的下人问道：“你家的姑奶奶不是病了么？不是延请了许多名医来，都医治不好这病么？”

　　下人们都是具有一种势利的根性的，见这老道也是一个寻常的道人，并不见得有一些些的仙风道骨，还疑心他是借医病为名来骗钱米的。便冷冷地回答道：“是的，难道你会医病，连名医看不好的病都会医治么？”老道对于他的这番冷待，似乎一点也不觉得，仍和颜悦色地说道：“不，我是一个道人，哪里会替人家医病？不过你们姑奶奶所生的，也不能算得是一种病，我现有一个水晶球送给她，她只要向这水晶球中仔细瞧看上一会儿，包她此病立刻便可霍然，也算是我们的一种缘法。”当下，即从袖中取出一个晶莹润彻的水晶球来，递在下人的手中，教他送了进去。

　　谁知这下人拿到了这个水晶球，不免好奇之心大起，一时并不就走，倒拿起水晶球，放在眼睛前，自己先向球中望了去，看究竟是怎样的一种奇迹。只一望之间，却见现形在这球上的，便是这个老道，可不似先前这般的慈眉善目了，正撑起一双怒目，凶狠狠地凝望着他。随又见老道把嘴一呶动，像似在念什么咒语一般，即有一头斑斓虎，从这老道的身后冲了出来。倏忽间，这水晶球和这猛虎的轮廓，都逐渐地扩大起来，这猛虎似乎就要从这水晶球上猛对他扑了来了。他这一惊，真非同小可，出于本能的，忙把水晶球放下眼来，险些没有把这水晶球滚落在地上。瞧那老道时，早已走得不知去向。立刻追出大门外去望望，也不见有一点影踪。

湖南人的迷信鬼神，素来较之别省人来得厉害，这一来，知道这老道定是一位神仙了。因为倘是常人，决没有这般的足力，转眼间就会走得无影无踪的。这不是神仙是什么？何况还有这个弥着奇迹的水晶球，现成成地在他手中执着呢。当下即爬下地去，很虔诚地磕了几个响头，求神仙恕他愚昧，不要以他适才这般地冷待神仙而加罪。随又从地上爬起，把那水晶球高高地捧着，一路喊了进去道："好了，好了！难得有神仙爷走上门来，我们姑奶奶的病一定有救了。"

叶素吾给他这么的一嚷闹，倒弄得莫名其妙，忙喝问他："你莫非发了疯了，这么大嚷小叫的算什么？"这下人喘息略定，便把这件事对他主人详详细细地一说，又拿那水晶球给他瞧。叶素吾也是素来相信神鬼之说的，立刻也信是神仙，前来救他的爱女了，忙从下人手中，接过这水晶球来，径向女儿房中跑去。一见到女儿的面，也不说旁的什么话，只说："你快向球中望望吧，这是一位神仙送来的，说是能医治好你的病。"

他女儿也就无可无不可的，把这水晶球接到手中，向着球中凝望起来。在这一望之间，可觉得真有意思。原来这时在球上现出来的，乃是一片汪洋浩瀚的河流，而在中流，却有一艘大红船，方乘风破浪的前进。船头上有一个奶妈模样的人，正抱着一个刚过周岁的小孩，在那里玩耍着。这不明明映现着当时他们雇舟归去，小孩子未落水以前一种实在的情形么？谁知这时候这小孩忽在奶妈的手中，乱跳乱动起来，奶妈一个不留神，竟脱手把小孩掉下了河里去。急忙顺手一捞时，却只捞得了一顶风帽，这小孩早已漂流得不知去向。

叶家小姐看到了这里，不自禁地喊了一声："啊呀！"同时两滴痛泪也落了下来。暗想这真是一页伤心史，无论什么人看了，都要恻然生悯，掉下了眼泪来。何况我就是局中人，就是这孩子的母亲呢？而一手造成这番伤心的资料的，就是这该死的奶妈，为了她一时的疏忽，竟使我遭到莫大的惨痛了。

她一壁想，一壁又忍着痛瞧下去，这水晶球上所映现的，却早又另换了一幕的情节了。虽仍是这么的一道河流，但那艘大红船已是不见，却有一个小小的渔划子，由老夫妇二人驾着，向这河中驶了来。已而，忽有一件红红绿绿的东西，随着流水，一起一伏地着这渔划淌来。老夫妇二人见了，当然没有不捞取之理。比及捞取一瞧时，却是一个刚在襁褓中的小孩。而叶家小姐，一见小孩子这身的衣服，早已认识出便是她们所掉落水去的那个小孩。方知这小孩当时并没有沉入河底去，却是顺着流水淌了去，而为渔划上的这一双老夫妇捞救了去了。深悔当时没有沿着这湘河的上下流访寻上一下，倘然立刻就访知了这一段的情节，而把小孩要了回来，这事岂不多好么！然为了已知这小孩并没有沉入水底，却为渔划上救了去，不免生了一线的希望，心上倒又安定了一些。

　　当下出于不自觉地低低地欢呼上一声，便又急急地望下瞧去，要知道这被渔划上捞救去的小孩，这条小性命究竟是有救没有救？比看了此下的数幕，见这小孩非但已是保全了这条小性命，并一年年地长大起来，竟能入塾读书了。叶家小姐很是为之快慰，不觉在乐极而垂泪之外，还在脸上微微地露出点儿笑容来。但一看到这小孩被牛角挑伤，跌入山涧里面去的一节事，不禁又转喜为悲，大大地担起心事来，生怕这小孩的性命仍是不能保。而这小孩受了重伤的腰背和大腿，和流在地上的一大摊紫血，历历地射入她的眼帘来，更是触目惊心，惨不忍睹。幸而紧接其下映现出来的，便是一个道人走来采药，恰恰瞧见了这一桩惨事，即把这小孩救起，驮到了一个道观中去，并用了种种救治的方法，把这小孩的伤完全医好了。

　　叶小姐方始又重重地吁了一口气，把这一条心放了下去。而且更有一桩可以快慰之事，这小孩子已得了安身立命之所，从这道人学起道来了。最后的一幕，却见这小孩已是长大成人，一股英武之气，自然而然地从眉宇间流露出来，令人见而生爱，正向着那道人拜别了，朝着山下走来。

　　叶家小姐见了，不免暗想道："他辞别了师傅下山，莫非要找寻他的父母么？但是，可怜的孩子，我们已由广西思恩来到这湖南平江，你又从哪里去找寻我们呢？"正在此时，忽见水晶球上诸象皆杳，却有一行大字现出来道："如欲骨肉团圆，速至长沙隐居山下柳大成家。"这一行字，是何等的有力，真使叶家小姐惊喜交集了。心想果真有这骨肉团圆的一天么？好，想来神仙总不会骗人的，我就依照着这神仙所诏告的话，前去长沙隐居山柳家走上一遭吧。随又目不转睛地向这水晶球中凝望着，看还有什么别的迹象映现出来没有？可是，一个惊人的奇迹，又出现在此时，原来半空中忽隐隐地起了一些雷声，这水晶球即从她的手掌中飞腾而起，在金光闪烁之中，冲破屋瓦飞了出去了。

叶家小姐在当时虽也怔惊了一下，然转眼间即复了常度，似乎并不以这水晶球的突然飞去为奇异，一壁却像似急于要走下床来的样子，口中在嚷叫着道："我们快去长沙隐居山柳家，我们那孩子恐怕已在那里等候着了。"

这时候，不但是叶素吾，便连叶素吾的夫人同着杨祖植，也都闻得了这件事，赶来站在她的床边。他们只见她向这水晶球凝望着，一回儿笑，一回儿哭。一回儿惊，又一回儿喜。却不知她在水晶球中，究竟瞧到了些什么东西？比见半空中雷声一震，这水晶球忽从她的手中跃出，冲破屋瓦飞了去，更把他们震骇得不知所云了。如今忽又见她要走下床来，还疑心是适才的那件事，太出于常轨一点，骇破了她的神经，所以有这般疯疯颠颠的样子发现。忙一齐向她劝阻道："你不是生了好久的病么？在这病体还未复元之际，下床来都不可以，哪里可以去得长沙？你还是睡在床上安心静养吧，不要这般地胡说乱道了。"

但这几句话并没有多大的效力，只博得她扑哧地一笑，笑后又说道："谁在胡说乱道？你们不知道，我生的并不是病，就算是病，也只是一种心病。如今已得到了一种心药，早把这心病医好，身体完全觉得康健了，为什么不能去长沙？"这一来，连杨祖植也只懂得了她一半的意思，那叶素吾二老夫妇，当然冥愣住在一旁了。

叶家小姐方把自己得这心病的由来，对着他们二老一说，又把在水晶球上前后所见到的各种迹象，详详细细地说出。然后又单独地朝着杨祖植说道："如此看来，我们当年掉落在水中的那个小孩，不是还在人间，并已长大成人了么。而照这神仙所诏示我们的，这孩子想来已在柳大成家中等候着，我们应得早去长沙隐居山为是。"于是大家都欢喜起来，并相信这老道定是神仙的化身，特来指示他们的。当向空中拜了几拜，表示感谢之意。

这时叶家小姐心病已除，果然回复了原来的健康。随即夫妇二人一起登程，向着长沙隐居山进发。也不管和柳大成以前认识与否，此举冒昧不冒昧了。未几，便到了长沙。谁知找到了隐居山，向柳大成家中一问时，并没有他们所期望着的这个人在那里。倒又疑心这老道不见得是什么神仙，这水晶球上所映现出来的种种，完全都是靠不住的，一时颇有点进退维谷起来。幸亏柳大成是十分好客的，而柳迟对于他大师兄杨天池幼年的一番历史，又颇有所闻，知道这定是大师兄的父母到来了，便硬把他们留了下来。柳迟并对杨祖植夫妇说道："照你们二位的一番说话听来，你们所寻找的，大概就是我那大师兄杨天池了。他不久就要到这里来，且委屈二位在寒舍等上他几天吧。"

杨祖植夫妇见柳迟既是如此说，也就在柳家住了下来。不料，杨天池还没有来，杨继新倒先到柳家来了。这在柳迟，很明白这不是杨祖植夫妇所期待着的人，但柳大成对于这件事，究竟不甚弄得清楚，又见金罗汉给他的信中，有骨肉团圆这么的一句话，还以为杨继新这一来，果真就可完了这骨肉团圆的一局了。便也不管三七二十一，就教人去把杨祖植夫妇请出来，说是他们的少爷已是到来，快请来相会吧。

杨祖植夫妇在柳宅已等候了好几天，还不见杨天池到来，心中正是十分的焦闷，如今听得这么地一说，心花都是怒放了。两夫妇来不及地走到厅上去，满以为这一次，总可见到他们所盼望着的那个儿子，骨肉团圆了。叶家小姐并在拟想着，在水晶球上所见到的他们的这个爱子，相貌是长得何等的英武，想来本人也不至会有怎样的差异吧！不料，走到厅上，一眼望去，却只有一个文弱无比的杨继新立在那里。

这误会真是误会得可笑，可把他们二夫妇怔着了。然杨继新在名义上，总是他们的儿子，且不问他为什么找寻到这里来，然总不外于是要来找寻他们，他们在表面上又怎可冷淡了他？因此在一怔之后，忙都又装出一副笑脸来，前去接受他的敬礼，并问长问短地和他这么敷衍着。

杨继新已是久离膝下了，一见父母走到厅上来，倒不自禁地有上一种说不出的乐趣。然他是何等聪明的，忽见父母最初对他竟是一怔，似乎料不到所见到的会是他，随后方都又装出一副笑容来。然这笑容也装得十分勉强，一看就可看出，因此他心中很觉得有些不自在。心想照此看来，父母到底是不很欢喜我的，否则我离开膝下已有这几年，一旦见我平安归来，又得骨肉重逢，应该如何出自衷心地欢喜起来，为什么会有这种神情流露出来呢？

可是尽他内在如何的痛心，表面上也不得不和他的父母一般，装出一副极欢乐的神气来。先是跪下地去，向父母行了一个大礼，又引钱素玉、蒋琼姑二姊妹和父母相见，并说明自己为了不得已的缘故，不得父母之命，已擅自在外续娶了。又问问家中的情形，并为了什么会到长沙来的。

其实哪里是什么天伦快叙？两方面都感到苦痛极了，他们尽是这么戴着假面具，假意地两下敷衍着，在旁边陪着的柳大成，却一点儿不明白个中的内容，还以为真是照了金罗汉来书上所说的话，他们已得骨肉团圆了，暗地也替他们在欢喜。

就在这个当儿，忽有一个虽是书生模样，而英武之气自从眉宇间流露而出的少年，自外闯然而入，口中在唤道："柳迟师弟，你在哪里？我来了。"这时别人对于这个来客，倒并没有怎样的表示，叶家小姐却只一眼瞧见，心中即不期然地卜突、卜突地跳上几跳。暗想这老道真是一位神仙，一点也不欺人，这孩子果然来找寻我们了。而且他的面貌，竟与水晶球上所映现的一般无二呢！她一壁想，一壁即发了疯也似的奔了过去，把那个少年紧紧地搂抱着，并欢呼道："我的孩儿呀，你把为娘的想得好苦呀！"这一来，倒把大家都怔呆在那里了。

不知这少年是不是杨天池，且俟下回再写。

第二十四回

指迷途郑重授锦囊
步花径低徊思往事

　　话说叶家小姐，见外面走进来一个英英露爽的少年，立时心有所触，觉得和她在水晶球中，所见到他们已长大了的那个孩子，面貌一般无二，也就不管三七二十一，发疯也似的奔了过去，搂着了那个少年，喊了起来道："我的儿，你来了么？把为娘的想得你好苦呀！"

　　这在她，实因想得她这个儿子太苦，一旦居然天如人愿，这儿子竟来省视她们了，这教她又安得不大喜欲狂，再也不能把这火也似的热情，遏抑下去。但是别人除了杨祖植外，并没有知道这一节事；便是杨祖植，虽是知道这一节事，然也没有在水晶球中窥得一眼，对于他这儿子是怎样的一个面貌，依旧也是一个不知道。所以大家见了她这种出人意外的举动，还疑心她是发了疯了。尤其是那杨继新，更比别人多上一种骇诧，心想这真是一桩不可思议的事情。我虽是十分不肖，得不到父亲的欢心，但是父母也只有我这么一个独子，我并没有什么兄弟，为什么母亲如今又去搂着这个不相识的少年，叫唤起"我的儿"来了呢？难道此中还有什么隐情么？

　　不言大家是怎样的疑惑骇诧，而这个唤着柳师弟，从外面走进来的少年，却果然就是杨天池。最初见一个不相识的妇人，奔来搂着了他，叫起我的儿来，也不禁大大地怔上一怔，随即转念一想："我此次到这柳师弟家中来，师傅原是许我可以骨肉团圆的，莫不是现在搂着我的，就是我的母亲么？想来师傅是何等的神通广大的，大概已借了一种什么的法力，暗示过我的母亲了。所以我成人以后，母亲虽没有和我见过面，也能认识我的面貌呢。"

　　杨天池一壁这么地想着，不期地触动了他隐伏着的一种天性，立刻痛泪交流，如雨点一般地从眼眶中淌了下来。一壁即抱着他母亲的两腿，向地上跪了下去，说道："妈妈，不错，是不孝的孩儿回来了。爹爹又在哪里，大概是和你老人家同到这里来了么？"叶家小姐便泪眼婆娑地回过头去，向着杨祖植招了一招手。杨祖植忙也走了过去。于是一个跪在地上，二个搂着身子，相拥抱成一团，都哭得如泪人儿一般，实在是悲喜交集，这事情把他们感动得太厉害了。同时，旁人也大为感动，都替他们陪上了一副眼泪。

独有杨继新，却弄得更是莫名其妙了，心想照这情形看来，我的母亲一点也没有错认，这少年确是我的一个同怀了。而瞧他的年纪，也和我不相上下，不知他是我的哥哥，还是我的兄弟，为什么以前从没有听父母说起他来呢？因此，他不知不觉地走了过去，向着杨祖植夫妇问道："这位是哪一个？是我的哥哥，还是我的弟弟？为什么以前从没听你们二位老人家，提起过呢？"

这一问，可把他们二夫妇问住了。要对他把实话讲出呢，一时不知应从什么地方讲起，而且有许多不很容易讲的话；要不对他讲实在的话么，这个谎又怎样地撒得起？何况这不是撒谎可以了的事，总得有一个切实解决的方法。倒是杨天池，一见走过这么一个文质彬彬的少年来，年岁既与自己不差什么，又是用这么的一种语气问着，立刻想到了笑道人对他所说的那番话。心知这定是当他落水以后，父母出了一千两银子，所买买的那个裁缝的儿子，而也就是自己的替身了。心中很有些为这替身可怜起来，觉得他的这个替身，以前何尝不是骨肉团圆着，只因他自己是掉落了水中去，他父母使着黄金的势力，竟硬生生地把人家的骨肉拆散了。如今自己已得骨肉重圆，倘然再瞒了这桩事，这在良心上说起来，不是太有点对人家不起么？

他一想到了这里，心里好似负了重疚，有说不出的一种难过，即匆匆地向他父母行上一个大礼，从地上立了起来。一壁忙又对他父母说道："这件事情的始末，我已是完全知道，我觉得在这个事件上，我们很有对不住这位哥哥的地方。如今，我们应该把这件事情，老老实实地向他公开一下，再也不该把他瞒在鼓里了。"

杨祖植夫妇把这番话略略地想上一想，觉得很是说得不错，不禁一齐把头连点几点。杨祖植即露着一种很为抱歉的神气，向着杨继新说道：

"继新，我们觉得很对你不起，一向只是把你瞒在鼓里，如今我对你实说了吧。我们并不是你亲身的父母，中间还有上一个大大的曲折呢！"当下，便又把杨天池落下河去，没有法子可想，只好把他买了来充作替身的一番历史，详详细细地对他述说了一遍。

杨继新至是，方始恍然大悟，原来他并不是他们亲生的儿子，所以始终得不到父母的欢心。倘然不是现在说出来，他又怎能猜想得到这个原因呢？而经杨祖植这么地把这件事一说明，他本来自以为是父母双全的，现在已成为没有了父母的一个畸零人了。他自长大以来，又自祖父见背以后，即一分儿得不到父母的温煦抚护，这颗心长日如在冰窖中，冷冰冰的没有一些生意，如今更感得孤零之痛。再一瞧到杨天池已得骨肉团圆，他们的天伦间存着何等的一团乐意；而自己只是孤单单的，相形见绌之下，再也按不住向上直冲的那一股酸气，竟是放声痛哭起来了，并在叫喊着道："我的父母呢，我的父母又在哪里呢？我又从哪里去找寻我的父母呢？"这一哭，完全是从至性中发了出来的，直可惊天地而泣鬼神。凡是在旁边听得的人，没一个不是受到大大的一种感动，也都涕泗汍澜了。

尤其是杨天池，不知为了什么，一闻得这一派的哭声，好似从梦中惊醒了过来的一般，也发疯似的叫喊起来道："我真是误事，连得师傅嘱咐的说话，也忘记转述出来，反害得继新哥哥这般地痛哭，这般地着急呢。"说了这话，即向杨继新面前走了来，又从怀中取出小小的一卷的东西，递在杨继新的手中，继续着说道："这是一个锦囊，是在我拜别了师傅，走到了半路之上，师傅又差了一位师弟赶了来交给我的。并教那师弟郑重地转嘱咐着我，倘然到了柳师弟家中，我自己果然得到骨肉团圆，而在继新哥哥这一方，或者发生了什么困难的情形，不妨拆开这个锦囊来一看，一定也可一般地得到骨肉团圆。如今不是已遇着了这种情形么，而我师傅又是能未卜先知的，他在这锦囊中，一定有所诏示你呢。"

杨继新一听这话，心中顿时一宽，忙把这个锦囊拆了开来。只见里面仅附有一张信笺，上面写了酒杯大的几个字，他只把这几个字看了一遍，立刻止了哭泣，微露笑容，一壁低低地说道："原来是这么一回事，这真是一位神仙了。"说完这话，也不向众人告别，径自向外面奔了出去。

众人不免都为一愣，但知道那一张信笺上，一定是很扼要地写上了几句话，把他父母的下落告诉了他，他所以这般迫不及待地奔了出去呢，也就不去挽留他。只有钱素玉和蒋琼姑二人，是和他一起儿来的，一见他奔了出去，也就和众人匆匆作别，跟在他的后面。如今，且把杨天池这边暂行按下，因为他们已得骨肉团圆，当然很快乐地回到了平江去，也就没有什么事可写了。

单说杨继新一看到这信笺上所写的几句话，这一乐真非同小可，走出了柳家以后，忙一步不停地依着从隐居山下回归城中去的那条路走了去。至于钱素玉、蒋琼姑二人，究竟跟他同走不同走，他是没工夫想到的了。一回到昨天所住的那家客栈中，昨天从大火中救出来的那二位老夫妇，住在哪一间的房中，他是知道的；即三脚二步地向这间房中赶了去。恰恰这二位老夫妇正在房中坐着，并没有走到街上去。

他即走到他们的面前，扑地把双膝跪了下来道："你们二位老人家，从此不必再担什么忧，你们不孝的孩儿已是回来了。"这二位老夫妇猛地见一个人走进房来，径向着他们的面前跪下，已是吃上一惊。比听得了这番话，又把跪在地的这个人的面貌，略略地瞧看了一眼，发现就是昨天搭救他们的那个公子爷，这更把他们怔惊得不知所云了，慌忙都从椅中站了起来。这中间还是那老翁比较地会说话一些，忙十分惶恐地说道："公子爷不要向我们开玩笑了，公子爷这般地称呼着，岂不要教我们折福煞！"

杨继新一壁按着他们仍坐在椅中，一壁正色说道："我哪里敢和你们二位老人家，开什么玩笑？我的的确确是你们亲生的儿子。你们曾有一个刚过了周岁的儿子，由了媒婆的说合，给一个过路的贵家公子抱了去，二位老人家难道已忘记了这件事么？"

这话一说，立时使他们二位老夫妇想忆起这桩事来。那位老婆婆又不由自主地按着了杨继新的头，细细瞧视了一下，喜得欢呼起来道："果然是他，果然是他！这头上不明明是有两个旋，而又正正在两边头角上么？这是我那可怜的孩子，唯一的一种记认了。"这时候，他们的女儿和女婿，也闻得了这个消息，早从房外走了进来，于是大家上前厮认。而为了这事太悲喜交集了，不免大家又拥抱着，互相哭上一场。跟着，钱素玉、蒋琼姑二姊妹，也赶回客栈中来了，当然又有上一番的厮见。后来经老翁细细的讲起家中的情形，方知有一年长沙遭了大瘟疫，他的五个儿子、三个女儿，都给疫神勾了去，只剩下了这个女儿。幸而嫁的丈夫还有良心，见他们二老孤苦可怜，便迎接到自己的家中奉养着。他们没有事的时候，也常常想念到这个已卖给了人家的儿子，不知长大了没有，现在又是怎样的情形，但绝不想今生再有见面之日。不料天心竟是如此的仁慈，居然在他们垂暮之年，又在这穷困得走投无路之际，使得他们天伦重聚、骨肉团圆了。这是何等可以欣喜，何等可以感谢的一桩事情啊！

不久，便由蒋琼姑将从刘鸿采那里携来的珍宝，变卖了一部分，在长沙近郭的地方，买了一块地皮，建造起一所住屋来，并小有园林之胜。奉了二老，招同着那位姊姊和姊夫，都住在一起，过起快快乐乐的日子来。至于钱素玉，当然也是一起儿住着。她和蒋琼姑是同经过患难的，彼此都是不忍相离的了。照理，杨继新既已归宗，我应该改称他钟继新，不过为免读者们眼生起见，以下依旧称他为杨继新。一言表过不提。

且说有一天，杨继新闲着无事，独个儿到那个小花园中去走走。偶尔向前一望之间，忽见在他前面相距不远的地方，有上了一个亭亭倩影，手中提着一把灌花的水壶，且向那些花的枝叶上浇灌着，且向前面漫步行了去。照着那背影瞧去，不就是他那大姨姊钱素玉么？不期地又回想到那一天步入花园，遇见大姨姊时候的一种情形，觉得很与今天有些仿佛。那时节倘然不是大姨姊可怜他，把抢去新娘软帽的这个方法，暗中指示了他。他不但不能与蒋琼姑合欢，成了百年之好，恐怕连性命，都要葬送在刘鸿采的手中呢！但是这大姨姊，也真是一个古怪的人，表面上看去，很是来得落落大方，对于他，也总是有说有笑的，似乎一点嫌疑也不避。可是只要他略略表示出亲热一些的样子，就要把脸儿一板，走了开去，显然像似有点嗔怪他。这真叫他有些不明不白，莫非这是处女们应有的一种娇态么？至于他屡次向着这大姨姊表示感谢之意，大姨姊总是反问上一句："你没有忘记跪在花园里当天所发的那句誓言么？"而如花的娇靥，也不自禁地晕红起来，更使他猜不透，究是藏着怎样的一种意思？

杨继新这么反复地想着，竟想得出了神，而在不知不觉之间，忽有微微的一声咳嗽出了口。钱素玉一心一意地在浇着花，原不知道杨继新在她的后面，及闻得这一声咳嗽，方始回过头来一望。她是何等的眼尖？杨继新这种想得出了神的样子，早已给她一眼瞧了去了。依得她最初的心思，很想依旧向前走去，不必去理睬什么。因为她也明知这是很不易处的一个环境，偶然一理睬起来，说不定大家都要受上一些儿窘的。但是不知她怎样的一个转念，反又迎了过来，玉颊上微微晕起二道红霞，带笑向着杨继新问道："你这书呆子，究竟又在想些什么，怎么竟想得出了神了？"

杨继新正在呆想着出了神的时候，不料竟为大姨姊所发觉，更不料会迎了过来，这么地向他诘问着，他哪有不大吃一惊之理？而就为了吃惊得过甚一些，脑神经又是木木然的，没有恢复常度，竟脱口而出地说上一句道："我是在想着姊姊。"这是何等放肆的一句话，钱素玉气得脸都黄了。最初像似马上就要向他发作，随又把这口怒气竭力遏抑着，只冷笑一声道："这是一句什么话！教别人家听见了，可不大好听。你以后还得自重一些。"

这时候杨继新也自知把话说岔了，忙十分惶恐地分辩道："不！我不是这般地说。我实是在想着那一天在花园中，初次会见姊姊时的情形。那时若不承姊姊关切的指教，后来不知要有上怎样一个不堪的结果呢。适才我在无意中，瞧见姊姊提了一把水壶浇灌着花，觉得与那天的情形有些仿佛，不期想着了那天的这桩事。又因留在脑中的印象太深，虽已是隔上了些时候，宛同就在眼前一般，不免想得出了神了。"

钱素玉听了他这番话，又很为注意似的，向他打量了几眼，似已察出他所吐供的确为一种实情，并不是说着什么假话，也就把这口气平了下去。在脸色转霁之间，又淡淡地说道："这都已是过去的事情，提起他已是无聊，倘再要怎样的、怎样地去追思他，未免更为可笑了。并且……"

杨继新似已懂得她的意思，不等她把这句话说完，即鼓着勇气，替他接说下去道："并且当时我已跪在花园里，当天发过誓言，我是决不敢忘记姊姊的大德的。姊姊倘有用得着我的事，我一定鞠躬尽瘁，至死不悔。何况后来家父、家母他们二位老人家，都是承姊姊从大火中救了出来的，更教我不知如何方可报答姊姊呢。"瞧钱素玉时，像似也要说上一大篇的说话，可是还未启得口，忽举起一双美妙的秋波，向着远处望了一望，似乎见到有什么人走了来，生怕给那人撞见了他们在谈话，要有点不好意思的。便只向杨继新淡淡地一笑，即披花拂袖而去。

杨继新低着一个头，跟在她的后面，惘惘然地走着，这颗心像失去了一切的主宰，空洞洞的，不知在想着什么的念头，连他自己都有点不知道。如此地也不知走了多少路，忽然撞在一个人的身上，不免小小吃上一惊，忙抬起头来一瞧时，他所撞的这个人，却就是他的父亲钟广泰。

钟广泰先向他仔仔细细地打量上几眼，然后慈眉善目地向他问道：

"你适才在这里不是同钱小姐谈着天么，为什么这般地失神落智的？"杨继新道："她在这里浇灌着花，我只和她闲谈了几句。唉！爹爹，你以为我有些失神落智的样子么？但我并不觉得怎样，只是精神有些不济罢了。"饶他虽是抵赖得这般的干干净净，然不知不觉间，一张脸已涨得通红起来。

钟广泰又向他笑了一笑，说道："唉，孩子，你不要再瞒着我吧。这一阵子凭着我的冷眼观察，你的心事，我已是完全知道了。而且这位钱小姐，不但是你的恩人，还是我们二老夫妇的恩人，并又和你媳妇儿十分莫逆，好像一刻儿都不能分离的。倘让她孤零零地嫁到了别个人家去，我们果然是放心不下，她也正恐舍不得离开你媳妇。所以如能大家说一说通，共效英皇的故事，永远不再分离开来，那是再好没有的事情呢。你看，这事怎样？"

杨继新道："爹爹的这个主张果然不曾说错。只是爹爹你不知道，钱小姐的为人是十分高傲的，孩儿已是娶了媳妇的人，她怎肯嫁与孩儿，做上一个次妻呢？"钟广泰笑道："这一点也不要紧。你们弟兄本有六人，现在只剩了你一个，原兼祧着好几房，拿着兼祧的名义，再娶上一房媳妇，那是一点不会发生什么困难的问题的。"正说到这里，忽闻得一响，似有一个人，从一棵树后走了出来。

不知这从树后走出来的是什么人，且俟下回再写。

第二十五回

避篡夺剀切一封书
怜孤单凄清两行泪

话说杨继新父子俩，正在谈着体己的说话，忽闻得有一阵的声响，像似有什么人，从树林子中走了出来，不禁都怔上了一怔。忙向着这种声响所传来的方向，举起眼来一看时，方知这走来的并不是别人，却是蒋琼姑。这倒使他们父子俩，都觉得其窘无比了。因为这虽是不久便要公开的一个问题，然而你倘然是爽爽快快的，正式向着蒋琼姑提出，这是不关紧要的；如今在未正式提出以前，如果已给她窃听了去，那是多么的来得难为情。而在杨继新这方说起来，较之他的父亲，更有上一种说不出的窘。

原来他们伉俪间，本是十分恩爱的。照理他父亲适才所提议的那一番话，倘然是出于一种误会的，他应该立刻切实地辩明。谁知他虽没有什么赞成的表示，而也没有一句话来辩明。蒋琼姑当然已把这一番情形瞧了去了。这明明表示出，他对于钱素玉确是有点儿意思的，而也就是爱情不专一的一个明证，这不是很有点对他的妻子蒋琼姑不住么？因之，他一见蒋琼姑走了来，一张脸都涨得通红起来。蒋琼姑却大方得很，像似一点不以为意的，在向二人打上了个招呼以后，只闲闲地说道："我因着无聊，到这园中来玩玩。公公向你所说的那番话，我已在无意中听了来了。我们姊妹一向是很要好的，我本来也有上这一个意思，只是不便出之于口。如今公公既也是这般地说，那是再好没有，我当然是十分赞成的。不过，我姊姊的脾气最是古怪不过，只要有一句话说得不大对，就要把事情弄僵，还得由我伺看着机会，慢慢地向她陈说呢。"

钟广泰听了这话，连连把头点着，杨继新却没有什么表示。蒋琼姑不免又向杨继新看了一眼，笑嘻嘻地问道："那么你的意思怎样，大概不致会反对这桩事情吧？"这一问，却问得杨继新更是窘不可言，回答不好，

235

不回答又不好。半晌，方迸出这么几句话来道："爹爹和你既都有上这么的一个意思，我哪有反对之理？何况，你们姊妹平素最是要好不过，差不多寸步都不肯离开的样子，倘能如此，倒也是很好的一个办法呢。"这话一说，倒又招得蒋琼姑扑哧地笑出声来了。

蒋琼姑离了花园，回到房中以后，便一个人在心中筹划着，应该如何地去和钱素玉开口谈起此事，方才可以得她乐允，而不致把事情弄僵。正思量得有点儿头绪，忽然帘子一掀，有一个人走进房来，倒把她骇了一骇。定睛看时，却正是钱素玉。这钱素玉是何等聪明的，似早已瞧出了她在想心事的样子，便笑了一笑说道："你莫非一个人在想着什么心事？我突然地走进房来，倒把你骇了一跳呢。但是照我想来，你目下的处境，也算如意极了，还有什么心事可想？"

蒋琼姑也笑道："照理说，似我目下所处的这种环境，是不应该再有什么心事的。但我确有上一件很大的心事，好久不能委决得下，姊姊也是聪明人，难道还不知道么？"钱素玉听她这么地一说，立刻露出很注意而又很惊诧的样子，问道："怎么说，你确是有上一件很大的心事，而也是我所应该知道的么？哈！但我却确确实实的一点都不知道，真是不聪明到了极点了。"蒋琼姑道："这不是不聪明，或者是姊姊还没有注意到。只是照我想来，我的这件心事，除了姊姊以外，再没有别人能知道得更明白的。姊姊，你不妨猜猜看。"

果然末后的这一句话，竟引起了钱素玉的一种兴趣，偏了头想上了一会儿，突然间像似领会了过来的，即笑逐颜开地说道："哦，我知道了，我明白了。你莫非因着好逑已赋，熊梦犹虚，一心一意地很想获得一个玉雪可爱的麟儿么？"蒋琼姑忙把头连连地摇着道："不对的，姊姊猜错了。我的年纪还很轻，怎么会有上这般的心事？实对姊姊说了吧，我的这件心事，还是完全为着你姊姊呢。"

钱素玉更加惊诧起来道："怎么？你的这件心事，完全是为着我？我真有些儿不懂起来了。"蒋琼姑正色说道："姊姊，你怎么如此的不明白？你想我们姊妹俩，从小就是在一起的，一直到现在从没有分离过，真比人家的亲姊妹还要亲热上好几倍。倘然一旦分离起来，大家都不知要怎样的难堪。然而，要一辈子厮守着不分离，这实是一件做不到的事。因为无论如何，姊姊迟早总要嫁人的；一嫁了人，哪里还能同住在一起，不是就要

236

互相分离了么。为了这个缘故，所以我很是上了一点心事呢。"

钱素玉笑道："原来你为的是这个，那你这心事也上得太无谓了。这有什么要紧，我只要一辈子不嫁人就是，不是就可和你永永不分离了么？"蒋琼姑道："一辈子不嫁人，也不过这么说说罢了，事实上不见得能办得到的。依我说，倒有一个两全其美的办法在此，那就是我们姊妹俩，最好能共事一夫，这在从前的历史上看下来，并不是没有这种事。帝尧的二个女儿娥皇和女英，同时下嫁于舜，就是很好的一个先例。只是我虽有这个意思，但恐一个说得不好，姊姊听了着恼，所以一向藏在心里不敢说出来，不免就上了心事了。现在不知姊姊以为怎么样？"她一壁这么地说着，一壁偷偷地去瞧望钱素玉的脸色，看她为了此事，会不会着恼起来，很是担上了一种心事。

谁知真是出人意料之外的，钱素玉竟是一点儿脸色也不变，像似对于这番话，并不当作怎么一回事。只淡淡地一笑说道："这是你一个人的意思呢，还是别人的意思也都是和你相同的？"蒋琼姑暗想："这句话问得有点意思了，看来她对于这件事也是赞成的，不见得会怎样着恼的了。我不如乘此机会，刿刿切切地向她进言一番，把这事弄上一个着实。否则，一旦有了变局，倒又不易着手。"便立刻回答道："最初是我有上这个意思，觉得要图我们姊妹俩，永久团聚在一处，没有再好过这个办法的了。后来在空闲的时候，从容地向着家中人一说，差不多全家的人，对于这个办法，没有一个不极口称好的。因为继新他果然受过你的救命大恩，就是他们二老，也是全仗着你，才能从火窟中逃生出来。他们虽没有什么方法可以向你报得恩，然暗地却总在默祝着你平安无恙，毕生不受到什么风波。倘然一旦见你离开了他们，孤零零地到了别处去，实在很是放心不下的。如今我这个建议，倘能成为事实，那大家就可永久团聚在一处，他们也就很可放下这条心了。姊姊，现在我斗胆请问一句，不知你意下以为如何？倘然是赞成的话，那我就是退居于妾媵的地位，也是心甘情愿的。"

今天的钱素玉，真是有点奇怪，听了这番话后，仍没有什么切实的表示，也没有一点怕羞的样子。然也并不着恼，只举起一双秀目，向着蒋琼姑深深地一注视，然后又淡淡地一笑，说道："原来这不只是你妹妹一个人的意见，你们全家人的意思，都是和你相同的，这未免太把我瞧看得起了。我当然是十分感激的，而什么报恩不报恩的话，更是使我承当不起。

我不过偶然地出了一下力，又有什么恩德于人呢？不过，你妹妹所建议的这桩事，总算得是一件大事，我不能马上就答复你，请让我考量上几天再讲吧。只是请你不要误会，我对于你的这番好意，只有感激的份儿，决计不有一点儿的着恼的。"说完，又闲谈了几句，也就回到她自己房中去了。

蒋琼姑等钱素玉走了以后，一时间也猜不准她究竟是赞成还是反对，不过仔细想上了一想，姊姊平日的脾气，是何等不好惹的，倘然话说得不对劲，一定当场就要闹了起来；如今一点儿也不闹，显然是心中并不怎样的反对。何况她还郑重地向我声明，教我不要误会，她对于我一点儿也不着恼呢！由此看来，她对这件事很有点意思的了。但她终究是一个女孩子家，关于这种婚姻的事情，不免有些儿害臊，决不能人家向她一说，她就马上答允下来。只要隔上几天，再向她絮聒上一回，大概也就不成问题的了。

她这么一想时，觉得此事已经得到一个解决，心中很是欢喜，忙向二老和杨继新去报告。他们当然也是暗暗地欢喜。不料第二天，到了八九点钟的时候，还不见钱素玉走出房来，但大家并不在意，都以为她大概是患了病，睡倒在床了。只有蒋琼姑，却已暗暗地生惊："想我这姊姊，比不得我，她的身体是十分强健的，从来没有见她生过一回病，今儿怎么会睡倒在床呢？莫不是她昨天口中虽说不恼，心中却是着恼到了万分，因恼而气，因气而病，倒也是常有的事。倘然真是如此，那事情可就大了，也可就糟了。"当下也不向大家说什么，即皇急万分地向着钱素玉的房中奔了去，口中连连地唤着："姊姊，姊姊，你怎么啦，莫非病了么？"

然而尽她把喉咙叫破，也听不见钱素玉的一声答应。再向房中一找时，更瞧不见钱素玉的一点影子。她这颗心，不禁怦怦地跳动着，同时也有些恍然了，姊姊大概为了昨天的那件事，对着我们很是不快，所以竟是不别而行了。果然在她这么作想的时候，就在桌上找得了一封信，信中只是很简单的几句说话道：

　　盛意良足感，第妹伉俪间爱情甚笃，姊不欲以第三者阑入其间，致蹈攘夺之名，因决意远走避嫌。妹幸弗复以姊为念，他日或尚有相见之时也。吕祖师所贻姊之饰物一包，挈带不便，即以

238

奉赠。盖姊随身携有现银，益以身负薄技，倘遇困乏，不妨粥技糊口，固不虞资斧之有匮乏耳。不及而别，伏维珍重。此请！

琼妹青及。姊素玉留言

蒋琼姑读了这一封留言以后，不禁泫然欲涕，暗想："该死，该死！这完全是我把她逼走了。但她的脾气也真是古怪，既是对于这桩事不大愿意，何妨明明白白地对我说出？我决不会去强迫她的，她又何必要不别而行呢？"同时，复又想到，钱素玉虽是有上些随身的武艺的，但终究是一个姑娘家，像这么孤孤单单地独个儿走出门去，而且没有一定的目的地，到底带上点危险的性质。倘然真的闹出什么大乱子来，那是我害了她了，在良心上又怎么交代得过呢？她一想到这里，立刻发生一念，既由我把她逼出了门，必由我把她拉了回来，方才对得住人家。倘然我竟是找寻她不着，也只好撇弃了我的丈夫、我的家庭，在江湖上流浪着一辈子了。

蒋琼姑把这个主意打定以后，忙先回到自己的房中，掇拾了一番，然后提了一个小小的包裹，来到堂屋中。杨继新和那二位老人家见了，不免都觉得有些诧异，忙向她问道："你这是什么意思，把这个小包裹提到了这里来，你也找到了你的姊姊么？"

蒋琼姑即把钱素玉不别而行的事，说了一说，又拿那张留言递给他们瞧，他们不禁都怔呆了，随又听蒋琼姑说道："我如今要去寻找她了，待我寻找到了她，依旧要把她拉了回来的。"大家不免更是一怔，杨继新便先开口道："你要去寻找她，这个意思果然很为不错，但她又没有告诉你的去处，在这人海茫茫中，你又从哪里去寻找她呢？不要在你自己的方面，倒又弄出什么乱子来了。"

蒋琼姑一想，这一句话倒也说得不错，但立刻又给她想出一种相当的理由来，可以抵制住这句话。便忙说道："不，你不知道的。她在这留言上，虽不曾说出她的去处，但她平日和我谈话，总说浙江新安是我们的故乡，可惜从小就离开了那里，不曾知道得是怎样的一个情形，他日得有机会，定要回到故乡去看上一下的。所以，我如今只要向着上浙江新安的这条路上，追踪而往，定可把她寻找到。一把她寻找到，就拉了她回来，还

239

会有什么乱子弄出来呢？"

杨继新见她的话说得头头是道，倒也不好去驳斥她，然仍是放心不下，便说道："既然如此，不如由我陪伴着你一同前往，总比你单身独行要好上一些。"他把这话一说，蒋琼姑倒扑哧一声笑了出来，并道："哟，哟！你是一个文弱书生，又能在路上帮助得我什么呢？不要是我单身独往，本来没有什么事情出的，为了和你一同前去，要加上一分照顾你的心，反而弄出了什么乱子来，那才是天大的一桩笑话呢。"这倒是很实在的几句话，然杨继新终究是一个男子汉，听了未免觉得有些难堪，并很为惭愧，顿时把一张脸都涨得通红，也就默然不语。然而要蒋琼姑一个人孑然前往，在二老这方面看来，终究觉得有些不放心，便又想来阻挡着她。

可是蒋琼姑已不像往日的柔顺，这时候把那小包裹向着肩后一背，并向二老拜了几拜，算是行了一个告别礼，即头也不一回地边向着门外走边说道："在这种情势之下，我是决意要寻找我的姊姊去了。倘然二位老人家，以为我这般的执拗而不肯听话，是不合于理的，那让我寻到了姊姊回来之后，要怎样地惩罚我，就怎样地惩罚我好了，我是决无一句怨言的。"说到这里，忽又立停下来，回头向着杨继新一望说道："我去了，所有关于侍奉二老的事，要请你暂时偏劳一下了，回来我要好好地向你道谢的。"即翩然出门而去。

这一来，杨继新和着二老，只好呆呆地望着她走出门去，不便再怎样地硬把她拦阻住，心中却都有点儿不大自在。

再说蒋琼姑出了家门以后，即先把从这里去到浙江新安是怎样走法的，打听得一个清清楚楚，然后照着他们所说的，赶速地按程前进。心想钱素玉这番倘然真是到新安去，那是没有什么一定目的的，并且她也不知道有人在后追赶着她，那她一路之上，一定随处赏玩着山水，不见得会急急地赶路。自己只要兼程而进，就不难在路上追到她了。可是，饥餐夜宿，经过了好几天，虽平平安安的没有出一点乱子，却也没有见到钱素玉的一点影子。这一来，不免又使她怀疑起来，莫不是钱素玉预料到她要从后追赶了来，所以不打往新安这条路上走么？还是自长沙去新安，是有上好几条路的，现在大家各走了一条路，所以彼此碰不到她呢？她思量上一阵，仍决定以新安为目的地，现在不去管他，且俟到达了新安再说。倘然

240

到了新安，仍是遇不见钱素玉，只好再改从别一条路上找了去。总之，无论如何，她已是下了一个决心了，不把她这位姊姊找到，她再也不回长沙的了。

如是地又走了几天。一天，正打一个山谷间经过，忽闻有说话的声音，从再上的一个山峰上传了下来，听去十分稔熟，好像正是她姊姊的声音。立时间，她的心不禁怦怦地跳动着。也不管是与不是，忙由一条山径间，直向这个山峰上奔了去。等得到了那边，举目一瞧时，立在一棵大树之前的，不是她的姊姊钱素玉，又是什么人呢？

她这一喜，真非同小可，正想欢然地向她姊姊叫上一声。不料，两眼偶尔向旁一瞥，又见到了一个人，这可又使她惊惶无比了，哪里再能开得什么口来。原来这人不是别一个，就是把她们姊妹俩从小就抱了去，后来用以为饵，勾摄许多青年男子的魂魄的这个刘鸿采。这时候钱素玉却也已见到了她，不禁突然地惊叫一声，两个脸颊本来很是惨白的，如今更是惨白得怕人，似乎万料不到她会到这里来，也万不愿意她恰恰在这当儿到这里来的。但刘鸿采可不许她们姊妹俩交谈什么话，即听他哈哈一笑，说道："好，好！一个来了不算，二个一齐来了。我本来算定了，可以在这山中遇见你们的啊。从前我受了你们一时之愚，给你们逃出了我的掌握，现在瞧你们再能逃到了哪里去。倘然再能从我手中逃了去，那我才佩服你们真有能耐呢。须知道这一次全要仗着你们自己的能为，吕祖师是不能前来救援你们的了。"

他正说到这里，忽闻幽幽地有人在说着话道："吕祖师爷虽没有来，我却早已到来了，你难道没有知道么？"这一来，惊得她们姊妹俩面面相觑，不知什么人在说着话。刘鸿采更是敛了笑容，露出一派惊惶之色。

不知作这惊人之话的究竟是什么人，且待下回再说。

第二十六回

飞烈火仇边行毒计
剖真心难里结良缘

话说刘鸿采正在得意万分之际，忽闻有人幽幽地在说道："吕祖师爷虽没有来，我却早已到来了，你难道没有知道么？"这天外飞来的几句话，在钱素玉姊妹俩听到以后，只是相顾愕贻而已，并不真是怎样的吃惊。因为这个人突然的到来，多少于她们自己一方有利无害的。独有刘鸿采突闻此数语以后，不禁大大地吃上了一惊，而且听去声音十分稔熟，莫不是他意想中所猜拟的那个人，到来了么？倘然真是这般，那是把他所希望着将要干的一桩玩意儿，破坏得粉碎无存的了。

但他战战兢兢地静候上一会儿，并不见有一点动静，也不再听到有什么声息，不禁又哑然失笑起来。这真是在那里活见鬼，明明是自己心中惧怕着这个人，不免有些心虚，耳官中也就幻现着这个人的声音来，何尝真有这个人到来呢？于是，又把战战兢兢之态收藏去，换上了一种奸凶刁恶的样子，冷笑一声，说道："哼哼！你们这二个贱丫头，今天可重又落入了我的掌握之中，再也不能逃走了，瞧你们如今还有什么话说！"

钱素玉和着蒋琼姑，仍是你望着我，我望着你，一句话也没有。因为她们知道，刘鸿采最是奸刁无比的，如今既已重落他的掌握之中，定已下上一个决心，要把她们加以残害，她们就是不论怎样地向他恳求着，也是无济于事的。

刘鸿采见她们一声儿也不响，倒又很得意地哈哈大笑起来道："哦？你们也知道自己罪大恶极，已在不可赦之列，所以不敢再向我恳求半句么？好！你们总算和我相处了这么多年，还能知道得一点我的脾气。不过，我要明明白白地对你们说一句，你们看中了那个少年书生，违背了我的约束，私下放他逃走，自己也跟着逃了出来，这还是可以原恕的一件事

242

情。最不该的，又引了吕祖师来，推翻了我多年来辛苦经营的基业，使我存身不住。这真使我越想越恨，恨得牙痒痒的，再也不能把你们饶恕下来呢。现在我的说话已完，马上就要教你们尝到一种求生不得，求死不能，极其惨酷的刑罚，方知我的厉害，同时也可消去了我心头的一腔怒气。"

刘鸿采说到这里，又是阴恻恻地一笑。她们姊妹俩见了，不免都觉得有些毛骨竦然。说时迟，那时快，他早又伸出右手来，戟着一个食指，向着她们姊妹俩，连连地指上二指。说也奇怪，她们俩经上他这么地一指，即足步踉跄地各向一并排的二棵树身上倒了去，好像自己一点儿也不能做得主。加之顷刻之间，又不知从什么地方，飞来了二只很巨的木钉，一边一只地恰恰把她们俩当胸地钉在树身上了。

照理说，她们给木钉这么地当胸一钉，脏腑间一定要受到重大的伤，就不致当场致命而死，至少要有鲜血淌流出来。谁知不然，她们却一点儿也不觉得什么痛，更无一些些的鲜血淌出，只是把她们的身体紧紧地钉住，不能自由罢了。她们才知道，这定是刘鸿采用的一种什么法；又由此知道，刘鸿采刚才所说的话，一点也不是骗人，他确是要她们求生不得，求死不能，在一种极惨酷的刑罚之下，宛转呻吟而死，不肯立刻就制她们的死命呢。只是他将采用怎样的一种刑罚呢，又将惨酷到怎样的一个地步呢？她们真不敢再想下去了。

于是又听到刘鸿采的哈哈一笑说道："这只是我计划中的第一步，不过使你们不能自由行动罢了。现在我就要引你们与死神相见，但这死神，是在我的指导之下的，并不立刻就取去你们的生命，却取着渐进主义，把你们的生命，一寸寸地加以摧残，加以凌践。直至你们吃足痛苦，我也认为满意的时候，方始真的赐你们以一死，毕了它的使命。你们也懂得我的语意么？"

当他说的时候，好似演讲一种新发明的学理一般，很是得意扬扬，一点也不有矜怜之色。比至把话说完，即把口张开，很随意地向着她们所系缚着的二棵树木间一嘘气。立时间，靠近她们四周围的草木上，都飞起了一点点的火星，这火星愈转愈大，愈趋愈烈，竟是开始燃烧起来。随即有红赤赤的不知多少条的火舌，齐向她们伸攫着，要把她们包围起来了。

在这时，她们也开始遭受到烟的熏刺、火的灼炙，有说不出的一种不受用。同时，她们也恍然大悟，原来刘鸿采所谓的极惨酷的刑罚，便是以烈火为之背景。本来呢，天下最无情而最猛烈的东西，莫过于水与火，而烧死在火中的，似乎尤较溺死在水中的，来得加倍的痛苦呢。

一会儿，火势愈逼愈近，竟是飞上了她们的衣服，灼及了她们的头发，显然地要再向内部进攻去。她们二人究都是弱女子，纵是已决以一死为拼，咬紧了牙关忍受着，但呻吟的声音，仍是禁也禁不住的，从口中微微地度了出来。刘鸿采见到了她们这种为烈火所逼迫，无法可以躲避的情形，已是大大的一乐；再一听到这些低微的呻吟声，心花更是怒放了。因斜睨着她们，又很得意地说道："你们须得好好地挣扎着，须知道这尚是最初最初的一个阶段，这火尚在外面燃烧着，并没有烧到里边去。一旦把你们的肌肤也燃烧了起来，这火势当然比之现在更要十倍的猛烈，那时候你们方知道这烈火，究竟是怎样可怕的一件东西呢。现在我要问你们，你们到了这个境地，也失悔当初不该背叛我么？也觉悟到你们以前的行为，实是大错而特错的么？"

他倚仗着烈火的势力，竟是这般地向她们诘问着，显示着他已得到最后的胜利，这当然为她们所齿冷。而依照着她们倔强的脾气讲，无论如何，是不肯向他讨一声饶的。但蒋琼姑偶一掉首，瞧见了钱素玉为火所攻，那种惨痛的样子，倒暂把自己所受到的惨痛忘记下。暗自在想道："讲到当初的那件事，实由于我瞧中了姓杨的人品，不肯夺去他的三魂六魄所致，姊姊却是没有多大关系的，不过后来曾帮过我们的大忙罢了。那我今天为刘鸿采所报复，遭受到这般惨酷的刑罚，也是很应该的。而姊姊本是一个没有多大关系的人，如今也陪着我同受这种惨刑，这未免太是冤枉么？这在我未免太有点对不起她么？"因之，她把牙龈重重地一啮，忍住了这种烈火灼肌的痛苦，然后吐出很清朗的音吐，向着刘鸿采说道："这确是我的不是，你就是把我烧死，我也死而无怨的。不过，这件事与姊姊丝毫无关，她是不该受这种惨罚的，请你不要加罪于她吧，请你赶快放了她吧。"

钱素玉这时候，正也瞧到了蒋琼姑宛转于烈火之下，那种痛苦无比的样子，暗想："这都是我害了她，倘然不是我不别而行，她也不致追赶了来，何至会在这里遇到刘鸿采，受到这种暗算呢？而况，教杨继新抢去她的软帽，还不是我出的主张？讲起来，我实是罪魁祸首啊。那我受到刘鸿采的报复，实是千该万该的，怎可使她陪着我，也同归于尽呢？"及见蒋琼姑愿把自己牺牲去，已挺身而出，竭力地在营救着她，更对蒋琼姑有说不出的一种感激。忙也抢着说道："虽是妹妹嫁了那个人，其实主意都是我一个人出的，全不与妹妹相干。所以师傅如要治罪的话，不如把我一个人重重地处罚吧，便是将我烧成一团焦炭，也是毫无怨言的。至于妹妹，请原谅她年轻了一点，请原谅她完全是上了我的当，就把她释放了，不要再难为她吧，她到现在也已够受痛苦的了。"

她们姊妹俩这么的重义气，这一方情愿认作自己的不是，把自己牺牲了，而请求释放去她的姊姊；那一方也情愿认作自己的不是，把自己牺牲了，而请求释放去她的妹妹。其情形，正和《生死板》京剧中那两个弟兄，争抢着求一死，没有什么二样。照理，总可以把对方感动，而把二姊妹中的任何一个释放的了。无奈这刘鸿采，直是一个冥顽不灵的凉血动物，他非但一点也不感动，并好似她们姊妹俩这么互相地营救着，而都甘愿把自己牺牲了去，也早在他的预料之中，而反以瞧见她们的这种情形为乐意的。因此，又在毫无感情表见的一张脸上，露出了淡淡的一点笑容说道："你们如今才向我来讨饶，才想二个人中有一个能逃了命，哼哼！这已经是嫌迟的了。我早知道，在这个事件中，你们二人都是有份的，没一个不是在杀不可赦之列的。我怎会听了你们的一番花言巧语，就轻易地从了你们的要求呢？嘿嘿，快快地把你们的口闭住了吧。瞧，你们这身上的火，不是更向内部燃烧去了么？这是在你们一方说来，更得拿出一种精神和勇气来，和它好好地挣扎上一番了。"

她们听了这话，忙向自己的身上一瞧时，果见那衣服都已给这烈火，燃烧得同焦炭一般，只是还全幅地悬挂着，遮蔽住了她们的身体，没有一片片地剥落下来，头发也是同一的状态。并且这烈火显然地已向衣内钻了去，开始又在她们的肉体上燃烧着，直烧灼得肌肤焦辣辣地生痛，全身所具有的血液和水分，都在内部沸滚了起来，而渐次快要干涸下来的样子。于是她们也不再向刘鸿采恳求什么了，大家咬紧了牙齿，忍受着这种种的痛苦，都拼上一个死就完了。

但在这将死未死之际，她们姊妹俩又为了平日那种深切的感情，和如云的义气所驱策，在这一方想来，总仍觉得很是对不住那一方的，而对方如此地惨死，实是为自己所牵累的。因此，钱素玉又向蒋琼姑说起来道："这都是我的不好，累得妹妹也同受此惨祸。倘然不是我露着很不安的神情，不别而行，妹妹何至会赶到了这里来，又何至会遭到这般的不幸呢？"

蒋琼姑听了，也深自负疚似的说道："此非姊姊之过，其实都是我的不好。因为姊姊的不别而行，并非出自本意，实是为我所逼迫出来的。早知如此，我真失悔自己不该向姊姊，提起那句话了。"

钱素玉见她这般的引咎自责，心中觉得更是加倍的不安。也罢，反正死已近在临头，也顾不得什么怕羞了，还是把自己的心事，老老实实地向她尽情一说吧，或者反可使她心中舒适上一些。因又正色说道："不！妹妹你是误会了，这只能怪我的脾气太古怪了一点，其实我对妹妹的那个提议，是十分赞成的，一些也不着恼呢。"

蒋琼姑想不到她会有这句话，更想不到她会这般质直地向她说出这句话，这真把她喜欢煞了，竟忘记了她自己，目下所处的是如何一个环境。只见她十分欣喜地说道："原来姊姊是赞成我的这个提议的！如此说来，姊姊是情愿嫁给他的了。"

蒋琼姑这句话，未免说得太于质直，倘在平日，钱素玉就是不听了着恼，一定也要羞答答的不肯回答她。现在情势可大大的不同，已是面对面地快和死神相见了，还有什么羞之可怕呢！便也十分爽快地回答道："不错！我是情愿嫁给他的。因为如此一来，别的还没有什么，我们姊妹俩不是就可厮守在一起，一辈子也不会分离了么？"

这正似尝到了一剂清凉散这般的爽快，顿时使蒋琼姑忘记了，正在遭受着的那种灼肌燃肤的痛苦，不禁喜笑着说道："我能闻到了姊姊这句话，这真使我快活极了，那我今天虽是死在这里，我觉得一点也不冤枉。我还是十分情愿的。"半晌又惨然地说道："我姊妹二人，今天能同死在一起，果然是一件极好的事。不过他一旦见不到我们的归去，或竟是闻到了我们的惨耗，心中正不知要怎样的难过呢。"

钱素玉虽有上愿嫁给杨继新这句话，但以前究不曾和他发生过什么关系，所以不便显然地有怎样深切的表示，也只能和蒋琼姑凄然相对而已。但就在这个当儿，忽觉有什么人，就着他们的耳畔在说道："你们也不必恓惶，照你们的命运说来，不但不会死在此处，不久还得大团圆的。至于这刘鸿采，虽是蓄意欲伤害你们，结果却反玉成了你们，做了你们的一个撮合山。倘然没有他这么从中的一纠缠，这问题恐怕还不能解决得这么的快呢！所以，你们也不必记住他这段仇恨吧。"

她们就着这发声的方向，忙都掉过头去一瞧看时，却见不到说话的这个人。还疑心是给这烈火灼烧得太厉害了，竟发起耳鸣来，但耳鸣哪里会幻成这么清清楚楚的语句，不免都发起愣来。可是，刘鸿采像似并没有听得这番话，一见她们发愣，还以为这烈火，此刻大概正在烧毁她们的心脏，所以把她们烧得发了呆了。便又带着十分得意的神气，向着她们说着俏皮话道："哦？你们直到如今，方屈服于这烈火的威焰之下么？何不发出你们的莺声燕语，再絮絮叨叨地讲上一番体己的说话？哈，要达你们的愿望，我看倒也不难，只待那姓杨的一到九泉之下，你们就可效法娥女共事一夫了。"

　　不料，他正说得起劲，忽而飔飔飔地起了一种风，只就地一卷时，早把那二棵树木下的一堆烈火，扑了一个灭。就是在她们姊妹俩身上，蓬蓬然燃烧着的那一派火，也立刻熄灭下来了。接着，又闻得很有威严的一声"咄"。就在这"咄"字未了之际，好似飞将军从天而下，突然地跳出一个人来。这人却只是二十多岁的一个少年，穿了很漂亮的一身便服，相貌生得十分清秀。

　　刘鸿采一眼瞥见，方知真的是红云老祖到来了，那么刚才何尝是自己虚心生幻觉，明明正是红云老祖预向他做着警告，教他不要弄什么诡谋，下什么毒手呢。只怪自己报仇心切，竟没有再仔细地思考一下。如今一切的歹计毒谋，都在他老人家的眼面前干了出来，如何可以邀得他的赦免呢？因此，全个身子都抖得如筛糠一般，扑地在红云老祖的面前，跪了下来道："弟子自知该死，竟干下了如许的罪恶，请师傅饶赦了我这一遭吧，我下次再也不敢胡为了。"

　　红云老祖笑道："你如今也知该死么？刚才对于我的警告，为何竟又置若罔闻？老实对你说吧，我这一次的放你出来，原是含着一种试探的性质，不料你仍是野性难驯。好，赦免我准其是赦免了你，不过在此后十年之内，你休想再能和我离开一步。"

　　刘鸿采见已蒙赦免，忙高高兴兴地谢了恩，立起来站在一旁。红云老祖便又回过身去，对着她们姊妹俩只用手，遥遥地拂动了几下，她们被焚毁得已成了焦炭的衣服和头发，立刻又恢复了原状，便是当胸的那一只大木钉，也早从树上脱了出来。她们虽没有掀起衣服来把伤处瞧得，然而料想去一定也是一点伤痕都没有的，这足见红云老祖的法力，是如何的伟大，而反过来讲一句，又可知法力是如何可怕的一件东西呢。这一来，她们姊妹俩当然要向他谢恩不迭。

红云老祖只淡然地一笑道："你们也不必向我道谢得，我也不过借了此事，聊和你们结上一点缘，留作日后相见之地罢了。至于这刘鸿采，你们也不必怎样的怪他，实在你们命中应有此一个魔劫，他却适逢其会地做了一次魔星，连他自己都做不得什么主的。何况他并没有伤害你们，反而还玉成了你们呢？好，你们就此回去吧，祝你们姊妹同心，室家安好。"说后，只一拂袖间，红云老祖和刘鸿采即都已不见了。

他们姊妹俩，便也欣欣然地重回长沙，居然效学娥女的故事，钱素玉又同杨继新成了亲，从此左拥右抱，真便宜煞这位少年郎了。后来，杨继新在画眉之余，也从他的二位夫人，学得了不少的武艺，不像先前这般的文绉绉了。这一次，为了一时高兴，竟挈同了他的二位闺中人，从柳迟家来到四川，颇想为昆仑派建立上一番事业。现在总算已把他们骨肉团圆、英皇并嫁的关目，交代得一个清清楚楚，可以按下不表，我又得腾出笔来，再从另一方面写去了。

单说笑道人同了许多人，回到了云栖禅寺后，忽又哈哈大笑道："我总算今日方遇到了对手，居然在我笑道人之外，还有上一个哭道人。现在，我很想和他合串一出好戏，给你们诸位新新耳目。只不知他究竟有不有和我配戏的能耐？倘然竟是配搭不上，也很足使人扫兴的啊。"

不知笑道人无端说这番话，究竟是要干怎样的一桩玩意儿，且俟下回再写。

第二十七回

生面别开山前比法
异军突起冈上扬声

话说笑道人哈哈大笑说了这番话后，众人虽知他已有上一个要和哭道人比法的意思，却还不知道他究竟要怎样的比法，想来总是不同寻常，而且是饶有趣味的，很希望他把这个办法说了出来。因此，都把眼睛向他注视着，意思是说："好呀！你究竟是怎样的一个办法呀？快些说吧。"

笑道人当然理会得他们的意思，张唇启吻正要讲时，忽闻得天空中起了一声啸。这一声啸，既不像出自人类的口中，也不像是什么禽类所发，而带点金石之声，完全是为另一种类的。倘然给一般寻常人听在耳中，一定要惊诧到了不得。但在这许多人中，究竟以富有经验者居多数，所以听到了这派空中的啸声，一点也不以为异，只发出一种疑问道："不知又是哪一个道友，闹起飞剑传书的玩意儿来了。这剑这么地长啸着，是在通告我们知晓呢，快些去接取这书信吧。"当下，即一齐离了方丈，来到院中，仰首望时，只见白虹似的一道东西，正停留在空中，不是飞剑，又是什么！而且好像通得灵性似的，一见他们来到院中，方把剑身一转动，即见有一封书信，翩翩然如蝴蝶一般，从云端中滚落而下；而这白虹似的飞剑，又像游龙般的夭矫，向天外飞了开去了。

笑道人所站立的地方，正和这封书信坠落的地点相距不甚远，即走前一步，俯下身去，把这书信拾取在手。只向信面上瞧看得一眼，忽又哈哈大笑道："这真是巧得很，我还不曾去找寻他，他倒先来找着我了。这封书信看都不必看得，定是他向我来讨战的一封战书啊。"原来这封书信，正是从哭道人那边递了来的，上面写着"笑道人亲启"的字样。这一来，大家更加觉得有兴趣了，知道此下定有许多好戏文可瞧，拥着了笑道人，重又回到方丈时，笑道人早把这封信拆了开来，笑嘻嘻地说道："这封信谅来大家都是急于想知道他的内容的，让我来宣读给诸位听吧。"他一说完这话，即把信展开在手，朗声念诵起来道：

笑道人大鉴：

　　笑之与哭，为极相反之名词，而处于极反对之地位，固夫人而知之。吾侪不幸，道号中适各占得其一字，此所以虽同为修道之士，而欲求互相不水火，乃不可得也。然下走之以哭为号者，固于哭之一事，自问能探其源、穷其极，而尽稽其隐秘之所在，一哭可使风云变幻，再哭可使天地动摇，三哭而将使全世界悉归于陆沉。世传杞梁之妻善哭其夫，十日而城为之山崩，不可谓非克尽哭之能事。然倘以视下走之术，恐犹如小巫之见大巫焉。今道友既侈然也以笑自号矣，不知对于此笑之一事，究有若何之研索，若何之致力，亦能如余之于哭，有同样之运用乎？我二人倘能不借助于其他法力，而即以此"哭"与"笑"二字为武器，相见于战场，一较道力之高下，或亦为别开生面之举，而足为一时之佳话，道友傥亦有意乎？仁盼回云，不胜屏营待命之至。

順请道安。哭道人稽首

　　众人听笑道人把这封信读完，不觉哄然大笑道："看不出他这么一个粗野的胚子，倒也咬文嚼字起来了。"笑道人道："你们别说他是一个粗野胚子，他在这封信中，不但是咬文嚼字得很厉害，而且在措辞之间，也很是不卑不亢，恰到好处呢。"智明禅师问道："那么，你对于他这封信，究竟是如何地答复？我看他所提的这个互比高下的方法，倒是很有趣味的。"

　　笑道人笑道："这叫作英雄所见，大略相同，我本来也是有上这样一个意思的。因为倘然不是如此的办法，不但是不能各献所长，也未免太辜负了'哭'与'笑'这二个好字眼了。现在，我想就写一封回信答允了他。不过，我是性子爽快的一个人，可不能像他这般地咬文嚼字，只干脆地写上几句罢了。"当下，即走至桌子前，取过纸笔，一挥而就道：

惠书拜悉。一切如约。来日山前，准见高下。此复，即请哭
道人台鉴！

笑道人稽首

在众人连声道妙之际，他早已请出飞剑，把这封回信传递了去了。这
飞剑随即前来复命不题。单说一到来日，刚在昧爽的时候，大家都已经起
身，心头也是十分地兴奋着，知道今天哭笑二道人的比法，定呈空前未有
之奇观，决不是平日其他的寻常比法所可同日而语的。他们得能躬与其
盛，实是眼福不浅啊。而这身居主要人物之一的笑道人，这天虽仍同平日
一般地笑口常开，而一种焦躁不宁的神气，却于不自觉中流露了出来。似
乎他对于今天的这一场比法，也没有一定的把握，不敢谓自己能权操必胜
的，这因为对方的势力太强了。不多久，笑道人同了自己的一伙人，来到
邛来山下，哭道人早已在那边等候着了。这山下好一片空旷的平原，用来
做比法的场所，那是再好没有的。

这二个主要人物既照面后，哭道人即开口说道："我们今天的比法，
不必借仗于其他法力。只以道友所擅长的笑，和我所善用的哭为范围，那
是已经双方议决了的事，不必再说的了。不过用怎样的方法，在比赛时方
能确定胜负，却还没有提议到。现在在这未比之前，也能容我把意见发表
一下么？"

笑道人像似满不在乎的样子，说道："这句话倒也是不错的。我们在
未比之前，应得先将比赛的办法讲定。好，你有什么意见，尽管发表出来
吧，我是没有丝毫成见的。"哭道人道："我的意见是这样，我们最好把自
己所擅长的哭与笑，轮流地表现上一回，以能感动得对方也哭或也笑为
度，倘然是双方都能感动得对方，或是都不能感动得对方，这算不分胜
负，如果是自己感动不得对方，而反为对方所感动了，这就算是这一方负
了。道友，不知道你可赞成不赞成我这个建议？"

笑道人笑道："这个办法很有趣味，我哪会不赞成的？那么，哪一个
先来表现这玩意儿呢？"哭道人道："横竖大家都要来上一回的，谁先来，
谁后来，都不成什么问题。只是为求公平起见，还是大家来拈上一个阄儿

251

吧。"这拈阄的办法，果然是公允无比，笑道人当然是没有什么异议的。结果，却是哭道人拈得了一个"先"字，该应是由他先来表现的了。

至于笑道人也就严阵以待，不敢有上一分的疏忽，一壁暗自在想道："看他又将如何地表现，莫非又将一道泪泉泻出，直向着我激射了来？倘然真是这般，也就不足道的了。"不料举目向着哭道人一瞧时，却并不出于这一路，只见哭道人将鼻子一掀，两眼一挤，竟是放声痛哭起来了。他这哭，真是具有几分的艺术的。在最初，他哭管他自哭，一点也不影响及外界；但是等他哭得略久，悲哀的种子渐渐散布在空气中。一轮晓日，本来是美丽无比，具有万道光芒的。至是，忽像从不知什么地方移来了一道阴影，将这日面罩着，光芒逐渐地黯淡下来，甚至于欲把全个日面都一齐遮蔽了去。同时又飕飕飕地起了一阵大风，立刻沙飞石走，扰乱得不可开交。加之一片恶雾，又从空际涌起，连累了天上的白云，也黄黯黯地带上一种愁惨之色。因之望上去，这云阵似乎较前来得低了，这一片天似乎也快要向头上压下来了。但是，这都还不足算数，突然间，满山满谷，又是猿啼之声相应和，并夹杂着子规的啼声，一声声地叫得人肠子都要断了。把以上数者并合在一起，直造成了一个人间凄绝无比的境地。

这时候，凡是身列其境的人，一个个都有上说不出的一种愀郁，觉得一点都不得劲儿。笑道人却兀自在暗笑道："这厮总算可以，居然能役使外物，把宇宙间的一切，都变成了这么阴森森、凄惨惨的一个样子了。但他可知道，我是怎样的一个人，任他外界的景物有如何的变幻，岂能把我感动得分毫的？倘然他不在内部着想，没有一种法力，可以暂时摄着了我的内心和感情，静听他的指挥，那他就是把这邛来山哭上一个坍，也是无济于事，终于是要失败下来了。"可是当他这么想时，哭道人早已变更了一种战略，他的那派哭声，已不如先前的纡徐而凄楚，一变为峻急而尖锐了，一声声地，绝不停歇地向着笑道人耳鼓中直打来。这好似将一把很锋利的锥子，一下下地，很有力地在他神经上刺扎着。饶他笑道人是真有怎样的大智慧，久而久之，也给这一下下的锥子，刺扎得由神经剧痛而为神经麻木了。只要神经上一麻木，立刻就失去自主之力，而哭道人的邪法，也就乘虚而入，主宰了他整个的心灵。

恍惚间，只见一大群披头散发的男子，坠珥失鞋的女人，狂啼悲叫的小孩，都失了魂魄似的，从那边奔逃了过来。在他们的后面，却有一大队高而且大，狰狞无比的夷兵，不顾命地在追赶着。逃的人逃得慢，追的人追得快，转眼间，已是愈追愈近，终于是免不了这最后恶命运的降临，不到多久时候，已经给这些夷兵追赶上了。这好似瓮中捉鳖、网内取鱼一般，他们要怎样便怎样，哪里再有幸免之理？只见这些夷兵，赶到之后，见了男子，举刀便斫，举矛便刺，不有一些些的矜怜。见了小孩，把他一刀杀死，还是一种善良的举动；大一半是把来挑在矛尖或刀尖之上，玩弄他一个够，然后将矛尖或是刀尖，向着上面或是四下一伸，将这小孩远远地抛掷了去，十有八九，是跌成为一个肉饼子的，他们见了，反而哈哈大笑。见了女人，更是不得了，不管她是六七十岁的老妇人、七八岁的小女孩，总得由好多个人把她们轮奸了一个畅，然后执着两腿，从中一分，分成了两半个身子。你道残忍不残忍？凭着笑道人这么一个大剑侠，在旁边见了这种情状，哪有不思上前干涉一下之理。无如正给哭道人的邪法所摄住，竟想不到这一手，只心中觉得悲愤异常。

但是这些夷兵，似已懂得他的心事，即恶狠狠地向他说道："要你悲愤些什么？这也是亡国奴应受到的一种浩劫。胜利国的当兵爷爷，对待一般亡国奴，总是这个样子的。"同时尚未给他们弄死的一群男妇老幼，听到这话，又一齐哭起来道："呀！这是亡国奴应受到的一种浩劫么？可怜我们一个个都做了亡国奴了么？"

这盈天沸野的一片惨哭之声，更增加了不少悲酸的成分，竟使笑道人暂时忘记了这是哭道人所玩的一手幻术，而误认为是确切不移的事实。一时间不觉悲从中来想道："这是打哪里说起，亡国的惨痛，竟是及我身而亲遇之么？"两颗酸泪，便在目眶内很快地转动着，似乎马上就要落了下来。嗨，只要这两颗酸泪一缘目眶而下，就是他已给哭道人的法术所感动了的一个铁证，那他在这一次比法之中，就成了个有输无赢的局面了。但笑道人的道力，究竟是何等高深的，迷糊也只在一时，决不会延长下去。

在这千钧一发之际，早又恢复了他原有的灵机，并仗着他高深的道力，立时把哭道人所弄的妖法打倒了。他这时候耳内已不再闻到种种的哭声，眼内也不再见到种种的幻象，只是很清楚又很明白地记得，他是站立在邛崃山下，正和他唯一的劲敌哭道人，在比着道法呢。于是笑道人哈哈

253

大笑道："道友，你对于这个哭，确也有上一手功夫的，我在有一个时间内，也几乎为你所降服了。幸仗我的道基尚深，终于把你的法术克制下来，如今总算已是平平安安地过去了。不知你还有其他的方法，可感动得我么？"

哭道人见他不哭而反笑，知道他已从自己施术的范围中，逃了出来，再也不能拘束住他了，不免有些黔驴技穷的样子，只好腼颜说道："好！算是我的道力不深，明明已是把你拘束住了，却在最后最紧要的一关中，仍给你逃了出来。我也没有其他的法术了，且把你的赶快表现出来吧。"

笑道人听了，也不再言语，只仰天打了三个哈哈。这三个哈哈，真是了得。第一个哈哈打出，早把迷蒙在空际的恶雾，完全吹散，显出这山谷原来的形状来；第二个哈哈打出，又把罩住日面的这道阴影赶去，恢复出前先美丽无比、光芒四射的这一轮晓日；等到第三个哈哈打出时，更呈未有之奇观，满山满谷，上上下下，不知在什么时候，已是开遍了姹紫嫣红的花，好像到了三春中最好、最美丽的一个节候。跟着，又是一声声绝清脆绝悦耳的鸣声，从山冈上树枝间传了下来，你唱我和，团成一片，这是百鸟在朝王了。而流水淙淙之旁，又有雅乐奏着，这么地迭相应和，几疑是闻到了一种仙乐，而不是凡世间所有的。在这般美好的一个境地中，素抱乐天主义者不必说起，就是抱有百斛闲愁，也能徐徐地把愁怀涤尽，不自禁地笑出声来了。但笑道人知道对方不是一个寻常人，只靠外界的这些形形色色，还仍是不能感动得他的。譬之演戏，这只是台上的种种布景，如要此戏演唱得动人，须在全部戏文上加之意象，专靠布景是不卖什么钱的。因之，他把布景配置舒齐，便又开始演唱正戏了。

这正戏的开幕，是由于他又清朗又震人的一声笑。这声笑，和以前所打的三个哈哈，又是大不相同，一旦传入了这身坐花楼的特客哭道人的耳鼓中，立时不由自主地迷糊起来，完全入于催眠的状态之中了。他瞪着二个眼睛向前直望着，仿佛间，忽见有一群的妇女，莲步姗姗地从繁花如锦的山径上走了下来。这一群妇女，生长得美丽极了，而且一个个都赤裸着身体，一丝儿也不挂，把她们丰富的曲线美，完全呈露了出来。而打头走的一个，却就是他的爱人雪因，好像是这群妇女中的领袖一般，手中捧着一大束的鲜花。比及走到他的前面，大家都一齐跪下，雪因更把鲜花高高地捧起，向他奉献上去，一壁莺声呖呖似的说道："恭贺我主，不特做了邛来派的教主，并做了统一各派的教主，所有什么昆仑派、崆峒派，以及同在本省的峨眉派，都已为我主所扫平，而隶属于蚧蠓之下了。敬献此花，聊表祝贺之意。"

他听雪因这么地一说，仿佛这些都确是事实，天下所有的各派，确乎都已给他所征服了，又仿佛瞧见昆仑派中的黄叶道人、金罗汉，崆峒派中的董禄堂、甘瘤子，以及峨眉派的开山祖开谛，自成一派的红云老祖，都跪伏在下面，纷纷向他稽首而称臣。他本有扫平各派、统一各派的野心，如今见大事业已是告成，恰恰能如他的志愿，哪有不十分的得意？一得意，自然从心坎深处发生一种乐意，不自禁地要纵声笑将起来。

可是，当他笑意刚涌上颊际，笑声微透出口中之时，忽然地不知从什么地方，飞来了一个胡蜂，向他颈后重重地叮上了一口。这一口叮得好不厉害，使他觉得其痛非凡，立时将笑意骇走，笑声打退，险些儿反将"哇"的一声哭了出来。这一来，不说随了来在一旁观阵的昆仑派人，是如何的骇诧，单说身在局中和他处于敌对地位的笑道人，可真有些莫名其妙了。明明见哭道人已在他的法力所摄之下，马上就要纵声笑将出来，怎么忽有上这么的一个变局呢？难道对方的法力确也是高到无比，在这最后一幕，还能这般地抵抗一下么？

他正这么怀疑着，忽闻得一个高亢的声音，从山冈上飞越而下道："笑道人，须知强中还有强中手，你休得倚恃邪术，妄自称能，俺特来助阵也。"忙仰起头来一瞧时，却见一个道家装束的人，鹤立在山冈之上，正不知他在什么时候，从什么地方到来的。

不知这人究是何许人，且俟下回再写。

第二十八回

祭典行时排场种种
雾幕起处障蔽重重

话说笑道人仰起头来一瞧，却见山冈之上，站立上一个道家装束的人，笑容可掬地望着下面，正不知他是在什么时候，从什么地方到来的。笑道人还没有回答得什么话，却早见站在旁边观阵的金罗汉吕宣良，抱拳带笑，抢着说道："镜清道友请了！你在冷泉岛上，身居教主，桃李如云，何等的逍遥自在！想不到也会来到红尘，卷入这个旋涡之中的，这未免自寻烦恼。我为你想来，很有些儿不合算啊。"这几句话，明明是带上一点游说的性质，劝镜清道人速回冷泉岛去，乐得图一个逍遥自在，犯不着自寻烦恼，来干涉他们的这件事情的。这一来，第一个是哭道人，不免大大地着起急来，生怕镜清道人，真给这番游说之词所打动，竟是马上遣返冷泉岛，不来管他们打擂的这件事，这未免是拆了他的台了。因此，万分惶急地说道："哼，这是什么话！你这个老不死，竟是越老越糊涂，糊涂到了不可复加了。你难道还不知道，这一次长春教主的惠然肯来，为我们帮上一个大忙，一半还是为要对付你起见么？"

哭道人真是一个鬼，轻轻巧巧的几句话，竟把他要和昆仑、崆峒二派，一比雌雄的一件事，缩小下来，而成为镜清道人和金罗汉间的关系了。这在镜清道人，当时虽也小小地有些不自在，觉得这句话未免说得太为巧妙了。然而，既来之，则安之，终不成为了这么一句话，就发了脾气回到冷泉岛去的。何况他和金罗汉有上嫌隙，也确是一桩事实，他并对人家说过来。于是他就顺了哭道人的口气，哈哈一笑，接口说道："好！哭道友，真是一个爽快人，我所要说的话，你都代我说出来了。哼！吕道友，你现在大概已是明白我的意思，不必再说什么了吧？"这话一说，哭道人自然为之大喜。

昆仑、崆峒二派的人，虽并不当作怎样可忧虑的一件事，然见镜清道人确是存着心要来帮助敌方，实也是一个心腹大患，前途未可乐观，大家也就上了心事了。两下静默了好一阵，吕宣良方又露着很为坦然的样子，笑着说道："好！士各有志，本来是不能相强的。镜清道友既然愿与我们处于敌对的地位，我们也只能听之。不过还得请教一句，我们现在就比法呢，还是在擂台上再见雌雄？请即吩咐下来，我们是无不乐从，也是无不乐与周旋的。"这番话说得不卑不亢，得体极了，镜清道人在暗地也颇为佩服，便也装出一种很漂亮的样子来道："既如此说，我们大家不妨都在擂台上见雌雄，这种无关得失的小决斗，似乎很可免了去的。"

　　这话说后，一天浓密的战云，暂时又化为乌有，哭道人同着镜清道人自回洞去。金罗汉、笑道人等，也一齐回云栖禅寺去了。在此后的一二个月中，可说得是战祸酝酿的时代，也可说得是战事准备的时代，双方都到来了不少的能人，都想在这擂台上露一下，一显自己的能为，并为自己所赞助的那一派，帮上一个大忙的。而在这许多人中，独有一个红姑，要比别人来得不幸。一天到晚，总见她把眉峰紧蹙着。这也难怪，她的狃生子陈继志，至今尚未出险，在这中间，她虽又冒过好几回的险，去到哭道人的巢穴中打探过，但是，非但没有把继志劫了出来，并连现在囚禁在什么地方，都不知道了。而日子却又一天迫近了一天，眼看得那镜清道人，就要摆设什么"落魂阵"，把继志杀死了，去做祭旗的牺牲品呢！倘然事情竟是这般急转直下地到了这一个地步，那她自己纵仍是活在世上，也是乏趣极了。

　　这一天，红姑又独个儿在那里发着愁，却仍想不出怎样去劫救继志出来的方法。忽见笑道人匆匆忙忙地走了来，只要瞧他往日总是笑容满面，或是未曾开口，先就听见了他的笑声的。如今却是一副很正经的样子，就知道局势很为严重，他定是将得什么不幸的消息来了。他和红姑见了礼之后，又眼光十分锐利地向着红姑望上了一眼，然后说道："红姑，你也是修了不少年的道，在我们的一辈之中，你的道行要算是十分之高的。照理你应该和世上的一般俗人两样一些，须得把俗情瞧得很淡，方不枉这一番修持的功夫；否则，也只是自寻苦恼罢了。"

　　红姑见他慢条斯理的，在未说出什么事情以前，先安上了这么的一个大帽子，早已知道他定是为着继志的事情而来；并在继志的一方面，或已遭到了什么大祸了，也就很不耐烦地说道："谁不知道这种道理？你这些个话竟是白说的。我且问你，莫非你得到了确实的消息，继志已是遭了不幸了么？还是关于这孩子的身上，又发生了什么旁的事故？快说，快说！"

笑道人给他这么地一催逼，也只能从实说了出来道："在现在总算还没有发生什么不幸的事故，不过我听说他们，已改变了他们原来的计划，不能待至五月五日，只在今晚五更时分，就要祭旗了。这不是很不好的一个消息么？然而，生死有命……"

红姑不待他再说下去，已把两个眼睛鼓得圆圆的，又突然地向着前面一跳，拉着笑道人的衣袖道："怎么说？他们在今晚五更时分，就要祭旗了？那是我这个孩子，已是到了十分危险的境遇中了。好！不要紧，我得赶快地就去把他救了出来，这真是一误不容再误的了。"说着，又把笑道人的衣袖，从手中释放了下来，像似马上就要赶了去的样子。

这一来，倒又把笑道人所常发的那一种笑声，引了出来道："哈哈！你这个人真是完全为感情所支配，弄得糊里糊涂的了。你又不知你这孩子囚禁在什么地方，现在又到哪里去救他去？不如且耐着心儿等待到晚上，然后再赶到邛来山去，乘他们还没有把他祭旗以前，就设法把他救了出来，那是何等的来得便捷。至于他们祭旗的所在，就在山上的西南方，离开他们这洞不远的地方，那我倒已打听得明明白白的了。"

笑道人说完自去。红姑这才没有就赶去，依着笑道人的话，暂时且忍耐上一下儿。然而这颗心，又哪里能够宁静了下来？没一时没一刻，不是在着急生怕他们把这祭旗的典礼，再提早一下子来举行。那继志不是就不能给人救出，生生地做了神坛前的一个牺牲品了么？

好容易已是到了晚上，红姑也不向别人去乞求援助，并连笑道人的面前也不提起一句，独个儿驾起了云阵，径向邛来山扑奔了去。这一条路，她已是来往得惯熟了的，不一刻，早见这奇峰插天，伸拿作势的邛来山，已是横在她的眼面前。也就在山僻处降下了云头，立在较高的一个山峰上，向全山瞧看上一下。果然，今日的邛来山上，和往日大不相同，只要略略地留心一下儿，就知道他们定有什么隆重的典礼，要在这山上举行的了。

因为在往日，全个山峰都罩上一重黑森森的阴影，除了星月之光以外，简直见不到一些的火光；如今却大大地不然，不论山前山后，一棵棵

258

的树上，都悬挂有一二盏的红绿纸灯。尤其是在靠着西南的一个角上，灯光密如繁星，照耀得宛同白昼，真合了古人所说的"不夜之城"这句话了。由此看来，笑道人日间曾说他们举行这祭旗的典礼，已决定了在山上的西南方，这个消息，倒是千真万确的。

红姑为要再瞧看得清晰一些，并为将来救起继志来便利的起见，也就悄悄地向着这西南角上走了过去。不多时，已是走近那边，并给他找得了一个绝好的藏身所在，那是在一块又高又大的山石后面，中间却有上一个透明的窟窿。红姑立在那边，只要把身子略略地俯上一些，就可把眼睛从这窟窿中望了出去，而在这山石的前面，恰恰又有很明亮的灯光照耀着，仗了这些灯光，正可把这一个角上的所有的事物，都瞧上一个遍。尤妙的是，这山石又高又大，灯光却照不到后面去，因此，倒把她障着了，人家决不会知道，有一个人躲藏在那里的。

红姑既找得了这么一个好所在，心中颇为欢喜，也就像瞧看戏文一般地从这窟窿中望了出云。却见距离这洞不多远的地方，已搭起了一个高台来，台的上下四周，都密密地悬挂了许多的红绿纸灯，所以照耀得非常明亮。台上居中，在一个特制的木架上，插了一面很大的三角旗，这旗以黑绸为底，而用很鲜明的红丝线，在这绸上绣出一个神像来，全身都赤裸着，状貌更十分的凶恶，不知是代表着哪一类的邪神，大概也就是这所谓"落魂阵"的阵旗了。在这三角旗的后面，却设着一张供桌，上面共设了十六只锡碟子，无非是三果素菜之类。再前面，放置了很大很大的二具木盘，里面却是空无所有。

然红姑一瞧见这二具空木盘，这颗心即不由自主地很剧烈地跳动了起来。他很明白，在这供桌之上，为什么要放置这二具空的木盘子，这不是要在举行祭旗典礼的时候，把这童男童女的二颗头颅，血淋淋地割了下来，盛置在这木盘之中？倘然竟做到了这一步，继志的头颅，真是给他们割了下来，盛放在这木盘中，那这件事还堪设想么？

她一想到这里时，几乎要疯狂了起来，仿佛继志已遭到了这么的一个惨劫了。但在同时，她自己的理智又在向她警告着道："那是没有的事，像你的道行，像你的能为，都并不怎样地弱似人家。既已来到这里，当能把这孩子救了下来，难道还会眼睁睁地瞧着人家把你这孩子杀死，并割下他的头颅来么？现在，第一件要紧的事情，便是须把你这颗心放得定定

259

的，不可有虚之气，不可有惊惶之情。一待他们把你这孩子，引到了场中来，你就可出手救人了。"于是，她这颗心转又安定了下来。更举目向台前一望时，果然不要说是继志了，静悄悄的竟连一个人都不见，大概是还没有到时候吧。

约莫又隔上了半个更次，这祭旗的典礼，方始看似快要举行了，忽闻得一阵呜呜呜的号筒声，由低抑而转为高亢，疑从天际飞越而下。再听那声音，呜咽凄厉，好像是在告诉着人家道："你们不要以为这是很盛大的一个典礼，值得参观一下的。其实，在这典礼之下，还得生生地牺牲去二条生命，看是再惨酷也没有。所以我们预先在这里，替他们奏着哀乐呢。"

红姑一听到这悲咽的号筒声，心弦上不禁又是一震，但是瞧瞧这班乐手究竟是在哪里，却是再也瞧不到。照这情形看来，他们大概是在很高很高的山峰上吧。然而，这只是很细小的一个问题，在这时候，可不容她再去细细地研究了。因为当这号筒声刚一停歇，便又见排列得很整齐的一行人，手里各人提了一盏红纱宫灯，缓缓地向着这座高台走了来。到得台前，即一左一右地分向两旁站立，恰恰分成了男女二队。那男的都穿的是道袍，女的却作古装打扮，全都是纯白色的，望过去，左边也是雪白的一片，右边也是雪白的一片，倒是非常的好看。

红姑从前早已知镜清道人，是长春教的一教之主，门下曾收下了不少的男弟子和女弟子。照此看来，这二队人马，定就是他的男、女弟子了。那么，继此二队人马而来的，不知还有什么别的花样锦？或者也就该他自己出马了吧。

红姑一念未已，陡闻得半空中起了一个霹雳，声音很为响亮，连得山谷中都震起了回声的。霹雳歇处，又在天空中涌起了一朵彩云来。彩云之上，端坐着一位道人，身穿火黄色的道袍，右手执着一柄宝剑，那便是镜清道人了。于是他的一班男女弟子，都仰起头来望着天空，并春雷一片的，向他欢呼了起来。镜清道人含笑为答，即冉冉而降，到了台前了。

红姑瞧看到这里，不禁又是好气，又是好笑道："好个妖道，竟有这么的一种臭排场，他倒真是把今晚这祭旗，视为再盛大没有的一种典礼呢。然而，你这一祭旗不打紧，却有二个玉雪可爱的童男童女，就要生生地给你牺牲去了，这是何等残酷的一桩事情啊。"红姑如是的一作想，恨不得马上就从这石后冲了出去，和镜清道人拼上一拼，看他还能作恶到什么时候。可是立刻她便又知道，这个举动是不对的，且先不说自己的本领，究竟能不能对付着这镜清道人，更不说现在是处在人众我寡的环境中。就算是一拳便把镜清道人打死，然而打死他又有什么用？不是又把这祭旗的典礼，阻搁了下来么？不是反不能见到继志的到来了么？不是反要使敌方加倍地戒备了起来，把继志囚禁得愈加严密，或是竟加以暗害么？那是和自己的来意大大地相左了。

于是，她又把这一股无名火，硬生生地遏抑了下去。一壁却早见镜清道人，向着中央一立，发出命令也似的声音道："奏乐！"即听得那呜呜呜像似哀乐一派的号筒声，又第二次从天际飞越而下。镜清道人却又在这乐声之中，发下第二个命令道："导童男童女就位！"这一声命令，在别人听来还不打什么紧，一传入了红姑的耳鼓中，却使她神经上加倍地兴奋了起来，一颗心更是扑特扑特地狂跳着。她已完全为一种感情所支配，忘记了是一个曾修过不少年道行的人了，知道在这一声命令之下，就有人把玉雪可爱的二个童男童女引了来。而在此一双童男童女之中，就有她的爱子继志在内。他已有好几个月没有见到，不知现在已变成了怎样的一个模样呢？

当她凝目向着外面望了出去，仔仔细细地四下一看时，早见从刚才两队男、女弟子，走来的那条路上，推来了二辆车子，在这二辆车子之上，分坐了一个童男、一个童女。而坐在前面一辆车子之上的，却是童男，这就是他的儿子继志，却比从前似乎还要胖上一些呢。这童男童女的打扮，可说得是一样的，童男下身穿了一条红绉纱的裤子，童女却穿了一条绿绉纱的裤子，上身一般地都赤裸着，而围上了一个肚兜。肚兜的颜色，也分为红绿二种，却与他们自己裤子的颜色相间着，那便是童男戴上了一个绿肚兜，童女却戴上了一个红肚兜了。车旁各有四个人伴护着，伴护童男的是男性，伴护童女的是女性，倒是分得很为清楚。看来也是由镜清道人的一般男女弟子中，选拔了出来的，只是身上所穿的衣服，都是杏黄色，而不是纯白的，腰间还各佩上一柄刀罢了。

红姑一看到这里时，不免又大骂镜清道人的可杀，他简直是把这两个童男童女，当作斩犯一般地看待了。试看这般地把他们打扮着，和斩犯又有什么二样？而这所坐的车，便是囚车，车旁伴护的人，便是狰狞的刽子手，更是显而易见的事情啊。加以他们一路上推了过来的时候，这呜呜呜的号筒声，吹得震天价响，越转越是凄厉，像似预知他们快要下柩了，特地奏此一套哀乐的。更使红姑听在耳中，这颗心几乎痛得快要碎了。

恰恰这时候，这童男童女的车子，已和她的伏匿的这个地方，距离得不相远，再过去，就要小小地拐上一个弯，向着台前推去了。红姑至是，再也不能忍耐下去了，觉得要把继志抢救了出来，这是最好的一个时候了。倘然失此不图，待这车子推入了这一群人的核心中，那么对方保护的力量越发加厚，下起手来，就要加倍地费事了，不如赶快地出手吧。当下，即从这块山石后走了出来，从乱石间，径向着这车子推来的地方直冲了去。看看已是冲到和这继志的车子，相距得只有几步路了，不料忽从空际对直地降下一道雾来，挡着在她的面前。这虽只是薄薄的一道雾，并没有像蝉翼纱这般的厚，然其效力，好似有一道铁丝网拦隔在中间的一般，竟把红姑拦阻着，再也走不过去。

红姑知道这又是镜清道人施的一种妖法，但她岂肯示弱，仍思打破这妖法，从这雾幕中冲了出去。谁知当在这将冲未冲之际，忽闻得一阵笑声，破空而起，似在嘲笑着她的这种举动的。

不知这笑声为何人所发，且俟下回再写。

第二十九回

媚邪鬼两小作牺牲
来救星双雏全性命

话说镜清道人小小地施上一点法力，布下了一道雾幕，拦阻了红姑的去路，红姑却不甘示弱，仍想冲了过去。不料，她还没有冲得，忽闻一阵笑声，破空而起。这是什么时候，哪会有人发着笑声，这不明明是在笑着她么？红姑这么地一想时，即自然而然地，循着这笑声传来的方向，把眼睛望了过去。要瞧看一下清楚，究竟是什么人在笑着她。谁知恰恰地和镜清道人打上了一个照面，只见在他的嘴角边，还拥上了一派的诡笑。那么，刚才发出这笑声来的，不是他，又是什么人呢？

红姑在最初闻得了这一阵笑声，心头已是火起，如今更见到了镜清道人这一派的诡笑，这显然地像似在向她致着嘲笑之词道："你要想把你这儿子救了出去么？但是他已是成了刀上的鱼、砧上的肉，你再也救他不出的了。你瞧，我只小小地施上一点法力，布上一道雾幕，不是已使你没有办法了么？"这一来，如何不教她不更恼怒了起来呢？当下即请出她的那口宝剑来，向着这雾幕挥上了几阵。照理，少说些，她这口宝剑，也有削铁如泥的一种功效，不论什么东西都斫得下来的。但现在遇着这雾幕是一件无形的东西，凭她是怎样地斫着，不见一点动静，只见这雾仍嗡嗡然地涌着在前面。急切间又不知道用上什么方法，方可破得这雾幕的，也只有束手的份儿了。

而在这个当儿，不但是继志坐着的这辆车子，连得后面童女所坐的那辆车子，早都一齐地在她的面前推过，直向人群中走了去了。更是使她伤心的，这时候继志也已瞧见了她，立刻露出一种惊喜交集的神气，妈妈、妈妈地向她叫喊着，一壁又在车上转动个不已，像似要从车上走下而又走不下来的样子。原来他已是给他们拴缚在这车上了，比见自己的母亲只是拿着一口宝剑，在空气中乱挥着，却不能走过去，把他救下车来，不免又露着失望之色。而在此一刹那之间，车子已是向前推去，早把救他下来的机会失却。这教他的心中更是十分酸楚了起来，知道一切已归失望，他母亲虽是近在咫尺，也没有方法能救得他，他只有静待这可怕的时间降临，听他们把他当作牛羊一般地开刀吧。于是他的一张脸，也惨白得有同纸色了。这种种的神情，红姑是统统瞧在眼中的，更由这种神情上，推测得了她爱子当时的心理，不由得她不更似万箭攒心一般地痛了起来呢。然而徒然心痛，又有什么用？

这时候，这童男童女的二辆车子，早已推到台前，停了下来。好一个残酷无比的镜清道人，他像似已忘记了将有一幕惨剧，在他的眼面前上演着，而他便是这幕惨剧中的一个主动者，这二个无知的童男女，就要为他所牺牲的了。他倒把他们错认作一对行将结婚的佳偶，应该向他们道贺一下似的，只见他拥起了一脸子的笑，向着他们，表示出他是何等的温蔼。其实，这是一点也不中用的。饶他越是这般的笑容可掬，越是这般的温蔼可亲，却越发使人想见到，在他的背后，藏着怎样狰狞可怕的一张面孔。这不但这一对童男女的本身要感到这样，就是红姑从远远的望了去，也有上如此一个感觉的了。

镜清道人随又做上一个手势，像似给那一般男女弟子，发上一个什么命令的样子。他们当然是懂得他的意旨的，立即展开了喉咙，唱起歌来。歌了一节之后，又男的挽了男的，女的挽了女的，每二个成一对，在当地跳舞着。于是且歌且舞，且舞且歌，情形好不热闹。最后，复如穿花蝴蝶一般地左一对穿过这边来，右一对穿过这边去，齐以这童男童女所坐的二辆车子为中心点，围绕着来上一个川流不息。

照情状讲，大家都兴奋得什么似的，这已是到了节奏中的最高点了。然而，瞧他们的样子，一点儿也不快乐，脸部上都是呆木木的，显然地表示出，这只是出于一种机械作用。在这里，我们倒又得把这一般男女弟子，称赞上一声，他们的心地，究竟要比他们的师傅来得仁慈一些。他们也知道这只是惨剧中的一幕，并不是什么快乐的事情，所以不应该有快乐的颜色，表露到脸部上来呢。其实，他们的师傅镜清道人，这时候他的心中也并不怎样的自在，很是在那里担上一种心事。因为他何尝不知道，他今番这么地一出马，所见好的，只有哭道人一个人，所有昆仑、崆峒二

264

派，都不免和他处于敌对的地位了。以这二派中能人如此的众多，而今晚他所举行的这个祭旗典礼，又为他们群所瞩目的，怎会就让他安安逸逸地过了去，不有什么人出来破坏一下呢？一有什么人敢出来破坏，那一定也是出于再三考虑，自信具有相当的法力，可以和他角逐一番的，事情可就有些难讲了。万一这个人的法力胜似于他，竟使他失败了下来，这是何等失面子的一桩事，此后他难道还有脸充得一教之主么？不过典礼的举行，预定在五更时分，为威信计，为颜面计，他再也不能把来提早一些的。而在此时间未到之际，也只有把这歌舞来敷衍着。在另一方面讲，这也是仪式中应有的一种点缀，不得不如此地铺张一下的。但这一来，可就苦了他了，他深深地觉到，除非是在这典礼已举行了之后，否则，就是只余下了一分一秒的时间，说不定会有一个破坏分子，突然地从什么地方跳了出来，而或者竟会使得他功败垂成的。

好容易，在这歌声舞态似已起了腻的当儿，也不知已经过了多少时候，忽闻到很响的三声号炮，连接着地送到了耳鼓中来。镜清道人方不自觉地又在脸上溢出了丝微的笑容，并有上脱然如释重负的一种样子。

原来这是他与哭道人约好了的一种信号，一待把这号炮放出，便是向他报告，五更时分已到，可以把这大典举行了。这一来，他只要很迅速地发下一个命令去，赶快把这一双童男女的小生命了却，那时候就是有一百个能人出来，要向他破坏着，也是有所不及的了。于是他忙把手一挥，一般男女弟子立刻停止了这机械式的歌舞；当他第二次挥手时，这是那些穿杏黄色道服的男女伴护，应该起来活动的一个暗示了。他们先从每辆车上，各把他们所伴护的童男或童女解了下来，但仍把他们的二手反拴着，并教他们跪在台上，好似法场上处决的罪犯一个样子。然后每一组的四个人，又各把工作分配下。二个人走上祭台，取下了这供设的空木盘，把来承在面前，一个人提着童男或童女的头发，余下的那一个人，便是刽子手了，凶狠狠地执持着一把杀人的大刀在手，做上一个快要砍将下去的姿势。

这样的一个形势一呈露，真是最最吃紧的一个时候了。不论哪一个在场观礼的人，心中都是这么的在思忖着，这一次的典礼能否顺利地进行下去，全在这一刻儿的时间中。倘然在这一刀砍将下去之前，并没有什么别的岔子闹出来，那是这典礼便得到了很完满的一个结果。否则，如果横生

265

枝节，竟有什么人出来阻挠，使这典礼不能顺顺利利地举行下去，那就有很大的一场骚扰在下面了。但照他们想来，昆仑、崆峒二派的能人，既都是和这邛来山立于敌对的地位的，而今天这个典礼一旦如得举行，又于他们有百害而无一利，非得出来阻挠一下不可的。那么他们不管此次的结果，是成功或失败，都得拼尽性命地出来硬干一下，哪里会有如此便宜之事，竟是一个岔子也不出，一点枝节也不生，让那镜清道人高奏胜利之曲呢？因此，他们都屏着息、敛着气，眼睁睁地瞧有什么新鲜的事情在下面发现了出来。

果然，就在此十分静默之际，忽闻到了一声很凄厉的惨叫，跟着又是一声很得意的狂笑。你道这都是从哪里传了过来，又是什么人所发的呢？原来这一声惨叫，就是从红姑口中吐了出来的。她见事情已是急转直下的，到了这么险恶的一个地步，倘再不加阻止，听他搬演下去。那时只要这凶狞的刽子手，把一刀倏地斫了下来时，继志就立刻丢失了他的这条小性命了。而这薄如蝉翼的雾幕，却似一点不客气地挡在她的面前，使她不能有上一点的动作，急切间也想不出破这雾幕的方法。再向山上山下、山前山后四下一望时，更瞧不到有一点儿的动静，似乎她本派中的一班同志，同着崆峒派中的那几个能人，都和她有上同样的情形，也为这雾幕所困，而不能施展出一点儿的本领来。在如此的现状之下，显然地一切都归绝望，怎又能禁止她不惊急得惨叫了起来呢？

她这表示绝望的惨叫一发出，在别人听得了还没有觉得什么，一入镜清道人之耳，可使他得意得什么似的。暗想你红姑在昆仑派中，也算得上是一个人物，不料竟是这般的不中用，只经我小小地运用一点法力，就弄得你束手无策，只有惊啼惨叫的份儿。此外，还有金罗汉吕宣良呢？笑道人呢？以及其他的许多人呢？又一个个地躲到了哪里去了？大概不来是不会的。他们定也已都到了这个山上，只因也和红姑一个样子，连这雾幕都破不了，自然就不能显出他们的什么好身手来。如此看来，这昆仑派的一个团体，也是徒负虚名的，不见得真有什么能人吧！他这么地一想时，使他忘记了这是在一个什么所在，又是在举行着他自己看作怎样庄严的一个典礼，竟得意忘形地发出了这么的一声狂笑来。然而，也仅仅是这么地一声惨叫，跟上去又是这么地一声狂笑罢了。此外，却不再见有一点什么动静。

这时候，那童男和童女身旁的每一个刽子手，倒又各把他们的刀，更举得高一些，在很快的一个动作之下，早向童男女的后颈上直斫下去。照着平常杀人的惯例，他们把人头斫下以后，即一脚把他向着校场上老远地踢了去，这人头便在地上乱滚起来，直至咬住了草根或是什么东西，让他死命地咬上一阵。把他余下来未死去的一些知觉都失了去，方始停止了蠢动之势。然后再将他拾取起来，高悬示众。现在他们可不是如此地办，一待人头刚刚斫下，那个刽子手的助手，即手法很熟练地把铁钳上钳着一小块什么丹，送到这人头的嘴边去，让他衔住了这块丹，随即向着承在前面的那一个木盘中一掷。说也真怪，平常新斫下来的人头，总是蠢动得什么似的，如今一把这丹衔在口中，只在木盘中略略地一转动，即停止了下来了。于是，由这承盘者，把这人头在木盘中扶一扶正，即相将抬上祭台，放在供桌之上，重又退了下来。至是，关于童男女的事，早告了一段落，而祭典已在开始了。在这时候，就是昆仑、崆峒二派中，再有什么能人出来捣乱，也已迟了一步，无能为力的了。这一来，最最伤心不过的是红姑，当场便晕倒在地。而和她处于相反的地位，最最得意不过的，那就是镜清道人。他虽已把自己竭力地抑制着，不使像先前一般地再把笑声发纵出来，但他那一分得意的形容，早已布满在脸部上，不论什么人都是瞧得到的了。

　　至于隐在山中四处一般观礼的人们，以及躬与斯盛镜清道人的一般男女弟子，却都在暗中宅异着。这真是想不到的一桩事，如此险恶的一个局面，人人以为必有一些什么事情闹了出来的，竟会风平浪静，一点没有事情地过了去。照此说来，他们昆仑、崆峒二派中，也太没有人才的了。

　　谁知就在这有的伤心、有的得意、有的很为诧异的当儿，忽发生了一桩十分惊人的事情。大家一把这出人意外的事实瞧在眼中，也就不由自主地，一片声地惊叫了起来。这时候恐连正在非常得意的镜清道人，也都有点慌了手足了。你道这是怎么的一回事呢？原来当把这二个木盘，放在供桌上以后，镜清道人正要依着预定的程序，把这仪式举行下去了。不料这二个盛放在木盘中童男女的头，忽然复活了起来，先是向着空中一跳，随即在空中飞动着，一霎眼间，好似认识得路似的，早已各飞至了他们自己的那具尸身之前，头与身一接合，这二个童男女，早又鲜活灵跳地立起身来了。

于是一般观礼的人们，又不由得取消了他们自己先前的那一种见解，知道实在是太误会了。你想，以昆仑、崆峒这么大名鼎鼎、势力雄厚的二个大团体，他们中间怎会一个能人也没有，只能眼睁睁地瞧着镜清道人，逞尽威风地干下去？现在方知他们先前所以这么地隐忍着，一点儿动作也没有，只是和镜清道人闹着玩笑。直待镜清道人把威风逞尽，心中得意得了不得，自以为大功已是告成了，方始出来和他捣乱，玩上这么厉害的一个手法。这在镜清道人，恐比之刚要把这一双童男女斩却时，他们就出来捣乱，要有上加倍的扫兴。而在他们一方面，更是何等有力的一个宣传，反衬出他们是具有怎样广大的一种神通，怎样惊人的一种法力啊！

但在镜清道人本人，却还不如是地设想。他不信昆仑派或是崆峒派中，竟有如此的一个能人，并敢在他的面前，玩上这么一个手法的。这只不过偶尔有什么人，传了一些妖法给这童男女，所以会有上这么的一个变化了。这也要怪他太是大意了一点，没有上怎样的准备；否则，只要备上些猪狗的秽血，当把这童男女斩首的时候，先把这些秽血向着他们的身上一喷，那不论他们是具上有怎样的妖法，也都施展不出来的了。然而这些东西，哭道人那边想来是现成有着的。现在，只要吩咐人把他取了来，看他们第二次还能弄得出什么花样来？他不信这好像已成了刀头鱼、砧上肉的二个人，还能逃出他的手掌之中呢。

但他只是这么地想着，还没有把这话吩咐出去，早听得飕飕飕的一种声响，从山峰间猛刮起一阵狂风，几乎把全山的灯火，都要吹得一个熄灭。而就在此半明未灭之际，又蓦然地见有二只很大很大的手掌，从半空中伸拿而下，很快地像似从下面攫取了些什么东西去。接着，风也息了，灯也明了，又回复了原来的状况。但在大众注目一瞧之下，不禁都是出于不自觉的，又齐声叫上了一声："啊呀！"原来在这个事件中，为人人所注目的这一双童男女，早已似平空化了去的一般，不复在原来的这个地点。看来刚才在大风中，由半空间伸拿而下的这二只大手掌，并没有在山上，攫取了别的什么东西去，只是把这一对人儿摄了去了。这一来，镜清道人也就不得不抛去了他先前的这个见解，而和大众有上同样的一种推测。这定是在这二派之中，有上那一个能人，要在他的面前卖弄一下本领了。然而，这一卖弄本领不打紧，可把他的玩笑开得大了。

他在这么的一个情形之下，决计不能宽恕得那个人呢。因此，他就状态很严肃地同着外面一立，又仰起头来，望着空际道："好的！总算你是有本领的，居然在我的手中，把这一双小儿女夺了回去了。然而，你究竟是什么样人？我却还没有知道。你真是有种的，也再敢和我照面一下么？"

他这几句话，明明是带点激将的意思，使那个人再也躲避不得。只要那个人肯和他一照面，他就可伺看机会，使弄出些什么阴谋来，说不定仍能把这一双小儿女，夺回过来呢。果然，当他的语声刚歇，即闻得哈哈的一声大笑，随又闻一派很清朗的声音，从一个高峰上飞滚而下道："哈哈，明人不做暗事，我在未带走他们以前，当然要和你照一下面的，也使你知道我究竟是谁呢。现在就请你向我瞧上一瞧吧。"这话说后，不但是镜清道人一个人，凡是这时候所有在邛来山上的人，都带着一种紧张的情绪，兴奋的状态，争着把头仰了起来，齐向这一派说话传来的方向望了去。

不知这个人究是谁何，且俟下回再写。

第三十回

一棍当前小见身手
双剑齐下大展威风

　　话说把这一双童男女摄了去的人，忽然在一个高峰上说起话来，这当然会引起了大众的注意，而使他立时成为一个中心人物。当大众争着把头仰了起来，向这高峰上望了去时，只见昂昂然立在那边的，却是一个冠玉少年。年纪约莫有二十二三岁，生得骨秀神清、英气奕奕，头上戴了一顶瓜皮小帽，在这小帽当前的正中，缀上了一块霞光四射的宝石，更现出了一种华贵的气象。脸上微含笑容，向着大众凝望着，像是在向着他们说道：你们是不是要把我认识一下么？那我已站立在这里了，尽你们向我怎样地瞧看就是了。而在你们这许多人的中间，或者也有几个人，是素来和我认识的吧。

　　这在他的态度间，虽是这般的从容自若，但在大众一方面，却为了把他崇奉得过高的缘故，如今一见到了他这庐山真面目，反而微微地感到一些失望。因为，照他们想来，这个人既然能在镜清道人的面前，显得这么的一个大神通，一定是有上很大的来历的，不为修炼了三五十年的得道高僧或高道，定为江湖上久享盛名的前辈老英雄。却万万想不到，竟是这么一个惨绿年华的冠玉少年，又安得不使他们不感到了一种失望呢？然而，不管大众对他是怎样的失望，这还算不得是什么一回事。这中间却又使处于相反地位的镜清道人，在不知不觉间手舞足蹈地得意了起来，并带上一种十分轻蔑的态度，向那冠玉少年望了一眼道："哈哈，我道敢在我的面前，弄上这么的一个手法的，定是一个什么三头六臂、十分了不得的人物，却想不到只是这样子的一个黄口小儿，这可真有些失敬了。"

　　那冠玉少年听到了他这句话，却一点儿也不着恼，依旧神色自若地道："三头六臂的人物是怎样？黄口小儿又是怎样？其实，这是一点没有什么关系的，现在在这里，在我们的中间，只有一个事实问题，那便是我已把你的这一双童男童女夺了来了。你真有能耐的，只消就这方面向我对付着，其他的废话，都是可以不必讲的了。"在这几句话的下面，显然地藏着有这样的一个意思，你真是有种的，就赶快地施展出些本领来，把这一双童男女夺了回去吧，我在这里恭候台教呢。

这一来，可把镜清道人恼怒得什么似的，脸色间也逐渐地在变化。先是紫巍巍的，继而变作铁青，比及全张脸都泛上了一重死白色时，他已是得到了一个决定，准备和那冠玉少年互斗法力，决上一个雌雄的了。

于是，他突然地来上一个向后转，把身子朝着里面，而他的两条视线，也恰恰地正对着木架上插着的那一面三角旗。随又戟着一个指头，向这旗上赤裸了全身的那个神像，指了一指，跟着又是"咄"的一声喝，然后又念念有词地闹上了好一会儿。瞧他这个样子，是在念着一种什么咒语，要仗着这咒语的功能，把这邪神感应着，而使他显起灵来呢。果然，他的咒语是最灵验也没有的。当他刚念动一遍时，这旗上的神像，早显着栩栩欲活的样子；第二遍，这邪神已是鲜活灵跳地从那旗上走了下来；比及念到了第三遍，这邪神即一跳跳到了他的面前，并向他偻着了一个身子，似乎是在向着他报告道："我把一切都已准备好，你尽管发下什么命令来就是了。"

镜清道人便又威棱棱地把两眼一睁道："哼！你总该有些知道的，我们也不知费去了多少的心力，才替你找到了很好的一对牺牲品，原是诚心诚意地要奉给你做血食的。不料，在这刚刚奉献上来的时候，就有一个大胆的强徒，仗着他那小小的一点法力，把这牺牲夺了去了。现在你看，该是怎样的一个办法？这是须全由你自己做主的了。"好镜清道人，他对于这个邪神，竟用起这么一种激将的法子来。

这邪神一听到这里，果然恼怒得什么似的，除把身子挺然直立以外，在两眼中都发出了凶光来。镜清道人便又把他的手一牵，突然地一齐把脸都转朝着外面，复伸出一个指头来，向那冠玉少年所站立的那个山峰上一指道："你可要知道，抢去了你这一份血食的强徒是谁？喏，喏，喏，站立在那边山峰之上，那个漂漂亮亮的小后生便是。你心中想要把他怎样，你就直接地找他去，我可不来管你了。"

这邪神一听这话，更把一张血盆大口张开着，连口中的两个獠牙都露

271

了出来，像似把那冠玉少年恨极了，恨不得一口就把他吞下肚去的样子。一壁将身一耸动，便是一个虎跳势，向着山峰间跳了去。只在几跳之间，早已跳到了那冠玉少年所站立的那个山峰之下。但他却也作怪，并不就向着山峰上直跳去，和那冠玉少年厮杀上一场，却在下面立定了，仰起一张脸来，不住地把口张动着。自有一股什么气，从他口中喷薄而出，向着那山峰上直冒了去。

倏忽之间，这一股气已布满在天空中，几乎把那个山峰都笼罩得若隐若现的了。瞧那冠玉少年时，脸上却含着微笑，似乎一点不以为意的样子，但也没有什么特殊的法力，施展了出来，立刻就把这一股气吹散了去。这气却是愈集愈密，愈吹愈近，不特笼罩住了那冠玉少年，所站立的那个山峰的全部，而且笼罩住了他的全个身子，并像具有一种知识似的。当吹到他的近身以后，也不向上面飞动，也不向下面飞动，更不向左右四周飞动，一缕缕地，尽自向他的口鼻间直钻了去。倘然这"落魂阵"是"瘟疫阵"的一个代名词，而这管理"落魂阵"的邪神，也便是一位疫神的话，那么，他所吹出来的这一股气，中间一定含上有不少瘟疫的种子。这么地向他口鼻间吹上一个不已，不是立刻就要使那冠玉少年，染上疫病了么？

这在别个人或者不明白这种情形，镜清道人的肚子中，却是完全知道的。一见这邪神已尽力地把疫气散布出，而那冠玉少年并不能立刻就遏阻住，显见得已是到了不能抵抗的地步，不久就要中疫而亡了，不觉露着很得意的一种微笑。在这微笑之中，不啻是这么地向着那冠玉少年在说道："哈！我道你是怎样了不得的一个人物，原来已竟是这般的不中用？在这个情形之下，你已是显得黔驴技穷了。现在除了把你自己的一条生命，牺牲了去之外，看你尚有什么方法？"同时，这邪神虽不说什么话，却是一壁喷着气，一壁又不住口地吱吱地叫着，显见得他也是得意到了极点。而为了得意到了过分的缘故，只要一旦把那冠玉少年喷倒，说不定他要一跃而上山峰，抓住了那冠玉少年的身体就吃，以代替给抢了去的那种牺牲品呢。

谁知，就在这万分吃紧的当儿，忽在附近的一个山峰上，又出现了一个少年，一手持着一柄宝剑，十分威严地向这邪神说道："嘿，你可知道我师傅是什么人？你又是一个什么东西，胆敢在他老人家的面前，施弄这种不值一笑的小法术，这真所谓班门弄斧了。如今，他老人家虽不屑和你较手，只是静瞧着你怎样怎样地闹下去，我欧阳后成可实在有些忍耐不住了。现在，请看剑吧。"他一壁说，一壁即从山峰上飞腾而下，并很迅速地把一剑向着这邪神飞了来。

这一来，可把现在处在这邛来山上的全体人们都惊动了。他们并不是震惊于他剑术的神奇，也不是震惊于他这一剑来得非常的兀突。他们所引为惊诧的，却是在欧阳后成把自己的姓名道出以后，还又说那个冠玉少年是他的师傅。凡是今天来得这山上的，对于江湖上几个有名人物的历只，大概都有些儿晓得，谁不知道，欧阳后成最先的师傅是红云老祖，后来方又转到铜脚道人的门下去。如今，瞧这冠玉少年，腿上既非装有什么铜脚，更非道家的装束，这当然是红云老祖无疑了。以红云老祖这么极有名望的一个大人物，平日又是不大爱管外间的闲事的，现在忽然到这里来显上一下神通，这教大家怎么会不要十分的震惊呢？内中尤其要推竟清道人，更比别人惊骇得厉害，一时间不但把脸上的笑容，全收敛了去，并把一双眼睛向红云老祖直盯着，似乎已发了呆了。

独有这个身当其冲的邪神，他既不知道红云老祖的威名，也不知道欧阳后成究竟是怎样的一个人物。他所能知道的，只是为了那冠玉少年夺去了他的血食。所以，他要把疫气来喷倒他。不料，在这目的尚未达到之际，忽又从半腰里上来另外的一个少年，自称是什么欧阳后成，挡着他使他下不来手；这怎教他不气上加气，恼上加恼？唯一的结果，自然也只有转过身来，找着了欧阳后成，死命地拼上一拼了。

好邪神，也真有他的。他见欧阳后成一剑已是飞到，忙将身子向旁一闪，比已躲过了这一剑，便又将口一张，从口中吐出了一根铁棍来，即拿了在手中，向欧阳后成迎敌着。欧阳后成一见他将棍子迎了来，自然更接再厉地，又把一剑飞了去。何况他的这柄宝剑，便是铜脚道人赐与他的那一柄雄剑，别种的厉害且不去说他，倘然遇着了什么妖魔鬼怪，要把他们斩了去，那真是可以不费吹灰之力的。自从他拜领此剑以后，一些妖魔鬼怪把性命丧送在这剑下的，也已不可胜计的了。

谁知，这一次却使他大大地失了望，他把一剑飞去，不但没有把这邪神刺中，反而给这铁棍一挡，立时发出了一簇簇的火来，向着他的剑上直飞。幸而他这剑究竟不是什么寻常之剑，可也毁不了他，否则，却要给这邪火，烧得一片片地熔化下来了。然而，饶是如此，已把欧阳后成震怒得什么似的，暗道一声："好妖怪，原来你还有上这么的一点妖法，怪不得你要如此的肆无忌惮了。但我终究是不会怕了你的，我们且再好好地来上几个回合，看是我的宝剑称得强，还是你的铁棍占得先？"边想边又把手中的宝剑飞动着。

这剑在飞动时，真有似游龙一般的夭矫，在欧阳后成几乎把他全副的本领，都施展了出来了。可是，约莫也战上了几十个回合，依旧保持着一个平衡的局面。欧阳后成既斩不了这邪神，这邪神的一派邪火，也毁不了欧阳后成的宝剑。这中间倒也是有上一个大道理的，欧阳后成的这柄雄剑，全是仗着一股纯阳之气；而这邪神铁棍上所发出来的一派邪火，也是由于极度的戾气所成，戾气虽非出自于正，却也是属于阳的。阳与阳相接触，而且前者的阳，是属于极端的正，后者的阳，又是属于极端的邪，一时三刻间，自然分不出什么胜负来了。

在这里，可又震动了一个人，她一瞧这个情形，便知欧阳后成已是取胜这个邪神不了，如欲这场恶斗迅速地得到一个结束，势非她也露一下脸，前去助上一臂之力不可的了。于是，她也不能再顾到什么，在很尖锐的一声叫喊之下，即从一个山峰上跳了下去，立时使得在旁观阵的一般人们，眼帘前不禁齐为之一亮。原来这从山峰上跳下来的，却是一个十分美貌的妙龄女子，这并非别一个，乃是欧阳后成的夫人杨宜男到来助阵了。

这邪神本不是一个什么好东西，一见有这么美貌的一个女子，加入战阵中，把他一腔的欲念都撩拨了起来了，恨不得马上就走去搂住了她，把她作一口水吞入了肚去。当下，也即舍去了欧阳后成，把铁棍使得风轮一般的快，向着杨宜男迎了去。岂知道杨宜男放出来的那柄剑，乃是一柄雌剑，秉着一股纯阴之气，不论哪一种的邪火都能扑灭得。这邪神如今仍欲仗着这棍，仍欲仗着这棍上所发出来的一派邪火，在她的面前卖弄威风，这真太有点不知自量了。因此杨宜男一见他把铁棍打了来，只是微微地一笑，在这一笑之中，早又把那柄雌剑放出，迎着他那铁棍乱刺，像似不怕那顽铁会折了她的剑锋。果然在这一次的接触之中，这铁棍已是失去了他先前的那一种威风，不但没有一星星的火在上面发出来，只闻得砰的一声响，早已折为二段，把那大的一段，坠落在地上了。这一来，真使这邪神惊悸得丢了三魂，丧了六魄，哪里再会有一些些的欲念存留在胸中？仅

274

有的一个思想，那就是，赶快想个法子离去此间，保全了这条性命吧。

可是，天下没有这样子便宜的事，或进或退，都可以由得他一个人做主的。他如今既已失败到了如此的一个地步，他的性命也就握在对方的手中，早成了来得去不得的一个局面了。正当他欲逃未得之际，杨宜男的一柄雌剑，已直向他的脑间刺了来。同时，欧阳后成生怕他夫人，或有万一之失，也把他的雄剑飞了来，齐向这邪神的脑际刺下。你想，单是一柄雄剑，或单是一柄雌剑，或者尚嫌势孤，不能就把这邪神制服得下；如今既是雌雄合作，双剑齐下，何况又正值这邪神已是势穷力蹙，连手中的武器都折断了的时候，怎还会让他逃到了哪里去，怕不一下手，就把他斩为几段了么？果然，只见在二道白光腾绕之中，这邪神已是向地上扑了去，无疑地，他的这一条性命，已是丧在他们这雌雄二剑之下了。

这在他们一双夫妇，算是已了却去一件心事，心中当然是十分欢喜的，忙各把自己的剑收了回来。可是，当他们举眼向地上一望时，不免又使他们齐吃一惊，不约而同地都从口中吐出了一声"啊呀"来。原来这邪神既已给他们斩却，照理地上应该陈着他的尸首，谁知，现在这地上竟是空空的一无所见。照此看来，莫非在剑光尚未飞到之前，已给他遁走了么？那他的神通，也可算得广大的了，怎么会教他们不吃惊呢？

他们正愕眙相对着，好似得不到什么主意的样子，忽又闻得哈哈一阵大笑，破空而起，连山谷间都为之震动似的。这倒又把他们从错愕的情绪中，惊醒了过来了，忙循着这笑声传来的方向，抬起头来一瞧时，方知发出这一阵笑声来的，并非别个，却正是红云老祖。红云老祖一见他们二人望着他，又发出一声大笑来道："哈哈！你们也知道我刚才这般地大笑着，究竟为了什么事情么？不瞒你说，我正是在笑着你们二个人，目光太是不能及远了。依着你们想来，以为你们这雌雄二剑，同在一个时候中放了出来，那是何等厉害的，万不料仍会给这个怪东西遁走了去，所以要错愕到这么地一个样子。但是，你们没有放大了一个圈子再想上一想，须知道，这个怪东西果然不是怎样了不得的人物，可是在他的后面，却还有上一个保护人。这个保护人，那是谁都知道他有上一个大来历的。以这么一个大有来历的人，又当着这许多人的面前，他难道肯坍这一个大台，而不把他这被保护人救了出去么？你们只要这般地一想时，也就可恍然大悟，而不致有一些些错愕的了。"他们给红云老祖这么地一提醒，果然都是恍然大悟，原来这东西地得能从他们的剑下遁走了去，并不是他自己真有什么了不得的本领，实是镜清道人把他救了去的呢。

可是，在镜清道人这方面，却觉得这几句话尖刻之至，未免太把他挖苦得厉害了，也就把手拱了一拱，高声地向他叫着道："站在那面的那一位，不就是大名鼎鼎的红云老祖么？请了，请了！你说我大有来历，这是你在挖苦我了。其实，如今在五湖四海之内，能承当起这四个字的，恐怕只有你一个人吧。别的且不必说，单是令高足的那一套剑法，就是何等的能露脸啊。只是我替你想来，你本是与人无忤、与物无争的一个人，大可在洞府之中逍遥自在，如今，却来到这是非之场，未免太有些儿不合算吧。"

红云老祖一听他说这话，不禁又哈哈大笑道："这些话你可不必向我说得，还当反躬自省一下。你不也是大可在冷泉岛上，逍遥自在地充当你的长春教主的，为什么又要来到这是非场中呢？"

不知镜清道人听到这话后，是如何地回答，且俟下回再写。

第三十一回

黑幕高张遁去妖道
病魔活跃累煞群雄

　　话说镜清道人正说红云老祖大可在洞府中逍遥自在着，犯不着到这是非场中来，却不料红云老祖就拿了这句话，反过来诘问着他，意思就是说："你本也是一个世外闲人，和他们这几派都没有一点儿的关系的，为什么也要投到这旋涡中去，并还替他们充当起台主来呢？"这一来，可反驳得镜清道人嗫口无言了。

　　红云老祖便又笑着说道："如今你既很高兴地到这里来得，我当然不敢怎样地贪懒，也要奉陪上你一下，免得你兴寂寞之感呢。"红云老祖的话，竟是这么地越说越尖刻，而且尖刻得有些使人难堪，镜清道人不论他是怎样地有涵养功夫，可也有些恼羞成怒了，便也大声地说道："好！你要到这里来，你尽管可以来，谁也管不了你。现在，不论你是有怎样的一种妖法，尽请你施展了出来吧，我是决不会惧怕你的。"在这几句话之下，俨然地有上一种安途美敦书的意味了。跟着，又很快地几步走上台去，并走到了那个旗架之前，只一举手之间，早把架上插着的那一面很大的三角旗拔在手中，旗上绣着的那个邪神，却已复了位了。便又疾步走向台边，即举起了那面大旗，远远地向着四下的山峰间招展了起来。

　　真也作怪，当他只把这旗向着空中一招展时，凡是昆仑、崆峒二派中人，暗伏在山峰间偷瞧他举行这个大典的，都觉得有一种森森的寒意，向着他们的身上袭了来，不自禁地大家打上了一个寒噤。只有几个道力坚厚的人，或者一些也不受影响，可算得是一种例外。

　　当第二次招展时，这旗幅像似随着这招展之势，而逐渐地扩大了起来。一转眼间，不但把天地间一些黯淡的星月之光，都遮蔽了去，并飕飕飕地起上了一阵风，把全个山峰间的灯火一齐吹熄。于是，漆黑一片，伸手不辨五指。而在这洞黑之中，又闻得吱吱吱的一片鬼叫之声，并时有冰冷的东西，在有一些人的身旁擦过。显然地一般妖魔鬼怪，乘着这天昏地黑的当儿，都大大地活动起来了。此后，镜清道人大概还是不住地把这旗招展着，因为这寒意更是比前加重，而这些妖魔鬼怪在暗中的活动，也更是比前厉害了起来。最后，又闻得一声霹雳，轰然而起，倒又像把以上所有的事情都结束了一下，一切齐归于寂静了。

然而，放着有这许多的能人在山上，终不能听镜清道人这么地肆无忌惮下去的。在这里，早有一个反动派攘臂而起了。他先是高高地叫骂上一声道："嘿！这是怎样不堪的一个玩意儿，恐比之江湖上'偷天换日'这一套戏法，还要不值钱，竟会有这张脸，在我们的面前施展了起来么？嘿，第一个不服这口气的，就是我，我准要来破你这个妖法了。"当他说这话的时候，便又听得半空中起了一阵什么响，大概是把什么一种的法宝祭了上去。果然，接着只见遮蔽着天空的这一张黑幕，已是掀去了一角，有一些星月之光漏了下来，然后又逐渐地再把这黑幕掀去了一些，掀去了一些。到得最后，重又恢复了原来的那个样子，并在一瞬之间，布满在全个山峰间那些密如繁星的灯光，复突然地一齐亮了起来了。但在这里，却发现了一桩出人意外的事，那是镜清道人同着他的一般男女弟子，已是走得不知去向，只凄清清的、孤零零的，剩下了一座空台了。照此看来，镜清道人大概为了当着这许多人的面前，没有这脸可以遁走了去，还恐有人追上去和他过不去，所以布下了这一重黑幕，做他退却时的一种掩护呢。而闪闪作光的两颗金丸，这时候却兀自在半空中跳荡个不已。以意度之，所谓法宝也者，莫非就是这两颗金丸？仗着他的神威，竟把这沉沉的黑幕冲破了。就在这个当儿，却见有一个人，把手向着空中一招，这两颗金丸便似乳燕归巢般地向着他的手掌中堕落了下来。

原来这个人并非别个，正是崆峒派的中坚分子董禄堂，他乘着这个好机会，也把他的本领卖弄上一下了。红云老祖瞧到以后，也含笑赞说道："你这一下子很是不错，也可使镜清道人受到很好的一个教训了。他仗着他的一点妖法，自以为高明得了不得，老是喜欢把什么幕，什么幕布了出来。不料，那雾幕既已失败在我的手中，如今这漫天夜幕又为你所破。此后，他大概不敢再如是地轻率从事吧。"

红云老祖说完这话以后，又向着红姑所站立的地方望了去，却见红姑已是苏醒，早从地上站了起来了。他便把手拱了一拱道："红姑道友请了，现在道友尽可把心怀放下。你瞧，令郎不是已得安然出险，并从那面山坡上向你走了来么？"边说边向着山坡上指了去。

红姑依着他所指处望去，果见陈继志已是同着那个童女，肩并肩地从那山坡上走了来，正不知他们在刚才那一刻儿，是停留在哪里的。一见母亲十分慈爱地望着他，忙把两手招动着，一张脸上都布满了笑容了。于是，红姑不特是惊喜交集，而且有些感惭交并的样子。惊的是，继志竟得安然脱离虎口；喜的是，母子又得重逢，骨肉团圆；感的是，红云老祖竟是如此的热心，替她把继志救出；惭的是，自己枉为一个有名人物，在这个事件中，竟是一些儿本领也没有显出来，到头来还仍须仰仗着人家呢。

红云老祖却似已瞧穿了红姑的心事，忙又向他安慰道："这是道友，一点儿也不必惭愧得，更不必向我感谢得。你道友具有高深的道法，那是谁个不知道，难道说还会敌不过那个妖道，不能把这孩子从妖道的手中救出来？只是母子之情，关乎天性，心曲间一萦绕着这一类的事情，自不免事事都要觉得减色。而我们一般局外人，却是受不到这种影响的，乘此为你道友帮上一个忙，这不也是不可多得的一个机会么？而且，近来一般修道的人们，正盛唱着毁性灭情之说，其实，这是完全不对的。如今，能得你道友出来做上一个榜样，使大家知道大道与人情原是并行不悖的，这是再好没有的一件事，而也是我所十分赞成的呢。"

红云老祖的这一番话，竟说得这般的委婉，他不但没有一些自伐之意，还把红姑推崇备至，劝她不必因此而自惭，须知这正是他能受人钦敬的地方。这当然使得红姑深深地有上一种感动，不免又出于衷心的，向着红云老祖好好地致谢上一番。

这时候，陈继志却已飞速地跑上几步，走到了红姑的面前。红姑再也遏抑不住汹涌而起的这一股热情了，即把继志抱了起来，向着他的满脸间吻了去。而为了乐极了的缘故，竟不自觉地有两点热泪掉落了下来。那个张姓的童女，却站在她们的旁边，举起一双眼睛，呆呆地望着她们，像是颇为羡慕的样子。

红云老祖见了，便又向着红姑说道："站在你道友身旁的这位小姑娘，我看也是很有些来历的。因为，如果没有来历，也不会遭到这般的大劫，和令郎会合在一起了。现在，道友不如就收她做上一个徒弟，传授她些道法和武艺，使她可以有上一个成就，这或者也可说是一种缘法呢。"

红姑最初一心都在她爱子的身上，旁的事一点也不曾注意到。如今听红云老祖一说，方把那个小姑娘细细地一瞧视。见她虽不怎样的美丽，却是生得很为白净，颇有小鸟依人、楚楚可怜的一种神气。当下，倒也把她喜爱了起来。便把头点上一点道："瞧这女孩子的根基，倒也很是不错，只可惜我的本领也有限之至，纵把她收在门下，恐怕不见得会有怎样的成就吧。"

红姑虽是这般地谦逊着，却显然地已是答允下，把这小姑娘收为弟子了。好个小姑娘，倒也机灵之至，即向红姑之前跪下，拜起师来。这一来，可又把红姑喜欢煞了，当为取名凤姑，后来也成为一个有名人物。暂且按下不表。

单说，当把那童男童女开刀之际，已是到了五更时分；后来，又经过了这一场的纷扰，早把这黑夜度过，又见一丝丝的曙光，从云端中漏了下来，映照在山峰之上了。当下，镜清道人既已逃归洞中，这典礼也就不结束而结束。一般私来这个山上，伏在山峰间观礼的人们，便也分路各自归去。红姑当然也挈带了她那爱子和新收的徒弟，一齐回到了云栖禅寺中。这时候，为了邛来山摆设擂台之日，已是一天近似一天，四方来打擂台之人，确是来得不少，而来得又以这云栖禅寺为驻足之地者居多。这一来，这云栖禅寺居然成为邛来派以外的各派能人，集合起来的一个总机关了。

不料，在这祭旗未成的一二天后，又发生了一桩非常的事件，几乎把这顶礼佛祖的梵宫，变成为一个容集病人的医院。原来凡是住在这云栖禅寺中的一般人，不论是哪一个，就是道法高深如昆仑派的金罗汉吕宣良、笑道人，崆峒派的杨赞化、杨赞廷，素来不知道什么叫作病的，如今也一齐地病倒了下来，而且病得非常沉重，都是呻吟之声，不绝于口。

独有一个智明和尚，不知是否为了他的道法，更比一般人来得高深，还是为了别样的缘故，他却并没有和别人一般地病倒。只是病倒在床上的，有这么许多人，不病的，却只有他一个，旁的且不说起，只要到东边去问问，西边去瞧瞧，也就够他受累的了。何况，他素来是善于替人家治病的，不论哪一类的丹散丸药，他都很现成地有着在手边。但这一次拿了出来，给这些病人服用时，不但是一点没有什么效验，反而日见沉重。这怎教他不于受累之外，还要暗暗地生惊呢？

经他仔细地推想上一阵后，不禁恍然有悟道："嘿，真是该死，我也给他们闹得糊涂了。他们现在所患的，哪里是什么寻常的病症，定又是镜清道人在暗中捣着鬼，真的布起那'落魂阵'来了。大家还以为他祭旗不成，已是把这件事情停止了进行，真是太不知镜清道人的了。"随又在袖中占上一课，果然在卦象上，见到有被小人暗算的一种光景，这更把他着急得什么似的暗道一声："这可怎么好，讲到我的能为，充其量也只好说是对于佛典，有上特异的一种彻悟罢了。若是要我立于对垒的地步，去和镜清道人斗着什么法，这是绝对地干不来的。如不经过一番斗法，而把这'落魂阵'破了去，又怎么能把这病倒在床的许多人，救了过来呢？难道我竟眼睁睁地瞧着他们这许多病人，一天天地沉顿了下去，而不替他们想上一点儿的方法么？"

当他尽自这么地焦虑着，依旧束手无策，而这病倒在床的许多人，他们的病势却更是沉困了下来，眼看得一个个都是去死已近了。就中，尤以甘瘤子病得最为厉害，只剩下了游丝似的一口气，只要这一口气也不存留着，便要呜呼哀哉了。在这时候，他的女儿甘联珠，同着桂武，也到这云栖禅寺中来了。

他们两夫妇的到这里来，原是为了陈继志被人劫去，前来探视红姑的，却不料甘瘤子同着蔡花香都病倒在这寺中。甘联珠自从那一回逃出娘家以后，即没有见过他父母的面，桂武也是同样的情形，差不多已和岳家断绝关系的了。如今，忽然听到了这一个恶消息，在桂武还没有觉得什么，甘联珠却究竟关于骨肉之亲，这颗心就乱得什么似的，便和桂武商量着，立刻要去省视他的父母一下，断不能真把他们二老视作路人一般的。桂武沉吟道："在理，我们都得前去省视他们二位老人家一下的。只是自从我们一同逃了出来以后，你父亲不是气愤愤地在外面宣言着，此后再也不承认和我们有什么的关系存在了么？现在我们前去探视他，倘然他仍消不去以前的这一口气，对于我们不但是拒而不纳，还要把我们大骂一场，这不是太没有面子了么？所以你还得好好地考量一下为是。"

甘联珠毅然地说道："这一点也用不着什么考量的，你既然不大愿意去，让我一个人去也妥。不要说他们二位老人家，只是把我大骂一场了，就是把我打上几下，甚至于怎样严重地责罚我，也一点都没有什么要紧！究竟他们是父母，我是他们的女儿啊。至于什么面子不面子的话，更是谈不上的了。"

一个性情素来十分温和的人，忽然间大大地变了样子，竟是这般地固执已见起来，这当然要使桂武在暗地吃上一惊的。当下也只能顺着她的意思，说道："我也只是这么地说了一句，并不是真的不愿意去，你既然如此地有孝心，我当然应该陪伴着你前往的。现在，我们就走吧。"甘联珠这才回嗔作喜，即同了桂武，向着她父母卧病的所在走了去。

这是很大的一个僧寮，甘瘤子和着蔡花香分卧在二张床上。当他们夫妇俩走入房去的时候，满以为他们一双老夫妇，定有上怎样的一种表示，特不知这种表示，究竟是属于好的一方面的，还是属于坏的一方面的？万不料，甘瘤子僵卧在床上，好似死了去的一般，早已失去了一切的知觉，哪里还会对他们有什么表示。蔡花香的病状，虽比较地要好上一些儿，但也昏昏然地睡着，并没有听见他们走进房去。经甘联珠立在床前，不知叫上了好多声的妈妈，好容易方把她从昏睡中惊醒，慢慢地把一双倦眼张了开来。然当刚刚张开眼来的时候，一双眼珠仍是呆滞无神，像似什么东西都没有瞧到的样子。又歇上一刻儿后，方从双瞳中射出些儿异光来，显然地已是瞧到了甘联珠，并已认识出她是什么人了。立刻从喉际放出了很低弱的一派声音来道："啊呀，联珠，原来是你来了么？这真是我做梦也没想到的。"她刚说完这句话，似又瞥见了立在甘联珠肩后的桂武，便又接着说道："哦，桂武，你也来了，你是陪她同来的么？好，总算你们有良心的，在这个时候还来瞧视我们一眼，只恐……"她一说到这里，大有悲喜交集的样子，纷歧的情感，在她的胸间冲动得很为厉害，倒又使她说不下去了。

甘联珠一瞧到这种情状，顿时心中也觉得有说不出的一种难过，并又想到，妈妈待我究竟是十分慈爱的。当我从家中逃出来的那一天，他老人家虽也虚应故事的，在第二重门口拦截着厮杀，可是她所用的，却是一个木枪头，并在枪头上面挂了一串珍珠宝玉，这是她何等真心的爱我呀！却不料一别数年，今天重见她老人家的面，已是病到了这一个地步，怎教我不要十分的伤感呢？于是两行热泪，不自禁地从眼眶内掉落了下来。一壁说道："妈妈，尽请放心，爹爹和妈妈的病势，看去虽有些儿沉重，其实不是没有救的。现放着有女儿一个人在这里，不管要经过怎样的困难，定要设法去乞取些灵丹仙露来，让你们二位老人家可以早占弗药呢。"

蔡花香一听这话，不禁又低低地叹上一声道："唉！联珠，你的这句话虽是说得很有孝心，不枉我平日疼了你一番，可是在事实上却有些儿办不到。你难道不知道，我们所得的并不是寻常的病症，决非什么仙露灵丹所能疗治得好的么？"

　　甘联珠听她母亲竟是如此说，倒不免呆了起来，好半晌不能有什么回答。蔡花香便又接着说道："唉！联珠，你难道还没有知道镜清道人'落魂阵'的这桩事情么？现在病倒在这里的，不只是我和你爸爸二个人，便是有上高深的法力的几位道友，都也免不了这一个浩劫。唯一对付的方法，除非去攻破这个'落魂阵'，否则，就没有什么挽救的方法了。然而，联珠，这是何等不易办的一件事。试问又岂是你的能力上，所能够得到的呢？"

　　甘联珠听了，更为默然，像似在思忖着一个什么好办法。蔡花香又说道："你的能力虽有些儿够不到，但是我看你的那个妈妈，她的本领却要比你好上几倍，倘能从家中把她找了来，你们一同前去冒上一个险，这倒是无办法中的一个办法。联珠，不知你也干这件事情么？"这时候，甘联珠的脸上，突然地显露出一派坚毅之色道："为了要救你们二位老人家的性命，不论怎样的险，我都情愿去冒。就是不把那位妈妈找了来，也是一点没有什么关系的，请妈妈放心吧。"

　　不知甘联珠究竟是独个儿去破阵，还是邀了那位妈妈来同去，且俟下回再写。

283

第三十二回

发孝心暗入落魂阵
凭勇气偷窥六角亭

话说甘联珠同了桂武，走出了甘瘤子夫妇的病房以后，又去探视了一下红姑，不料也是一般地病倒了，并病得非常的沉重。甘联珠不免在心中忖量道："果然我妈妈说的是实话，像姑母这样一个极有根基的人，也都会病得这般模样的了，这可见得镜清道人所布设的那个'落魂阵'，是如何厉害的一件东西啊。"当下，她更是有上了一个决心，不论要经过如何的一种困难，她都得去这"落魂阵"中探上一遭。倘然侥天之幸，能破得这"落魂阵"回来，那不但她的父母有重生之望，更不知救活了多少人的性命呢。万一事情竟是不济，连她自己都陷落在这'落魂阵'中，那她为了这许多人而死，也是很值得的。少不得江湖之上，将来都要把她甘联珠的这个名字，传说了开去呢。只有一个问题尚待解决的，那便是，还是由她独个儿一人前往，还是真的去找了她那位妈妈来同去？讲到彼此有帮助的话，自以二人同去为是。不过，她的那位妈妈，现在并不就在这里，在这回家去一来回之下，少不得又要费上不少天的工夫，这中间究竟有不有什么变化，可就有些难讲了。待要和桂武商量一下，或竟是和着他一同去，又想到桂武的本领，并不见得怎样的高明，便是一起儿去，也不能有怎样的帮助吧！甘联珠正在这般地踌躇着，桂武却为了一桩事找智明和尚去了。

忽然间，从殿的那一头，走过了一个少年来，甘联珠虽不认识他，他却像似认识甘联珠的。在点头招呼之下，即这么兜头地问上一句道："你不是甘联珠小姐么？令尊和令堂这几天听说病得很为厉害，你莫非就为他们而来的么？"那少年不但认识她是什么人，并还明了了一切的情形，这倒使甘联珠有些骇诧起来，一时间不知应该怎样地回答。

那少年又笑着说道："甘小姐，你不是要去破这'落魂阵'么？讲到你小姐的这一分能耐，要去破这'落魂阵'，或者并不是怎样的难事。不过，有一点你必须注意的，你对于这邛来洞中的路径究竟熟不熟？这'落魂阵'又设在洞中的哪一部，你可知道么？"这二句话，可把甘联珠问住了。果然，她对于这些个事情，是一点儿也不知道，不免更是把一张脸呆着。但在一个转念间，又想到他既这般地向我问得，莫非他对于以上的这二点，倒有些知道的么？我不妨向他问上一句。因此他先向那少年望上一眼，然后问道："如此说来，你对于那边的情形，莫非倒是十分熟悉的么？"

那少年一听到这个问句，好似入场应试的举子，得到了一个十分合手的题目，马上就可有很得意的一篇文章做出来，倒把他喜欢得什么似的，即向甘联珠回答道："这个自然，我可说是在那边生长大了的，对于那边的情形，怎么还会有不熟悉之理呢？你如果肯信任我的话，准由我领你前去就是了。"

甘联珠又向他望了一眼，似乎不能就决定下来的样子。那少年便又说道："甘小姐，你可不必疑虑得，须知我并不是什么歹人。我姓马，名唤天池，前儿令堂曾到洞中去探视过一遭，也是由我把内部详细的情形，告诉于她的呢。"刚说到这里，远远地望见桂武，已是从智明和尚那里走了回来。马天池也很是机灵，似乎已明了了甘联珠的心事，不愿把这些事情在桂武的面前提说得的，便匆匆地说道："我看，此去以在晚中为宜，甘小姐如果真要去的话，今晚我在寺门外边等待着你就是了。"甘联珠微微地一点头，马天池也即走了开去。

到得晚间，甘联珠见桂武已是睡熟了，即把全身结束停当，又把一柄刀暗藏在身上，即偷偷地走出房来，到了大殿外的一个院子中。她是具有轻身纵跃的功夫的，这时候寺门虽是紧紧地关闭着，经不得她把功夫略略地一施展，早已跃出重垣，到了寺外。在星月之下望了去，只见那个马天池，果然已静静地等候着在那里。一见甘联珠跃出墙来，即迎了过来道："此去邛来山，如能驾云的话，那是不消片刻即到；倘然步行而往，可也有些路程。我们还是迳快上路吧。"途次马天池又把洞中的内容，略略地给甘联珠讲解一下道："这'落魂阵'我虽没有亲自进去看过，却听说是设在洞后靠着西面的那一边。一切的情形，也和从前所传说的那'八门金锁阵'相仿佛，共分着休、生、伤、杜、景、死、惊、开八个门，凡是要走进这阵中去的，须拣着生、景、开三个门走，那是一点没有什么危险的。倘然误入了伤、惊、休三个门，不免要触到他们所暗设下的各种机关，结果难保不受重伤。至于杜、死二门，那是万万走不得的，一旦误入以后，就决无生还之望了。现在，甘小姐你只要把这几句话牢牢记住，到得那边时，可说得决无妨碍的呢。"

甘联珠听到这话以后，默然了好半晌，好像要费上一点记忆力，把她牢印在脑海中似的。然后方又问道："那么这'落魂阵'的总机关部，又设在哪里？我对于它的内容，虽是一点儿也不知道，然照常理想来，它总该有上一个总机关部的吧？"

马天池道："不错，是有一个总机关部，那是一个很大的亭子。你一走进了这阵中，不论从哪一面望了去，都可望得见这个亭子。可是，你如果不谙习阵中的路道，不但尽管你怎样千回百折地绕走着，总是一个可望而不可即，恐怕还有陷落在阵中的一种危险呢。在这亭子之中，却供设了一面'落魂阵'的阵旗，和着一个招魂幡。在这阵旗之上，有一位邪神镇守着，招魂幡上，那是列满了许多被蛊人的年庚八字。你如能冲入这亭中，把这阵旗撕毁了去，再把这招魂幡夺了回来，那不但是令尊和令堂，凡是病倒在那云栖禅寺中的一班人，都有沉疴顿失、霍然而愈的一种希望了。"

甘联珠听他如此地说下去，倒颇觉得津津有味，便又问道："阵中的路道，又是怎样的，你可知道不知道？想来总有上一个秘诀的，要依着如何的步伐走了去，方可不致迷途呢？"马天池笑道："这虽是极重要的一桩事情，其实，知道了他的秘诀，却是简单之至。只要记着，红旗插在哪个地方，就向哪个地方拐弯就是了。至于步伐，可无须注意得，因为，你只要拣着生、景、开三个门走，那边是没有什么暗机关藏设在地下的，不论用怎样的一种步伐，都可安然前进啊。"

至是，甘联珠对于这"落魂阵"的内容，已是知道了它的一个大概，也就觉得没有什么可以再问得的。只是不住地在忖念着，怎样地冲进那亭子中去，把这落魂阵旗撕毁了去，又把那招魂幡夺取了来。只不知这亭子中可有没有什么人守卫着，难道只是一座空亭么？她一想到这个问题时，不免又脱口而出地问道："那么，镜清道人可在不在这阵中？莫非就由他亲自守卫着这座亭子?"马天池道:"这当然是他的一种专职。不过,说也一天到晚都在这阵中,那决计也是不会的。"当他们说话的时候,不知不觉地,已是走到了邛崃山下。只见马天池两手齐举,向着甘联珠不住地摇着,意思是向着池说:"现在已是走到了他们的势力范围以内,此后不可再开口,免得给他们听了去吧。"

哭道人在旁门左道的一方面,有上一种不可思议的能为,甘联珠早听人家给她说起过。如今,再加上一个镜清道人,也是邪教的魁首,和他狼狈为奸着,不言而喻的,当然更把他的这种能为扩大了起来,什么千里眼、顺风耳种种的神通,或者在他们竟是不值一笑的了。因此她得到这个警告后,也就吓得一句口都不敢开。

不一会儿,他们已到了山上,马天池便悄悄地引着甘联珠来到洞后,一到了西面的那个角上,即把脚步停了下来。甘联珠知道已是到了刚才所说过的那个地点,只要从这里走入洞去,那"落魂阵"便近在咫尺的了。可是就这星月之光望了去,见这个石洞竟是实笃笃的,不有一些些的裂隙露在外面,又从哪里可以走进洞去呢? 正想要向着马天池偷偷地问上一声,却见马天池在做上一个手势之下,又悄悄地把小小的一个纸片递了过来。正不知他在什么时候写好了这一个纸片的,随又见他诡秘得同鬼魅一般地向附近的一个山谷中没了去,转眼间即失其踪迹。

甘联珠瞧到这般的一个情状,倒不禁暗自好笑道:"这姓马的也真是有趣,刚才在路上的时候,指手画脚地说着,那是何等的起劲,现在一到了这个山上,又胆小到了这般的样子,倒教人猜料不出他是一个什么人呢?"一壁也就着星月光之下,把他递过来的那一个小小的纸片望了一眼,只见上面写着道:

就现所立处,伸一掌过顶,试于石洞间扪按之,当可得其机括之所在,而暗藏之一石门,即可随手而辟。入后,再伸掌过顶,于洞上一按,此石门即又密合如前矣。出洞时,亦可依此办理。又由入洞处,行至阵前,尚有一程路,前进时,须踏准左三右四之步数,至一弯,循之左向而转,则又变为左二右三,于是乃至阵前矣。

甘联珠看完以后，便把这纸片向着衣囊中一塞，又暗自想道："照如此看来这二个妖道的本领，虽说是怎样的大，怎样的大，却也只是具有顺风耳的神通，对于千里眼的一种功夫，还不见得如何的高明，所以那姓马的上山以后，虽不敢再说什么话，却还敢写了这纸片递给我呢。"其实她尚不知道，这二个妖道可真是了得，他们对于千里眼的神通，和顺风耳的神通，却是一般地来得高明的，只为了那姓马的，也有一道神符佩在身边，便把他们的这二种神通阻隔着，发生不出什么效力来。而姓马的所以上得山来不再开口，也只是慎重将事、唯恐有失的一种意思罢了。一壁甘联珠也就按照着纸片上所写的那些话，依着次序一步步地做了下去，果然事情很是顺手。一会儿，已是把这石门打开，接着又把这石门重行合上，然后按着左三右四的步伐走了去，拐上了一个弯后，又把她的步伐变换为左二右三。最后已是一无阻碍的，到得一个阵前，这当然就是那"落魂阵"了。

　　甘联珠到了这个时候，不免把全副精神都打了起来。忙先立在阵外略远处，把全阵的形势仔细一打量时，只见这阵的外形，是作八角式的，而在每个角上，都开了一个门，大概就是马天池所说的那休、生、伤、杜、景、死、惊、开的八个门了。阵门和这连着的墙垣，都是十分的高峻，所以在阵外立着，却瞧不见阵内是怎样的一种情形，只觉得有一种森森然的气象。

　　甘联珠看了一会儿，既然也看不出什么所以然来，便想走入阵去。可是在这里，却发生了一个困难了，因为按照马天池所说，只有生、景、开三个门可走，其余的五个门，走了进去，非死即伤，危险万分，那是万万不可轻入的。但当她向着在她面前那个门的上面一望时，也只是这么很高峻的一个门罢了，却没有什么字样标出，那么，她怎又能知道这是生门，这是死门？倘然贸贸地走了进去，竟是遇到了那不可走的五个门，不是就要遭到非常的危险么？于是，她不免呆了起来。心中只是不住地在忖想着，究竟是冒这个险的好，还是不冒这个险的好？

　　然而甘联珠毕竟不失为一个聪明人物，在一个转念间，又给她想了过来道："我瞧这马天池，虽时常有点兴奋过了度的神气，可并不是怎样鲁莽的人物，在他的和我一番谈话中，并在这纸片的上面，把这'落魂阵'的内容，都是叙述得何等的详细，连小小的一些过门儿都不肯漏了去的。

那么何处是生门，何处是死门，何处又是什么门，那更是如何重大的一桩事情，他怎么反会忘记了告诉我呢？哦！我明白了。定是我顺着那边走了来，现在我第一眼所瞧到的这个门，虽不知道它究竟是什么门，必为生、景、开三门之一，他是知道这个情形的，所以不必再和我细讲得了。"

甘联珠这么地一想时，也就把新起的这一种心事放下，同时，又得到了十分有力的一个反证，那便是，那纸片上的末一句，又是这么地写着道："于是，乃至阵前矣。"此下并不再有什么话。这不明明是关照她，就从这个门中走了进去么？当下，甘联珠即也坦然地走入了那门中。

第一件东西映入他的眼帘之内的，就是处在中央的那一个亭子，也就是这"落魂阵"灵魂所在的总机关部。甘联珠瞧到以后，好似瞧见了什么仇人似的，不免狠狠地瞧看了它几眼，心中也恨不到马上就冲到了那亭子的前面，那就可找着了那镜清道人，有上一番作为的了。然在事实上讲来，这是不可能的。于是，她也只能暂时耐着心肠，迂回曲折地向着阵中走了去，一遇到了有红旗插着的地方，就拐上了一个弯。可是如是地走了好半天，对于她那所视为目的的亭子，依旧是一个可望而不可即。有时候看来相距得已很近了，不觉十分高兴地拐上了一个弯迎过去，以为这一下子定已到达了亭子的前面，谁知，反而又较前远上了不少。这不免使她迭次地懊丧了起来，疑心马天池把什么要紧的一点，或者忘记了告诉她，所以会有这种的情形发现。

一会儿，又是到了一个拐弯之前了，而前面又前红旗招展着。照理她又得向那边拐了过去，但这一次，她比前来得细心了。在未转弯之前，又把这地上插的红旗，仔细地打量了几眼。在这仔细打量之下，却又给她发现了一面绿旗，这绿旗和那红旗，是差不多一般的大小，而又插在那红旗的前面，倘望匆匆地从后面望过去，而又是粗心一些的话，那是只能见到红旗而不会见到绿旗的。如果是遇到了红旗在前，绿旗在后，那又成了一个正比例，只能见到绿旗而不能见到红旗的了。于是，她有似发现了什么宝藏这般的快活，知道她的所以这么向前走着，而终不能到达那亭子面前的缘故，毛病完全是坏在这个上面。原来，他们是把二面旗先后些丬插着的，马天池所说的见着红旗即拐弯，定是指着插在前面的那面旗而言，如今，她匆匆地从后面望过去，竟误红为绿，又误绿为红，无怪要有这般的一个结果了。至马天池的所以没有把这话说清楚，大概也是得自一种传闻，连他自己都不曾弄得明白吧？更进一步说，把红绿二面旗这么的并插在一起，或者也是镜清道人所使的一种诡计，使得就是知道见了红旗拐弯的这个诀门的，在一个不留意的时候，也要迷起途来，而不知道这个诀门，那更是不是不必说起的了。

甘联珠一把这个道理想清楚，便不再向那个弯儿上拐过去，毫不理会似的径向前行。比到了第二个拐弯上，再仔细地一瞧视时，果然也是二面旗一前一后地并插着，却是红旗在前，绿旗在后了。这一来，更把她先前的这个理想证实。从此甘联珠遇到拐弯的所在，即以插在前面的那个旗为标准，方向既是不误，果在不久的时候，前所可望而不可即的那座亭子，已是屹然地立在她的面前了。再一细瞧，这亭子是作六角形的，除了正中是门外，四周都嵌有明瓦的大窗，这时候却从这些明瓦上，透出了一片的灯光来，显然地，正有什么人在这亭子中，并把灯火点得十分辉煌的呢。但甘联珠却好像毫不理会到似的，只见她坦然地向着靠上亭子左面的那一边走了去，并把一只眼睛置放在那明瓦的上面，悄悄地向着亭子的里边望了进去。

谁知，不望犹可，这一望之下，却望见了十分不堪入目的一种情形。不是她自己竭力禁止着自己的点，真使她又羞又急，险些儿要叫喊了起来。

不知她究竟望见了些什么不雅相的事情，且俟下回再写。

第三十三回

抗暴无术气塞胸怀
倒戈有人变生肘腋

话说在那明瓦窗上，有一处两瓦接榫的地方，略略地露见了一条小缝，甘联珠见到以后，即从这小缝中，把眼睛向着亭内张了进去。只见这亭内的地方尚还宽广，灯火也是点得甚为辉煌，正中设了一张供桌，桌后一个大木架，架上插着了一面黑绸子的大三角旗，上面隐隐约约的，似用红线绣着什么神像，这大概就是这"落魂阵"的阵旗了。供桌上，也放置了一个小木架，架上便插着那所谓招魂幡也者。前面陈设着供果之属，大约在八盆至十二盆之间。这是关于亭内静物一方面的情形，那么，这时候可有什么人在那里面呢？哈哈，当然有人在里面，如果没有什么人在内，只是见到一些静物的话，怎么会使甘联珠又羞又急，到了这么的一个样子呢？

原来在这供桌的前面，一并排地立上了九个人，全都是赤裸着上下身，一丝儿也不挂，真是不雅相到了极点了。他们好像正是对着那神像在行礼。一会儿，行礼已毕，又一齐转过身来，把脸孔朝着外边。这一来，甘联珠更是把他们瞧得清楚了，方知，站在中央的那一个是老者，在那左右二边，每一边却是二男二女相间地立着，都是很轻的年纪。照这情形瞧来，那老者定就是镜清道人，左右二边的那四男四女，大概便是他门下的男女弟子了。

甘联珠的出身虽不高，只是一个盗魁的女儿，然在平日之间，已和大家闺秀没有什么二样，总是羞人答答地伏处在闺中的。如今，教她哪里瞧得惯这些情形，不自觉地把一张脸都羞得通红了起来。可是，她此来的目的，是要攻破了这个"落魂阵"，把她父母双亲被拘在这里的灵魂劫了回去，决不能为了瞧不惯这些情形，即望望然舍之而去。于是，羞急尽自让

291

她怎样地在羞急着，她的这个身子，却依旧立在窗下，不曾移动得一步。一壁更把这镜清道人恼恨得什么似的，暗地不住地在咒诅着道："好个不要脸的妖道，竟是连禽兽都不如的了。他不但教那些男女弟子都赤裸着身体，他自己还以身作则，这还成个什么体统呢？若再让他胡闹下去，到各处去提倡着他的这个长春教，这世界尚复成为一个世界么？别人或者畏惧他的妖法，而把他宽容着，我是敢立上一个誓，决不畏惧他，也不能宽容他，定要和他周旋一下，而见个最后的高下的。"想时，又把牙龈重重地啮上一啮，大有如不扑杀此獠，誓不甘休之意。

在这中间，镜清道人不知在什么时候，已把供桌间小木架上的那面招魂幡取在手中，复又走过数步，就着中央一立。那八名男女弟子，便围着他的身体，川流不息地旋走起来。接着，镜清道人又把手中的招魂幡挥动着，口中并念念有词。当他念毕一句，那些男女弟子也接在下面，齐声念上一句。瞧这情形，他们大概又是在作什么妖法吧！甘联珠一瞧到了这里，再也忍耐不住，便想从腰间拔出那一柄刀来，大叫一声，从外面杀进亭去。可是，就在这个当儿，又瞧到了一件惊骇得出人意外的事情了。

只见镜清道人忽然停口不念，并把招魂幡递给了旁边的一个男弟子，却用腾了出来的那只右手，向着空中虚虚的一招，接着便又是微微地一笑。原来，在他手掌之中，已招得了一件东西了。随又展开手掌来，把这件东西向着空中一抛，这东西便屹然停立在空中不复动，好像很平正地粘贴了在那里似的。那正面却又对着甘联珠，所站立在下面的那个窗户，更使甘联珠瞧得一目了然。在这一瞧之下，任她怎样地说着不畏惧镜清道人的妖法，但到了这个时候，却也使她不得不有些畏惧起来。可是，虚贴在空中的这件东西，既不是什么飞刀，也不是什么飞剑，更不是什么其他的武器。说出来，也平常得很，却只是在洞外的时候，马天池所递给她的那个小小的纸片。你想，那纸片明明是藏在甘联珠的衣袋之中的，如今，只经镜清道人在空中这么的一招，即一点也不觉得地给他招了去，这怎教甘联珠不要大大地惊骇了起来呢？而且由此更可得到一个有力的证据，她的偷偷走入这"落魂阵"来，并偷偷地站立在这里窥探他们的行动，已是完全为镜清道人所知道的了。而以镜清道人这么手段狠辣的一个人，既事先把她衣袋中的那个纸片招了去，卖弄自己的一下本领，怕不在接踵之间，又要用什么法子来对付着她么？

然而，甘联珠毕竟不失为一个将门之女，当那纸片给镜清道人招了去以后，她这么惴惴地恐虑着，也只是一刹那间的事。在一个转念间，倒又觉得，她自己原是立志要和镜清道人拼上一拼的，如今这妖道既先来找着她，那是好极了，她要怕惧些什么呢？

　　甘联珠这么地一想时，胆力不禁又壮了起来，即把腰间的刀一亮，大声地叫喊着道："好个不要脸的妖道，这是什么的一种妖法，也值得如此地卖弄的！你姑娘现在来找到你了。"但当她刚把这话说完，尚没有离开那窗户之下，却见镜清道人又是微微地一笑，又是虚虚地一招手，甘联珠早已身不由主地被摄在半空之中，随即如飞鸟一般地投入中央的那个门中去了。比及到了那亭子的里面，刚要经过镜清道人的前面，镜清道人只虚虚地比拟着，略把手向下一按，甘联珠的这个身子，便又轻得如落叶一般地向空中飘了下来。转眼间，已是端端正正地立在镜清道人的面前了。

　　好可恶的妖道，他一见甘联珠已是被摄而至他的面前，心中好不得意，即做出一种十分轻薄的神气，斜着眼睛向她睨上了几眼，然后，方又笑着说道："啊呀，甘小姐，我们真是不恭之至。不但对于你的光降阵中，没有派人远迎得，而且因为正在作着一种特别法事的缘故，我们这许多人都光着一个身子，竟连衣服都来不及穿得，这总要请你加以海涵的啊。"

　　这时候，甘联珠的心中，仍是十分清楚的，一见镜清道人竟是对她这般的嘲弄着，直把她气得怒火直冒，马上就想举起手中的那一柄刀来，把这妖道的胸间刺成了一个透明的窟窿。然而，她又哪里知道，她已被摄在这妖道的妖法之下，怎能再由她做得一分的主？所以，尽是由她用足了平生之力，执刀的那一只手，却像被定住了在那里的一般，一分一毫都不能向外推动得。这一来，不免使她更是气上加气，恼上加恼，连得两个眼睛中，都似乎有火星直冒出来了。

　　镜清道人一见这个情形，不由得又哈哈大笑道："唉！甘小姐，你也不必这般的气恼，倘然为此而气坏了自己的身体，那是很不值得的呢。其实，你不知道，我的不让你把刀挥动着，也是十分体恤你，不使你白白费力的一种意思。因为你的这柄刀，也和那些小孩子们所玩的洋铁刀，没有什么二样，并不算是怎样的利器。就是真的向我身上研了来，恐怕也不见得就能把我伤了吧。"镜清道人说到这里，却又向着甘联珠瞧上一瞧，似乎瞧她是怎样的一种情形的。甘联珠却更是恼怒到了极点了，只不住地把怒目向镜清道人瞪着，想要破口大骂时，这张口却也已噤闭着，发不出一些些儿的声音来了。

镜清道人便又十分得意地一笑，接续着说下去道："哈哈，你不相信我这句话么？那么，你不妨把这刀挥动上几下，看它究竟能不能损伤我的毫发来？"这真奇怪，刚才甘联珠用足了平生之力，尚不能这执刀的手向外推动得一些些，现在经他这么地一说，甘联珠虽然极不愿举得这刀，这支手却已不由自主地动了起来，径把这刀向着镜清道人的身上斫了去。既已斫得一刀，也就用足了力劲，不住手地斫起来了。照理既是这般地猛斫着，并还是斫在赤裸着的一个身体上，定要把这镜清道人斫得东一处也是伤，西一处也是伤，浑身血淋淋的，成了一个血人了。谁知不然，镜清道人竟似毫不觉得的一般，身上连小小的一个伤口都没有。

约莫也斫上了二三十刀之后，镜清道人忽又现出一种很不耐烦的神气，倏地一伸手，把甘联珠的那柄刀夺了夺来道："唉，罢了，罢了！不必再白费气力了，如此不中用的一把刀，又怎能斫得伤我？不要说你只是这么轻轻地斫上几下了，就是连吃奶的气力都用了出来，再向我猛斫上数百刀，恐怕也是无济于事。你要知道，我并不是一个寻常的人物，决非这一种寻常的刀所能斫得伤我的啊。"说着，又用手指在那刀口上，铮铮地弹上几下道："哈哈，这声音倒是怪好听，然而要用之于杀人，那就未免差得太远了。你瞧，我只要把这手指再弹得重一些，不是可把这锋口一弹就弹了去么？"

镜清道人一壁如此地说，一壁便手指弹得再稍为重上一些，果见那刀口上被弹之处，立刻发现了一个大缺口，那片废铁，即铮的一声，向着外面飞了去了。于是，又听见他的一阵哈哈大笑，笑后复脸色一正说道："照此看来，你这一把刀，实在是一点也不中用的，留在你的身边，徒然招得人家的笑话，不如由我代你折了去吧。"镜清道人倒是言出必行的，他一说完这话，也不等甘联珠有怎样的一种表示，即拿起那把刀来，就着中央一折。只轻轻地几折之间，哪里还成一把刀，只见无数小小的碎片，散落在地上就是了。

至是，甘联珠真是又气又恼，又羞又愧。可是，气恼又有什么用，羞愧更又有什么用？不要说她现在尚被摄在镜清道人的妖法之下，便是不被摄在妖法之下，连得自己的一把刀都给人家折了去，赤手空拳的，又能干出些什么事情来呢？结果，也只有恨自家的本领，太是及不上人家，更恨自家也太不量力了一些，既是这般的没有本领，为什么巴巴地要到这里来献丑？现在倒成了一个来得去不得的局面了。在这般的情状之下，在她的心中，好似有一团焦炭很猛烈地烧将起来，直闹得她全身都发起烧来，一张脸更是蒸得红红的，两眼中像有什么火星冒出。

镜清道人是何等奸恶的，他现在直把甘联珠，视作一头被捕到手的老鼠，而他自己却是一头猫，猫既把老鼠捕了来，在这老鼠未死以前，怎肯即此而止，不把这老鼠尽情地玩弄上一下的。因此，他又向甘联珠睨上了一眼，佯作吃惊之状道："啊呀，你的这张脸，怎么红得这般的一个模样，莫非身上觉得热了一些么？那倒也是很容易的一桩事。你瞧我们的身上，不都是脱得光光的，所以，虽和你同处在一个室中，却只觉得很为凉爽，一点儿也不觉得热。现在，你只要也学我们的样子，把上下身的衣服一齐脱了去，那就一点不成问题的了。"

镜清道人虽只是轻飘飘的几句话，然在甘联珠一听到以后，心中更是异常地着急了起来。这显然地，那妖道还以刚才这么地玩弄着她为不足，又要更进一步，也要教她把上下身的衣服都脱了去。倘然此事竟是实现，那还成个什么样子，不是生生地要把她羞死了么？而那妖道的蓄意侮辱她，又是到了怎样的一个程度呢？当下，她的一张口虽仍是噤着，说不出什么反对的话，却把两只手紧紧地抱着自己的身体，好像生怕那妖道走了过来，行强硬把她的衣服剥了去的。

镜清道人见了这种情状，又笑了一笑道："莫非你宁愿受着热，不愿把这上下身的衣服脱了去么？哈哈，这是你中了那虚伪的所谓羞耻观念的毒了。其实，我们的身体受之于父母，都是清清白白的，有什么不可呈露在人家的面前，哪里还有羞耻不羞耻的这些话呢？而且你要明白，我如果要教你把上下身都脱光了的话，那是再容易也没有的一桩事，既不要你自己动得手，更不要我来动得手。只须我轻轻地一挥手之间，你的全身衣服就自会脱卸了下来了。他们幻术家所谓美女脱衣的那一套戏法，或者是不足信的一句空话，而在我却是的的确确地有上这一点法力的呢。"的确，这倒不是镜清道人，在那里吹什么牛，如果他要来这一手的话，那是十分容易的。因此，他将这几句话一说，更把甘联珠发急得不知所云的了，知道在这情形之下，那妖道决不肯轻轻易易地便放过了她，她自己出乖露丑的时候，看来就在眼前的了。果然，她正在这么地忖量着，早见镜清道人已把一手举了起来，好像马上就要行使他的那种妖法了。

谁知正在这间不容发之际，忽闻得有什么人大喝了一声，一触耳就知道在这喝声之中，很带上一点严重的意味的。而在镜清道人听来，却比之晴空中打下了一个霹雳来，还要使他来得震恐失措。因为，这是什么地方，这是什么时候？这人竟胆敢这般地厉声喝着，这显然地是要来和他捣一下蛋的。而且，定是自负有一种相当的本领，可以和他来捣一下蛋的呢！于是不由自主地把那只手放了下来。而循着这喝声传来的那个方向，倏地把视线移注了过去，一眼望去时，恰恰和那三角大旗上的那个神像触个正着，别的却一点也瞧不到什么。他便一半儿带着怀疑的神气，一半儿有点开玩笑的意味，也把两眼圆圆地一睁，厉声向着那神像喝道："咄！刚才这么大声大气地喝着的，莫非就是你这个鬼东西么？这是什么意思？未免太放肆了一点了。"在他的意中，以为旗上的那个邪神，完全是在他的驸驺之下，而一切都是听从他的指挥的。倘然刚才那一声，确是那个邪神喝出来的，那他把他责骂上一番，并不为过。倘然并不是那邪神喝的，只算是骂错了就完了，想那邪神也决计不会对他怎样地反唇相讥呢。

不料，在这里，却有一件出乎他意料之外的事情发现了。这邪神一听这话以后，便也在像上把一张脸板了起来，并凶狠狠地说道："不错，刚才那一声，果然是你老子所喝，老子喝也喝了，看你又能把老子怎么样？"那邪神不但是十分的嘴硬，并左一声你老子，右一声你老子，太是使人难堪了。这在镜清道人遇到了这样的情形，真好似统率三军的大元帅，忽然间逢着部下向他倒起戈来。而且这个部下，还是以为可以玩于股掌之上，一点不必加以防范的，哪里还会教他不大怒而特怒？顿时间，又大喝一声道："真是反了，反了！连你这般一个毫不足道的鬼东西，也敢和我斗起口来么？嘿，还不敢快走下来，向我赔上一个罪，否则，我是决不能宽赦了你的。"

好邪神，真是倔强之至。他依旧一点儿声色也不动，又横眉鼓眼地说道："谁来向你赔什么罪？像你刚才这么地把甘联珠小姐愚弄着，倒得向着甘联珠小姐，赔上一个罪才是呢。"听他的口气，非但十分同情于甘联珠，竟是在那里替甘联珠打着抱不平的。于是，镜清道人愤怒到了极点，再也不能有一分一毫的忍耐了，即伸出一个指头来，指着那神像，喝道：

"哇！还不和我滚了下来。"

照他的法力而论，只要他这么地一声喝，并这么地用手一指，就会使那邪神从像上滚跌了下来，如死了一般地委倒在地上。谁知如今经他施法之后，这邪神果然已是从像上滚落了下来，却仍是屹然地立在地上，并凶狠狠地向他注视着。显然地，镜清道人所凭仗的这一点法力，已是不能制倒他的了。

镜清道人这一怒，真是非同小可，然一时间却也不能有什么话说，那邪神当然是得意到了万分，便又听他笑着说道："哈哈！现在你且把我再瞧上一瞧，看我究竟是什么人？"这句话很是有些兀突，一说出来之后，不但镜清道人忙举目向他一望，便是那八个男女弟子和着甘联珠，也不约而同地都把视线射了过来。大家一望之下，不觉又是不约而同地一齐喊上了一声："咦？"原来在这一转眼之间，那邪神已是不知去向却换了一个须眉俱白、神采惊人的老者，含笑立在当地。

不知这老者究竟是何许人，且待下回再写。

第三十四回

各驰舌辩镜逊于金
互斗神通水不如火

话说大家都知道站在当地的，乃是从像上走了下来的那个邪神，并当他走下来的时候，大家又都是亲眼瞧见的。不料，在一转眼之间，忽已变为一个须眉俱白、神采惊人的老者，这教大家如何不要大大地吃上一惊呢！可是，在一惊之后，全个亭子中的十个人，早都已认清楚那老者是什么人。

且不言甘联珠心中是如何的欢喜，那八个男女弟子心中又是如何的惊惶，单说镜清道人立时间把脸色一变，便向那老者大喝一声道："嘿，我道是谁，原来是你吕宣良这个老贼。你的胆力倒真也不小，竟敢走到我这禁地中来，大概也是你活得不耐烦，巴巴地要来我这里送死吧！"镜清道人虽很现着一种剑拔弩张的神气，好像马上就要和人动手似的，金罗汉吕宣良却一点也不理会，神态间仍是十分的从容，微笑道："什么送死不送死，这都是一派的空话。如就事实一方面而言，我的这条老命至今还得保全着，你们这一边，倒已死去了一个人呢。"边说边即用手向着后面一指。

大家忙依着他所指处一瞧，果见在那面的地上，直僵僵地躺着一具尸首。细一注目时，却正是那个邪神，可不知是什么时候躺在那里的呢。镜清道人一见那邪神已是死在地上，料知必是遭了金罗汉的毒手，不禁怒火更是直冒道："嘿，你这老头儿真是好大的胆，竟敢把他害死了么？那我誓不和你甘休，定要代他报了这个仇的。"说时，又有就要动手的样子。

金罗汉却把手摇了一摇道："且慢，我们须得先把这话说个明白。你要知道，我是素来不喜欢轻于杀害人的，何况，这小子很肯听话，刚才我要他对你怎样的神气，他就对你怎样的神气，一点儿也不违拗。这就是我自己的门弟子，至多也不过这么的一个样子罢了，那我对他正嘉许之不暇，为什么还要把他杀害了去呢？"

金罗汉在这一番话中，除了洗清自己的嫌疑以外，显然地把他刚才所玩的那一套十分神妙的手法，又要在镜清道人的面前，很得意地夸说上一下了。这当然更把镜清道人气恼得什么似的，只是瞪着了一双眼睛道："好个利口的老贼，不是你所杀害，究是谁所杀害？难道说，还是我把他杀害了么？"这话一说，却听得金罗汉哈哈大笑道："岂敢，岂敢！怎么不是你把他杀害了的呢？唉，镜清道人，你也太是瞧低了你自己，并太是不信任你自己的那种法力了。你须知道，你镜清道人是如何使人畏惧的一个人物，你所具的那一种法力，又是如何伟大而不可思议的？如今，这小子只是你手下所役使的一个人员，并不有怎样的本领。倘然你对他使着法，咒他从像上跌落了下来而死，他仍得安然无恙；不应着这个咒，那你这镜清道人，也就不成其为镜清道人，你的那种法力，也就毫不足道的了。你只要如此一想时，便可知这小子究竟是死在谁的手中的，怎么你一时间竟会糊涂了起来，反说是我把他杀害了的呢？"

好厉害的金罗汉，表面上虽是一句句的都是推崇着镜清道人，并把他推崇到了十分；实骨子里，却一句句的都是在挖苦着他，也把他挖苦到了十分。这真使对方的镜清道人有些够受的了。而且，这中间还有最为厉害的一点，那便是金罗汉所说的，全是一些事实，并不是什么捏造了出来的。于是，镜清道人显出了爽然若失的一种神气，好半晌没有开得一声口。最后，他又突然地跳了起来道："罢，罢，罢！谁再耐烦和你讲究这些，想你既然有胆来得，定是要和我见上一个高下的。好，我们就来走上几个回合吧。"说完这话，就向着金罗汉扑奔了来。

金罗汉却不和他交手，只向着旁边一闪，而就在此一闪之间，已把那个男弟子手中所执着的那面招魂幡夺了来，便向着怀中一塞，笑嘻嘻地说道："我此番到这里来，原是要破你这'落魂阵'的。如今，镇守阵旗的那个邪神，既已死在你自己的手中，这招魂幡又给我抢了来，我的事情总算已是有上了一个结束，谁还耐烦和你走什么对子呢？不如让我改日再领教吧。"说着，把手拱上一拱，似乎很为抱歉的样子。

然而，在这样的一个局势之下，凭金罗汉是怎样地说着，镜清道人哪里就肯轻易地放过了他？因此，在一声冷笑之下，又把身躯调动，再向着他扑了来。金罗汉又是将身一闪，并腾起在空中了。镜清道人见二次进攻，都给金罗汉闪避了去，心中很是动火。依得他的意思，颇想就把飞剑向着金罗汉刺了去。可是转念一想，我有飞剑，金罗汉也是有飞剑的，徒然地相斗一场，我的飞剑，不见得就能胜得了他，不如改换上一个方法吧。

那么他将改用怎样的一个方法呢？于是，他又突然地想到了一个意思，这老头儿既是这般一再地闪避脱我，不肯和我交手，那我就不和他交手也得。不过他现在不是还停留在空中，没有逃走了去么？照他的意中想来，他这般地对付着我，我是把他莫可奈何的了，那我何不显上一点手段，布上些个网罗，就把他在空中囚禁了起来。到那时候，看他还有什么话说呢？镜清道人一想得了这个主意，心中觉得十分得意，也就立刻实行了起来。

果然只见他念念有词的，一会儿便有似铁网、非铁网的一些东西，在空中沿着金罗汉的四周，密密地布了起来。竟把金罗汉当作一头鸟的一般，囚禁在鸟笼子似的一件东西之中。于是镜清道人又十分得意地向着金罗汉说道："你既然不愿和我交手得，那让我省下一点力气来也好。不过你想要就此脱身逃走，那也是没有这般便宜的事。现在且请你在空中暂时停留上一下吧，我也决不会怎样地难为你。只要你把那招魂幡交还了我，就一切不成问题的了。"

金罗汉像似直到现在，始发觉了已被囚在这网罗之中，倒又状态很滑稽地向着四下顾视了一阵道："哦！你的本领真是了得，竟乘我不觉之中，又把我囚禁了起来了。可是你现在就要自鸣得意，似乎又嫌太早了一些。你所布的这个网罗，究竟能囚禁得住我，不能囚禁得住我，至今还成为一个问题。不但我不知道，就是你恐怕也不曾知道吧！"

镜清道人听了，只冷笑上一声道："哼！你还敢如此的利口么？照我想来，你是无论如何，逃不出我这个网罗的。现在，别的话不必讲，把这招魂幡还了我，万事全休；否则，你是来得去不得的了。"金罗汉依旧没有什么反抗的动作，只在口中咕噜着道："什么来得去不得，像这'落魂阵'，在你看来是何等得意的一宗邪门，我尚可自由地来往着，不有一点儿的困难。如今，这小小的网罗，又算得是什么东西，我金罗汉难道反会逃不出来么？这个我不信，这个我不信。"说时，连连把头摇着。

镜清道人见了这种情形，倒有些不耐烦起来道："你不要只是说着一派的空话，其实这件事，干脆着说，只二句话就可结了的。你不能逃，赶快把这招魂幡还了我；你能逃，就马上把功夫施展出来吧。"

金罗汉也笑起来道："这二句话真好干脆。可是，你也休要误会，我并不是爱说空话。不过，觉得来上这里一遭，也很为不容易，颇愿和你十分详细地谈一谈。即以现在而论，我对于自己究竟应该走哪一条路，倒并不当作怎样可注意的一个问题，却只是可惜着还有许多话没有和你讲得呢。"

镜清道人素知金罗汉在昆仑派中，是如何以精明强干著称的一个人物，即拿他的这种外交瞧起来，也是何等漂亮的，却不料现在竟急懒到了这么的一个样子。不免又好气又好笑地说道："好，你有什么话，不妨尽情地说了出来吧，横竖你是逃不出我这网罗就是了。"金罗汉却仍是一副急懒的样子道："其实我也没有旁的话，我只是在暗地替你不胜地惋惜着。像你平日是负有何等的重望，此番又毅然地出马，设出这'落魂阵'来。这不但是我，便在三山五岳的一般朋友们想来，都以为这不知是怎样的刁钻古怪，从未见过的一个新阵图，定可使人家为之耳目一新的。却不料经我一踏勘之下，完全是从那腐旧不堪的'金锁阵'脱胎而来，毫无一点的新意味。你想这是如何地使得人家失望呀？然而这还不算什么，一说到你这所以摆设'落魂阵'的目的，却更是使得人家把嘴都要笑歪了。"

镜清道人万想不到金罗汉，竟把他奚落到了这么的一个样子，心中自然十分恼怒，但又不能把金罗汉怎么样，也只能矫作为一种冷静的态度道："好，好！我尽可由你去讥笑着。但是一说到我这摆设'落魂阵'的目的，为什么又要把人家的嘴都笑歪，你倒不妨再把这理由说一下子看？"

金罗汉不免又向他望上一眼道："其实这也是很明白的一桩事，我就是不说，你自己也是知道的。你的摆设'落魂阵'，其目的不是要使我们这一辈人，一齐都病倒了下来，一个都不能和你在擂台上相见，你们就可获到了完全的胜利么？然而，请瞧现在的一种结果，又是怎么样？别人且不必说，我这一个人，不已是为你的那种妖法所不及，仍似生龙活虎的一般么。那么请你想想，以你这般伟大的一个目的，却得到了如此不堪的一个结果，人家究竟应该笑你呢，不应该笑你呢？"

好金罗汉，他的话竟是越说越不客气，一点余地不留，这么地单刀直入了。镜清道人饶他是怎样的面皮老，在这几句话之下，也有点不胜愧恶的样子。然在一转眼之间，又把脸色一板道："这些话说他则甚。现在我再问一句，你究竟肯不肯把这招魂幡归还我？"

于是，金罗汉忽地发出一声大笑道："哈哈，我今天也太是做够了这一派怠懒的样子了，现在还是爽爽快快地行事吧。"当下，把眉毛一轩，立刻显得他是何等的神采飞扬。随又见他伸出手来一指，即有一派烈火，从他的指尖间飞腾而出，直向着那网罗上烧了去了。转瞬之间，只见火舌四伸，浓烟密布，看去这火势已达到了相当猛烈的一个地步。金罗汉却又在这烟火交腾之中，说起话来道："哈哈，如今你且瞧瞧，这些个不值一笑的网罗，已到了哪里去？究竟能困得住我金罗汉，不能困得住我金罗汉呢？现在我要告别了，你也能相送一程么？你也能再弄出些什么新鲜玩意儿来，给我一广眼界么？"说到这里，略停一停，又听他接着说道："啊呀，我今天真是怠懒之至，几乎误了大事。我原是为了要救甘联珠小姐，而到这里来走上一遭的，怎么如今自己说走就走，却把她撇下在这里呢？"当他刚把这话说完，早已用了一个法，把甘联珠也摄到空中来，即从这烈烟飞腾中，一齐向着亭外冲了去。

这时候真使镜清道人恼怒到了极点，也是愧恶到了极点。在既恼且愧之中，一时也想不到使出怎样一种的妖法来。只知道金罗汉既借了火力来进攻，我就以水为抵制，倒要看上一看，究竟哪一方面能占上优胜的局势，还是火强于水呢，抑是水强于火呢？镜清道人这么地一想时，便仰起一颗头来，张开大口，向着空中嘘着。即有像泉水似的一道东西，从他口中喷射而出，直向着浓烟烈火中扫了去。照理这水既喷射得这么的既激且急，又是源源不绝地喷射着，这火势无论怎样的旺盛，终于要给这水扑灭了去的。然而说也奇怪，今日的火，却和寻常的火大不相同，任你这水怎样地向他浇了去，它却像似一点也不觉得的样子。非但一点也不觉得，反而这水一向它喷射去以后，更似得到了什么的一种助力一般，竟是愈烧愈有精神了。结果除了这亭中仍有一簇簇的火，在四下飞动着，烧得格外猛烈之外，复有像火龙似的一条东西，紧紧地跟随在金罗汉和甘联珠的后面，直向着亭子的外面延烧了去。一时间，有不少的火星，从这火龙的身上纷纷地坠落下去时，便把阵中各处都烧了起来。

倘要挖苦地说一句，这已不成为什么"落魂阵"，简直是摆设下一座火龙大阵了。可是，在这里却又发现了一个奇迹，这"落魂阵"中虽已是烧得这般的一个样子，但这火却好像认识了金罗汉和甘联珠似的，始终没有一些些的火星，飞到了他们的身上去。而且还在中间让出了十分宽广的一条路来，俾他们借着腾空的一种功夫，可以自由自在地向前进行着，并连一些些的热气儿，似乎都没有感觉到呢。同时，再由那一方面讲起来，可也够镜清道人等一行人受累的了。这火像也似认识了他们，并认识他们正是进攻的一种目的物似的，不但有不少的火星，纷纷地向他们的身上坠落了去，还有红赤得什么似的一条条的火舌，也向着他们伸拿了来。你想，他们都是赤身裸体，一丝儿也不挂，哪里再有躲避的余地呢？而在这许多人的中间，究以镜清道人为神通广大得多，他一瞧情势很是不妙，嘘气喷水，也是枉然的了，忙运起一团罡气来，保护着自己的身体，免得为这猛烈的火力侵入了去。然而，他也仅能保全了他自己而已，对于其余的人，可就没有能力可以庇护的了。

这一来，直烧得他的八个男女弟子，男的只是狂呼猛叫，女的只是娇喘呻吟。到得末后，大家实在觉得再也支撑不住，不禁一齐仆向地上。他们的身体，一个个都烧灼得如焦炭一般的了。在这一场大火之后，直把这座"落魂阵"烧得什么也没有，只成了一片瓦砾场。

金罗汉却还没有走，又在空中叫着道："镜清道友，如今你已觉悟了没有？须知你的这一点点浅薄的道力，实在不足和我们一抗的呢！现在为你想来，不如赶快离开此间，悄悄地回了冷泉岛；免得一旦到了擂台之上，如再出乖露丑起来，那就更加地下不得台来了！"

镜清道人一听这舌，也从瓦砾堆中走了出来，真把金罗汉恨得什么似的，不觉咬牙切齿地说道："金罗汉，你休要这般地得意！我今天一时大意，竟在你的手中遭上这样的一个蹉跌，但将来到了擂台之上，一定不会让你再逞威风的，你瞧着就是了。而且你今天把我这八个男、女弟子，烧得这般模样，这个仇可真不小。哼哼！我非捉住了你，把你的身体斩成了万段，不足替他们报了此仇的。"说时，又向这烧得像焦炭一般的八个身子，望上了几眼，像在十分愤恨之中，也略略地带点悲痛的意味。

金罗汉乜愀然地说道："讲起这八个人来，我真也觉得疚心之至。他们都是一般无知的小儿女，平日并不犯有怎样的过愆，只为了盲从你的缘故，却使他们遭到了这般的惨死，这在我也未免太是残酷了一点了。不过不是如此地一来，又怎能使得其他的人知所儆戒？更何由触发你的忏悔之

303

心？倘你能时时刻刻地想念着，为了你要一味地逞能，摆设什么‘落魂阵’来，竟使他们这八个人都死于非命。此后再不敢如此轻举妄动，那他们这八个人虽死，也就等于不死的了。不过无论如何地说，我总觉自己对于这件事太残忍了一些。也罢，且让我想个补救的方法吧。"金罗汉说完此话，只见他把袍袖一拂间，这八个烧得乌焦的尸首，即从地上直卷而起，转眼间已是不知去向的了。一壁也就挈同了甘联珠，一同回到了云栖禅寺中。

恰恰一夜已是过去，正值破晓的时分，可笑桂武刚从好梦中醒回来，直至甘联珠把所有的经过都告诉了他，他方始知道他的夫人，在夜中已是干过了这么的一件大事呢，不禁为之惊喜交集。同时，金罗汉也把那面招魂幡，从怀中取了出来，煎了汤，给所有病倒在床的一般人各饮上一小杯后，真比仙丹还要来得灵验，居然在一刻儿之间，一个个已是霍然痊愈的了。

在这许多人的中间，却又要把甘瘤子夫妇二人，特别地提上一提。当时，便由桂武和甘联珠，各捧了一杯汤，走进他们的病房中去。经把他们老夫妇俩的牙关弄开，将这药汤灌入后，果然在相当的时间中，已是相继苏醒了过来。然当甘瘤子神志稍清，忽一眼瞥见了甘联珠和桂武，不禁大吼一声，即从床中跳了起来。

不知甘瘤子此后还有怎样的一种行动，且俟下回再写。

第三十五回

病榻旁刀挥如急雨
擂台上镖打若连珠

　　话说甘瘤子从昏迷中苏醒了过来，神志略清以后，忽一眼瞥见了甘联珠和桂武，都立在他的床前。他染着这般的沉疴，原是一时间突然而来的，一睡倒在床上，就入了昏迷的状态中。所以他这一场病究竟是怎样的一种经过，他自己一点儿也不知道。如今一瞧见了甘联珠和桂武，更把别的一切都忘去，顿时触起了压积在心中已久的一种旧恨。因为那年当他可得家来，一听说桂武夫妇俩已是私下逃走了去，真使他勃然大怒，把他们二人恼恨得什么似的。当下除宣布和他们二人断绝了一切的关系外，并咬牙切齿地立下了誓言，将来不遇见他们便罢，一旦如遇见了他们，定要一刀一个，都把他们劈死，决不轻轻地饶放过的。因此他即大吼了一声，从床上跳了起来，又伸出一个手指来，指着他们二人骂道："咳！好大胆的二个东西，还敢前来见我么？我是不论经过了多少年，都是一点不变地痛恨着你们，决计不会饶放过你们的，你们难道不知道么？"说着，又伸手向床头去乱抓乱摸，像似要寻觅得一件什么武器，向他们打了去的。

　　这一来，可把甘联珠和桂武都骇住了。真想不到，他老人家竟是如此的气性大，事情已是隔上了这么多年，他还是牢牢地记着，一点儿也不肯宽恕他们的。于是在彼此一交换眼光之下，也想不到别的解围的方法，即不约而同地在地上跪了下来，求他老人家饶赦了他们。他们那一次的事，实在是大大地干得不应该的。可是甘瘤子正在怒气直冲的时候，哪里会听了他们几句求情的软话，就不发作了起来。这当儿，早在床头找得了一把朴刀，即凶狠狠地举起刀来，向着跪在床前的这二个人直斫了去。但当这刀尚没有斫到，只闻着当的一声响，却给另一把刀把来挡着了。

　　你道这是什么人的刀，难道甘联珠和桂武，一见求情已是没有用，所

305

以也改取着抵抗主义，竟把刀拔了出来么？不，不！这是绝对不会有的事。今日的甘联珠，已和往日的甘联珠大不相同，只要能把以前的事，在她父亲面前说个明白，就是把她当场杀死，也是心甘情愿的。至于桂武，他是一向跟着了甘联珠走的，甘联珠如果不把刀拔出，他是决计不敢拔出刀来的呢。那么，这挡着甘瘤子的刀的，究竟是什么人呢？

哈哈，列位看官，你们难道忘记了另外一张床上，还睡着了一个甘瘤子的大老婆蔡花香么？她的病状，本来要比甘瘤子轻得不少，一吃了那一小杯汤后，更是大有起色。所以，当甘瘤子苏醒了过来的时候，她的神志间已是十分清楚的了，她也知老头儿的脾气不大好，骤然瞧见了女儿和女婿，定会惹起不少的麻烦。原想就把桂武夫妇俩前来探视他们的病，甘联珠并愿前去攻打"落魂阵"的一节事，向甘瘤子说上一个明白。逆料经此一来，老头儿的这口气也可平了下来，大概不致再有什么事吧。万不料她还没有把话说出，甘瘤子已这般地暴跳了起来，并还拿刀在手，要向他们斫了去呢。这一急，可真把蔡花香急得非同小可，一时也不及思虑，忙也抢了床头的一把朴刀，跳下床去。恰恰正是不先不后，当的一声，和甘瘤子的刀触个正着，把来挡着了。

依得甘瘤子当时的心念，恨不得这一刀下去，就把这二人都斫得一个死。一见竟有人来挡着了他的刀，而且这个人就是他的大老婆蔡花香，这气可就更来得大了。一时间并把痛恨甘联珠和桂武的一腔怒气，不觉一齐地都移转到蔡花香的身上。只见他将身一耸，也从床上跳下，立即如骤风急雨一般的快，又向着蔡花香挥了一刀来，一壁大骂道："你这婆子真不是一个东西！一切事都坏在你的身上，你生下了这样的好女儿，已是够让我受气的。如今，竟又为了要帮助女儿，不恤和我挥起刀来么？"

蔡花香忙又以一刀挡住，并重重地啐了他一口道："人家都说你老糊涂，不要真是糊涂到了这么的一个地步。谁又愿意帮助联珠，而不帮助你？只是他们二人，都是好意地来探视我们的病，并去攻打'落魂阵'，把我们从沉疴中救了出来。你如今不但不向他们感谢，反而不问情由的，要向他们动起刀来，这又成什么一回事情呢？"

甘瘤子一听到这几句话，心上也不免微微地一动，但在一个转念间，又疑心到这恐怕全是捏造出来的，并不是什么事实。他们两个小孩子，有多大的能为，哪里能干得这么似的一件大事情呢？便又把脸一板道："你别捏造出这些事实来。不论你是怎样地说，我总是给你一个不相信。咳，看刀吧！我今天定先要杀却了你这个不是东西的鬼婆子，然后再一刀一个，把这两个小鬼头都杀了去。"

当他们老夫妇俩正在你一刀我一刀，厮杀得不可开交的时候，忽闻得有人在门外念了一声："阿弥陀佛！"随即向房中冲了进来。大家忙一瞧时，却正是本寺的方丈智明和尚。倒不要瞧他是这般一个文绉绉的样子，但见他冲入了他们的中间，把二手向着上面的一举，就好像发生出一种绝大的力量似的，即把他们老夫妇俩，一边一个地分了开来了。随又见他双手合十，再念了一句："阿弥陀佛！"含笑说道："甘檀越，你倒不要不相信。这位女檀越说的话，却一句也不是捏造出来的。他们二位确是救了你们的性命来呢！如若不信，我有绝好的一个证据在此。"说时，即就他博宽得像一只口袋的袖子中，把那面招魂幡取了出来，复又检出上面的二行小字，指点给他瞧道："檀越，请瞧。你们二位的贵庚造，不是已经那妖道调查了去，清清楚楚地写在这上面么？而你们二位以及其他的人，之所以突然睡倒，一齐入了昏迷的状态中，也就是为了这个缘故。大概那妖道定是对着这招魂幡，不分朝夕地在那里作法呢。现在幸亏靠着他们二位，把这旗夺取了来，一煎汤给了大家吃喝后，居然能一个个都得离床了。"

智明和尚一说完此话，又把当时前去攻打"落魂阵"，夺取招魂幡的情形，绘影绘声地述说了一遍。差不多把金罗汉手上所干下的那一番事迹，都桃僵李代地放在他们二人的身上了。原来这都是金罗汉吕宣良教给智明和尚的，特地请他走来做上一个调人，让他们父女翁婿可以释去前嫌，和好如初。

果然，智明和尚把这话一说，倒把甘瘤子听得呆了。原来自己老夫妇的一双性命，还是仗着女儿和女婿的力量救了回来的。自己竟是一点儿也不知道，反是念念不忘于他们的前昔，一见面就向他们挥起刀来，未免太没有意思了。

甘瘤子一壁如此地想，一壁也觉得怪不好意思的，即懒洋洋地把执刀的那只手放了下来，又把那刀随手地向着床头一掷道："想不到还有这么的一回事，这倒是我的不好了。起来吧，起来吧！"末后的这二句话，那是对着跪在床前的那一双小夫妇说的，脸上也略带笑容，不似先前那般的杀气腾腾。于是智明和尚又念了句："阿弥陀佛！善哉，善哉！"蔡花香也

307

释刀而笑，似乎很是欢喜的样子。

独有甘联珠和桂武，虽是听从了甘瘤子的说话，已一齐从地上站了起来。但一想到了智明和尚所述说的当时那一番情形，倒都又觉得有些忸怩起来。因为这些事完全不是他们所干，未免太有点掠人之美的了。踌躇上一会儿后，甘联珠终究把实话吐了出来道："我们已蒙爸爸把前愆赦了去，心中果然十分欢喜，但不把实情说明，未免终觉得有些不安。其实，我只是虚于冒上一个险，几乎把自己的一条性命都送了去，哪里曾得到一些实在的益处？凡是刚才大和尚所述说的那一番情形，都是金罗汉所一手干下来的，我真不敢掠人之美呢！"

桂武也接说道："至于讲到我，更是惭愧得很。"智明和尚一听他们这般地说着，很显出一种着急的样子，生怕为了这几句说话，又发生出什么变局来的。便不待桂武再说下去，忙拦着他的话头道："你们也不必再如此的谦逊，且不管当时究竟是怎样的一个情形，这些个事又是什么人所干，只要你们能有上这么的一个心，也就很好的了。甘檀越，你说我这句话对不对呢？"说后，又掉过脸去，向甘瘤子望着。

这时候甘瘤子早已怒气全消，不但对甘联珠，已没有一些些儿的介蒂，并又恢复了早先的一种情感，把甘联珠疼爱了起来。女儿和女婿，原是有上一种联带的关系的，他既一疼爱了女儿，自然地也会把女婿疼爱了起来了。所以一听智明和尚向他问着，也便笑着把头点点，很表同情似的。至是，著书的也就把他们的事情，暂时告一结束，不再枝枝节节地写下去。却又要腾出这支笔来，把群贤毕集，大打擂台一番热闹的情节，细细地述说上一遍了。

且说不到多久的时候，早又到了擂台开打的日期，这是不论在哪一方面，都视为十分重要的一桩事情。大家心中都很是明白，知道这一下子的关系很为不轻，如果摆设擂台的这一方面得了胜，那是哭道人所要创设的这个邛来派，将要独霸于天下，而昆仑、崆峒二派都不能抬起头来；如果打擂台的这一方面胜了，那昆仑、崆峒二派，又得保持其以前的声誉，而这邛来派的一个名词，将又如昙花之一现，永远不会被人再齿及的了。因之台上和台下的形势，都是紧张到了万分。

金罗汉在昆仑派中，总算得是一个领袖。在这一天的早上，就带领了他们自家一派中的人，一齐到了邛来山上。四下一瞧看时，人是真来得不

308

少，除了崆峒派由着扬氏弟兄为首，率领了他们一派中许多有名的人物，也已到来之外，还有江湖上的许多知名之士，并不隶属于他们这二派的，也都到了场。瞧他们的样子，不但有上一点观光的意思。如果遇着高兴起来，或者还要出一下手呢。这也不怪他们，实在是哭道人此番的摆设擂台，太是大言不惭了，他们心中难免都有些儿不服气啊。独有那天曾在这个山上，现过一次好身手的那个红云老祖，却左望也望不见他，右望也望不见他，似乎并不在场。

金罗汉倒并没有觉得怎样，却见笑道人挨近了身来，低低地问道："你老人家也瞧见了那红云老祖么？这倒是一桩奇事，在今天的这么一个盛会中，他大可出上一下风头的，倒又不露面起来了。"金罗汉笑答道："我也没有瞧见他。不过他的脾气很是有些古怪，或者现在正藏匿在哪一个所在，定要到了相当的时间，他又突然地涌现在人前了。我们且不必去管他，我们只要自己尽力地干了去就是。"

金罗汉一壁说，一壁又举眼向着前面望了去。只见他们所站立的地方，正当着这邛来山的半腰，却是一个十分宽广的所在。大概不论在这山上山下，再也找不到第二处，像这么宽大的地方的了。当着那中央，却建设起一座高台来。那规模，比之那天所设的那个祭台，要宏大到了好几倍。再过去约莫离开了几尺的地方，又设了一个台，规模却要差上一些。照情形瞧来，中央的那个台，那就是擂台，照他的地位是如此的宽广，尽可有好几个人在上面走得趟子的。旁边的那个台，只不过供他们一方面的人休息休息罢了。在中央的那个擂台上，正中还高高地挂上了一方匾额，旁边又挂着了一副对联，这也是一般擂台上应有的一种点缀，毫不足道的。不过，普通擂台上的匾额，总是写着"为国求贤""以武会友"的这些字眼。前者大概指明这擂台是由官府发起的，有点选拔人才的意思；后者则说明这擂台虽不是官府所发起，却也有上一种研究武艺、提倡武艺的意思。那无非要把在擂台上比武的这件事情，不算作怎样的穷凶极恶，而欲将双方狠斗死拼的一番情形，借着这些个好看的字眼，轻轻地掩饰过去便了。

这在金罗汉的眼中，差不多已成司空见惯。然他现在把这张匾额上的四个字一瞧时，不免轻轻地骂了一声："放屁！"原来，竟是"一决雌雄"四个字。哭道人的所以摆设这个擂台，本是要和昆仑、崆峒二派一决雌雄，看最后的胜利究竟属于哪一方。他如今倒也好，居然一点也不掩饰的，把这番意思宣告了大众了。再瞧那一副对联时，更是荒谬到了绝伦，上联是："拳打昆仑，足踢崆峒，且看我邛来创成新事业"；下联是："肩担孔子，手携释迦，将为吾老祖拓大旧根基"。简直把他们一派要独霸称雄的一番意思，完全都说了出来。而且把昆仑、崆峒二派看得一个钱也不值，竟以为可以对之拳打足踢的了。

金罗汉看到这里，不禁连连摇头叹息道："太狂妄了，太狂妄了！照这样看来，哭道人真是一个草包，哪里能成得什么大事呢？只是那镜清道人，似乎要比他高明一些，既然身为台主，怎么也由着他这么瞎闹的呀。"同时又想到，幸而这邛来山僻处在一隅，不大为人家所注意。又有那个糊涂总督，为了受着哭道人医治好他爱女的病的一点私惠，在暗地庇护着，所以尽着这哭道人如此无法无天地闹了去，否则，官府方面如果一注意之下，前来干涉起来，恐怕还有什么大乱子闹出来呢。正在想时，耳边忽听得囊的一声响，接着又是砉的一声，好像有一件什么重物坠落在地上了。

金罗汉忙循着这种声响传来的方向，把视线投了去，方知悬在擂台正中的那方匾额，已给人家用镖打了下来了。心中正在称快，却又见夭矫得同游龙一般的二支镖，分着左右二翼，飞也似的射了去，恰恰打个正着，把那挂在两旁的一副对联，也在一个时间中打落了下来了。于是，一片欢呼之声，便同春雷一般地响了起来。

在这欢声之中，不但是夸奖着放镖者的手段高强，并还称许着他的意思很为不错，这种荒谬绝伦的联匾，是应该把他们打落了下来的。欢声甫止，又听得挤在台下的许多人，不约而同地叫喊了起来道："打得好，打得真好！不要脸的台官，还是赶快地走出台来吧，不要再躲着拿什么矫了。"这一叫喊，他的力量可真是来得不小，只见一阵骚乱之中，便从山峰最高处，潮一般地涌出了不少人来，并先先后后地齐向旁边的那个台上走了上去。但是一说到当时的情形，却真可用得上"骚乱"二个字。有的是驾云而下的，有的是从上面跳了下来的，有的是循着山道一级级地攀援而下的。而就在他们这样走下山来的中间，可看出他们各人武艺的高下。

金罗汉瞧到以后，不觉暗暗地好笑道："这真是所谓乌合之众。如此看来，他们自己虽一味地在那里吹着牛，请到了哪一个能人，是具着怎样的一种功夫的；又请到了哪一个能人，是会上怎样的一种法术的，其实一点儿也不可靠。大概除了镜清道人这个大大的靠山以外，不见得真有什么能人了吧。"

　　就在这个当儿，又听得台下的人一片声地在嚷着道："啊啊，台官来了，原来是拿这个次等货先出场，头等货还要放在后面的呢。"在这几句话之下，显然含上有很不堪的一种嘲笑的意思。原来这次出场的，却就是哭道人本人，并不是镜清道人。照大家最初的一种推想，还以为哭道人既把镜清道人，请了来做台主，总是由镜清道人出场的吧。幸亏哭道人的脸皮也真是来得老，尽人家在台下这么地向他嘲笑着，他非但一点不以为意，还像是充耳不闻的样子，只是把手向着台下乱摇着，请大众不要喧哗。

　　好容易，总算台下已是止了喧声的人。哭道人便放出一派非常洪亮的声音来道："我们为什么要在这里摆设下一个擂台，诸位既然不远千里而来，大概心中多已十分明了，我也不必再为细说的了。不过，既然摆设得擂台，无非是要大家较量一下的意思。那么我们将怎样地较量一下呢？哈哈，我倒想得了有一个新鲜的法子了，不知诸位也赞成不赞成？"

　　不知他究竟想得了怎样的一个新鲜法子，且待下回再写。

第三十六回

见奇观满天皆是剑
驰快论无语不呈锋

话说这擂台下的许多人，一听哭道人说出，他已想好了一个新鲜的法子这句话来，倒好像把他们的兴趣，都提了十分高似的，争着抬起了一张脸来望着他，急于要知道，他究竟想出了一个怎样新鲜的法子。站近台前的那些个人，更是七张八嘴地向他动问道："什么法子，什么新鲜法子？快些儿说了出来吧，不要把哑谜儿给人家打了。不论是怎样的一个法子，凭着我们有这许多人在这里，大概总可对付着，不致就会输给你吧。"

于是，哭道人不慌不忙地说了起来道："讲到普通一些的彼此较量的方法，可真也多得很，我们在这擂台之上，也是看得腻的了。我现在所想到的这一个法子，却很是适合着我们的身份，和着现在所处的环境，似乎要较为新鲜一些。诸位，在我们的这许多人中，不是很有几个已做到了剑仙的这一步功夫的，而其余大多数的人，也都不失为剑侠或是剑客的一种身份。总而言之的一句话，我们各人不都是有上自以为好到无比的一柄宝剑么？然而究竟是谁的剑真个好到无比，究竟是谁的剑真个能在众中称王，却没有一个人能知道，也从来没有过这么的一种比赛。现在乘着四海以内的一般能人，差不多已全到了这里，这真是千载一时的一个好机会，我们何妨把各人的剑都放了出来。在这么的一个情形之下，那些个根基略为浅薄一点的，经不起别的剑在空中一扫射，自然就会纷纷地坠落了下来。然后又就这些个没有坠落下来的剑，再行比上一比，谁能在空中站得最久，谁能不给旁的剑扫落了下来，那就是谁得到了最后的胜利，谁能在此中称得大王的了。诸位，这不是再新鲜没有的一个法子么？"台下的许多人，一听他所说的是这么的一个法子，倒都默然了下来，似乎正在忖量着，大家如此地较量起来，究竟妥当不妥当，可有不有什么流弊。

却就在此静寂之中，忽听得有一个人高声骂了起来道："好不要脸的东西，既然有此胆力，摆设得什么擂台，就该和天下人都见上一个高下，怎么倒想蒙蔽着大众，提出这么一个不要脸的办法来呢？"大家忙向那个人一瞧时，却正是崆峒派中的杨赞廷。还没有向他表示得什么，哭道人却早已把一张脸涨得通红，又在台上向杨赞廷反问着道："怎么是我想蒙蔽着大众，怎样这又是一个不要脸的办法？我倒一点儿也不明白。你得当着天下众英雄的面前，把这个理由细细地说一下子看。"

杨赞廷便又冷笑上一声道："哼，你别假装糊涂了。你想摆设下这个擂台的既是你，充当着台官的又是你，那你在目前，就成了台下许多人唯一的对象，应该由台下的人，一个个的上来和你较量着才对。如果照你所提出的那种办法，那不是你在摆设着擂台，简直是台下的许多人，自伙儿在互相较量着。不但是自伙儿在互相较量着，并竟是自相残杀了起来了。因为剑术是大有高下之分的，照这般地比赛起来，结果必致只有一二个人，能保全他们的剑器，其余的人都要受到绝大的一个蹉跌呢。请问大家如果一点也不思索，真个照你这个办法做了去，不是就上了你一个大当么？这还不是你有意怎蒙蔽着大众是什么？不要脸到了极点了。"

在台下的这许多人中，虽已有好几个也和杨赞廷一般，早明白了这一层的意思。但也有几个较为愚鲁，或是爽直一些的，只听哭道人在台上天花乱坠地说，倒把他们的兴趣提起得非常之高，觉得这真是再新鲜没有的一个办法，竟不曾向各方面都想上一想。如今给杨赞廷把来一说穿，倒又觉悟了过来了。于是也跟在杨赞廷的后面，在台下纷纷地大骂起来道："好不要脸，好不要脸，你倒想把我们蒙蔽了起来么？"

这一来，台上的哭道人这一张脸更由红而紫，几乎同猪肝色的一般。忙双手乱摇道："不，不！我并不是要蒙蔽你们，我也是不曾想到这一层意思上面去。既然如此，我们就把比剑的这个主张取消，再想别的办法吧。"哭道人刚把这话说完，金罗汉却觉得再也忍耐不住，便在台下说道："其实也不必把这个主张取消了去，你既然高兴着要比剑，我们就和你比上一回剑也使得，只要把你所提出的那个办法，略略地修改一下就行了。"

哭道人正在下不来台的时候，忽听得金罗汉对于他比剑的这个主张，倒是表示赞成，这真是出乎他的意料之外的，忙也十分高兴地问道："那么，我们把这个办法，应该怎样地修改一下呢？"金罗汉道："这也没有多大的一种修改，只须确定你的那柄剑为主体，而由台下的许多人，轮流和你对垒着就行。照我想来，在最初，只要谁是高兴的话，谁就可把他的剑放了出来，尽不必有怎样的一种限制。而在你，也只要是真有能力的话，不妨在剑光一扫之下，把所有的剑一齐扫落了下来。倘然还有些个剑，不是这一扫之下所能打落下来的，那再轮流地上来和你比赛着。不过在这里，你大可把心放下，我们决不会干出怎样无耻的举动。就是要和你比得，也定是个对个的，一个完了之后，再是上来一个，断不能把所有的剑一齐围困住了你，使你孤立无援，一支剑对付不下呢。你们诸位，道这个办法好不好？"

金罗汉说到末了这一句话时，不但向着台上的哭道人望上一眼，又把眼光向台下四处地扫上一扫，这是向着台上台下，都普遍地问上一句的了。照理，他的这个所谓修改的方案，连原则上都有些儿变动，已和哭道人先前所提的那个办法大不相同。不过平心而论，总可算得是十分公允的。因此，哭道人和台下的许多人，两方面都没有什么异议，而一致地赞成了下来。于是这空前未有的大比剑，就开始实行起来了。

哈哈，这真也是空前未有的一个奇观，恐怕不论在古时、在现代、在中国、在外国，决没有一出什么戏，可以及得上他这么的又好看、又热闹的。你瞧，当金罗汉刚把这话说完，只有上一刹那的时间，凡是这一天到场的一般人物，除了几个自知本领不甚高明，甘心藏拙，以及还有几个抱着袖手旁观的主义，不愿出手的以外；其余的许多人，不论他本人是剑仙，是剑侠，或是剑客，都是十分技痒的，又是十分高兴地各把他们的剑向空中祭了去。当然，他们都自信对于剑术，有上十分深湛的功夫的，这是他们崭然露头角的时候到了。

在这里，哭道人自然也把他的剑放了出来。然而虽说同是一支剑，在实际上，这些个剑不论在哪一方面，都各有种种的不同。论颜色，有的纯是一道白光，不带一点杂色，这大概是剑中的正宗；有的纯白之中，略略地带上一些青，这个正是正的，却已是出自旁支；有的竟红得如胭脂之一抹，这不免带上一点邪门；至于黑得像浓烟这么的一缕的，那不啻在承认自己的主人翁，是一个邪派的人物了。论形状，有的短似匕首，有的长如单刀，有的圆圆的有同一颗弹丸，有的扁扁的像似一个枕头。更有两柄剑常是相并在一起，如禽中的鸳鸯、鱼中的比目，不肯轻于分离的，那是雌雄剑了。一言以蔽之，这时候一个天空中，都是给这些个剑器飞满了，而且颜色既是如此之不同，形状又是如此的互异，你道，这还不是空前未有的一个奇观么？

现在，更要特别点明一句的，那就是哭道人所射出来的那一道剑光，却是墨黑墨黑的，而一时间倒也找不到第二道，和他相似的黑光，在此五光十色之中，人家尽不必怎样地向他注意得，他已是显然独异的了。然而，你们可也不要小窥了他，他的这道黑光，确是很具上一点儿邪门的。先是在空中站立上了一会儿，随即似使动扫帚一般地向四下横扫了起来。于是只闻得一片啊呀之声，从台下人丛中飞腾而出。原来在他这一扫之间，有些个剑器根基较为浅薄一些的，已是呈着不能抵抗之势，纷纷然从半空中掉下，无怪他们的主人翁，要惊呼起来了。可是掉落的尽自由他掉落，这也是他们自不量力的缘故，可不能怪得人家。而仍牢站在空中，没有给他扫落下来的，却在全体中也尚要占得过半数。哭道人便又向着空中望上了一望，大声地笑说道："好，这所剩下来的，大概全是一些精兵，可以和我角斗得的了。我现在就站在这里不动，你们哪一位有兴，就由哪一位上来，和我玩上一下子吧。"

哭道人刚说完这句话，早听得台下高叫上一声："俺来也！"一壁即见从东南角上，倏地有一道青光射至，迎着了哭道人的那道黑光，就拼命地大斗起来。但斗上了不少时候，却仍是一个不分胜负。这青光倒也是很见机的，一见不能取胜，也就自行退去。于是，又换了一道红光上来，和哭道人厮斗着。

如此一个退去，一个上来的，也不知又换上了多少人。换言之，也就是有不少的剑已和他斗过。台上和台下，却终保持着一个平衡的局面，一般进攻的既不能把哭道人的剑打落了下来，哭道人对于一般进攻的，也不能加以若何的损害。

但在这个当儿，乘着双方的角斗，正又告了一个段落，却又见一道强有力的白光，倏地从一个山峰的后面，箭也似的直射了出来，找着了哭道人的那道黑光就厮斗。瞧这样子，那个放剑的人，并不曾来到这擂台之下，至今还在那个山峰的后面躲藏着，没有露出面来呢。而且这剑是一放就放了出来的，以前并不曾在空中停留上一些时候。当它一找到了哭道人的那道剑光，就显出十分奋力的样子，进攻得很为猛烈。饶他哭道人在以

315

前是如何好整以暇，他的剑术又是到了如何高深的一个地步，尽这昆仑、崆峒二派中的能人，把一柄剑一柄剑轮流地向他进攻着，他好像玩上什么一类的游戏似的，丝毫不以为意。到了如今，却也露上十分吃紧的样子，口中不住地在嘘着气，手也不住地在伸动着，显见得他也是在那里努力应付的了。然而，终究是一个不济，这一道白光却是愈逼愈紧，你刚退后一步，它就上前一步，死也不肯相舍，势非要把哭道人这柄剑逼至无处可躲，一翻身跌落了下来，它是不肯歇手的了。

这一来，直累得哭道人出上了一身大汗，几乎把衣衫湿得一个透。一壁更是气喘得什么似的，暗自吃惊道："好家伙，好家伙！竟相逼得如此之紧么？倘再不肯相舍，我可就要吃住，今天的这个筋斗，那是裁定的了。"他一想到这里，更是着急到了万分，恨不得张开了口，向他自己一方面的人呼救起来。但是，一则自己既是充当着台官，再则大家早约定在先，是个对个地来上一下子的，哪里有一张脸，去开口向人求救呢？

然哭道人虽是顾着自己的颜面，还不曾开口向人讨得救兵，在他自己一方面的许多人中，早有一个人，已在暗地瞧出了这种情形来。知道哭道人决非对方那人的一个敌手，只消再过一刻儿，便要支持不住，给对方把剑打落下来了。这个人不是别人，却就是哭道人请来的那个大靠山镜清道人。他为免得哭道人当场出丑起见，也就顾不得什么体面不体面，信义不信义，忙从台上站起身来，从斜刺里把自己的飞剑放了出去，合了哭道人的那柄剑在一起，通力合作地把那道白光挡住了。

这一来，台下的许多人，可大大地不服气了，立刻就都鼓噪了起来，也想加入了白光这一方面，和他们混战上一场，看究竟是谁的这一面能得到最后的胜利。不料，他们刚想把自己的剑移动着，也加入这战阵中去，却见那道白光，倒又倏然地向后一掣，即向山峰后面退了下去。然而，他的这种退却，很是出于从容，只要是个行家，就能瞧出他是完全出自自动，并非为了力有不敌而退却了下去的。跟着便见身体瘦削而长，穿着一身白色衣服的一个汉子，从山峰后面露出脸来，举起一双威棱棱的双目，直向擂台上射来，倏又向镜清道人所立的那个台上射了去。

当他的目光射到他们那个人的时候，就在那个人的脸上不住地滚动着，威风到了极点了。当下，台下有认识得他的人，便禁不住互相指点着，并欢呼了起来道："哦，这是方绍德，这是方绍德。听说他近年来，只是在苗峒中隐居着，不愿预闻得一点儿外事，怎么今天也会到这里来了？"

方绍德把他们二人静静地注视上一会儿，方又开起口来道："咳！好不成材的二个东西，竟会在我的面前，干起这一套不要脸的把戏来了。我悔不该没有把你们的来历打听清楚，早知你们是如此不成局器的，尽可由你们去胡闹着，也不必徒劳跋涉的了。"

哭道人和镜清道人他们也知刚才的这一个举动，是很有些不该的，不过为一时应急起见，也不得不如此地一来。现在给方绍德这么的一顿臭骂，不觉都是满脸羞惭，也就讪讪地各把自己的剑收了回来，一时间倒不能向方绍德回答上怎样的一句话。方绍德便又接续着说道："但是我既已来到了这里，却不能不把你们这二个东西，好好地教训上一顿，否则恐怕你们更要猖獗起来了。你们须要知道，我师傅开谛长老，他在四川是有上何等的一种资格，他对道法更是有上何等的一种根基，也不知有许多人向他游说过，请他创设一个峨眉派出来，和已成立的那昆仑、崆峒二派，做上一个对抗的形势。他老人家总是谦让未遑，不肯答允下来。再次讲到我，虽不见得有怎样的大本领，自问总比你们这些个鬼东西要高强了一些，同时也有许多人怂恿着我，教我独创一派；但我也守着他老人家的遗训，不敢有所妄为。不料如今竟有你这个不见经传的什么哭道人，更有你这个冷泉岛的邪教魁首，前来做上一个帮手，要在这四川地界上，创设出什么邛来派来，这真是胆大妄为到了极点了。现在你们也不必说着怎样的大话，要把昆仑、崆峒二派一齐都推倒，且先打倒了我这个方绍德再讲。倘然连我一个方绍德都打不倒，还要创设什么新派，还要充着什么开山祖师，那未免太教人笑话了。"

方绍德把这番话一说，大家方知道，他今日此来，实是大大地含上一种醋意，势非大干一下不可。本来这也怪不得他，就四川一省而论，要算他们这峨眉山一派的势力为最雄厚，不论是开谛长老，或是他方绍德本人，倘然创设出一个峨眉派来，那是决没有一个人敢说一句半句的闲话的。如今他们始终秉着一种谦逊的态度，虽是在暗地已有上这么的一个团体，却从未把这个峨眉派的名号，公然宣示于天下。不料，那个不见经传的哭道人，竟在他们的地界上，胆敢大吹大播地创设出什么邛来派来，这怎能叫他不大大地生气呢？当然要赶了来，和那哭道人拼上一个你死我活的了。而如此一来，当前的一种形势，也就在暗中大大地有上变动，那就是今天的这个擂台，并不是邛来派和着昆仑、崆峒二派在对抗，却已变成了邛来和峨眉互决雌雄的一个场所了。

哭道人一见方绍德竟是这般地明说着，也就知道这桩事情大了，非待双方显明地分上了一个孰胜孰负，方绍德决不肯就此罢手的。便也收起了那种羞愧之容，老起了脸皮说道："你不肯创设出什么峨眉派来，那是你一方面的事情；我要创设出一个邛来派来，这又是我一方面的事情。两件事原如风马牛之不相及的，怎能为了你自己不肯创设峨眉派，便也禁止我不许创设邛来派呢？这不是大大的一个笑话么？何况，我的创设邛来派，早已宣示于天下，乃是一个已成的事实了，你又待把我怎么样？"

哭道人说到这里，也向着方绍德威棱棱地望上一眼，似乎要把他吓得退了去的。谁知，方绍德还没有什么动作干出，早又从他的身后，钻出了一个人来。

不知这个人是什么人，且待下回再写。

318

第三十七回

小而更小数头白虱
玄之又玄一只乌龟

话说哭道人一听完了方绍德所说的那一番话，知道善者不来，来者不善，方绍德一定是要和他干上一干的了，也就把心思一横，准备着和他硬干。当下便也针锋相对地回答上了几句硬话，并又横眉鼓眼地向着方绍德望上一望。这一来，大有一触即发之势，眼见得方绍德又要拿出什么看家本领来，对付着那哭道人了。谁知就在这个当儿，却又从方绍德的身后，转出了一个人来，那是方绍德的二徒弟蓝辛石，原来他是伴同着他的师傅一起来的。

这时候，他把手里的大斫刀挥动着，一壁大声说道："我们也不要把你怎样，只割去了你的宝贝喂狗吃，看你还能称雄不能称雄？"这话一说，倒引得台下的许多人都哗笑起来，连得坐在哭道人那方面看台上的人，也都露着一种忍俊不禁的样子。哭道人却只向着他瞪上一眼道："下流，太是下流了。而且我正同你的师傅说着话，要你拦了出来干什么？"蓝辛石却仍是神色不动的样子道："哈哈，你不爱和我讲得话，我正也不爱和你这个狗东西讲得呢。刚才所说的那一笔账，我们不妨随后再说。你们这里不是已请到了一个什么镜清道人么？我听说他很是会上一点法术的，如今赶快叫他出来，我倒顾想和他斗上一下法。"

哭道人正想向他呼叱着说："你是一个什么东西，敢向镜清道人斗得法？你师傅自以为是如何了不得的一个人物，恐怕还不是他的敌手呢！"却见镜清道人已在那边台上，向蓝辛石招呼了起来道："哈哈，蓝法师，原来你也知道有我这么的一个人，那真用得上'孺子可教'的那句话了。好，我就和你比上一下法也使得。"说着，侧过身子来，只将身轻轻地向着台外边一耸，早已到了那边插台上。哭道人便也乘机下台，转到那边的台上去。意思是镜清道人既是高兴和蓝辛石比得法，也就听他干了去，自己不必向他硬行拦阻吧。于是，镜清道人复又向着台中一立，含笑说道："蓝法师，你要和我比什么法，尽不妨由你说来，我是无有不乐于奉陪的。"

蓝辛石道："什么大的一种法，既有我师傅在这里，且留给他老人家。我现在所要和你比的，乃是很小很小的一种法，不知你也高兴不高兴？"镜清道人又笑道："这是你在那里胡说了，既称得是法，总是一个样子的，哪里还有什么大小之分？快快说了出来吧，你所要和我比的，究竟是怎样的一种法？"蓝辛石依旧十分从容地说道："这确是很小很小的一种法，你想我也没有什么别的什么法宝，只是想靠着了身上的几个虱子，和你比上一比。这个法，不是再小也没有了么？"

这时候，台下的许多人，已早把各人放出在空中的剑收了回来，倒十分安闲地站在那边，好像瞧看什么戏文似的，几乎忘记了他们是为打擂台而来的了。现在一闻此话，复又哄然大笑。独有镜清道人，瞧见蓝辛石竟是那般怠懒的样子，心上好生不高兴。但既已答允下和他比法，终不能为了他那种怠懒的样子，而再反悔起来。不免把眉峰紧紧地蹙着，随又向着蓝辛石，狠狠地瞪上了一眼，意思是说，不必再说什么废话了，你有什么活，尽管施展了出来吧。

蓝辛石便又接着说道："你也不必嫌着我多说废话，在这未比以前，我们总得把条件说说清楚。我现在要放过来的，只是一大把的虱子，我能把这虱子放到你的身上来，并能教它们爬入你的衣袖中去，咬噬着你的皮肉，那就是我的法力胜过于你，我得了胜利了；反之，你能把这些虱子从身上挥了下来，一个都不让爬入衣袖中去，那就是你的法力胜过于我，也就是你得了胜利了。不过，当你用法的时候，一不能用手指去掐死它们，二不能用口沫去淹死它们，三不能用什么兵器去打死它们。其实，这第三条，又是一句废话，任你的兵器是怎样的锋利，要把那些虱子一个个都打死在这兵器之下，恐怕也是一件做不到的事情吧。现在，我要问你，你究竟愿意不愿意和我比这个法？"

镜清道人一听他把这些个条件说出，倒也把自己的兴趣引了起来了，早把紧蹙着的眉峰展放了去，十分高兴地说道："好，我就和你比上一比也使得，你出手吧。"

320

蓝辛石在微微一笑间，便伸手向着他自己的身上摸去，好像那里就是虱子的一个巢穴，要多少，有多少似的。接着，又把手伸出，像已摸得有一大把虱子在他手中的了。然后只闻得轻轻地一声"咄"，蓝辛石早将手掌展开，把手中物作势向外一掷，即有细沙似的一把东西，一点也不停留，直向着擂台上投了去。恰恰投个正着，一齐都落在镜清道人的道袍之上了。于是那些虱子，便在道袍上四下地爬了开来。但为了虱子太多的缘故，虽是四向爬着，却总是七八个在一起，十数个在一堆，从台下远远地望了去，只见这里也是一片，那里也是一片，把人家的鸡皮疙瘩都要引了起来的。而在此一刹那之间，眼见得那些虱子，就要向着镜清道人的颈项上、衣袖内，都爬了去。只要听它们这般地横行着，而没有方法可以阻止得，那镜清道人就要输在蓝辛石的手中了。

　　在这里，镜清道人可不能再怠慢，也得显些法力出来，但闻得他也是轻轻地"咄"了一声。说来真也奇怪，当他未咄此声以前，那些虱子正爬动得非常的上劲，有几个差不多已爬到了衣领和袖子的边缘，再进一步，就是贴肉的地方了。比闻得他这么地咄上一声，好似从青天打下了一个霹雳来，立刻把它们打得昏倒下来似的，一动都不能动了。而镜清道人身上所穿的，本是一件杏黄色的道袍，如今给这些虱子这里一起的，那里一堆的，老是停住了不动，倒又像在这道袍之上，绣出了一朵朵的白花来了。

　　这个情形，蓝辛石当然也是远远地瞧见了的，便笑着说道："真好法力，果然是名不虚传。不过，我的这些虱子，却和寻常的虱子有些不同，也是很有点儿来历的。你瞧，它们经上了你的一声咄，虽已停止了爬动之势，但它们的生命，不是还都好好地保全着，一个也没有从你的身上掉落了下来么？所以，现在如果你就此停了手，还不能算是怎样地胜了我，总得把这些虱子一齐撵走了去，一个都不留在你的道袍上，方能算是得到了完全的胜利呢。"

　　瞧他的意思，好像以为这是十分麻烦的一件事，镜清道人任他道法是怎样的高强，不见得就会把此事办到。如果对方办不到这一步，那他自己也就输不到哪里去呢。不料，镜清道人一听这话，倒更为高兴了起来了，也含笑答道："这当然，如果老是让这些虱子停留在我的道袍上，而不把它们撵走了去，人都要麻烦死了，这还成个什么样子？哪里再可说上得到胜利的这一句话呢？不过你的这些虱子，都是很有些儿来历的，如果把它

321

们都掸落在这台上，也不是一回事。一旦等它们苏醒了过来，在这台上四下地乱爬着，不是要害人匪浅么？"

台下的许多人，想不到镜清道人，也会说出这般很有趣的话来，不禁又博得一个哄堂大笑。蓝辛石却只冷冷地说道："这个听你的便的，只要能把这些虱子一齐撵了走，而又不违背我所提出来的那几个条件就是了。"于是只听得镜清道人大声地道了一句："很好！"即笑容可掬地伸出一个指头来，向着他道袍上的一块地方，虚虚地点上了一点，那块地方的一小簇虱子，立刻好像给他的法力感通了似的，重又苏醒了过来。但它们并不再爬动，却像生上了翅膀的一般，一齐都飞了起来，一到了空中，又把它们的身体渐渐地变成很大，只在一转眼间，但见一只只的都已变为羽毛很美丽的天鹅，哪里还是什么虱子呢？这一来，一般观看他们比法的人，不由得不都欢呼了起来。在这欢呼之中，显然地有一部分人，对于镜清道人这神奇无比的法力，拜服到了五体投地了。镜清道人却像毫不理会的样子，只喃喃地在说道："天鹅就是虱子，虱子就是天鹅，在这世界之上，万物同出一原，本无什么两件东西的，我如今只教他们都还上一个原就是了。"听他这几句话，倒很含有几分高深的哲理。

他一壁这么地说着，一壁又向他那道袍上所有的地方，不住手地虚虚地点着，凡经他所虚点之处，即有一小簇的虱子，从这上面飞了起来，又和先前一个样子，一到空中，便又变为一只只的天鹅，一霎那，早见美丽得什么似的天鹅，已是飞满了一个天空了。

那么，这时候的蓝辛石，又是怎样的一个情形？他见镜清道人一施展法力，就把他所放出去的虱子，都变为一只只美丽的天鹅，不是明白他自己已是到了完全失败的地步么？不，不！他一点儿也不觉得自己已是失败。他只觉得大家一般儿有的是法力，不该让镜清道人一个人逞尽了威风，这又是他自己应当露脸的一个时候了。他一等到镜清道人已是停了手，不再向道袍上去虚虚地指点着了，知道这便是已把所有虱子撵走完了的一个表示。他便又笑着说道："果然好法力，仅是这么地一来，已把所有的虱子一齐都撵走了。不过，在我这一方面，可就十分的糟糕了，这些虱子确是大有来历，也不知经我费了多少的心血，始得集合在一起的，倘然就此走散，岂不太为可惜。现在，我也得想上一个方法，把它们重行召集拢来方对呢。好，看我的吧。"说时迟，那时快，即见他把一只手伸了出来，向着空中一搭，立刻就有一头天鹅，落到了他的手掌中来，他便又行所无事地把那天鹅向着自己的身上一掷，倏忽间，已是失其踪迹。照情形瞧来，大概又是把身形缩小，重行还原，依旧变成为一头虱子了。

于是一般旁观的人们，又情不自禁地第二次欢呼了起来。而且，这一次的欢呼，似乎较之刚才那一次，尚要来得热烈。他的原因，那是想都想得出来了的，无非为了先一次的变化，尚在他们的料想之中，预知镜清道人定有怎样出奇制胜的一手。至现在蓝辛石再能来上一个变化，又把虱子复了原，那是他们所万万料想不到的呢！其次，为了他们已把镜清道人佩服到了五体投地，以为再没有可以盖过他的人，却想不到蓝辛石就也有这么的一手，同样地可以使得人家佩服的，这当然要教他们欢呼得更为热烈了。

蓝辛石却露出颇为不安的样子，一壁只是笑着说道："不错，一点儿也不错，天鹅就是虱子，虱子就是天鹅，我再第二次把他们复上一个原吧。"说时，却又把先前的法子改变了一下，不是一招一头天鹅这么的费事了，只见他在一阵乱招乱掷间，飞在天空中的天鹅，已是去了一大半，再过了不多的时候，已一齐复变为虱子，并都向他的衣袖中藏了去，大概又回复他们原来的状况了。只剩下有一头天鹅，还没有变了去，却在他的肩头兀然站立着，这不知是一种什么用意。至是，镜清道人也把自己的大拇指伸了一伸，露上一种很为心折的样子道："你这个人真不含糊，今天我和你比法一场，也算是不枉的了。凡是一个会得法术的，第一桩要紧的事情，就是要懂得变化，懂得还原，其他尚在第二步。倘然连变化和还原的法子都不知道，那是比之一般会变戏法的还不如，哪里称得上什么有道之士呢？"

蓝辛石见他很为高兴，便又乘机而入道："你既是如此的高兴，这倒也很为难得的。那么，我和你再比上次法，好不好？因为刚才只能算是大家扯了一个直，并没有分得什么胜负啊。"镜清道人即欣然应道："好，你要再比，就再比便了。不要说是再比一次，就是十次百次也使得，我决不会躲避了去的。不过，又是怎样的一个比法，不妨再由你说出章程冬？"

蓝辛石便向肩头所站立的那头天鹅指了一指，含笑说道："讲到怎样的比法，我早已想得了的了，我是就拿这头天鹅做代表，你不妨拿任何一头东西做代表，大家来比上一个飞行的快慢。好在我们倘然一齐侧过身子来，朝着东西那一边，那我在这里所站立的这个地点，和你在台上所站立的那个地点，恰恰成为一条平行线，一点分不出什么远近来的，然后再拿矗立在那边山峰上，像似把天都要戳破了的那棵大树，做上最后的一个目标。那就是说，在谁手中放出去的那头东西，先飞到了那棵大树上，便是谁得到了胜利了。你道这个办法好不好，能赞成不能赞成？"

镜清道人笑道："你倒真是一个妙人，想出来的什么办法，都是十分有趣味的，我当然得表示赞成。但是对于这项比赛，你已是想定有一样东西了，我又拿什么东西来凑付呢？一时间却真有些想不出。哦，不必限定于禽类，你看好不好？"

这话一说，台下不免又哄然大笑起来，都以为这一下子，镜清道人可真有些糊涂了。谁不知道，只有禽类是长于飞行的，如今人家要和他比飞行的迟速，怎么他说不必限定于禽类，好像他要用上禽类以外的一种东西，这又是怎么一个道理呢？而且，照那第一次的比法看来，对方并不是什么容易对付的，他似乎更不应这般的马虎啊。蓝辛石倒不失为一个爽直人，这时候，也笑着说道："照理只有禽类是长于飞行的，你如要取胜的话，自然也得用上一个禽类。但如要用禽类以外的东西，那也是你的一种自由，我当然不能干涉。不过照我想来，恐怕不见得怎样和你有利吧。"

镜清道人笑道："且不管他有利无利，只要你能答允就是。如此一来，我选择起这件东西来，就比较的容易得多了。"说完，便举起眼来，向着台下望了去，好像要在那里探视上一下，找得了那一个生物，就拿那一个生物来充数似的。一会儿，他的眼光忽停注在一个地方，那是不十分小的一道山涧，只闻得那涧水不住地淙淙地在流着，在这涧水之旁，镜清道人像似已找得了他的目的物。即见他伸出一个指头来，遥遥地向着涧旁一指，并继以轻轻的一声"咄！"便有形状很蠢的一样东西，从涧旁跃然而起，直向着擂台上飞了来，也在镜清道人的肩上停下了。但是不知为了什么缘故，这时候镜清道人的态度，却不能和蓝辛石一般地来得写意，一见那个东西在他的肩上停下，生怕又给他逃走了去的，忙举起一只手来，紧紧地把来按住。所以，这究竟是一个什么生物，大家都没有瞧看清楚，只知道这是很蠢很笨的一样东西罢了。镜清道人却已似得到了一件什么宝贝的，又忙不迭地向着蓝辛石说道："好，我如今总算也得到了一件法宝，可以将就地凑付一下了，我们不如就比赛吧。"

蓝辛石见他一手按着肩头停着的那个东西，态度间很是带上一些狼狈的样子，不觉暗暗地有些好笑。一壁也就把头点上一点，表示赞成之意。于是，二人都转过身去，向着东面一立，又在大家齐一挥手之下，二人肩头停着的那二头生牧，便都飞了出去了。但这天鹅，是何等的善于飞翔，只略略地一举翼间，早已飞了很远的一段路。再一瞧镜清道人所放出的那个宝贝时，却是瞠乎其后，不知已隔上了多少路，而那种蠢笨不灵，飞都飞不动的神气，更是教人一瞧到了眼中，就要放声大笑了起来的。

　　在那些旁观者中，有几个是十分眼尖的，早又瞧出了这是一个什么东西，当时便又不自禁地笑了起来道："哈哈！我道是什么东西，原来是一只乌龟。乌龟而教他飞了起来，这个玩笑未免开得太大了一点了。"可是，立刻又有几个人，向着先前的这几个人驳道："不，不！这决不是乌龟，乌龟又哪里会飞的？并且镜清道人也不是那么蠢笨的一个人，要和人家比着飞行的迟速，哪一种禽类不可以驱使得，为什么偏偏要用一头蠢笨不灵的乌龟，充起代表来呢？"

　　不知这究竟是一个什么东西，是乌龟不是乌龟，且俟下回再说。

第三十八回

挫强敌玄机仗灵物
助师兄神技有飞刀

话说镜清道人和蓝辛石，正在第二次比法的时候，一般旁观者对于镜清道人所放出去的那个东西，为了没有瞧看得清楚，不免起了种种的怀疑。有的说这是一个乌龟，有的说这不是一个乌龟，各有各的理由，正自争辩一个不了。

镜清道人却好像也已听得了的样子，便在台上又笑嘻嘻地说着那种带有几分哲理的话道："其实世上的各物，也并没有一定的名称，都是随着了人在那里叫的。所以这东西，你们算他们是乌龟也可以，不算他是乌龟也可以，正不必如何的认真得。"镜清道人一说到这里，又把眼睛向外面望了去。对着在空中比赛飞行的那两头生物，很仔细地望上了一眼，不免立刻敛止了笑容，又把眉峰紧紧地一蹙，似乎他所放出去的那头生物，那种蠢笨不灵的样子，也给他自己瞧到的了。于是他又喃喃地说道："糟糕，糟糕！竟是这般一个蠢笨的样子，无怪人家要叫他是乌龟的了。好，我现在该得大大地努力一下，否则，我真要失败在那个苗人的手中，这个台可真有些儿坍不起啊。"一壁说，一壁便戟指向着台外一指，又继以轻轻的一声："咄！"这当然是他在那里使法了。

果在顷刻之间，这个似乌龟非乌龟的东西，要比先前灵动了许多，飞起来也是快速了不少。但是那头天鹅，这时候却又飞行了不少路，离着指定为最后目标的那棵大树，已是没有多远。照情形讲，不论对方是用着怎样的一种速度，向它追赶了去，已是来不及的了。一般旁观的人们瞧到了，不免又哗笑起来道："要追赶，何不在出发的时候就追赶？到了现在方追赶，哪里还来得及，人家不是飞都要飞到了么？这一次的比法，胜负之势，可说得业已大明，这牛鼻子道人是输定了的了。"

镜清道人却好像毫不知道这个情形以的，仍在十分地努力着，一会儿念动咒语，一会儿做着手势，忙得一个不可开交。随又见他两目一瞪，伸出一个指头去，很威厉地喝上一声："咄！"就在这一声猛喝之下，他的那件宝贝，果然更是快了不少，先前和那头天鹅，距离上很远很远的一段路，现在却觉得已是近了许多了。

这一来，一般旁观的人们，倒又觉得十分地兴奋了起来。知道蓝辛石十拿九稳，可以到手的一个胜利，已是开始现着动摇之势，最后是如何的一个结果，正在未知之数呢！而镜清道人的那件宝贝，却只见他一点点地赶上前去。蓝辛石的那头天鹅，又只见他一点点的退落后来，不到多久的时候，二头生物已是紧紧地相随在一起，不见有多大的距离了。于是，大家倒不觉又都怀疑了起来道："这是什么一种道理，当镜清道人尚未二次努力作法以前，那头天鹅，已是和那棵大树距离不多远，只消一飞就可以飞到了的。为什么隔上了这多的时候，还是一个没有飞到，却尽着已落在他后面很远的那头生物，一点点地追赶了上去呢？"

经他们仔细一观察之下，方恍然大悟地明白了个中一切的原因。原来那头天鹅，虽是在那里现着一种飞翔之势，其实，却完全是假的。它又何尝向着前面飞过去了一些些，只老是停留在那一个地方，而把它的两翼，不住地展动着罢了。照这样的一个情形，不管后面的那头生物，和它距离得是多少的远，当然到得最后，一定都可以把它追赶到了的。这无疑地，定就是镜清道人所使的一种法了，否则，绝不会有这种奇异的情形发现呢。于是，大家又都情不自禁地哈哈大笑起来。笑这一下子，蓝辛石可上了镜清道人老大的一个当了。

就在这笑声四纵之际，后面的那头生物，也就是镜清道人的那个宝贝，早又追出了前面的那头天鹅，早又飞到了那棵大树上，得到了最后的一个胜利了。最可笑的，那头天鹅到了这个时候，倒又露出一种十分努力的样子，向着前面飞了去，也立刻飞到了那大树上停下，但是，恰恰已是后了一步，不能不算是失败的了。

当镜清道人露着很得意的一副笑容，向着四下顾盼着，自以为已得到了一种胜利的时候，蓝辛石却已气不忿地大声地叫骂了起来道："咳！不要脸的人，干出来的事，总是不要脸的。怎么又在我的面前，玩起这一套把戏来了？你要真是能胜得了我，就应该驱使一头禽类，规规矩矩地和我比赛着。像这么地使弄诡计，在中途阻止着人家，又算得什么一回事？就是得到了胜利，也是不能算数的呢。"

镜清道人虽给他这般地叫骂着，却一点儿也不以为意，依旧笑嘻嘻地说道："你不是要和我比法么？现在我把你的那头天鹅，在半途中阻止了下来，不使它再能前进，而让我的这头生物，可以从从容容地向前飞去，得到了最后的胜利。这就是我所使的一种法，也就是我的法力胜过于你一个很显明的证据，怎么说是不可以算数呢？并且，你既是一个会使法术的人，一旦和我比得法，就该处处地防着了我，一见我把什么法使了出来，就得也用一种法来抵制着我。倘然在我刚才作法的时候，你也已在暗中抵制过，却不能抵制得下，这就是证明了你的法力远不及于我。倘然我已在这么地使着一个法，你却还像睡在鼓里一般的样子，一点儿也不知道，那你的程度又未免幼稚得太为可怜。总而言之的一句话，在如此的一个结果之下，不论就着哪一方面讲起来，你的这个失败，已像铁案那般地铸成着，决非单用什么言语所能挽回过来的了。"

镜清道人一把这话说完，蓝辛石显着十分沮丧的样子，不觉默然了下来。一般旁观的人们，同时也不觉默然了下来。在这一片静默之中，不啻已把镜清道人的那番话，暗暗地承认下。不错，这是大家在比着法，在双方比法的时候，他就使起一个法来，这是再正当没有的一桩事。如今竟骂他是不要脸，未免太有些儿不对了。但在半晌之后，蓝辛石依旧又表示一种不服气的神气道："好！这一次就算是我失败在你的手中了。不过，你的这个样子，也终嫌有点诡而不正，你就是把我胜下，也不见得是怎样的有光辉的。现在，你也再敢和我比赛一下么？路程不妨和以前一般的长短，就由那边那棵大树上，再飞回到这边先前的起脚地点来。这一次，你倘然再能胜得了我，能一点不使什么诡术，正正当当地胜得了我，那才是真正的一种胜利，我也就甘拜下风，自认失败，此后再不敢和你比什么法的了。"瞧他的样子，像似已有上一个把握，只要镜清道人不再使什么诡术，而肯正正当当地和他比赛着，那么，这第二次的胜利，一定是属之于他的。所以，他现在很是殷切地希望着，镜清道人不要拒绝他的这个要求。只要镜消道人能慨然地把他这个要求答允下，那就可借着重行比赛的这一个机会，一雪他第一次所受的那一种耻辱，而又可把已失去的面子拉了回来。

在这里，镜清道人倒一点儿也不作刁，只笑着说道："哈哈！你要求我再比赛一次，就再比赛一次也使得。只是照我想来，事情已是大定的了，就是再比赛上一百次，恐怕终也是这么的一个样子，你不见得就会胜了我吧。"原来他也是胸有成竹，以为这一次的比赛，仍是归他得到胜利，决不会让蓝辛石抢了去了。比及第二次的比赛，又是开始举行起来，镜清道人果然一些些的诡术也不使，但他也把所用的方法改变了一下。当刚从那树上一飞了起来，就见他的那头生物，具上有非常惊人的一种速度，超在那头天鹅的前面，不知已有多少路，并不像在第一次比赛中那么蠢蠢然的了。随后，那天鹅无论是怎样拼着命地追赶，终是一个望尘莫及，而且越是向前飞着，越是距离得远了。

当前者已是飞到了擂台上，停在镜清道人的肩头，兀然不复动，后者还只有飞翔得半程路的光景，这未免相差得太远了。于是，一阵哗笑之声，不禁纷然杂作，又从一般旁观者中腾了起来，这一来，太使蓝辛石觉得没有面子了。然而，失败已成了铁铸的一个事实，失面子也是当然的事，一时间哪里就能挽得起这面子来。于是，把他的一张脸涨得通红，露着嗒焉若丧的样子，再不能像先前这般的趾高气扬了。

好容易，等到那头天鹅也是飞了回来，重在他的肩头停下，他不禁咬牙切齿，把那天鹅恨得什么似的，即把来抓在手中，十分用力地向着山峰的后面一抛道："好东西，这一回你可把我坑死了。现在，且让你在那儿待上一会儿吧。"这一抛下去，那头天鹅究竟是如何的一个结果，还是依旧还原为一个虱子，可没有人知道的了。这种种的情形，在无形中，无非更增长了镜清道人不少的骄气。便又十分得意地向着蓝辛石说道："如何？我不是说，就是再比赛上一百次，也终是这么一个样子的吧？如今，你大概不敢再向我要求重行比赛了。"说后，又侧过脸去，向着停在他肩头的那个生物望上一眼，颇有一些嘉许它的意思。然后，又把它拿了起来，放在手中，一壁用指头拨弄着，一壁独语似的在说道："哈哈，我如今方也把你看清楚了，果然是一个乌龟。山涧中竟会有上乌龟，乌龟居然会飞，又居然会飞得如此之快，这都不是什么偶然的事情，大概也是我和你有上一点缘法吧。好，我现在应该送你回去了。"一壁说，一壁便伸手出去，把那乌龟向着台外轻轻地一送，只闻得远远地起了咽咚的一声响，看来这乌龟已是回到了山涧之中了。

这时候，可又恼动了一个人，那就是蓝辛石的四师弟周季容。他也躲在山峰后瞧看着，一切的情形，都瞧在他的眼中。现在，可把他气愤得什么似的，突然地跳了出来了，即伸出一个指头来，远远地向着镜清道人一指，大声骂道："你这牛鼻子道人，休要如此的得意！你这一种的胜利，就真是接连着胜利上一百次，也是一点不足稀罕的。你要知道，我师兄的这头天鹅，并非真的什么天鹅，只是一个虱子，并是由你代他变化而成的。而你所弄来的那个乌龟，既能在山涧内生长着，少说些，大概也是数百年以上的一个灵物。把这二样东西放在一起，就是不必比赛得，胜负之局已是大定的了。想不到我师兄竟会是这般的糊涂，居然肯和你比赛，这不是上了你的一个大当么？现在，我们也不必再讲这些陈话，看刀吧。"说时迟，那时快，周季容冷不防地即把手向外一伸，便有一把明晃晃、亮闪闪的飞刀掷了出去。

　　他的眼力也真是好到不得了，两下虽是相隔得这么远的一段路，他把这飞刀一掷出，即直对着擂台上飞了去，而且不偏不倚地正直拟着镜清道人的咽喉间。然而，镜清道人真也不失为一位行家，他见周季容在说着话，说着话的当儿，突然地把手向外一伸，便知不好，定有什么暗器一类的东西掷了来了，早已暗暗有上了一个准备。所以，当那飞刀一到他的面前，他就漫不经意地伸出手去，只用两个指头这么的一撮，便把飞刀撮在指间了；随又很随意地向着自己的衣袖中一掷，一壁笑道："原来是这样不值一笑的一件东西，就是真给你打中在什么地方，恐怕也不见得就会废了性命吧。"谁知，周季容却不来理会他，又毫不住手地像打水镖一般，连一接二地把那飞刀掷了来。

　　镜清道人却仍现着从容不迫的样子，接到了一把刀，就把那一把刀向着他自己的衣袖中掷了去，好像这是他的一个乾坤宝袋，广博到不知怎样的一个程度，有多少就可以藏得下多少来似的。并且，这些刀一掷到了他的袖中去，又好像都是一把把地直插在那里，所以尽可把心放下，不怕会刺伤了他身体上的哪一个部分。约莫的已接到有十多把了，却见周季容倒也住了手，不再有飞刀掷了来。

　　镜清道人不禁又很为得意地一笑道："哈哈！你已是掷够了么，完了么？"他一说到这里，倏地又把笑容敛去，脸儿紧紧地一板道："咳！你是一个什么东西，刚从你的师傅那里学得了十八把飞刀，技艺一点儿也不纯

330

熟，就想在我的面前撒野起来么？咳，我现在可不能饶了你。但也不为己甚，就把你自己的刀，奉敬还你自己吧。并借此可以教导教导你，这飞刀究竟是如何一个掷法的。"这时候，周季容最末了掷来的那一把刀，还执在镜清道人的手中，并没有向袖中掷了去。他一把这话说完，手即向着外边一挥，那把刀便如寒星一点的，直对着周季容的颈际射了去。在一个闪避不及间，只闻得周季容很吃惊地喊上了一声："啊呀！"那刀已是正正地直插在他的喉间，鲜血便如泉水一般地向四下飞溅了去，跟着，一个身子也向着后边倒了下去，显见得已是不中用的了。于是，把一般旁观者，都惊骇得什么似的，竟有失声惨叫了起来的。而在那一方面，镜清道人又是如何的一种得意，也就可想而知的了。

但在这里，却又发现了一桩奇事。照理方绍德是周季容的师傅，如今眼见敌人当着他的面前，已是把周季容刺了一个死，不知他心中要觉得怎样的难堪，又是怎样的一种愤怒。说不定马上就要跳了起来，找着了镜清道人，死命地拼上一拼，和他徒弟报上此仇的了。谁知不然，竟是大大的不然。这时候的方绍德，一点也没有什么愤怒的神气，更没有找着了镜清道人，要替周季容报仇的一种表示，反而露出了十分快活、十分高兴的样子，哈哈大笑起来。

这一阵的哈哈大笑，响亮到了非常，在四下的山谷间，都震出了一片的回声来。倒把擂台上的镜清道人、看台上的哭道人和他的一群同党，以及擂台下的一般旁观者，甚至于连站在他身旁的蓝辛石都在内，一齐大愕而特愕，不知不觉地呆了起来。还以为方绍德或者是为了周季容骤然地一死，把他伤感得同时又愤怒得过了分，所以神经竟是这般地错乱起来了。否则，哪里会瞧见了自己的徒弟，这般地惨死在敌人的手中，倒一点戚容也不露，反而哈哈大笑了起来呢？一壁也就出于不自觉的，大家争把视线向着他的这一边投了来。只一瞧之下，在恍然大悟之外，又添上了一片惊愕骇诧的情绪。

原来周季容依旧是好好地站立在方绍德的身旁，又何尝栽向山峰的后面去？方绍德的手掌中，却平托了一个乌龟，这乌龟把一个头统统伸出在外面，一把飞刀恰恰直插在它的头上，而把刀尖露出一小节在外，鲜血淋漓的，见了好不怕人。接着，便听得方绍德发出洪钟一般似的声音在说道："这只是我小小地使了一个法，竟把你这个牛鼻子道人轻轻地瞒过了。

当你刚才见他中了一刀，直向后面倒下，那时候你的心中，想来真不知要怎样的高兴。以为我那徒弟，对着你掷了十八刀，一刀都没有掷出，你只一出手，就把他完了事，这是如何的可以使你露脸啊。却不料，刺中的并不是我那徒弟，竟是和你很有缘法的那个乌龟。它刚才不知出了多少力，方替你博到了一个胜利，如今竟是这般地酬报着它，这在你的心中，恐怕也很觉得有些对不住它吧。现在，我不妨把它的遗体还了你，由你如何地去和它办理后事吧。"

方绍德一说完这话，便把手中的那个死龟，向着空中一抛，等到它掉落下来的时候，不慌不忙地伸出二个指头去，恰恰握住了那把刀。即在轻轻向外一送之间，那死龟连着了那一把刀，便直对着擂台上的镜清道人打了去。镜清道人忙一闪避时，只闻得不很轻的一声响，那死龟已是落在台上，连刀尖都没入板中去了。同时，哭道人的那个台上，也有人把一件东西掷上台来，立刻台上便起了一片惊呼骇叫之声，骚乱得什么似的。

不知这掷上台去的究竟是一件什么东西，且待下回再写。

第三十九回

遭暗算家破又人亡
困穷途形单更影只

话说同在这一个时候之间，不知是一个什么人，也把一件东西，向着哭道人的那个台上掷了去，恰恰掷得十分凑巧，正掷在哭道人的衣兜中。那时候，他是坐着在那里的。这一来，同在这一个台上的人，已知道这决不是一件什么好事，定有什么人又要向这边台上捣蛋来了。等到哭道人伸进手去，把衣兜中的那件东西取了出来一瞧时，却不料竟是血淋淋的一个人头，并还是一个女子的头。这是就着她两颊上敷有脂粉的这一点，而瞧看了出来的。于是，不但是哭道人本人，凡是坐在或站在这边台上而瞧到了这个人头的人，都是惊骇到了万分，不自觉地放直了喉咙，而惨叫了起来，情形是骚乱到了极点了。

而在哭道人这一边，在惊骇之外，还添上了一种悲痛之情。原来，这被害者并不是别一个，他早已瞧看得十分清楚，就是他从齐六亭的手中抢了来，嬖爱到不得了的那个雪因。但他是何等厉害的一个角色，究和寻常的一般人大有不同，悲痛只是一刹那间的事，立刻就给他把这二者都驱走得很远很远，依旧又恢复了他先前那种精明的神气。举起炯炯作光的一双眸子，向着台下望了去，意思是要在这人群之中，找出一个嫌疑犯来。看究竟是谁把这个人头掷上台来的，同时也就可推知谁是凶手的了。但是，这可不必经他找寻得，早见人群中直挺挺地立着一个人，两眼满挟凶光，一瞬都不瞬地向着他这边台上望着。啊呀，这不是别一个，却就是那个齐六亭。一和他的眼光轴个正着，齐六亭即带了十分得意的神气，又像已是发了疯似的，拍手大笑起来道："哈哈，你仗了你的那种势力，硬生生地把我的雪因夺了去，自以为可以把她玩上一世，我是没有什么法子可想的了。但我虽确是没有法子可想，现在可已是把她杀死了，看你此后还能不能和她怎么着怎么着？最无聊的一个办法，也只有把她的首级，在锦匣中藏了起来，日夕地在枕边供养着吧。"

哭道人一瞧见齐六亭站在台下人群中，就知道杀雪因的定是他，心中已是好生的气愤，恨不得马上就杀死了他。如今哪里再经得起齐六亭把这番话，向他冷嘲热骂着，更触动了他的杀心，也就一言不发，只悄悄地举起一个指头来，对准着齐六亭把飞剑放了去。

谁知，当那飞剑刚刚到得齐六亭的面前，忽从他的身后，转出了一个婆子来，挡在前面。那飞剑是认不得什么人的，恰恰把剑锋触着了那婆子一下，立刻便身首异处，倒在地下了。那飞剑既得到了一个牺牲，也就很迅速地飞了回去。这一来，可又惹动了一个人，便是那个马天池。原来刚才为哭道人的飞剑所斩的，就是他的母亲。他起初原站在台下的那一角，只是带着一颗很不安定的心，在一旁偷瞧着，生怕给哭道人瞧见了，将有所不利于他似的。如今，见他的母亲已遭惨死，一恸之下，也就横了一颗心，什么都不顾了，便一壁放声恸哭着，一壁直奔过来道："咳，咳，老贼，你既已忍心把我的母亲杀死，我也就不要这条性命了，和你拼上一拼吧。"可是，在哭道人的这一方面，不要说是一个马天池，就是十个八个马天池，也一点儿都不在他的心上。而且，他在这个时候，已是杀心大起，只要是瞧见有什么人反对着他，他就要放出飞剑来，杀掉那一个人了。所以，他暂时倒把齐六亭舍了去，又要将那飞剑向着马天池放来。然而，毕竟放着了这许多天下闻名的能人高手在这里，怎能由得他如此的跋扈，他要杀去什么人，就可杀去什么人？因此，激动了大家的义愤，当他刚要把那飞剑第二次放出手去，早有不知多少柄的飞剑，不约而同地向着台上射了来，集矢在他一人的身上了。于是，他也只能把飞剑放起，暂时把这不知多少柄的飞剑挡住了一下，聊以保全他自己的性命罢了。同时却又听得齐六亭拍手大笑道："哈哈，你瞧，你所辛苦经营的那个巢穴，不是又已起了火，烧了起来么？你在以前的时候，一切都可由你穷凶极恶的干了去，果然不失为一世之雄。但是请瞧，现在又是如何的一个局面，不是已到了家破人亡的一个地步了么？这真要把我乐煞了。哈哈，哈哈！"

哭道人一听这话，心中已是一急，忙回过头去，向着他那巢穴所在的地点望上一眼时，不禁更暗叫一声："苦也!"原来那边一个天空中，全为浓黑的烟气、通红的火光所占领，并且热烘烘的一片，向着这边烘了来，还有不少的火星四下飞扬着，果然已是着了火，并已烧得不堪收拾的了。这不言而喻的，定也是齐六亭那班人手上，所干下来的事情呢。照着他所具有的那种法术，不论那火势是如何的旺盛，或者比之现在更要厉害上几倍，只要他一作起法来，把雨点也似的一种东西，远远地向着火场上喷了去，立刻就会烟消火灭，什么也不有的了。然而，他如今以一柄剑，挡住了这不知多少柄的剑，已是觉得十分的吃力，偶然回过头去望上一望，全是出自勉强，哪里再有什么功夫作起这一个法来呢？如是地又过上一会儿，他实在觉得有些抵挡不住了，暗想管他妈的，不如跑走了再讲吧。"君子之仇十年"，我随后去依旧可以找着了他们，一个个地细算今元这笔账的。他把这个主意一打定，便乘大家不防备的时候，倏地把剑一收，借一个遁，遁走了。

他这一走不打紧，却拆了镜清道人的一个大烂污。原来在最初六家围着了哭道人的时候，已有一部分人也把镜清道人围着了。如今见哭道人一走，便又把那边所有的攻击力，也都移加到这一边来，竟把镜清道人作为他们唯一的对象了。这可真教镜清道人有些儿不容易对付呢。然他不比哭道人这般的不要脸，他倒是有上一点英雄的气概的，越是在这般困难的局面之下，越是把他的精神打了起来。一个人暗自在想道："在今天如此的一个局面之下，以我一个人而去抵挡住他们许多人，并在这许多人中，还有上了不少的能人和高手，那我就是打败下来，也是一点不足羞耻的；万一竟是给我打胜了，不，就是不能打胜，只要大家打上一个平手，哼，那时候我镜清道人的声名，不是就要洋溢于四海么。"

可是他自己虽尚要在这里，努力地支持上一会儿，暗中却已有一个人，不能容许他是如此。只在一阵清风飘拂之间，早把镜清道人从擂台上吹了起来，飘飘荡荡地向着天空中直送了去。也不知经过了多少时候，又是一阵风直对着他吹来，把他向地面上打去，便像栽上一个筋斗似的，又将他跌落在地上了。但在他的身体上，却一点儿的伤也没有受到。当他忙睁开眼来一看时，只见所跌落的那个地点，正当着一座高山之下，这地方倒看去觉得好生的熟，好像他自己从前曾到过了不少回似的。再经上他仔细地一想，不禁恍然大悟道："啊呀，这不就是白凤山，我从前学道之地么？想不到一别多年，我现在又回到了这个地方来了，而且还是经风一吹，恰恰吹到这个山前，将我跌落下来的。这又是什么人玩的一套把戏

335

呢？真是有点奇怪了。"同时，又瞧到了山边的一草一石，都似见了故人一般，各有一段历史可追寻，更引起了不少的旧感之想。

正在这么追怀旧迹、俯仰兴悲之际，忽见眼前晃上一晃，即见这座山已被什么黑魆魆的一件东西遮蔽着了。细一瞧时，方知是大与山等，高与山齐的一个巨人，当着山前而立，睁出了大得无比的一双大眼睛，向他注视着。镜清道人方知是他的师傅铜鼎真人，显出法身来了。那么他此番被摄到这山下来，定也是师傅玩的一个手法。否则换了别一个人，法力总只和他相等，对于他决不能这般地指挥如意呢？一壁忙也将坐的姿势改成为跪，恭恭敬敬地叩了三个头道："弟子真是该死，如今又回得山来了。"在这寥寥的几句话中，却含有失败归来，羞见师傅的一大片意思在内。

铜鼎真人听了，将他那张大脸一板，厉声叱道："咳！你真是该死之至。你下山以后的一切所作所为，也太是闹得不成样子了。我当初为了你的魔心已起，不能再静静心心地习道下去，为整饬我的教规起见，不得不忍心驱斥你下山。原也含有教你到尘世去阅历一番的意思在内。不料你一下得山去，就胆敢创出什么长春教来，又定出那种十恶不赦的教规，把人类所赖以存在的羞耻之心都打破。这一来，真不知坑害了多少青年男女呢！谁知你这还不算，又去和那大胆妄为的人合了伙，摆设出什么擂台，要与普天下的修道之士决上一个雌雄。且不论你的本领究是怎样，只是你想要独自称霸于天下，把所有修道之士一齐都打倒，这个心未免太不可问了。倘然再听你这般地胡为下去，更不知要闹出些个什么事故来，我做师傅的恐怕还有大大受累的日子在后头呢。因此，我再也忍耐不下去，不得不把你召回来了。当你跌落在这地上的时候，我也就把你看了神经所学得的一切法术，都收了回来。从此，你便和寻常人一个样子，再也兴不起什么波浪来，我也就可把心放下呢。好，我已言尽于此，我们的师徒关系，也从今天起不再存在，你去吧！"

铜鼎真人把这话一说，可真把镜清道人急得什么似的，心想师傅遇着了不肖的徒弟，发现了他们的劣迹以后，气恼得把所传授的法术都收了回去，这在我们修道人中，倒也是常有听得的事情，并不是什么假话。我如今给师傅把所有的法术都收了回去，当然已和寻常的人没有什么二样，这还能做得出什么事情来呢？而年龄也已很老，不是马上就要遭到灭亡了么？他如此的一想时，忙又叩头哀求道："现经师傅痛加训迪，也知以前

336

所作所为，真是该死之至。此后当痛改前非，决不敢再这般地胡闹了。清师傅顾念旧情，仍准弟子列在门墙，并准其在山上继续修道。或经此一番挫折之后，魔心已是退去，能再把这神经从七卷起，静静地接续着修习下去，也未可知呢！还乞师傅可怜着我，接受了我的这个请求吧。"

铜鼎真人却不再说什么话，只在衣袖一拂间，他那法身早已杳然不见。镜清道人正自惘惘然，却又觉得自己也已不在这山下，忙一省察时，方知自己早到了山上，盘了双膝坐在那里，手中捧着的却正是神经第七卷，又回复了当年修道时的那种光景了。这明明是铜鼎真人已答允了他的这种请求，准其再在这山上修道的了。于是，镜清道人的事情，也就在此告上一个结束。至于他究竟能不能修成正果，却还须待之若干年之后，并非现在我们这一辈人所能知道的呢。

再说镜清道人既被铜鼎真人召了回去，重在白凤山继修道业，当时邛来山上的这个擂台，也就不收场而自收场。因为主持擂台的二个正主，既都已走得不知去向，那边台上的一班狐群狗党，自然也就纷纷作鸟兽散，各自逃命要紧，这擂台哪里再打得起来！因此，一般来打擂台的人，也只好惘惘然各就归途，真合了"乘兴而来，败兴而返"这二句话了。而这般轰轰烈烈的一个擂台，竟会如此地草草收场，和着哭道人这么一番如火如荼的气象。刹那之间，竟又会家败人亡，落得如此的一个结果，真都是出乎一般人意料之外的，很足使人感叹不已。这都按下不提。

那么，那个遭了家破人亡之痛的哭道人，一个遁，又遁到了哪里去了呢？原来他在一遁出了邛来山之后，正想收了遁光，在地面上暂时歇一下足。不料，忽从哪里传来了一股绝大的力量，只一招，就把他晃晃荡荡地招到了那边云，竟是一点儿也不容他做得主。哭道人心中不禁大大地吃上一惊道："莫非当我遁走的时候，已被金罗汉、方绍德那些人窥破了机谋，也暗暗追随在后边，到了现在这个时候，便玩起这一手来了。倘然真是如此，我不免仍要落入他们的掌握之中，可就没有了命了。"正自十分着急时，早已给那一股力招到了那边，在当地兀然地站着了。在对面一块大石上，却坐着了一个五六十岁的老者，正笑眯眯地望着他。哭道人一见是一个不相识的人，并不是什么金罗汉，也不是什么方绍德，更不是昆仑、崆峒、峨眉三大派中其他的什么人，早把心事放下了一半。还有那一半的心事，是只怕那老者或者是一个什么妖怪，观他刚才只是那么地一招，就把他自己招到了这一边来，可知定有上一种非常惊人的本领，远非他自己所能敌。现在既落在这么一个有本领人的掌握之中，可仍是一桩不了的事情呢。

然而，那老者对他却无丝毫的恶意，见他露出一种怀疑的神气，只瞪起了一双眼睛向自己望着，一句口也不开，便又从石上站立了出来，拱上一拱手，含笑说道："你不是邛来山的哭道人么？请了，请了。这一次摆设擂台，真是辛苦之至。至于后来的那种结果，也是大数所注定，非人力所能挽回的，你也不必怎样地懊丧吧。"这真是奇怪，那老者不但是认识他，并对于他在邛来山摆设擂台，以及后来失败下来，前后一切的经过，更像是了如指掌，最后还十分的关切，又向他如此地劝慰着，好同有上了多少年交情的一个老朋友一般，而他自己可真不认识这么一个人。在如此的一个情形之下，倒使哭道人更是呆了起来了。

那老者便又笑着问道："哈哈，你不认识我么？你对于我的很是认识你，而你一点也不认识我，并觉得那是一件十分奇怪的事情么？那么，请你向着我的这个头上望一望，便可知道我究竟是一个什么人。"

他这话，竟是越说越奇怪了起来了。一壁也就把他的一颗头低了下来，恰恰当着了哭道人的眼面前。哭道人不由自主地便把眼光向他的头颅上扫射了一下，但也不见到有什么特异之处。只在发际，赫然地呈露了七个香疤，这显然是和尚们受过了戒，所留遗下来的一种戒疤。啊呀！照此说来，莫非这老者从前是出过了家的，现在却又还了俗了。

哭道人一想到这里，不禁也脱口而出地说道："哦，你老莫非从前是出过了家的？但不知法讳是哪二个字？一向却少会得很。"那老者不觉把头点上几点道："不错，不错，这一猜可给你猜着了。不瞒你说，我就是湖南红莲寺的知圆和尚，从前我们大家确是没有会过面，不过在不久的以前，我曾私下到过一次邛来山，却在暗地里把你认识了下来了。至于今天你会到这海岛上来，那是我早就推算了出来，所以我预先在这里恭候着大驾呢。"

红莲寺的知圆和尚，曾把湖南卜巡抚在寺中囚禁了起来，后来在无意中给陆小青识破机关，引得大队官兵前来围攻。红莲寺虽是烧得成为灰烬，知圆和尚却依然幸逃法网。这一桩事，差不多在江湖上已是传说了一个遍，凡在江湖上走动走动的人，没有一个不知道的了。所以，当哭道人一听说那老者。就是大名鼎鼎的知圆和尚，觉得很是出乎意外，立刻露出一种肃然起敬的样子来道："哦，你老就是从前的知圆大和尚，这真是失敬之至了。但是，怎么又会来到这里的?"

知圆道："这话说来颇长，且到舍间去再谈。你不知道，我已在这个岛上立下足来，并小小地有上一点规模的了。"说后便同了哭道人一齐走去，到了一所渠渠大厦之中。只见屋内一切陈设，都穷极奢华，更有豪仆如云，供其役使，俨然是一个大富翁的排场了。知圆把哭道人，引到了一间极精美的客室中，相将坐下以后，又望着哭道人笑了一笑道："你到了我这屋中以后，可有不有什么一种感想? 可要说我太不安分了一些，一不做了和尚，就如此地穷奢极欲起来了。"

哭道人忙把头摇摇，笑着回答说："决没有这一个意思。"知圆复又笑道："那么，我更有一句话告诉你，我不但在这里过着极奢侈的生活，最近还要娶起老婆来了呢。"

不知知圆要娶老婆的这一句话，究竟是真是戏，且待下回再写。

第四十回

荒岛上数言结同志
喜筵前一厄奉新人

话说哭道人一听知圆说出还要娶老婆的这句话来，尚疑他是一句戏言，并不是真有这一回事。因为知圆虽已是还了俗，自己不再承认是出家人，人家也不知道他就是从前的知圆和尚，娶老婆原是在所不禁。不过，瞧他的年纪，已在六十以上，这样老的一个老头子，怎样又会娶起亲来呢？因此，只能瞪起一双眼睛来望着他，不能有什么话可说。知圆便又在一笑之中，滔滔汩汩地说出一番话来，方对于他从红莲寺中逃出以后的一番历史，都是有上一个着落的了。

原来他从红莲寺中逃了出来以后，也知案情犯得太重，天下各处都在绘影图形地缉拿着他。他为免得给人家窥破真相起见，便躲在一个秘密所在，蓄起发，还起俗来。等到第一步的功夫已是告成，他扮成了一个寻常俗家人的样子，一点也不露什么破绽，人家已瞧不出他就是从前的知圆和尚。他方始放大了胆，从那躲藏的所在走了出来，到各处去云游。无意中忽到了这一个岛上。这是一个无人的荒岛，从前并没有什么岛名，后来方经他取名作连云岛。知圆此次的四下云游，目的原是欲觅得一块好地方，做他经营秘密事业的根基地。一到了这个岛上，四下仔细地一观察，觉得这虽是孤悬海中的一个岛屿，然而各种物产都颇为丰富，倘能加意经营，就是有数千个人住到这岛上去，也足能维持他们的生活，不必得到岛外各地一些些的供给和帮助。此外还有一个极大的好处，便是你在别个地方经营秘密事业，常有败露之虞；独有这个地方，不为一般人所注意。倘然你是高兴的话，就在这荒岛上称起王来，也不见得会有什么人来干涉你的呢。

知圆在此观察之下，当下对于这个岛很为满意，便去各处招了不少的亡命之徒来，开始地把这个岛开辟着。好在知圆在红莲寺中积下了不少的资财，并已暗暗地藏放在外面的一个秘密所在。此次，他虽出亡在外，对于他的全部财产，却一点儿也不受什么损失。现在便拿出这笔钱来，作为开辟荒岛之资。有了钱，又何事不可做？再加上他自己十二分的努力，果然在不到数年之间，已把这个荆榛满目的荒岛，变成为都市似的一个十分繁盛的区域。细计之，岛上的居民，已达二千多户，人口也共有七八千之多的了。至是知圆第一步的计划，已告完成。而他在平日，就素喜拿兵法来部署这一般岛民的，因此在八千人口之中，却有三千壮丁可得。于是他便又雄心勃勃的，想借着帆船的力量，去把沿海的州县，占夺上几个来了。不过他自己也觉得力量尚还单薄，非再招几个有力分子来，合了伙经营着，不足以成大事。在他暗暗物色之中，哭道人也为他所注意的一个人物。因为哭道人的党羽并不算少，能一加入他这边来，就可把那些个党羽也拉了过来了。并早已算知哭道人摆设的擂台定要失败，本人在邛崃山也是站足不住，要逃了出来的，所以一到了相当的时候，就预先在海滩上等候着；并小小地便了一个法，把哭道人招到了连云岛上来了。

哭道人听他说到这里，心中不觉暗自欢喜道："我虽是遭上了这么的一个大失败，却兀自有些儿不服气，颇思卷土重来一下，生命是已置之度外的了。天幸一逃了出来，就能遇到了这么一个志同道合的人，倘能合了伙大家努力经营着，看来将来的希望倒很为不小吧。"

当他正自暗喜着，知圆似早已猜知他是在想着那一种的心思，便又对他一笑说道："在你现在的心中，不是颇致憾于这一次的失败太是出人意外，而思卷土重来一下么？那你要把这个希望实现了出来，无过于和我合作的这一个方法了。"哭道人听了，便也毅然地说道："我也不敢说什么和你合作的这一句话，只是十分愿意地投入你的麾下，做上一员战将，并当把我的旧部召集起来，完全听从你的指挥呢。"于是，知圆也大为欢喜，便说道："如此很好，我们准以一言为定，就大家合作起来了。等到将来我们的基础一稳固以后，你要想去找着什么人报仇，就可找着什么人报仇，一点儿也不会感到困难。而且不是我说句大话，一到了那个时候，便是要把皇帝老子的天下夺了过来，也是十分容易的事。什么昆仑派、崆峒派，简直是小而又小的一个团体，哪里还值得把他们放在眼中的呢？"

至是哭道人又想起了知圆所说，将要娶老婆的这句话，不免又问道：

"照此看来，你的志向真是不小。所谓将要娶老婆的这句话，大概只是一种戏言吧？"知圆道："不，不，我确是有上这个意思，并且含上有一点作用在这中间的。你要知道，我是寡人有疾，寡人好色，就是在当和尚的时代，仍是红粉满前，佳丽环侍，除不去那种绮障的。自问对于女色一方面，也是很有过一种享受的了。到了现在这个年纪，倒又觉得有些厌倦呢，绝不会也像那一般还了俗的和尚，一旦做了俗家人，别的事都不要紧，急巴巴地先去娶一个老婆来，尽情尽意地玩上一下的。但是，我现在确是要娶老婆了，并所娶的还是一个外国女人。你听得了，不是要觉得十分的奇怪么？"

知圆说完这话，自己也撑不住笑起来了，果见哭道人很为骇诧地问道："怎么娶的还是一个外国女人？你倒真是会玩，又从哪里去弄了来的？"知圆又笑嘻嘻地往下说道："那是一个东夷国的女子。你总该知道，东夷国的国土虽是不很大，他们的国王却不是一个好东西，很具上有一种野心，常想侵占我们中国的地方。他一听到我在这个岛上经营着秘密事业，便派了人来联络我，并说要把一个他最喜爱的公主下嫁于我。也不知道真是不是公主，但他既说是公主，也就姑认他是公主便了。又互相约定，将来遇着有可乘的机会，便大家一同进兵，夺取大清国的天下。我为了他们东夷国的舟师颇精，可以做得我出兵时的一个好帮手，所以，对于他的各项条件，已是一一答允下来了。这也只要我自己能把一切的计划预先定好，将来真是得到了天下以后，就不妨一脚把他踢了去。他到底是东夷国人，不大熟悉我们中国的情形，还怕他能把我怎样子么？但是为了如此的一来，我可就要娶起外国老婆来了。"

哭道人道："你这话一点儿也不错。我在邛来山的时候，西藏的喇嘛，也是在暗中和我有上一种联络的，时常拿巨额的金钱资助给我。他们的用意，无非要我在四川先作起乱来，他们便有机会可以称兵内犯了。但我也是和你一般的意见，他们现在既利用我，我也就利用着他们，多少于我总有益而无害的。到了事情成功以后，我难道怕没有方法可以对付他们么？所不幸的，我在那边的事业，已是完全失败下来了。"

知圆笑道："这一节事，你自己就是不说，我倒也早有所闻。否则，你对于建筑你的洞府，和后来的摆设擂台，都是大事铺张，不惜金钱，这一笔费用又是从哪里来的？你虽也把你能点石成金的这一番事实，在外面四下宣传，用来解去人家的疑心，但是，只要略略聪明一些的人，谁不知道这是一种假托之词呢？"这话一说，哭道人倒也笑起来了，便又问道："那么，你的娶亲已成为确定的一桩事实，吉期究竟定在哪一天呢？"知圆道："也没有几天了。你就在这里吃上一杯喜酒。等到我的婚期过后，大家再把这大事业进行起来吧！"于是，哭道人便在连云岛上住了下来。

不到几天工夫，知圆的吉期已到。东夷国王果然把那位所谓公主也者，用了舟师保护着，送到这连云岛上来。为了要得到知圆的欢心起见，妆奁很为丰盛。而那位所谓公主，也颇有几分姿色，所美中不足的，只是身材太短小了一些，又腰肢太肥了一些罢了。知圆本是一个色鬼，一见到了这个异国美人，真教他心花怒放，魂灵儿都不在身上了。不料正当合卺的时候，忽听得从屋梁上，传下了一个巨大的声音来道："哈哈，哈哈！这个年头儿的事情，真是越过越为有趣，连得和尚都娶起老婆来了。"

知圆一听到这几句话，脸色不禁略变，知道定有什么江湖上的朋友，熟悉他以前的一番历史的，乘了他的这个吉期，特地前来向他捣蛋了。一壁忙想抬起头来一瞧时，却见梁上空空如也，并不有一个什么人在那旦。不觉冷笑上一声道："哼！究竟是一个什么东西，既有这么大的胆量，敢到这里来捣蛋得，为什么又不把身形露了出来？难道你以为你是会上一种隐身术的，人家就可听你任意地捣蛋着，不能把你怎么样了么？现在，我且喊着一、二、三的三声口号，你须在这三声口号喊完之后，就显露出你的身形来。否则，哼哼！可就对你不住，要你当场出丑的了。"于是知圆便把一、二、三的三个口号，接连地喊着。但是当他把那个"三"字喊出了口，又隔上了一些时候，仍是不见一点动静，并没有什么人在梁上显出了身形来。

这可把知圆激恼了起来了，即大声地骂道："咳！好个不识抬举的东西，定要把我恼了起来么？这一下子，我可不再和你留什么情的了。"骂后便又在口中念动一种什么咒语，然后突然地戢指向着梁上一指，并大声地喝上一声："咄！"即听得有一个霹雳，在空中响了起来。原来他现在所使的这一个法，在从前最是灵验无比的，只要把这个霹雳打了去，不问这会隐身术的是有上怎样一种的大本领，怕他敢不把身形显露了出来。倘然再不显露时，第二个霹雳就要跟踪而至，那是把那人打死以后，仍要教他把身形显露了出来呢。不料这一次却是不灵不灵又不灵。当把第一个霹雳

343

打了去，果然是一无效果；就是第二个霹雳再接踵着放了出来，依然是不见一点动静。可是也不听得那个人，再继续着在梁上说些什么，看来已是逃走的了。知圆见两个霹雳连一接二地打了去，仍不能教那人显出身形来，心中也暗暗地有些吃惊，那人的神通很是不小，不过给这二个霹雳一吓，居然吓得那东西忙不迭地逃走，足见尚非自己的敌手。在另一方面说，自己也总算占上了一点面子，可以下得台来的了。因此露出了一种十分得意的神气，笑微微地说道："想不到这东西原来也是一个银样镴枪头，经不起什么吓的，只给我如此地一吓，就吓得他尿滚屁流地逃走了。"

谁知他刚把这句话说完，便听得那个人又在梁上说起话来道："咳，谁是银样镴枪头，谁又是吓得尿滚屁流地逃走了，你几曾见了来？不要这般地在人前吹说了。"这一来，可真把知圆窘得什么似的，当着这许多人的面前，真有些下台不来了。但只要教那人显出身形来，尚是一点办法都没有，现在又能把他怎么样。结果也只有把自己的一张脸，涨得通红通红而已。接着又听得那个人大声地在笑道："哈哈，其实，和尚娶老婆，还不算得怎样稀奇；而所娶的，又是外国老婆，这真是奇而又奇的一桩事情，我又安得不到这里来观礼一下呢？"瞧他的样子，显然是也没有其他的意思，只是特地到这里来捣一下蛋，并把自己的本领卖弄一番罢了。

好个知圆，不愧是个老江湖，倒是既能屈又能伸的。一见对于那个人，用硬已是有所不能，不如变个方法，和他软来吧。否则，听他这般地胡闹下去，胡闹到什么时候方止？倒把他们的百年嘉礼阻搁下来了，这实在不是一件事情呢。

他这么地一想时，便也装出十分和平的一种神气来道："哈！隐住了身形的朋友，我且问你，你究竟是为了什么到这里来的？倘然只是要和我开上一个玩笑，并没有什么和我过不去的意思，那是我最所希望的。就是真要和我有什么过不去，也得光明磊落地走下地来，大家好好地较量上一番。像这么地隐住了身形，只在暗地向我冷嘲热骂着，恐怕也不是什么大丈夫的举动吧。"果然，这几句话说得很是有力，便又听得那个人显出一种颇为赞许的意思，打上了一个哈哈道："你这几句话方说得有点漂亮了。像刚才这地一出手，就是二个厉害无比的霹雳，只要本领略略小上一些的，就要不明不白地死在你的手中了，这未免太有点儿不够朋友呢。那么我现在也就老老实实地对你说了吧，我不但没有和你过不去的意思，而且自己觉得很是和你说得来，不但很是和你说得来，而且还是特地前来向你贺喜的；不但是特地前来向你贺喜的，而且还带了一宗绝好的买卖，来献给于你呢。请问你，像我这么的一个朋友，你也表示不表示欢迎的？"

那个人如此地一说，知圆知道对于自己并没有丝毫恶意，还是有上一点好意的。并且听那人用不但而且的那种句法，一层进似一层地，一连串地说了下去，既表示出极愿和他亲近的一番意思来，更活显出是如何有趣的一位朋友，倒急于想和那人会一会面的了。因此，他忙说道："欢迎之至，请下来吃一杯酒吧。"那人也立刻应声道："好，我就要下来了。不过，我是特地前来贺尔新婚之喜的，在未吃你们的喜酒之前，应先向你们二位新人各敬一杯才是呢。"这话刚刚说完，只闻得锵的、锵的，接连了的二声响，便有二只瓷酒杯，放平了地从梁上掷了下来，恰恰一边一只地分置在新郎和新娘的面前。就是由臧获辈放置了起来，至多也只放得这般的端正，而和原来置在那里的杯子，适成为一条直线。最妙的，每一只酒杯中，都斟满了一杯的酒，当他从梁上掷放到桌上来，既没有一点的酒从杯中倾泼了出来，也没有把那瓷杯打碎上一些些，真不知他用的是一种什么功夫。倘然说这是一种练就了的软功，那么，这软功也就做到了无以复加的一个地步了。当下，当然引得一堂的贺客，都掌不住地喝起彩来。

就在这一片彩声之中，那个人也不知在什么时候，已是显出了身形，并已端端正正地立在筵前了。这在他们许多人，真好同瞻仰什么英雄、什么美人一般地来得起劲，争把视线向着他投了去。但是只瞧得一眼时，谁都觉得大大地失望了下来。原来在他们许多人的意中，以为这个人既具有如此惊人的一种本领，定知是如何神采飞扬的一尊人物。却不料现在他们所见到的，竟是貌不惊人的一个中年汉子。而且身上的衣服，又是非常的不整洁，背上还挂了一个很大的酒葫芦。再一瞧到他脸上挂上有一副宿酒未醒的神气，不论什么人都会猜到他是一个嗜酒如命的酒鬼的了。

那酒鬼却并不向众人看上一眼，只又向着二位新人拱上一拱手道："请啊，请啊，这是我十分诚意敬的酒，你们都须得把这一杯酒干上了。"新娘当然是十分怕羞不肯饮。知圆虽是今天做着新郎，却是十分豪气的一个人，并存心要和他结上一个朋友，所以一听到这话以后，便拿起这杯酒来，一饮而干。但当他刚把酒杯放在桌上，却又听得那酒鬼在说道："怎么，你只把这杯酒抿了一抿，连一口酒都没有吃得呀？"

345

知圆忙一瞧时，果然仍是满满的一杯酒放在那里，不免暗自疑惑道："我今天这个人，精神为何如此的恍惚，连这杯酒究竟吃了没有，自己都没有知道呢？"随又拿起这杯酒来吃干了。不料，那酒鬼仍在说道："你怎么仍没有把这杯酒吃得呢？"知圆这才知道都是那酒鬼弄的一种狡狯，便含笑说道："朋友，你既是真心要和我结交的，为何又要这般地捉弄我呢？"

那酒鬼方也笑道："好，那么你再干了这一杯吧。"这一下子，知圆再把酒杯放在桌上时，果然只是一只空杯了。跟着，又千劝万劝地把新娘的一杯酒也劝入了肚去。在这里知圆却更把那酒鬼看作神人一般，一待宾客散后，也不就进洞房，和新娘去同圆好梦，却把那酒鬼引到一间密室中，很诚恳地问道："朋友，还没有请教得高姓大名，并且瞧你此来，对我很是有点意思，究竟带了什么一宗买卖来了呢？"

不知那酒鬼回答出怎么一番话来，且待下回再说。

第四十一回

巧计小施奸徒入网
妖风大肆贤父受迷

　　话说那酒鬼听知圆向他如此地问着，便笑嘻嘻地回答道："我为了贪杯的缘故，把我自己的姓名忘记去，已很是长久的了。江湖上的一般人们，却都唤我作'江南酒侠'。其实，我也只是酒醉糊涂的，成年价在江湖上流浪着，又哪里干过一桩二桩侠义的事情，不过是这么的一个名号罢了。"江湖上有上这么的一个江南酒侠，知圆以前倒也曾经听人家说起过，却想不到今天倒和这位酒侠会了面了，便露出一种十分高兴的样子亲道："哦，原来你就是江南酒侠，这倒是失敬之至了。"

　　江南酒侠也客气了几句，又接着说道："至于我此次来到这里，确是为了一宗绝大的买卖。这一宗大买卖，除了你，别个人也是接受不下的。你道是什么？原来我要把厦门的这块好地方，双手奉献给你呢。"

　　谁都知道，厦门是沿海的一块好地方，知圆对于他，也是垂涎得好久的了。大概他不起事则已，一旦起了事，这厦门是在所必取的。能把厦门归入了掌握之中，同一厅属的那十二个县城，当然也一齐为他所有，在兵事上便有上了一个根基地了。如今忽听江南酒侠说，要把厦门这一块好地方，双手奉献给他，恰恰是搔着了他心中的痒处，这哪里是不教他又惊又喜，同时又有些疑惑了起来呢？便出于不自觉地把一双眼睛灼灼然地望着江南酒侠，意思是在问着："真有这一桩事情么，不是什么戏言么？"

　　江南酒侠也懂得他的这个意思，即正色说道："正经归正经，儿戏归儿戏。这是什么一桩事情，而也可以儿戏得的？你如不信时，我还有一张注得十分详细的厦门地图，带在身边，难道我为了要和你开玩笑，还一点不怕麻烦，巴巴地要费下这一番细腻的功夫么？"说完此话，即把身畔的那张地图取出，放在知圆的面前。

这一来，知圆不由得不相信了起来了，忙又向江南酒侠问道："那么我们出兵去取厦门，是应该有上怎样的一个计划，难道你在那边，已有上了什么内应么？"这话一说，喜得江南酒侠连连点着头道："不错，不错，这一猜，可就给你猜着了。我们已有上一个很可靠的内应在那里。那是我的一个小徒，姓杨，现在那边带上了几营兵。他很不愿意老是当着这个劳什子的兵官，颇想干上一番大事业。所以教我到这里来，和你谈判一下。倘然你肯和他携手合作的话，那你一把兵开到了厦门，他就一点不抵抗的，开了城门迎接了。这不是我在此来，把一个厦门双手奉献给你么？"于是知圆大喜过望，随又和江南酒侠议定了几个条件，无非是取得厦门以后，大家利益均沾的一种意思。然后知圆又笑嘻嘻地在江南酒侠的肩上，拍了一下道："这一次我们如真能把厦门取得，在兵事上便有了一个十分可靠的根基地，你的功劳可真是不小。将来如再能由此而取得了天下，便是不能取得天下，而能成一个割据称雄的局面，少不得你就是一位护国大军师呢。"心中也便得意到了万分，以为一个人好运来了，真是山都挡他不住的。

　　他在这最近的一个时期中，既获到一个强有力的后援，又得到一个如花的美眷，已可说是喜上加喜。却不料再从天外飞来一个好消息，竟有人肯现现在在地把一个厦门，拱手奉让于他呢！江南酒侠却只是喃喃地说道："什么护国军师不护国军师，我是不大注意得的。将来事成以后，只要每天能拿一坛美酒供养我，也就觉得心满意足的了。"一壁说，一壁便把背上挂的那个大酒葫芦，推到了前面来，两手捧着了，口对着葫芦，把葫芦中的酒，一大口一大口地吃了起来。好像既用以解一解他的馋吻，又预祝他们的成功似的。知圆瞧在眼中，倒也暗暗觉得有些好笑起来了。当下自回洞房，领略柔乡佳趣，不在话下。

　　数天以后，知圆也就把略取厦门的这一件事，积极地进行起来。除把原有的那三千壮丁，编成了三大队之外，复由哭道人招来了不少亡命之徒，也编成为一队。又从东夷国借来大战舰八艘，并有夷兵一千随行，声势倒颇为不小。知圆自己见了，心中也十分欢喜，便笑对江南酒侠道："我有这样子的一点兵力，就是真要把那厦门夺取了来，恐怕也不是一件什么难事。何况还有令高足在那面，现现成成地充着内应呢。"江南酒侠免不得也要恭维上他几句。

到了选定的一个吉日，便把那许多兵，都装在八艘大战舰上，浩浩荡荡地向着厦门进发。那时候，厦门厅治设在如今的思明县，他们的战舰一在厦门湾泊下以后，便驱兵登陆，直向目的地开了去。那姓杨的早已得到了江南酒侠的密信，一切都筹得妥妥帖帖，一听他们的兵已是开到，便杀死了厦门同知，开了城门迎接。知圆这一喜，真是非同小可，想不到竟是这般的顺手，兵不血刃，就把这一个很大的城池夺了来了。同时，又分了兵去略取厦门附近各县，果然也是一点反抗都没有，一齐平了下来。知圆便想在厦门长驻着，暂时不回连云岛的了。中间又把他那位东夷国的夫人，也接了来同居着。

　　这一天，知圆为夸示军容起见，便举行一个盛大的阅兵式。他自己站在正中的一个高台上，左顾右盼，好不得意，又好不威武。恰恰瞧见江南酒侠正站在他的身旁，不禁含笑说道："我的得有今天的这一天，都是靠着你的功劳，这真把我喜欢得什么似的，颇想在今天就把你封为护国军师呢。"江南酒侠却只淡淡地说道："你要封我为护国军师么，那也听你的便。"他一说到这里，忽又把声音放得非常之高道："但是你且先瞧上一瞧，你自己现在究竟是在什么地方呢？"

　　这真是奇怪之至，当江南酒侠刚把这话一说出，知圆突觉眼前一片漆黑，阳光也不有了，江南酒侠也不见了，那些个正在操演的兵士，更不知已到了什么地方去了。他自己又哪里站在什么阅兵的高台上，简直是伏处在又黑暗又狭小，同牢狱似的一个所在。这一来，可真把知圆愣住了，不知这究竟是怎样一回事。

　　那么这时候的江南酒侠，又是怎样的一个情形呢？他却笑嘻嘻地站在当地，手中拿着了一只玉杯，正把满画符箓的一张纸，向着杯口上封了去。封固以后，又对着那玉杯高声地说道："哈哈，知圆大和尚，这一次你可上了我的一个大当了。对你直说了吧，哪里有什么姓杨的带兵官，哪里有什么做内应的事？更哪里有真的已给你把厦门取了来？这都只是经我小小地使上一个法，像变戏法的这么变上一下罢了。"

　　知圆一听他说到这里，急得了满身都是汗，忙在杯内问道："那么你又把我囚禁在一个什么所在？这真要教我闷都闷死了。"江南酒侠笑道："这是在一只小小的玉杯之中，我只用了一只玉杯，便把你们这一干混账东西都囚禁在里面了。"知圆只好哀声恳求道："你这又是什么意思？我自问平日和你无怨无仇，你何必如此地同我作对，并还带累及这一班不相干的人？请你可怜着我们，不如就把我们释放了吧。"

江南酒侠一听知圆向他如此地求情着，不免把脸色一正说道："你虽然和我无怨无仇，但你试扪心想上一想。别的事且不论，你此后又有上如何的一种野心也不讲，单是你在红莲寺中，不是已有不知多少个妇女，给你玷污了他们的清白不算，结果还把她们的性命都送了去。那我现在就算是为这一班含冤负辱而死的妇女报仇，难道可说是不该应么？至于其他的那些个人，也都不是好东西，以前皆曾作恶多端，我现在如此地处置他们，觉得一点都不为过呢。"知圆再要说什么时，江南酒侠却已不来理睬他，管自去掘了一个深坑，把那玉杯埋在坑中，再把泥土一层层地掩覆上去，又和先前未掘时一个样子，一点都瞧不出什么来了。然后又在土上，虚虚地画上了一道符箓。

原来这道符一画，就好像有什么重物镇压在上面的一般，不论哪一个都不能来开掘这一片土了。一壁又喃喃地说道："这一下子，可教这班东西，至少要在地下幽闭上一百年，待过了百年之后，那玉杯或者方有重行出土的一个希望呢。所可惜的，没有把那东夷国王也一并弄了来，否则，能把他活埋在这里，倒也是一桩快事。如今，只让他牺牲去一个公主，一千个夷兵，外加战舰八大艘，未免太是便宜了他了。"于是，知圆就这么地给江南酒侠幽闭在土中，他的事迹，也就在此暂时告上一个结束。

但是把他们一千人幽闭起来的那一只玉杯，又是一件什么宝物呢？哈哈，那是在前几集书中，早已把他提起过，便是周小茂家中祖传下来的那只玉杯啊。在这里，我们倒又得把周小茂的事情，顺便地带叙上一笔了。

原来周小茂自给笑道人从狱中救了出来以后，即一径向着云南进发。虽一路上受尽了风霜饥渴之苦，并有好几次几乎把性命送了去，然在九死一生之中，居然也到达了云南，并得父子重逢了。这时候做着云南将军的，是一个姓福的，虽是旗人，却是一个好官。当周茂哉一发配到那里，他一看只是一个文弱老书生，并不像什么窝藏江洋大盗的人，心中便不免起了些儿疑惑。再一看文书中所叙的罪状，又把周茂哉细细地盘问上一番，更知此中定有冤抑。不过碍着有一个马天王在中间，不便就替他平反，只能将来看有什么机会再说。一壁即把周茂哉安顿在自己的衙门中，派了他小小的一个职使，不和其他充配来的人犯一例地看待。

如今周小茂以一个小小的童子，不辞万里之遥，前来省视他的父亲，这在不论什么人，都觉得实是不可多得的，也可称得上一声孝子的了。一给福将军闻知了这仵事，更是赞成得不得了，立刻把周小茂传了进去，着实夸奖了他一番。不过待周小茂把代父戍边的这个请求，申述了出来，福将军却只是把头摇着道："这是不必如此的办法的。云南虽说什么瘴疠之区，然住在省城中，又住在我的衙门内，也和住在内地各省没有什么两样。你们父子俩倘然不忍相离的话，不妨连你也在这里一起住下，等得我遇到了相当的机会，再替你父亲把这充配的处分撤消了去，好让你们一同回到故土。如果照你这种的说法，你父亲是回到家中去了，却把你留在云南，不讲这一条长路，他一个老年人能走得不能走得；就是真能走得，你们父子俩这么两地分离着，大家一定又要思念一个不已，这也不能算是什么好办法呢。你道我的这番话说得对不对？"

　　福将军为了周小茂是个孝子，竟密切得同家人父母一般，如此不厌周详地替他打算了起来了。这当然使得周小茂十分的感激，同时又觉得这番话一点儿也不错，便依照了福将军的意思，暂在衙门中和他父亲一起儿住下。

　　如是者，又过了几个月。有一天，周茂哉为了一桩事，偶然到街上去走走，周小茂却没有跟得去。不料到得傍晚的时分，还没有见周茂哉回来。周小茂心中不免有些着急道："他老人家不要在街上迷了途么？还是遇到了什么偶然的事情，弄出了岔子来呢？"正自找急着，忽由一个专差递送了一封信来，却是周茂哉亲笔所书，心中不觉略略地一宽。忙把那封信拆开一看时，方知他父亲在无意之间，忽在街上遇到了一位旧识，坚邀到他家中去盘桓。谁知一到了那边，又是很殷勤地留他饮酒，竟是吃得一个酩酊大醉。现在虽已醒了过来，却还觉得非常的头痛，所以要教小茂赶快去省视他一下，或者就陪伴了他归来呢。

　　当下周小茂一把此信看完，当然就急急地跟着了那专差走了去，心中却不住地在疑惑着道："他老人家素来是不大贪杯的，今天为什么会吃得一个酩酊大醉？难道在路上所遇到的那个人，是他老人家的一个知己，如今忽在万里之外相逢，大家都是喜出望外，所以不知不觉地狂饮起来了。"正在忖想时，早由专差报告，已是到了那个地方了，却是又华美又宽广的一个屋子，看来这份人家倒是有上几个钱的。这时候，周小茂也不暇注意到这些，只急于要和他父亲照一照面，看是究竟醉到了如何的一个程度。不料当那专差把他引进了一间书房中，却见他父亲危坐着在那里，脸上全无一点儿的醉容，倒不禁把他呆住了，兀自在想道："这是什么意思？难道他老人家并没有吃得什么酒，却故意把酒醉了这些话，要把我骗到这里来？倘然真是如此，这又何必呢。"

周茂哉似已懂得他的意思，便含笑向他说道："酒是我曾吃了一点的，至醉到怎样怎样，也只是这么一句话罢了。现在我的教你到这里来，却是有几句非常要紧的话和你谈一下。你且坐下来吧。"说时，又把笑容敛去，显出一种十分正经的样子。

周小茂依命坐下后，周茂哉便说道："我有很重要的一件事，以前从没有和你说起过，现在却不能不和你一说了。那便是我在你很小的时候，已同你定下了一头亲事了。"周小茂一听这话，不免怔上一怔，暗想这一件事，他老人家确是从没有和我说起过，但是，这也不是什么要紧事，为何在这个时候，忽又巴巴地向我提起，并说是不能不和我说的一件重要事情呢？随又听他父亲接续着说下去道："我和你所定下的那个姑娘，是我很知己的一个朋友的女儿。我那朋友姓王，他是一向在外面游宦的，先时还时常和我通着音问，后来不知怎样一来，突然地断了消息。虽经我千方百计地打听着，都是打听不出，也只索罢了。不料我刚才在街上走着，忽然遇见了他家的老苍头。那老苍头是认得我的，一见了我的面，好像惊喜得什么似的，即硬把我拉到了这边来。一问详情之下，方知我那朋友，已是死去了好多年，却有一份宦囊积下，这所屋子也是自己起建的。但他家的小姐，却为了我们的这头亲事，不肯再配给别个人家，正也在四处打探我家的消息呢。你想人家的小姐多么地讲义气守贞节，我们难道好不承认这头亲事么？"

小茂一听以下的一番话，更是呆了起来，想不到中间尚有如此的一个曲折。但是不管他是怎样，他老人家尽可回得衙门中去，再把这些事情向他说，何必巴巴地要把他叫到这里来，这又是一个什么意思呢？当下便回答道："既然有上这么的一个情形，我们当然不能把这头亲事赖了去。但是现在父亲身上的事还没有弄清楚，又处在这客地，似乎尚谈不到这婚事上面去。何况我的年纪还很小，也不是急于要讨论什么婚姻问题的一个时候呢。"

352

周茂哉忙又正色说道："不，那不能如此地讲。我们虽远在客地，我又在缧绁之中，加之你的年纪并还不怎样的大，在各方面讲，似乎这亲事都可从缓得。但是难得人家的小姐，肯如此地为你守贞节，又难得会在这万里之外，大家无意地相逢着。为要大家安心起见，那就得赶快了去这一件亲事，否则，再一天天地耽延下去，万一又有什么变卦发生，可就要辜负了人家的一番美意了。何况我又是一个行将就木的人，总希望能早一点瞧见你成了家呢。"

周小茂听父亲是如此地说，也只好默然了下来。周茂哉忽又大声地说道："依得我的意思，最好巴不得你们二个人，在今天就成了亲呢。"这话一说，周小茂很觉得有些骇诧："父亲为何如此的急性子，说是今天就要我们成亲？这未免太有点可笑吧。"他还没有表示出反对的意思，早见有老苍头模样的一个人，把一个头从门外伸了进来道："周老爷这句话说得最是痛快，我也是这个意思。好在今天恰恰是黄道吉日，不如就让他们二位成了亲吧。"说后，竟不容分说，便教人送了一套簇新的袍褂来，好像老早已预备好在那里似的。接着，又走来二名俊仆，硬替周小茂把这身新袍褂换上，又簇拥着他到了厅上。即见由二位伴娘，扶了一个红纱盖面的女子出来，和他并立在红氍毹前，当着灯烛辉煌之下，就拜起天地来了。

像这样地急逼成亲，小茂心中虽很是不愿意，并不解究竟是什么意思，但当着他父亲在面前，又不便如何地反对，也只能惘惘然地任他们怎样去摆布罢了。

等到交拜既毕，送入洞房，伴娘照例要请新郎，把盖住新娘头面的那块红纱揭了去。比及红纱既揭，小茂不由得向着新娘望上一眼时，却几乎把他惊骇得要喊出了一声"啊呀"来。

不知这是为了一种什么缘故，且俟下回再写。

第四十二回

彼妇何妖奇香入骨
此姝洵美娇态殢人

话说当把新娘的那块盖面红纱揭了去，周小茂只向着新娘的脸上望得一眼时，即把他惊骇得什么似的，几乎要喊出了一声"啊呀"来。哈哈，看官，难道新娘的面貌，竟是丑陋得不像模样，还是生得狰狞可怕，好似一个妖怪不成？否则为什么要把周小茂，惊骇得这么一个样子呢？不，不，新娘也是好好的一个人类，并不是什么妖怪，新娘也长得十分的美丽，并非怎样的丑陋。只是在以前曾和小茂会过了面的，原来就是硬要逼着小茂和他成亲，把小茂骇得逃跑了的那个王碧娥。这时候，在周小茂的心中，觉得真是无论如何都料想不到的，受了他父亲的严命来向这位姑娘成亲，并说是这头亲事在他幼小的时候就订了下来的，却不道这位姑娘，就是他私下发过了誓，今生今世不愿再见到的那个王碧娥。

王碧娥一见到这个样子，也知道把他惊骇得太过了分了，不禁扑哧一声，笑了出来道："这确是一桩料不到的事，无怪要把你惊骇到如此。现在，且请在床边坐下来吧。我们不是已名正言顺地成为夫妇，没有什么嫌疑可避了么。"说时，伸出手来向他就拉。这一拉，倒把周小茂从惊骇中驱走了出来，一颗心反而觉得定定的。同时更对于王碧娥，增如了不少厌恶的心思，便一声儿也不响，向着房门边就跑。却听得王碧娥在笑道："房门已是关上了，你又跑向哪里去？况且，现在在此洞房之中，只有你和我一对儿，并没有第三个人在旁边，你也实在用不着如此的害羞呢。"

小茂仔细地一瞧望时，果然那二个伴娘，已不知在什么时候都走出了房去，房门也是关得密密的，这时候洞房之中，确是只剩下了他们一对新夫妇了。但是房门已是关上了，关什么紧，难道不能再打开么？倘然再要教他和王碧娥多厮混上一会儿，真有些闹不下去了。小茂如此地一想时，便对于王碧娥的那番话，只是给她一个不理，仍管自向着房门边走去。

这一来，王碧娥可也大大地不高兴了，即冷笑一声道："哼，我好好地向你说着话，你竟置之不理么。然而我并不是怎样好说话的人，不能由你不理就不理，我定要使你理了我方成。哈哈，你还是走了回来吧。在此洞房花烛之下，大家都得和和气气、亲亲热热，没有什么气可使的。"说时，又伸出手来，向着小茂的背后招上几招。

这真奇怪，小茂原是头也不回，径向着房门边走了去的，在她这一招手之下，竟会糊里糊涂地突然间转上一个身，反向着床前走了回来。这可使得王碧娥得意到了万分，不禁嫣然地一笑道："这才是对了，否则，洞房花烛，在人生是何等得意的一个时候，也是何等重要的一桩事情，我们却在此时此际，反面闹着一种不相干的闲气。倘教别的人知道了，不要算是一桩大大的笑话么？"当她第二次招起手来，小茂已是一点主也不能做，又乖乖地在床边和她并肩坐下了。但在小茂的心中，却仍是十分的明白，知道这定是那妖妇使的一种什么妖法，所以自己本是要向房外走了去的，经不起她这么两次的一招手，竟反而走了回来，并在床边和她并肩坐下了。当下虽不再立起身来，却把一张脸板得紧紧的，神气好不难看。

王碧娥见了，不免微微地叹上一声道："唉，这是什么意思？你这个人也太是古怪了。要论到以前的那一番事情，无非是我出自衷心地爱恋着你，过分或者是有之，可并没有什么对不起你的地方。后来你以为没有经过正式的手续，不肯接受我的那一片痴意，我也就不敢怎样地勉强着你，只索罢了。但是现在呢，现在我们不是已经过了一种很正式的手续，并有你父亲在场主着婚，结成正式的夫妇了么？那当然和从前的情形已大有不同，你怎可再是这般淡漠地对待着我，未免太是薄情了。"

小茂一见她竟以正理相责，更觉得有些不耐烦，便厉声向她叱道："咄！你这个淫妇，敢还这般的巧言如簧么？也不知你使了如何的一个妖法，竟使我的父亲都受了你的蛊惑了，但在我，却是无论如何不承认这一头亲事的。"

王碧娥一听这话，立刻也声色俱厉地向他诘问道："哼！什么淫妇不淫妇，哼，这些个话真是你说的么，你说了没有什么后悔么？好，那我也没有别的话可讲，且把你们父子二人，拉到了将军的衙门中，看将军又是如何的一个发落。"小茂却仍是冷冷地说道："为什么要把我们拉到将军衙门中，难道将军还来管你这些事？"王碧娥冷笑道："将军虽是不来管我的事，但你父亲是一个配戍云南的军犯，你们二人又都住在将军的衙门中，倘有人把你们二人告到他的台前，他就不能不管的了。我现在只要拿'图娶孤女，事成遗弃'八个字，作为控告你们的一种罪状，恐怕你们就要吃不了，兜着走呢。"

王碧娥一壁如此地说着，一壁又偷偷地溜过眼去，瞧看小茂听了是怎样的一个神情。果见小茂呆着了在一旁，大概已经这几句话骇着了。心中不觉暗暗得意，便又向下说道："其实，这都是你自己的不老到，可不能怪得我的。因为你既是不中意我，就不该和我结什么亲，既已结了亲，便确定了一种夫妇的关系，就不能有什么话可说了。须知道，我们女子都守着从一而终的这句话，这件事哪里可以给你儿戏得的呢。"这更把小茂说得窘不可言。然在窘迫得无路可走的时候，忽又给他想出了一句话来道："但是，照我父亲说来，你和我是从小就订了亲的，我想这句话，恐怕不见得是确实吧。倘然真是确实的话，我现在就是不和你结什么亲，你不是也要等候着我一辈子么？"真是想不到，小茂竟会说出这些个话来。在王碧娥想来，还以为经上了她这么的一阵恫吓，小茂不得不改变了从前的意思，已是回心转意向着她了。于是，她不禁得意忘形地说道："不错，我们确是从小就订了亲的，你把我等候得好苦呀。"

不料，她刚把这句话说完，小茂即突然地从床上跳了起来，戟指指着了她，吼也似的一声大喝道："咄！好一个无耻的淫妇，在这里你可把破绽露了出来，并不知用了怎样的一个妖术，竟使我父亲都在你的指挥之下了。哼，我且问你，我们既是从小就订了亲的，你又是守贞不贰的，在等候着我这个周小茂。那么我们第一次见面的时候，你为何又不把这些个事情说了出来，并完全不是这样的一个说法呢？"

这真好似从晴天打下了一个霹雳来，第一次把王碧娥震骇得什么似的，无论她是怎样的能言善辩，却也是一句话都说不出。实在，这个破绽太是大了一点，已是补无可补的了。然在小茂这一方，一把这种神情瞧入了眼中，这一份的得意，也就可想而知的了。至是，王碧娥也知道自己的底蕴，已给对方瞧了一个穿，再不是口舌所能为力，还不如把自己所最擅长的那一种媚术，施展了出来吧。这在从前，她已是试不一试，只消她把这媚术一施出，不论对方是怎样铁铮铮的一个汉子，都得百炼钢化为绕指柔，拜倒在她的石榴裙下的。

王碧娥拿这个主意一想定，即把窘不可言的一副神情收起，却朝着小茂嫣然地笑了一笑，随又摸出了一块手绢来，在空气中扬了几扬。小茂最初见到了她的那种媚笑，心上好生地不得劲，便又想拔起足来，向着房门边跑去了。但当他刚只走得一二步，忽有不论用什么字眼都形容不出的一股香气，直向着他鼻子边袭了来。一到了鼻子中，即分成了几细缕，徐徐地徐徐地向着他的四肢百体间，都输送了去。而每到达一个部分，那个部分的肌肉，就觉得有些松弛下来，而且在意识到软绵绵的之外，还有些酸酸的麻麻的。到得最后，全个身子都是软绵无力，像要酥化下来的样子。同时在神志间，也逐渐地逐渐地有些儿模糊起来了。于是哪里再能听着理智的驱策，向着房门边走了去，早又不自觉地回过身来，并柔驯得同绵羊一般地傍着了王碧娥，重在床边坐了下来。

王碧娥一见他已自动地在床边坐下，知道那媚术的第一步，已是告了成功，便又回过脸去，向他凝望了一下，并笑眯眯地问着道："你不觉得怎样的辛苦么？"这虽只是很寻常的一个问句，然当她微启朱唇之际，却又有一股香气，从她口中喷出，向着小茂的鼻中直钻。这股香气更是非常的特别，和寻常的口脂香，又是大有不同的。这一来，可使小茂把理智完全失去了。一眼望去，只觉得王碧娥，真是一个千娇百媚的绝世美人儿，不论就她的五官，或是四肢，或是全体观去，无一处不是合于美的标准，无一处不是美到了十分的。不免令他扬起一双眼睛，瞧了又瞧，看了又看，几乎要瞧看得垂涎起来了。

好个王碧娥，真不愧为风月惯家。一见小茂这种神情，知道她的媚术已是大行，哪里再肯放松一点？也就轻轻地把一个身体，向着小茂的怀中倾了去。小茂便也出于本能地把她紧紧地搂了起来了。王碧娥便又勾着小茂的颈项，放出了十分柔和的声音，在他的耳畔，低低地问道："真的，我要问你一句话，翠娟那个贱蹄子，不知又在你的那边说了我的什么坏话？所以使得你对我这般的淡漠了。"又是一阵香气，向着小茂的鼻中直钻，这更使小茂心旌摇摇，有些不能自持的神气，同时并把翠娟对他的一片柔情忘了去，反觉得翠娟真不是一个东西，确是说了碧娥一番坏话。其实碧娥是一个冰清玉洁的好女子，决不至如他所说这般的淫贱。唉，自己是入了翠娟的谗言了。一壁便含笑说道："她也没有说你什么坏话。便是

357

说，我也决不会相信她。我现在已是深深地知道，你实是一个冰清玉洁的好女子呢。"于是，王碧娥更把全副功夫都施展了出来，只见她嫣然一笑间，便十分自然地，又十分技巧地，把一个舌尖，轻轻地送入了小茂的口中去。倘然说这是在作战，那刚才的种种，还只能都说是前哨的小接触。现在在王碧娥一方，却已是下了总攻击令了。在这一个总攻击之下，小茂竟是完全失去了抵抗力，不得不竖起降幡来。

王碧娥却还像煞有介事地在说道："我虽是把你爱恋得太厉害了一点，但在那一天，幸而大家尚能自持，并没有什么苟且的行为发生。否则，到了今天洞房花烛之夜，就不能如此风光的了。"可是，这时候的周小茂，已是完全支配在她的那种媚术之下，到了十分昏迷的一个境域中，三魂六魄都可说已不在他的身上，哪里再能理会到王碧娥在说些什么。只紧紧地勾着了王碧娥的纤腰，一起儿滚到床中去。

就在这间不容发之际，忽听得一个很大很响的声音，像焦雷一般地在小茂的耳畔，震响了起来道："小茂，小茂，你不要昏迷到了这般的地步，你们父子虽已得团聚，但你们的那个大仇人马天王，还在作恶多端。你新娶的这个媳妇儿，我知道她很有本领，你何不叫她就去把马天王的首级取了来，然后再同圆好梦，时候尚不为迟呢。"这可把小茂又从迷魂阵中拉了回来，神志间也是清楚了不少，即不自觉地把王碧娥向着旁边一推，矍然地坐了起来道："不，不，现在尚非我们可以欢娱之时，我父亲的那个大仇人马天王，至今尚在本乡作恶多端，并没有除了去。我一想到了，就按捺不住这般愤气，你最好马上就赶到他那边，把他的首级取了来，那我们方可快快乐乐地同圆好梦呢。"

小茂已柔驯得同一头小绵羊一般，正在听人家如何地宰割，却不料突然间又有上这么的一个变局。这在王碧娥瞧见了，似乎也很为惊诧。但一壁又像已受了什么人的法术似的，在瞪起了一双眼睛向着小茂望上了一眼后，也不询问马天王是什么人，又究竟住在什么地方，即嗷然地应上一声道："好，我就去取了他的首级来，决不致使你失望的。"说完此话，便从床上匆匆走起，只在窗户边一闪动间，已是不见踪影了。也没有多久的时候，又见一个黑影在窗户边一闪动，王碧娥已是提了血淋淋的一个人头，向床边走了来。即把那人头在桌上一放道："这就是马天王的首级，我已把他斩了来了，你也要验一下子么？现在你总该不致再有什么话说，我们可以高高兴兴地一同睡觉了。"

这时候小茂神志已是大清，正要向他说什么，不料，忽又听得有一个人在窗外叫道："碧娥，你且把那首级提到这里来，让我验一下子，究竟是不是马天王的？"王碧娥虽显得不大高兴，然又有上莫可奈何的一种样子，依旧提着人头走了去。一到窗下，那个人好像就把那首级验上了一会儿，然后，又听他说道："不错，这确是马天王的首级。这一次，我本想自己去的，为了要给你一个将功赎罪的机会，所以派你去代我勾当这桩事情了。如今功罪差可相抵，你还是回山去静修吧。须知周小茂是个孝子，自有他的佳偶，绝不是像你这一类的女子所能配匹他的。你徒恋恋于他，也是没有什么用处的呢。"此下，便听得王碧娥低低地在诉说，似乎请那个人可怜她，代她设法挽回的样子。却只招得那人大声地呼叱道："咄！你这个女子怎么如此地不知进退？这是何等大事，岂可勉强得来的？不如赶快与我走了吧，不然，我可就要来驱逐你了。"当下，即闻得一派嘤嘤啜泣声，渐次便又远了去，而至于一些都听不见。大概这王碧娥，已是莫可奈何地走了。

正在这个当儿，周小茂忽又听得窗外的那个人，在叫着他自己的名字道："周小茂，这个妖妇用着一种法术约束着你的父亲，行上这一个瞒天过海之计，硬要和你成亲，其情虽是可恶。然她后来究竟把你们仇人的首级取了来，功罪也差可相抵了，你也不必怎样地恼恨她吧。至于你，自有你的良缘，也自有你的佳偶，如要立刻证实我的话，你不妨就向床头瞧上一瞧呢。"

周小茂听了那个人说话的声音，早就觉得十分的稔熟，一时却想不出他是谁。至是，忽地恍然大悟了过来，这不是江南酒侠的声音么？莫非他也在暗地跟踪着我，到了云南了？一壁又觉得江南酒侠末后所说的那一句话，很是有点奇怪，免不得依了他的话，向着床头望上一望。这一望，却使小茂骇诧得什么似的，又欢喜得什么似的。原来在他的床头，却和他身体傍着身体，卧上了一个女子，正不知在什么时候走进房来，爬上床来的。而一张如花之靥，又在灯光之下很明显地露了出来，不就是以前救他出险，和王碧娥泾渭不同流的那个王翠娟么？却已是睡熟了在那里了。

小茂也不暇叫醒了王翠娟，向她说上些什么话，却想先向窗外问上一声，是不是江南酒侠来了？但江南酒侠似已猜知了他的这个意思的，早又向他说道:"不错,我是江南酒侠,明儿再来向你贺喜吧。如今你还是早早地安寝,不要把这洞房花烛夜,轻轻地辜负了。须知我把这小妮子摄了来,也很是费上一番手脚的呢。"言后寂然,看来已是走的了。

小茂为了他末后的那几句话,却又兀自在疑惑着道:"这一下子,江南酒侠可真有些酒醉糊涂的了。刚才和我在堂前交拜的,乃是王碧娥,并不是王翠娟。如今我是和一个没有交拜过的王翠娟睡在一起,怎么又教我不要轻轻地辜负了这个洞房花烛夜呢?"这一个洞房花烛夜,小茂究竟辜负了没有辜负了,在下却不得而知。不过他们后来如何,成了夫妇没有,那是不必在下再交代的,看官们定也可以想得到的了。

到了第二天,小茂一觉醒来,却见和翠娟睡在一个旷地上。再一看,他父亲也睡在那一边。方知并没有什么渠渠大厦,全是碧娥用法布成了的。唤醒了周茂哉,父子一相商之下,只好暂把翠娟安顿在逆旅中,父子二人仍回将军衙门中来。不多时,江南酒侠果然同着陶顺凡来了,上京献杯的毛顺桃、姚百刚也来了。原来,刚刚走到半路之上,忽然听得那位王爷已死,便不再上京,却也折到往云南的这一条路上来,又合在一起了。不久,又得到一个好消息,那是马天王一旦暴死以后,所有受他荼毒的人,便把他的罪状,一桩桩地揭发了出来。一时上达清廷,不禁勃然震怒,便下了一道追削马天王官爵的上谕。福将军是何等乖觉的,也就乘此机会,撤销了周茂哉充戍极边的处分,送他们父子回里。从此,他们这一边事,也就告上了一个总结束了。而为了这一次的祸变,全由那只玉杯而起,周茂哉已换上了一种观念,不但不再珍视那玉杯,颇想把他击上一个碎,免得此后那玉杯辗转落入他人之手,再有什么祸祟兴起。江南酒侠知道了,便向周茂哉把这杯索了去。却想不到一入他的手,后来倒大大地有上了一个用场呢!

现在,我可又要腾出笔来,把别来已久的那个柳迟,提上一提了。

不知柳迟最近又有上怎样的一番事迹,且待下回再写。

第四十三回

客商遭动一包银子
侠少厌惊两个人头

话说柳迟在家中待上了一会儿，觉得很是气闷，便禀明了父母，走出家门，到各处去游玩，借此也可以增长一些阅历。一路行来，不觉已是入了山东地界。只闻路上的人纷纷传说着，这一带地方，共有三个势力雄厚的山寨，一白马，二白象，三青牛。而青牛寨的寨主，名唤黎一姑，却是一个十七八岁的好女子，更算得上一个巾帼丈夫，为一般人所畏慑而信服的。柳迟听在耳中，心上却不禁一动道："居然有上这般的一个女子，如果有机会的话，我倒很想和她会上一会呢。"但是，他还没有和那黎一姑会到，却又遇到了一桩奇怪的事情。

原来，每逢他打尖落店，店中人都把他款待得很殷勤，并以盛餐相饷，临走却又不肯收受他的一个钱。连他自己都不知这是一个什么缘故，也只好坦然处之。这一天晚上，柳迟又歇在一个逆旅中。当刚入店门之际，忽见有许多人围成了一个小圈儿，七张八嘴地在说着。柳迟一时高兴，走近去一听时，方知是有一个赶路的客商，在路上丢失了一包银子，所以在投店之际，便把这番事故，和店中人说了起来，并一口一声说，定是青牛寨的强人所为。柳迟一听到了这里，不知怎样一来，忽然漏出了这么的二句话来道："我听得说，青牛寨的黎一姑，是当今的一个巾帼英雄。照理，属她一寨的人，不该在路上夺取孤客的银子，或者是别寨之人所为，也未可知。你倒还得好好地打听上一下呢。"

柳迟一说这话，一时间灼灼然的眼光，争向着他投了去，似乎要向他问上一声："你怎又会知道，不是青牛寨中人所干的事？"柳迟方悔失言，竟忘了江湖上"开口洋盘闭口相"这句话了，便逡巡引去。到得晚餐时，掌柜的又送了一桌很丰盛的酒席来，说是钦仰他的人物英俊，故以盛筵相款。柳迟不觉暗暗好笑道："老都快要老了，还称得上什么英俊，这定是和前几天的那些款待，同出一个主儿，也不知安着有什么一种用意在内？但既已送了来，料想也推辞不去，管他的，且再扰上他一顿再说。"便又坦然受下。

正在大嚼时，忽听得有一个人在院子中大叫道："好小子，也敢出来较量一下么？"柳迟最初还以为这几句话，不是对着自己说，故也不去理睬他。后来，听那人一直在叫骂着，方走了出去一看，却是一个身子很高的大汉，正站在月光之中，一见柳迟出来，即把手一扬，似要将什么暗器放了来。但这暗器尚未出手，那大汉自己却已栽倒在地了。柳迟不觉哈哈大笑，竟有这么的一个脓包，那大汉便也含愧遁去。柳迟又走至月光中一瞧时，果见有一支镖静躺在地上。方始恍然大悟道："这厮原是要乘我一个措手不及，把这镖放了出来，不料，有什么人在暗中帮助我，反给了他一暗器，所以他的镖尚未放出，反而向地上躺了下去了。"他一想到这里，便抬起头来，向四下望上一望，意思要把这理想中的人物找寻了出来。

就在这个当儿，忽闻到很轻微的一个笑声，而便在这一个笑声之中，倏地从屋瓦上跳下了一个人来。定睛瞧时，这个人年事甚少，面貌生得很俊美，虽穿上一身夜行人的衣服，却掩不了那一种风流潇洒的神情。正想趋前道谢，早听得那少年笑微微地说道："我本不想走下来的，然而倘不下来，怎经得你这一双好厉害的眼睛，炯炯然地在搜寻。所以，纵是丑媳妇，也只好见一见公婆之面了。"他说到这里，不知怎样的，脸上倏地红了一红，那种娇媚的神情，真同女孩儿有点差不多。柳迟忙道："好说，好说！"又向那少年道了谢，方请他同到屋中去坐。

那少年先开口道："你是一个何等有本领的人物，那蠢汉岂是对手？未免太不自量，这我在屋上只一看时，早已瞧了出来了。"柳迟不禁满脸羞惭，说道："这你在取笑我了。倘然不是你老兄在暗中相助，静躺在院子中地上的那一支镖，早到了我的身上来，还能这般谈笑自若的，坐在这里么？"那少年道："这不是如此论的。凡是放镖施暗器，都不是大丈夫的举动，不论打中与否，和正当的艺术上都发生不出什么影响的呢。"隔了一歇，那少年又笑着说道："你是何许人，你是为了什么事情到这里来的？你虽不曾对我说，我早已完全知道的了。所以，我现在不要问关于你自己的事情，却要问你一个人，不知道你和这个人，也认识不认识？"

柳迟忙问道："什么人？你不妨说出来。"少年道："提起这个人来，倒也小小地有些声名，便是青牛山上的黎一姑。"柳迟道："哦，你问的是她么？她在青牛山山寨中，不是坐着第一把交椅的么？那是久已闻得她的大名了，只是没有和她会见过，所以并不相识。"少年又问道："那么，白马山的李大牛和白象山的周雪门呢？大概也都没有会见过吧？"柳迟道："不错，也都没有会见过。"于是那少年向柳迟熟视了一下，似乎要瞧瞧他这句话是否出于真诚，还是随口回答，方又说道："如此说来，你对于这一方的情形，也是不甚明了的。大概他们并不对你叙说明白吧。好，横竖现在闲着没有事，我就向你说上一说。这里共有青牛、白马、白象三座山，都是山象形而得名的。在这三座山上，便有上三个山寨，成了一个鼎足之势。倘然能够团结的话，那把三个山寨中的喽啰聚合起来，也有好几千人，未始不能小小地建上一番事业。无奈绿林中人，大概多喜自居老大哥，不肯屈居人下的，哪里能合得拢来？因此上，时常为了一点小小的事故，就闹出争端来了。所幸的，都是一闹皆平，还不会有什么大事情闹出来。但是到了如今，可不然了。这因为白马山的李大牛，虽然他自家并没有什么了不得的本领，却存下了绝大的野心。最近十分秘密地去邀请能人，到他的山寨中来，想要把其他的二个山寨，一股脑儿并吞了去。然而这件事，在他纵是进行得十分秘密，却早已给其他的二个山寨中探得了消息去了。你想这二个山寨的寨主，也并不是怎样不中用的人物，他们为自卫起见，当然也要想出些对付的方法。这一来，不是就要闹出许多花样锦来了么？"

柳迟听到这里，不觉连连把头点着。在那少年看来，还以为柳迟最初对于此事，是约略有点知道的，如今经他这么的一说，更觉十分明了，所以不知不觉地把这颗头连连点个不了呢。其实，说来可怜得很，在最初，柳迟哪里明白此中的内容，真好似堕在五里雾中一般，直到如今，方始恍然大悟，因此把他欢喜得这个样子。一壁又在暗想道："如此说来，这沿途盛设供张，表示出竭诚欢迎的意思的，乃是白马山寨的寨主在招待一位能人。初不料那位真正的主儿没有招待得，倒把我这个西贝的能人招待了来。至于刚才要和自家交手的那个汉子，显然是白象山差来试探这位能人的。而现在和自家交谈的这个少年，也是和这个汉子怀着同而不同的一种目的。不言而喻的，是为青牛山所差遣来的呢。"当下便又问道："老兄对于这三个山寨中的情形，既是如此熟悉，想来和此中人一定有些来往的，也能把他们三个山寨寨主的人品和能为，细细地品评上一下么？"

少年听了这话，即温文尔雅地说道："小弟愧无衡人之鉴，不敢妄肆雌黄。不过，倘然就三个山寨中的纪律论起来，要算青牛山最为严肃，他们只对于一般贪官污吏、土豪劣绅过不去，遇着安分良民，却听他安然过去，从不劫夺他们的财物的。"柳迟一听他说到这里，忍不住竟笑出了一声来。那少年似已懂得了他的意思，忙问道："你为什么发笑？莫非疑心我是在为他们吹说着，不会有这等的事么？"柳迟很坦直地说道："也不是。只是我刚才进店来的时候，凑巧听说有一个投店的孤身客商，在路上被劫去一包银子，据他说是青牛山寨的强人所为。所以，我不由得不要笑起来了。"柳迟说这句话不打紧，却把那少年气恼得什么似的，马上跳了起来道："竟有这等么事？好，让我去问问那投店的客商去。如果属实的话，我倒要找着了黎一姑问问她看。"说完，便又跳出屋去了。

一会儿，柳迟听得院子中人声很是喧杂，忙也走去一看时，只见那客商当着那少年盛气之下，战战兢兢地在陈说道："当天色快暮的时候，我乘着马在路上走着，忽有二骑马夹屁股地赶了来。一把我的马追上以后，他们即向左右一分，把我的马夹在中间，俨然有上一种包围的形势了。我正自暗暗地吃惊着，他们不要是歹人么？不料，当我一念未已，右首马上的一个麻脸汉子，早已乘我一个措手不及，把我置在鞍上的一个包袱夺了去。天啊，我这一次卖货所得的几百两银子，都在这包袱之中，一旦给他夺了去，教我此后如何营生，教我一家老少如何度日？我那时安得不十分的发急呢！可是，刚要不顾性命地向他夺回那个包袱时，左首马上的一个瘦长汉子，早已伸过一只臂膀来，把我挟过马去。我的那匹坐骑，因为上面没有了人，便飞也似的向着前面冲去了。那时候，我虽也有上一番挣扎，然而这瘦长汉子力大无穷，我哪里能脱去他的手？一会儿，这二个汉子都下了马，把我捆缚停当，又把东西絮住了我的口，方委弃我在那个大松坟的后面，拿了我的那个包袱，管自上马走了。"

少年听到这里，忽截住他的话头问道："你的身体既已被缚，口又被絮，那么你又如何能得脱身，会到这里来的呢？"那客商不禁长叹一声道："说来也是侥幸万分。照理，这松坟后面，是不大有人到来的。我既然给他们委弃在那里，一二日后给人发现说不定，三四日后被人发现说不定，

364

或者竟是冻死饿死在那里，也是说不定。我已自分必死的了，谁知当这事情发生了不多久，忽有一个乡民，在附近发现了我的马，想要去捉时，那马又逃逸起来。凑巧逃至那大松坟后面，因而又发现了我，方才经他将我身上的束缚解去，又取去了絮口的东西，随后又把那马捉得，方能到得比间。但是我所有卖货得来的银两，已悉被强人劫去了，我虽保得了这一条性命，将来又教我如何能养家活口呢？"

他说到这里，悲愤到了万分，似乎马上要哭了起来。但是这少年好像一点也不动心的样子，只向那客商瞪上了一眼，又厉声说道："如此说来，你这卖货的银两，是几个过路的强人抢了去的，你怎又说是青牛山上强人干的事，难道你已得到了什么实在的凭证么？"这一问，柳迟倒很有些替他担心。谁知那客商到夷然地说道："这也是于无意中知道的。当我的四肢既已得了自由，正要走上马去，忽于地上拾得了一件东西。就残晖中一瞧时，原来是一方票布，大约是我和那强人在挣扎的时候，那强人遗失在地上的。这票布上，明明有上青牛山的三个字，所以我知道是这一伙强人所干的事情呢。"说着，便从身上掏出了一方票布来。

这少年一见，便抢也似的把这方票布抢到了手中，只一瞧之下，即向怀中一塞。一壁又目矢凶光地说道："不错，这是青牛山的票布。看来这二个强人，确是青牛山上的。不过，据我所知，青牛山寨的纪律，素来很是严明，不许抢劫过路商旅的，今儿怎么会有这种事情干出来，我倒要去问问他们的寨主黎一姑去。你们且等着在这里，一定会有一个交代给你们。"一壁又向柳迟扶拱手道："老兄且在这里安慰着这个客商，我去问了黎一姑回来，一定要叫她有上一个交代的。"说完，即向外如飞而去。

柳迟最初见了这种情状，不免为之一怔，继而又憬悟过来："这少年一定是个很要面子的，他刚才正在我的面前，夸说青牛山寨如何的有纪律，如何的不犯行旅，不料就发生了这么一件事情出来，教他脸上如何下得去？所以，他现在的一怒而去。倘然不是借此下台的话，倒一定要有一番事情干出来呢，我不妨静静地瞧着吧。"他这么一想时，当下着实向那个客商安慰上一番，并劝他到一间房中安歇下。

如是者又隔上些儿时候，约莫到了四更时分，柳迟还静候着没有睡，忽见帘子一掀，从房外走进一个人来。定睛瞧时，却就是那个美少年，手中提着二个包袱，看去似乎有些分量的。即见他把这二个包袱向桌子上一

365

放，笑微微地说道："虽说是奔波了一番，总算没有白辛苦，事情都已办妥了。"

柳迟一听得这句话，即十分有兴趣地问道："你已见了黎一姑么？她对于此事，究竟主张怎样地处置？"那少年还没有回答，却见伙计已捧了些酒菜来，放在桌上。一壁向少年说道："爷刚才吩咐掌柜的备酒菜，我们自应照办，只是夜已很深，备不出什么新鲜的来，仅能以熟菜充数的了。"那少年微向桌上一睨，把头点点道："只要酒是上好的，就这几样菜，也足供我们大嚼了。唉，伙计，你且去把刚才在路上遇盗的那个客商，也邀到这里来。"

不一会儿，那客商果然到这边房里来了。少年即邀大家一齐就席，替大家都满满地斟上了一杯酒，然后笑着说道："我有一个古怪的脾气，凡是遇着较为得意一些的事情，总得痛痛快快地饮上几杯酒，然后再把这件事情讲给人家听。今天所做的这件事情，自谓也是十分得意的，这古怪的脾气，不免又要发作了。来，来，来！我们大家且先干上三大杯吧。"说着，即把杯子举了起来。

柳迟不是什么寻常人物，当然不反对这种豪迈的举动，听了这话，也很高兴地把杯子举起。只有那个客商，一进门来，偶向桌上一瞥，两个眼睛即呆呆的，注定在较小一些的一个蓝包袱的上面，露着一种又惊又喜的样子。原来这就是他所被劫去的那个包袱，很担心着这包袱中的银两，不知有无缺少，能否原璧归赵，哪里有心情来饮酒？少年见了这个呆头呆脑的样子，不免有些生气起来，即大声向他斥道："你这个人真太俗了。你不见，这就是你的包袱，我既已替你找回，当然要还你的，并一定不会缺少些什么，你又何必呆呆地担着心事呢！……来，来，来，快来痛痛快快地陪我饮上三大杯！"

这一来，这客商倒有些震恐起来了想："倘然触恼了这少年，那倒不是当耍的。"即诚惶诚恐地说道："我实在量浅之至，不能奉陪，不如把我豁免了吧。"少年不禁狂笑道："哈哈，你真是一个俗物。不管你能饮不能饮，难道我为你奔波了这一趟，值不得庆贺上三大杯么？"客商至此，不能再有所推却。于是，大家都饮了三大杯。

柳迟方又催着那少年道："如今你该把这件事讲给我们听了。"少年道："好，这当然要讲的。我离开了你们以后，即在后槽上盗得了一骑马，飞也似的向着青牛山寨行去。那时候，黎一姑已是上床睡了。幸仗着我和她是熟朋友，一寨的喽啰，没有一个不认识我的，忙去通报于她。她知道我在这个时分去见她，定有什么紧要的事情，忙也来不及地起身接见。我也不和她客气，就一五一十地把这件事报告给她听了。她是最爱名誉的，又素是以最有纪律自诩于人的，听了有这种不顾名誉、败坏纪律的事情，发生她所在统属的喽啰中，当时即气愤得了不得。但是还疑心是别个山寨中的喽啰冒名的，因此，又向我索实在的证据。否则，如果只凭一面之词，说这是她那山寨中的喽啰所干的事，她是一点不负什么责任的。我也不说什么，只从怀中取出那方票布来授给她。她一瞧之下，脸儿都气得铁青了，瑟地立起身来，向着外面就走，一壁匆匆地向我说道：'倘然这二个狗东西已回归山寨中，那是最好的事；否则，我也必立刻遣人取回这二个东西来，决不放他们过门的。你且在这里守候着吧。'不到多久时候，即又见她走了回来，说是已经把这二个东西结果了，一壁便把二个包袱递给我，并说道：'这一个蓝包袱，就是他们劫来的原赃，你拿去替我归还原主吧。'"

那少年说到这里，便拿起桌上的那个蓝包袱，交还了那客商。那客商忙称谢不置，又陡地从座位上立起，跪向地上，一个头向着那少年磕了下去。这一来，倒慌得那少年搀扶不迭道："这是怎么一回事，用得着向我行这般的大礼！也罢，你且就座，听我再说下去，我的话还没有完呢。黎一姑说明了这个蓝包袱是什么，随又指着那个红布包袱，笑微微地说道：'我知道你是爱喝酒的，这一次回到那边去，定又要开樽痛饮。我已替你预备了些下酒的东西在这里，你停会儿瞧见了，一定很为欢喜，而在我也总算酬报了你这片雅意了。'"

柳迟听他说到这里，便截住了他的话头，问道："那么，这包袱中究竟是些什么东西？照我瞧来，像似很有些儿分量的，而他又说是可以下酒之物，莫不是什么熟鸡、熟鹅之类？再不然，或者竟是一个蒸熟的猪头么？"那少年笑道："这倒有点像。但倘是猪头的话，恐怕不止一个，而且还是两个，我提在手中时，仿佛有些儿觉得呢。"

他一壁说，一壁便把这包袱解了开来，却见里边还裹着好几重的油纸。柳迟笑道："这青牛山寨的寨主，毕竟是个女子，所以如此的细心。她生心油汤渗透出来，弄污了你的衣服，因此，这么一重重地把油纸包裹起来。如此看来，我的猜测或者是不错，一定是些鲜肥可口的肉类了。"这时候，这少年已把一层层的油纸解了开来，差不多快到了图穷而匕首见的当儿，那客商只一眼瞥去，不禁惊骇得嘶声喊叫起来，若不是强自支厉的话，早已要吓得跌倒在地上了。便是柳迟，虽也是终年在江湖上闯荡的人，哪一件事情没有见识过，一时间却也给他呆怔着在那里。原来，这包袱中重重叠叠把油纸包裹着的，哪里是什么蒸熟的猪头，或是肥鸡肥鹅之类，嘿，却是二个十分可怕的人头。这不言而喻的，便是那二个抢劫银两者的首级，黎一姑已把他们从严惩办了。

只有那少年，还从容不迫之至，好像算不得什么一回事的，向着柳迟斜睨上一眼，又微微地笑道："黎一姑也很好玩儿，这确是很好的下酒之物。不过，在你老哥这方面说来，不免终有点儿失望，因为这至多只能放在旁边欣赏着，不能像猪头一般地取来大嚼啊。"

柳迟知道这几句是在打趣他，一时倒不知如何回答是好。而这客商对着这二个可怕的人头，再也坐不下去了。照他想来，这二个喽啰的性命，完全是送在他的手中的，倘然冤魂不散，向他索命起来，那可真有些受不了呢？于是，他逃也似的立了起来，急急告辞回房。这里柳迟又把大拇指儿一翘，向着那少年说道："这黎一姑真不错，确是一位巾帼英雄。像这般的纪律严明，在绿林中实是罕见的。我如今知道你老兄刚才批评青牛山寨的一番话，句句都是不虚的了。"

不知为了什么缘故，这少年闻了柳迟这几句话，脸上忽又瑟地一红，那种娇羞的样子，真和女孩儿家差不多。柳迟瞧在眼中，不免觉得有点诧异，却又听那少年回答道："我和黎一姑是很好的朋友，不敢阿私所好，说得她真是怎样的好，怎样的好。不过，你老哥刚才所说的那几句话，虽也有过誉之处，但确有几分道着她的，倘给她本人闻得了，不知要怎样地感激你呢。哈哈哈，既是如此，你就到她山寨中，和她会上一面，好不好？"

柳迟沉吟了一会儿，方又说道："这般的巾帼英雄，我当然是很愿识荆的，只不知她肯不肯和我这无名小卒会面？倘然我前去拜山，她竟拒而不见，不是面子上太无光彩么？"少年笑道："这是哪里的话，她怎么对于你会拒而不见的呢？你倘然是高兴去的话，由我代为先容便了。"

不知柳迟是怎样地回答，且俟下回再写。

第四十四回

致密意殷勤招嘉宾
慕盛名虔诚拜虎寨

话说柳迟瞧到了这回事情以后，知道青牛山寨的纪律，确是比旁的山寨来得好，而黎一姑也真不愧是位巾帼英雄，倒很愿和她见一见面。所以那少年问他要不要上青牛山去拜山，他即满露赞成的意思，一口答允下来。因此，那少年又自言愿为先容，并取下一个碧玉扳指授予他道："这是一种信物，你去拜山的时候，倘把这扳指拿出来，黎一姑见了，没有不立时接见的。否则，他们山寨中的门禁很严，陌生生的人，一时恐不易进去呢。"柳迟把那扳指接受在手，当然有一番的感谢。

那少年别去的时候，又替他指点上青牛山的路径，说此去共有二条道路。一条是大路，行走起来虽然较为便利，然因青牛山适介于白马、白象二山之间，要到青牛山去，须先打白马山经过，届时定为他们扣留无疑；否则，定也要起上一番纠纷。所以为他打算，不如舍去这条大路，而抄小路走去，路虽然远一些，还要渡过一个湖面，却能人不知鬼不觉地，就到了青牛山的后山了。柳迟唯唯受教。但当那少年刚要走出房去的时候，他忽又想得了一件什么事情似的，忙又把那少年唤住。少年也立刻回过步来，立停了，静静地望着他，似乎在向他问着："你还有什么话要问我？"

柳迟嗫嚅道："真的，我还忘记了一件事情，你老兄究竟是什么人，和黎一姑到底有上何等的关系，你也能告诉我么？"真奇怪，这般一个英武不凡的美少年，竟和十七八岁的大闺女差不多，老是要把脸庞儿涨红的。一听这话，他的腔上不觉又瑟地一红，微笑答道："这个你可以不必问，将来自会知道。你大概不致疑心我是什么歹人，怀着什么歹意，要把你驱上青牛山去吧？"继向柳迟只含笑一点首，并不再有其他言语，管自扬长走了。

到了第二天，柳迟做出一种像煞有介事的样子，似乎夜来的种种享受，的确是应属之于他的，所以对于店账，并不开销分文，只给了几文赏钱给伙计，即大踏步走出店来，坐上了喂足食料、等候在店门外的那骑骏马，径自向大道上行去。那掌柜的还兀自大唱其喏，在店门口恭送着呢。驰行了一会儿，已到了一个歧路口，靠着左首的是条大路，还有一张"张大仙灵验无比"的纸头儿贴在那拐弯上，这大概是白马寨中人所做的一种暗记号，使那能人前来不致迷途的。他昨天一路下就依着这暗记号而走了来的，现在颇使他注目。向右行，乃是一条小路，这大概就是那少年所说的。

这时候柳迟很迅速地向四周望了一望，见眼面前并没有别的什么人，方一点不踌躇地，即向那条小路上折了过去。这条小路确是很狭很窄，只能容一人一马地前进，而且一路上荒凉之至，显然是不大有什么人在这里来往着的。柳迟却在马上暗自笑道："在昨天第一次发现了那张黄纸儿以后，即依着他为前进之目标，在不知不觉中，差不多已完全受上了他的支配了。如今舍去了那条大路，折入这条小路中来，方始脱离了他的势力范围，又有上一种新的生命了。只是渴望着能人到来的那一方面，已把我这西贝式的能人迎接到半路上，一旦忽又丢失了，不知要怎样的惊惶扰乱呢？"旋又想道："这黎一姑不知究竟是怎样一个人物，倘然她的人格，真像我所想象的这般的伟大，倒也是值得前去拜山的。"

当他在冥想的时候，路已行得不少，向前望去，路势已逐渐宽展起来。不久，已到了这条小路的尽头处。只见白茫茫的一片，挡在他的面前，却是很宽广的一个湖面，但四望并没有什么船只往来。而在湖的对岸，却矗立着一大片的房屋，这明明就是青牛山寨的水寨，寨外静悄悄的不有一个生物，而临水而建的二扇寨门，也紧紧地关闭着。这派气象，真是严肃极了。柳迟见了，不觉暗暗称叹，旋又一个转念想道："这般宽广的湖面，非用舟楫相渡不可，如今四望之下，连一只小船都没有，这可怎生是好，难道我能飞渡而过么？懊悔当时没有向那少年问上一个清楚，弄得现在没有法想。"

正在为难之际，忽闻竹篙泼水之声，隐隐传入耳鼓，心头不觉微微一喜，暗想这一定是有什么船只撑过来了，我只要唤住了那撑船的，请他把我渡过对湖去，不是就可前去拜山了么。当下，即抬起眼来，远远地向着湖面上一望。果然有一只无篷的小摆渡船，从近处一个丛密的树荫下撑了出来，起初大概是潜藏在树荫深处，而那船又十分的小，所以竟不能望见一些呢。当下即高声唤道："船老大，请把船摇过来，我有事要到对面的水寨中去，请你把我渡一下吧。"

那撑船的是一个五十多岁的老叟，当柳迟一说这番话，他那边却早已听得了，便向着柳迟的脸上，不住地打量上几眼。然后一壁把那船向着岸摇来，一壁高声问道："客官，你是要过那边水寨去的么？"柳迟点头应是，老叟又笑着问道："你是去干什么的？在那边的寨内，可有相识的人没有？"柳迟据实相告，唯隐去了那少年介绍的一件事。老叟又向他仔细地打量上几眼，不觉把头摇摇道："客官，我劝你还是息了这条心，你此去拜山，也不见得会有什么道理弄出来的。"柳迟倒不懂得他这几句话的意思，便道："你此话怎讲？"老叟笑道："客官，你怎么这般地不明白，还是故意和我装糊涂？难道你的上山拜见她，不是和以前来到这里拜山的那些少年们一般，含着一种不可说的隐衷么？"

这一来，柳迟方始有些明白这老叟的意思了，不觉含着薄怒说道："谁有这种的存心，你不要来诬蔑我。"但这老叟一点也不以为意，依旧笑嘻嘻地说道："并不是我要诬蔑你。客官，实是这黎一姑长得太美丽了，你一旦见了她时，一定会说我这个猜测不是凭空而起的。哈，老实讲一句吧，以前来的那些美貌少年，一个个都装扮得像王孙公子一般，哪一个不是要献媚于黎一姑之前，希望把这文武双全、才貌兼备的玉天仙，作为自己的妻室呢？当他们来的时候，大都是乘坐我这渡船的，瞧他们那种兴高采烈、欢乐万分的样子，连带我也要替他们欢喜。似乎在这拜山的当儿，只要几句话合得下她的意，就立刻可把这美人儿拥为己有了。然而等他们下山的时候，又大都仍是乘坐我这渡船的，只一瞧他们那种嗒然若丧的神气，就知他们已是失望而归了。再和去拜山时那种神情做一对照，真要使我替他们加倍可怜。原来这黎一姑，真是艳如桃李、冷若冰霜，世上的一般少年，没有一个能丝她看得中的呢！像你这位客官，不是我说句放肆的话，不但相貌不见得是怎样的出众，而且瞧年纪已快近中年，怎样能邀得她的垂青？这一趟看来，十有八九是白跑的。所以，我劝你还不如乘早息了这个念头呢。"

柳迟道："你不要管我这些，你只把我渡了过去就是了。船钱我就加倍地奉上也使得。"老叟也就不再说什么。只是渡船太小了一些，只能渡人，不能渡马。柳迟只好把马系在岸上一棵树上，自己一个人走下船去。不多一会儿，已到了那水寨之前，幸由老叟代他叫开了水寨之门，并把来意说出。但柳迟要取钱谢那老叟时，那老叟却再三地不肯受，询问之下，才又知这老叟也是受佣于这青牛山寨的，专为渡载拜山之客起见。黎一姑的禁令很严，不许接受宾客分文的赏钱，所以不敢违令呢。

　　一会儿，已进了水寨，并由一个喽啰陪伴他到了挂号处，也有一个喽啰专值着，瞧见柳迟到来，即欠了欠身，含笑相问："是来本寨投效的，还是来访问朋友的？有不有什么熟人做介绍？如有，可将介绍的书信取出来。"柳迟最初听了这番说话，倒就想把那少年所交给他的那件信物，取了出来，好立刻就可会见这巾帼英雄的黎一姑，免去了一番麻烦。但是他还没有将这件信物从身边摸出，临时忽又是一个转念道："且慢，我凭仗了这件东西做先容，就是会见了这巾帼英雄，也算不得什么稀罕。而况，她一见到了这件东西，就会连带的知道我是什么人，倒要有上一个准备，见面时也不免有上一番矜持，倒瞧不到她本来的真面目了。不如乘其不备地去拜见她，使她只当我是一个很平常的人物，或者反可瞧出她究是怎样的一个人呢。"主意已定，即把他的真姓名挂了号，并说明要拜见寨主黎一姑的。这时伴他至挂号处的喽啰，已管自走回原来讯地，另由挂号处派了二个喽啰，持了小小的一张单子，陪伴了他前往大寨。

　　这水寨恰恰建在青牛山的后山之下，而大寨却建立在前山之上，所以要到大寨中去，须攀越后山而上。而水寨中也驻扎有不少的喽啰，一棚棚地分开着，担任防守巡逻之责。当他们经过这一所所棚子的时候，只见有几个司值喽啰，在棚外值着岗。其他的喽啰，不见有一个在外面胡乱行走的。而且，棚内也不有一点点的声息传出来，真是肃静到了极点。询之陪伴他一起走的那二个喽啰，方知寨内纪律极严，凡是散了值、散了操下来的兄弟们，也只能在棚内静静地休息着，既不能在棚外胡乱行走，也不能喧声谈话。倘然犯了这个规条，轻则驱逐出寨，重则定要军法从事的。

　　柳迟听了，不觉暗暗点头叹息道："黎一姑果然名不虚传，不愧是个巾帼英雄。像这般好的纪律，不但是别个山寨中所不会有的，就是求之一般军营中，恐怕也不易多得吧。"这时候，早已攀山而上，到了山腰的地方，有牌楼也似的一所，兀立在那里，上面写着四个大字，是"北门锁

372

钥"，牌楼下也有几个值岗的喽啰。向内望去，是一所规模宏大的大寨。这二个伴他上山的喽啰到了这里，便到一个值岗者之前，并把那张单子递上去，即向柳迟说道："这已到了中寨。我们都各有各的分段的，恕不能再送你上去了。"说完，又行了一个礼，管自走下山去。随由值岗者又招呼了二个喽啰来，持了那张单子，陪他上大寨去。

这一来，柳迟心中不禁更加叹服，原来他们的分配职司，是这般井井有条的，那岂是寻常的一般绿林所能企及的呢？再前行了一会儿，忽发现了一片草地在眼前，在这草地之上，却排列了许多很整齐的队伍，正在那里操练呢。柳迟不免驻足下来，远远地望了过去。只见他们目下所在操练的，正是种种阵图变化之法。倏而变为一长排，好似一条长蛇；倏而幻成五小簇，又似一朵梅花；倏而变为一个方阵，倏而围成一个圆圈，真是变幻迅速，神化无方。而默察各个人的姿势，既是十分合法，举动又十分敏捷，寓活泼于规矩之中，不是平日勤加操练，万不能有上这个样子。再瞧那教师时，浓髯绕颊，已是一个五十多岁的老头儿，然而精神抖擞，一点也不见老态，想他在少年时节，不知更是怎样精壮的了。并且在那时候，洋操尚未盛行，这种操练的方法，要算最是新式的了。柳迟立着看了一会儿，暗中不住地在赞叹，方又同了那二个喽啰，到了大寨之前。也自有大寨中的值事人来招呼着，那二个喽啰却又走回中寨去了。

比及引入一间客厅中坐待着，却有一个老者出来相见，笑问道："阁下是来会见寨主的么，还是有别的事情？但寨主刻下不在寨中，不知她到了哪里去，大概不久就要回来的。"当下柳迟也便把自己的来意说出，唯仍不说明那少年介绍他来此的一节事。老者又略与寒暄上一番，即把他送至宾馆中住下，说是一待寨主到来，就立刻会来请你去会面的，说完自去。

柳迟走了这半天，依旧见不到这寨主的面，这时候虽觉得有些儿不高兴，但要他在未见这美人儿以前，就此决然负气而去，却又有些不情愿。心想忍耐些吧，忍耐些吧，无论如何，我总得见上一见这个美人儿方走呢。大概她此刻的确不在寨中，不是向我搭什么架子吧。也罢，就算她是向我搭架子，我将来也会知道的，一定要向她报复的呢。柳迟一想到这里，即心平气和地在宾馆中待了下来。

不久已是午餐的时候，又不久，已是晚餐的时候，统由小喽啰送了很丰盛的酒菜来。不过，问到他们的寨主，总回说尚没有回来，大概在外面给什么事情绊留着，今天不见得能回来的了。柳迟已抱着"既来之，则安之"的宗旨，也就不去管她究在何时方能回来。进过晚餐以后，又盘桓上一些时候，也就上床睡了。

不料，当他正睡得甚酣之际，忽觉得盖在上面的被头微微地一动，似有什么人在掣动着的，立刻把他从好梦中惊醒。跳了起来一看时，却见有一条黑影，向着房门外直窜了去，显然是有什么歹人，乘着他在睡觉，走进房来窥视，现在，却又惊得逃跑了。柳迟哪敢怠慢，随手取了一把短刀，也就追蹑在后，不料倏忽间已是踪影全无，看来这歹人已上了屋了。当下即把身上略略结束一下，想就要跳上屋去。但他还未实行得这个主张，忽见从屋上跳下一个人来。

这一来，倒把他怔上一怔，以为这个歹人真是大胆，倒又反身来找着他了，忙把手中的短刀握定，准备着这歹人冲了过来。但是这屋上跳下来的这个人，似已在这皎皎然的月光之下，把他瞧得清清楚楚的了，只听得高声地向他招呼着道："原来是你老兄，你是何时到这山寨中来的呢？"柳迟觉得这一派的声音好生稔熟，一壁仗着明月之光，也已把这人瞧得一清二楚。原来不是别人，却就是在客店中所不期而遇，而要把他介绍到这里来和黎一姑相见的那个少年，因也欢然地回答道："哦！原来是你老兄，那么刚才上屋去的，也就是你么？"

少年的脸上，不知不觉地又是瑟地一红答道："不，这只是一个不足道的毛贼，我因为不愿和他计较什么，已放他逃走了。哈，你要知道，这青牛寨是一个什么所在，仅仅走来了一个毛贼，又能干得出什么事情来呢？"边说着，边和柳迟走进了宾馆中去。

到得房内又问道："你已见过寨主没有？也把我给你的那件信物，呈了进去么？"柳迟听他问到此话，也不回答，即走至床头，向高挂着的那件长衣中一摸，不禁轻轻地喊上了一声："啊呀！"

不知柳迟为何要喊上一声"啊呀"，且俟下回再写。

374

第四十五回

壁上留诗藏头露尾
筵前较技斗角钩心

话说柳迟走至床头，向着高高悬挂着的那件外衣中一探，不觉失声叫了一句："呵呀！"你道这是什么缘故？原来少年给他作为信物的那个碧玉扳指，竟已不翼而飞了。只是叫了一句"啊呀"之后，忽又似有上了一个转念，脸色间倒又扬扬如常，向少年说道："如今你老兄既已到来，介绍一层，是不生问题的了。失去扳指与不失去扳指，是没有什么关系的。只不知这碧玉扳指值价也不值价，失去了有没有什么关系？而我对于你交给我的东西，不知好好地保存，竟让它丢失了去，这当然是十分抱歉的。"说完，又向那少年的脸上一望。这倒是出他意料之外的，那少年的脸上，这时候满露着一派不快乐的神气呢。照他的心中想来，这少年是很有几分的侠气的。凡有侠气的人，对于义气为重，珍宝财帛为轻，这碧玉扳指不论是怎样的值价，然既已丢失了，至多不过想上一个如何把他追回来的方法，万不会也像一般平凡的人，把这不快乐的神气，完全放在脸上啊。

正在暗诧之间，又听那少年回答道："介绍一层，当然不成问题。但这碧玉扳指，是先父唯一的遗物，一旦丢失了去，实在有点放置不下呢。而且，此中还另外有上一个关系，更不能听他随随便便地失了去，而不一加追问的。"说到这里，他的老毛病又发作，好同姑娘们怕羞一般，二个嫩颊之上，又瑟地晕红起来了。

柳迟不免有点怀疑，正想追问一句："所谓另外的一个关系，究竟又是怎样的一件事？"却已听那少年接着说下去道："唉，这个贼人真可恶。别的东西一件也不偷，偏偏要把这个碧玉扳指偷了去。这显然地不但存上有一种深意，并连这个扳指的历史，和另外的一个关系，也都知道得明明白白的。但我决不让他有这般的便宜，不论遭到如何的困难，我定要把这原物追回来。也罢，我们如今且先去见了黎一姑再说。大概她也已回到寨中来了。"

正说时，一线曙光，已从窗外透射进来。而在这曙光之下，又使他们在壁上瞥见了一件东西，无疑地，便是这大胆的贼人留下来的，倒使他们更把惊骇之情扩大起来。原来是一张小柬，上面是这样地写道："人冒我名，我盗其宝；试一思之，真堪绝倒。只苦美人，毫不知道；欲返原珍，南山有堡。"他们二人瞧了这一纸小柬后，倒不免各人都上起各人的心事来。

在柳迟的这方面，不觉暗叫一声："啊呀，原来这来盗碧玉扳指者，便是白马山所延请的不知姓名的那一位能人，他连我的冒名顶替都知道了。只不知他对于这节事的始末情形，已否完全知道？倘然他不知道我的冒名顶替，是出于将错就错，而疑心我是有意如此的，那可有些糟糕了。"而在那少年一方面，也不觉暗唤一声："惭愧，什么美人不美人，真是十二分的刺眼。大概对于我的事情，这个人已是完全知道的了。如今又左不盗，右不盗，偏偏把这碧玉扳指盗了去。这显然是存有一种深意，更是不容易对付啊。"只是各人对于对方所已懂得，而他自己倒尚未完全明了的部分，虽因小柬上的指点，也已有点瞧科出来，终究是有一些隔膜，一半儿明白，一半儿不明白，倒又使得他们都沉思起来了。最后，还是那少年先打破了这沉寂的空气，笑着说道："这也是很平常的一种玩意儿，没有什么道理。让我日后找着了他，和他好好地算账就是了。如今让我先去通知黎一姑一声，立刻就来请你进去和她会面。"说完，径自向外走去。

不一刻，来了二个喽啰，说是奉了寨主的命，前来迎迓贵客的，柳迟便跟着他们走去。刚走至大寨之前，早见那个老者之外，还有一个打扮得十分齐整的姑娘，在迎候着他，这当然就是那位巾帼英雄黎一姑了。可是，当柳迟刚向他瞧得一眼时，不觉怔呆了起来。原来，这黎一姑的面貌，竟有十分之九是和那个少年相肖的呢。比及到得寨中，相将坐下，柳迟方又想到小柬上，所提起的那"美人"二字，不禁恍然大悟："这黎一姑和那少年，定是一而二，二而一者的呢。"这时候，黎一姑似也知自己的行藏已被柳迟瞧破，便一笑说道："这只是一种游戏的举动，阁下想已

376

完全明了，我们也不必再说的了。"于是，柳迟也只能一笑相报，并说明了不要假冒人家，而竟成了一个假冒者的那种原因。接着大家谈得十分投机，方知那老者唤黎三丰，是黎一姑的一个族叔，正管理着寨中一切的琐事。而由黎三丰的口中，又知道黎一姑的祖父唤黎平，是太平天国的一个同志，奉命随着某王来经营山东。后来他的一部分人马，就长驻在登州、莱州一带的地方。等到太平天国覆灭，山东也为满清所收复，他就被清军捉了去。

这时太平天国的旧部，投顺清军者虽是数不胜数，他却大义皎然，不为所屈，因此，便在省垣遇害了。当临刑的那一天，他偷偷地把一个碧玉扳指交给了狱卒，教他务要设法交到他独生的儿子黎明手中，作为一种纪念品。并说他一死尚在其次，太平天国如此的覆亡，实是十分痛心，他死也不得瞑目的，务望他的儿子不但须为他向满清复仇，还得时时以恢复太平天国为念。这狱卒从前也是太平军中的人物，总算有点儿义气的，居然辗转访寻，不负所托，终竟把这碧玉扳指交到了黎明的手中。不料黎明未将大仇报成，已是死了，只遗下了一个幼女黎一姑，便将祖父一番的遗命，转告诉了黎一姑，教她继续报仇。并说孤零零的一个女孩儿家，恐怕干不成什么大事，最好选择一个英雄人物而嫁之，那碧玉扳指，正不妨作为订婚时一种礼物呢，因又把那碧玉扳指交给了她。而黎一姑从小就从名师习艺，有上了一身绝高明的本领，闻得了这一番遗命，和睹及这一件祖父的遗物，不免恸哭一场。从此就在这青牛寨中，继续着他父亲的事业。原来黎明为要有上一个根基地起见，早在这里落草的了。到了近日，招兵买马，悉心训练，更是很有上一番新的气象呢。

柳迟听了这番说话以后，方知这碧玉扳指非寻常的珍宝所可比，万万遗失不得的，不觉脱口而出地说道："如此说来，我把这碧玉扳指丢失了去，更是罪该万死了。但既是这般珍贵的一件东西，黎寨主为什么随随便便的，交给在 ……"意思是要说，为什么要交给在一个不相识的人的手中，而且也不郑重地交代上一句。

黎三丰不等他把这句话说完，即换言道："柳兄是一个很通达的人，难道连寨主的这一点儿意思，也参透不来么？"这句话不打紧，却把这个巾帼英雄的黎一姑，也闹得一个粉脸通红，连连把眼睛瞪着他，似乎教他不要再说下去。便连柳迟也自悔一时失言，未免有些唐突美人，深深自疚之余，倒也弄得有些局促不安了。但是这丰干饶舌的黎三丰，也不知是否依仗着自己是黎一姑的叔父，有意倚老卖老，还是立时要想把他们撮合拢来，故意这么子地说。他竟像毫不理会似的，又接着说下去道："而且我刚才不是曾对你说过，先兄故世的时候，曾嘱他须择一英雄夫婿而嫁之。不过一向来到这里来拜山的，都是一些庸庸碌碌之人，哪里有上一个什么英雄！现在可给我们遇到了。"他把这话一说，意思更是十分的明白，他已把柳迟目为一个英雄，并急急地要替他们玉成了这头亲事呢。

现在，且把柳迟这一边暂行搁下，再说白马山所要请去的那个能人，究竟是什么人呢？原来，那人姓陈，名达，是杨赞化最小的一个徒弟，很具上有一种超群出众的本领。因为白马山延请他去，具上有一种秘密的性质，生怕给其他山寨中的人所知道，所以，他并不和白马山差去的使者，一起同行，迟了几天方动身。不料，恰恰已是后了一步，人家竟把柳迟误认作了他，凡是受过白马山嘱托的几个客店，对于柳迟，招待得十分殷勤，供张得也十分丰富，对他却不怎样地理睬。他最初见了，不免有些生气，想要把这一层误会立时揭他一个穿，继而一想，我们所以要如是做法者，不是为求秘密起见么？如今既有一个冒名者充作我的前站，那是再好没有。就是这种秘密，已给我们的敌人们所探知，沿途倘然要出什么花样，也必指鹿为马的，把这冒名者当作我。那一切都由这冒名者承当了去，可以与我无干，我不是反可脱去敌人们的监视，安然到达白马山了么？

他这么一想时，颇自以为得计，因此也不去戳穿柳迟冒名顶替的这一层关系，只远远地跟随在后面，暗窥他的一切行动。等得到了住宿的那旅店中，店中人因为已把那贵客接得，对于这衣服并不十分光鲜，相貌并不怎样出众的一个客人，当然不会如何地注意。他也不把自己说破，和寻常旅客一般地在一间小房中住下来了。然而柳迟入店后的种种举动，他都随时在那里窥着的。所以那一晚在宴饮的时节，那乌大汉在院子中叫喊，以及镖未出手，自己先行栽倒的等等情节，都一一瞧在眼中；并连这乌大汉是如何的一种来意，他都有些猜料到的。不过在那大汉中了暗器遁去以后，忽又从屋上跳跃下一个少年来，倒又使他暗中吃上一惊。但他所惊的，并不是在这少年的来得兀突，而在这少年的面貌，为何生长得如此的俊美。经他细细地一注意，方瞧出是女子乔装了的。后来再一偷听到那美少年，所说的一番言语，并暗窥到那美少年种种的举动，不禁恍然大悟道："这不就是黎一姑所化装的么？我险些儿也给他蒙过了。"这一来，倒又把柳迟痛恨了起来。倘不是柳迟在前面冒充着他，这一番艳福，不是该归他所享受的么？比见黎一姑邀柳迟前去拜山，并以一个扳指交给柳迟做信物，显然有委身于柳迟的一种意思，更使他怒火中烧，气恼得什么似的。几经他在心中盘算着，方决定了，当柳迟前去拜山的时候，自己仍跟随了在一起走，并要当着黎一姑的面，想法把那扳指盗了来。自己能够这么地一显弄本领，那时候还怕美人儿不十分地倾心于他么？

他把这个主意想定，觉得很是快乐，便安然地睡了去。到了第二天，柳迟抄着小路，前往青牛山拜山，他当然追踪在后，只因十分留心，所以没有给柳迟觉察到。只有一桩，柳迟的前往拜山，很是光明正大，所以乘了那老者的一艘小船前往；他却带上鬼祟的性质，生怕给人瞧见，不敢公然唤渡，直待至黄昏人静之际，方游过这条湖去，又偷偷地掩入了水寨中。幸仗他的水陆二路功夫，都是十分了得，居然过了一关又一关，早已平安无事地来到大寨之前。又给他捉着了二个巡更的小喽啰，在小喽啰口中，知道了这假冒者正住在那宾馆之中。他便把这二个巡更者捆缚起来，并絮住了他们的口，搁在树荫之下，方一个人前去行事。

等到已是得了手，故意又把柳迟的背掌上一掌，让他惊醒过来，然后自己方走，这又是一种显弄本领的意思呢。不料，这时黎一姑也恰恰打外面回来，倘然真的向他追了去，虽不见得便能把他擒捉住，然当场必有上一番厮杀。谁知黎一姑竟当他是一个小毛贼，不屑和他交得手，轻轻地放他走了去。于是，他一出得险地，也就向着白马山而来了。

白马山的李大牛，以前曾和他见过面的，见了他的到来，当然十分欢喜。一壁又带着惊讶的神情，向他问道："你是打哪条路走的？据我所派出去的一般小喽啰回来报告，说你昨日打从那家客店出来以后，好似失了踪一般，我们正在惊疑不定呢。"他听了，不觉哈哈大笑道："他们这一般人始终没有注意到我，怎知道我失踪？他们所报告给你听的，大概是别一个人的行踪，恐怕是与我无关的吧？"

379

这一说，倒说得李大牛怔住了半晌，方又问道："这是什么话？我教他们沿途留心着的，只有你一个人，怎么又会误缠到别一个人的身上去？"他又大笑道："哈哈，老大哥，你真好似睡在鼓中一般了。你不知道，像我这么一个无名小卒，还有人沿途冒着我的名儿呢。你想他们都是不认识我的，怎又弄得清楚这一件双包案呢？"李大牛不免更是惊诧道："怎么还有冒名的人？我真一点儿也不知道。"当下，他便把沿途一切的情形，约略说上一说。李大牛方始恍然大悟。他便又把这碧玉扳指取了出来说道："这冒名的人，已往青牛山寨中去了，我也跟着他同去了一遭，这就是我在那里得来的一件胜利品呢。"

李大牛一听，凝目把这碧玉扳指望上一望，现着惊诧的神气，向陈达问道："这不是从黎一姑那里得来的么？我听说黎一姑随身佩戴着这么一件东西，是她父亲的遗物，留给她作为纪念品的，遇着可意的人儿，便不妨拿来作为私订终身的一种表记。难道黎一姑已看中了你这一表人才，把这宝物赠给你作为表记么？"

陈达又笑着点点头道："你这话虽不中，也不远矣了。大概这件宝物既能归我所有，这个美人儿也不久就能为我所拥有吧。"他这话一说，不免引得李大牛深深地向他瞧视一眼，暗地似乎担上了一种心事。他这种心事，倒也不难猜度而得的。原来他所最最畏惧的，就是这青牛山寨的黎一姑，所以要千方百计地把这陈达请了来，做上自己的一个帮手，也就是为了这个缘故。如今这陈达倘然竟搭上了黎一姑，那他不助自己，而反助黎一姑，乃是显而易见的事，不是反有揖盗入室之嫌么？一壁却又装着满脸笑容，赶紧地说道："这倒是很可贺的一桩事，我想邀集了全寨的头目，好好地为你称庆一番呢。"

等到筵席摆上，正在欢饮之际，忽有小喽啰来报：有一个姓柳的前来拜山，并指名要见新到山寨的陈寨主。陈达就知定是柳迟来了，不禁笑道："这厮原来姓柳，他倒已是把我打听得一个清楚，夹屁股就赶了来了。好，就请他进寨来吧。"一壁便也起身相迎。两下见面之下，谁知竟是非常的客气，一个赶着行礼，一个也赶着还礼。比及行礼已毕，大家仰起身来，方在陈达的身上，发现了柳迟的足印；而柳迟的袜上，也发现了陈达指头的影痕。不觉默喻于心，相视一笑。李大牛虽立在陈达的身旁，却一点儿也没有知道，只顾把柳迟当作一位贵客，尽向着里边让。一到厅上，他便又笑吟吟地说道："不知柳兄远来，未曾备得酒席。不嫌这是戎肴，就请坐上来饮唊一会儿，等晚上再专诚奉请吧。"

柳迟倒并不客气，只把头微微一点，即在李大牛所向他指点的那个席位上坐下。但是屁股刚一坐下，只闻得格列的一声响，一具很坚厚的楠木的椅子，竟给他坐坍了。这在柳迟，明明是有上一种卖弄本领的意思，小小地用上一点功劲，就把这楠木椅子弄坍了。可怜这李大牛，却还是蒙在鼓里，一点儿也不明白，反连声地责骂着小喽啰。说他们办事怎么竟如此的不留神，把破坏不坚的椅子，拿出来给客人们坐，倘然把客人跌上一大跤，这还了得么。陈达却只是在旁边冷笑着。

这时候，挨骂的小喽啰们，早又另换了一把椅子来，虽也是楠木的，却比先前的那一把，更坚厚得多了。但是奇怪，柳迟的屁股，刚和这椅子做上一个接触，复闻得格列的一声响，这椅子又是坍坏了。这一来，李大牛也明白过来，知道这是来客故意这般的做作，要在他们面前卖弄上一点本领的，倒又愕着在一旁，弄得没有什么方法可想。但陈达在这时候，再也不能在旁边冷眼瞧着了，只向厅外的庭中瞧得一眼，早已得了一个主意。即见他不慌不忙地向庭中走了去，跟首就把一个很大的石鼓儿，一手托了进来。这石鼓儿看去怕不有二三百斤重，他托在手中，却面也不红，气也不喘，好像没有这回事一般。进得厅来，很随意的一脚，即把那把已坍坏了的楠木椅子，踢至数丈之远，为墙壁所挡靠住了。但墙壁受不住这般大的一股激力，早有些个粉垩，纷纷从上面落下。陈达却就在这当儿，将身微偻，用手轻轻地一放，这石鼓儿，便端端正正地放在席面前了。一壁含着微笑，同柳迟说道："刚才的那两把椅子，委实太不坚牢了，竟经不起阁下这重若泰山的身躯一坐。如今没有方法可想，只好端了这石鼓儿，委屈阁下坐一下；倘然再要坍坏的话，那兄弟也就没法可想了。"这明明是含有讥诮的意味，以报复他的故意使刁。

柳迟哪有不理会之理，也只有谦谢的份儿，心中却在那里暗想："这小子倒真可以，我不过要在他们的面前，献上一点本领，做上一个示威的运动，不料他献出来的本领，倒比我更高一步了。这我此后倒要步步小心，倘变成了鸿门宴上的沛公，弄成来得去不得，那才是大笑话呢。"

于是，大家又相将入席。酒过三巡之后，忽有一件东西，从梁上掉落下来，恰恰坠落在肴菜之中，细看，却是一根小小的稻草儿。李大牛见了，不觉笑道："好顽皮的燕子儿，竟把这样的东西，来奉敬嘉宾了，未免太寒蠢一点吧。"细听，果有燕子呢喃的声音发自梁上，怕不是它们闹的玩意儿。这时候，柳迟倒又忘记了自己警告自己，小心一点儿的那句说话，痒痒然的，又想在他们的面前，献弄上自己的一点绝技了。原来他的身子，近年已练得同猴子一般的轻捷，蹿高落下，不算得什么一回事的。只见他仰起头来，向着梁上一望，含笑说道："果然是头顽皮的燕子，在向着我们开玩笑。但我自问顽皮的本领，倒也不下于人，颇想捉着了他们问上一声，究竟谁是比谁会顽一些呢？"

不知柳迟捉得了这头燕子没有，且俟下回再写。

第四十六回

灯火下合力卫奇珍
洞黑中单身献绝艺

话说这一句话刚说了，但见一段黑影，向着梁上一冲，这席位上早已不见了柳迟这个人，蹿往梁上去了。转眼间，又见他轻如落叶一般地飘然而下，回到了原来的席位上，手中却已给他捉着了一只燕子，笑微微地说道："它请我们吃稻草，我却把它捉住了。照此看来，究竟是谁顽皮得过谁？"于是合席的人，都有上一种佩服他的神气。

只有陈达，却满不当作一回事的，先是深深地注视上他一眼，又向他手中那只燕子望上一望，然后把头摇上几摇，笑着说道："阁下的本领，真是可以，果然使人十分佩服。不过，太冤苦了这头燕子，这其间未免也有点儿不公平吧？"这话一说，不特大众听了，都觉得十分诧异，连柳迟也愣住了，只呆呆地向他望着。半晌方又问道："你这句话怎样讲？为何说是冤苦了这头燕子，又为何说是不公平的？"

陈达仍从容自若地问道："你以为掷下那枝稻草来的，就是这头燕子么？倘然不是它的话，你不是有点不公平，太把它冤苦了么？"这一来，柳迟更是诧异了，忙又问道："难道当时你瞧得很是清楚，掷下那枝稻草来的，并不是这头燕子么？"陈达又笑着应道："我既说得这个话，当然当时是瞧得很为清楚的。现在让我来告诉你，这件事的罪魁祸首，还是静静地站在梁间，尾上有上一个白点的这一头呢。你瞧，他倒是多么的闲适啊。"说着，伸出一个食指来，向着梁上一指。随又接下去说道："这未免太便宜了他，我倒不能轻轻把他放过，一定要向他拷问一番。"话刚说到这里，即见他展开手来，向着上面只一抓，那头静站梁间的燕子，早扑的一声，坠落到席上来了。陈达便又很得意地一笑，说道："如何？它具然

383

已向我们自行投到了，现在再让我来问问它，这件事究竟是它干的，不是它干的？"随用手向这燕子的头上一按，果然就闻得呢喃地叫上了几声。陈达喜道："它已吐了供了，这件事果然是它干的。也罢，且看在它初犯的分上，就把它释放了吧。"只见陈达用手一挥，这燕子早又把羽毛展上一展，突地仍飞到梁上去了。

这明明又是献弄本领，抵制对方示威的一种举动，早把柳迟瞧得呆了，一个不留神之下，把手展了开来，那头燕子乘此千载一时的机会，也就冲的一来，仍回到了梁上去。柳迟连连遭上了这二次的挫败，只呆呆地坐在席上，一点儿也不得劲儿。

不料，这个朴实实的李大牛，倒又要弄出些花样来了。原来他暗自想道："好小子，拜山就是拜山，为什么要献弄出这些本领来？幸亏我有这位陈兄在此，尚足对付一下，不然，不是要给你这小子占尽上风了么？但是，我自己忝为一寨之主，倘然终席没有一点表现，只和众人一样，呆木木地瞧着他们迭相献弄本领，岂不要被一般小喽啰们所耻笑？那我倒也得想上一个好法子，把自己表现一下方好。"他正在这么想时，忽见一个值席的小喽啰，送了一大盘热腾腾香喷喷的豚肩上来。他眉头一皱，立刻得了一个计较，暗想："我的飞刀的本领，在绿林之中，不是也颇颇有名的么？如今，何不就在这个上头生出些花样来，也可替我自己撑上一些门面。"当下，就取过一把尖刀来，在豚肩上只一切，即切下方方的一大块肉来，随又举起刀尖，向着那块肉上一戳，即连刀带肉，平举在手中。一壁将身站起，一壁笑微微地说道："柳兄，请尝尝这豚肩的风味如何？这是我们山寨中最名贵的一种食品呢。"说时迟，那时快，即把这把刀，向着柳迟掷了过去，比流星还要来得迅急。

柳迟也是一个老行家，一见这种情形，哪会不懂得他的意思。心想这倒也怪不得他，我们二人总算都把本领献过，他倒也不得不来这么的一手呢。当下不慌不忙地便把口一张，连刀带肉都衔住了。随又在齿间略略地一用力，那块肉即从刀上落下，然后又是一张口，并运了一股气把刀一吹，把刀便向空中飞起，等到落下来时，早伸出一手接住。于是，又轻轻地把那刀向着桌中一掷，恰恰很为凑巧，不偏不倚地正插在那个豚肩上。这一来，倒又博得合席的人都暗暗喝彩不置。独有那李大牛，见自己的本

384

领竟又为他所盖，更是觉着不得劲儿的了。

　　如是者，又坐上了一会儿。陈达忽含笑向柳迟问道："柳兄此来，不是要向我取回那件东西么？"柳迟见他竟向自己这般地问起来，倒暗赞一声：这小子好漂亮，不待我向他诘问得，他倒自己先说了出来了。也只好老老实实地回答道："不错，是要向陈兄索回这件东西。想陈兄也是懂得江湖上的义气的，大概总能立刻见还吧？"好陈达，真有功夫。他一见对方竟是这般的老实不客气，不免又要小弄狡狯。只见他先是哈哈一笑，然后方又说道："照理呢，这东西本是从柳兄那里取得来的，如今柳兄既然来向我索得，我当然须得立刻归还。不过，要请柳兄想一想，柳兄从前恐怕也有些对不住我的地方，而我的所以斗胆敢在柳兄前干上这件事，也是要以此事为由，可使柳兄明白到我这层意思呢。"

　　他末后这几句话，真比刀锋一般的犀利，却把一个胆大包身的柳迟，也呆着在那里了。暗想他所谓对不住他的事情，大概就是指冒名顶替这一层吧。但这真冤枉之至，我也不过一时好奇心起，将错就错地干了去，何尝是真要冒人家的名儿呢。但此事只有自己心内知道，要在人面前剖白起来，越剖白得厉害，越是给人家笑话。

　　没有法子可想，他只好这般地说道："这只可说是彼此的误会，或者也可说是我一时之错。也罢，听你如此说来，莫非在交出这件东西以前，还有什么条件要向我提出么？"陈达笑道："你这人倒好聪明，也好漂亮。不错，我在交出这件东西以前，还有上不大不小的一个条件。"柳迟道："那么，就请你把这条件说了出来吧。天下的事，最怕是没有条件，有了条件，事情就好办得多了。"陈达道："我的条件，也是平常之至。这件东西，既是我由你那里盗了来的，那如今你要收回原物，仍须从我这里盗了回去。我们姑以三天或是五天为限，你道好不好？"

　　柳迟听说要教他在三天或是五天之内，把这东西盗了回去，倒又觉得很有兴趣了。想上一想之后，便说道："这样的办法，倒也很公平，我们就以三天为期吧。"陈达又说道："可是我还有一句话，要向你附带地声明一下，倘然你在三天之内不能得手，此事便作已了论，此后不论如何，你不能再向我提起这个问题了。"柳迟道："这是当然的。不过还有一层，你须得明白，这东西并不是属之于我的，我三天之内不能得手，果然不能再

385

向你说什么话；只是这东西的原主儿，倘然要和你办起什么交涉来，我可不能负责。"陈达道："哦，那原主儿或者还要和我办什么交涉么？好，那不要紧，本来我既得了这件东西，她不来找着我，我还要去找着她，她肯来和我办交涉，那是再好没有的事情了。你放心，我决不会叫你担负什么责任的。"说完，又哈哈大笑不止。柳迟也不管他，即向他们作别了，径自下山而去。

到了晚上，柳迟一切准备停当，又穿上了夜行衣，复向白马山而去，要依照了他们口头所订的条约，实行盗取那个碧玉扳指了。好在这山上的路径，他在日间拜山的时间，早已瞧看得明明白白，所以在这时一点也不感到什么困难。而且照样子瞧去，这班小喽啰们似已得到了李大牛或是陈达的命令，故意对于巡逻上，不似往昔这般的注意，好让他容容易易地走上山去，得到一个盗取这碧玉扳指的机会。因此一点不费什么手脚，就到了这大寨之前了。可是当他伏在屋上，只向檐前伸出一个头来，向着下面一望时，却把他骇上了一大跳。原来这聚义厅中，四处都是灿烂的灯光，照耀得如同白昼，好似有上了什么大聚会似的。随又听得一阵笑语声，从厅中随风度出，细听却就是陈达的声音，正在那里说道："我以为这件事，我们应该做得漂亮一些，不但对于巡逻上应该松懈点，便是这件目的物，也坦而白之地放在这张桌上，可以一望即见。他如果真有本领的，尽可跳了下来，把这东西攫之而去呢。"接着，又听得另一阵笑声，这大概是那李大牛所发。

一阵笑声之后，并听他在说道："你自以为这是一种很漂亮的举动，其实照我看来，却不尽然。这件东西，这么坦而白之地放在桌上，虽说是可以使他一望即见，不必再费找寻的工夫，然我们这般人不见得全是死人，会眼睁睁地瞧着他把这东西攫了去，而不一加阻止。那么，他要当着我们这许多人，施展这一点儿的手脚，倒也不是一件容易的事情呢。"他们似已知道柳迟来到了檐前，故意这么地说笑着、问答着，使他明白上一切的情形的。

当下，柳迟当然一句句都听在耳中，不觉又暗想道："诚然要当着这许多人施展出这神出鬼没的手段，并不是一件容易的事情。不过，我有上很轻捷的一副身手，要我像一头猴子的这么急猱而上，又急猱而下，倒也

386

并不甚难。所可虑的，灯火点得这般的辉煌，当我施展出这一个身手时，万不能逃去他们的视线。如今只要想个方法，能把这厅中的灯火一齐熄灭了去，为时不必过久，二三分钟已足，这件目的物，就不怕不攫到我的手中来了。"他一想到这里，倒又想起他的师傅金罗汉来。金罗汉的本领真是了得，百步吹灯，在人家已视作一桩绝技；他却满不在乎，只要略略运上一股气，将口一张时，不论有多少盏的灯火，一时间都要熄给他看呢。然而懊悔当时没有向师傅学习得这种本领，如今要用得着这一项本领时，却是无法可想了。

不料，就在他这么沉思的时候，忽发现了一个奇迹。这个奇迹，便是这满堂的灯火，他很想一口把来吹了去的，他自己虽没有本领去实行，却已有人代他干了去了。顿时便听得厅事中很有上一阵骚乱，都在那里乱嚷乱叫道："这是怎么一回事？厅中所有的灯火，会一齐熄灭了去，这难道是给风所吹熄的么？然而，哪里有这大的风，而且就是风，也不见得会这般的凑巧，熄得连一盏灯都不剩。"当下，那几个首领，如李大牛、陈运等一班人，似乎比大众能镇静一些，不住地在那里禁压着他们，连说："快静静儿的，别如此的喧闹。"但这件事究竟太不平常了，把大众惊骇得几乎要发狂，一时间要禁压他们，哪里会有效？只有那柳迟，却乐得不知所云。依着他的意思，很想乘着这个好机会，马上跳了下去，摸索到了厅事中，凭着一点敏捷的手法，就把这碧玉扳指攫了来呢。可是，他刚在这么的想，迟疑着还没有向下跳的时候，忽又听得厅中起了一片异乎寻常的喧叫。原来，刚才熄了去的灯火，现在又一盏盏地亮起来了，又恢复了先前的原状了。这满堂的灯火一齐熄了去，还可诿之于大风，现在，居然不必人家去点得，又会一齐亮了起来，未免太嫌不经，大众虽欲不极口称怪，也不可得了。

陈达是何等有经验的一个人，知道此满堂灯火之一熄一亮，其中大有蹊跷，看来一定是敌方暗弄狡狯，供在桌中的那个碧玉扳指，无论如何是不保的了。果然，他刚一想到这里，忙伸手向桌中供放扳指的地方，约莫着摸了去，竟是摸上一个空，不免连说："完了，完了！"正在这个当儿，这灯火却又重复亮了起来，他不由自主地又向桌中一望，方知这失败已成为确确凿凿的事实。原来置放这碧玉扳指的所在，已是空空如也，哪里还见到这扳指的一点影子呢？不由自主地惊喊了一声。

但就在这喊声刚了的当儿，忽闻得一个苍老的声音，在什么地方说道："真是活见鬼，谁稀罕你这碧玉扳指，你不妨自己瞧瞧，那扳指不是还好好地套在你的拇指上么？"这一来，不说陈达听了这话，果见那扳指好好地套在自己的拇指上，应该如何的骇异；单说柳迟这一喜可就大了，知道果然不出他的所料，他老人家已来到这里。自己正苦着孤掌难鸣，要取回这扳指，很觉棘手，如今有他老人家到来，还怕有什么事办不了呢。正在想时，忽觉有人在他肩上轻轻拍了一下，忙仰起首来，就着星月之光一瞧看，只见金罗汉已慈眉善目地站立在他的身边。慌得他也忘记了是在敌人的屋上，即爬在屋瓦之上，向着他师傅磕起头来。

金罗汉忙一把将他搀扶起，很简单地说道："我们走吧，不要再待在这里了。"柳迟对于师傅的命令，当然不敢怎样的违背，但颇显露着一种踌躇的神气，意思是在说："那么，这扳指怎样的办法呢？难道听他放在那姓陈的手中，不去取他回来么？"金罗汉好像早已明白了他的心事，便一点不在意地笑着说道："这本来不是你的东西，自有原主会和他们来交涉，何必定要由你的手中取回来？"说到这里，略停一停，又接着说道："而且有缘的终是有缘的，决不在这件东西的在不在你的手中。你放心吧，你和她见面的日子正长呢。不过，你的婚姻注定了晚成的，现在还不到那时候。"这一说，更说中了他的心病，倒很觉得有些不好意思起来，再也不能说什么了。随又听金罗汉向着下面高声说道："陈兄，这个扳指本来不是我们的，不妨由你暂时保存着，将来自有原主来和你办这交涉，我们可要告辞了，你也不必多所惊动吧。"说后，侧耳一听，厅中仍是寂然，并不见有一个人出来答话。看来这一班人，也都是银样镴枪头的脓包，见了这种神奇的事迹，吓得他们都是疑神疑鬼的，不但没有人敢出来探望上一下，竟连搭一句白的勇气，也一点没有呢。

金罗汉见了这种情形，不免微微笑上一笑，即挈同了柳迟，离开了白马山，来到一所破庙中，看去似已久不有人居住的。金罗汉拉了柳迟，一同在一个破旧的拜垫上坐下后，突然地向他问道："我的来到白马山上，你也觉得有点突如其来么，你可知道我究竟为了什么缘故？"

柳迟道："这事虽像有点突如其来，然出之于你老人家，也就不算什

388

么一回事。照我想来，大概是你老人家，算知我要上白马山去办这件交涉，生怕我一人有失，所以特地赶了来呢。"金罗汉把头摇摇道："不是的。照你的本领而讲，虽不算高到怎样，然和那姓陈的一相比，也不见得就会输在他的手中，倘然只为那个，那我是可以放下一百个心的。"柳迟道："你老人家既不为这个，那为什么要巴巴地赶到这里来？我可有些算不出来，请你老人家就爽爽快快地告诉了我吧。"

不知金罗汉说些个什么话来，且俟下回再写。

第四十七回

论前知罗汉受揶揄
着先鞭祖师遭戏弄

话说柳迟这个问句一出，金罗汉不觉笑道："哈哈，你的记性怎么如此不济，今年打赵家坪的日子又快要到了，你难道已是忘记了么？"柳迟不免暗叫一声："惭愧！"打赵家坪的这一件事，果然不论是在他们自家的昆仑一派中，或是在敌方的崆峒一派中，没有一个人不当作天大地大的一桩大正经。一等打赵家坪的日子快要到来，双方都在惶惶然地准备着，各求所以制敌取胜之道。直至大家打过之后，这一年的胜负已是判明，方把这一桩心事暂行放下，等待明年再来。差不多年年如是。独有他自己，对于这桩事情的观念，素来要比较别人来得淡一些，也不自知其所以然。同时复又想道："这几年来，这一年一度的械斗，虽仍在照例举行着，然并没有怎样的大打，仍是由平江、浏阳二县的农民为主体，偶然有几个昆仑派和崆峒派中人参加其间罢了。今年却不然，昆仑、崆峒二派，都想借着打赵家坪的这个题目，大家钩心斗角地做上一篇好文章，分上一个谁高谁下。因为在这几年之间，双方在暗地不免又起上了不少的纠纷，都是磨拳擦掌，有上一种跃跃欲试的神气呢。而在崆峒派一方，听说还要把红云老祖请了来，这已是宣传了好多年，而没有实行得的。今年倘竟见之于事实，昆仑派自不甘示弱，也要有上一番相当的对付。那么，在今年这一次的打赵家坪中，可不言而喻的，就要有上空前未有的一场大战了。"

柳迟一想到这里，不免脱口而出地问道："听说他们今年还要把红云老祖请了来，不知这个消息确也不确？你老人家大概总是知道的吧。"金罗汉还没有回答，不料，忽有一个很大的声音，从神龛后面传了出来道："这个他老人家，恐怕也不能有怎样确实的回答。我却有八个字可以回答你，这叫作'确而不确，不确也确。'你只要把这八个字细细地一参详，也就可以知道一些个中的消息了。"

这一来，柳迟是不必说起，当然是给他怔惊得什么似的。金罗汉虽是阅历既深，神通又广，什么都是不怕，什么都是不在他心上的一个人。然见说这几句话的那个人，在先既是匿在神龛的后面，偷听他们的说话，现在又突如其来地拦住了他们的话头，说出这一番似带禅机非带禅机的话来，显然是一个不安本分之徒，而要在他们的面前卖弄上一下本领的。不免在略略一呆之下，又在暗地有了一点戒备。

在这时候，那个人也就在神龛后面走出来了，却并不是怎样惊人出众的一个人物，而是衣衫褴褛，满面酒容，背上了一个酒葫芦，一望而知的嗜酒如命的一个酒徒。见了他们二人，即很客气地拱上一拱手道："多多有惊了。"金罗汉却只微微地一点头，即向他问道："你刚才所说的那八个字，究竟是一种什么意思？倒要向你请教。"

那酒徒一听到这二句话，好像把他乐得什么似的，立时哈哈大笑了起来道："像你金罗汉，那是海内争称的一位有道之士，难道连我这个酒鬼江南酒侠所说的话，都不能了解得么？"这酒徒真是有趣，他不但认识得金罗汉，并把他自己是什么人，也都说了出来了。

江湖上有上这么的一尊人物，金罗汉在以前也曾听人家说起过不少次，现在听说他就是江南酒侠，不免向他打量上好几眼。却又听那江南酒侠接着说道："你倘然真是不懂的话，我不妨把那八个字再改得明显一些，那便成为'来而不来，不来也来'了。"把这两句话如此的一改，昊然再要明显不有，中间只含着有两个意思。一个是，红云老祖现在还在来与不来之间，没有怎样的一种决定；那一个是，红云老祖的来与不来，没有多大的关系，就是来了，也不见得会出手的。至是金罗汉再也忍耐不住了，便大声向他问道："照你这话说来，红云老祖便是来了，也是不会出手，仍和不来相等的，是不是？但是，这个我尚不能知道，你怎么又会知道的？"在这句话之下，显然有上一种倚老卖老的意思，以为你是一个什么东西，难道我所不能前知的事情，倒会给你知道了去么？

江南酒侠却好像一点也不理会似的，只淡淡地一笑道："这或者是各人所修的道有不同。不，这句话也不对。照着一般的情形讲，大凡道德高深之士，都能前知五百年，后知五百年，就现在的这桩事情而论，只在几天之后，就可见到一个分晓的，我们怎又会不知道呢？不过，照你这番的解释，还不见得全对。痛快地说一句，他此番是不会出马的了。"一壁说，一壁径向着庙外走了去。而就在这冷静的态度之下，很平凡的几句说话之中，已把金罗汉的一种骄矜之气折了下来了。只落得他们师徒二人，眼瞪瞪地望着他渐行渐远的一个背影，是猜料不出，究是他的前知的功夫确能高人一等，还只是醉汉口中所说的一种醉话？

谁知当他刚一走到庙门口，又像想得了一桩什么事情似的，突然地转身走了回来，笑嘻嘻地向着金罗汉问道："真的，我还有一句话忘记问得你。你们在这庙中待着，不是等候着笑道人到来么？"

这个问句，在柳迟听得了，还不觉得应该怎样地注意，以为这也只是随口问上一句的。谁又不知道，笑道人和他们师徒是常在一起儿的呢？而在金罗汉一听闻之下，不免又是突然地一呆。不错，他的所以到这破庙中来，确是和笑道人有上一个约会，而有几句要紧话要彼此当面谈一谈。但这件事连在柳迟的面前都没有提起得，怎么又会给这酒鬼知道？难道这酒鬼的前知的功夫，确是高人一等，什么事情都是瞒不了他么？一壁只好木木然的，反问上一句道："你要问这句话，是一种什么意思？"不料，江南酒侠又在极平淡的话语之中，给上金罗汉很惊人的一个答语道："我一点也没有什么别的意思，只是偶然据我所知，笑道人已是到了平江，不再来这里的了。所以，我也顺带地知照你们一声，让你们可以不必呆等下去呢。"他把这话一说完，好像已尽了他的一种义务似的，便又回过身去，向着庙外走去了。

但这一壁厢他虽是走了，那一壁厢却使得金罗汉，好生发起呆来，兀自在想道："我原来和笑道人，约好了在这庙中会面的，怎么在未赴此约之前，笑道人就到了平江去？就算是为了要紧事不得不就去平江，却也得通知我一声，怎么我尚没有知道，反会给这酒汉知道了去呢？"

金罗汉一想到这里，不觉连连把头摇着道："不对，不对！这是决计不会有的事。照此看来，这酒鬼大概是崆峒派，所遣派来的一个奸细，生怕我和笑道人见了面，议出了什么对付他们的好办法来，所以用上这么的一个计策。不过，倘然真是如此的一个用意，他们未免太是笨极。我就算是在这庙中和笑道人会不到面，难道不能在别处会到面么？难道他们在这次打赵家坪以前，又能用什么方法阻隔着我们，使我们连一次的面都会不到么？"正在想时，忽见有白耀耀的一道剑光，从天际飞了来，目的正在他们所坐的那个地方。不觉疑怀顿释，笑指着向柳迟说道："你瞧，这不是笑道人的那柄飞剑么，大概有什么书信带来给我了。即此而观，那厮所说的话，倒是很有一点儿的意思呢。"说时那飞剑早把传来的那封书信，递在金罗汉的手中，又管自飞了回去。一瞧之下，始知笑道人果然已是到了平江，不再到这里来，教他们快些儿去呢。于是金罗汉暗中对于江南酒侠，更是惊叹一个不置，知他确有上一种不可思议的前知功夫，并不是在那里胡吹的。同时他们师徒二人，也就借了一个遁，瞬刻间已是到了平江。

平江人为了他们是帮打赵家坪而来，早已替他们备好了一个极大的寓所在那里，他们一派中的人，也已到得很是不少。崆峒派的一方，却是由浏阳人做着东道主，尽着招待的义务，一切的情形，也和这边差不多。只是到的人还要比这边来得多，那是还请来许多本派以外的人的缘故。他们一到了平江人所预备着的那个大寓所中，笑道人即迎着金罗汉，向他说道："了不得，这一次红云老祖果真要出马了。我一闻得了这个消息，生怕他马上就要到来，攻我们的一个措手不及，所以就飞快地赶了来，也来不及到那庙中去绕上一个弯子了。"

金罗汉因为已有了江南酒侠的先人之言，并在证实了笑道人果已到了平江的这一件事上，深信江南酒侠是不打什么诳语的。即一笑道："你这个消息是从哪里得了来的？我看不见得会确实，或者只是崆峒派的一种宣传，也未可知呢！"笑道人道："不，这是千真万确的一个消息，哪里是什么一种宣传？你老人家请瞧，现有红云老祖讨伐我们昆仑派的一道檄文在此，别的都可以假，难道这檄文也可以假得来的么？"说时，便把那道檄文递在金罗汉的手中。金罗汉一瞧之下，果然在那檄文之中，把昆仑派中的几个重要人物，都骂得体无完肤。他红云老祖实在为太瞧不入眼了的缘故，所以今番毅然决然地要出马一下，和崆峒派合在一起，向他们昆仑派讨伐起来了。就文词写得这般激情风发的上面瞧来，红云老祖这一次来是来定的了，出马也是出马定的了。若照江南酒侠所说，红云老祖只是来的，却不见得会出马，这又哪里会成事实的呢？于是，把一个金罗汉弄得疑疑惑惑的，也只好默然了下来。

不料正在这个当儿，却听得有一个人在着空中说道："这有什么可以疑惑得的，我既已说了他不见得会出马，那他本人就是硬要出马，在事实上也是有点做不到的。你难道还不能信任我么?"听他这一派很稔熟的声音,明明说这话的,又是江南酒侠。金罗汉不觉低低地说道:"了不得,那厮又出现了。瞧他现在的这种口气,好像他的能耐大到了不得了,红云老祖一切的行动,都要听上他的指挥呢。"一壁又把刚才的那番事情,约略地对着笑道人说上一说。笑道人却仍把江南酒侠,目作一个妄人,并不怎样的信服,即大声回答道:"你这厮倒是好大的口气。但是,红云老祖来也好,不来也好,出手也好,不出手也好,我们是一点没有什么关系的,你还是把这个消息,去报告给他们崆峒派知道吧。"笑道人把这话一说,却听得江南酒侠哈哈大笑道:"不错,这却是我的多事了。现在,红云老祖已是到了半路上,我也就赶快地迎了去吧,不然,让他平平安安地到这里,出马来和你们一交锋,我此后不论说什么话,就要一个钱都不值的了。"言后寂然,看来果真已是赶了去了。

那么,江南酒侠究竟是赶了去,把红云老祖迎住了没有呢?哈哈,且慢,让我不是如此地写,姑先从红云老祖这一边写了起来。单说红云老祖受上了崆峒派的邀请,要他去帮助他们,和昆仑派打赵家坪,已是不止一次了,却总为了临时发生什么阻力,一次都没有实行出得马。在今年,他却已是有了一个决心,无论如何,要帮着崆峒派,和昆仑派大大地打上一场的了。又为了好久没有出得洞来,颇想借着这个机会,在外面游览上一番。所以,早几日他就动身上了路,而且,既不腾什么云,也不借什么遁,只是骑了一匹白马,缓缓地在道上走着。不认识他的人,又谁知道,这就是大名鼎鼎的红云老祖呢!

这一天,他仍是这么地在道上行走着,一路上赏玩风景,好不心旷神怡。不料,忽有一样什么东西,在他这骑马的屁股后面,重重地撞上了一下,倘然不是他而换上了别人的话,一定是要给他撞下马来了。红云老祖不免要从马上回过头去,向着后面望上一望。却见他这骑马的后面,紧紧地跟上了一头驴子,那头驴子高大得异乎寻常,竟是和马有些差不多。在那驴子的上面,却伏着一个衣衫褴褛的汉子,好像对于骑驴子,完全是一个外行,所以这么很不像样地伏着在上面。而刚才的那一下,大概也是因他骑得不合法,而误撞在马屁股上的。当红云老祖一回过头来望着,他似乎也知道是自己做错了事情了,登时惶恐得什么似的,便左一个拱,右一个揖,口口声声地只是向着红云老祖赔着不是。红云老祖毕竟是修过了不少年的道的，要比寻常人多上些儿涵养功夫，岂屑和此等细人，计较这些个小事，便也一笑置之，策马复行。

谁知行不到多久时候，又是这么猛然的一撞，比先前那一下还要来得厉害，险些儿撞得他栽下马背来。再回过头去一望时，仍然是那头高大的驴子紧跟在后面，仍然是那个衣衫褴褛的汉子，露上一脸惶恐的神气，仍然是那么地左打拱、右作揖，不住地赔着不是。红云老祖见了，不免暗暗觉得又好气又好笑，然仍不忍向他斥责着。一鞭挥处，这骑马早如腾起云、驾起雾来的一般，飞也似的向前跑去了。一壁也暗暗地在想道："驴和马，是不具有同等的脚力的，刚才只为了我的马跑得太慢了一些，所以会让那驴子紧紧地跟随在后面，会让那驴子的头撞到马屁股上来。如今我放足了辔头，这么快快地一跑，无论那驴子是如何的会跑，恐怕也要望尘莫及，赶都赶不上的了。"

心中正自得意着，忽闻得一片"啊呀""啊呀"直叫的声音，又是起于他的马后，看来又有什么乱子闹出来了。在这个情形之下，他当然又要回过头去望上一望。却真是出于他的意料之外的，最最打先射入他的眼帘中来的，仍是那头高大的驴子，仍是那个衣衫褴褛的骑驴汉子。再经他仔细地一瞧时，更使他加倍地骇诧了起来。原来他这骑马的一个尾巴，不知怎样一来，恰恰是圆圆一圈地把那驴子的颈项缠着了，因此，当这马放开了四个足，飞快地向着前面跑，也就自然而然地把那驴子带着了在一起跑了去。但是这还是一种偶然的情形，算不得什么稀奇；所最奇的，照理驴子的脚力，是无论如何赶不上马的，那么这马既是这么飞也似的跑着，后头的驴子只要一个赶不上，就要连人带驴，倾跌在地了。可是，试一瞧现在的情形，那汉子虽是"啊呀""啊呀"地连声直叫着，却依旧安然地伏在驴背上，那驴子更是把四蹄展开，没有一点赶不上来的样子。由此看来，这一人一驴，倒大概都是很有上一点来历的呢。

红云老祖究竟是何等样子的一个人，什么事能瞒得了他？在如此的一个观察之下，也就对于那骑驴的汉子的一种用意，有些瞧科出来了。便把手一拱，微微地一笑道："朋友，我们各赶各的道，原是河水不犯井水的，阁下如何要向我开上如此的一个大玩笑？我现在算是认识了你阁下就是了。"

红云老祖虽是这般低头服下地说着，那汉子好像满是不卖这笔账，又

395

好像不懂得他这几句话的意思的，仍在口中咕噜着道："这明明是你把我开上一个大玩笑，怎么反说是我开你的玩笑呢？你瞧，是你的马在前，我的驴在后，又是你那马的尾巴，勾着了我这驴子的颈项，决不会是我的驴子把颈项去反凑着马尾巴的，那么这事实不是再明显也没有了么？不过我不是爱和人家拌什么口舌的，就让我自己认上一个大晦气，走了开来吧。"他说完这话，轻轻地把那驴子的头向后一拉，就从马尾巴中脱了出来，不再相缠在一起了。

红云老祖也不爱和那汉子多说得上什么话，便又挥起一鞭，让自己这匹马向着前面飞跑了去。不过他这一次却老到得多了，时时地把一颗头向着马后望了去，瞧瞧那头驴子，究竟还跟在不跟在他的后面。果见在一转瞬之间，已是相距得很远很远，最后连小小的一点黑影子，都是瞧不到的了。他方始深深地嘘了一口气，好似把身上的一种重负释放了下来的。实在在这一马一驴追随之间，那汉子和他歪缠得也太够了。不料他偶向前面望上一眼时，忽见一头高大的驴子，平伏了一个人在上面，缓缓地在走着，那驴子，那驴子上的人，都和先前的那一人一驴，很有几分的相像的。不由得不又使他怔上了一怔。

不知现在的这一人一驴，是否就是先前的那一人一驴，且待下回再写。

第四十八回

悲劫运幻影凛晶球
斥党争说言严斧钺

　　话说红云老祖，好容易避去了那骑驴汉子的歪缠，不禁深深地嘘上了一口气，好象释去了身上的一种重负似的。但当他偶向前面望上一眼时，不料又见有一头高大的驴子，驴子上仍是这么平伏着一个人，缓缓地在街道上行走着，而和先前的那一人一驴，看去又颇有几分相似，这倒又把他怔住了。一壁兀自想道："奇怪，难道那厮倒又到了我的前面去了么？但是，我刚才也曾屡屡地回头向马后望着，只见把他那头驴子抛得很远很远，渐渐地至于不能再瞧见。怎么，在一转眼之间，又赶到我这匹马的前面去了呢？这恐怕是不会有的事情吧。也罢，且不管他是怎样，更不管究竟是那厮不是那厮，好在现在我是在后面，不是在前面了。只要我不把这马赶上去，总是保持着这么的一个距离，大概也就不会再有什么麻烦找到我的身上来了。"可是红云老祖，虽是定下了这么一个很老到的主意，谁知这匹马倒又不由得他做起主来，任他怎样地把那缰绳紧紧地扣住，不让它跑得太快，却已是发了野性似的，一点儿也扣它不住，依旧飞快地向着前面跑了去。

　　这一来，红云老祖不免在心中暗暗地叫着苦，并怪自己今天怎么如此的不济事，这一匹马都驾御不下来了。而就在这扣不住缰儿的中间，早已到了那头驴子的后面，猛然地把一个马头，撞下了驴子的屁股上面去。这一撞，真不寻常，竟把伏在上面的那个人撞下了驴背来。幸而还好，那个人的一脚，还勾在驴背上，方始免去倾跌到地上来。

　　当他重行爬上驴背之际，也就回过头来望上一望。红云老祖一瞧见他的面貌，倒不免暗吃一惊道："果真就是那厮么？这倒真有些儿奇怪了，他的那头驴子，明明是抛落得很远在我的后面的，怎么在一转眼间，就又会赶到了我的前面去了呢，难道他是抄上了什么一条小路吗?"那汉子似也已瞧到了红云老祖，那种吃惊的样子，便笑着向他问道："这在前面走着的又是我，大概是你所万万料想不到的么? 这就叫作'人生何处不相逢'了。不过，你这么地把我撞上一下，未免撞得太厉害了一点，不是我刚才也曾连一接二地把你撞上两撞的，我真要大大地和你办上一个交涉呢。现在是一报还一报，还有什么话讲啊? 罢，罢，罢! 仍再是大家走了开来吧。"他说完这番话后，又接上一阵哈哈大笑，即将两腿紧紧地一夹，那驴子又飞也似的向前跑去了。

在这里，红云老祖免不得要对那汉子，大大地注意了起来，觉得那汉子今天这么一而再，再而三地向他歪缠着，决不是什么偶然的事。而且，除了向他歪缠之外，还发现了许多奇异的事情，像那抛在后面的驴子，为什么会超到了前面去? 或者还可说那汉子是抄着一条小路么，且不去说他，但自己的这匹马，又为什么会无端地拉都拉不住，向着前面狂奔了起来，竟撞在那头驴子的屁股上面。等到这么的一撞以后，倒又安静下来了? 这中间很是有上一点蹊跷，好像是那汉子，在暗中使着一个什么法的一般，而他自己在事前却一点没有防备到。照此看来，莫非那汉子是有意要找着他寻衅么? 只为了他的态度很是谦和，不曾怎样地计较得，所以至今尚没有什么事故闹出。然那汉子既是有意地要向他寻衅，不把目的达到，恐怕不见得就肯罢手，看来正有不少的花样锦在着下面呢。照理，他当然不会惧怕那汉子，然而他是什么样的一个人，何苦失去身份，和这种妄人去缠个不休? 还不如想个法子，避去了那汉子，不要同在这一条道上行走吧。

红云老祖这么地一想时，也就从马上走了下来。把这马系在树上以后，即驾起一片云来，向着天空中飞了去。心中却觉得十分得意道："好小子，算你是有本领，竟这么一再地找着了我，但现在我已驾起云来，不在道上行走着了，看你还不有什么方法来找我?"正在想时，忽听得有一个大声起于他的耳畔道："驾云打什么紧，这当然仍是有方法的。"同时，又觉得有一个人，从他的身背后撞了来。至是，红云老祖心中倒也有些明白，知道大概不是别人，定又是那厮找了来了。回过脸去一瞧时，果然不出所料，不是那汉子，又是什么人。这时候，他也不把那汉子当作什么寻常的人物了，也不再顾到自己是如何的一个身份了。觉得避既是避不了，怕当然是大可不必的，还不如爽爽快快地和那汉子斗上一斗吧。只要斗得那汉子吃不住逃跑了，这事情不是就结了么？于是把眼一鼓，恶狠狠地望着那汉子，大有马上就动手的一个意思。

那汉子却只是笑嘻嘻地说道："啊呀，原来是你阁下，想不到又在这里见面了。刚才我说是人生何处不相逢，现在我可要说一句'上穷碧落下黄泉'，你道这句诗说得对不对呀？"红云老祖听了，却更是显出一派憎厌他的神气道："咄！不要多说这些个闲话了。我且问你，你这般地跟着了我，究竟是一个什么意思？不妨向我明说了出来。"那汉子这才露出一副十分正经的面孔来道："哦，这一句话可把我提醒了，我确是为了一桩很正经的事情，要找着了你谈上一谈呢。现在，请你跟着我走吧。"他说完这话，只见他轻轻地向前一耸身，他足下所踏的那一片云，早已越过了红云老祖的那一片云，浮向前面去了。

这时候，红云老祖的心中，却是好生的有气，想这东西不但是十分的混账，那架子也未免太是大了一点了。我和他是素不相识的，就是到了如今，他也不知道我是谁，我也不知他是谁，哪里会有什么正经事要谈？就是真有什么正经事要谈，也该向我说明一句，所要谈的是一件什么事，又到哪个地方去谈，看我究竟愿意不愿意。怎样他如今既不说明一切，也不求得我的同意，就好像上司命令下属似的，教我跟着了他就走呢？照这般的一个情形，未免太使我难堪了一点吧？

红云老祖一想到了这里，也就上了脾气，不能像以前这么的有涵养功夫了，决计不跟着了那汉子一起走，也不愿和那汉子谈什么话。只要那汉子真是有本领的，尽管来找着他就是了。可是，红云老祖的心中，虽已是有上了这样的一个决定，但不知怎样的，今日的一桩桩的事情，都不能由他做得一分半分的主。当他要把自己足下的那一片云掉了过来，换上一个方向浮去时，却总是把他掉不过头来，并好像已和那汉子的一片云，二片云连成为了一起似的，尽自跟着了前面的一片云，一直地浮了去，再也没有什么方法可想。

在这里，红云老祖不免老大的着急了，知道自己今天已落入了人家的掌握之中，人家的法术要比自己大得多了呢。因为讲到了法术的这一件事，最是不可思议的。譬如现有二个人都同是会上法术的，倘然这一个人的法术，竟是大过了那个人，把那个人的法术盖过了，那么，那个人只能乖乖地听着这个人的摆布，不能有一点儿的反抗。如欲报上这一个仇，至少须待之十年八年之后，当他已学会了比这个人更大的一种法术，否则是无能为力的了。

红云老祖是懂得这个情形的。当下落得装出一种很漂亮的神气，一点儿的反抗都不有，即跟在那汉子的后面，直向前方而进。不一会儿，到了一所屋子之前，那汉子把云降下，红云老祖也跟着把云降下，随又跟着了那汉子，走进了那所屋子中。瞧那样子，一半果然是出于自动，一半也有些不得不然之势。相将就座以后，那汉子笑着说道："红云道友，你对于今天的这桩事，不觉得太是奇怪了一点么？又我的举动，不也嫌太是冒昧了一点么？然而，你要知道，你红云老祖是具有何等广大神通的一个人，我倘然不是如此的办法，又怎能把你请到这所屋子中来？如今，居然能把你请到，我江南酒侠的这个面子，可真是不小，实在是万分荣幸的一桩事情啊。"

红云老祖至是，方知那汉子，便是最近在江湖上活动得十分厉害的那个江南酒侠，以前却是默默无闻的。不禁暗叫一声："晦气，想不到像我这么威名赫赫的一个人，今天竟会跌入了这个酒醉鬼的手掌之中，并竟会一点儿也展布不开呢？"一壁却仍装出一种十分漂亮的神气，也笑着说道："我想这些个话请你都可不必讲了吧。你尽可老老实实地说，为了什么事情，你把我弄了到这里来的？其实，再要痛快一些，你连这话都不说也使得。因为，你就是不说，谁又不知道，你是受上了昆仑派之托，来做上一个说客，要劝我退出局外，不去帮助崆峒派的呢。你道我这话说得对不对？"

江南酒侠见红云老祖，竟是这般从容不迫地说了起来，倒也暗暗地有些心折，觉得这红云老祖果然是名下无虚，不愧为一个头儿尖儿的人物，在如此窘迫的一个境地之中，词锋还能如此的犀利呢。至于他的话讲得对讲不对，却又是另外的一个问题了。于是，他在哈哈一笑之后，方又说道："你这番话然而不然，说我要劝你退出局外，那是对的；说我是受了昆仑派之托，来做什么说客，却是不对。然而，这尚是次要的一个问题，不妨随后再谈。我的所以请你到这里来，却还有上一个主要的问题呢。现在，请瞧这里吧。"说时，便伸出一个指头，向着对面指去。

真是奇怪，这时候红云老祖好像已是受了他的法术似的，便也不由自主地跟着了他所指之处，把一双眼睛望了过去。却见在对面的一张桌子上面，放上了很大很大的一个水晶球，球上却有一个个的幻象，陆续地映现了出来。这些个幻象，不但是十分的显明，还是十分的生动，倘然连续地看了起来，定要疑心到已是置身在真实的情境之中，不会再当他们是什么幻象的了。

在这当儿，更俾红云老祖吃上一惊的，恰恰在这球上，又赫然地现出了一个人来。一瞧之下，不是他的二徒弟方振藻，又是什么人呢？再一看，从那面又走来了一个人，却正是他的小徒弟欧阳后成。师兄弟俩骤然一见面之下，好似不胜惊喜的样子，即密密切切地谈了起来。但是谈不上一会儿，大家都各向后面退上一步，并握拳透爪地各把自己的一个拳头举起，向着对方扬上一扬，大有武力解决的一个意思。显然地是谈到了一桩什么事，大家谈得不大投机，已是翻了腔了。至是，那图上的幻象忽一闪而灭，又把另一幅的幻象换了上来。那是二派的人马在对垒，一派的首领正是方振藻，一派的首领也正是欧阳后成。他们在比武之外，还又在斗着法，直厮杀得一个乌烟瘴气。到后来，还不是两败俱伤，每一方都是死伤了不少人。再下去，又另换了一种情形，却是有不知多少国的夷兵杀了进来了，大炮轰处，排枪放处，正不知有几千几万个百姓，给他牺牲了去，直至尸积如山，血流成河，伤心惨目，有非言语所能形容的了。最后的一幅，却是一个烈焰飞腾的大火坑，那些夷兵，都立在高山之上，一点没有恻隐之心的，把一个个鲜活灵跳的人，远远地向着那火坑中掷了去，那最后的一个，面目特别地显得清晰，却就是红云老祖自己。

红云老祖瞧到了这里，忽听江南酒侠大声问道："在这球上所现出来一幅幅的东西，你都已瞧到了么？这是空前未有的一个大劫，不久就要实现了，想来你也是早有所知的。不过，据我想来，你是这个事件中最有关系的一个人，凭着你的这种力量，倘能在事前努力上一下，或者能挽回这个劫运，而把一切都消灭于无形，你也有意干这一件大功德么？"

红云老祖听了，连连把头摇着道："太难，太难！这是注定了的一个大劫，又岂是人力所能挽回的？就是我，也正是应劫而生的，一待在火中化去，算是转了一劫，倒又可干上一番事业了。"江南酒侠把眉峰紧紧地一蹙道："这个我也知道，如此一个大劫，哪里是人力所能挽回？不过这一来，无辜的小民未免牺牲得太多了，岂真是个个都在劫数之中的？我们总得在事前想上一个方法，能多救出一条性命，就多救出一条性命，也是好的。"红云老祖道："这件事我们或者还能办得到。不过欧阳后成已不是我的徒弟，现在转入了铜脚道人的门下了，我还得和铜脚道人去商量一下。只有一句话可以预先奉告的，我们如有一分力量，就尽着这一分力量，切切实实地干了去，不使你怎样的失望就是了。"

江南酒侠听他说得如此的恳切，不觉又露出了几分喜色来，忙走了过来，和他握一握手道："如此，我替数百万生灵，在此向你请命，向你致谢的了。好，如今这一个主要问题，总算已得到了一个答案，我们再来讨论那个次要问题。不过，要讨论那个次要问题，就得把昆仑、崆峒二派的领袖，都请到这里来了。"说着，在一声口啸之下，就有二只仙鹤，翩然飞到庭中停下。江南酒侠走向前去，向他们轻轻地吩咐了几句话。这二只鹤便又举翮飞去，一转眼间，已负了二个人来了。这二个人，一个正是昆仑派的领袖金罗汉，一个正是崆峒派的领袖杨赞化。

这时候，他们脸上都露上了一种错愕的神气，怎么糊里糊涂地一来，已是到了这个地方，并有红云老祖在座，似乎连他们自己都有些不明不白的。而金罗汉是认得江南酒侠的，一见又有他在这里，更预料到这不是什么一桩好事情了。

江南酒侠请他们就座后，便脸色一正，说道："我的请你们到这里来，并不为别的事情，只是请你们从今年起，永远不要再打赵家坪了。须知道平江、浏阳二县农民的年年打赵家坪，已是极无聊的一桩事，你们以极不相干的人，更从而助甲助乙，也年年地帮着他们打赵家坪，这更是大无聊而特无聊的了。你们只要细细地一想时，大概也要哑然失笑吧？现在，请你们瞧看这里。"他说时，一双眼睛，即向着水晶球上望了去。

这二派领袖同着红云老祖，也不由自主地跟着他各把眼睛都向水晶球上望了去。江南酒侠却又在说道："在每一年的打赵家坪中，平江、浏阳二县的农民，不知要死伤去多少人。打败的，这一年的倒霉，可不必说起；就是打胜的，虽是在这一年之中，得占赵家坪为己有，然终觉得是得不偿失呢。"

这时候，水晶球上，也便现出一幅伤心惨目的写真来，在这些农村中，差不多家家户户，都有受伤的人躺着了在那里。江南酒侠复说道："便在你们二派之中，也何尝不有死伤者？试想修道是何等艰苦的一桩事，

402

不料经上了不少年苦苦的修炼，却为了这么一件不相干的事，而受下了伤，甚而至于死了去，这又是何苦值得呢？"这时候，水晶球上却没有什么幻象映现出来，只有上触目惊心的十二个大字，那是"多年修炼，毁于一旦，何苦何苦？"

江南酒侠却依旧又说了下去道："再讲到你们的所以要帮着他们打赵家坪，无非为了你们二派，私下也积下了不少的嫌隙，借此就可以见上一个高下，彼此都可泄上一下愤。然而，照我看来，这多少年来，你们积下仇怨的时候果然很多很多，携手合作的时候也未尝没有。如今只把这一桩桩的小仇怨，牢牢地记住，却把携手合作的旧历史忘了去，这恐怕也是我们修道人所不应该有的一桩事情吧？"这时候，在这水晶球上，却又像翻看陈年账簿似的，一幅幅地把他们所有携手合作的旧历史，都映现出来了。

至是江南酒侠，却又把他注在水晶球上的眼光收了回来，总结上一句道："所以从各方面讲来，你们帮着打赵家坪，都是大不应该的。现在，你们也肯接受下我的这个请求，永远停止了这桩事情么？"一壁说，一壁又把眼光向着他们扫射了一下。

不料金罗汉和着杨赞化，竟是不约而同地回答道："这些个情形，我们哪里会不知道，何烦你来说得！而且你又是什么人，配来干涉我们的事，配来说什么应该不应该？哼，这真太岂有此理了。"红云老祖在旁虽没有说什么，却也很有点赞成他们这番话的意思。于是，江南酒侠也冷笑一声道："好，不干涉你们的事，就不干涉你们的事。不过你们现在的第一桩事，就是要出得这所屋子，倘然是不能的话，便永远软禁着在这里了，还说什么打赵家坪不打赵家坪呢？"

这几句话一说，可把他们三人激怒起来了，也就老实不客气地立起身来，各自觅寻出路。可是尽他们用尽了种种的法术，在无形中，总好像有一种什么东西挡着在那里，不能任他自由出走，方知江南酒侠的法力，实是要高出他们数倍，也只好颓然坐下了。

江南酒侠又笑嘻嘻地问道："现在如何，也肯接受下我的这个请求么？"他们没有方法可想，只好把头点点。江南酒侠便又露出十分高兴的样子道："如此，我不揣冒昧，就替你们把这打赵家坪的事件，结束上一下吧。在这个事件中，细一追究，他为什么会如此地扩大起来，那杨天池的暗放梅花针，和着常德庆的煽惑浏阳人，都不能说是没有几分关系的。所以他们二人要算得是罪魁祸首。现在依我的意思，且让他们在赵家坪跪上三日三夜，以谢历年来为了这件事而受到牺牲的许多人吧。"说时突然地伸出手来，向着水晶球一指。果在球上，又赫然地映现出一幅写真来，却是杨天池和着常德庆，直挺挺地跪在赵家坪的那块坪地之上了。大概这时候赵家坪的坪地上，这二人果真是这么地跪着吧。于是，他们三个人也默默然没有什么话可说，实在是江南酒侠的法力，太是高过于他们了。

　　而打赵家坪，原是本书中最重要的一个关目。现在这打赵家坪的事件，既已是有上了一个结束，那平江、浏阳二县的农民，就是再要一年一度地继续地打着，但既没有昆仑、崆峒二派的剑侠参加其间，便不会再有什么好看的花样锦闹出来。本书借此机会，也就结束了下来，不再枝枝节节地写下去了。

图书在版编目（CIP）数据

江湖奇侠传·第三部 / 平江不肖生著. — 北京：
中国文史出版社，2020.3
（民国武侠小说典藏文库·平江不肖生卷）
ISBN 978 - 7 - 5205 - 1657 - 0

Ⅰ. ①江… Ⅱ. ①平… Ⅲ. ①侠义小说 – 中国 – 现代
Ⅳ. ①I246.5

中国版本图书馆 CIP 数据核字（2019）第 262195 号

整　　理：杨　锐
责任编辑：薛媛媛

出版发行：**中国文史出版社**
社　　址：北京市海淀区西八里庄 69 号院　邮编：100142
电　　话：010 - 81136606　81136602　81136603（发行部）
传　　真：010 - 81136655
印　　装：廊坊市海涛印刷有限公司
经　　销：全国新华书店
开　　本：720×1020　1/16
印　　张：26　　　　字数：401 千字
版　　次：2020 年 3 月第 1 版
印　　次：2020 年 3 月第 1 次印刷
定　　价：69.50 元